Die Wächter von Enyador

에냐도르의 파수꾼

미라 발렌틴 Mira Valentin | 한윤진 옮김

Die Wächter von Enyador

Die Wächter von Enyador © 2018 Mira Valentin
All rights reserved.

Korean language edition © 2020 by Silence Book
Korean translation rights arranged with Mira Valentin c/o Barbara Kueper Literarische
Agentur & Medienservice, Germany through EntersKorea Co., Ltd., Seoul, Korea.

에냐도르의 파수꾼

지 은 이 | 미라 발렌틴(Mira Valentin)
옮 긴 이 | 한윤진
펴 낸 이 | 박동성
표지디자인 | Alexander Kopainski
손 그 림 | Lucy-Mae Tatzel

펴 낸 곳 | **사일런스북** | 경기도 수원시 장안구 송정로 76번길 36
전   화 | 070-4823-8399   팩   스 | 031-248-8399
홈페이지 | www.silencebook.co.kr

2020년 7월 15일 초판 1쇄 발행
I S B N | 979-11-89437-23-7 03850
가   격 | 15,000원

「이 도서의 국립중앙도서관 출판예정도서목록(CIP)은 서지정보유통지원시스템 홈페이
지(http://seoji.nl.go.kr)와 국가자료공동목록시스템(http://www.nl.go.kr/kolisnet)에서 이용
하실 수 있습니다.
(CIP제어번호: CIP2020026019)」

에냐도르 시리즈 두 번째 이야기

에냐도르의 파수꾼

Die Wächter von Enyador

미라 발렌틴 | 한윤진 옮김

글루온

서른 살 생일을 맞은 라나 로타루를 위하여.
넌 내가 작가가 될 수 있도록 용기를 줬지. 네가 아니었으면
이 책도 여전히 내 서랍 속에 있었을 거야. 항상 장시간 통화
해 준 것도 고마워. 페이스북으로 수천 번 공유한 포스팅도
고마워. 현실과 가상공간에서 함께한 파티도 고마워.
네 아낌없는 지지와 무한한 후원이 정말 눈물겹게 고맙다!

에냐도르

투미야

돌아올 수 없는 늪

트레간디르

아블리스 강

⊗ 나르

아엘프스탄

안고르
파비아

오스첸트리아

후마

츠빌링스 섬

앙스트

도른슈트랑

등장인물

인간

트리스탄	부르크스메아데 출신 고아, 카이 가족에 입양
카이	트리스탄의 의형제, 마법사
아그네스	카이의 여동생
슈테판	카이와 아그네스의 아버지
이르멜	카이와 아그네스의 어머니
야레드	부르크스메아데 출신 대장장이
아담	부르크스메아데 소작농의 아들
마론	'비젤'이라는 별명으로 불리기도 하며 한때 남장을 했었다.
엘리야	불사의 대마법사, 인간의 왕
그레타	프론슈타인 출신 하녀. 카이에게 관심이 있다.
티발트	프론슈타인 출신 하인, 고자가 됐다.
돌프	잘리스부르크의 노예상인
가바인	고령의 마법사, 데모니아에서 정보원으로 활동한다.
토랄프	수다스러운 마법사, 드라고니아에서 정보원으로 활동한다.
아녜이	흑마법 성향을 지닌 늙지 않는 마법사
벨타인	슈투름 산맥에 은거하는 대마법사

엘프족

이스타리엘　　　알빈가르트의 왕자
이조라　　　　　이스타리엘의 쌍둥이 여동생
베리안　　　　　알빈가르트의 첫째 왕자,
　　　　　　　　　아엘프스탄 지하 감옥 고문 기술자
님룬트　　　　　이스타리엘, 이조라, 베리안의 아버지이자 엘프의 왕
호리엘　　　　　인간 노예부대를 이끄는 엘프 사령관
로리안　　　　　이조라의 옛 약혼자, 사망했다.
코리안　　　　　로리안의 동생, 엘프군 장교

데몬족

툴　　　　　　　외모가 아름다운 데몬
레벨　　　　　　갈린 출신, 전쟁의 군주
아에타　　　　　레벨의 부인
몰구르　　　　　데몬족 원수

드래곤족

사피라　　　　　트리스탄의 동맹
스호오크　　　　육감적이지만 의지박약한 드래곤 여인
하름　　　　　　인간형으로 변하지 않는 강한 블랙 드래곤

특별출연

그바일로　　　　수수께끼 염소

17년 전

한밤중에 그가 오두막 문을 박차고 들어왔다. 얼마나 거칠게 열었는지, 시끄러운 굉음과 함께 점토 벽에 쾅 부딪힌 문에서 나무 조각이 떨어져 나갔다. 공포스러운 전율이 벽난로가에 앉은 늙은 마법사의 온몸을 옭아맸다. 겁에 질린 마법사는 자신을 보호하려는 듯 서둘러 두 손을 치켜들었다. 그러나 이내 오밤중의 불청객을 알아보고는 안도의 한숨을 쉬었다. 엘리야가 모자를 벗었다.

"내 친히 여기까지 왔네." 엘리야가 넓은 어깨에 수북이 쌓인 눈을 털어 냈다. "가바인, 부디 전하려는 소식이 중요한 것이기를 바라네. 내 이토록 혹독한 날씨를 뚫고 왔으니!"

가바인은 깊은숨을 내쉬며 앉아 있던 폭신한 곰 가죽 위에서 몸을 일으켰다. 움직일 때마다 뼈마디를 삐거덕거리며 왕에게 다가온 가바인이 공손하게 고개를 숙였다. 듬성듬성한 머리카락이 그의 얼굴에 흘러내렸다. "전하, 인사드립니다. 먼 길을 친히 왕림해 주셔서 황송하옵니다. 날씨의 신, 에스쿠르께서 전하의 여정을 그리 편하게 허락하시지 않았나 봅니다. 아무쪼록 여기 불가에 앉으셔서 몸을 좀 녹이십시오. 몸을 따뜻하게 데울 수프도 조금 남아 있습니다."

엘리야가 고개를 저었다. "그럴 만한 시간은 없다. 그러니 어서 내가 돌아갈 수 있도록 본론만 말하라."

"다시… 도른슈트랑으로 다시 돌아간단 말씀이십니까?" 가바인은 별 의미 없이 묻는 척했지만, 인간의 왕은 저를 응시하는 그의 시선에 경멸이 담긴 것을 놓치지 않았다. 머리가 잿빛으로 세어 버린 저 늙은이는 엘리야에 대해 많은 걸 알고 있었다. 어쩌면 지나칠 정도로 많이. 겉으로는 우직하고, 다소 칠칠치 못한 것처럼 행동하지만 늙은이의 감각과 이성은 칼처럼 예리했다. 데모니아에 보낼 정보원으로 이 마법사를 낙점했던 그 순간에도 엘리야는 그를 전적으로 신뢰할 수 없었다. 가바인의 마력은 그의 심성처럼 잡음과 불협화음이 가득한 위협적인 음조를 띠었기에 그 속에 무엇을 숨기고 있는 것인지 단정하기 힘들었다. 가바인의 마력이 이토록 폐쇄적이고 조화롭지 못한 이유는 어쩌면 그가 엘라바르 광산에서 프레지오라이트녹수정를 가져오지 못한 것과 관련이 있을지도 몰랐다. 엘리야는 그저 가바인이 소싯적에 그럴 만한 용기가 없었던 거라고 추측할 뿐이었다. 그 후에는 그럴 만한 적기를 찾지 못했던 것일 테고. 그렇게 시간이 흐르면서 그의 마력은 점점 거칠어져서 듣기 거북한 음조를 띠게 된 것이리라. 그럼에도 엘리야는 그를 데모니아에 보낼 사절로 낙점했다. 별 볼 일 없는 외모에 딱 봐도 전혀 위협적이지 않은 늙은 마법사였기에 데몬들이 적어도 그의 목숨만큼은 취하지 않을 것이라 확신했기 때문이었다. 어떻게 보면 야만족과 타협하고 교섭해야 하는 임무에 가바인만한 적임자가 또 없었다.

"전갈을 보낸 이유는?" 엘리야가 단도직입적으로 물었다.

안절부절못하는 기색이 역력한 회색 눈동자가 엘리야 발 아래에 고인 작은 물웅덩이에 닿았다. 벽난로의 따뜻한 불에 엘리야 어깨에 쌓인 눈도 녹기 시작했고, 이어 꽁꽁 얼어붙은 사지도 서서히 노곤해졌다.

"드래곤족과 사랑에 빠져 프론슈타인에서 추방된 마법사, 토랄프를 기억하십니까? 지금 제 연인과 함께 반고에 살고 있지요. 지금쯤 드래곤 새끼들이 바글바글할 레어_{둥지}까지 차렸을 겁니다."

"기억한다." 엘리야가 간결하게 대답했다. 공식적인 호칭을 생략한 말투에 엘리야는 가바인이 지금 왕과 신하의 관계를 벗어나 마법사 대 마법사로 말하고 있음을 깨달았다.

"그런데," 벽난로를 향해 한 걸음 뒤로 물러선 노마법사는 불을 쬐려는 것처럼 불을 향해 양손을 쭉 뻗었다. "달이 몇 차례 기울기 전쯤 자제심을 잃은 그의 아내가 토랄프를 거의 불태워 죽일 뻔한 일이 있었답니다. 프레지오라이트가 그의 생명을 지켜 주지 않았더라면 지금쯤 저세상 사람이 됐겠지요. 몇 주를 그렇게 병상에 누워 지내며 요양하는 내내 토랄프가 헛소리를 지껄였다고 합니다. 처음에 그의 아내는 그저 제정신이 아닌 헛소리라고 치부했었지만, 같은 말을 계속 되풀이하자 이상하게 생각하고 기록해 두었다고 합니다. 그리고 그것을 드래곤 산맥 너머 제게로 보내온 것이지요."

가바인은 벽난로 장식 선반 위에 놓인 나무 상자에 뼈만 앙상한 팔을 뻗었다. 길고 누런 손톱으로 상자 뚜껑을 톡톡 두드린 후 상자를 열고 까마귀의 날개 아래 고정해 보낼 수 있을 정도로 작은 양피지 두루마리를 꺼냈다. 그리고 의기양양한 태도로 엘리야에게 건넸다. "직접 읽어 보시죠!"

양피지를 건네받은 인간의 왕은 미간을 찌푸리며 이마에 주름을 짓고는 조심스레 양피지를 펼쳤다.

"숙적들이 서로에게 표식을 남기리라.

표식을 받은 자는 파수꾼들이 되리로다.

그리하여 이제 파수꾼이 된 그들이 제 왕국을 다스릴 것이며,

데몬족, 드래곤족, 인간과 엘프족이 진정한 혈맹을 맺으리라."

엘리야가 소리 내어 읽었다.

엘리야는 황당한 나머지 경악을 금치 못했다. 그리고 다시 한번 신들이 그에게 전한 메시지를 되새겨 보았다. 저와 에냐도르 나머지 세 왕국의 왕들에게 전하는 신들의 메시지. 이제 그들의 시간은 다한 것이다.

"이것도 당신의 운명이겠지요." 벽난로 안에서 춤추는 불꽃에 시선을 고정한 가바인이 속삭였다. "운명은 이제 우리를 새로운 시대로 인도하려나 봅니다. 파수꾼의 시대로."

가바인이 왕의 모습을 물끄러미 바라봤다. 그의 시선에는 엘리야가 딱히 정의하기 힘든 감정이 깃들어 있었다. 교활함일까 아니면 비굴함이라 해야 할까. "예언의 두 번째 부분은," 노마법사가 말을 이었다. "왕께서 감각을 극대화시키는 약초에 취해 미래를 계시하며 벽에 기록하신 내용과 정확하게 일치합니다."

엘리야는 언짢은 듯 웅얼거리는 소리를 내며 노마법사에게 그때 일을 상기시키는 것 자체가 몹시 불쾌하다는 걸 표

시했다. 거의 자포자기할 정도로 몹시 절망적인 시간들이 이어지던 시기였다. 자신에 대한 증오와 죄책감으로 얼룩졌던 시간들. 엘리야는 통제할 수 없이 날뛰는 심장을 와인으로 다스려 보려 시도했었지만 아무 소용도 없었다. 온통 머릿속이 트레간디르 생각만으로 터질 것 같았다. 급기야 늪의 약초에 손을 대고 그것을 태우기 시작했다. 그저 잊어버리려고…. 눈을 붙이고 잠을 자기 위해서…. 그 순간 오히려 그의 몸을 장악한 운명의 여신 티케가 엘리야의 손을 움직였다. 엘리야는 반쯤 혼이 나간 상태로 제 방 한구석 석벽에 제 피를 물감 삼아, 덜덜 떠는 손가락을 붓 삼아 여신이 내린 예언을 써 내려갔다.

"인간은 비열하다. 그러나 그들의 파수꾼은 그렇지 않으리라.

드래곤은 순종적이다. 그러나 그들의 파수꾼은 그렇지 않으리라.

엘프는 차갑다. 그러나 그들의 파수꾼은 그렇지 않으리라.

데몬은 추하다. 그러나 그들의 파수꾼은 그렇지 않으리라."

다음 날 바닥에 널브러진 상태로 정신을 차린 엘리야는 혈관에 피가 부족해 빈혈과 끔찍한 두통으로 괴로워했다. 그러나 전날 밤 홀린 듯이 벽에 써 내린 문구는 여전히 그대로 남아 있었다. 순간 그 안에 숨은 고대의 힘이 해일처럼 그를 덮쳤다. 엘리야는 단번에 그것이 운명의 여신이 인간종족에게 직접 계시한 예언이라는 것을 깨달았다. 몹시 드문 일이지만 틀림없었다. 다만 예언이 의미하는 바를 정확히 해석할 수는 없었다. 그날 이후 엘리야는 파수꾼이 짊어져야 할 숙명이 무엇인지 제대로 알지도 못하면서 무작정 파수꾼을 찾아 왕국 전체를 샅샅이 수색했다. 용감한 인간을 찾아내는 일이라면 그다지 어려울 것도 없었다. 그렇지만 다른 종족과 관련된 부분은 그에게도 미지의 영역이었다. 아름다운 외모를 지닌 데몬을 찾아다녔지만 발견한 것이라고는 토이펠악마 호수뿐이었다. 그리고 이어 강철 같은 의지를 지닌 드래곤을 찾아다녔지만 노예처럼 종속된 이들뿐이었다. 단 사랑을 아는 엘프는 찾을 필요가 없었다. 이미 예전부터 귀니퍼 폰 트레간디르를 알고 있었기에. 그녀가 엘프의 파수꾼이 되리라는 건 의심의 여지가 없었다. 오늘 새로 알게 된 예언의 두 번째 부분에서 언급한 것처럼 다른 종족의 숙적이 그녀에게 *표식을 남기는 순간부터* 그리될 것이다. 도대체 신들은 그들에게 얼마나 큰 고통을 안겨 주려는 것일까?

엘리야는 우울한 생각을 떨쳐 버리려는 듯 고개를 흔들었다. 그러나 심란한 마음은 떨쳐지지 않았고 대신 의복과 머리카락에 붙어 있던 물방울만이 구슬처럼 흘러내렸다. 양피지를 다시 갈무리한 엘리야가 헛기침을 하며 말했다. "수고했네, 가바인. 그런데 까마귀를 통해 이 소식을 접했다면 왜 그대로 내게 전달하지 않은 겐가? 굳이 이런 시기에 내가 폭설과 강풍을 뚫고 여기까지 말을 타고 달려오게 만든 이유가 뭐지?"

이 말을 들은 노 마법사의 얼굴에 의미심장한 미소가 떠올랐다. 엘리야는 그 미소를 보고 적잖이 당황했다. "왜냐하면 이것이 전부가 아니기 때문이지요." 가바인은 그렇게 말하고는 엘리야의 얼굴을 찬찬히 살피며 의도적으로 잠시 침묵했다. 그게 무슨 일이든 몹시 만족스러운 것처럼 보였다. "토랄프도, 당신도 그렇지만, 이 세상의 감각이 마비된 순간 신께서 내린 예언의 일부분을 계시받았다는 자체만으로도 엄청난 일입니다. 그렇지 않습니까? 그런 이유에서 저도 티케가 강림하도록 제 감각을 잠시 마비시켜 봐야겠다는 결정을 내렸지요. 늪의 약초는 제게 아무 효과도 없습니다. 하지만 이곳에는 제 정보원 역할을 맡은 바락이란 데몬이 있습니다. 그 대가로 그에게 정기적으로 일정한… 마법의 특전을 허락하고 있지요. 며칠 전 이곳을 방문한 그가 제게 와이번 독이 든 앰플을 건네주었지요. 해독약과 함께 그 독을 마시면 우리에게 필요한 가사 상태에 이를 수 있습니다. 그러면 운명의 여신이 제게도 예언의 마지막 부분을 내리실 테지요. 다만 내가 말을 하면 그걸 들어줄 사람이 필요했습니다. 당연히 밝은 귀와 침묵할 줄 아는 혀를 지닌 자여야 하겠지요. 그런데 아무리 찾아봐도 이곳에는 그럴 만한 자가 없었죠. 그래서 이렇게 당신을 부른 거랍니다."

당황한 엘리야가 격렬하게 숨을 들이마셨다. "아무도 여신 티케가 자네를 선택할 거라 보장해 주지 않는다네. 자네는 그녀에게 빈 그릇을 제안할 뿐이고 그것을 채울지 선택하는 것은 오롯이 신의 몫이니까."

"그렇습니다." 가바인이 순순히 인정했다. 노마법사는 확신에 찬 걸음걸이로 엘리야에게 다가왔다. 이번만큼은 깜짝 놀랄 정도로 당당한 아우라를 발산하고 있었다. 가바인의 주름진 얼굴이 식은땀과 마늘 냄새까지 고스란히 느껴질 정도로 엘리야에게 바짝 다가왔다. "그렇지만 여신은 저의 제물을 인정해 주실 것입니다. 여신을 섬기려는 용기와 준비된 마음가짐을 말입니다. 여신은 엘리야 폰 도른슈트랑처럼 인간의 잣대로 측정하지 않으십니다. 그러니 부디 이 자리에서 예언의 세 번째 부분을 받아 적으시지요. 그리고 정말로 그리된다면… 제 임무에서 저를 해방시켜 주십시오. 이

제 고향으로 돌아가게 허락하시고, 근방의 작은 마을 혹은 방앗간이라도 하사하시어 그동안 이뤄 낸 업적을 치하해 주시기를 요청하는 바입니다. 이런 삶을 계속 이어가기에 전 이제 너무 늙었어요. 이러다 데모니아에서 늙어 죽고 싶지는 않습니다." 엘리야가 고개를 끄덕였다. 근본적으로 엘리야는 이 대화가 흘러가는 방향이 꽤나 흡족했다. 실제로 가바인은 50세는 가뿐히 뛰어넘었을 노인이었다. 어쩌면 엘리야가 그에게 품고 있던 불신은 아무 근거도 없는 것일지도 모른다. 그가 마을 하나 혹은 방앗간 하나만으로 만족한다면 이제는 데모니아에 파견할 다른 정보원을 구해야 할 시기가 된 것이 분명했다. 어쨌거나 지금 가장 중요한 것은 이 예언이 완전하게 계시되는 것이다. 그러려면 무엇보다 운명의 여신이 가바인이 바칠 제물을 받아들여야 하겠지만.

"알아들었다."

노마법사는 몇 개 남은 치아와 이가 빠져 구멍이 숭숭 난 잇몸이 훤히 드러날 정도로 활짝 웃으며 말했다. "정말 감사드립니다, 전하."

그때 오두막에 딱 하나 있는 창문을 절박하게 두드리며 쪼아 대는 소리가 울려 퍼졌다. 그쪽으로 돌아선 엘리야는 얼음 결정이 맺힌 창 너머로 파닥이는 날개를 발견했다. 잿빛 부리가 유리창을 쪼아 대는 동안, 단추 같은 검은 눈동자가 그를 뚫어져라 응시하고 있었다.

"까마귀군요." 가바인이 중얼거렸다.

"행여 기다리는 소식이라도 있는가?" 엘리야가 물었지만 의아한 표정을 짓는 노마법사를 보고 그렇지 않다는 것을 눈치챘다. 창문을 연 노마법사는 새가 앉을 수 있도록 팔을 들어 올렸다. 그러고는 민첩한 동작으로 새의 날개 아래에 고정된 연통에서 서신을 꺼내 들었다. 그는 까마귀가 가져온 편지에 찍힌 인장을 한참 동안 응시하더니 고개를 절레절레 흔들며 왕에게 양피지를 건넸다. "전하께 온 소식입니다. 트레간디르에서 왔습니다."

편지를 건네받은 엘리야가 활짝 핀 민들레 문양의 봉인을 황급히 뜯어냈다. 엘리야의 시선이 그가 그토록 좋아하는 정교하고 우아한 곡선으로 쓰인 엘프의 필체 위로 쏟아졌다. 그는 불가 근처에 있었지만 전언을 읽자 몸속에 흐르는 모든 피가 얼어붙는 것만 같았다. "인간 아기예요. 어서 말을 타고 최대한 빨리 오세요!"

이스타리엘

"당신들은 인간과 엘프 사이에 아이가 생기면 무슨 일이 벌어질지 알기는 하는 거예요?" 그레타의 카랑카랑한 목소리가 울려 퍼졌다. 이스타리엘이 잠시 지그시 눈을 감고 아그네스 머리카락에서 풍기는 내음에 취해 가던 그 순간이었다. 이런 행동을 할 때마다 이스타리엘은 저를 둘러싼 세상 전체가 잠시 정지한 것 같은 기분이 들었다. 마치 세상과는 동떨어진 자신만의 인지 공간이 펼쳐지는 느낌이었다. 그 공간 안에서는 지금 타고 있는 말도, 뒤따라오는 저 하녀도 존재하지 않았다. 그저 아그네스와 이스타리엘 자신만 존재할 뿐, 그 밖에는 모두가 성가신 부속물에 불과했다.

"그래서, 아냐고요?"

잠시 감았던 눈을 뜬 이스타리엘이 짜증 섞인 한숨을 뱉으며 짐을 실은 말을 향해 몸을 돌렸다. 짐말은 이스타리엘의 말과 줄로 연결된 채 뒤를 따르고 있었다.

"그러니까 내 말은 지금 당장 그것부터 짚고 넘어가야 한다, 그거죠! 하프엘프, 하프드래곤 혹은 뭐 그런 비슷한 부류는 생각만 해도 생뚱맞으니까요. 신들은 항상 모 아니면 도로 결정하죠. 요컨대 만약 그런 일이 생긴다면 당신들의 자식은 엘프이거나 아니면 인간, 둘 중 하나일 거란 말이에요. 그러다 인간혼혈아가 태어나기라도 하면 아엘프스탄에서는 그리 반기지 않을 거라는 생각이 강하게 드는군요."

이스타리엘은 점점 몸이 경직되면서 뻣뻣해졌다. 그 내용 때문은 아니었다. 그건 알빈가르트에서 누구나 다 아는 사실이었으니까. 그가 당황한 건 그레타가 자신의 은밀한 속마음을 저렇게 뻔뻔하게 대놓고 지적했기 때문이었다. 이어 이스타리엘은 제 앞에 앉은 아그네스의 몸이 경직되는 것도 느꼈다. 가는 길 내내 이런 주제가 언급될 때마다 이스타리엘은 말을 모는 속도를 올렸고, 그럴 때마다 임시방편이 될 정도의 식량과 수다스러운 하녀를 태운 짐말도 함께 달릴 수밖에 없었다. 두 여인 모두 빠르게 달리는 말의 구보에 질색하며 몸을 허우적거렸고 어떤 때는 말에서 떨어질 뻔하기도 했다. 그러나 엘프 왕자는 그것 말고는 저 뻔뻔스러운 하녀의 수다에 달리 대응할 방법이 없었다.

"떨어져도 괜찮아, 내가 널 붙잡고 있으니까." 이스타리엘이 아그네스의 귓가에 속삭였다. 왼팔로 아그네스의 허리를 감싸 안으며 부드럽게 제 상체 가까이 끌어당겼다. 이스타리엘은 승마가 숨 쉬는 것처럼 쉽다고 생각했다. 그렇지만 그가 아그네스의 긴장을 풀어 주려고 무슨 말을 건네도 잔뜩 겁먹은 아그네스는 말갈기를 거세게 움켜쥐고 놓지 않았다. 그녀는 마치 널빤지라도 된 것처럼 온몸 근육에 힘을 주고 뻣뻣이 굳어 있었다. 이래서야 죽을 때까지 승마를 배우지 못할 것이다. 일주일이 넘도록 그들은 함께 말을 타고 왔지만, 말의 움직임을 느끼는 아그네스의 감각은 여전히 조금도 나아지지 않았다. 반면 노예부대 출신에 사내아이 같던 마론은 고작 이틀 만에 말안장 위에서 여유를 찾았다. 물론 고삐를 조절하며 말을 조종하는 법은 여전히 거칠었고, 눈에 보이지 않는 마법처럼 음성이나 무게중심을 이용해 말의 방향을 조정하는 단계에는 아직 접근조차 못 했다. 하지만 최소한 낙마를 염려할 정도는 아니었고, 방향을 바꾸거나 멈추려면 어떻게 해야 하는지 정도는 깨우쳤다. 아그네스가 말안장에 거의 드러눕다시피 허우적거리는 동안, 마론은 이제 엘리야, 이조라와 함께 선두에서 말을 달렸다. 아그네스를 앞에 태운 이스타리엘은 되도록 천천히 뒤를 따랐다. 꽤 무거운 짐을 싣고 오는 말을 뒤에 매어 놓은 게 마침 핑곗거리가 되긴 했어도, 그렇지 않았었더라도 그는 행렬의 후방에 머물고 싶었을 것이다. 이스타리엘은 지금 그들이 정한 다음 목적지가 영 탐탁지 않았다. 인간 왕국의 시골구석 부르크스메아데라니! 지금 여기서 그곳에 가고 싶은 이가 누구란 말인가? 최소한 앞으로 파수꾼 둘을 찾아 세상을 구해야 하는 인간의 왕은 절대 그럴 리가 없을 거라고 이스타리엘은 생각했다. 지금 당장은 어느 누구도 아그네스를 제 고향에 돌려보내자고 주장할 만한 상황이 아니었기에, 아직 아그네스와 함께 보낼 시간이 많이 남아 있다고 확신하던 터였다. 그렇지만 시골 소녀의 한마디 간청에 엘리야가 제 주장을 접고 부르크스메아데행을 외치는 모습을 보고 이스타리엘은 깜짝 놀라 귀가 쫑긋했다. 가족을 보고 싶다는 아그네스의 소망에 응답하는 것 외에 뭔가 꿍꿍이가 있는 게 분명했다. 그렇지 않고서야 저 엘리야가 데몬족의 파수꾼을 찾고, 트리스탄과 재회하여 예언의 나머지를 완성시켜야 하는 이 중요한 시기에 슈발벤하인을 등지고 그리 쉽게 떠날 이유가 있을까? 적어도 엘리야는 그렇게 말했었다. 달 하나가 차고, 기우는 동안 파수꾼들이 한곳에 모여야 한다고.

　"좀 처언천히이요오!" 제 등을 향해 울부짖는 그레타의 비명 소리가 생각에 잠긴 이스타리엘을 깨웠다. 그제야 이스타리엘은 질주하는 말 위에서 두 여인이 속절없이 이리저리 흔들리고 있다는 것을 깨달았다. 이스타리엘은 서둘러 달리는 말의 속도를 줄였다. "내 몸에는 망가지면 안 되는 중요한 곳들이 있다고요." 그레타가 투덜거렸다. "앞으로 남자 곁에 눕는 게 무서울 정도로 아프네요."

아주 찰나였지만 엘프 왕자는 방금 그레타가 언급한 그 장소를 떠올리자 머릿속에 피가 쏠리는 것 같았다. 그는 서둘러 딴 주제로 말을 돌렸다. "그건 네가 이조라를 어설프게 흉내 내려고 한 탓이다. 네가 앉은 안장은 여성용이 아니거든. 게다가 넌 엘프 공주가 아니라 지저분한 하녀일 뿐이지. 네가 남자처럼 말을 탄다고 해서 네 복사뼈에 시선을 둘 자도 없거늘."

"쳇." 그레타는 점점 가까워지는 끝없는 샤텐발트_{그림자 숲} 외에 뭐라도 보이는 것처럼 먼 곳을 뚫어져라 응시했다. 이스타리엘과 함께하는 일행은 으스스한 이 숲을 횡단하는 걸 두려워하지 않았다. 울창한 숲속 마물들은 그들을 복속시킨 엘프는 물론이고 그들과 동행하는 이들에게도 해코지하지 못할 테니까. 따라서 이조라 곁에 바짝 붙은 마론도 걱정할 필요가 없었다. 그리고 불사의 마법사는 그런 이유가 아니더라도 누군가 그를 해칠까 두려워할 이유가 없었다. 이스타리엘은 제 여동생이 저 남자에게 아무런 이의 없이 결혼을 승낙한 이유를 이해할 수 없었다. 아엘프스탄의 성벽 복구 외에도 숨겨진 속사정이 있는 게 분명했다. 이조라가 눈에 보이지 않는 비밀을 숨기고 있든, 엘리야 폰 도른슈트랑이 그녀에게 그럴 만한 명목을 댄 것이든 간에. 이스타리엘은 제발 후자이기를 기원했다. 아무리 자신이 저 인간의 왕을 심히 증오할지언정, 온몸에 묻은 오물을 씻어 내고 덥수룩한 수염을 밀어낸 엘리야는 누가 봐도 위풍당당한 남자였다. 아마 여인을 끌어당기는 남모를 매력이 그에게 있을 것이다. 족히 200년도 넘게 살았다지만 그의 외모에 세월의 흔적은 전혀 보이지 않았다. 이조라가 차츰 늙어가는 자신과 달리 제 남편은 영원히 젊은 모습 그대로라는 사실을 언젠가는 깨닫게 되겠지만 그건 아직 먼 훗날의 일이었다. 원래 이조라는 인생을 좌우할 중요한 결정을 내리기 전에 심사숙고하는 유형은 아니었다.

아그네스의 억눌린 한숨이 깊은 생각에 잠긴 이스타리엘을 깨웠다. 안장 앞쪽으로 몸을 숙여 그녀의 얼굴을 살피려 했지만, 아그네스는 그 즉시 고개를 돌리며 그의 시선을 피했다.

"왜 그러지?" 이스타리엘이 아그네스에게 물었다. "지금과 반대 방향으로 올라가던 그때가 떠올라서인가?"

아그네스가 고개를 끄덕였다. "그때 난 사슬에 묶여 있었고, 트리스탄은 호리엘이 휘두른 채찍질에 괴저가 일어나 거의 죽기 일보 직전이었죠. 그때는 며칠만 지나면 처형되거나 죽을 때까지 고문받을 운명이라고 생각했어요. 그때 누가 내게 3주도 지나지 않아서 어떤 엘프 왕자가 날 직접 부르크스메아데에 데려다줄 거라고 얘기했다면 난 그를 미친 사람 취급했을 거예요." 이스타리엘이 나지막이 웃음을 터트렸다. "앞으로 무슨 일이 벌어져도 절대 희망을 잃지 말라는 교훈의 가장 적합한 사례가 되겠군." 둘은 잠시 침묵했다. 그때 이스타리엘이 다시 말을 덧붙였다. "집에 다시 돌아가서 기쁜가?" 말을 꺼내면서도 이스타리엘은 누군가 제 심장을 비수로 찌르는 것만 같았지만 애써 그런 기색을 내보이지 않았다. 아그네스는 겨우 알아볼 수 있을 정도로 미미하게 고개를 끄덕였다. "부모님을 다시 볼 수 있어서 기뻐요. 하지만 카이와 트리스탄은 없을 테고, 그리고…." 대답하던 아그네스는 이미 너무 많은 말을 했다는 것처럼 갑자기 말을 멈췄다. 이스타리엘도 뭐라 대꾸해야 좋을지 아무 생각도 떠오르지 않았다. 그래서 그저 힘겹게 고개만 끄덕이고는 다시 침묵 상태로 돌아갔다.

"당신들을 지켜보기가 참으로 힘드네요." 뒤에서 짐 싣는 말을 타고 오며 둘의 모습을 지켜보던 그레타가 불쑥 끼어들었다. "둘 다 자꾸 속으로 삼키지만 말고 속마음을 좀 털어놓죠! *그녀가 나를 보고 싶어 할지 어떻게 물어봐야 하지? 혹은 더 끔찍한 건, 내가 뾰족한 귀를 지닌 저 달콤한 왕자와 얼마나 함께 밤을 보내고 싶은지 들키면 안 돼!* 뭐 이런 생각 말이에요. 온통 저 왕자와 자고 싶은 생각뿐인 거 같은데, 아그네스, 너 제대로 알고 있긴 한 거지? 내 말은 그가 엘프 왕자이고 그리고 넌… 아악~" 그레타는 그 이상 말을 잇지 못했다. 그 순간 이스타리엘이 제 말에 연결해 두었던 짐말의 고삐를 풀어 버리고 제가 탄 말의 옆구리를 발로 세게 차며 앞으로 달려 나갔기 때문이었다. 말이 빠르게 달리기 시작하자 이스타리엘은 아그네스가 낙마하지 않도록 팔로 그녀를 감싸 안았다. 등 뒤에서 그레타의 다급한 비명이 울려 퍼졌지만 이스타리엘은 일부러 무시해 버렸다. 짐말이 제 등에서 그레타를 떨어트리든, 제 뒤를 쫓아 달려오든, 그 자리에 멈춰서든 상관하지 않겠다고 마음먹었다. 이제는 도저히 참을 수가 없었다. 저 인간 하녀의 입에서 흘러나오는 저질스러운 도발을 더는 받아 줄 수 없었다. 한편으로는 그런 그레타의 말이 자신을 몹시 당황하게 했다는 사실이 몹시 언짢았다. 그의 얼굴에 닿는 맞바람에 기분이 조금 진정된 후에야 이스타리엘은 질주하는 말의 속도를 다시 조절했다. 그런 이스타리엘과 달리 아그네스는 연신 뒤를 돌아보며 그레타를 찾았다. "그레타가 보이지 않아요." 아그네스는 반쯤 목이 잠긴 음성으로 깜짝 놀라 말했다. 아그네스 역시 이 상황이 저만큼이나 불편한 거라고 이스타리엘은 추측했다.

"잘 됐군." 무뚝뚝한 음성으로 그가 대답했다. "난 말에 실려 있는 식량 자루 따위는 기꺼이 포기할 수 있어. 어차피 다른 건 모두 거추장스러운 짐일 뿐이니까 상관없고."

아그네스는 그 말에 더는 대꾸하지 않았다. 이스타리엘도 입을 꾹 다물었다. 그레타가 방금 둘의 속마음을 적나라하게 까발려 다 말해 버렸는데 덧붙일 말이 뭐가 있겠는가? 더군다나 이야기가 어떻게 흘러가든 저와는 아무래도 상관없을 게 분명했다. 엘프의 왕 님룬트가 고작 인간 평민 여자와 제 아들이 혼인하는 것을 허락할 일도 없거니와 불사의 마법사도 제 파수꾼 중 하나가 시골 소녀와 엮이는 걸 그냥 지켜보고만 있을 리가 없었다. 장차 에냐도르의 전설이 될 이스타리엘을 위해 내정해 놓은 다른 계획이 분명 있을 것이다. 어쩌면 아주 오래전부터 이미 정해져 있었는지도 모른다. 그렇기에 아그네스는 그를 향한 진심을 지금까지 단한 음절도 내뱉은 적이 없었다. 무심결에 바보 같은 속마음을 내뱉기라도 할까 봐 입술을 꽉 깨물어야 할 정도로 마음이 흔들린 적도 많았다. 지금 이 순간도 마찬가지였다. 다행히 굽은 길을 돌자마자 앞서간 세 일행과 마주쳤다. 샤텐발트그림자 숲 초입에 도착한 그들은 말의 고삐를 잡아당겨 멈춰세운 후 나머지 일행을 기다리고 있었다. 세 명 모두 뭔가심각하고, 초조해 보였다. 원래 마론은 언젠가 트리스탄이다시 돌아올 슈발벤하인에 남고 싶어 했다. 하지만 엘리야는 시도 때도 없이 데몬이 출몰하는 폐허의 도시에 혼자 남기보다 그의 보호 아래 함께 부르크스메아데로 갈 것을 권유했다. 부르크스메아데에서 무엇을 하려는 속셈인지는 알지 못했지만, 엘리야는 여정의 대부분을 전력 질주할 정도로 왠지 몹시 초조한 것 같았다. 짐을 실은 말과 두 여인을데리고 오는 이스타리엘이 자꾸만 뒤처질 때면, 인간의 왕은 그를 깔보는 눈초리로 쏘아보면서 목적지에 제때 도착하지 못하게 되면 그게 다 이스타리엘의 책임이라며 재촉했다. 가만히 보면 이조라도 좀 이상했다. 슈발벤하인에서 재회한 이후 잠시도 둘이 대화를 나눌 만한 시간을 내기가 힘들었다. 항상 주변에 일행이 있기도 했지만 이조라 본인이 이스타리엘과의 대화 분위기를 애써 피하는 것 같았다. 이스타리엘은 동생의 그런 모습이 어쩐지 좀 이상하다고 생각했다. 이조라는 엘프 공주에 걸맞은 무표정하고 도도한 얼굴로 있었지만 솔직히 그런 태도는 그녀의 원래 모습과는 어울리지 않았다. 하지만 엘프 왕자 말고는 아무도 그녀의 수상쩍은 태도를 알아차리지 못했다.

"짐말은 어디 있는 겐가?" 이스타리엘과 아그네스가 미처 일행에 합류하기도 전에, 엘리야가 성난 어조로 물었다.

"오는 길에 잃어버렸소." 이스타리엘이 간결하게 대답했다.

엘리야가 콧잔등을 찌푸렸다. "솔직히 난 별로 상관없네만. 그 꼬마 마법사가 데모니아에서 돌아와 제 계집에 대해 묻는다면 그녀가 사라진 것을 어찌 설명할 텐가."

"그 마법사도 이름이 있어요." 아그네스가 끼어들었다. "그는 내 오라비이기도 하지만 당신이 맡긴 임무에 목숨을 건 사람이잖아요. 그러니 이름이 카이라는 것 정도는 기억해 줘야죠!"

인간의 왕은 아그네스의 항의에 그저 눈썹을 잠시 치켜세웠을 뿐이었다. 그리고 그의 말을 다시 반대 방향으로 돌려 샤텐발트 안으로 들어섰다. 마론과 이조라는 일말의 망설임도 없이 서둘러 엘리야의 뒤를 쫓아갔다. 이어 말 고삐를 쥐고 그 뒤를 쫓으려는 이스타리엘의 팔을 아그네스가 붙잡았다. 엘프 왕자가 그녀를 바라봤다.

"제발 그레타를 저렇게 혼자 두고 가지 말아요." 아그네스가 부탁했다. "정말 못돼먹은 멍청한 여자라는 건 알지만, 그래도 혼자서 말을 타고 이 샤텐발트를 통과하지는 못할 거잖아요. 그리고 엘리야의 말도 일정 부분 옳고요. 그레타에게 무슨 일이라도 생기면 카이가 끔찍하게 분노할 게 틀림없어요."

"난 네 오라비가 두렵지 않은데." 이스타리엘이 냉정한 목소리로 대답했다.

"알아요. 하지만 당신은 그레타처럼 못돼먹은 사람에게도 연민을 베푸는 마음 넓은 왕자님이시잖아요. 그레타가 뭐라고 했던, 솔직히 그게 그녀를 노예로 만들거나 죽음에 이르게 할 정도는 아니었어요."

짙고 깊은 아그네스의 눈동자가 똑바로 저를 응시하자 이스타리엘은 뭔지 모를 중압감을 느꼈다. 오랫동안 아그네스는 자신의 눈을 저렇게 대놓고 마주하지 않았다. 엘프 왕자가 침을 꿀꺽 삼켰다.

"얼마 전까지 나도 노예였어요." 아그네스가 계속 말을 이어나갔다. "그리고 샤텐발트에 어떤 마물들이 어슬렁거리는

지 내 눈으로 똑똑히 목격했죠. 아무리 그레타가 밉더라도 이 숲에서 목숨을 그저 운에 맡기도록 홀로 놔둬선 안 돼요."

"알았다. 그게 네게 그렇게까지 중요하다면 그 여자를 기다리도록 하지." 이스타리엘이 약속했다.

그러자 아그네스가 방긋 미소를 지었다. "고마워요. 나의 왕자님." 아그네스는 오른손을 들어 살며시 그의 뺨을 어루만졌다. 피부에 닿은 아그네스의 손가락은 서늘했지만 그녀의 손길이 닿은 곳은 불타오를 것처럼 뜨겁게 느껴졌다. 이스타리엘은 제 손을 그녀의 손 위에 얹고, 다른 한 손으로는 경쾌한 걸음으로 다른 말들을 뒤따라 바삐 움직이려는 말의 고삐를 고쳐 잡았다. 아그네스는 처음으로 제 아래서 거칠게 움직이는 말의 움직임에도 그리 놀라지 않았다. 지금 이 순간 아그네스는 진지한 마음이 진득하게 녹아 있는 이스타리엘의 눈에서 좀처럼 시선을 떼지 못했다.

"이제 우리가 작별 인사를 해야 한다는 것이 정말 내키지 않는다." 이스타리엘이 속삭였다.

"그건… 나도 원하지 않아요. 하지만 우리는… 우리는 절대로…"

아그네스의 아랫입술이 안장 앞에 앉은 그녀의 마른 몸만큼이나 덜덜 떨렸다. "그러니까 내 말은…" 이제 아그네스는 가까스로 지켜 오던 마음의 평정이 무너지기 일보 직전이었다. 이스타리엘은 그런 아그네스의 변화를 눈치챌 정도로 그녀를 잘 알고 있었다. 이스타리엘은 기회가 있을 때마다 아그네스를 관찰하며 그녀의 일거수일투족을 눈여겨봤다. 그녀의 얼굴에 보이는 작은 동요도, 근육의 떨림도, 그리고 그 밖에 땔감을 주우러 가거나 말 먹이를 먹일 때, 냄비 안을 휘저을 때, 혹은 엘리야와 싸울 때, 그리고 잠잘 때 속눈썹을 깜박이는 습관마저도 일일이 관찰하며 그녀가 잠들 때까지 아그네스의 숨소리를 엿듣기도 했다.

"쉿." 이스타리엘은 아그네스의 머리를 제 가슴으로 부드럽게 당겼다. 그들이 타고 있는 말은 여전히 겅중겅중 뛰어오르며, 제 동료들이 앞서간 샤텐발트를 향해 신경질적인 울음소리를 냈다. 이스타리엘은 지금 자신이 아그네스에게 키스를 해도 좋을 시점인지 골똘히 생각했다. 혹시나 그녀가 오해할까 봐 걱정이 되었다. 공식적으로 자신의 곁에 서기 힘든 평민 인간 출신인 아그네스가 그런 애정 표현을 고작 제 정부 혹은 잠자리 상대가 되어 달라는 요구로 받아들일까 봐 겁이 났다. 앞서 그레타가 지껄였던 대로 말이다. 갑자기 뒤에서 말발굽 소리가 들려온다는 걸 깨달은 순간까지도 엘프 왕자는 아무 결정도 내리지 못했다. 아그네스에게서 살며시 몸을 뗀 이스타리엘은 지평선을 훑어보았다. 저 멀리 잃어버린 줄 알았던 짐말이 길을 따라 달려오고 있었다. 말안장에는 다리를 양쪽으로 들고 제가 입은 옷만큼이나 하얗게 질린 얼굴을 한 그레타가 겨우 앉아 있었다. 그레타는 고삐로 말을 조정하기는커녕 튕겨져 나갈까 두려워 간신히 말갈기를 세게 움켜쥐고 있었다. 다행히도 말이 알아서 제 동료를 찾아온 덕분에 다른 일행이 그레타를 기다리고 있던 그곳에 정확히 당도했다. 이스타리엘은 그레타의 등장에 몹시 짜증이 났다. "저 빌어먹을 하녀가." 이스타리엘이 투덜거렸다.

아그네스도 다시 냉정해진 표정으로 그 모습을 지켜봤다. 아그네스는 안장 위에 다시 몸을 곧게 세우고 앉았다. 연신 두 눈을 굴리며 입에 거품을 문 짐말이 그들의 곁에 서기까지는 고작 1분도 채 걸리지 않았다. 훤히 드러난 발목에, 엉클어진 금발, 공포에 질린 눈빛을 고스란히 드러내 보이며 그레타는 말 등에 거의 눕다시피 한 자세로 간신히 매달려 있었다. 평소 입에 달고 사는 욕설과 저주가 곧바로 튀어나올 것만 같은 표정이었지만 그레타는 이내 고개를 절레절레 흔들며 입까지 차오른 말을 애써 되삼키는 것 같았다.

"준비됐나?" 이스타리엘이 물었다.

그레타는 대답 대신 바닥에 질질 끌고 다니던 말고삐에 연결된 줄을 잡아 냉큼 이스타리엘에게 던졌다.

"그러면 이대로 곧장 샤텐발트로 이동한다." 엘프 왕자가 말했다.

❖

뭐라 딱히 정의하기는 힘들었지만 숲은 최근에 이스타리엘과 아그네스가 지나갔을 때와는 뭔가 달라졌다. 제 팔에 돋은 소름을 보며 이스타리엘도 그 변화를 실감했다. 엘리야, 이조라, 마론 일행이 그들보다 몇 분 앞선 거리에서 말을 달리고 있었지만, 그들의 목소리도, 말발굽 소리도 전혀 들리지 않았다. 모든 것이 숨을 멈춘 것만 같은 느낌이었다. 머리 위로는 시커먼 나무 꼭대기만 보였고, 울창한 숲길 양옆으로 그 흔한 작은 동물 한 마리 눈에 띄지 않았다. 이 숲의 어디에서도 졸졸 흐르는 시냇물 소리도, 새의 지저귐도 들리지 않았으며, 풀벌레조차 울음을 멈췄다. 뭔가 섬뜩해진 이스타리엘은 이 숲이 원래 이렇다고, 평소와 그리 다르지 않다고 스스로 되뇌었다. 악의로 가득 찬 샤텐발트는 원래 생존에 적대적인 환경이었다. 저주받은 마물들이 출몰하는 저주받은 숲이었다. 엘프의 연대기에 따르면 이 숲에 저주를 건 대마법사가 바로 엘리야를 불사로 만들고, 에냐도르를 네 종족으로 갈라친 원흉이었다. 다시 말해 그는 인간 왕국을 다른 종족과 분리하기 위해 에냐도르 대륙 중앙에 위치한 샤텐발트를 이렇게 무시무시한 숲으로 만들었다는 뜻이다. 이런 장치를 고안한 목적이 인간을 보호하려는 것인지 혹은 고립시키기 위함인지는 연대기에 기록되어 있지 않았다. 그러나 엘리야 폰 도른슈트랑이 샤텐발트 숲과 그 마물을 제압하는 데 한몫했다는 것만은 확실했다. 그런 그가 지금 느긋하게 말을 타고 이곳을 통과하고 있으니, 그들에게 해괴망측한 일은 일어나지 않을 거란 생각이 들었다. 결국 이스타리엘은 뭔가 계속 발밑에서 스멀스멀 기어 올라와 얼음처럼 차가운 촉수로 제 목덜미를 옥죄는 것 같은 느낌을 그냥 무시하기로 마음먹었다.

"난 이 숲이 좀 무서워." 이윽고 그레타가 말했다. 서로 낯을 붉힌 후 그녀가 처음으로 한 말이었다.

"나도 그래." 아그네스가 그레타에게 대답했다. "하지만 걱정하지 않아도 돼. 이스타리엘이 우리와 함께 있으니까. 짐승들은 엘프를 절대 공격하지 않거든."

"뭐, 그렇다면…" 그레타가 중얼거렸다. 동시에 그레타는 저 엘프 왕자를 신랄하게 비꼬고 싶은 생각을 스스로 자제하려는 듯 입술을 굳게 다물었다. "이곳에는 어떤 마물이 서식하는 건가요? 드래곤, 데몬보다 더 끔찍한 것들인가요?"

이 말과 함께 그레타는 이스타리엘을 응시했지만 그는 여전히 침묵을 지켰다. 그건 이스타리엘이 저 인간 하녀와 다시는 말을 섞지 않겠노라고 결심했기 때문이었다. 다른 한편으로는 그가 아직 드래곤도, 데몬도 제대로 알지 못했기 때문이기도 했다. 아그네스는 그런 그의 속내를 짐작하고 마찬가지로 입을 다물었다.

"난 유령늑대는 알아요." 그레타가 이스타리엘 대신 직접 대답했다. "그리고 와이번, 도깨비불, 코볼트도 알고요. 그리고 트롤도 있을지도 모르고 그리고…"

이스타리엘이 갑자기 제 말의 속도를 조절하자 그레타도 입을 다물었다. 이어 짐말도 바닥에 뿌리를 박은 것처럼 멈춰섰다. 왕자가 이마에 주름을 지으며 눈앞의 어둠 속을 이리저리 살피는 동안 멈춰선 두 마리 말은 앞을 향해 귀를 쫑긋 세웠다.

"뭐예요? 뭐가 들려요?" 아그네스가 속삭였다.

그 순간 이스타리엘의 몸이 경계 태세를 취했다. 거칠게 숨을 들이마신 이스타리엘이 검을 움켜쥐었다.

"이건 싸우는 소리야! 엘리야가… 마물들과…"

바로 그때 고막이 찢어질 정도로 크고, 날카로운 비명이 울려 퍼졌다. 재빨리 양손으로 귀를 막은 그레타와 아그네스가 고통스러운 표정으로 얼굴을 찌푸렸다. 이스타리엘이 황급히 말을 돌리려 했지만 너무 늦었다. "먹이이야아아!" 하피가 괴성을 지르며 발톱을 그의 어깨에 박았다. 칼로 찌르는 것 같은 고통이 이스타리엘의 전신을 관통했다. 그다음 순간 하피에게 붙잡힌 그의 몸이 말 위로 들어 올려졌다. 그러는 사이에 그는 문스워드월검를 손에서 놓쳤고 마수의 발톱이 그의 어깨를 더 깊게 뚫고 들어왔다. 이스타리엘은 고통에 비명을 지르면서도 정신만큼은 놓지 않았다. 하피의 발톱에 이끌려 제 몸이 안장에서 들어 올려지는 동안 아그네스가 황급히 손을 뻗어 저의 다리를 붙잡고 늘어지다 결국 놓치고 마는 모습이 눈에 들어왔다. 이스타리엘은 벨트에서 단도를 꺼내 저항해 보려고 시도했지만, 도무지 팔이 말을 듣지 않았다. 그러는 동안 하피는 계속 시끄럽게 울부짖었다.

"내 새끼에게 줄 먹이야아아! 엘프를 갈가리 찢고, 눈알을 파내야지. 내 새끼에게 줄 먹이가 이렇게 부드러운 고기라니이이!"

40

하피는 그를 찢어발길 생각에 몹시 마음이 급한 것 같았다. 몇 미터도 날아가지 않아 이스타리엘을 바닥에 내동댕이치더니 곧장 그에게 다시 덤벼들었다. 이스타리엘은 침착하게 바닥을 구르며 옆으로 피했다. 날카로운 하피의 송곳니가 허공을 물어뜯었다. 몸집이 인간만한 하피는 붉은 머리칼을 지닌 아름다운 여인의 얼굴을 하고 있었다. 그렇지만 크고 도톰한 입술 안에 맹수의 날카로운 이빨을 숨기고 있었다. 하피는 발톱으로 사냥감을 바닥에 누르며 압박하는 동시에 날카로운 이빨로 갈기갈기 찢거나 무리와 함께 사냥한 먹잇감을 해체했다. 그런데 지금 눈앞의 하피가 일행 없이 혼자인 걸 보면, 그녀의 무시무시한 자매들은 아마 엘리야를 공격하고 있을 것이 분명했다. 그리고 이조라도! 하피의 발톱이 그를 옴짝달싹도 못 하게 바닥에 내리누르려 계속 맹공격을 퍼붓는 순간에도 이스타리엘은 제 여동생을 걱정했다. 그러면서도 그는 용케도 하피의 공격을 피했지만, 이번만큼은 정말 아슬아슬했다.

"멈춰서어어!" 괴물이 울부짖었다. "멈추라고, 이 엘프 새끼야. 그래야 내가 널 찢어발기지. 그냥 제자리에 그대로 좀 있어어어!"

놀라 경직됐던 이스타리엘의 팔 근육이 이제 좀 말을 듣기 시작했다. 이스타리엘은 벨트에서 단도를 꺼내 제 다리를 움켜쥔 커다란 발톱을 단숨에 베어 냈다. 있는 힘을 다 끌어모아 문스틸월강철을 짐승의 발가락에 꽂아 넣자 단검은 가죽으로 덮인 피부를 가르며 뼛속까지 꿰뚫었다. 하피는 새된 비명을 질러 댔지만, 여전히 살인적인 발톱을 치우진 않았다. 그 대신 공기마저 금이 갈 것 같은 무시무시한 고음으로 소리를 질렀다. 소프라노보다 족히 몇 음계는 높은 기괴한 음성이었다. "이런 고통이! 괴로워! 정말 아프다고오오! 저놈만큼은 천천히 죽일 거야, 저 못된 엘프 새끼이이!"

하피는 육감적인 입을 벌려 날카로운 이빨을 드러냈다. 침이 이스타리엘의 가슴 위로 뚝뚝 흘렀다. 하피의 등과 어깨는 새처럼 깃털로 덮여 있었지만 목 아래부터 복부까지는 맨몸이었다. 아름다운 자태를 뽐내는 가슴이 하피가 움직일 때마다 살며시 출렁거렸다. 하피의 눈빛에 서린 살기만 아니었다면 눈길을 돌리기 힘들 정도로 하피의 벌거벗은 가슴은 아름다웠다. 이스타리엘은 이 고비에서 벗어날 기회는 딱 한 번뿐이라고 판단했다. 그는 과감하게 발톱에 박힌 단도를 뽑아 하피의 목을 향해 던졌다. 그러나 칼날이 저의 급소를 향해 날아오는 걸 감지한 하피는 반사적으로 날개를 높이 치켜들어 단도를 막아 냈다. 하피는 또다시 고통에 찬 괴성을 질렀지만, 이번만큼은 이스타리엘도 제 목숨을 지킬 다음 기회가 없으리라는 걸 잘 알았다. 그리고 물론 하피도 알고 있었다. 그에게 몸을 숙인 하피가 날카로운 이를 드러냈다.

"엘프 꼬마야, 이제 넌 더는 날 아프게 하지 못할 텐데. 이제는 네가 울 차례야. 비명을 지르고, 괴로워하겠지. 내가 널 조각조각 잡아 뜯고, 네 눈을 파 버릴 거니까!"

의기양양해진 하피가 고개를 치켜들었다. 이스타리엘은 눈꺼풀을 감으며, 당장이라도 제게 닥칠 고통을 대비했다. 그러나 하피는 이빨을 그의 몸에 박는 대신 갑자기 옆으로 튕겨져 나갔다. 뭔가 크고, 시커먼 것이 달려와 제 몸으로 하피를 밀쳐 냈고, 하피는 거의 나동그라질 뻔했다. 이스타리엘은 제 옆에 서서 앞발로 거칠게 바닥을 구르는 말을 바라봤다. 말 위에는 아그네스가 양팔로 말의 목을 부둥켜안은 자세로 앉아 있었다. "어서 그를 놔줘, 이 역겨운 괴물아!" 그녀가 호통을 쳤다. 이스타리엘의 심장이 두근거리기 시작했다. 도대체 어느새 아그네스가 이렇게 단숨에 말을 몰아 제게로 달려온 거지?

하피는 아그네스의 등장에 잠시 강한 인상을 받은 것처럼 보였다. 그렇지만 이내 정신을 차린 하피는 다시 씩씩거렸다. 이스타리엘의 다리에 박은 제 발톱을 거두지 않은 채

요란한 날갯짓을 시작했다. 샤텐발트 마물의 시끄러운 비명
소리와 격렬한 저항에 부딪치자 용감하게 달려왔던 말의 기
세도 주춤하는 것 같았다. 연신 사납게 앞발을 구르던 말이
결국 몇 발자국 뒷걸음질 치자 아그네스가 흐느껴 울기 시
작했다. 절망적인 그녀의 시선이 왕자의 시선과 마주쳤다.
이스타리엘은 지금 상황이 허락하는 한, 저를 위해 목숨을
건 저 용감한 여자의 모습을 최대한 눈에 넣어 두어야겠다
고 결심했다. 어쩌면 저렇게 자신을 응시하는 그녀의 눈빛
이 이제 마지막일지도 모르니까. 그때 누군가 큰소리로 호
통을 쳤다. "어서 물러나! 말을 끌고 저리로 피하라고!"

아그네스가 돌아섰다. 그리고는 휘둥그레진 눈으로 재빨
리 고삐를 옆으로 잡아당겨 이스타리엘의 시야에서 사라졌
다. 곧이어 이스타리엘은 왼쪽 허벅지에 불타는 것 같은 고
통을 느꼈다.

"미안해요, 왕자님." 누군가 소리쳤다. 그는 그것이 그레
타의 음성이라고 짐작했다. 고개를 아래로 숙인 이스타리엘
은 제 다리에 꽂혀 있는 화살 깃을 발견했다. 하지만 지금은
그것에 대해 깊이 생각할 겨를이 없었다. 그 순간 또다시 공
중을 가르며 날아온 화살이 이번에는 하피의 목을 관통했
다. 숨이 넘어갈 정도로 비명을 지르며 하피는 그제야 지금

까지 붙잡고 있던 이스타리엘을 놓았다. 격분한 하피가 그레타에게 몸을 돌렸다.

 "어디 감히 인간 창녀 따위가…." 하피가 그르렁거렸다. 하지만 더는 말을 잇지 못했다. 거칠게 기침을 연거푸 해 대던 하피가 울컥 피를 토해 냈다. 분노에 휩싸인 하피가 날개를 펼치고 그레타가 있는 방향으로 맹렬하게 돌진했다. 그렇지만 하녀는 세 번째 화살을 얹은 활시위를 팽팽하게 당기고 있었다. 이스타리엘이 자세히 보니 그레타의 손에 들린 건 그가 쓰던 사냥용 활이었다. 샤텐발트의 무시무시한 피조물이 아니라 토끼를 사냥하려고 손수 깎아 만든 것이었다. 저런 활로는 가죽으로 덮인 발톱이나 억센 날개 부위가 아니라 치명상을 입힐 수 있는 예민한 곳을 명중시켜야 했다. 그레타는 훈련되지 않은 서투른 솜씨로 활시위를 잡아당겼지만 정말 초보답지 않게 하피를 겨누며 적절한 순간을 헤아렸다. 마치 숙련된 병사처럼 침착하게 때를 기다렸다. 그리고 피에 젖은 마수가 저를 잡아채기 일보 직전에야 팽팽히 당긴 활시위를 놓았다. 그레타의 손을 떠난 활은 지금까지 그녀가 활쏘기 외에 다른 것은 해 본 적이 없다고 해도 믿을 정도로 목표물을 정확히 관통했다. 시위를 떠난 활이 하피의 오른눈을 정통으로 꿰뚫었다. 귀가 먹먹할 만큼 끔찍한 비명을 지르며, 공중에서 추락한 하피가 그레타의 발 아래 쓰러졌다. 하녀는 아무렇지도 않다는 듯 얼굴에 내려온 머리카락을 귀 뒤로 넘기고는 몇 차례 심호흡을 했다.

"날 데려오길 정말 잘했죠?" 의기양양 그레타의 코가 하늘 꼭대기까지 올라갔다. 지금까지 쌓였던 불만과 비호감에도 이스타리엘은 그녀의 말이 옳다는 것을 인정할 수밖에 없었다. 반면 아그네스는 그레타가 어쩌든 전혀 아랑곳하지 않았다. 말에서 미끄러지듯 내려온 아그네스가 서둘러 그의 곁으로 달려왔다. 덜덜 몸을 떨며 땅바닥에 털썩 주저앉은 아그네스는 이스타리엘의 상처를 살폈다. 하피의 발톱이 가죽바지를 뚫고 들어간 자국이 보였다. 그 아래에 깊은 상처들이 군데군데 보였고, 그리고 거기서 한 뼘 위에 박힌 화살깃도 눈에 들어왔다. 무엇보다 하피가 발톱으로 움켜쥐었던 어깨에 입은 부상이 가장 심각했다. 이 상처에서 흘러나오는 피가 이스타리엘의 셔츠를 붉게 적셨다.

"아아, 안 돼!" 아그네스가 흐느껴 울었다. "정말 상태가 안 좋아 보여요! 이제 어떻게 해야 하죠?" 아그네스는 몹시 초라하고, 고독하고, 절망했다. 순간 이스타리엘이 그녀의 손목을 잡았다. "아그네스, 날 봐!" 그가 힘주어 말했다. 아그네스는 이스타리엘의 말대로 했지만 눈동자에는 여전히 공포가 가득했다. "난 죽지 않아. 엘리야가 고칠 수 있어. 그러니까 우리는 그를 찾기만 하면 돼."

그때 셋은 저 멀리 어렴풋이 들리던 전투 소리가 멈췄다는 걸 깨달았다. 그건 그들이 하피를 물리쳤거나 아니면…. 하지만 이스타리엘은 다른 가능성을 아예 떠올리고 싶지도 않았다. 이스타리엘은 당장 상처 치료를 위해 마법사를 찾으려는 마음보다 우선 제 여동생을 살피러 가야 한다는 생각이 앞섰다. 덜덜 떨리는 손으로 제게 꽂힌 화살을 꺾어 낸 이스타리엘은 몸을 일으켜 세워 보려 시도했다. 마침내 아그네스와 그레타가 양쪽에서 그를 부축하여 가까스로 일어났다. 통증을 꿋꿋이 참으며 신음 한번 흘리지 않고 성한 한쪽 다리를 움직여 제 말을 향해 비틀거리며 걸어갔다. 그가 말에 오르려 손을 대기도 전에 저 멀리서 말발굽 소리가 들려왔다. 곧이어 이조라와 마론을 대동한 엘리야가 전력 질주하며 모퉁이를 돌아 그들에게로 다가왔다. 다행히 셋 모두 다친 곳이 없어 보였다. 그제야 이스타리엘은 안도의 한숨을 내쉬었다.

"다행히 살아 있었군. 잘됐어." 그것이 엘리야가 내뱉은 단 한 마디였다. 이스타리엘의 상처를 묻지도 않았고, 나머지 두 여인에게 아무 관심도 없었다. 무엇보다 중요한 건 제 파수꾼이 여전히 살아 있다는 것이었을 테니까. 화가 치민 이스타리엘이 입술을 깨물었다. 그리고 이조라와 시선이 마주쳤다. 저를 보며 안심하는 동생의 눈빛에 그제야 분노가 어느 정도 가라앉았다.

이어 죽은 하피에게 돌아선 엘리야는 대번에 무슨 일이 있었는지 알아차렸다. 경멸하는 투로 눈썹을 높게 치켜뜨며 이스타리엘에게 물었다. "이 두 소녀 중 누가 화살을 쏜 거지, 엘프 왕자? 자네 다리에 화살을 박아 넣은 여인이 우리의 꼬마 아그네스는 아닐 거라고 보네만?"

"물론 아니죠. 그건 저였어요." 그레타가 자발적으로 나서며 대답했다. 그녀의 음성에는 만족감이 배어 있었다. 인간의 왕은 마치 누군가 정말 웃긴 농담이라도 한 것처럼 큰 소리로 웃어 재꼈다. 하지만 엘리야를 제외한 나머지 일행의 표정은 전부 진지했다.

"그런데 도대체 어떻게 된 거지?" 이윽고 이스타리엘이 물었다. "왜 하피가 우리를 공격하는 거요?"

그제야 엘리야가 말에서 내렸다. 그제야 엘프 왕자는 부상자가 비단 자기만은 아니라는 사실을 깨달았다. 엘리야 역시 갑자기 후방에서 덮친 하피 무리에게 당한 것이 분명했다. 어깨에 걸친 강철 갑주가 깊은 상처가 생기는 것을 어느 정도는 막아 준 것 같았다. 하지만 등을 따라 하피의 발톱이 긁고 간 생채기 때문에 여기저기 피범벅이었다. 베리안의 감옥에서 탈출한 이후 엘리야는 처음으로 통증이라는 감각을 다시 느꼈다. 그는 마론에게 고삐를 넘기고는 이스타리엘에게 다가갔다.

"우리 두 종족을 위해 샤텐발트의 마수들을 정복할 당시 난 이 숲의 위험한 피조물들을 제압할 수 있는 검 여덟 자루를 만들었다." 엘리야가 설명했다. "그것으로 엘프와 인간은 하피, 와이번, 유령늑대, 도깨비불을 통제했지. 각각의 마수마다 그들을 복종시키는 한 쌍의 검이 있었다. 하나는 엘프의 문스틸로 제작한 검이었고 다른 하나는 일반 강철로 만든 인간의 검이었지. 검을 소유한 정복자는 처음에 딱 한 번 그 피조물 앞에서 그 검에 제물의 피를 적셔야 했다. 그러면 마물들은 그 정복자에게 복종하며 그가 속한 종족에 해를 입히지 않게 되지. 하지만 인간 왕가의 경우…" 이스타리엘의 코앞에 선 엘리야는 추측건대 트레간디르가 있을 서쪽 어딘가를 응시하는 것 같았다. 그리고 이내 머리에 쥐가 날 것 같은 생각에서 벗어나고 싶었는지 황급히 고개를 세차게 흔들었다. 저런 모습을 볼 때마다 이스타리엘은 인간의 왕에게 약간의 연민을 느꼈다. 그런 순간만큼은 엘리야에게서 상처 입기 쉽고, 단순하고, 인간적인 면모를 발견할 수 있었기 때문이었다.

"아무튼, 그날 이후 엘프들은 단독으로 샤텐발트를 지배했다." 엘리야가 설명을 이어갔다. "인간 정복자는 살해당했고, 그들의 검은 용광로 속으로 사라져 버렸다. 엘프의 왕 님룬트는 거기서 그치지 않고, 사냥꾼을 특파하여 페엔_{요정} 산맥의 그림자고양이를 전부 도륙해 버렸다. 내가 그 짐승이 지닌 마법의 정수로 검을 제작했다는 걸 알았기 때문이었지. 그렇게 해서 그 후론 어느 마법사도 정복자의 검을 만들 수 없게 되었다. 그림자고양이의 멸종과 함께 기회의 싹이 뿌리째 사라져 버린 거지. 결국 처음 엘프의 검을 보유한 네 명의 엘프만이 종족의 수호자이자 동반자로 남게 된 거였다. 그들 중 한 명이 사망하면 죽은 자의 검은 그 계승자에게 넘어간다. 그러면 그 계승자 역시 다시 샤텐발트 숲에 찾아와 그 피조물과 싸워야 하지. 하지만 하피의 정복자인 로리안 폰 안고르 파비아는 후계를 정하지 않은 채 죽어 버렸다. 따라서 그의 검은 스스로 새 주인을 찾아낸 거지."

"바로 트리스탄이군요." 마론이 말 위에서 소리쳤다.

엘리야가 고개를 끄덕였다. "미안하구나. 샤텐발트 숲의 문턱을 넘어서면서도 미처 그 생각을 하지 못했다."

"그러면 트리스탄이 이제 하피의 정복자가 되었단 말인가요?" 이조라가 묘하게 들뜬 음성으로 질문했다.

"아직은 아니오." 엘리야가 대답했다. "하지만 그가 이곳을 찾아 그 검에 하피의 피를 묻히는 순간 그리될 것이오."

"하지만 그는 인간이잖아요." 그레타가 끼어들었다. "그러면 문스워드를 사용하지 못할 텐데요."

"트리스탄은 가능해요." 마론이 자부심이 가득 찬 목소리로 대답했다. "트리스탄은 그럴 수 있어요. 내 두 눈으로 똑똑히 봤으니까요."

순간 엘리야가 갑자기 대화를 멈추고 다시 제 말에게로 돌아갔다. 이스타리엘은 아쉬운 눈빛으로 그의 뒷모습을 쫓았다. "혹시…" 이스타리엘은 거의 짓눌린 음성으로 힘들게 부탁했다. "한 번만 더 내 상처를 치료해 줄 수 있겠소?"

그러자 엘리야가 돌아섰다. 고개를 젓는 엘리야의 눈빛에는 한 치의 악의도 없었다. "지금은 아닐세, 엘프 왕자. 마력은 에너지와 서로 묶여 있지. 그리고 샤텐발트는 우리 마법사들에게서 마력을 빼앗아 간다네. 방금 치른 전투로 내가 당장 유용할 수 있는 부분을 전부 소모해 버렸어. 그러니 어떻게든 오늘 저녁까지만 참게나. 달이 뜨면 네 여동생이 널 치료해 줄 수 있을 테니까."

아그네스

아그네스는 그나마 저녁까지 시간이 얼마 남지 않아서 천만다행이라고 생각했다. 말안장 뒤에 앉은 이스타리엘의 몸은 심하게 흔들렸고 어깨는 피로 붉게 물든 데다 다리에는 부러진 화살이 여전히 꽂혀 있었다. 그렇게 한 시간쯤 흘렀을 무렵, 이스타리엘은 더는 견디기 어려운 듯, 말이 한 발자국 내디딜 때마다 상체가 앞뒤로 심하게 흔들렸다. 아그네스는 양팔을 뒤로하고 그를 꼭 붙잡고 있어야 했다. 이스타리엘은 예전에 트리스탄이 고열로 시달릴 때처럼 거의 혼수상태로 접어들고 있었다. 추측건대 과도하게 피를 흘렸기 때문이리라. 이런 식으로 가다간 자칫 이스타리엘이 살아서 이 샤텐발트를 통과하지 못할 수도 있겠다 싶었다. 아그네스는 마음속에 스멀거리는 공포를 애써 누르며 지금은 다른 말의 뒤를 쫓아 앞으로 나아가는 데만 오롯이 집중했다. 이

숲도 어디엔가 끝이 있을 테니까!

절대 끝나지 않을 것만 같던 영겁의 행군도 이제 끝이 보였다. 드디어 나뭇잎 사이로 여기저기 햇살이 스며들었다. 마침내 그들을 숲 밖으로 인도한 그 길은 인간의 왕국으로 이어져 있었다. 따뜻한 날씨에, 지저귀는 새소리, 그리고 곳곳에 보이는 농가와 어디서 풍겨오는 석탄 내음이 물씬 풍기는 그곳으로. 말의 고삐를 잡아당긴 엘리야가 얼굴을 태양을 향해 높이 쳐들었다. 동시에 생명을 선사하는 따스한 햇살을 전부 제 피부로 빨아들이려는 듯 양팔을 활짝 뻗었다. 그러자 마법 지팡이에 고정된 프레지오라이트_{녹수정}도 약동하기 시작했다. 태양이 뿜어내는 활력이 고스란히 심장으로 스며드는 것 같았다. 마법사의 맥박도 빨라졌다. 그 자세로 한참을 있던 마법사는 일행을 향해 고삐를 돌려 달려갔다.

"여태껏 신음 한 번 흘리지 않고 참아 내다니. 너도 참 대단하구나, 엘프 왕자." 그가 이스타리엘에게 말했다. "오늘 밤까지 계속 이렇게 참아 낼 수도 있겠지만 그러면 넌 아마 살아남지 못할 거다."

그리고 부러진 화살을 쥐더니 거칠게 이스타리엘의 다리에서 뽑아냈다. 우지끈 부러지는 소리와 함께 피가 흘러내렸지만 다행히 뿜어 나올 정도는 아니었다. 깜짝 놀란 아그네스가 공포에 찬 비명을 질렀다. 이어 엘리야가 프레지오 라이트로 왕자의 가슴을 톡톡 건드리자 그의 목숨을 위협하는 붉은 샘이 빠르게 말라 갔다. 순식간에 상처는 아물어 사라지고 예전처럼 아름답고 뽀얀 피부로 되돌아갔다.

"여기서 좀 쉬어가자." 불사의 마법사는 잠시 말을 멈추고 휴식을 취하기로 결정했다.

숲의 마물들은 샤텐발트에 서식하며 시시각각 출몰하지만 환한 대낮에는 그곳을 벗어나지 못하기 때문에, 일행은 숲에서 그리 멀리 떨어지지 않은 지점에 안심하고 자리를 잡았다. 아그네스는 말안장을 베개 삼아 머리를 받치고 누운 이스타리엘이 잠들 때까지 옆을 지켰다. 그런 후 용기를 내어 거머리말을 채취하기 위해 살며시 숲 가장자리까지 들어갔다. 초록 풀을 한가득 품에 안고 돌아온 아그네스는 아직 불편한 다리로 일어서서 그녀를 찾으러 나서던 이스타리엘과 눈이 딱 마주쳤다.

"지금 뭐 하는 거예요? 어서 다시 자리에 누워요." 아그네스는 화난 목소리로 그에게 다그쳤다.

"네가 다시 숲으로 들어갔으니까." 이스타리엘이 아그네스를 나무랐다. "목숨까지 걸고 거긴 왜 또 들어간 거야?"

아그네스는 그 대답으로 그의 눈 앞에 거머리말 한 다발을 거칠게 들어 올렸다. "딱딱한 말안장을 베고 누웠잖아요. 임시방편이라도 자루에 이 풀을 채워 베개를 만들어 주려고 했어요."

"베개라고?" 엘프 왕자는 힘이 빠지는 동시에 화가 치밀어 올랐다. "저 숲속에 뭐가 돌아다니는지 보지 못한 거야? 왜 그렇게 어리석은 행동을 하는 거야?"

아그네스는 그의 비난에 화가 났다. 이스타리엘은 자신을 순진하고 연약한 소녀로만 생각하는 것 같았다. 그저 왕자의 품에 안겨 보호만 받아야 하는 철부지 소녀로…. "숲속에 고작 2미터 정도만 들어갔을 뿐이에요." 아그네스가 투덜거렸다.

"고작 그 2미터 때문에 죽을 수도 있어!" 흥분한 이스타리엘이 화를 냈다. 마침 아그네스를 도우러 온 마론이 건넨 빈 자루를 받아 든 그녀는 지금까지 주먹만 불끈 쥐고 있던 두 손을 바삐 움직였다. 아그네스는 짜증을 내며 뜯어 온 풀을 채워 나갔다. 일을 끝낸 아그네스는 아무 말 없이 베개를 마론에게 건넸다. 마론은 그것을 이스타리엘에게 건넸지만 그는 그냥 무시해 버렸다.

"그냥 가져가서 하룻밤이라도 편히 쉬도록 하시죠." 마론이 제안했다. "한숨 푹 자고 일어나면, 우리 인간 여자들이 저렇게까지 목숨을 거는 이유를 이해하게 될지도 모르잖아요."

이스타리엘은 마론의 에두른 질책에 아무 대꾸도 하지 않았다. 그 대신 눈썹을 일자로 모으며 아그네스를 쳐다봤다. 순간 아그네스는 이스타리엘의 표정에 드리운 그림자를 보았다. 맑고 아름답기만 했던 엘프 왕자의 얼굴도 이토록 암울한 상황에서는 얼마나 애처로워 보일 수 있는지 새삼 느꼈다. 잘생기고 늘씬한 이 엘프 왕자는 어떤 상황에서도 품위를 지켰고, 타인에게 제 감정을 드러내지 않았다. 이렇게 가끔씩이라도 그의 진정한 얼굴을 보여 주는 건 오롯이 아그네스를 대할 때뿐이었다. 바로 지금처럼. 치밀어 오르는 화를 삭이며 마론 곁으로 걸어간 아그네스는 그녀에게서 풀잎을 채워 만든 주머니를 건네받았다. 그런 다음 묵묵히 이스타리엘의 자리를 정돈하고 그곳에 베개를 내려놓았다.

"아무짝에도 쓸모없는 여자처럼 느끼게 만들지 마세요. 적어도 내가 할 수 있는 일만큼은 내 손으로 하게 해 줘요." 아그네스는 이스타리엘을 살며시 아래로 끌어당기며 나지막한 음성으로 말했다.

이스타리엘이 아그네스의 손을 붙잡았다. "넌 이미 숲속에서 내 목숨을 구했어, 아그네스. 그러니 쓸모없다는 말을 그렇게 함부로 하지 마!"

아그네스가 고개를 저었다. "아니요. 당신의 목숨을 구한 건 그레타예요. 난 성공하지도 못할 무모한 시도를 한 번 해 봤을 뿐이고요."

엘프 왕자는 아그네스의 말을 반박하고 싶었지만, 지금까지 모닥불을 피우며 이 일에 조금도 관심을 보이지 않던 엘리야가 대화에 끼어들었다.

"인간 왕국이 전성기를 누리던 그 시절, 우리 군대에는 지켜야 할 사회 규범이 적힌 법전이 있었다." 엘리야가 말했다. "그 안에 숭고한 행동은 그 자체만으로도 위대하며, 성공 혹은 실패와 상관없다고 기록되어 있지."

"그러나 우리 엘프는 영광이 따르는 결말로 이어지는 행동만이 고귀하다고 하죠." 이조라가 덧붙였다. "우리 고문서에는 분명 그렇게 명시되어 있어요."

모닥불을 지피던 엘리야가 불 속에 나뭇가지를 몇 개 더 집어 던졌다. 이조라를 염두에 둔 그의 미소에는 존중이 깔려 있었지만, 예의상 친절을 베푸는 엘리야의 모습이 아그네스는 몹시 낯설었다. "그게 우리 두 종족 사이에 있는 크지 않지만 미묘한 차이 아니겠소?" 그가 간결하게 대답했다. "이 동맹이 제대로 완성되려면 서로의 다름을 인정하는 법을 먼저 배워야 할 것이오."

엘리야가 말을 마치며 고개를 끄덕이자 이조라도 화답하

58

듯 고개를 끄덕였다. 그것으로 둘의 대화는 끝난 것처럼 보였다. 아그네스는 당최 이해가 되지 않았다.

"그러면 우리는 언제쯤 그 동맹을 위해 당신이 세워 놓은 커다란 계획에 동참하게 되는 건가요?" 갑자기 아그네스가 말을 꺼냈다.

"꼬마 아가씨, 넌 아니란다." 엘리야는 단호하게 대답했다. "내일이면 부르크스메아데에 도착할 거다. 그곳에서 널 네 부모에게 데려다주면, 앞으로 넌 여생을 뜨개질을 하고 빵을 구우며 보내겠지. 고작 농가의 아이인 네가 에냐도르 대륙의 동맹과 무슨 관련이 있겠는가?"

아그네스는 뒤돌아보지 않았지만, 격분한 이스타리엘이 황급히 몸을 일으키는 것을 느꼈다. 남몰래 손으로 제 뒤를 더듬자 그의 손이 닿았다. 이스타리엘은 아그네스의 손을 꼭 붙잡았다.

"그러면 그 대단한 에냐도르 동맹에 인간의 왕과 미래의 왕비가 될 엘프를 빼면, 또 누가 관여되는 거지?" 이스타리엘이 빈정거렸다. 아그네스는 그것이 엘리야가 아니라 이조라를 겨냥한 질문이라는 걸 깨달았다. 아무리 봐도 저 엘프 쌍둥이는 오랫동안 서로 제대로 된 대화를 나누지 않은 것 같았다. 지금만 봐도 이조라는 말문을 닫고 아무 대답도 하지 않았다. 다른 일행보다 뭔가 더 많은 걸 알고 있는 것이 분명해 보였지만 이조라는 슬쩍 시선을 피하며 그 대답을 엘리야에게 떠넘겼다.

"그대는 엘프의 파수꾼이니 당연히 이 동맹을 굳건히 할 결정에 참여할 것이다." 엘리야가 명확하게 선을 그었다. 그리고 곧이어 검지로 아그네스의 가슴을 가리키며 말했다. "저 아이가 떠난 후부터." 번뜩이는 엘리야의 눈동자는 그 어떤 반박도 참지 않을 것임을 명확히 했다.

이스타리엘은 아그네스의 손을 꼭 잡았다. 이렇게 이스타리엘과 손을 잡고 있을 때면 아그네스는 저도 덩달아 강해지는 기분이 들었다. 동시에 이 전부가 그저 환상에 불과하다는 것도 잊지 않았다. 농가의 소녀가 꾼 터무니없는 꿈일 뿐이다! 그러니 그녀의 경솔한 입을 초장에 다물게 한 엘리야의 행동은 몹시 타당했다. 처음부터 포로와 왕자로 만난 둘 사이의 신분 차이가 이제 다시 원래대로 복원된 것이다. "난 괜찮아요." 아그네스가 이스타리엘에게 속삭였다. "내일부터 당신은 본래의 삶으로 돌아가야 해요. 그리고 당신에게 합당한 권리도 되찾으시고요."

"아니, 괜찮지 않아!" 이스타리엘은 아그네스에게 버럭 소리를 지르고는 엘리야를 향해 항변하기 시작했다. "앞으로 파수꾼들이 각 왕국을 다스릴 거라고 자기 입으로 스스로 말하지 않았던가. 왕도, 마법사도 아닌 파수꾼이! 하지만 정작 저는 파수꾼도 아니면서. 그런데도 마치 스스로 운명의 신이라도 된 것처럼 행동하며, 모든 이의 미래를 결정하려 드는가?"

"내 도움 없이 직접 네 운명을 시험해 보고 싶은가, 왕자?" 엘리야는 몹시 차분한 어조로 되물었다. 평소 이런 상황이 닥치면 훨씬 괴팍하고, 예측 불허의 반응을 보이는 사람이었기에 지금 그의 침착한 태도는 뜻밖이었다. 마치 며칠 전부터 이런 대화를 기다리던 사람처럼 보였다. "아니면 나를 아예 적으로 삼고 싶은 겐가? 그건 아닐 거라고 생각하는데."

아그네스는 왕자가 붙잡은 손의 압력이 점점 느슨해지는 걸 느꼈다. 그랬다. 이스타리엘이 원하는 것도 분명 그런 건 아닐 터이다. 감히 저 엘리야 폰 도른슈트랑을 적으로 두고 싶은 자는 이 세상에 아무도 없을 것이다. 그러기에 엘리야는 너무 강했다.

"그렇다면 왜 당신이 내 누이와 혼인하려는 건지부터 물어야 할 것 같군. 이 세상을 지배하는 자가 파수꾼이고, 당신이 원하는 게 인간과 엘프의 결속이라면, 왜 내 누이를 트리스탄의 짝으로 삼지 않는 건가."

"안 돼요!" 순간 절망에 찬 반대 목소리가 마론에게서 터져 나왔다. 아그네스는 처음부터 그럴 거라 예상했지만, 남자들은 마론이 그들과 동행한 이유를 아예 잊어버린 것 같았다. 거기에 한술 더 떠서 그들은 전혀 개의치 않고 계속 대화를 이어나갔다. 여전히 크게 부릅뜬 이조라의 두 눈에 서린 여러 복잡 미묘한 감정과… 죄책감도 보지 못한 채. 아그네스는 이에 대해 더는 깊게 고민하고 싶지 않았다.

"트리스탄은 다른 이와 혼인할 것이다." 엘리야가 간결하게 대답했다.

"아하! 이렇게 우리 모두에게서 이득을 취하려고 당신 멋대로 우리를 팔겠다는 건가? 미처 아직 보지도 못한 데몬의 앞날까지 이미 정해져 있는 건가?"

"그렇다."

한순간이었지만 모두가 침묵했다. 그리고 이스타리엘이 다시 입을 열었다. "그러면 내 아내가 될 이는 누구지?" 이스타리엘은 억눌린 음성으로 물었다.

"아그네스는 아니다."

"그러니까 지금 알고 싶다 하지 않소. 누구요?" 이스타리엘이 고함쳤다.

그러자 자리에서 벌떡 일어선 인간의 왕이 모닥불을 지나 그들에게 다가왔다. 아그네스는 그의 눈동자에 서려 있는 사나운 기운에 얼어붙었다. 엘리야의 뒤편으로 침낭에 놓아둔 프레지오라이트가 빛을 뿜어내고 있었다. 속수무책이긴 했지만 아그네스는 순간 떠오르는 본능대로 움직였다. 그녀는 엘프 왕자 앞에 서서 엘리야를 가로막았다. 그런 행동으로 감히 엘리야를 물러나게 하려는 건 아니었지만, 적어도 그의 폭소를 유발하는 데는 성공했다. 잠시 자리에 멈춰선 엘리야가 그녀를 내려다봤다. "소녀야, 내일이면 널 다시 네 버터통 앞으로 데려다줄 것이다. 그리고 모레에는…" 그리고는 다시 이스타리엘을 흘낏 쳐다보며 말을 이었다. "내 친히 엘프의 파수꾼에게 사랑의 번민을 이겨 내는 법을 가르쳐 주도록 하지."

다음 날 저녁, 그들은 부르크스메아데에 도착했다. 이스타리엘은 이곳으로 오는 내내 입을 다물었고, 아그네스는 그런 그에게 말을 걸 엄두조차 내지 못했다. 이스타리엘과 아그네스의 뒤에 연결된 짐말을 탄 그레타마저도 평소와 달리 입을 굳게 다물고는 바른 몸가짐과 태도를 보였다. 엘리 야는 다른 생각할 겨를도 없다는 듯 계속 무자비하게 빠른 속도로 전력 질주했다. 그 덕분에 특정 신체 부위가 점점 얼 얼해지고 통증이 심해지는데도 불구하고 일행은 허겁지겁 그를 뒤쫓아야만 했다. 인간의 왕은 내키지 않는 짐짝을 최 대한 빨리 벗어 던지는 것이 급선무인 것처럼 행동했다. 그 러다 보니 일행은 저녁 식사 전에 부르크스메아데의 첫 농 가를 지날 수 있었다. 특히 아그네스는 야릇한 기분이 들었 다. 눈앞에 보이는 모든 게 비현실적이었다. 개들이 달려와 그들을 향해 짖었다. 지저분한 꼬마 아이들이 가지고 놀던 장난감을 바닥에 떨어뜨리고는 그들이 탄 말 주변으로 우 르르 몰려왔다. 모든 농가와 오두막에서 사람들이 몰려나와 일행을 뚫어져라 바라봤다. 품에 염소를 안은 아담의 아버 지, 마을 청년들이 징집된 후로 머리카락이 잿빛으로 세어 버린 마을 목사, 손으로 얼굴을 꼬집으며 울먹이는 아그네 스의 오랜 친구인 안니까지. 이윽고 모두가 입을 꾹 다물고 그들을 쫓아오며, 호기심과 기대에 찬 표정으로 말을 타고 온 일행을 궁금해했다. 특히 아름다운 엘프 여인과 더불어 피에 젖은 셔츠를 입은 채 얼마 전에 노예로 끌려간 소녀를 품에 안은 엘프 남자를 응시했다. 아그네스는 이스타리엘에게 제 집으로 향하는 길을 가리켰다. 마침내 아그네스가 떠난 뒤로 조금도 변한 것이 없는 집 마당에 도착한 일행이 말의 고삐를 잡아당겼다. 별채나 수직 채광창이 없는 단출한 오두막이었다. 판자는 군데군데 썩어 있었지만 커튼만큼은 평소 이르멜이 선호하던 대로 하얗고 깨끗했다. 앞마당에 심은 로즈메리와 라벤더 향기가 솔솔 풍겼고, 그 가운데 우리에서 탈출한 닭 한 마리가 땅을 후벼 파고 있었다. 그녀의 아버지가 현관문을 열고 밖으로 뛰어나오는 순간 아그네스가 말에서 미끄러지듯 내렸다.

"아그네스." 속삭이듯 중얼거리는 아버지의 목소리가 들렸다. "정말 아그네스냐?" 그의 목소리가 갈라졌다. 비틀거리며 단번에 두 계단씩 뛰어 내려온 그가 아그네스에게 다가왔다. 아그네스는 힘껏 달려 저를 향해 양팔을 넓게 벌린 아버지의 품에 안기며, 마구간과 땀 냄새가 잔뜩 배어 있는 아버지의 너른 품에 얼굴을 파묻었다. 아버지의 품은 고향과 집 냄새로 가득했다. "돌아왔어요." 흐느끼며 말하는 아그네스의 뺨 위로 눈물이 흘러내렸다. 동시에 밖에서 들리는 소란에 이르멜이 집에서 뛰어나왔다. 그녀는 놀란 동시에 행복한 비명을 마구 질렀다. 그리고는 제 남편의 품에서 딸아이를 잡아당겨 제 가슴에 꼭 안았다. "아그네스, 아그네스, 대체 이게 무슨 일이야?" 이르멜은 숨도 쉬지 못하고 흐느끼며 말했다. 마침내 이르멜은 팔 하나만큼 아그네스와의 간격을 벌리며 딸아이를 머리끝에서 발끝까지 바라봤다. 이르멜은 차츰 진정하는 것처럼 보였다. "카이는 어디 있니?" 그녀가 물었다. "카이를 만났어?"

아그네스는 어디에서부터 얘기를 시작해야 좋을지 감이 오지 않았다. "네, 오라버니는…"

하지만 그 이상 말을 잇지 못했다. 아그네스의 뒤에서 엘리야가 불쑥 나타났기 때문이었다. "그는 맡은 임무가 있다." 엘리야는 아그네스의 말을 잘랐다. "마법에 관련된 임무. 마법을 쓰는 자가 맡아야 할 임무지. 그대의 자식은 그런 아이가 맞지 않은가? 마력을 지닌 소년."

당황한 이르멜이 제 딸아이를 놓고 성급히 남편과 시선을 주고받았다.

"그걸 묻는 당신은 도대체 누구요?" 슈테판이 불신에 찬 표정으로 그에게 물었다.

"엘리야 폰 도른슈트랑. 불사이자 츠빌링스쌍둥이 섬의 수호자, 1세대 대마법사이자 인간의 왕이지."

순간 슈테판과 이르멜의 얼굴에 핏기가 가시며 창백해졌다. 고급 의복을 걸친 엘프 두 명을 비롯하여 말을 탄 일행과 엘리야의 등장을 보면 저 말은 진실일 게 확실했다. 그들은 머리카락 사이로 흐르는 자유의 바람을 만끽하는 인간의 왕을 바라보았다.

"전하." 순간 예의를 갖춘 슈테판이 무릎을 꿇으려 했지만 그를 제지한 엘리야는 슈테판의 어깨를 거칠게 붙잡고는 다시 일으켰다. "어서 내 질문에 답하라!" 엘리야가 슈테판에게 호통쳤다.

"엘리야, 제발 멈춰 주세요!" 아그네스가 끼어들었다. 아무리 그가 인간의 왕일지언정 아그네스는 감옥에서 그가 용변을 처리하는 모습, 수염에서 이를 잡는 모습 그리고 머리로 벽을 치며 흐느끼는 모습을 모조리 지켜봤다. 그녀는 그의 내면에도 한낱 노예로 전락해 버린 제 왕국의 농부, 광부 혹은 포주와 똑같은 욕구를 지닌 지극히 단순한 인간성이 깃들어 있다는 걸 절대 잊지 않을 것이다. 엘리야가 그런 아그네스의 생각을 알고 있다는 듯이 그녀를 물끄러미 쳐다봤다. 서로 시선이 마주친 둘은 긍지도 이름도 없는, 아엘프스탄의 포로였던 시절을 떠올렸다. 엘리야는 예의 없이 끼어든 아그네스를 탓하지 않고 곧장 그녀의 아버지에게 돌아섰다. 그리고 이번에는 좀 더 차분하게 물었다. "카이가 처음부터 그랬던 건 아니었을 테지. 아닌가? 마력을 지닌 아이로 태어나진 않았을 텐데."

　슈테판의 얼굴이 밀랍처럼 창백해졌다. 그의 곁에 선 이르멜의 얼굴에도 핏기가 가셨다. 아그네스는 마치 회초리를 든 선생님에게 제 잘못을 털어놓아야 하는 아이처럼 무력해 보이는 부모의 모습이 몹시 낯설었다. 그들은 몹시 동요한 것처럼 보였다. 열다섯 살 난 딸이 감히 왕의 앞을 가로막는 무례를 범했기 때문은 아니었다. 아그네스로서는 자초지종을 알 수 없는 엘리야의 질문 때문이었다. 이윽고 아버지가 고개를 흔들며 털어놓은 진실은 가히 충격 그 자체였다. "아닙니다. 그렇지 않았지요. 그건 트리스탄이었으니까요."

　주변에 모인 마을 주민들은 제게 닥친 불행은 아니기에 조금은 느긋한 자세로 건자두를 입안에 넣으며 이 광경을 지켜보고 있었다. 오싹한 사형 집행처럼 이제 뭔가 극적인 사건이 벌어질 거라 예견하며 입을 떡 벌린 채 구경하는 부르크스메아데 주민들을 피해 일행은 모두 집 안으로 들어왔다. 아그네스는 지금 이 상황이 짙은 안개로 휩싸인 장막 같았다. 집에 돌아왔으니 이제 이스타리엘과 다시 헤어질 일만 해도 감당하기에 버거웠건만 이제는 그것보다 더한 일이 새로 등장한 것이었다.

　"17년 전, 낯선 유모가 그를 우리에게 데려왔어요." 이르멜이 낮은 음성으로 그때의 일을 전했다. 그레타가 저장실을 뒤지러 간 사이 이르멜과 슈테판은 엘리야와 함께 부엌 식탁에 앉았다. 나머지 일행은 팔짱을 낀 채 주변에 서 있었다. "머리카락을 헝클어트린 채 우리를 찾아온 그 젊은 유모는 폐결핵 증세가 있었고, 거의 죽기 일보 직전인 상태였죠. 우리는 막연히 그녀가 프론슈타인 출신의 창녀일 거라고 생각했어요."

"하지만 그녀는 그런 사람이 아니었어." 엘리야의 대답은 나지막했지만 이르멜이 겁을 먹을 정도로 씁쓸함이 묻어나왔다.

"죄송합니다, 전하." 그녀가 비통함을 숨기지 않고 말했다. "하지만 그 여자가 누구인지 우리가 어떻게 알았겠습니까? 처음에 우리는 그녀를 멀리 보내려 했지만, 당시 그 시절은 좀 어려운 시기였습니다. 우리의 왕… 그러니까 전하께서… 포로가 되셨고, 이후 엘프들이 이 왕국을 함락했으니까요. 많은 이들이 노예로 끌려갔습니다. 그러더니 장자를 전쟁에 내보내야 한다는 명령이 내려졌습니다. 당시 전 카이를 뱃속에 잉태한 상태였죠."

"그리고 그 여자에겐 훗날 너희에게 필요할 그 아이가 있었고, 그렇지 않은가?" 엘리야가 물었다. "처음에는 알아보지 못했겠지만 무척이나 밝은 눈동자를 지닌 아이였겠지."

이르멜이 수긍하며 고개를 끄덕였다. "그건 훨씬 나중에 알았습니다. 처음에 우리는 그 아이가 그해 겨울을 넘기기 힘든, 그저 죽음을 앞둔 창녀의 아이라고만 생각했었죠. 그래서 그 아이를 받아들였습니다. 그 여자가 내건 조건은 아이의 목에 걸린 목걸이를 그대로 간직하게 해 달라는 것뿐이었습니다. 민들레 씨앗이 들어 있는 작고 별 볼 일 없는 구슬이었죠. 그 여자는 우리가 그것을 아이에게서 떼어 내면 자기 영혼이 저세상에서 돌아와 우리를 벌할 거라고 말했어요. 그래서 그 약속만큼은 지켰답니다. 죽은 창녀의 영혼을 집에 들이고 싶은 사람이 어디 있겠습니까."

"그녀는 창녀가 아니라니까!" 엘리야가 벌컥 화를 내며 정색했다. 아그네스가 엘리야의 팔에 손을 얹으며 차분히 그를 진정시켰다. "그러면 어떤 신분의 여성이었나요?" 아그네스가 부드러운 음성으로 물었다. 돌아서서 그녀를 바라보는 왕의 눈동자에 생기가 없었다. "이름은 안달레. 귀니퍼의 시녀로 그녀를 트레간디르로 보냈다만 내 정보원이기도 했지. 나와는 달리 귀니퍼가 아이를 낳았을 때 그녀의 곁을 지켰지."

순간 거기 모인 전원이 이야기의 전말을 이해했다. 완전한 적막이 방안을 가득 채웠다. 그것을 깬 소음은 딸꾹질이었다. 아그네스는 그것이 이조라에게서 나는 것임을 눈치챘지만 그 이유는 추측하지 못했다.

"그러니까 트리스탄이 귀니퍼의 아들이란 말인가." 이스타리엘이 확인하는 듯한 어조로 말했다. 그조차도 이 새로운 사실에 충격받은 것 같았다. "그리고 당신이 그의 아버지인가?"

엘리야가 고개를 끄덕였다. "마력을 보유한 친아버지이지. 그렇기에 트리스탄에게도 마력이 전해졌을 것이다. 사람들은 내게 그 아이가… 곧바로 살해당했다고 말했었다." 엘리야가 벌떡 자리에서 일어나는 바람에 의자가 뒤로 자빠졌다. 그가 아그네스의 곁을 지나 창문가로 향하자 주변에 서 있던 마론과 이조라가 냉큼 옆으로 비켜섰다. 엘리야는 그곳에서 잠시 침묵을 지키며 창밖을 물끄러미 응시했다.

"트레간디르의 문장은 활짝 핀 민들레다." 마침내 그가 말을 이었다. "사람들은 귀니퍼를 트레간디르의 꽃이라 불렀지. 그리고 트리스탄은 그녀의 혈통을 이은 씨앗이다. 그것을 상징하기 위해 안달레는 트리스탄의 목에 그 목걸이를 걸어 주었지. 트리스탄은 도른슈트랑의 후계일 뿐만 아니라 트레간디르 성의 정당한 주인이니까."

갑자기 기묘하고, 적절하지 않은 웃음소리가 그 공간을

채웠다. 격분한 엘리야가 황급히 주변을 돌아보며 마론에게 심기 불편한 제 시선을 고정했다. 마론은 곧장 사과하며 양 손을 공중에 들었다. "죄송합니다, 엘리야 님… 아니 전하! 하지만 이 이 세상 모든 존재 가운데 유독 트리스탄을 증오 하는 이가 있죠. 호리엘 폰 트레간디르라고."

"성이 적통을 잇는 후계자에게 돌아가면 그는 그저 호리 엘이라고만 불리게 될 것이다."

"하지만 인간이 엘프의 성을 다스릴 수는 없어요." 이조라 가 용기 내어 지적했다. 슈발벤하인에서 재회한 이후 엘리 야는 처음으로 제 예비 약혼녀를 평소 그가 다른 이들을 보 던 경멸 어린 시선으로 응시했다. "그건 앞으로 지켜보면 알 것이오." 엘리야가 말하자 프레지오라이트의 불빛이 방안을 가득 채웠다. 이르멜이 겁먹은 신음을 흘렸다. 그 때문에 불 사인 마법사의 관심이 다시 이르멜에게로 향했다.

"그런데 그에게 흐르는 내 마력을 어떻게 떼어 낸 거지? 아녜이의 짓인가?"

이르멜은 대답 대신 조심스럽게 고개를 끄덕였다. 깊은 한숨을 내쉬며 슈테판이 다가와 그녀를 거들었다. "우리는 그 아이가 마력을 지녔는지 몰랐습니다."

"그건 이미 말했었다." 엘리야가 투덜거렸다.

"죄송합니다, 전하!" 슈테판이 중얼거렸다. "하지만 이상한 일이 생겼습죠. 언젠가 아내가 갑자기 심하게 아프기 시작해서 우리는 복중 태아를 잃을 거라 생각했습니다. 그런데 그 와중에 트리스탄에게 젖을 물렸더니 갑자기 건강을 회복했습니다. 그리고 한 번은 폭풍이 우리를 향해 몰려오고 있었습니다. 지붕을 강타하고 농작물을 그대로 망쳐 버릴 강력한 폭풍우였죠. 우리는 감자저장고에 몸을 숨기려 서둘러 집 밖으로 달려 나갔습니다. 그런데 그 꼬마 아이가 폭풍이 오는 쪽을 한 번 쳐다보자 그의 눈동자가 빛났고, 이상하게도 바람이 그대로 멈춰 버리더란 말입니다."

"좋은 일이면 좋은 일이지, 이상할 건 전혀 없는 일이다." 엘리야가 지적했다.

슈테판이 그의 말에 고개를 끄덕였다. "하지만 한 번은 그 아이가 저를…"

"트리스탄이 마력으로 널 오두막 밖까지 날려 버렸다 그거겠지, 그렇지 않은가?" 갑자기 엘리야의 입가에 작은 미소가 걸렸다. "너는 그 아이를 때리고 싶었겠지만 오히려 그 아이에게 맞았을 거고, 아닌가?"

"트리스탄은 돌이 지났고, 카이가 막 태어났을 무렵이었습니다. 우리는 트리스탄이 우리 아들에게 무슨 짓을 할까 봐 두려웠지요."

순간 왕의 얼굴에서 미소가 사라졌다. "그래, 너희에게는 그저 천애 고아에 불과했을 테니까, 그렇지 않나? 장남의 목숨을 대신할 제물일 뿐이었겠지. 너희는 단 한 번도 그를 사랑한 적이 없어."

슈테판도, 이르멜도 감히 아니라고 반박하지 못했다. 논박할 수 없는 결정적인 사실을 두고 설전을 벌이는 건 불사인 대마법사의 분노를 부추기는 셈이었다. 이미 제 목에 올가미가 걸려 있는 상황이라는 걸 이르멜과 슈테판도 잘 알고 있었다.

"계속 말하라!" 엘리야가 슈테판에게 호통을 쳤다.

"아녜이는 깊은 숲속에 살았지요. 원래 어디서 왔는지 아무도 알지 못했지만 엘프가 마법사 사냥을 시작한 이후 숲속에 몸을 숨겼습니다. 가끔씩 마을 사람 중 몇몇이 그녀를 찾아가 도움을 청하고는 했어요. 물론 대가가 없지는 않았습니다."

"대가가 없지 않다? 그 마법사가 무엇을 원하던가? 닭? 염소?" 궁금해진 이조라가 물었다.

"수명이에요." 저장실 방향에서 들려온 음성이 대답했다. 모두의 시선이 소시지를 씹으며 문틀에 기댄 채 서 있는 그레타에게 향했다. 순간 이상하게도 아그네스의 머릿속에 한 가지 생각이 스쳐 지나갔다. 지난 수년 동안 자신은 허락 없이 저장품에 손을 대면 혹독한 매질을 당해야만 했다. 그런데 지금은 생면부지인 하녀가 그냥 들어가서 원하는 대로 먹고 있었지만 제 부모는 조금도 신경 쓰지 않는 것 같았다. 죽음에 대한 극도의 두려움이 사람을 어떻게 이렇게까지 너 그렇게 만든단 말인가!

"그와 관련하여 아는 게 있는가?" 엘리야가 그레타와 말을 섞은 건 아마 이번이 처음이었을 것이다.

"음, 아녜이를 알아요." 하녀가 대답했다. "프론슈타인에서도 절망적인 상황에 이르러 더는 앞이 보이지 않을 때면 그녀를 찾아가거든요. 그녀는 이 근방에서 엘프에게 행방을 들키지 않은 유일한 여자 마법사이니까요. 그리고 왜 그런지는 모르겠지만 아녜이는 소름 끼치도록 수명에 집착해요. 수명 3개월이면 이질을 치료해 줘요. 반년이면 경쟁자의 식당에 쥐 떼를 보내 주기도 하죠. 그리고 1년을 바치면 태어나 영아를 천국으로 보내는 일도 마다하지 않아요."

"그건 몹시 혐오스럽군." 엘리야가 혹평했다. "내가 아는 아녜이와는 완전히 다른데. 그녀는 명예를 중시하는 마법사로 그런 식으로 마법을 사용할 사람이 절대 아니다."

"그러면 엘리야 님이 아시는 아녜이 님과는 다른 사람인가 보죠." 그레타가 쉽게 대답하며 손에 들고 있는 소시지를 한 입 더 베어 물었다. 버섯과 허브 조금만으로 대충 때웠던 아침 식사 이후 아무것도 먹지 못했던 터라 배가 몹시 고픈 모양이었다.

엘리야는 이제 원래 얘기하던 주제로 되돌아왔다. "그래서 너희는 아녜이를 찾아가 별 볼 일 없는 수명 몇 년을 팔아 트리스탄의 마력을 그에게서 분리하여 너희 아들에게 넘겨 주었겠지. 아녜이가 그런 마법을 쓰리라고는 생각조차 못 했다. 아마 나조차도 그 마법만큼은 시전하지 못할 것이다."

"아닙니다. 그런 게 아니었습니다." 슈테판이 황급히 말했다. "그 마법사가 원한 건 수명이 아니라 마력이었습니다요. 그러니까 마력을 원한 건 저희가 아니라 그 마법사였죠. 저희가 뭐 하러 카이를 힘들게 만들려고 했겠습니까?"

"힘들게 한다?"

"네… 아니요… 그게… 그러니까 결국 엘프들이 마법사들을 죽이는 터라…."

"상관없다. 다시 본론을 말해라!" 엘리야가 그를 재촉했다.

"원래 약속했던 대로 마법사를 방문한 우리는 트리스탄을 그녀에게 넘겼고, 그녀가 그에게 손을 얹었습니다. 그러자 그 마법사가 지닌 마법의 돌이 갑자기 강하게 빛을 뿜어냈고, 주변에서 끔찍한 휘파람 소리가 들렸습니다. 그리고 순간 우리 모두 의식을 잃었습니다. 그리고 다시 깨어나 보니 부쩍 늙어 버린 아녜이의 모습이 눈에 들어왔죠. 검었던 머리카락이 하얗게 세어 있었으니까요. 마법사는 우리에게 당장 떠나라고 말하며 다시는 돌아오지 말라고 소리 질렀습니다. 그러면 우리를 전부 다 죽일 거라면서요. 그래서 황급히 아이들을 데리고 부리나케 집으로 돌아왔습니다. 며칠 뒤 우리는 트리스탄이 완전히 마력을 상실한 걸 알게 되었지만, 그때부터 카이에게 마력이 생겼습니다."

엘리야가 고개를 저었다. 엘리야조차도 이야기의 자초지종과 좌우 맥락을 정확히 이해하기 어려웠던 모양이었다. 아그네스는 엘리야가 카이에게 카이가 지닌 마력의 음색을 알고 있다고 말했던 순간이 떠올랐다. 그때부터 엘리야는 이미 카이의 마력이 제게서 전해진 것임을 알고 있었던 것이다. 그럼에도 엘리야는 그를 혼자 데모니아로 보냈다. 목에 민들레 씨앗 목걸이를 차고 있던 것이 카이가 아니라 트리스탄이었다는 걸 눈치챘기 때문이었을 것이다.

"내일 당장 아녜이를 찾으러 간다." 엘리야가 결정했다.

"그녀를 찾으려면 어디로 가야 하는지 어서 말하라."

아그네스가 지금까지 집에서 보낸 수많은 밤 중 가장 이상한 밤이었다. 엘프의 선발이 있던 전날 밤 얇은 판자벽을 사이에 두고 트리스탄과 카이의 대화를 엿들었던 그때보다 훨씬 기묘했다. 잘 지내라고 서로 작별 인사를 나누던 트리스탄과 카이의 방식은 그 나이 또래만 가능할 정도로 담담하면서도 뭔가 비장했다. 당시 아그네스는 목숨을 건 여정을 떠나기로 결심한 트리스탄에게 끝내 아무 말도 해 주지 못했던 자신이 부끄러웠었다.

하지만 오늘 밤은 다른 이유로 또 한 번 자신이 부끄러웠다. 벽이 흔들릴 정도로 계속 쿵쿵거리는 소리를 하릴없이 또다시 엿듣기만 해야 했기 때문이었다. 그녀는 이미 감옥에서부터 엘리야가 이마로 벽을 짓찧는 이 리듬에 익숙해 있었다. 항상 세 번 연달아 친 후 잠시 멈췄다. 누구도 응답하지 않는, 그 무슨 혼자만의 신호 같았다. 당시에도 아그네스는 고통스럽게 부질없는 신호를 보내는 엘리야를 어떻게 도와야 할지 막막했기 때문에 지금처럼 그저 듣고만 있었다. 그녀의 침대에 함께 누운 마론과 그레타도 그녀와 같은 처지였다. 두 사람 모두 어둠 속에 뜬 눈으로 귀를 기울였다. 쿵-쿵-쿵. 잠시 멈춤. 쿵-쿵-쿵. 그리고 날이 밝아오기 시작한 새벽 무렵에야 그 소리가 멈췄다.

"오오, 신이시여 감사합니다!" 그레타가 중얼거리며 뒤돌아 눕더니 그대로 잠이 들었다. 마론은 아무 말도 하지 않았다. 아그네스는 마론도 잠들었을 거라고 생각했지만, 갑자기 숨을 깊게 들이마신 마론이 깊은 한숨을 내쉬었다.

"왜 그래?" 아그네스가 속삭였다.

"도른슈트랑과 트레간디르의 후계자 때문이지, 뭐." 마론이 답했다. 그 이상 말할 필요가 없었다. 아그네스는 그녀의 말이 무슨 뜻인지 정확히 알고 있었다. 태생이 미천한 파수꾼을 사랑하는 것과 차기 왕이자 엘프 성의 후계자를 사랑하는 것은 천지 차이였다. 그러니까 마론에게도 지금이 제가 사랑하는 남자와의 미래를 그려 보는 마지막 순간이 될 것이었다. 애당초 엘리야가 파수꾼들을 서로 득이 될 만한 상대와 정략혼으로 맺어 주기로 결정했을 때 이미 끝나 버린 사랑이었다. 마론도, 아그네스도 아무 득이 될 게 없는 자들이었으니까. 그리고 이제 그 사실을 천천히 받아들여야 할 순간이 온 것이다.

엘리야는 세 시간도 채 자지 못했지만 아침이 되자 가장 먼저 말에 올랐다. 그의 곁에는 언제나처럼 반짝반짝 빛나고, 고상한 이조라가 있었다. 이스타리엘이 거실에서, 슈테판과 이르멜이 돼지를 키우는 헛간에서 밤을 지새우는 동안, 이조라는 엘프 공주의 품격에 걸맞게 아그네스 부모의 침실에서 홀로 고고하게 밤을 보냈다. 두 부부는 신분이 높은 귀한 손님들에게 비록 농가의 아침 식사지만 따뜻하고 좋은 음식을 내려고 분주히 움직였다. 하지만 그레타 외에는 아무도 식탁에 앉지 않았다.

"이렇게 보니 참 어여쁘네." 이스타리엘이 방 한가운데 쭈뼛대던 아그네스에게 말했다. 아래로 시선을 떨군 아그네스의 두 뺨에 발그스레한 홍조가 떠올랐다. 지난 몇 주를 남루한 단벌로 버텼던 아그네스가 드디어 다른 옷으로 갈아입었던 것이다. 시골 소녀의 복장답게 이번에도 지난번 같은 푸른 원피스였지만, 가슴에 여러 가닥의 장식 끈이 묶여 있는 스타일은 아그네스의 여성적인 곡선을 훨씬 더 강조했다. 두껍게 땋아 내린 아그네스의 머리카락도 예전에 헝클어져 있던 모습과는 전혀 달랐다. 깨끗이 감아 곱게 빗어 내린 머리카락은 윤이 났다. 이스타리엘도 깨끗한 옷으로 갈아입었다. 피에 젖은 셔츠 대신 입은 새 셔츠는 귀족다운 화려함은 없었지만 적어도 새하였다. 엘리야는 정말 대안이 없을 때만 마법을 사용하는 원칙주의자였기에 아그네스는 그 셔츠가 마을 목사에게서 빌려 온 옷일 거라 추측했다. 하피 떼와의 전투 후, 에너지가 고갈된 모습을 옆에서 지켜보았기에 아그네스는 마력을 아껴 쓸 수밖에 없는 엘리야의 사정을 이해했다.

아그네스는 이스타리엘의 칭찬에 몸 둘 바를 몰랐다. 엘프 왕자는 아그네스가 느낄 마음의 부담을 덜어 주기라도 하듯 말을 이었다. "네가 같이 있었으면 좋겠다." 하지만 그 이유를 말하지는 않았다. 하긴 같이 있고 싶은 것에 딱히 무슨 까닭이 있겠느냐마는…. 그래도 한 가지 이유만이라도 꼭 대야 한다면, 피치 못할 상황에서 최근에 둘이 너무 붙어 지냈기 때문이 아닐까 아그네스는 추측했다. 그런 생각에 아그네스는 조금의 망설임도 없이 그와 함께 밖으로 나왔다. 이윽고 마론도 그 뒤를 쫓았다. 그리고 마침내 그레타가 허둥대며 문을 나섰다. 아마도 아침 식탁에서 쫓겨나온 모양이었다.

"우린 안내자가 필요하다." 콧김을 내뿜으며 발을 구르는 말 위에 앉은 엘리야가 말했다.

"좋아요. 그건 내가 맡을게요." 엘리야가 저에게 대꾸조

차 하지 않는 상황이 워낙 익숙한 그레타가 말했다. 그리고
는 얼굴 하나 찌푸리지 않고 서둘러 짐말 안장에 올랐다. 아
그네스와 이스타리엘은 이곳에 올 때와 같은 자세로, 그러
나 올 때와는 다른 방향으로 말을 타고 부르크스메아데 밖
을 향했다.

 그레타는 마침내 짐말의 고삐를 스스로 쥘 만큼 말타기
에 적응한 모양이었다. 서툰 솜씨지만 스스로 말을 몰며 일
행을 따랐다. 몇 킬로미터쯤 길을 따라간 일행은 숲속 오솔
길로 접어들었다. 사람들이 자주 왕래하며 생긴 좁다란 길
이었다. 아그네스는 속으로 '이곳은 샤텐발트가 아니다'라
고 계속 반복해서 되뇌었다. 하지만 제 마음을 다독이기가
몹시 힘들었다. 시커먼 덤불 뒤편마다 숨어 있는 유령늑대
가 언뜻언뜻 보이는 것 같았고, 퍼덕이는 새의 날갯짓 소리
가 귓가에 들릴 때마다 하피가 떠올랐다. 제 복부를 강하게
감싸 안은 이스타리엘의 팔이 아니었다면 아마 겁에 질려
말에서 떨어졌을 것이 분명했다. 이런 상황에서도 보호받는
것 같은 아늑한 기분이 아그네스의 마음에 퍼졌다. 이보다
더한 감정은 앞으로 절대 생기지 않을 것이다. 말이 그들에
게 허락한 이런 인위적인 가까운 거리, 말이 한 걸음 걸어나
갈 때마다 함께 느끼는 박자, 그들의 머리 위로 드리워진 작

은 가지들. 그럴 때마다 그들은 잠깐씩이나마 몸을 밀착해 서로를 느꼈다. 아그네스는 이런 순간을 즐겨야 할지, 혹은 잔인하다고 해야 할지 판단할 수 없었다.

울창한 숲으로 들어가기 위해 그레타가 선택한 길은 주변 상황을 알아차리기가 힘들 정도로 빽빽하고 험준했다. 태양이 벌써 중천에 떠 있을 무렵, 이윽고 하녀가 고삐를 뒤로 잡아당기며 거칠게 뒤로 몸을 기울였다. 눈을 부릅뜬 그레타의 말이 제자리에 멈춰섰다.

"무슨 일이지, 벌써 도착한 건가?" 이스타리엘이 물었다.

"그런 것 같군." 엘리야가 답했다. "아녜이의 음색이 들린다."

물론 엘리야가 알아차린 소리는 아녜이의 육성이 아니라 그녀의 마력에서 느껴지는 파동이었다. 아무도 그의 의견에 동의하지 않는 걸 보면, 마법사만 지닌 능력이 틀림없었다. 그쪽으로 열정적으로 말을 몬 왕이 그레타의 말을 가볍게 추월했다. 이조라가 그의 뒤를 쫓았고, 아그네스와 함께 말을 탄 이스타리엘 그리고 마론이 뒤따랐다.

마법사가 사는 곳은 평범한 오두막이 아니었다. 거대한 홀구르나무 위에 지은 나무집이었다. 워낙 교묘하게 엄폐해 놓은 탓에 우거진 나뭇잎 바로 밑까지 말을 타고 와서 올려

다봐야 간신히 보일 정도였다.

"믿기지 않을 정도로 신묘한 수법이군!" 이조라가 감탄했다. 이조라의 말뜻을 제대로 이해하지 못한 아그네스는 의아한 표정으로 이스타리엘에게 고개를 돌렸다.

"우리 엘프에게 이 나무는 신성한 존재다." 이스타리엘이 설명했다. "그래서 이 나무에 피를 튀기는 행위는 절대 하지 않는다. 설령 그 상대가 마법사일지라도."

"하지만 포위할 수는 있겠죠." 뒤따라 도착한 그레타가 말했다.

"그렇긴 하지." 이스타리엘이 시인했다. "하지만 내 생각에 저 마법사라면 이미 그에 대한 대책도 세워 놨을 것 같군."

그들이 말에서 내리기도 전에 나무 위에서 줄사다리가 나무기둥을 타고 내려왔다. 하지만 이 사다리 장치를 조종하는 사람은 전혀 보이지 않았다. 아마도 자신을 찾아온 손님을 알아차린 마법사가 이들의 방문을 허락하기에 합당하다고, 혹은 이들이 위험하지 않다고 판단한 것 같았다. 엘리야, 이조라, 이스타리엘, 아그네스, 마론 그리고 그레타 순으로 일행은 줄사다리를 타고 올라갔다. 아그네스가 오두막에 들어서려 하자 먼저 들어간 셋 때문에 통로가 가로막혔다. 나무집은 아래서 본 것보다 무척 비좁았다. 오두막 한가운데에 커다란 화로와 굴뚝이 공간의 절반쯤을 차지했기 때문이었다. 아그네스는 이런 나무집에 저렇게 큰 굴뚝이 왜 필요한지 의아했다. 그리고 지붕 중앙에는 지름이 몇 미터는 족히 될 정도의 커다란 구멍이 있었는데, 악천후에도 빗물이 스며들지 않도록 갈대로 엮어 만든 거적이 덮여 있었다.

"엘리야 님." 그때 낯선 여성의 목소리가 들려왔다. 살짝 빈정거림이 담겨 있는 음성에는 긍지가 가득했다. "이렇게 화려하게 치장한 모습을 또다시 볼 거라 생각하지 못했는데요."

"그리고 나도 이 나무집의 시간이 이리 역행하고 있으리라고는 생각 못 했다." 엘리야가 화답했다. "우리가 마지막으로 본 게 언제였더라? 오스첸트리아 명망가의 여식을 조롱하며 마법을 건 너를 사형 집행인 손에서 구해 줬을 때였지 아마? 그게 얼마나 되었지?"

"스무 해 전이었죠. 전하. 그리고 그 애는 당해도 싼 계집이었지요."

"그 당시 너는 몇 살이었더라?"

"서른다섯이었죠."

"그러면 이제 너도 쉰다섯이라는 말이겠군."

"말씀하신 대로입니다."

마론에게 손을 건네려 몸을 숙인 아그네스는 그녀를 끌어

올리고는 이어 그레타도 도왔다. 일행 전부가 나무 위로 올라오자 판자 끄트머리에서 삐거덕거리는 소리와 함께 건물 전체가 흔들렸다.

"겁먹지 말렴, 소녀들아. 이 집은 끄떡없으니까!" 여자가 말했다. 아그네스는 그 여자를 향해 서 있는 이조라와 이스타리엘의 틈 사이로 마법사의 얼굴을 힐끔 엿봤다. 복숭아 같은 발그레한 피부색에 주름 하나 없는 젊고 아름다운 여자의 얼굴이었다. 마법사의 턱은 팽팽했고 목에서 가슴으로 이어지는 라인도 예술가의 작품에 등장하는 주인공처럼 완벽했다. 창녀나 입을 법한 끈으로 꽉 죄인 검정 드레스 속에 탄력 있는 가슴이 살며시 비쳤다. 그러나 발목이 살짝 드러나는 드레스 끝자락은 고르지 않게 마무리되어 있었다. 그 여자 마법사는 그들의 반대편 정면에 곰 가죽을 깐 등받이 없는 의자에 앉아 있었기 때문에 아그네스는 그녀의 모습을 찬찬히 살펴볼 수 있었다. 무엇보다도 아그네스의 시선이 몇 초 이상 머물렀을 정도로 가장 눈에 띄었던 건 마법사의 새하얀 머리카락이었다. 그녀는 열일곱 살 소녀의 신체를 지닌 노파였다. 실제 나이는 그 중간쯤이었지만. 마법사의 외양을 이루는 요소 어느 것 하나도 서로 어울리지 않았다.

"내 마력을 훔치려고 시도했던 당시 무슨 일이 생긴 거지?" 엘리야가 단도직입적으로 물었다.

아녜이는 어깨를 으쓱였다. "정확히 말해 엘리야 님의 마력이라고 보긴 어렵지요. 그건 지금도 당신에게 그대로 있으니까요."

"하지만 그건 내 아들의 마력이다!"

"그래요, 마법의 음색을 듣고 바로 알아차렸어요." 아녜이가 시인했다. "그러면 내가 어떻게 해야 했을까요? 엘프가 그 아이를 죽이게 그냥 두거나 인간에게 그를 버리라고 해야 했을까요? 난 그저 그 아이에게 마력이 없는 편이 나을 거라 판단했던 것뿐이라고요. 그러면 평범한 삶을 살 수도 있을 테니까. 난 도우려 한 것뿐이에요."

엘리야의 등 근육이 경직됐다. "네가 그 아이를 도우려 했다, 그 말인가?" 엘리야는 꽉 다문 잇새로 음성을 쥐어짰다. "난 그것보다 네가 내 아들의 마력을 취하려고 그를 이용한 것처럼 보이는데 말이지. 하지만 네 꼴을 보니 실패한 게 확실하지만."

"그랬죠. 참으로 애석하게도." 아녜이가 말했다. 여자 마법사는 여전히 침착하게 앉은 그대로 검정 드레스의 끝자락을 살짝 매만졌다. 그녀에게 이 상황이 전혀 위협적이지도 혹은 불편해 보이지도 않았다. "그때 정확히 무슨 일이 있었는지는 말해 줄 수 없어요. 아이에게서 마력을 꺼내는 것까지는 어렵지 않았죠. 단지 그 마력을 내가 취하려 했더니 갑자기 튕겨 나와 옆에 있던 다른 소년 속으로 빨려 들어가 버렸어요. 그리고 그게 끝이 아니었지요. 내 마력조차 날 거부했어요. 지난 몇 년간 공들여 이뤄 놓은 것들을 순식간에 전부 파훼해 버렸지 뭐예요. 사람들이 내게 건네준 수명이 반 토막으로 나뉘어 사라졌죠. 게다가 내 녹수정이 갑자기 미쳐 날뛰더니 빛이 퇴색해 버렸어요. 이것 좀 보라고요!" 그녀는 뒤편에서 뭔가를 짚더니 이상한 녹색 돌 하나를 꺼내 들었다. 저런 류의 수정은 에냐도르 전역에 널려 있었지만, 대부분이 보랏빛을 띠었다. 오직 몇몇 마법사들만이 녹색 빛을 띤 프레지오라이트녹수정를 소유했다. 아녜이가 꺼내 든 돌은 엘리야의 녹수정과는 사뭇 달랐다. 외양은 거의 똑같았지만 내부에서 흘러나오는 힘과 위험한 기운은 차원이 달랐다. 엘리야는 건네받은 프레지오라이트를 손가락 사이로 돌려보았다. "네 말이 옳군." 이윽고 그가 입을 열었다. "하지만 완전히 소멸된 건 아니다. 단지 프레지오라이트가 네게 마음을 닫은 것일 뿐."

"마음을 닫았다고요?" 순간 자리에서 벌떡 일어선 여마법사는 불사인 엘리야가 흔히 그러는 것처럼 충동적으로 그리고 열정적으로 가까이 다가왔다. 서둘러 마법의 돌을 다시 빼앗아 간 아녜이는 제 등 뒤로 돌을 감췄다. 엘리야는 몹시 교만한 표정으로 그런 그녀를 내려다봤다. "흑마법을 쓰는 마법사에게 종종 일어나는 일이다. 그런 사악한 힘은 네 프레지오라이트를 약화시키지. 그러니 환한 빛의 세상으로 다시 돌아오거라. 그러면 네 프레지오라이트도 다시 빛날 테니. 인간의 수명을 훔치는 짓을 당장 멈추고, 네가 늙어간다는 사실을 받아들여라."

그 말을 들은 아녜이가 머리를 뒤로 젖히며 큰 소리로 웃었다. 우아하고 아름다운 그녀의 외모만큼이나 웃는 모습도 고상하고 아름다웠다. "위대하신 왕이시여, 제 말을 믿으시지요. 나 같은 마법사가 없다면 당신의 백성들은 이리저리 방황할 겁니다. 당장 저 여자에게 물어보시지요!" 그녀가 그레타를 가리켰다. "내가 뱃속의 태아를 없애 주지 않았더라면, 벌써 꼬맹이 다섯쯤은 낳았겠네요. 저 불쌍한 여인에게 몹쓸 짓을 한 놈들이 부지기수였으니까요. 내가 없었더라면 저 여자는 이미 무너졌을 겁니다."

그레타가 시선을 돌렸지만 아무 말도 없는 것을 보아 그레타는 언젠가 아녜이가 제 비밀을 폭로할 거라 예감했었던 것 같았다. 아그네스는 처음으로 그레타가 딱하다는 생각이

들었다.

"그런 불안감을 3년 정도 수명과 맞바꾸는 게 도대체 뭐가 어때서요? 저 여자가 예순에 죽든, 예순셋에 죽든 무슨 차이가 있겠어요. 어차피 언젠가 프론슈타인 다리 아래서 굶어 죽을 운명은 마찬가지인 것을. 그나마 3년이라도 고생을 더는 게 낫지 않겠어요?"

"이 감정도 없는 망할 년!" 마론의 입에서 욕이 터져 나왔다.

다시 차분히 의자에 앉으며 치마 끝자락을 정돈한 아녜이가 마론을 세세히 살폈다. 그녀는 마론의 짧은 머리카락, 남성 복장, 단정하면서도 딱히 큰 특징이 없는 인상을 관찰했다. 순간 여마법사의 눈이 번뜩이더니 씩 웃었다. "아이야, 네가 내 도움을 얻으려면 수명 3년 가지고는 어림도 없을 것 같구나. 내 말을 이해할 날이 그리 멀지 않을 게다."

마론은 더는 이 자리에 있기가 거북했다. 그녀는 아그네스가 아예 알아듣지도 못하는 욕설을 몇 차례 내뱉더니 줄사다리 쪽으로 몸을 돌려 나무 아래로 내려가 버렸다. 그러자 그레타도 서둘러 그녀를 쫓아 내려갔다.

"엘리야 님, 여전히 알고 싶은 것이 더 남았나요?" 아녜이가 질문했다. "아니면 문프린세스 그대는? 그 묘약을 누가 제조한 건지 알려 주랴?"

이조라가 깜짝 놀라 뒤로 물러섰다.

"그게 무슨 말이지?" 당황한 엘리야가 물었다.

"나도… 모르겠어요." 이조라가 주장했다. "마법사, 도대체 그게 무슨 말이냐? 무슨 묘약을 말하는 거지?"

그러자 아녜이가 깔깔거리며 큰 소리로 웃었다. 최면이라도 거는 듯 거슬리는 웃음소리. 아그네스가 여태껏 단 한 번도 들어 보지 못한 참으로 기괴한 웃음소리였다. 마치 수천 명을 파멸의 구렁텅이로 몰아넣을 만한 사실을 알고 있는 자의 냉소 같았다. 대참사를 막을 수도 있었지만 비정한 권력욕에 그냥 자신만이 그 비밀을 간직한 냉혈한의 웃음소리처럼.

"뭐 그리 중요한 건 아닙니다, 엘리야." 그녀가 키득거렸다. "여인네들 사이의 작은 암시일 뿐이죠."

"이제 떠나요." 이조라가 제 약혼자에게 속삭였다. 그렇지만 엘리야는 다시금 아녜이를 향해 돌아섰다. "솔직히 궁금한 것이 있긴 했었는데." 그가 말했다. 그러자 모두가 숨을 죽이고 두 마법사를 번갈아 바라봤다. "그 사건으로 네가 어떤 상황에 처했던 건지 이제 좀 이해가 될 것 같기도 하군. 그때 넌 잠시 죽음의 문턱에 다가섰고, 일시적으로 감각을 잃었던 것이다. 그리고 반쯤 죽었던 넌 신의 예지를 들었을 게 틀림없다."

아네이가 미소를 지었다. 천천히, 하지만 격식을 차린 몸가짐으로 의자에서 몸을 일으켰다. 곰 가죽 위를 맨발로 밟으며 서로의 옷깃이 스칠 정도로 엘리야의 앞에 가까이 다가섰다. 마치 그를 유혹하려는 여인처럼 엘리야의 얼굴을 쓰다듬었다. "엘리야 폰 도른슈트랑, 불사의 마법사." 이조라의 질투심이 귀 끝까지 차오를 만큼 아네이는 달콤한 목소리로 속삭였다. "그때 당신이 가바인에게 요구했던 것처럼 내가 당신을 위해 그 예언을 슈발벤하인에 숨겼지요. 하지만 당신이 그 내용을 들으려 친히 여기까지 방문해 준 건 참으로 영광이네요." 마지막 단어까지 그녀는 속삭이듯 말했다. 동시에 제 입술을 그의 입술에 살짝 스쳤다. 뜻밖에도 왕은 그런 그녀에게서 1밀리미터도 뒤로 피하지 않았다. 오히려 그는 마법사들이 흔히 그러하듯 시선을 그녀에게 고정했다. 아네이가 슬그머니 미소를 지었다.

"그들은 마법을 되돌리고, 제국을 건설하리라. 그러나 예로부터 전해 내려온 문제 하나가 그들 사이에 불화의 씨앗이 되리라." 아네이가 중얼거렸다. "이제 이걸 어떻게 막을 건지 방법을 찾아보시지요, 남부의 왕이시여."

❧

돌아오는 길 내내 엘리야는 침묵했다. 깊은 생각에 잠긴 그가 묵묵히 말을 타는 동안 이조라는 혹시 누구라도 그녀가 애써 숨긴 비밀을 언급하는 걸 막으려는 듯 눈에 띌 정도로 쉴 새 없이 재잘거렸다. 지금 그녀가 가장 피하고 싶은 건 아녜이가 잠시 언급했었던 물약에 관한 이야기였다.

"이제 좀 알겠어? 나무집이 포위당하면 그 마녀가 어떻게 달아날 작정인지?" 이스타리엘은 침체된 분위기를 바꿔 보려는 마음에 아그네스에게 질문했다. 아그네스는 고개를 저었다. "그 나무집은 그러니까 날 수 있는 집이야. 화덕에 불을 피워 충분한 열이 만들어지면 벽을 둘러싼 짐승 가죽을 그 열로 끌어올리는 거지. 그만큼 불을 피우려면 분명 시간은 꽤 걸리겠지만 말이야. 하지만 준비만 끝나면 그냥 공중에 떠서 날아가 버리면 그만이야. 뜨거운 열기로 가득 찬 열기구가 추격자의 사정거리에서 벗어날 때까지 울창한 나뭇가지들이 화살을 막아 줄 테니까. 우리가 그녀를 찾아갔을 때 아녜이는 피하려고 마음만 먹었다면 어떻게든 도망칠 수 있었을 거야."

아그네스는 믿을 수 없다는 듯 이마를 찌푸렸다. "설마 당

신 종족에게 알려 주려는 건 아니겠죠? 그녀가 숨어 있는
장소를요?"

"아니, 내가 왜 그래야 하지? 앞으로 무슨 일이 벌어지더
라도 위대한 엘프의 통치 시대는 이제 끝났다. 그리고 마법
사들도 귀환하겠지. 그들은 엘리야가 다시 도른슈트랑의 왕
좌에 앉는 순간 자유를 얻을 거다."

이런 암시는 이제 엘프 왕자와 함께할 시간이 서서히 끝
나가고 있다는 슬픈 깨달음으로 이어졌다. 다시 부르크스
메아데에 도착하면 그곳에선 작별의 순간이 그들을 기다리
고 있을 것이다. 슈테판과 이르멜의 집에 도착하기 전, 이스
타리엘이 갑자기 말의 속도를 줄였다. 다른 일행들에게 대
화가 거의 들리지 않을 정도로 거리를 벌린 후 안장에서 뛰
어내린 이스타리엘이 아그네스를 말 아래로 내렸다. 당황한
아그네스는 그냥 그가 하는 대로 가만히 따랐다. 이스타리
엘의 숨소리가 아그네스 귓가에 들렸다. 제 손을 가져가 자
국이 남을 정도로 꽉 쥐는 그의 손길을 느끼며 아그네스는
그 또한 얼마나 긴장했는지 알 수 있었다. "계속 내 곁에 있
어 줘!" 그가 고백했다. "아그네스, 쉽지 않을 거란 건 나도
잘 알아. 하지만 난 데몬족이나 드래곤족 누구와도 혼인하
고 싶지 않다. 그리고 다른 인간 여자도 원하지 않아."

아그네스는 뭐라 답해야 할지 막막했다. 갑자기 쿵쾅거리며 날뛰는 심장이 목구멍까지 치밀었다.

"널 처음 본 순간 느꼈지만 도저히 인정하고 싶지 않았어." 이스타리엘이 계속 말을 이어갔다. "감옥에서 내 복장을 언짢아하는 네 말도 그냥 무시할 수가 없었어. 그리고 그 후에는… 날마다 그런 감정이 커져만 갔지. 아그네스, 널 사랑해. 그리고 난 네가 나의 아내가 되기를 소망한다."

아그네스의 손을 꼭 잡은 이스타리엘이 엄지로 그녀의 손가락을 사랑스럽게 쓰다듬었다. 그의 빛나는 하늘색 눈동자에는 두려움과 희망이 공존했다. 아그네스의 입술이 그녀의 몸만큼이나 파르르 떨렸다. 그런 떨림을 알아차린 이스타리엘이 그녀를 더 꼭 붙잡았다. 그렇게 저를 붙들어 주는 그의 모습에 보호받는 기분을 느낀 아그네스의 마음이 녹아들었다.

"나도 당신을 사랑해요." 그녀가 속삭였다. "하지만 우리는… 우리는… 안 되잖…"

이스타리엘은 아그네스가 말을 마저 끝내지 못하도록 그녀의 입술을 키스로 덮어 버렸다. 구불거리는 그의 짙은 곱슬머리가 그녀의 얼굴 위로 떨어지며 아그네스의 코를 간질였다. 그의 머리카락에서 말 냄새와 가문비나무 잎 냄새가 풍겼다. 아그네스는 지금까지 그 누구와도 키스한 적이 없었다. 그런데도 제 몸이 뭘 어떻게 반응해야 하는지 알고 있다는 사실에 깜짝 놀랐다. 아그네스는 그대로 두 눈을 감고 뱃속을 간질이는 하복부의 저릿한 느낌에 몸을 맡겼다. 하지만 미처 제대로 느끼기도 전에 끝나 버렸다. 이스타리엘은 너무도 빨리 그녀를 놓아주었다. "그러니까 나랑 같이 가자." 숨도 쉬지 않고 물어보는 이스타리엘은 마치 어린 소년처럼 몹시 들떠 보였다.

"엘리야가 절대 허락하지 않을 거예요." 아그네스가 대답했다.

"아니, 난 그에게 묻지 않을 거야. 이대로 곧장 다른 방향으로 말을 타고 달려갈 거니까. 그리고 곧바로 신관을 찾아가자. 그가 우리 혼인의 증인이 되는 순간 우리는 남편과 아내가 되는 거야. 그러니까 제발 그러겠다고 해 줘, 아그네스!"

아그네스는 눈을 커다랗게 뜨고 방금 제게 청혼한 알빈가르트 왕자 이스타리엘을 응시했다. 이 사실이 알려진다면 에냐도르 전역의 모든 여자가 저를 시기할 것이 분명했다. 이스타리엘은 아름답기만 한 것이 아니라 심성도 곱고, 영리하고, 용감했으며, 남을 잘 돕는 이였다. 제 입장만 생각한다면 당장이라도 그의 청혼을 받아들여, 그곳이 어느 곳이든 그와 함께 갈 것이다. 하지만 지금은 모든 것이 아그네스, 자신에게 달려 있지 않음을 잘 알고 있었다. 지금 그런 결정을 내리는 건 엘리야의 역할이었다. 그는 지금 네 종족을 하나로 통합하는 사명에 불타올랐다. 그리고 전 대륙에 많은 피를 뿌리지 않고 그 사명을 완수하려면 파수꾼들을 네 종족의 왕족과 혼인시켜야 했다. 결국 지금 그들은 개개인의 사랑과 에냐도르의 운명 사이에서 선택해야 했다. 엘프족의 왕자인 그에게 그런 선택은 농가의 소녀보다 훨씬 힘들고 복잡한 결정일 것이다. 지금까지 엘프 왕자는 원하는 것을 받는 것에 익숙했다. 반면 농가의 소녀는 이미 어려서부터 마음에 품은 소망 따위는 아무 의미도 없음을 확인하며 살아왔다. 아그네스는 붙잡은 그의 손을 놓았다. 그리고 제 목에 걸린 트리스탄의 목걸이를 풀었다. 그리고 엄숙한 동작으로 행운의 부적을 이스타리엘의 목에 걸어 주었다. 이어 마지막으로 그의 가슴을 손으로 쓰다듬었다.

"아니요." 그녀가 단호하게 대답했다. "난 당신과 떠날 수 없어요. 부모님에게는 지금 내가 필요하고… 엘리야도 당신이 필요하니까요."

이스타리엘의 눈빛에서 희망의 불꽃이 수그러들었다. 도저히 믿지 못하겠다는 표정으로 고개를 세차게 흔들었다.

"하지만 아그네스… 너도 날 사랑한다고 말했잖아!"

아그네스는 이스타리엘이 다가와 미미하기 짝이 없는 제 방어벽을 허물어트릴까 봐 성급히 뒷걸음질 쳤다. 그녀와 그 사이에 거리가 벌어질수록 주변의 공기가 냉랭하게 식었고, 순간 여름이 사라져 버린 것만 같았다.

"그랬어요." 그녀가 대답했다. "하지만 당신의 아내가 될 만큼은 아닌가 보죠." 그 말을 끝으로 돌아선 아그네스가 집을 향해 달렸다. 아그네스는 제 눈에서 흘러내리는 눈물을 그가 보지 못하도록 뒤돌아보지 않고 최대한 빠르게 달려갔다.

트리스탄

"카이! 빌어먹을, 제발 정신 좀 차려 봐!"

하지만 아무 소용도 없었다. 지난 몇 시간 동안 트리스탄은 그를 깨워 보려 애를 썼지만 축 늘어진 카이는 미동도 하지 않았다. 카이의 주변에는 데모니아의 흙만큼이나 붉은 소금 결계가 그려져 있었다. 카이의 규칙적인 호흡만이 그가 여전히 살아 있음을 확인시켜 줬다. 옥사 밖에는 카이의 염소, 그바일로가 지하 감옥을 떠받치고 있는 기둥에 묶여 있었다. 계속 음매 울어 대는 그바일로 탓에 트리스탄은 돌아버릴 지경이었다. 두 주먹을 불끈 쥔 트리스탄이 돌바닥을 내려쳤다. "카이가 왜 저렇게 일어나지 못하는 거지?"

"머리를 세게 부딪친 거 같다." 감방 뒤쪽에 묶인 사피라가 말했다. 트리스탄이 그녀 곁에 다가가 털썩 주저앉았다. 황망한 표정을 지으며 트리스탄은 제 얼굴을 손바닥으로 한 차례 쳤다. "도대체 어떻게 이런 일이 생긴 거야?"

사피라가 움직이자 묶인 사슬이 철컹철컹 소리를 냈다. 그들 중 가장 먼저 정신을 차린 건 사피라였다. 어제 모닥불 가에서는 항상 그랬었던 것처럼 트리스탄의 셔츠를 찢어 만든 천 조각만을 걸치고 있었지만, 정신을 차리고 보니 누군가 입혀 놓은 것이 분명한 투박한 리넨 원피스를 걸치고 있었다. 그들을 납치해 온 자가 누구인지는 몰라도, 벌거벗은 포로가 영 껄끄러웠던 모양이다. "우리가 에냐도르의 지배자라는 안일한 생각을 한 탓에 이런 일이 벌어진 거다. 우리가 너무 방심했어." 사피라가 말했다.

"카이에게 보초를 맡기는 게 아니었어." 트리스탄이 읊조렸다.

"어쩌면 그랬을지도." 드래곤 여인은 연민이 가득한 시선으로 카이를 바라봤다. 카이가 갇힌 감방은 바로 옆 칸이었지만, 그들로부터 조금 멀리 떨어진 곳에 있었다. 그렇다 보니 그를 흔들어 깨울 수도 없었다. 게다가 기절한 그를 깨운다 해도 별 뾰족한 수는 없어 보였다. 카이의 프레지오라이트녹수정가 토이펠악마 호수 어딘가에 가라앉아 버린 지금 상황에서 이들의 유일한 희망은 결국 카이에게 남아 있는 마력뿐이었다. 게다가 카이의 몸 주변으로 해괴한 소금 원이 그려져 있었다. 트리스탄과 사피라는 이 소금 결계 때문에 탈출이 녹록지 않는다는 걸 알아차렸다.

"지금 우리는 선택의 여지가 없다." 트리스탄이 결심했다. "네가 변신해야만 해."

"그래서 널 압사시키라고?"

지난 몇 시간 동안 트리스탄과 사피라가 이미 수차례 나눴던 대화였다. 잠든 셋을 제압하고 이곳에 가둔 이는 무엇을 어떻게 해야 하는지 정확히 알고 있었다. 사피라는 비좁은 감방에서 본신으로 변신하는 과정에 트리스탄을 압사시킬 가능성이 있기에 애초에 그 방법을 배제했었다.

"하지만 뭔가는 시도해 봐야 하잖아. 만약 다른 출구가 없다면…"

"…그럼 열릴 때까지 기다려야지." 사피라가 트리스탄의 말을 받아쳤다. "어쩌면 카이가 깨어나 도울지도 모르고."

순간 옆 감방에서 뭔가 움직이는 소리가 들렸다. 트리스탄이 서둘러 카이가 쓰러져 있는 옆 감방의 창살까지 기어갔다. 신음을 흘리며 몸을 뒤척이던 중 카이의 손이 소금 결계에 닿았다. 처음 몇 초 동안은 아무렇지 않은 것 같았지만, 별안간 카이가 날카로운 비명을 질렀다. 다급히 제 손을 가슴에 감싸 안고 넋이 나간 채 앞뒤로 몸을 흔들었다.

"카이," 트리스탄이 그를 불렀다. "깨어나서 정말 다행이다."

"젠장, 너무 아파!" 카이가 신음을 흘리며 손을 살펴보았다. 감옥의 어둠 속에서도 불에 덴 것처럼 익어 버린 그의 손이 어렴풋이 보였다.

"그냥 움직이지 마. 넌 아주 좁은 소금 결계 안에 있으니까. 뭔지는 몰라도 너한테 별로 이로워 보이지는 않구나."

그제야 주변 상황을 파악한 카이가 고개를 끄덕이며 한숨을 쉬었다. "내 마력은 이 원 밖을 벗어나지 못해. 누군가 이 결계를 부수기 전까지는…. 대체 무슨 일이 벌어진 거야? 마지막으로 기억나는 건 덤불에서 뭔가 바스락거리는 소리를 들은 거였어. 확인하려고 그쪽으로 돌아선 순간 눈앞이 번쩍이더니 정신을 잃었거든."

"그래도 보초를 서다 잠들어 버린 건 아닌가 보네." 사피라가 말문을 열었다. 카이가 사피라를 찾아 주변을 두리번거렸다. "여기 뒷벽 사슬에 묶여 있다. 이런 걸 보면 놈들은 날 가장 두려워하는 것 같군!" 사피라는 목구멍에서 씁쓸한 웃음을 토해 냈다.

"놈들이 누군데?" 비좁은 소금 결계에서 어떻게든 최대한 고통 없이 앉아 보려고 애쓰며 카이가 질문했다.

"그건 아직 모르겠어." 트리스탄이 대답했다. "데몬족이거나 아니면 그냥 도적 떼가 아닐까 생각한다. 하지만 방금 네 얘기를 들으니, 어쩌면 마법사일지도 모르겠다는 생각도 드는군. 혹은 여러 명일지도 모르지."

"한 명이라네." 갑자기 복도에서 낯선 음성이 울려 퍼졌다. 지금 움직임이 자유로운 건 트리스탄뿐이었다. 번개처럼 벌떡 일어선 트리스탄은 한 손으로 제 눈을 가리며 감방 앞쪽으로 뛰쳐나갔다.

"그런 건 딱히 불필요할 텐데. 어차피 네겐 데몬족의 시선이 통하지 않으니까. 설마 몰랐던 건가?" 사람의 그림자가 넓은 복도를 따라 트리스탄에게 다가오며 말했다. 한 손에는 이미 오랜 시간을 타오른 것처럼 보이는 횃불을 들고 있었다. 감방을 몇 미터쯤 남겨 둔 거리에서 그가 멈춰섰다. 순간 눈이 부셔 눈물이 고인 트리스탄이 시야를 확보하고 남자의 얼굴을 확인하기까지는 시간이 좀 걸렸다. 상대는 예순은 족히 넘은 것처럼 보이는 노인이었다. 데몬이 아닌 인간 노인. 그는 실이 엉킨 모직 외투에 소박한 가죽신을 신고 있었다. 정수리는 거의 대머리처럼 벗겨졌지만 길게 기른 새하얀 머리카락이 어깨를 덮고 있었다. 트리스탄은 그를 만난 적이 없었다. 카이와 사피라도 그를 아는 것 같지 않았다.

"당신은 누구요?" 트리스탄이 물었다.

남자는 트리스탄의 질문에 아랑곳하지 않고 방금 그가 발걸음을 멈춘 그 장소에서 담담히 말을 이어갔다. "너는 파수꾼이지. 그러니 데몬의 눈빛이 너를 상하게 하지 못한다. 드래곤의 화염이 너를 태울 수 없듯이. 게다가 넌 엘프라도 되는 것처럼 문스워드를 휘두르지. 물론 그건 호리엘 폰 트레간디르, 그 빌어먹을 놈이 네게 낙인을 찍기 전부터 가능했겠지만. 왜 그런 건지 생각해 본 적이 있나, *부르크스메아데의 트리스탄?*"

"당신은 어떻게 나에 대해서 그렇게 많이 아는 거요?"

"그래. 난 많은 것을 알지." 노인이 말했다. "그게 내 숙명이거든. 그러니까 내 사명이었다고나 할까. 그런 거지. 뭐, 지난 몇 년간은 다소 생존에 얽매여 있었지만." 아주 잠시 뭔가 끔찍한 기억을 떠올린 듯 인상을 찌푸렸지만 그는 재빨리 자신을 추슬렀다. "내가 너희들이 알고자 하는 걸 알려주겠다, 소년. 아직 너희를 어떻게 할지 결정하지 못했거든. 내게는 두 가지 선택지가 있지. 고작 여자 하나 때문에 우리삶을 전부 진창으로 처박은, 명예라고는 조금도 모르는 인간의 왕 엘리야에게 너희를 팔아넘길 수도 있지. 듣자 하니그 이기적인 불사의 패배자가 항상 그래왔던 것처럼, 또 앞

뒤 안 가리고 그 지긋지긋한 열정에 타올라 너희들을 찾아 다닌다 하던데."

"엘리야라면 대마법사를 말하는 건가요?" 카이가 대화에 끼어들었다. "날 데모니아로 보낸 사람이 바로 그자예요. 그런데 왕이라니요?"

별안간 노인이 웃음을 터트렸다. 그것도 몹시 냉소적으로, 그리고 경멸을 듬뿍 담아. 그리고는 가르치듯 말했다. "아아, 그가 너희들에게 알려 주는 걸 깜빡했었나 보군? 아니면 일부러 그랬거나…. 방금 말했듯이 그는 명예도 모르는, 정말 이기적인 인간이야. 그런 인간이 너희라고 나와 다르게 대했을 것 같으냐?" 잠시 하던 말을 멈춘 그는 깊은 생각에 잠겼다. "아니면 너희를 데몬에게 넘기는 방법도 있군. 그러면 적어도 앞으로 10년은 무탈하게 지낼지도. 어쩌면 전쟁의 군주 레벨이 그 보상으로 호수에 처박힐 운명인 아리따운 데몬 처자를 하사할지도 모르지. 내 비록 이리 나이 들긴 했다만 아직 뭐가 더 좋을지 판단도 못 할 정도로 늙은 건 아니니까."

"당신이 원하는 건 뭐요?" 트리스탄이 냉정하게 물었다.

그러자 노인의 얼굴에 비열한 미소가 슬쩍 떠올랐다. 분명히 그는 확고하게 원하는 바가 있는 것 같았다. "17년 전과 똑같은 것." 몇 개 남지 않은 치아 사이로 쉿소리를 내며 그가 중얼거렸다. "나는 내 평화를 원한다. 하지만 이제 그걸 더는 전적으로 왕이나 파수꾼의 약속에만 의존할 수는 없지. 이번에는 나 스스로 직접 해낼 거니까. 너희 모두에 맞설 만큼 충분히 강해질 거거든. 저 어린 후레자식이 토이펠 호수에 처박아 버린 프레지오라이트만 되찾는다면 말이야!" 그가 카이를 가리켰다.

"*내* 프레지오라이트요?" 그때 그 말을 듣고 감방에 앉아 있던 카이가 펄쩍 뛰었다. 소금 결계에 팔과 다리가 닿아 억눌린 신음을 참아 내며 그가 말했다. "당신은 절대 그걸 가질 수 없어요! 그건 내 거예요! 알아들어요? *내 것*이라고요!" 카이가 목청이 터져라 외쳤다. 그바일로도 카이의 말에 동조하듯 발굽으로 바닥을 거칠게 긁어 댔다. 그러다 결국 노마법사에게 옆구리를 발로 차이고 말았지만. 카이는 분노가 치밀었다. "내 염소를 가만둬요. 아니면 당신을 저주하겠어요!"

그런 카이의 태도에 마법사가 웃음을 터트렸다. "어디 한번 해 보거라, 꼬마야. 그 즉시 소금에 튕겨 나온 저주가 널 쓰러트리는 모습을 나도 한번 보고 싶구나." 제 말을 강조하려는 듯 마법사가 또다시 그바일로를 발로 걷어찼다. 염소가 고통으로 사납게 울부짖었다. 금세 주눅이 든 염소는 힘없이 제가 묶여 있던 기둥으로 물러났다. 카이가 결계를 다시 건드리자 결계에 맞닿은 손에 수포가 생겼다. 노인이 세 번째 발길질을 했다. "그래서, 내 프레지오라이트가 어떻게 됐다고?"

트리스탄은 제 동생의 눈에서 흐르는 눈물을 보았다.

"모르겠어요, 제기랄!" 카이가 소리를 질렀다. "지금 당장 프레지오라이트를 찾을 방법을 전혀 모른다고요!"

"그만둬요! 프레지오라이트를 가져다줄 방법은 없으니까." 트리스탄이 마법사의 주의를 카이에서 돌리고자 대화에 끼어들었다.

"오오, 그건 아니지. 아마 가져올 수 있을 걸!" 노인은 염소를 내버려 두고 그들이 갇힌 옥사 가까이 다가왔다. "저 여자라면 충분히 가능하니까!" 뼈만 앙상하게 남은 손가락이 창살 너머 사피라를 가리켰다.

"좋아요. 그럼, 우선 그녀를 풀어 주고, 프레지오라이트를 가져오게 해요." 트리스탄이 말했다. 그는 저 드래곤 여장부를 어떻게 설득해야 할지 막막했지만, 적어도 그들 중 누구라도 풀려나는 것이 좋으리라 판단했다.

"사피라에게 그런 일을 시키는 건 말도 안 돼!" 카이가 고함을 질렀다. "사피라, 당신이 정말 그러면, 도마뱀으로 변신시켜 버리겠어!"

노인이 웃었다. "꼬마야, 넌 그러지 못한단다. 네 프레지오라이트가 없으면 어차피 꿈도 꾸지 못할 일이야." 그는 사슬에 손발이 묶인 채 가만히 벽에 기대어 앉아 있는 사피라를 응시했다. 노인은 그녀의 속내를 헤아려 보려 했지만, 겉모습만 보고는 별 소득이 없었다. 이윽고 그가 결정을 내렸다. "내 너를 풀어 주겠다, 계집. 그러니 당장 토이펠 호수로 날아가 호수 아래에서 프레지오라이트를 찾아오너라. 미약하나마 아직 빛나고 있을 테니 알아볼 수 있을 거다. 죽은 데몬의 혼령이 너를 붙들면 너희는 실패한 거다. 그리고 가는 길에 데몬을 마주쳐 복종 당해도 실패한 거지. 그게 내가 정한 게임의 규칙이다. 이 조건을 수락할 텐가?"

"알겠다." 사피라가 말했다. "그런 건 걱정할 필요 없다. 난 어느 누구에게도 굴복하지 않으니까."

"의지가 꺾이지 않는 불굴의 드래곤이라는 건가." 노인이 골똘히 생각했다. "그런 드래곤이 있다는 걸 내 진즉에 듣기는 했었지만 믿기진 않았지. 그런데도 넌 저놈을 네 등에 타도록 허락했다는 거냐?" 그가 트리스탄을 가리켰다.

"그건 예외니까." 사피라가 명확하게 선을 그었다. "언젠가 어느 현명한 마법사가 내게 말했다. 그게 누구든 내게 징표를 새긴 사람을 따라야 한다고."

노인은 긴 눈썹을 찌푸리며 주름살을 지었다. 그는 예리한 표정으로 뭔가 고민하는 것 같았다. 이윽고 노인은 창살 안으로 재빨리 손을 뻗어 트리스탄이 입은 셔츠의 단추를 황급히 뜯어냈다. 전광석화처럼 기습적인 동작이었다. 그 순간 트리스탄이 그의 손을 낚아채 세게 끌어당겨 창살에 머리를 짓이겨 버리려 했지만 손쓸 틈을 주지 않았다. 저 괴상한 늙은이는 비록 무기력해 보이긴 했지만 무려 십수 년 동안을 데몬들 틈에서 살아남은 자였다. 호락호락 행동했었더라면 절대 그러지 못했으리라. 트리스탄의 화상 낙인을 바라보는 그의 눈이 촉촉해졌다. "두 개의 원!" 그가 숨을 토해 내며 속삭였다. "저자에게 노예의 표식이라니 이 무슨 인류의 모욕이란 말인가. 네 심장 위에 찍힌 그것은 다름 아닌 운명의 조롱이로구나."

"두 개의 원이라니?" 트리스탄이 도통 이해가 되지 않는다는 표정으로 되물었다. "그게 도대체 무슨 의미요?"

"넌 모르겠지." 확신하듯 말하는 노인의 음성엔 뭔가 낙담한 것 같은 쓸쓸함이 배어 있었다. "하긴 네가 어디에서 알 수 있었겠나? 네가 아는 인간의 역사는 기껏해야 노예 시대부터일 텐데. 당연히 인간의 전성기도 경험하지도 못했고, 두 개의 원을 새긴 깃발을 휘날리며 진군하던 도른슈트랑 기사단의 늠름한 모습을 본 적도 없었을 테니. 네 몸에 새겨진 그건 인간 왕의 표식이다. 바로 네 아버지의 것이지!"

"내… 뭐요?" 깜짝 놀란 트리스탄이 비틀거리며 한 걸음 뒤로 물러섰다. 옆 감방에 있던 카이도 트리스탄처럼 발을 헛디뎌 소금 결계에 닿는 바람에 머리카락 끝에 살짝 불이 붙었다. 카이는 신음을 참아가며 맨손으로 머리카락에 붙은 불을 다급히 털어 냈다. "무슨 속셈으로 그런 말을 하는 거죠?" 카이가 소리쳤다. "트리스탄은 내 부모가 병든 여자에게서 데려온 고아였는데."

"알고 있다. 그렇지만 그게 엘리야가 그의 아버지가 아니라는 증거라도 되는가?"

"그건 아니지만, 난…" 카이가 트리스탄을 바라보며 두 뺨에 바람을 잔뜩 불어넣었다. "엘리야가 왜 널 찾는 일에 그렇게 혈안이 되어 있었던 건지 이제 이해가 되네." 카이가 중얼거렸다.

"처음에 난 그게 *너*인 줄만 알았다." 노인이 말했다. "네 마력이 엘리야와 같은 음색을 지닌 데다, 거기에 연령대도 얼추 맞았거든. 하지만 너희 머릿속을 내게 보여 준 지

110

난 밤 꿈속 장면은 달리 말하고 있더구나. 꿈속에서 저 아이가 엘프의 검을 어찌나 능수능란하게 사용하던지. 그의 절반이 뾰족 귀의 핏줄을 타고났다는 사실 말고는 절대 설명할 수 없는 장면이었지. 그러니 그는 귀니퍼 폰 트레간디르와 그녀의 숨겨진 연인이었던 인간 왕 사이에서 태어난 아들이 분명하다! 나는 저 아이가 태어나던 날을 절대 잊지 못한다. 그날 밤은 내 운명이 엉망진창으로 꼬인 날이기도 하니까…. 그날 엘리야가 야밤의 눈보라를 뚫고 트레간디르로 말을 달려 돌아가지만 않았더라면…. 그리고 결국엔 감옥에 갇혀 버리지만 않았더라면 나도 지금쯤 이 데모니아를 벗어나 평온한 삶을 살고 있었을 테니까.”

마지막 말은 거의 피를 토할 것처럼 간신히 내뱉었다. 번뜩이는 광기가 그의 눈에 서렸다. 카이도, 트리스탄도, 사피라도 지금의 상황을 도무지 이해하기 어려웠다. 그바일로마저도 일종의 공황 상태에 빠진 것 같았다. 노마법사는 외투 주머니에서 사파리의 팔과 발에 채운 수갑의 청동 열쇠를 꺼내고는 그것을 트리스탄의 가슴팍에 던졌다. 찰랑 소리와 함께 열쇠가 바닥에 떨어졌다.

“어서 저 여자를 풀어 줘라.” 마법사가 명령했다. “그런 후 그 수갑을 네가 차라. 강철 수갑에 마법을 걸 것이다. 행여 저 여자가 날 공격하거나 죽인다면 그 수갑이 조여들어 네 손목과 발목을 네 몸에서 분리하고 말 테니. 날 속일 생각은 추호도 하지 말기를…. 알아들었나? 배신자의 아드님."

트리스탄은 그 말에 대꾸하지 않았다. 지금 그의 머릿속은 수천 개의 질문으로 가득했다. 저 늙은이가 주장하는 내용이 정말 사실일까? 그렇다면 제 아버지가 인간의 왕이고, 어머니는 엘프란 말인가? 지금까지 트리스탄은 고아이자 노예였고, 엘프의 전쟁에 끌려가 개죽음당할 팔자였다. 그러나 에냐도르의 운명을 좋은 쪽으로 되돌려 놓을 네 파수꾼 중 한 명임이 밝혀진 후 갑자기 모든 것이 돌변했다. 항상 텅 비어 있던 심장의 한곳에 자부심과 확신이 차올랐다. 지금까지 제 친부모가 평범한 농부 혹은 거덜 난 상인, 그 이상일 거라고는 단 한 번도 생각해 본 적이 없었다. 마치 최면에 걸린 것처럼 열쇠를 주운 트리스탄은 그것으로 사피라의 수갑을 풀어 줬다. 아주 찰나였지만 시선을 주고받은 것만으로 트리스탄은 그녀가 마법사의 요구를 따라야 한다는 걸 이해시켰다. 그리고는 사피라가 있던 자리에 주저앉아 다시 사슬을 제게 채웠다.

"오직 표식을 남긴 자만 따른다, 그건가?" 그 모습을 감방 밖에서 지켜보다 노마법사가 비꼬며 조롱했다. "네게 그걸 알려 준 그 현명한 마법사가 누군가?"

"그 마법사는 토랄프다." 사피라가 대답했다. 하지만 노마 법사가 히스테리 같은 폭소를 터트리는 바람에 그 이상 말을 잇지 못했다.

"토랄프라고! 차라리 도람푸란 이름이 어울리는 그 멍텅구리 같은 작자 말인가. 정말 멍청하기 짝이 없는 얼간이였지! 처음에는 드래곤 여인에게 제 아이를 배게 하더니, 결국은 정신줄을 놓은 제 가족의 손에 죽을 뻔했지. 그리고 끝내 가족을 떠나 망명했다지. 아마 지금은 드라고니아 북부에 있는 한 시골구석에 찌그러져 있을걸. 그 지역 드래곤족들에게는 엘프를 피해 도망쳐 왔다고 떠벌리면서 말이야. 실제로는 드래곤족인 제 가족에게서 도망친 거면서. 그러면서 자기가 계시받은 예언 부분을 그럴듯하게 포장하여 그렇게나 거드름을 피웠다 이거지. 그렇지 않은가, 드래곤? 파수꾼 이야기를 나불대며 서로에게 표식을 새기는 법을 네게 알려 준 자가 바로 그 얼간이였단 말이지?" 사피라가 불신으로 가득한 표정으로 마지못해 고개를 끄덕였다. "하지만 그 예언을 너에게만 알려 준 것은 아니다. 그놈이 계시받은 예언 부분을 사방팔방 나발을 불고 다닌 바람에 하다못해 엘프들마저 줄줄 외고 있을 정도였으니까. 전체 예언 중에 그 부분만이 유일하게 외부로 누설되고 말았지. 예언의 다른 부분은 모두 우리가 슈발벤하인의 성벽에 꼭꼭 숨겨 놓았단다. 그날 밤 이곳을 떠나 다시는 돌아오지 않은 엘리야가 요청했던 대로…. 네가 말하는 그 현명한 마법사는 그저 떠버리에 불과하단다. 그러니 나라면 그런 작자가 말한 것을 마음에 새기는 일 따위는 하지 않을 거다."

사피라를 묶어 놓았던 마지막 사슬이 트리스탄의 왼쪽 발목에 채워지며 결박이 완성됐다. 그런 뒤 사피라는 아무 말 없이 일어나 감방문을 향해 걸어갔다.

"네 이름은 뭐지?" 그녀가 마법사에게 물었다.

"가바인이다."

사피라는 창살 밖으로 열쇠를 건넸다. "날 내보내다오, 가바인. 그러면 그 저주받은 호수가 훔쳐 간 프레지오라이트를 가져다주겠다. 당신을 위해서가 아니라는 건 명심해라. 오롯이 당신에게 해코지할 생각이 전혀 없는 우리 셋의 자유를 위해서다. 당신은 지금도 현자는 아닌 것 같지만, 앞으로 이 세상 그 어떤 마법의 돌을 사용해도 그리될 것 같지는 않군."

노마법사가 이빨을 빠드득 갈며 눈을 좁혔다가 떴다. 그는 짜증 가득한 표정으로 사피라를 바라봤다. "조금이라도 이상한 짓을 하면 저놈의 손목과 발목이 그대로 잘려 나간다는 걸 잊지 마라."

"난 당신을 속이지 않는다." 사피라가 약속했다.

그러자 옥문의 걸쇠를 푼 노마법사는 사피라가 밖으로 나오도록 옆으로 비켜섰다.

툴

툴은 바닥에 깔린 가죽 깔개에 등을 대고 누워 짚으로 만든 천장을 응시했다. 제 위에 올라탄 스호오크가 드래곤족 여인만 가능할 독특한 자세로 리드미컬하면서도 격정적이고 거칠게 몸을 움직였다. 그녀의 골반이 위로 솟구쳤다 수직으로 내리꽂히기를 반복했다. 툴이 몸을 일으키려고 할 때마다 살며시 그의 손목을 붙잡고 장난치듯 밀며 다시 자리에 눕혔다. 깔깔거리며 웃는 그녀의 음성이 사방에 울려 퍼졌다. 툴은 남이 들을까 봐 몹시 신경이 쓰였지만 그녀는 아랑곳하지 않고 웃음을 터트렸다. 지금 누군가 그 소리를 듣는다면 쾌락에 젖은 그녀의 웃음소리가 이 군영에 있는 다른 드래곤들과 달리 복종한 자의 음성이 아니라는 걸 단번에 알아차릴 것이 분명했다.

"쉿!" 큰 소리가 나는 걸 막으려 몸을 일으킨 툴이 황급히 그녀의 입을 막았다. "소리가 너무 커, 스호오크. 부탁한다. 레벨이나 아에타가 들으면 어쩌려고 그러냐!"

그녀의 눈빛에 열정이 사그라들고 그 자리에 분노가 가득 차올랐다. 스호오크는 제 입을 틀어막은 툴의 손을 매섭게 치워 버렸다. 툴은 그녀가 화가 나서 소리라도 지르려나 하며 잔뜩 긴장했지만, 추측과는 달리 상체를 뒤로 비스듬히 뉜 스호오크는 골반을 더 빠르고 강하게 움직이며 그를 더 깊이 받아들였다. 그렇게 툴의 손길에서 벗어나 저의 열정에만 충실하던 스호오크는 얼마 후 다시금 상체를 앞으로 숙이며 그를 점령해 왔다. 그 순간 스호오크의 에메랄드빛 눈동자가 파르르 떨리더니 이윽고 금빛으로 변했다.

지금 그들은 언제 들킬지 모르는 위험한 게임을 하고 있었다. 갈린 군영에서 스호오크의 일거수일투족을 감시하고 있다는 것을 툴은 이미 알고 있었다. 평소 공식 석상에서 스호오크는 얌전히 고개를 숙이고 그의 뒤를 쫓았다. 그리고 툴의 명령에 복종하며 절대 큰 소리를 내지 않았지만, 데몬들은 둘 사이의 관계가 좀 이상하다는 낌새를 감지했다. 그리고 이건 순전히 스호오크를 이런 상태로 제게 넘긴 그 멍청하고 파렴치한 애송이 마법사 탓이었다. 카이는 스호오크를 구속한 마법을 해제해 주긴 했지만, 그렇다고 툴과 엮어 주지도 않았다. 더군다나 툴은 그런 스호오크의 마음 상태를 뒤늦게야 깨달았다. 전쟁의 군주 앞에서 드래곤을 정복한 데몬에게 주는 훈장을 받은 후였다. 훈장을 받고 기분이 우쭐해진 툴에게 스호오크가 남몰래 그의 귓가에 속삭였었다. 앞으로 툴이 저런 은으로 된 훈장을 몇 개나 더 목에 걸 수 있을지는 몰라도, 절대 자기를 원하는 대로 강제하지 못할 거라고…. 그런데도 왜 스호오크가 저를 묵묵히 따라왔는지, 왜 그 이후로도 이렇게 볼썽사나운 연극을 이어가는지 툴은 그 이유를 정확히 알 수 없었다. 그녀는 자신이 참을 만하다고만 말했다. 적어도 그 뒤로 매일 저와 몸을 섞고 있는 상황으로 미루어 보건대 그것과 관련이 있을지도 모르겠다고 짐작만 할 뿐이었다. 툴은 스호오크의 얼굴이 제게 다가오자 재빨리 키스로 입을 막았다. 거의 절정에 이르러 사정감을 느끼자 입술을 그녀의 것에 포개어 눌렀다. 그런 뒤 모든 걸 쏟아 낸 해방감을 느끼며 그녀의 품에 축 늘어졌다. 스호오크는 다정한 손길로 그를 가죽 깔개를 향해 가볍게 밀치고는 툴에게서 내려와 그의 옆에 누웠다.

"이 끔찍한 군영에서 나가고 싶어." 언제나 그랬듯이 그녀는 큰소리로 당당히 말했다.

"쉿!"

"나는. 여기서. 당장. 나가고. 싶다고!" 이번에는 속삭였지만, 한 음절씩 강조하는 말투로 보아 툴은 자신이 곧 곤란한 상황에 처할 거라는 불길한 예감이 들었다. "당신과 사랑을 나눌 때 마음껏 비명을 지르고, 웃고 싶어. 게다가 아에타가 우리를 주시할 때마다 항상 시선을 땅바닥으로 깔아야 하는 것도 너무 끔찍해. 곱사등에 끔찍한 꼬리까지 달린 못생기고, 한심한 여자 주제에."

"아직 임무를 받지 못했다. 그냥 여기서 도망치듯 떠날 수는 없어. 난 데몬 전사니까."

"데몬 전사라고? 웃기는 소리! 당신이 지체 높은 귀족의 아들이기에 그나마 목숨을 유지하고 있는 것뿐이야. 이곳에 있는 데몬 중 절반 이상은 당신을 토이펠악마 호수에 익사시켜 버리고 싶어 할걸. 원래 자기는 저들처럼 드래곤을 굴복시키지도 못했고, 외모도 끔찍하게 못생기지 않았으니까." 스호오크는 툴의 종족이 그를 대하는 방식을 콕 집어 말하며 조롱 가득한 표정을 지었다.

"하지만 난 꼭 전사가 될 거다." 툴이 소신을 담아 명확하게 밝혔다. "나는 이 공포의 군대에서 내 아버지처럼 싸울 거고, 넌 날 전장에 태우고 가야 해!"

"내가 살아 있는 한 그럴 일은 없어." 그녀가 단호하게 말했다. 툴은 그런 스호오크의 말에 기분 나쁜 내색조차 할 수 없었다. 솔직히 이곳에서 날마다 보이는 드래곤들의 모습은 분명 인생을 즐기는 것과는 거리가 멀었다. 이곳에 잡혀 온 드래곤족은 구름을 쫓아 하늘에서 자유롭게 비행하는 대신 비참한 삶을 살아야 했다. 여자는 끔찍이도 혐오스러운 대상으로 취급받으면서도 결국 데몬 전사들에게 몸을 내어줘야 했고, 남자는 날이면 날마다 큰 원을 돌며 거대한 맷돌을 가는 노역에 동원됐다. 툴이 보기에도 이곳은 드래곤이 생활하기에 전혀 아름답지 못한 곳이었다. 인간이 엘프의 노예이듯, 드래곤도 데몬의 노예였다. 드래곤은 주로 데몬 군대를 전쟁터로 태우고 다니는 데 동원됐지만, 종종 데몬 남성들의 욕구를 채우는 데도 이용됐다. 하지만 진심에서 우러나오는 쾌락에 젖어 교성을 흘리고, 비명을 지르는 드래곤 여인이라니 가당치도 않았다. 지금 그들이 머물고 있는 이 막사를 제외한다면….

우울한 생각을 쫓아 버리려는 듯 툴이 스호오크를 간질이려 몸을 막 숙이려던 찰라, 움막의 입구 기둥을 노크하는 소리가 들리더니 곧이어 입구를 가린 천막이 올라갔다. 그리고 막사 안으로 전쟁의 군주라 불리는 레벨이 친히 걸어 들어왔다. 순간 스호오크의 얼굴에서 웃음기가 싹 가셨다. 바닥에서 몸을 일으킨 스호오크는 벌거벗은 제 가슴을 염소 가죽 담요로 가리고, 재빨리 겸허한 자세로 시선을 바닥에 깔았다. 저런 모습이 원래 그녀의 방식이 아니라는 건 툴도 확실히 알고 있었다. 그럼에도 저렇게 자신을 위해 노력하는 스호오크의 태도에 고마움을 느꼈다. 한편으론 그런 스호오크를 훑는 레벨의 시선이 전혀 탐탁지 않았다.

"기분 전환이 필요한 게냐." 전쟁의 군주가 말했다. 그는 얼굴에서 가슴까지 이어지는 수백 개의 흉터와 붉은 눈동자를 지닌 거대한 데몬이었다. 그중 일부는 실제로 전쟁터에서 얻은 것이었지만 대다수는 태어날 때부터 지니고 있던 흉터였다. "참으로 아름다운 드래곤이야." 레벨이 스호오크의 붉은 머리칼을 움켜쥐더니 굳은살이 가득한 제 손가락 사이로 미끄러트렸다. 티 하나 없는 드래곤 여인의 화사한 피부가 파르르 떨렸다. "조금은 수줍음이 많은 드래곤인 것 같기도 하고." 스호오크의 반응을 알아차린 레벨이 말했다. "아니면 네가 이 여인을 너무 거칠게 대한 건 아니냐?" 레벨이 껄껄 웃으며 주먹으로 툴의 어깨를 툭 쳤다.

"아닙니다, 군주님." 툴이 대답했다. "아직 이곳에 제대로 정착하지 못해서 그런 것입니다." 애석하게도 이 막사에는 방이 하나뿐이었다. 그래서 툴은 스호오크더러 자리를 피해 달라고 할 수도 없었다. 그렇기에 툴은 좋든 싫든 계속 음탕한 시선으로 스호오크의 몸을 훑는 저 레벨의 음흉한 행동을 견뎌야 했다. 일부러 그런 건 아니었지만 저도 모르게 두 주먹에 불끈 힘이 들어갔다.

"내게 식사도 권하지 않는 건가?" 레벨이 툴에게 물었다.

이건 스호오크를 저 군주의 시야 밖으로 보낼 수 있는 기회였다. 툴은 그녀에게 어서 옷을 챙겨 입고 나가서 꿀술 한 통과 화로에 구운 고기 한 덩어리를 가져오라고 지시했다. 아무 말 없이 자리에서 일어난 스호오크는 속눈썹 한 번 깜박이지 않았지만 그녀의 눈 속에 활활 타오르는 불꽃만큼은 감추지 못했다.

"내가 보니까 말이다. 네 드래곤은 다소 방자한 면이 있는 것 같구나. 아름답지만, 뭔가 음험해. 자는 동안 널 죽이려 들지 않게 밤에는 사슬에 묶어 두는 게 좋겠다."

"그녀는 제게 복종했습니다." 툴이 레벨의 말에 반기를 들었다.

꿀술이 든 잔을 받아 든 레벨은 한 모금을 벌컥 마시면서, 스호오크를 자세히 뜯어봤다. "그런데 아에타는 저 드래곤이 완전히 굴복한 게 아닐지도 모른다고 생각하던데 말이지. 그러니 좀 더 엄하게 대해야 할 필요가 있다. 그렇지 않으면 언젠가 저 드래곤이 제멋대로 날뛸 테니 말이다. 그런 일이 벌어지면 데몬 전체의 수치가 될 거야. 그건 너도 잘 알겠지, 툴? 안 그런가?"

툴이 고개를 끄덕였다. 양손이 근질거렸다. 그래서 툴은 신경질적으로 꿀술을 한 모금 들이켰다.

"하지만 지금은 그 때문에 이리 온 것은 아니다." 전쟁의 군주가 말을 이었다. "너도 알다시피 비록 네가 아름다운 외모를 지녔다만 그럼에도 우리 종족에 부합하는 당당한 데몬임을 증명하기 위한 시험이 한 가지 더 남아 있다. 어제 내가 널 위해 특별히 임무를 하나 엄선했지. 우리 소식통에 의하면 한 젊은 마법사가 토이펠 호수에서 익사 직전까지 갔다고 한다. 그런데 어디선가 갑자기 나타난 신원 불명의 드래곤이 그를 구했지만, 호수 속에 마법사의 프레지오라이트가 떨어졌다지. 그 마법의 돌은 몹시 희귀하고 가치가 높은 것이라 한다. 바로 그 마법의 돌을 내가 원하니 어서 내게 가져와라."

툴은 의식적으로 표정을 최대한 관리하려고 애를 썼다. 한밤중에 그 무슨 이유로 토이펠 호수를 찾아가 제 몸을 담글 젊은 마법사가 이 세상에 또 있을지는 알 수 없지만 레벨이 말한 그 마법사는 분명 카이일 것이다. 숨이 멎은 표정으로 흘긋 저를 쳐다보는 스호오크를 보니, 지금 그녀도 같은 생각인 것 같았다.

"저 드래곤이 왜 저런 눈빛으로 쳐다보는 거지?" 레벨이 자리에서 벌떡 일어섰다. 이어 들고 있던 꿀술 잔을 바닥에 내려놓고, 불가에 대기하던 스호오크에게 다가가 머리카락을 거세게 움켜쥐고는 그녀의 고개를 거칠게 뒤로 젖혔다. "뭐가 문제냐, 드래곤? 감히 네 주인을 어찌 그런 눈으로 쳐다보는 거지? 할 말이라도 있는 것처럼?"

스호오크의 시선이 툴에게 향했다. 당황한 기색이 역력한 툴은 어찌할 바를 몰랐다. 툴은 아주 찰나였지만 바닥에 내려놓은 잔을 들어 내려치면, 전쟁의 군주 머리통을 박살 낼 수 있을지 고민했다. 하지만 그때 스호오크가 상황을 바로 잡기 위해 먼저 나섰다. "죄송합니다, 군주님." 그녀가 나지막한 음성으로 공손히 대답했다. "전 그저 다시 잔을 채워 드려야 하는지 살펴보았을 뿐이었습니다."

"그렇단 말이지." 레벨이 으르렁거렸다. "다음에는 시선을 더 낮추도록. 다른 드래곤도 다 그렇게 하니까." 그는 그녀의 머리채를 휘어잡을 때만큼이나 험하게 놓아주었다. 황급히 불가로 돌아간 스호오크가 굽고 있던 고기 꼬치를 가져왔다. 두 데몬은 그녀가 작고 날카로운 칼로 고기를 얇게 저

미는 모습을 지켜봤다. 칼을 얼마나 세게 잡았던지 그녀의 오른손 피부 아래 보이는 뼈마디가 하얗게 도드라졌다. 매 순간 툴은 저러다 스호오크가 전쟁의 군주 레벨의 목에 칼날을 힘껏 쑤셔 박기라도 하려는 건 아닌지 조마조마했다. 그러나 스호오크는 용케도 잘 참아 넘겼다. 아무 말 없이 그녀가 공손히 음식을 건넸다. 툴은 레벨이 음식의 절반을 양손으로 입안에 가득 욱여넣는 모습을 보며, 속으로 저러다 음식에 숨이 막혀 질식하겠다는 생각을 했다.

"그러니까 마법의 돌은," 마침내 툴은 레벨이 제게 맡긴 임무 이야기를 꺼냈다. "추측건대 건져내기가 그리 쉽지 않을 것 같다는 생각이 드는데 말입니다. 그리고 건져낸다 한들 마법의 돌이 저항하지 않고 순순히 따라올지도 의문입니다."

"그런 건 어떻게 안 거지?" 레벨이 입맛을 다시며 물었다. "마치 마법의 돌에 대해 잘 아는 것처럼 말하는군."

"아닙니다, 그건… 그저 제 추측입니다." 툴이 서둘러 대답했다.

전쟁의 군주가 영 이해되지 않는다는 듯이 고개를 흔들더니, 손가락에 묻은 기름을 핥으며 스호오크의 손에 빈 나무 접시를 건넸다. "어쨌거나 나는 네가 부디 이 임무를 완수하기 바란다." 그가 노련하게 말했다. "그 돌을 가져오면 이제

125

다른 시험은 보지 않아도 된다. 그리고 앞으로 우리 부족의 정당한 일원으로 인정하겠다."

그 말에 툴은 무한한 상실감을 느꼈다. 평생토록 툴은 공포 군대의 전사가 되는 것 이외에는 그 어떤 소망도 품은 적이 없었다. 그리하여 아웃사이더 취급을 당하지 않고 진정한 종족의 일원이 되는 것. 그의 소망은 단지 그것뿐이었다. 그런데 지금 툴은 자신의 모든 것이나 마찬가지인 그 소망을 걸고 한판의 도박을 벌여야 할 것인가를 진지하게 고민하고 있었다. 그것도 아직 제게 복종조차 하지 않는 드래곤 하나를 얻기 위해. 스스로 인정하고 싶지 않았지만 툴도 스호오크와의 관계를 이런 식으로 오랫동안 끌고 가기가 어렵다는 걸 이미 예전부터 알고 있었다. 얼마 지나지 않아 스호오크가 이런 생활에 지쳐 쇠약해지거나, 어느 날 갑자기 도망칠 것이 분명했다. 그 어떤 경우라도 그녀의 등을 타고 전투에 참전하는 건 불가능할 것이다. 이윽고 레벨이 자리에서 일어나자 혼자 깊은 생각에 잠겼던 툴이 정신을 차렸다. 툴은 군주를 출구까지 배웅했다. 툴이 입구 거적을 들어 올리는 순간, 카이의 정성 어린 보살핌에도 사라지지 않고 여전히 왼쪽 팔뚝에 남은 상흔에 레벨의 시선이 닿았다. 상처투성이인 그의 이마에 깊은 주름이 파였다. "어째 그 상처는 그리도 낫지 않는 게냐? 드래곤과의 전투에서 생겼다고 했던가?"

툴이 고개를 끄덕였다.

"치료사가 만든 고약을 보내겠다. 그것으로도 차도가 없으면 가바인에게 가 보도록." 말을 마친 레벨이 움막을 떠났다.

툴의 등 뒤에서 스호오크가 조금은 가벼워진 마음으로 한숨을 내뱉었다. 다행히 전쟁의 군주 귀에는 들리지 않을 작은 소리였다. 그때 갑자기 화가 치밀어 오른 듯 툴이 그녀를 향해 거칠게 돌아섰다. 정말이지 한 대 때려 주고 싶은 충동이 밀려왔다. 데몬이 지닌 권능인 눈빛을 쏘아 고통을 주고 싶었다. 이 계급 세계에서 그녀의 위치가 어디인지 단단히 알려 주고 싶었다. 하지만 동시에 그녀가 복종하는 시늉이라도 해 준 덕분에 갈린의 최전방에 화살받이로 끌려가야 하는 운명에서 벗어날 수 있었다는 것도 깨달았다. 그 순간 툴은 노여움을 발산하는 대신 그녀를 품에 끌어안고 안도의 한숨을 쉬고 싶어졌다.

하지만 툴은 어느 것도 행동에 옮기지는 않고 그냥 이렇게 말했다. "카이가 날 속였다는 걸 알았더라면 난 절대 이곳으로 돌아오지 않았을 거다."

땅딸한 데몬 여성이라면 어울리겠지만 늘씬하고 우아한

몸매에는 너무 펑퍼짐한 리넨 원피스를 걸친 스호오크가 양팔을 포개며 침상 옆에 섰다. "카이 님은 단지 날 팔아야 할지 결정을 내리지 못했던 거야." 스호오크가 카이를 두둔하고 나섰다. 그녀가 이 주제를 입 밖에 꺼낸 건 처음이었다. 쾨니히스하인을 목전에 둔 산맥에서 그들이 헤어지던 날 있었던 그 당시의 일을.

"하지만 그게 우리가 맺은 협약이었다." 툴이 말을 꺼냈다. "알빈가르트까지 호위해 주면 그 대가로…"

"…그 대가로 당신은 드래곤을 얻어내려 했지." 스호오크가 그의 말을 가로챘다. "하지만 인간은 너희 데몬과 달라. 원래 인간은 닭이나 염소, 그리고 유사시에는 드래곤까지 팔아. 이런 짐승들이 그들에게 특별한 의미가 생기기 전까지는 말이야. 하지만 한 번 마음을 주고 나면 양심에 따라 행동할 뿐, 약속도 소용없어. 그러니 카이 님은 양심이 시키는 대로 했을 뿐이야."

데몬은 쓸쓸한 웃음을 내뱉었다. "그리고 그런 행동이 우리 둘을 죽음으로 내몬 거다."

"도망친다면 그렇게 되진 않겠지."

"도망친다고?" 툴이 짜증을 내며 고개를 흔들었다. "그러면 어디로 갈 건데?"

"드라고니아로 가면 되지." 스호오크가 제안했다. "내 종족은 의지가 약하지만 다른 종족을 멸시하거나 억압하지 않고 존중해 줘. 맞서지만 않는다면 그들도 너와 싸우려 들지 않을 거야."

툴은 콧김을 씩씩 뿜어내며 거칠게 숨을 몰아쉬었다. 지금까지 툴은 어떻게 해서든 제 종족에서 외톨이가 되는 인생만은 피해 보려고 피나게 노력했다. 그런데 인제 와서 드래곤족 한가운데 홀로 있는 데몬이 되라니. 스호오크를 뚫어지게 노려보는 동안 그의 눈이 실눈처럼 좁혀졌다. 툴은 알고 있었다. 스호오크가 방금 한 제안 말고도 다른 방법이 또 하나 남아 있다는 것을. 그냥 그녀를 죽여 버리면 상황은 종료될 것이다. 갈린의 전사들은 드래곤 하나쯤 죽어 나간다 해도 눈 하나 꿈쩍하지 않을 것이다. 하루도 안 지나서 그 드래곤이 어떤 상황에서, 무슨 이유로 죽음을 맞이했는지 까맣게 잊어버릴 것이 틀림없었다. 그러나 폭동을 일으키거나 도망치려는 드래곤은 모든 이목의 중심에 놓이게 될 것이다. 그의 불순한 생각을 읽었기라도 한 듯 스호오크는 격정적으로 금안을 번뜩였다.

"카이 님이 날 자유롭게 풀어 주면서 뭐라고 했는지 알아?" 이윽고 그녀가 말을 꺼냈다. 데몬이 고개를 저었다.

"카이 님은 내게 한평생 가장 바라는 게 뭐냐고 물었지. 그래서 난 대답했어. '열정, 모험 그리고 북풍과 끝없이 맞서는 싸움'이라고. 그랬더니 카이 님이 또 내게 물었어. 당신 곁에 있다 보면 그런 걸 찾을 수도 있지 않겠느냐고, 그래서 내가 그러겠다고 대답했던 거야."

스호오크는 평소보다 무척 조심스럽게 그리고 정중하게 다가왔다. 그리고 바로 그의 눈앞에 멈춰선 그녀가 살며시 그의 뿔을 잡았다. 그럴 때마다 톨은 그냥 그녀를 침대에 집어 던지고 누가 더 강자인지 똑똑히 증명하고픈 충동을 느꼈다. 그리고 이따금씩 실행에 옮기기도 했었다. 하지만 톨이 그런 행동에서 느끼고자 했던 우월감은 그에게 살살 웃으며 접근하는 스호오크의 몸짓에 눈 녹듯 사라져 버렸다.

"그러니까 우리 그냥 떠나자!" 제 입술로 그의 입술을 살포시 덮으며 스호오크가 부탁했다. "그리고 다시는 돌아오지 말자."

그녀가 원했던 건 바로 그것이었다. 여기까지 따라오면서도 그 망할 마법사와 나눈 대화를 잊지 않고 마음에 품고 있었다. 그리고 이제 저 대신 미래를 결정하려 했다. 톨이 스스로 끊어 내지 못했기에, 이제 스호오크가 대신 끊어 내려 했다. 톨이 거칠게 그녀의 손목을 붙잡았다. "네 말이 옳다,

드래곤. 그러니 가자. 하지만 우리가 향할 목적지는 토이펠호수다. 그곳에서 프레지오라이트 건지는 것을 도와라. 그렇지 않으면 궁지에 몰린 데몬이 무슨 짓까지 할 수 있는지네 눈으로 직접 보게 될 테니까."

툴은 대답도 기다리지도 않고 곧바로 창을 쥐고는 움막밖으로 그녀를 끌어당겼다. 막사 밖 군영은 활기차게 오후일과를 보내고 있었다. 전사들은 서로 도끼를 맞부딪쳤고, 세탁하는 여성들은 리넨과 모직 빨랫감을 빨래판에 박박 문질렀다. 작은 웅덩이 근처에는 사냥개들이 나름 분주히 움직이고 있었다. 건너편 대장간에서는 눈의 위치가 제멋대로이고 툭 튀어나온 두꺼운 입술이 눈에 띄는 데몬이—아마도드래곤 사냥을 위해—창을 만들고 있었다. 툴의 곁에 선 스호오크의 입술이 그의 귓가로 향했다. "그런데 말이야. 당신은 드래곤을 어떻게 복종시키는지 잘 모르지? 다른 모든 마물과 마찬가지로 바로 공포가 그 열쇠야." 그녀가 귓가에 속삭였다. "하지만 당신은 잔혹한 존재가 아니었기에 계속 실패한 거였지."

뜻밖의 말에 멈춰선 툴이 그녀를 향해 돌아섰다. 그의 눈빛이 흉흉하게 번뜩였다. 반사적으로 눈을 감아 봤지만 스호오크는 고통에 신음을 흘렸다. 하지만 굴복하지 않고 곧장 다시 눈을 떴다. 또다시 엄습하는 통증을 참아 내며 스호오크가 그를 똑바로 노려봤다.

"넌 도대체 나한테 왜 이러는 거야?" 그가 그녀의 귓가에 속삭였다. "왜 포기하지 않는 거야?"

"난 드래곤이니까." 그녀가 대답했다. "하지만 또 같은 이유로 끝내 포기하고 말지도 모르겠지. 당신이 끝내 날 복종시킨다면 말이야. 그걸 원해? 정말 그걸 바라는 거야?"

툴은 황급히 주변을 돌아보며 이리저리 오가는 데몬들의 눈치를 살폈다. 지금 이곳은 스호오크와 주도권을 놓고 다투기에 적합한 장소가 아니었다. 툴은 스호오크의 질문에 아무 대답도 없이 그녀를 끌고 동물의 두개골과 적군의 머리카락으로 장식한 깃발이 휘날리는 사령관의 움막을 지나쳤다. 북문을 지키는 보초병을 지난 후에야 툴은 그때까지 꼭 붙들고 있던 드래곤 여인의 손목을 놓아주었다.

"어서 옷 벗어." 그가 지시했다.

그러자 스호오크가 한쪽 눈썹을 높이 치켜들었다. 그러나 평소 그럴 때면 맞받아치던 스호오크 식의 음탕한 대꾸는 따로 없었다. 조개처럼 입을 꼭 다문 그녀는 머리 위로 옷을 끌어 올렸다. 툴은 그것을 그녀의 손에서 건네받은 후 제 벨트에 묶었다. "이제 어서 변신해라." 그가 명령했다.

"본체로 변신한 내가 그냥 그 가망 없는 임무와 당신을 이대로 팽개쳐 두고 도망쳐 버리면 어떻게 할 거야?" 그녀가 물었다.

"그러면 언젠가 너를 사냥하겠지."

"어디서 날 사냥한다는 거지, 데몬님? 구름 사이로 올라오기라도 할 건가? 아니면 내 집인 드래곤 산맥 쪽으로 쫓아올 건가? 아니면 내게 공포 군대의 동지들을 보내기라도 할 거야?"

툴은 지금 우월적 입장에서 명령하는 자신에게 그렇게 대놓고 쏘아 대는 스호오크가 못마땅했다. 그래서 더는 아무 대답도 하지 않고, 팔짱을 낀 채 노려보기만 했다. 입을 꾹 다물고 대꾸도 하지 않는 툴의 심기를 어떻게든 공략해 보려던 스호오크는 얼마 지나지 않아 그런 식으로 툴을 자극하는 걸 포기했다. 긴 한숨을 내쉬며 그녀는 붉고, 주홍 반점이 있는 드래곤 본체로 변신했다. 툴은 그녀의 본체를 마주할 때마다 자기가 얼마나 감명받는지 들키지 않으려 애써야 했다. 강한 힘과 아름다움을 대변하는 스호오크는 자유와 불을 상징하는 화신이었다. 반짝이는 비늘 하나하나가 툴에게 각인되었고, 날개를 펼치고 공중을 향해 고개를 드는 그 자태며 은은하게 뿜어져 나오는 열화와 재의 향기마

저도 그의 감각을 압도했다. 지금 눈앞에 있는 그녀의 모습이 이것으로 마지막이라면, 툴은 이 장면을 그의 남은 생 동안 떠올릴 수 있도록 깊숙이 각인하고 싶었다. 스호오크는 왼쪽 날개를 살포시 접더니 살아 있는 계단처럼 만들어 그가 등에 탈 수 있도록 배려했다. 심장에 타오르는 신뢰의 불꽃을 느끼며 그녀의 등에 올라탄 툴은 고개를 들어 토이펠 호수 쪽을 응시했다.

툴보다 먼저 블루 드래곤을 발견한 스호오크가 급격히 하강하며 측면으로 비행했다. 스호오크는 근처 산꼭대기 뒤편에 착륙한 후, 제 등 위에 탄 드래곤 라이더가 내릴 수 있도록 배려하고는 자신도 인간형으로 변신했다. 툴과 스호오크는 바위 끝자락으로 살금살금 기어 올라갔다. 그 지점에서는 토이펠 호수 동쪽을 살펴볼 수 있었다. 호수의 검은 수면은 잔물결 하나 없을 정도로 평온했다. 순간 방금까지 호숫가에 서 있던 드래곤이 갑자기 시야에서 사라졌다.

"어디로 간 거야?" 불안해진 툴이 물었다. 그는 드래곤의 예민한 오감을 누구보다 잘 알았다. 재수 없으면 주변에 매복한 드래곤이 그들을 습격할 위험도 있었다. 지금 홀로 호숫가를 어슬렁거리는 저 고독한 괴물은 장담하건대 누군가에게 종속된 드래곤이 아닐 것이기 때문이었다.

"드래곤이 호수 안에 있어." 스호오크가 손가락으로 호수 수면에 아른거리는, 거의 알아보기 힘든 그림자를 가리켰다. 자세히 보니 그 그림자는 호수 바닥에서 천천히 움직이는 것 같았다. "우리가 늦은 거 같네."

"저 드래곤도 프레지오라이트를 찾고 있다는 말이냐?"

그녀가 고개를 끄덕였다. "그렇지 않으면 왜 저기 있겠어? 하지만 훨씬 더 이상한 건 저 드래곤이 저렇게 데몬의 혼령을 이겨 내고 있다는 점이야. 에냐도르의 모든 종족 중 특히 우리 드래곤은 호수 속 어린 데몬 유령들을 이겨 낼 만한 의지가 없거든."

"그건 그 누구라도 마찬가지다." 호수 바닥에서 움직이는 그림자를 계속 주시하며 툴이 중얼거렸다.

"그렇지 않아. 그들을 이겨 낸 데몬이나 마법사들이 간혹 있어. 명예와 불굴의 의지 외에 잃을 게 전혀 없는 그런 자들 말이야."

블루 드래곤이 다시 수면에 모습을 드러내기까지 한참이 걸렸다. 스호오크와 툴이 결국은 망자의 유혹에 넘어가 시커먼 심연에서 마지막 숨을 다했나 보다고 생각할 무렵, 갑자기 숨을 헐떡이며 다시 모습을 드러낸 드래곤은 고요한 수면에 새하얀 물보라를 일으켰다. 힘겹게 뭍으로 나온 드래곤이 먼지투성이 땅 위에 쓰러지는 동안 비늘이 달린 사슬 갑옷 같은 드래곤의 몸 위로 물이 흘러내리며 수백 개의 작은 폭포가 생겼다. 드래곤은 무척이나 지쳐 보였다.

"지금이 저놈을 잡을 순간이겠지." 툴이 중얼거렸다.

"그러면 누가 호수에서 프레지오라이트를 건질 건데?" 스호오크가 눈을 굴렸다. "게다가 저 드래곤은 수컷이 아니라 암컷이야. 드래곤 여인이라고."

"네 말이 옳군. 그냥 그녀가 마법의 돌을 건지게 하자. 그리고 그때쯤이면 힘든 일을 완수한 저 드래곤은 탈진 상태가 되겠지. 그러면 손쓰기가 훨씬 수월해질 거야."

"저 여자가 누군지 정말 궁금한데." 스호오크가 곰곰이 생각했다. 동시에 블루 드래곤을 유심히 관찰했다. "저 여자는 몸집이 엄청 커. 저렇게 큰 드래곤족은 슈투름폭풍 산맥에만 사는데, 그들이 여기까지 내려오는 경우는 정말 드물거든."

"레벨이 말하기를 정체불명의 드래곤이 카이를 구했다고 하더군. 내 생각으로는 저 드래곤은 그의 부탁을 받고 마법의 돌을 찾고 있는 게 아닌가 싶다."

"아니면 저 여자가 돌을 얻기 위해 카이 님을 붙잡은 거일 수도 있지. 어쩌면 망령이 된 데몬 아이들에게서 저를 방어할 보호 마법을 걸어 달라고 강요했을지도 몰라."

"보호 마법?" 툴이 말도 안 된다는 투로 말했다. "그 마법사는 자기 프레지오라이트를 손에 들고도 마법 하나 제대로 시전하지 못했잖아. 그런데 마법의 돌도 없이 그런 고급 마법을 어떻게 걸겠냐? 나는 카이가 투명 마법을 해제한 것만으로도 엄청 놀랐었는데."

"음." 스호오크가 곰곰이 생각했다. "당신 말이 옳을 수도 있겠어. 그러면 카이 님의 부탁으로 온 걸 수도 있겠네. 하지만 왜 카이 님이 보이지 않지?"

"그건 우선 저 드래곤을 붙잡고 나서 물어보면 된다. 아니면 저 드래곤을 죽일 거고."

그의 말에 스호오크는 대답하지 않았지만 툴은 그녀의 표정에서 스호오크가 저만의 다른 계획이 있다는 걸 알 수 있었다. 이 망할 드래곤 여자는 항상 그를 짜증 나게 만들었다. 저러다 언젠가 저 여자 탓에 토이펠 호수에 수장당할지도 모르겠다는 불길한 예감이 밀려왔다. 죽음이라는 영원한 안식조차 누리지 못하고 물속을 부유하며 제 아름다운 얼굴을 바라보는 단순하고 우직한 이들을 깊은 호수 속으로 끌어당기는 몹쓸 운명에 처하고 말 것이다. 무의식적으로 툴은 제 창을 세게 움켜쥐었다.

블루 드래곤은 벌써 세 번째 잠수를 감행했다. 호수에서 뭍으로 나올 때마다 드래곤은 지친 모습이 역력했다. 매번 툴은 숨을 멈추고 저 드래곤의 주둥이나 발톱 사이에 프레지오라이트가 보이기만을 기대했다. 드디어 네 번째 시도만에 저 드래곤은 노력의 결실을 보았다. 블루 드래곤은 당당한 모습으로 수면을 가르며 날카로운 이빨 사이에 녹수정을 물고 뭍으로 나왔다. 뭍으로 나오는 움직임은 힘겨워 보였지만 동시에 긍지와 자부심으로 가득했다. 드래곤은 마법의 돌을 조심스레 땅바닥에 내려놓더니 그것을 몸으로 에워싸고 웅크리며 눈을 감았다. 드래곤의 거대한 몸집에서 폭풍 같은 한숨이 흘러나왔다.

"바로 지금이다!" 툴이 결단을 내렸다. "돌이 뭍으로 건져졌고, 드래곤은 지쳤지. 이제 드래곤을 포획하자."

그렇지만 툴은 그렇게 말하는 사이 제 곁에서 인간형을 유지하고 있던 스호오크가 사라졌다는 걸 깨달았다. 이미 드래곤 본신으로 돌아간 그녀는 깊은 생각에 잠긴 채 툴 뒤에 서 있었다. 불손하기 그지없는 태도였다.

"대화를 하지 않겠다는 거군." 그가 단언했다.

스호오크는 육중한 머리를 천천히 우측에서 좌측으로 움직였다. 그녀의 금안이 번뜩였다.

"그러면 그냥 그대로 입 닥치고 저 드래곤을 물리치는 데 힘을 보태라. 우선 임무를 마치고 나서 앞으로 어떻게 할지 얘기하자."

스호오크는 여전히 반응이 없었지만 끝나지 않을 것만 같던 망설임 후에 제 왼쪽 날개를 접어 그에게 내렸다. 툴은 다시 창을 단단히 움켜쥐고 스호오크의 등에 올라탔다. 한 걸음 앞으로 발을 디딘 스호오크가 곧장 절벽 아래를 향해 수직으로 하강했다. 소리 없이 미끄러지듯 활강하는 그 모습은 바위산을 가득 채운 등적색 암석과 어우러져 마치 그림자 같았다. 스호오크는 산맥과 침엽수림 사이로 모습을 거의 완전히 감추며 하강했다. 평지 근처까지 비행하자 더는 그들의 습격을 가려 줄 만한 지형지물이 없었다. 그러나 기진맥진한 블루 드래곤은 그들이 코앞까지 접근할 때까지도 기척을 감지하지 못한 것 같았다. 스호오크는 단 1미터 정도의 간격을 두고 토이펠 호수 수면 위로 날았다. 툴은 호수 수면에 이는 작은 물결을 응시했다. 호수 바닥의 시커먼 해초와 저와 비슷하게 생긴 얼굴들이 자신을 올려다보는 모습이 눈에 들어왔다. 순간 저들에게 손을 뻗어 뺨을 쓰다듬

으며 위로해 주고 싶다는 충동이 내면에서 솟구쳤다. "이리
와요!" 아이들의 목소리가 그의 머릿속에 울렸다. "당신도
우리이이처러엄 약하군요오오!" 순간 툴은 재빨리 그들에게
서 시선을 뗀 후 앞을 바라보았다.

그때 블루 드래곤이 몸을 일으키며 날개를 활짝 펼쳤다.
드래곤은 위엄 있는 자세로 앉아 고개를 공중에 치켜세우
고 분에 못 이긴 듯 화염을 응집시켰다. 툴은 잔혹한 드래곤
싸움에서 저런 광경을 이미 몇 차례 목격한 적이 있었다. 군
영의 데몬들은 거대한 구덩이를 파고 드래곤들을 그 안으
로 몰았다. 그리고 서로 싸움을 붙인 후, 승자를 두고 내기
를 하며, 화염에 몸이 타올라 고통으로 울부짖는 드래곤의
모습에 낄낄거렸다. 드래곤들은 화염을 내뿜기 전에 목구멍
에서 화염을 응집시켰다. 일반적으로 화염은 거의 마지막에
이르러서야 격렬해진다. 처참히 싸우던 두 드래곤 중 약한
하나가 목숨을 내어놓기 직전이 되어야 그 불빛은 수그러들
다가 마침내 소멸한다. 그러니 지금 이 자리에 있는 저 드래
곤은 먼 거리에 있는 그들을 격추시킬 정도로 강한 화염은
단 한 차례밖에 내뿜지 못할 것이다. 또 다른 공격을 준비하
기엔 지금 저 드래곤은 너무 지쳐 있었다.

드래곤의 코앞에서 비행 궤도를 틀어 우측으로 몸을 회

전한 스호오크도 그 점을 잘 알고 있는 것 같았다. 스호오크는 저 드래곤을 자극해 지금 품고 있는 파이어볼을 토하도록 유인한 후 그녀의 특기를 살려 날렵하게 그 앞에 내려서려는 것 같았다. 하지만 그런 스호오크의 술책을 꿰뚫어 본 블루 드래곤은 섣불리 공격하지 않았다. 그 대신 몸을 틀어 그들을 정면으로 노려보며 관자놀이 뒤편 피부 갈기를 한껏 세우고는 씩씩거렸다. 드래곤은 단 한 순간도 바닥에 놓인 프레지오라이트를 움켜쥔 발톱에서 힘을 풀지 않았다.

 "네가 가까이 접근해야겠다." 툴이 제 얼굴을 치는 맞바람을 맞으며 외쳤다. 스호오크도 이제 그런 상황을 파악한 것처럼 보였다. 섬세한 동작으로 회전한 그녀가 블루 드래곤을 향해 접근했다. 이번에는 도리어 등에 탄 툴이 진땀을 흘릴 정도로 비행 궤적을 틀지 않고 상대를 향해 직행했다. 블루 드래곤과의 거리가 불과 몇 미터도 남지 않은 곳까지 접근하자 블루 드래곤이 드디어 주둥이를 열어 작열하는 화염 기둥을 내뿜었다. 스호오크는 그 불기둥을 피하려 수직으로 날아올랐다. 그 과정에서 균형을 잃은 툴이 떨어지기 일보 직전까지 갔다. 드래곤 목덜미의 돌출부만 아니었다면 툴은 저 아래로 곤두박질쳤을 터였다. 화염이 그들의 머리 위로 덮치자 툴의 눈앞에 잠시나마 불타오르는 지옥계가 펼쳐졌다. 그는 스호오크가 다시 수평으로 방향을 트는 동안 손에 쥐고 있는 창을 더 세게 움켜쥐었다. "괜찮으냐?" 틀이 외쳤다. "다친 건 아니지?"

애초에 대답을 기대한 건 아니었다. 공중에서 수평을 잡고 비행하는 제 드래곤의 상태로 보아 무사한 것 같았다. 데몬은 화염에 다치지 않지만 정작 화염을 토하는 드래곤은 그 불에 상처를 입고 때로는 죽기도 했다. 까마득한 저 아래에서 블루 드래곤이 무릎을 꿇으며 털썩 주저앉는 모습이 보였다. 틀은 창을 더 단단히 붙잡았다.

"지금 공격해!" 그가 스호오크에게 명령했다. "지금 날 도와주면 너와 함께 드라고니아로 가겠다!"

그 말을 들은 스호오크는 망설임 없이 하강하며, 사나운 폭풍의 정령이라도 된 것처럼 드래곤을 향해 돌격했다. 그녀의 몸에서 열기가 생성되더니 목구멍에서 화염이 응집했다.

"지금이다!" 틀이 외쳤다. 그러자 비행을 멈춘 스호오크가 블루 드래곤을 향해 파이어볼을 쏘았다. 말 그대로 화염의 바다가 적수를 온전히 뒤덮어 버렸다. 죽기 일보 직전으로 쇠약해진 드래곤이 가까스로 목숨을 연명하고 불길에서 빠져나온다고 해도, 그들에게 자비를 구할 수밖에 없을 정도로 강력한 한 방이었다. 실제로 그 불길 아래 아무 움직임도 없었다. 마수는 고통에 몸부림치며 반항하지도, 사투를 벌이며 미친 듯이 날뛰지도 않았다. 툴은 가만히 제 창을 아래로 내렸다. 그들 아래 생성된 탁하고 자욱한 연기를 피하려 스호오크는 조금 좌측으로 날아갔다. 그리고 그들은 보았다. 여전히 전혀 미동도 하지 않고 호숫가에 앉아 있는 블루 드래곤의 모습을. 비늘이 가득한 그녀의 피부는 조금도 불에 타지 않았다. 발톱으로 움켜쥔 프레지오라이트가 초록빛을 뿜어내는 심장처럼 박동하고 있었다. 드래곤은 하늘을 향해 고개를 들고 감았던 눈을 떴다. 그 사이로 보이는 그녀의 눈은 원래 드래곤이 지닌 금빛 눈동자가 아니라 녹수정처럼 초록빛을 뿜어내는 녹안이었다. 드래곤의 눈동자와 녹수정은 동일한 리듬에 맞춰 초록빛을 발산하고 있었다.

툴은 고함을 지르며 마구 창을 휘두르고 싶었다. 그러나 정작 그가 할 수 있는 건 아무것도 없었다. 드래곤 주둥이에서 뿜어 나온 초록 화염이 모든 것을 끝장냈기 때문이었다. 스호오크와 툴은 그들을 덮친 화염에 얻어맞고 아래로 추락하기 시작했다. 더 이상 푸른 하늘은 보이지 않았다. 시야에는 까마득한 바닥만 들어왔다. 아득한 정적 속에 무중력 상태처럼 하늘에 떠 있던 그들은 바닥으로 곤두박질쳤다. 어디론가 내동댕이쳐진 툴은 머리 부근에 찌를 것 같은 통증을 느끼며 신음했다. 그가 눈을 다시 떠 주변을 둘러보니 연기와 먼지구름이 자욱했다. 제 곁에서 얼마 떨어지지 않은 곳에 창이 떨어져 있었다. 그리고 뒤쪽에는 온몸의 뼈가 부서지고, 여기저기 심각한 화상을 입은 스호오크가 꿈쩍도 하지 않고 쓰러져 있었다. 날개는 비정상적으로 뒤틀려 있었다. 그녀의 복부를 강타한 초록 화염은 뼈가 앙상히 드러날 정도로 살을 태워 버렸다. 스호오크는 의식을 잃은 상태였지만, 그래도 흉곽이 오르내리는 모습을 보니 아직 목숨은 붙어 있는 게 확실했다.

그리고 조금 떨어진 거리에 블루 드래곤이 생생하고 활력 넘치는 모습으로 서 있었다. 드래곤의 눈동자는 다시 금안으로 돌아와 있었고, 눈부신 빛을 뿜어내던 프레지오라이트의 광채도 사라진 상태였다. 그렇지만 지금까지 그 어떤 드래곤들에게서도 느끼지 못한 저 드래곤만의 강한 힘은 그대로였다. 벌떡 몸을 일으킨 툴은 창이 놓여 있는 곳으로 재빨리 달려가 창을 움켜쥐었다. 툴은 생기 없이 축 늘어진 스호오크의 몸 앞에 발을 넓게 벌리고 섰다. 불에 탄 살 냄새가 그의 코를 찔렀고, 힘겹게 뛰는 심장 박동 소리만 들어도 스호오크가 얼마나 심각한 상태인지 알 수 있었다. 그의 가슴이 미어질 듯 오그라들었다.

"이 여자는 그냥 놔둬라!" 툴이 블루 드래곤에게 소리쳤다. "그녀는 이제 아무것도 하지 못하니까!" 동시에 상대가 있는 방향으로 창을 들어 올리며 겨눴다. 드래곤은 그를 더 자세히 살펴보려는 듯 고개를 들었다. 그러자 툴이 드래곤을 똑바로 노려보며 치명적인 시선으로 상대에게 고통을 안겨 주려 했다. 툴은 자신이 느끼는 모든 증오, 분노 그리고 두려움까지 모조리 실어 드래곤을 쏘아봤다. 그러나 드래곤은 아무런 반응도 없었다. 드래곤은 고통으로 몸부림치기는커녕 동공 하나 흔들리지 않았다. 오히려 드래곤은 그에게 천천히 다가왔다. 이제 툴에게 남은 탈출구 단 하나였다. 그는 전력을 다해 괴수의 목구멍을 겨누며 창을 휘둘렀다. 저 거대한 짐승은 이제 그 숨결이 고스란히 느껴질 정도로 지척에 있었다. 그럼에도 툴은 드래곤에게 치명상을 입히지 못했다. 발톱을 들어 올린 드래곤은 전혀 힘들이지 않은 동작으로 그의 창을 두 동강이 내더니, 모래 바닥에 팽개쳐 버렸다. 허탈해진 툴이 뒤로 주춤하며 한 걸음 물러섰다. 그는 죽어가는 스호오크의 몸에 한 손을 올렸다. "미안하다." 그가 속삭였다. 하지만 대답은 돌아오지 않았다. 그는 한 차례 심호흡을 하고는 드래곤을 향해 돌아섰다. 무기도 없이, 후방의 지원도 없이, 희망도 없이. 툴은 진정한 데몬 전사에게 걸맞은 죽음을 맞이할 준비가 되어 있었다. 토이펠 호수에 익사하는 것이 아니라 탈출구가 없는 전투에서 쓰러지는 죽음을. 그러나 블루 드래곤은 칼처럼 날카로운 이빨을 그에게 박아 넣거나, 앞발로 그를 찢어발기는 대신 본체에서 인간형으로 변신했다. 비늘로 뒤덮였던 피부가 순식간에 매끄러운 여인의 나신으로 변했다. 길고 검은 머리카락이 날씬한 어깨 위로 찰랑거리며 흘러내렸다. 드래곤 본체 얼굴에 있던 붉은 화상 상처만이 그대로였다. 스호오크의 화염에도 전혀 아무렇지도 않던 저 드래곤에게 어떻게 저런 상처가 생긴 걸까? 의아해하면서도 툴은 끝까지 경계를 늦추지 않았다. 무기도 없이 혼자 남은 툴이 두 주먹을 불끈 움켜쥐었다.

"너는 다 죽어가는 드래곤을 지켜 주려 하는구나." 그의 적수가 말을 걸었다.

툴은 아무 말 없이 비장하게 고개를 끄덕였다. 검은 머리카락을 휘날리며 한 손에는 희미한 빛을 뿜어내는 프레지오라이트를 꼭 움켜쥔 드래곤이 계속 그를 주시하며 천천히 다가왔다. 그녀는 흉내조차 낼 수 없는 드래곤족만의 방식으로 미끄러지듯 그에게 접근했다. 그녀의 새하얀 피부가 피와 죽음으로 얼룩진 주변의 장면과 괴기한 대조를 이뤘다. 여전히 툴은 그녀가 스호오크에게 접근하지 못하도록 앞을 가로막았다.

"내가 저 아이에게 해코지할 것 같은가?" 드래곤 여인이 언짢은 음성으로 중얼거렸다. "저 여자는 나와 피를 나눈 내 혈족이야. 비록 네놈 같은 괴물에게 굴복하여 노예가 됐지만!"

툴은 그 말에 아무 대꾸도 하지 않았다. 솔직히 뭐라고 해야 올바른 답일지 떠오르지 않았다. 지금까지 툴은 제 눈앞에 있는 드래곤 여인처럼 어깨를 곧게 세우고 분노와 강한 의지가 가득 담긴 눈빛으로 저를 똑바로 뚫어져라 마주 보는 드래곤은 본 적이 없었다. 툴은 저 여자가 무엇을 원하는지, 그리고 도대체 누구인지 전혀 감이 오지 않았다.

"네놈은 말도 할 줄 모르는가?" 그녀가 조롱했다. "그런데도 마치 인간처럼 제대로 된 입과 입술을 지녔구나. 냄새가 고약한 괴물의 얼굴 한가운데 뚫린 구멍 주변으로 불거져 오른 입술이 아니라."

툴은 분노가 치밀었지만 그렇다고 쓰러진 스호오크를 놔두고 덤벼들 정도는 아니었다. 그의 등 뒤로 기력이 쇠약해진 가냘픈 호흡 소리가 들렸다. 걱정이 가득한 표정으로 툴은 스호오크가 쓰러져 있는 뒤를 돌아봤다. 그녀의 복부와 가슴을 강타한 화상은 조금도 회복되지 않았다. 그의 마음

한 곳에 남아 있던 마지막 희망이 사라져가고 있었다. "왜 그녀가 저 상처를 스스로 치유하지 못하는 거지?" 툴이 꽉 잠긴 목소리로 간신히 물었다.

드래곤 여인은 여전히 관망하는 태도로 말했다. "네놈은 그리 똑똑하지는 않은가 보구나. 이 프레지오라이트가 무엇을 어떻게 했는지는 똑똑히 보았을 텐데. 제 주인에게 돌아가고 싶은 마음뿐인 녹수정이 나를 도와줬다. 그래서 네놈과 네 드래곤을 물리친 거지. 하지만 너의 몸에는 왜 생채기 하나 나지 않은 건지 궁금하구나."

"난 데몬이다. 우리는 불에 타지 않는다."

"아니야." 별안간 자세를 바꾼 그녀는 다른 측면에서 그를 압박했다. "그 화염은 마법으로 만들어진 거였어. 그런데도 넌 어떻게 불에 타지 않은 거지?"

툴은 그 이유를 저도 몰랐기에 딱히 대답하지 않았다. 갑자기 멈칫한 드래곤이 툴의 팔뚝에 난 상흔을 뚫어져라 응시했다. 순간 그녀의 표정이 싹 달라졌다. 뭔가를 깨달은 것 같았다. "네가 바로 카이가 찾던 바로 그 데몬이로구나!" 그녀가 외쳤다. 동시에 그녀는 그가 생각한 것보다 빠르게 그에게 다가왔다. 툴이 주먹을 불끈 움켜쥐었다. 그런 그의 반응을 포착한 블루 드래곤은 팔 하나 벌린 것보다 조금 떨어진 간격을 두고 그의 앞에 멈춰섰다. "우리는 너를 찾고 있었다. 그런데 갑자기 마법사 하나가 우리를 납치했지."

"어떤 마법사 말이냐? 혹시 가바인?" 툴이 불신에 찬 음성으로 물었다.

"맞다. 너도 그를 아는가?"

"갈린의 데몬은 모두가 그를 안다." 그가 대답했다. "우리 부족 치료사가 지닌 지식으로도 해결되지 않으면 종종 그를 찾곤 한다. 그는 질병을 낫게 해 주는 포션을 제작하고, 이따금 찾아오는 데몬의 몇몇 소원을 들어주면서 대가를 받지. 그 늙은이는 이미 우리 데몬들 사이에 없어서는 안 되는 존재로서 입지를 구축했다. 그 누구도 그를 죽여서는 안 된다는 것이 우리 몰구르 원수의 명이시다."

그러나 툴은 정작 자신이 얼마나 자주 가바인을 찾았었는지는 함구했다. 툴이 언급한 그 '몇몇 소원'이란 정력 강화, 전염병 치료, 드래곤 포획처럼 데몬 부족의 치료사가 해결해 주지 못하는 것들이었다. 갈린의 일원이 되고 싶은 간절한 마음에 툴은 가바인을 찾아가 드래곤을 종속시키는 데 필요한 내면의 힘을 달라고, 혹은 얼굴을 훼손하고 궤양이 생기게 해달라고 수백 번도 넘게 부탁했다. 하지만 가바인은 그를 도울 방도를 단 한 차례도 찾아내지 못했다. 그럴 때마다 노마법사는 뭔지 모를 다른 힘이 마법 시전을 방해하고 있다고 주장했었다.

"네가 우리를 도와야 한다." 드래곤 여인이 말했다. "우린 카이와 트리스탄을 구해야 해. 그런 뒤 네가 안고 있는 모든 문제를 해결해 줄 예언을 완성하러 슈발벤하인으로 날아가야 한다. 분명 너도 고민거리가 있을 텐데, 그렇지 않은가, 데몬?"

툴은 드래곤의 말이 여전히 믿기지 않았다. 그래서 질문에 답하는 대신 질문을 던졌다. "네 이름은 뭐지?"

"사피라다."

"저 여자가 죽지 않게 할 수는 없는 건가?" 툴이 스호오크를 가리켰다.

그녀가 고개를 저었다. "나는 하지 못한다. 하지만 이 프레지오라이트라면 가능할지도. 내가 가까이 다가가도록 허락한다면…."

이런 상태로 스호오크를 놔두는 것은 아무런 의미도 없었기에 툴은 결단을 내렸다. 아무것도 시도해 보지 않는다면 스호오크는 이대로 죽을 것이다. 그리고 어쩌면 저 수상한 드래곤 여인이 녹수정의 힘으로 스호오크를 살려 낼 가능성도 없지는 않았다. 불신하면서도 툴은 옆으로 한 걸음 비켜서며 사피라가 다가오도록 허락했다. 그녀는 부러지고 불에 그슬린 스호오크의 몸에 한 손을 올리고, 눈을 꼭 감은 채 심장 박동에, 아니면 몸이 서로 맞닿았을 때 드래곤끼리 서로 느끼는 그 무언가에 집중하는 듯했다. 얼마 후 감았던 눈을 다시 뜬 사피라의 눈빛에 연민이 가득했다. "지금은 어떻게 해도 손을 쓸 수 없는 상태야." 블루 드래곤이 나지막이 말했다. "그녀의 운명은 이제 이 마법의 돌에 달렸다."

그와 동시에 이 모든 사건의 원인이 된 프레지오라이트를 비늘로 뒤덮인 스호오크의 이마에 살며시 올려놓았다. 처음에는 마치 프레지오라이트가 제 에너지를 쓸 만한 가치가 있는 상황인지 재는 것처럼 아무 일도 일어나지 않았다. 그러나 이내 녹수정은 망설이듯 희미한 리듬으로 불안정하게 약동하기 시작했다. 곧이어 돌의 힘이 스르륵 빠져나와 작용하는 느낌이 들었다. 사피라 역시 같은 느낌을 받았다. "마법의 돌을 어서 제 주인에게 돌려줘야 한다. 그와 함께 있어야지만 강력해지니까." 드래곤이 말했다. "지금 이 일이 해결되면 너도 나와 함께 가야 한다. 너도 파수꾼이니까. 툴, 네 종족의 운명이 너의 두 손에 달렸다."

툴은 드래곤의 말을 제대로 귀담아듣지 않았다. 그 대신 점점 아물기 시작한 스호오크의 상처를 관찰하며 다시 강하게 뛰기 시작한 심장 박동에 집중했다. 동시에 점점 불빛이 소멸하는 프레지오라이트의 변화를 지켜봤다. 저대로라면 저 마법의 돌은 얼마 지나지 않아 누구라도 힘으로 갈취하는 게 가능한 그저 값나가는 원석이 될 것이다. 그리고 그것은 그에게 주어진 절호의 기회이기도 했다. 마지막 시험을 통과할 유일한 기회!

"내가 한 말은 제대로 들었나?" 사피라가 그에게 말했다. 드래곤은 이제 아무런 경계 태세도 없이, 날카로운 이빨과 발톱도 없이 그의 곁으로 다가왔다.

"그래, 내가… 파수꾼이라고 했지." 그가 기계적으로 그녀가 했던 말을 반복했다. 동시에 그녀와 간격을 점점 더 좁히며 다가갔다. "정확히 그게 무슨 뜻이지?"

"그게 무슨 의미냐면…"

사피라는 그 이상 말을 잇지 못했다. 어느새 바짝 접근한 툴이 번개 같은 몸놀림으로 그녀의 팔을 붙잡아 등 뒤로 꺾고는 다른 한 손의 손가락을 이용해 그녀의 목을 짓눌렀다. 데몬들이 '드래곤 쥐는 법'이라고 이름 붙인 것처럼 이 방법은 손가락으로 기도를 좁혀 산소 공급을 제한하기 때문에 드래곤이 본체로 돌아가는 것을 방지하는 드래곤 제압 기술이었다. 고작 그르렁거리기만 할 뿐 이런 무력한 상태에서 불을 내뿜는 괴수의 본체로 다시 변신할 수 있는 드래곤은 이제까지 존재하지 않았다. 그럼에도 드래곤이 좀처럼 굴복하지 않는 경우에는 '드래곤 쥐는 법'으로 꽉 붙잡아 놓고 지속적으로 구타하며 본보기를 보였다. 사피라 역시 처음에는 숨을 헐떡이면서도 그의 손아귀에서 벗어나려고 그를 거세게 밀쳤다. 뒤이어 강렬한 소나기처럼 등 뒤로 주먹질 세례를 퍼부었다. 그 누구의 것보다 강력하고 고통스러운 통증을 안겨 주는 주먹질이 그를 사정없이 강타했다. 툴은 그녀의 팔에 매달려 두 손목을 제압하기 위해 그녀의 목구멍을 누르던 한 손을 포기해야 했다. 힘겹게 가쁜 숨을 몰아쉬며 툴은 그녀의 팔을 먼지가 자욱한 땅바닥 아래로 끌어내렸다.

"배신자!" 사피라가 울부짖었다. "다른 데몬들처럼 네놈역시 기만과 잔혹함만 가득하구나!" 사피라는 일갈하며 무릎을 굽히더니 그의 생식기를 있는 힘껏 걷어찼다. 툴은 그녀가 선사한 불편한 고통에 몸을 웅크렸다. 하지만 아픔을 삭일 틈조차 없었다. 지금 그녀를 놓치면 자신이 당할 거라는 사실을 분명히 알고 있었다. 본체로 되돌아간 사피라가 그를 잡아먹거나 잘게 찢어 버릴 것이 분명했다. 내면에 스멀스멀 피어오르기 시작한 죽음의 공포가 그를 재촉했다. 잽싸게 바닥에서 일어난 툴이 아직 변신하지 못한 사피라를 향해 몸을 던졌다. 함께 굴러떨어지면서도 몸의 방향을 틀어 제게 남은 유일한 무기가 있는 방향으로 드래곤 여인을 몰아갔다. 그건 바로 스호오크의 머리에 솟은 날카로운 뿔이었다. 그쪽으로 넘어진 사피라는 뿔 하나에 제대로 꿰뚫리고 말았다. 늑골이 부러지는 소리와 함께 근육이 파열됐다. 그렇게 가슴 사이로 파고든 뿔은, 사피라가 끝까지 툴을 놓아주지 않았기에, 손가락 두 개 넓이의 구멍을 만들며 툴의 몸에 박혔다. 억눌린 비명이 그녀의 입에서 튀어나왔다. 툴은 비틀거리며 그녀에게서 벗어났다. 순간 툴은 통증을 제대로 느낄 겨를조차 없었다. 그저 거세게 뛰는 심장 소리만 들릴 뿐이었다. 사피라의 몸이 뿔 위로 털썩 무너졌다. 비록 심장은 찌르지 못했지만 적어도 폐 부위에 심한 상처를 입었을 것이다. 그런 상태로는 제아무리 건장한 드래곤이라고 해도 오래 버티지 못할 것이다. 그럼에도 툴은 스호오크의 이마에 놓인, 이제는 빛이 아예 사라진 프레지오라이트를 챙기러 두 드래곤의 곁을 지나가는 동안 조금도 경계심을 늦추지 않았다. 다행히 아무 탈 없이 녹수정을 손에 넣었다. 그나마 가장 힘든 고비는 스호오크에게서 시선을 돌리는 순간이었다. 이제 이것으로 그들이 함께하는 여정은 끝이 났다. 앞으로 그는 스호오크를 영영 다시 보지 못할 것이다. 서둘러 마법의 돌을 주머니에 집어넣고 돌아선 툴이 발걸음을 떼려 했다.

"기다려⋯." 마지막 힘을 모조리 쥐어 짜낸 사피라가 신음을 흘리며 말했다. 뒤로 돌아선 툴이 그녀를 바라봤다. 가슴에 난 상처에서 피가 흘러내렸다. 그는 저 드래곤이 앞으로 살아봤자 몇 분밖에 버티지 못할 거라고 확신했다. "너는 파수꾼이야⋯." 그녀가 말했다. "그러니 카이를 찾아가!"

솔직히 툴은 카이가 지금 어디에 있을지 알고 있었다. 가바인이 그를 붙잡았다니 아마도 거대한 바위 동굴의 지하 감옥으로 데려갔을 것이다. 평소 그는 승인 없이 데모니아로 이주하다 붙잡힌 포로들을 그곳에 가두고, 전쟁의 군주에게 넘겨주곤 했다. 토이펠 호수를 우회하려면 어쨌든 그 지역을 지나가야만 했다. 그러나 툴은 굳이 가바인의 동굴에 들를 생각이 없었다. 스호오크처럼 카이도 과거 속에 묻어야 할 인물이었다. 이제 그의 미래는 갈린에 있었다. 아무 대답 없이 뒤돌아선 툴은 빠른 속도로 내달리며 그곳에서 도망쳤다.

이조라

이조라는 엘리야와 의논해야 할 사안이 너무 많았다. 샤텐발트그림자 숲가 그들의 등 뒤에 있지 않았더라면 그들의 대화는 여전히 계속 이어졌을 것이다. 지난 사흘간 이조라는 저곳을 벌써 두 번이나 횡단했다. 이조라는 지금 자신이 처한 이 상황이 몹시 위험하고 예측 불허라는 기분이 들었다. 하피들의 주된 서식지가 어디인지는 몰라도, 어두운 바위 동굴이나 큰 구멍이 있는 나무 기둥에도, 이번만큼은 코빼기도 보이지 않았다. 이조라는 엘리야가 그 끔찍한 괴수들을 쇠약하게 만든 거라고 추측했다. 엘리야가 손을 뻗어 마법을 쏘아 대며, 공격해 오는 하피 무리를 물리치던 장면이 뇌리에서 떠나지 않았다. 그가 주문을 외자 지팡이에 고정된 마법의 돌이 거센 빛을 뿜어냈다. 마치 이 샤텐발트 속 스산한 마수들을 괴멸할 빛의 군대를 소환해 내는 것처럼 보였다. 적들은 그의 털끝 하나 건드리지 못했고 전투는 싱겁게 끝나 버렸다. 엘리야가 이 숲을 지배하는 것처럼 보였다. 그러나 이상하게도 이 숲은 그의 기력을 앗아가는 것 같았다. 왜 그런 건지 묻고 싶어 입이 근질거렸지만 끝내 묻지 않았다. 이튿날 저녁, 알빈가르트 숲에서 몇 킬로미터 떨어진 지점에서 휴식을 취하는 동안 이조라는 결국 궁금했던 것을 풀어놓았다. 이스타리엘은 모닥불을 피웠고 은연중에 왕의 시녀 역을 자처한 마론은 제비 알 몇 개를 작은 프라이팬에 요리했다. 이조라는 마론의 행동을 유심히 지켜보는 엘리야의 모습에서 처음으로 피와 살을 가진, 그리고 시장함을 느끼는 인간적 면모를 발견했다.

"오래전 북쪽 끝자락에 벨타인이라는 대마법사가 살았지." 엘리야가 프라이팬에서 시선을 떼지 못한 채 대답했다. "지금의 네 종족을 창조하고, 서로 전쟁을 벌이도록 에냐도르 대륙의 판을 짠 이가 바로 그 마법사였다. 그런데 그가 전혀 예상하지 못한 일이 벌어졌지. 엘프와 인간이 서로 동맹을 맺어 버렸거든. 그건 그가 전혀 계산하지 못했던 일이었다. 그래서 그는 우리를 떼어 놓고자 우리를 죽이는 것만이 유일한 목표인 마수들이 득실거리는 이 샤텐발트를 대륙 한가운데에 창조했다. 창조라기보단 장애물을 설치한 거였지. 네 종족이 서로 교류하려면 이곳을 꼭 지나가야만 했으니까. 그러나 인간종족 중 일부에게 마력이 있다는 걸 잘 알고 있었던 벨타인은 이 숲에 일종의 결계를 쳐 놓았던 거야. 따라서 숲을 통과하는 마법사는 마력의 상당 부분을 잃을 수밖에 없었지. 또한 숲이 흡수한 그 힘은 벨타인을 더욱 강력하게 만들어 줬다. 그러니까 지금 이 숲은 우리의 기력을 빼앗아 벨타인에게 넘겨주고 있는 거다."

"그러니까 그 말은 아직 그 마법사가 살아 있다는 말이군." 이스타리엘이 말했다. 그때 이조라는 이스타리엘의 음성이 희미하게 떨리는 것을 알아챘지만 이유를 알지 못했다. 그가 워낙 순식간에 평정심을 되찾은 탓에 엘리야는 이 찰나의 떨림을 전혀 알아채지 못했다.

"에냐도르에 그 대마법사가 없었던 적이 있긴 한 건지 도무지 상상이 되지 않는군." 불사의 마법사가 말했다. "그리고 나도 아직 방법은 모르겠다만 그 생명의 등불도 언젠가는 꺼지겠지. 어쨌든 당시 우리는 이 샤텐발트와 그 마수들을 제압하고 지배하는 데 성공했다. 하지만 마법사라면 그누구도 이 숲을 지나는 걸 그리 내켜 하진 않는다."

"그렇군." 무표정한 평소의 모습을 되찾은 이스타리엘이 우울한 음색으로 대꾸했다. "그것으로 당신이 전지전능하지 않다는 것도 입증된 셈이군. 이 숲이 마음에 드는 점도 한 가지는 있군."

인간의 왕은 엘프 왕자의 도발에 넘어오지 않았다. "그때만 해도 나는 네 종족이 각각의 왕국을 통치하면서도 에냐도르 대륙을 통합하는 것이 가능하다고 생각했다." 그가 계속 이야기를 이어갔다. "그렇지만 그건 잘못된 결론이었네. 데몬족은 거짓으로 우리의 평화 협정을 받아들이는 척했지. 그런 뒤 드래곤족 왕을 살해하고, 그 종족을 노예로 삼아 버렸어. 그때부터 인간과 엘프는 함께 손을 잡고 그들과 맞서 싸웠지. 동맹 관계를 계속 유지했었더라면 우리는 분명 그들을 물리칠 수 있었을 거다."

"하지만 내 형수를 임신시킨 당신이 그 동맹을 뿌리째 망가트리지 않았던가." 이스타리엘이 날카롭게 지적했다. 이조라는 숨을 죽인 채 이스타리엘을 바라봤다. 지금까지 누군가 그 일을 거론할 때마다 이조라의 예비 신랑은 광적인 발작을 일으켰다. 그러나 이번만큼은 자제력을 잃지 않았다. 부르크스메아데에서 얻은 정보가 엘리야의 심경에 변화를 일으킨 것 같았다. 그의 내면에 깃든 광포한 짐승이 잠들기라도 한 듯.

"네 말이 옳다." 엘리야는 깜짝 놀랄 정도로 차분히 이스타리엘에게 말했다. "우리는 각 종족을 통합하는 데 실패했다. 그래, 맞다. *내가* 성공하지 못한 거지. 그렇기에 이제 너희의 시간이 찾아온 거다. 파수꾼의 시대가."

"그것도 벨타인이 예고한 건가?" 이스타리엘이 질문했다.

"아니다." 엘리야가 말했다. "마력은 그 자체의 법칙을 따른다. 그리고 보는 바와 같이 마력은 끊임없이 우리에게 신호를 보내고 있다. 우리 왕국을 덮친 변고가 그렇게 최악은 아니라는, 그렇기에 아직 희망이 있다는 메시지를 보내고 있다. 벨타인이 너희 선조에게서 훔쳐 간 뛰어난 장점들을 너희 파수꾼들이 모두 지니고 있는 것만 봐도 알 수 있다. 엘프도 사랑의 감정을 느끼고, 드래곤이면서도 불굴의 의지로 굽히지 않으며, 아름다운 외모를 지닌 데몬까지…. 그리고 더 나아가 파수꾼들은 상대 종족으로부터 몸을 지킬 수 있는 능력까지 보유하고 있지. 그러니까 드래곤의 작열하는 화염과 데몬의 치명적인 안광도 너희를 해치지 못한다. 하지만 그렇다고 해서 화염이나 문스틸, 그리고 필살의 눈빛 같은 적들의 무기를 얻지는 못하였다. 즉, 너희는 전쟁에서 승리하기 위한 존재가 아니라 평화를 이뤄내야 할 존재라는 걸 명심해야 한다."

"그러면 어떻게 해야 평화를 이룰 수 있는 거지?" 궁금해진 이스타리엘이 물었다. "우리가 직접 나서서 제 종족을 설득해야 하는 건가?"

"그건 나도 아직 모른다." 엘리야가 솔직하게 대답했다. "하지만 슈발벤하인의 예언이 전부 공개되면 우리에게 길이 열릴 거라 확신한다."

"그 예언은 어디에서 시작된 건가?" 궁금해진 이스타리엘이 물었다.

"운명의 여신이 친히 네 마법사의 입을 통해 계시한 예언이다. 나도 그 넷 중 하나였지."

"그리고 한 명은 아녜이였을 거고요." 이조라가 덧붙였다.

엘리야가 고개를 끄덕였다. "그리고 나머지 둘은 내가 데모니아와 드라고니아로 보낸 첩보원들이었다. 아녜이는 이미 자신이 받은 예언이 무엇인지 알려 줬고, 토랄프야 수십 년 동안 여기저기 떠벌리고 다녔으니, 이제 가바인이 받은 신탁만 남았다. 그 예언에서 우리는 파수꾼이 힘을 얻을 방법이 무엇인지 힌트를 찾을 수 있을 것이다. 트리스탄이 태어나던 날 밤, 애석하게도 난 그 부분을 미처 듣지 못했다. 대신 난 사력을 다해 말을 몰아 트레간디르로 달려갔지만 결국 제때 도착하지 못했지."

인간의 왕이 가슴에 품고 있던 계획의 전말이 고작 이거란 말인가? 에냐도르의 운명을 가를 그의 계획이 고작 가바인이라는 노마법사의 근거 없는 횡설수설에 따라 좌우될 판이란 말인가? 더 나아가 그는 밑도 끝도 없이 정략혼 계획까지 확정해 놓았다. 이조라는 이 모든 것이 그가 세운 전략대로 제대로 굴러갈지 확신이 서지 않았다. 하지만 차마 그 생각을 입 밖에 꺼내기에는 지금까지 쌓아 온 그에 대한 존경심이 너무 컸다. 대신 이조라는 불가에서 프라이팬을 들고 묵묵히 그 안을 젓고 있는 마론을 지켜봤다. 이조라는 저 소녀도 아그네스와 그레타처럼 그냥 부르크스메아데에 남았더라면 좋았을 텐데라는 생각이 들었다. 하지만 그녀는 그들의 시중을 들며 동행하다가 슈발벤하인으로 되돌아가겠다고 청했다. 이조라는 마론이 무엇을 원하는지 정확히 알고 있었다. 자신도 갈망하지만 동시에 가장 두려워하는 것이기도 했다. 바로 트리스탄과의 재회! 트리스탄이 언젠가 그곳으로 돌아오리라는 건 모두가 알고 있었다.

"그 예언은 정말로 달이 두 번 차고, 기울 때까지 공개되어야 하는 건가?" 이스타리엘이 물었다. "아니면 그저 우리를 재촉하려는 술책에 불과한가?"

엘리야가 고개를 저었다. "가바인에게 예언을 완성하라고 명하던 당시 난 그에게 예언의 원문을 슈발벤하인에 숨기도록 지시했다. 어쩌면 예언을 해독하기 위해 그곳으로 직접 가지 못할 수도 있다는 생각에 그리하라 명한 것이지. 그럴 경우를 대비해 세심한 준비가 필요했다. 파수꾼 스스로 예언을 열 수 있도록 하되, 어떻게든 파수꾼 모두가 서로를 찾아내 같은 편이 되어 함께 싸울 준비가 되어 있을 때만 볼 수 있도록 예비해야 했기 때문이지. 한 달이 지나서도 파수꾼들이 흩어진 채 각자의 길을 가게 된다면 다시금 봉인되는 것이 오히려 낫다고 판단했던 거네."

"아아." 이스타리엘이 탄식했다. "그렇게 되면 에냐도르의 종족들은 또다시 수백 년을 기다려 다음 파수꾼 세대를 기다려야 하는 거군."

"백 년까지는 걸리지 않을 거다. 너와 네 여동생 같은 경우는 네가 생각하는 것보다 흔하니까. 데몬은 한술 더 떠서 파수꾼의 조건인 아름다운 외모를 타고난 동족을 죽이는 방법까지 고안해야 할 정도였다. 그리고 슈투름 산맥 고지대에는 불굴의 의지를 지닌 드래곤들이 얼마나 둥지를 틀고 있는지 아무도 모르지."

"그러니까 당신 말은 나 하나쯤은 잃어도 큰 문제는 없다는 거로군." 이스타리엘이 대놓고 물었다. 순간 이조라는 두 남자의 시선이 동시에 저를 향하는 것을 깨달았다.

"없다." 엘리야의 대답은 확고했다. "네가 죽으면 다른 파수꾼이 표식을 얻을 테니까."

이스타리엘의 그늘진 얼굴에 씁쓸함이 배어 나왔다. "어떻게든 일어나야 할 일이니만큼, 그게 누구였어도 당신은 개의치 않았었다는 거로군. 내 말이 틀렸나?"

엘리야는 아무 대답도 하지 않았다. 허기로 가득한 그의 시선은 접시 대용으로 사용할 나뭇잎 위에 간단한 저녁 식사를 덜고 있는 마론의 손만을 응시했다. 이조라는 이미 입맛이 싹 가신 상태였다. "그게 사실인가요?" 그녀가 질식할 것 같은 침묵을 깨려는 듯 질문을 던졌다. "당신이 내게 청혼한 이유가 단지 파수꾼을 대신할 또 다른 엘프를 곁에 두기 위한 거였나요? 그게 정말 유일한 이유였나요?"

"그것뿐만은 아니오, 엘프 공주." 엘리야가 간결하게 대답했다.

이조라를 이해시키기엔 너무도 불충분한 대답이었다. 이조라는 번뜩 아녜이를 방문했을 때가 떠올랐다. 제가 직접 털어놓은 것보다 더 많은 비밀을 알고 있던 음산한 여자 마법사. 그녀는 이미 사랑의 묘약에 대해서도 알고 있었고 이조라의 미래까지 엿본 게 분명해 보였었다. 그 자리에서 그녀가 공개한 예언 부분이 괜히 그렇게 두루뭉술했던 게 아

164

니었을 것이다. 분명 이유가 있을 것이다. 혹시 그게 자신과 관련이 있는 건 아니었을까?

"아녜이가 말했던 '고대로부터 전해 내려온 문제'란 도대체 뭔가요?" 이조라는 엘리야에게 파고들었다. "훗날 파수꾼들 사이에 불화의 씨앗이 될 거라고 했던 그 문제 말이에요."

"그 부분은 나도 아직 숙고 중이오." 그는 두 왕족에게 더는 설명해 줄 게 없다는 뉘앙스로 대답했다. 그런 뒤 제 음식을 가져가 아엘프스탄 감옥에 있을 때처럼 게걸스럽게 먹어 치웠다.

이튿날 그들의 행선지가 갈렸다. 예비 약혼자가 자기만 홀로 다른 방향으로 보내려 하자, 이조라는 놀라기도 했지만 약간의 모욕감마저 느꼈다. 아엘프스탄과 슈발벤하인의 갈림길에서 엘리야는 말을 멈추고 이조라가 제 곁에 오기까지 기다렸다. "여기서 우리의 길이 갈라질 것이오, 엘프 공주." 그가 말했다. "이제 집으로 말을 달려 그대들의 왕, 님룬트에게 돌아가시오. 그리고 그에게 앞으로 생길 일을 대비하라 전하시오."

"당신은… 저와 함께 가지 않나요?" 당황한 이조라가 말을 더듬었다. 엘리야가 싱긋 웃었다. "그게 무슨 의미가 있겠소? 님룬트는 이 정혼을 절대 흔쾌히 받아들이지 않을 텐데. 원래 긍지가 대단한 왕이니 아마 의미 없이 죽어 나갈 전투에 자기 병사들을 내보내는 쪽을 선택하겠지. 하지만 난 새로운 동맹을 살육으로 시작하고 싶지도 않을뿐더러 당신의 쌍둥이 오라비 목숨을 위태롭게 하고 싶지도 않다오."

"이스타리엘은 당신과 함께할 건가요?" 그녀가 냉정한 음성으로 물었다.

"그렇소."

"볼모로 말인가요?"

"엘프의 파수꾼인 그는 내가 보호하고 후원할 대상이지, 볼모라니 당치 않소."

그녀는 뭐라고 대답해야 할지 마땅히 떠오르지 않았다. 결국에는 그저 그를 믿는 것밖에는 달리 도리가 없었다. 곧바로 등을 돌려 떠나지 않고 머뭇거리는 그녀의 모습에 엘리야는 마음이 흐뭇해진 것 같았다. 그의 눈에 허기진 표정이 다시 떠올랐지만, 이번만큼은 그 도화선이 빈 뱃속이 아니었다. 엘리야는 제 말을 파벨라 곁으로 최대한 가까이 몰았다. 놀란 암말이 발굽으로 바닥을 거칠게 긁기 시작할 정도로 바짝 붙은 엘리야는 이조라의 목덜미를 부드럽게 잡더니 살며시 끌어당겼다. "당신의 오라비를 당신과 당신의 종족 전체를 대하듯 잘 돌보겠다고 약속하겠소, 공주. 인간 왕국의 왕인 내가 진지하게 맹세하는 바요."

불사의 마법사인 엘리야의 명성에 걸맞게 그의 키스는 거칠고, 급했다. 그 어떤 반항도 허락하지 않는 동시에 이조라의 가슴 깊은 곳을 울리는 키스였다. 그녀의 입술에서 엘리야에게만 들릴 나지막한 한숨이 흘러나왔다. 이에 만족한 미소를 지은 엘리야가 그녀에서 떨어졌다. "이제 어서 말을 타고 가시오. 그리고 가는 길목에서 벗어나거나 멈춰서지 마시오."

전혀 예상하지 못한 제 감정에 스스로 당황한 이조라의 시선이 엘리야와 이스타리엘을 거쳐 마론에게 향했다. 왠지 지금 쫓겨나는 것만 같고, 이용당한 기분마저 든 이조라는 트리스탄이 곧 찾아올 슈발벤하인으로 가고픈 열망과 저 마법사 왕이 그녀의 내면에서 일깨운 짜릿한 기분을 더 느끼고 싶은 충동이 동시에 불붙었다. 물론 그런 감정을 갖지 말아야 할 이유는 너무 확실했다. 엘리야는 제 오라비를 협박하여 목적을 달성하려 했고, 뜻대로 움직이지 않을 경우 그를 대체할 수 있는 예비책으로 저를 이용하려는 이기적인 폭군이었다. 이스타리엘은 지금 그녀의 머릿속을 들여다본 것처럼 정말 이해할 수 없다는 표정으로 진지하게 그녀를 응시했다. 하지만 정작 아무 말도 하지 않았다. 부르크스메아데에서 농부의 여식과 이별하면서도 단 한마디도 하지 않았던 것처럼. 더는 체면을 잃고 싶지 않았던 이조라는 냉큼 말머리를 아엘프스탄 방향으로 돌렸다. 그리고 따로 작별 인사도 하지 않고 무작정 말을 달렸다. 뒤도 한 번 돌아보지 않고, 마치 도망이라도 치는 것처럼.

이틀 뒤, 이조라는 저 멀리 흐릿하게 보이는 아엘프스탄의 전경 앞에 섰다. 옛 전설의 한 장면처럼 성은 암석으로 형성된 아치 위에 조금도 훼손되지 않고 여전히 웅장한 자태를 발산하고 있었다. 비둘기 떼가 굽은 상아탑 주변을 맴돌았고, 파벨라를 타고 간신히 도착한 바위투성이 좁은 길까지 장미 넝쿨 향기가 살랑이며 불어오는 것 같았다. 분명 부왕의 정보원들이 이조라를 발견하기까지 그리 오래 걸리지 않을 것이다. 아니나 다를까 반대편에서 기병으로 구성된 소규모 돌격대가 말을 타고 달려와 그녀를 맞이했다. 측면에서 고개를 꼿꼿이 세운 병사들의 엄호를 받으며 고향성에 다시 돌아가는 기분은 무척 만족스러웠다. 이렇듯 아엘프스탄에서는 공주가 무슨 일을 저질렀든, 공주를 대우하는 법을 잊지 않고 있었다. 이조라가 자부하는 제 종족의 특성이기도 했다. 인간들과는 달리 기품이 넘치고, 감정을 다스릴 줄 알았다. 그러나 한편으로는 그렇기 때문에 엘리야와 트리스탄, 두 사람의 격정적인 방식이 벌써부터 그리웠고, 조만간 다시 손에 넣고 싶은 갈망이 불현듯 밀려왔다. 엘리야와 트리스탄. 아버지와 아들. 그들은 손해 보는 것을 조금도 개의치 않는 거칠고 격정적인 성품을 지녔다. 이조라는 이런 생각을 떨쳐내려는 듯 다시 한번 심호흡을 했다. 마중 나온 병사들은 성 안뜰 현관까지 그녀를 호위했다. 말에서 내린 이조라는 파벨라의 고삐를 다가온 하인에게 넘겼다. 이조라의 시선이 제 모습을 담은 대리석상에 꽂혔다. 아직 그 자리에 그대로인 것을 보니 마음이 다소 홀가분해졌다. 베리안과 이스타리엘의 석상과는 달리 이조라의 것은 부왕의 넘치는 파괴 욕구에도 여전히 훼손되지 않은 채 무사했다. "전하께서 공주님을 알현실에서 기다리고 계십니다. 공주 저하." 의전 담당 대신의 음성이 계단 상부에서 울

169

려 퍼졌다. 힘겹게 계단을 오른 이조라가 그에게 고개를 까닥였다. "어서 나를 부왕께 인도하라."

통 넓은 프록코트 소매에 양손을 감춘 대신이 먼저 앞장섰다. 그의 화려한 의복은 그가 엘프 궁에서 높은 계급임을 나타냈다. 복도에서 그들을 마주친 한 무리의 시녀들은 이조라의 얼굴을 보고는 깜짝 놀라 예를 갖출 겨를도 찾지 못한 채 황급히 지나쳐 갔다. 그제야 공주는 저를 향한 타인의 시선을 알아차리고, 살며시 얼굴을 붉혔다. 부르크스메아데의 농가에서 정성스레 세안과 목욕을 하고, 향유로 머리카락을 가다듬긴 했지만 그래도 어쩔 수 없었다. 그것마저도 이미 며칠 전의 이야기였으니까. 그 이후론 제대로 씻을 기회조차 없었다. 머리카락은 이리저리 뒤엉켜 있었고 옷은 지저분했으며 피부에도 먼지가 한가득이었다. 거기에 뱃속에서 꼬르륵거리는 소리마저 엘프 공주의 품위에 걸맞지 않게 몹시 요란했다. 다른 일행과 헤어지면서 먹은 거라고는 견과류 한 주먹과 허브 몇 조각이 전부였기 때문이었다. 장차 남편이 될 엘리야는 이조라를 그녀의 부친인 엘프의 왕에게 이 모양 이 꼴로 돌려보냈다. 허공을 휘저어 마법으로 근사한 옷을 만들어 내고, 단 몇 초 만에 신선한 과일과 달콤한 열매를 열리게 할 수 있는 마법사였음에도 말이다. 아무리 봐도 사위가 되려는 자의 도리가 아니었다. 그런 생각이 들자 엘리야에게 또 화가 치밀었다.

대신은 이조라와 함께 성 1층에서 휘어진 나선형 계단을 올라, 대리석 기둥과 상아 장식들로 꾸민 성스럽고 단단해 보이는 창문과 벽을 지나쳐 갔다. 성벽 그 어디에도 금이 보이거나 벽의 회칠이 잘게 부서진 곳은 없었다. 최소한 이조라는 맡은 임무를 훌륭히 해낸 것이 분명했다. 아엘프스탄은 이제 구원받은 것이다. 알현실 황금 문 앞에서 이조라는 잠시 멈춰섰다. 대신이 보초병에게 고개를 끄덕이자 병사들은 문을 열기 전 들고 있던 창으로 바닥을 세 차례 세게 내리쳤다.

"영화로운 분이시자 향후 알빈가르트의 왕비님이 되실 이조라 폰 아엘프스탄 공주님이 듭시옵니다." 대신은 한 걸음 옆으로 물러서며 큰 소리로 고한 후 왕좌를 힐끗 올려다보았다. 이조라는 난생처음 들어보는 호칭에 당황스러웠지만 최대한 평온한 표정을 유지하려고 노력했다. 여기 이 엘프 성에서 저를 미래의 왕비로 호칭하는 걸 보니 그녀가 성을 떠나 있는 동안 무슨 큰 변화가 생긴 게 분명했다.

이조라의 아버지는 언제나 그랬듯이 곧은 자세로 상아를 깎아 만든 왕좌에 앉아 있었다. 아버지 곁에는 남자 엘프가

서 있었다. 첫눈에는 그를 제대로 알아보지 못했지만, 다시 보니 제 큰 오라비인 베리안이었다. 엘프족은 일반적으로 긴 머리를 고수했지만, 베리안은 옆머리를 두피까지 바짝 올려 깎은 탓에 보통 엘프와는 풍모가 사뭇 달라 보였다. 추측건대 옥사에 드나들어야 하는 일 때문이었을 것이다. 그런 환경은 베리안을 더 잔혹하고, 무정하게 만들었다. 그러나 예비 왕위에서 쫓겨난 그가 지금 지하 감옥에서 포로를 고문하는 대신 여기 알현실에 있는 것만 봐도 뭔가 상황이 달라진 게 분명했다.

"전하." 이조라가 무릎을 꿇으며 아버지에게 예의를 갖춰 인사했다.

"일어서라, 내 아이야." 왕의 음성은 부드러웠고, 황급히 한밤중에 도망친 자신을 탓하는 기색이 조금도 없었다. "베리안이 네 숭고한 처사에 대해 보고했다. 네가 불사의 마법사를 찾아가 그가 건 보호 마법을 다시 복구하도록 했다지. 어떻게 그리한 게냐?"

아주 단순한 질문이었지만 이조라는 그 안에 깊은 염려가 녹아 있다는 걸 느꼈다. 순간 이조라는 궁금했다. 만약 지금 아버지에게 자신이 그 불사의 마법사 아내가 되기로 했다고 말한다면 어떻게 될까? 님룬트 왕은 그녀 대신 베리안을 다시 후계로 결정할 것인가? 당장 그녀를 아엘프스탄에서 추방하라는 명령을 내릴까? 아니면 그냥 성에서 쫓아내거나 혹은 지하 감옥에 처박아 버릴 것인가?

"전하, 아주 간단했습니다." 이조라가 조용히 대답했다. "엘리야는 전하와 새로운 동맹을 맺고 싶어 합니다. 그렇기에 그는 제 부탁을 흔쾌히 들어주었답니다."

"동맹이라고?" 별안간 베리안이 툭 내뱉었다. "엘프는 배신자인 인간과 그 어떤 동맹도 맺지 않는다!"

님룬트가 손을 들어 제 아들을 제지했다. 눈에 보이는 겉모습만 본다면 아버지와 오라비는 정반대인 외모를 지녔다. 지금은 군데군데 잿빛 머리카락이 생겼지만, 본래 이스타리엘처럼 구불거리는 어두운 머리카락을 지녔다. 반면 베리안과 이조라는 세상을 떠난 왕비를 닮아 금발이었다. 어깨에 순백의 유령늑대 가죽으로 만든 케이프를 둘렀지만 님룬트는 전반적으로 다소 가냘픈 체구의 소유자였다. 왕은 뛰어난 전사 체질은 아니었지만, 예전부터 매우 유능한 전략가였다. 반면 베리안은 엘프 중에서도 유달리 근육질 체구를 지녔다. 그런 오라비가 아버지 곁에 서 있는 자세는 어찌 보면 인간을 닮아 보였다. 자존심이 강하고 자신감 있어 보이지만 자제력이라고는 조금도 없는 성품이 그대로 드러났다.

지금까지 항상 그랬듯이 이조라에게 큰 오라비는 아버지보다 훨씬 두려운 존재였다.

"그러면 그가 네게 요구한 대가는 무엇이냐?" 님룬트가 서둘러 물었다. "아무리 엘리야 폰 도른슈트랑이 동맹을 원한다고 해도, 아무 조건 없이 먼저 손을 내밀며 행동으로 보여 줬다는 사실이 도무지 믿기지 않는구나."

이조라가 고개를 흔들었다. "물론 아닙니다, 전하."

"그러면 조건이 뭐였지?" 베리안이 재촉하듯 끼어들었다.

쿵쾅거리는 심장을 부여안고 이조라는 시선을 내려 바닥을 응시했다. "혼인입니다, 전하."

이조라는 격분한 베리안의 절규와 저주가 퍼부어지고, 어쩌면 최악의 경우 한 대 맞을지도 모른다고 예상했다. 그러나 그런 일은 일어나지 않았다. 이에 흠칫 놀란 이조라가 이윽고 고개를 들어 왕과 눈을 마주했다. 왕의 눈동자엔 놀란 기색이 눈곱만큼도 없었다. 오히려 그 눈을 바라보는 이조라만 놀랄 뿐이었다.

"네가 옳았구나." 님룬트가 베리안을 향해 말했다. 고문 기술자의 입가에 조롱 가득한 미소가 걸려 있었다. "지난 17년을 감옥에서 엘리야와 함께 보냈습니다. 거의 하루도 거르지 않고 그를 죽였지요. 그러니 그 마법사가 무슨 생각을 하는지 속내를 알고 싶으시다면, 그리고 그를 몰아붙이고, 상처 입힐 방법을 알고 싶으시다면 저에게 물으시지요."

이조라는 지금 무슨 일이 벌어지고 있는 것인지 전혀 이해가 되지 않았다. 부왕 곁에 서 있던 베리안이 제게 다가오는 순간, 이조라는 자신이 여기 아엘프스탄에서마저도 권력에 농락당했다는 것을 깨달았다. 그녀의 오라비는 엄숙하게 단도를 뽑더니 천천히 손가락 사이로 돌렸다. "보기에 따라선 그놈도 꽤나 매력적인 남자였을 것이다. 그렇지 않던가, 누이?" 그는 잠시 회상에 잠겼다. "한때 귀니퍼도 그렇게 생각했었지. 그녀도 너처럼 그의 인간적인 면모에 끌렸었으니까. 그렇기에 너도 그녀처럼 피를 흘리게 될 것이다."

이조라의 내면에 공포심이 차올랐다. 당장이라도 알현실 밖으로 뛰쳐나가 곧바로 성 밖으로 도망치고 싶었다. 그러나 아버지의 눈짓 한 번에 제 뒤에 활짝 열려 있던 알현실의 커다란 문이 굳게 닫혔다. 두 병사가 양쪽에서 그녀의 팔을 거칠게 붙잡았다. "아버지, 제발요!" 이조라가 왕좌를 향해 처절하게 외쳤지만 님룬트는 왕좌에서 눈 하나 깜짝하지 않고 고고한 자세로 그녀를 내려다보기만 했다. 베리안의 거대한 몸집이 그녀의 시야를 가렸다. 그의 단도가 이조라의 목 주변을 어슬렁거렸다.

"이거 하나만 알아 두렴, 동생아. 나는 그 마법사 왕이 엘프 공주와 혼인하는 걸 절대 허락하지 않을 거란다. 내 너를 친히 아노르_{태양의 신}의 화염에 던지는 한이 있더라도."

카이

"너무 오래 걸리는데." 몇 시간 만에 트리스탄이 내뱉은 첫마디였다. 트리스탄은 사슬 족쇄에 묶인 발을 들어 어슬렁거리는 쥐새끼를 향해 발길질했다. 놈은 뻔뻔스럽게도 그가 아직 살아 있는지 아니면 벌써 밥상에 오를 준비가 되어 있는지를 살피러 그를 올려다보던 중이었다. 카이는 감방에서 도망치며 복도를 가로지르는 쥐의 모습을 눈으로 좇으며, 살면서 처음으로 제가 차라리 쥐였으면 좋겠다는 생각을 했다. 이 어두컴컴한 암흑 속에 얼마나 오래 앉아 있었는지조차 가늠되지 않았다. 몇 시간이 흘렀을 수도 있지만, 실제로는 몇 주일 수도 있을 것 같았다.

"사피라가 떠난 지 얼마나 됐을 거 같아?" 카이가 트리스탄에게 물었다.

"하루 정도 지났을 거다." 트리스탄이 대답했다. "사피라가 마법의 돌을 건졌다면 진즉에 돌아오고도 남았을 시간이지."

카이는 트리스탄에게 뭐라 말해야 좋을지 말문이 막혔다. 제 형제가 아끼는 드래곤 여인이 토이펠 호수에 빠져 죽기를 바랄 수는 없는 노릇이었다. 그렇다고 사피라가 가바인에게 돌을 가져다주는 건 상상조차 하기 싫었다. 생기발랄한 모습으로 돌아온 그녀가 원래 제 것인 프레지오라이트를 저 역겨운 노인네에게 바치는 모습만큼은 정말이지 보고 싶지 않았다. 동굴 입구에서 발걸음 소리가 들릴 때마다 카이는 제발 가바인이 홀로 돌아오는 것이기를 간절히 소망했다. 지금처럼 발소리가 들릴 때마다….

"이번에는 둘이네." 트리스탄이 중얼거렸다. 카이가 긴장하며 귀를 기울였다. 정말 그랬다. 동굴을 따라 두 사람의 발걸음 소리가 들렸다. 하나는 가바인이었지만 다른 하나는… 사피라는 아니었다. 그런데 둔탁하고, 질질 끄는 저 발걸음 소리를 꼭 어디에선가 들은 것 같은 기분이 드는 이유는 무엇일까?

"저 포로들과 단 한 마디도 섞어서는 아니 될 것이야. 그리고 염소도 마찬가지다." 가바인이 동행에게 하는 말이 들렸다. 암석 통로 끄트머리에 언뜻 노마법사의 모습이 보였다. 그의 곁에는 한 손에 곡식 바구니를 들고, 벨트에 요강을 매단 채 구부정하게 몸을 숙이고 걸어오는 한 남자가 있었다. 다 떨어지고 볼품없는 옷을 걸친 남자는 예전에 바짝 깎았던 흔적이 있는 머리에 면도 후 다시 자란 짧은 암갈색 수염이 턱을 뒤덮고 있었다. 그가 얼굴을 조금 들자 카이는 곧장 제 앞에 나타난 남자의 정체를 알아차렸다. *티발트*였다. 하마터면 카이의 입에서 그 이름이 곧바로 튀어나올 뻔했다. 그러나 그러기 바로 직전, 저에게 경고하듯 남자의 시선이 흔들리는 걸 보고는 재빨리 정신을 차렸다.

"왼쪽에 있는 놈은 마법사다. 네놈이 저 소금 결계만 부수지 않는다면 전혀 위험하지는 않지. 넌 그에게 먹을 것과 요강을 결계 위로 건네기만 하면 된다. 하지만 저 결계를 조금이라도 건드리지 않도록 조심해야 한다."

"네, 어르신. 알겠습니다." 티발트는 프론슈타인 여관에서 배운 그대로 비굴하게 자세를 굽히며 노마법사에게 다짐했다.

가바인은 카이가 털썩 주저앉아 있는 감방의 문을 열고 하인을 안으로 들여보냈다. 소금 결계 앞에 도착한 티발트는 양손을 허리에 짚고는 다소 어색하지만 고압적인 투로 카이에게 한 걸음 뒤로 물러서라고 명령했다.

"어떻게 물러서란 말이냐, 이 머저리야? 손가락 하나 꿈쩍할 틈도 없는데!" 카이가 그에게 호통을 쳤다.

"그러면 일어서서 조금이라도 뒤로 물러서란 말이오!"

티발트의 의도가 무엇이든 간에, 지금 그 하인은 제게 최악의 불행을 선사한 마법사를 거위 새끼처럼 대하는 이 상황을 몹시 즐기고 있는 것이 확실했다. 이빨을 으득 갈며 카이는 그가 시킨 대로 했다. 그러자 티발트가 들고 온 바구니에서 요리한 지 한참이 지나 부패하기 시작한 감자 두 알과 물이 담긴 돌 항아리를 꺼내 들었다. 티발트는 섬세하게 그려 놓은 소금 결계를 건드리지 않으려 주의하며 이 두 가지를 결계 위로 들어 올렸다.

"목이 마르다면 당장 내 눈앞에서 그 물을 들이켜시오."
티발트가 그에게 말했다. 카이는 그가 무슨 속셈으로 저러는지 짐작조차 할 수 없었다. 그러나 귀한 물을 걸고 모험하기에는 갈증이 너무 심했다. 돌 항아리에 담긴 물을 마지막 한 방울까지 벌컥벌컥 마시고 싶었지만, 충분히 마시기도 전에 티발트가 카이의 입가에서 물 항아리를 빼앗아 가버렸다. 그러면서 그가 뭔가를 중얼거렸지만 카이는 제대로 듣지 못했다. 그런 뒤 티발트는 허리띠에서 묶어 놓았던 요강을 꺼내 카이에게 건넸다. "지금이 아니면 기회가 없소. 우리는 내일에나 다시 돌아올 테니까."

실제로 카이는 오줌보가 터질 지경이었다. 하지만 사람들이 전부 지켜보는 자리에서 요강에 소변을 보는 일은 영 익숙하지 않았다. 게다가 안타깝게도 경험상 제 소변 줄기가 소금 결계를 뚫지 못한다는 것을 알고 있었다. 아무튼 소변 냄새가 지독한 곳에서 밤을 보내는 일만큼은 정말 피하고 싶었다. 그래서 카이는 어쩔 수 없이 티발트가 내민 요강을 거칠게 잡아당기며 뚜껑을 열었다. 그리고는 티발트가 그 안에 묘책이나 무기를 숨겨 놓았기를 기대라도 한 듯 그 안을 들여다보았지만 아무것도 없었다. 그냥 말 그대로 요강이었다. 요강에 서둘러 볼일을 본 카이는 뒷짐을 지고 발로 요강을 밀어 하인에게 돌려주었다. 코를 움켜쥐고 요강을 건네받은 티발트는 그것을 가지고 옥사 밖으로 나갔다.

트리스탄은 가바인이 데려온 새 하인에게 전혀 관심을 보이지 않았다. "사피라는 어떻게 된 건가?" 그는 뭐라도 알아내려고 시도했다.

"나도 모르지." 노마법사가 대답했다. "성공했든지, 꼬마 데몬들이 호수 속으로 끌어당겼든지 둘 중 하나가 아니겠나. 지금 상황으로만 보면, 너희 두 사람이 데몬에게 팔릴 가능성이 더 커진 거지. 이미 말했듯이 프레지오라이트가 없으면, 자유도 없다."

격분한 트리스탄이 쇠사슬을 마구 흔들어 댔다. "이 쥐새끼 같은 놈. 이질에나 걸려 죽어 버려라!"

마법사는 그런 도발에도 전혀 반응하지 않았다. 대신 그 바일로를 향해 몸을 숙여 갈비뼈 근처를 몇 차례 꼬집어 보았다. "염소가 별로 살이 오르지 않았군. 그래도 뭐 고기 한 접시쯤은 너끈히 나오지 않겠나."

그는 감옥이 쩌렁쩌렁 울릴 만큼 크게 웃었다. 깜짝 놀란 염소가 울부짖으며 뒷걸음질 쳤다. 염소는 수평으로 찢어진 동공을 연신 굴리며 애타게 카이를 찾았다.

"염소의 털 하나라도 건드리면…"

"그러면?" 가바인이 쇠창살 가까이 성큼 다가왔다. "왜, 울기라도 할 건가, 이 꼬마야? 결계에 손가락이 불타는 거 말고 네놈이 뭘 할 수 있단 말이냐?"

"여기서 벗어나기만 하면, 가바인 당신을…"

"…그러면 데몬들 앞에서 먼지 나게 도망쳐야겠지. 그들이 네놈을 환형이나 화형에 처하기 전에 말이야. 나한테 한 것처럼 버르장머리 없이 전쟁의 군주나 데몬의 원수에게 대들다간 그 즉시 목숨을 잃을 게다."

노마법사는 격분하며 노발대발했지만, 그바일로에게서 떨어졌다. 카이 덕분에 염소는 적어도 지금 당장은 목숨을 건진 셈이었다. 카이는 지난 몇십 년 동안 도대체 무슨 일이 있었기에, 저 노인네가 이곳 데모니아까지 오게 된 것인지 궁금했다. 사람들 기억 속에서 사라진 사람. 엘프의 탄압 아래 있는 고향으로 되돌아가느니 이곳 데모니아에 남는 것을 선택할 수밖에 없었던 가련한 인생. 아마도 그런 상황이 그를 더 처절하게 만들었을 것이다. 악랄하고, 혹독하고, 무정하게. 카이가 노인에게 뭐라 대꾸하려는 순간 티발트가 빈 요강을 가지고 돌아왔다. 그는 맡은 일에 충실한 하인의 자세로 곧바로 가바인 곁으로 다가갔다.

언짢은 표정을 한 노마법사는 카이에게서 눈을 돌려 트리스탄이 있는 감방으로 향했다. "여기 있는 저놈은 전사다. 정확히 말하면 파수꾼이지." 가바인이 티발트에게 설명했다. "하지만 저놈도 널 어쩌지는 못할 게다. 내가 마력이 담긴 수갑을 채워 놓았거든."

트리스탄은 역겨운 눈빛으로 하인을 관찰했다.

"하지만 어르신, 그러면 어떻게 밥을 먹습니까?" 티발트가 질문했다.

가바인도 그 문제는 전혀 생각해 보지 않았다. 잠시 고민하던 가바인에게 문득 해결책이 떠올랐다. "먹여 줘라!"

그는 감방문을 열고 티발트를 다시 들여보냈다. 트리스탄 앞에 쪼그리고 앉은 티발트는 그를 물끄러미 응시했다. "그러면 요강은요? 그러니까 제 말은, 그것도 제가 그의…"

"아니다." 노마법사가 서둘러 대답했다. "신이시여, 도대체 네놈은 무슨 말을 하려는 게냐! 어서 저놈의 수갑을 풀어 주거라. 하지만 발목에 있는 건 건들면 안 된다. 절대로 저기서 벗어나면 안 되니까. 내 말 알겠느냐?"

"네, 어르신." 티발트가 대답했다. 그때 카이는 그의 얼굴에 문득 찡그린 표정이 스치는 것을 희미하게나마 감지했다. 저 하인 놈에게 혹시나 그들을 풀어 주려는 계책이 있는건 아닐까. 티발트는 아무 말 없이 트리스탄의 입에 감자를 쑤셔 넣었다. 트리스탄은 그답지 않게, 한 입 먹을 때마다 한밤중 부르크스메아데 술집에서나 오갔었을 법한 욕설들을 내뱉었다. 카이는 제 형제가 왜 굳이 저런 장면을 연출하는지 의아했다. 무엇에선가 가바인의 시선을 돌려놓으려는 건가?

마침내 티발트는 트리스탄이 수월하게 볼일을 볼 수 있도록 수갑을 풀어 주었다. 그 순간 내내 카이는 호흡을 멈추고 기다렸다. 저 하인이 숨겨 놓은 영리한 비책이 분명 있을 거라고 기대했기 때문이었다. 그렇지만 역시나 아무 일도 일어나지 않았다. 볼일을 다 본 트리스탄에게 수갑이 다시 채워졌다. 가바인이 그바일로의 고기를 재울 허브에 대해서 떠드는 동안 두 번째 요강을 비우러 밖으로 향한 티발트의 이마에 깊은 고랑이 패였다. 그리고 카이와 트리스탄은 홀로 남겨졌다.

"이번엔 저놈이 잘한 거다." 가바인이 저 멀리 떠난 것을 확인한 트리스탄이 말했다. "너조차도 눈치채지 못한 거 같으니 말이야."

"뭘 눈치채지 못했다는 거야?"

"저놈이 물을 두고 갔잖아."

"뭐…" 카이가 황급히 돌아섰다. "정말이네!" 아까 그가 들이켜던 물 항아리를 뺏은 후 카이의 등 뒤에 살짝 세워 놓았던 것이다.

"그거 지금 마실 생각은 하지도 마라." 트리스탄이 카이에게 경고했다.

그제야 용도를 깨달은 카이는 티발트의 탈출 계획을 저보다 트리스탄이 먼저 알아차렸다는 사실이 부끄러웠다. 동시에 시커먼 암흑 속에 밝은 햇살 한 줄기가 스며들어온 것처럼 가슴에 희망이 차올랐다. 카이는 제 발 주변으로 소금 결계가 약하게 펼쳐진 곳을 주의 깊게 살피고는 그곳으로 물을 흘려보냈다. 카이는 소금 결정 하나하나가 흘러간 물에 녹아내리는 모습을 매료된 표정으로 지켜보았다. 남은 물이 손가락 높이의 장벽을 침식해 들어가면서 소금 결정이 서서히 줄어들었다. 카이는 지난 몇 시간 동안 소금을 건드릴 때마다 느꼈었던 불타오르는 고통이 다시 덮칠 것을 대비하며 살그머니 소금 결계 위로 한쪽 팔을 뻗어 보았다. 아무 일도 일어나지 않았다. 이에 자신감을 얻은 카이가 벌떡 자리에서 일어나 소금 결계 밖으로 빠져나왔다. 고통은 없었다. 자신을 가둔 마법 감옥에서 완전히 탈출할 때 느낀 건 고작 근육이 간질간질한 게 다였다.

"정말 성공했구나!" 트리스탄이 기쁜 목소리로 말했다. "그러고 보니 진작 소금 결계를 오줌으로 녹이면 되는 거 아니었나? 왜 그렇게 하지 않은 거지?"

카이가 눈을 부릅떴다. "그건 무엇이든 내 몸에서 나온 건 소금에 닿지 않기 때문이야. 그 방법은 이미 시도해 봤었어. 잘리스부르크에서 돌프에게 붙잡혔을 때 말이야."

"그런데 방금 왔던 저놈은 도대체 누구야?"

"프론슈타인 여관집 하인이야." 카이가 간략히 설명했다. "내가 그놈을 고자로 만들었어. 그레타를 강간하려 했거든. 그 이후로 아랫도리 힘을 다시 돌려받고 싶다는 간절한 소망 때문에 저렇게 자꾸 내 뒤를 쫓아다니더라고."

트리스탄은 반은 진지한 표정으로, 그리고 반은 재미있다는 표정으로 카이를 응시했다. "부르크스메아데에서 헤어진 이후로 넌 좀 달라진 거 같다." 이윽고 트리스탄이 말했다. "많은 부분에서 훨씬 각성한 거 같아."

"그건 너도 마찬가지야. 운명이 우리를 변하게 한 거지, 뭐. 산전수전 다 겪다 보니 강해질 수밖에." 카이는 양손으로 감옥의 잠금장치를 붙잡았다.

강철이여, 내 두 손 아래 부서지리라. 그리고 내 힘 아래 다시 창조되리라. 나는 너를 부수는 맷돌이자 산산 조각내는 망치로다.

쇠창살이 카이의 손안에서 느슨해지더니 자물쇠는 먼지가 되어 버렸다. 밧줄에 묶여 있던 그바일로가 신이 나서 춤을 추듯 폴짝폴짝 뛰어오르자 카이가 씩 미소를 지었다. 그러나 티발트가 트리스탄의 감옥에서 왜 침울한 표정을 지었는지를 깨달은 순간 그 미소는 입가에서 사라졌다. 티발트는 아마도 트리스탄의 손발에 채워진 수갑 네 개를 모두 풀어 주려 했던 것 같았다. 하지만 티발트의 시도는 실패였다. 가바인이 보고 있었기에 티발트가 어떻게 손쓸 수 있는 상황이 아니었다. 결국 티발트는 카이의 탈출을 도울 수 있었지만, 트리스탄을 위해서는 그렇게 하지 못했다.

"젠장." 카이가 쓸쓸하게 내뱉었다.

"마법으로 한번 시도해 봐." 트리스탄이 제안했다. "어쩌면 네가 그 늙은이보다 더 강할지도 모르지."

카이는 그런 트리스탄의 희망을 앗아가고 싶지 않았다. 그러나 카이는 아직 마법 법칙을 완벽하게 체득하지는 못했지만 그런 시도가 헛수고라는 것쯤은 잘 알고 있었다. 그냥 느낄 수 있었다. 그럼에도 카이는 감방문을 열고, 시도해 보았다. 결과는 예상대로였다. 마법 수갑과 족쇄를 제게 깃든 마력만으로 열어 보려고 시도했지만 꿈쩍도 하지 않았다. 단 1밀리미터도 벌어지지 않았다. 이윽고 부질없이 애만 쓰는 카이를 지켜보던 트리스탄이 사슬에 묶인 제 두 손을 그의 팔에 올렸다. 트리스탄의 짙은 눈동자가 그를 뚫어져라 응시했다. 그 눈빛엔 씁쓸함이 짙게 배어 있었다. "아무래도 전혀 소용이 없는 것 같다. 그냥 나를 여기에 두고 너라도어서 나가 사피라를 찾도록 해." 트리스탄이 제안했다. "사피라를 찾으면, 어쩌면 네 프레지오라이트를 되찾을 수도 있을 테니까 그때는 날 구할 수 있겠지, 뭐."

카이가 망설였다. 이제야 제 형제를 만났는데, 이렇게 또다시 눈앞에서 잃어야 한단 말인가? "사피라와 함께 구하러 오기도 전에 가바인이 정말로 널 데몬족에게 넘겨 버리면 어떻게 해?"

"그러면 뭐, 그들이 날 환형에 처하지 않기만을 빌어 봐야 겠지."

티발트가 동굴 밖에서 카이를 기다리고 있었다. 그바일 로와 함께 카이가 동굴에서 슬그머니 나왔을 때 바깥엔 이 미 칠흑 같은 어둠이 드리워 있었지만 하인은 카이를 곧바 로 알아보았다. 그는 아무 말도 없이 카이의 곁에 바짝 붙어 뒤를 따랐다. 그곳에서 돌산의 그림자를 따라 1킬로미터쯤 을 벗어난 후에야 말문을 열었다. "노마법사가 잠들어 있을 때 그를 죽일 수도 있었지요. 하지만 그러면 당신 형제 손발 에 채워 놓은 수갑을 절대 열 수 없지 않습니까? 아니면 볼 일 볼 때 아주 잠깐이라도 손발의 족쇄를 다 풀어 줬으면 얼마나 좋아요! 단 일 초만 그랬어도 내 칼을 그놈에게 휘익 집어 던져 끝장낼 수 있었을 텐데!"

"핑계 대지 마라." 카이가 투덜거렸다. "처음부터 더 나은 방법을 생각했어야지."

"어떤 방법 말입니까?" 티발트가 하소연했다. "나는 그 노인네가 내 말을 믿어 준 것만 해도 정말 다행이라 생각했 는데요. 어쨌든 이렇게 마법사님을 탈출시켰지 않습니까.

난 당신이 감방문 정도는 너끈히 처리할 거라 믿었습니다."

"그 늙은이 곁에서 일한 지 얼마나 됐지?"

"한 일주일 됐습니다." 하인이 중얼거리듯 대답했다.

"그러면 정보를 흘린 게 바로 너로구나. 내 말이 맞지? 네 놈이 우리를 밀고한 거야!"

"아아… 아닙니다요!" 티발트가 큰소리로 부정했다. "전 그저 그 마법사가 당신이 건 마법을 무효화시킬 수도 있지 않을까 싶어 곁에 붙어 있었던 것뿐입니다요. 하지만 그가 말하기로는 마법을 건 마법사만 그걸 풀 수 있다고 하더군요."

인정하고 싶지 않았지만 방금 티발트가 얼떨결에 한 말은 지금까지 카이가 아예 몰랐던 새로운 정보였다. 카이는 티발트의 말에 아무 대꾸도 하지 않고 무작정 돌산을 벗어나 호수 방향으로 펼쳐져 있는 평야를 걸었다. 티발트가 헐레벌떡 그의 뒤를 쫓았다. "제발 부탁드립니다요… 이 치욕에서 벗어나게 해 주십시오!"

"그럴 수는 없어." 카이는 고민하는 낌새도 없이 곧장 대답했다. "난 그레타에게 네 처분을 맡겼고, 그녀가 싫다고 했지. 게다가 난 여전히 네놈이 우릴 가바인에게 밀고했다는 의심을 지울 수가 없어."

티발트는 끊임없이 울부짖고 흐느끼며 졸라 댔다. 참다못한 카이가 당장 닥치지 않으면 목소리마저 빼앗아 버리겠다고 협박하기까지 하인의 울음소리가 평야 곳곳에 울려 퍼졌다. 카이의 협박에 그제야 입을 다문 하인은 어깨를 축 늘어뜨리고 터덜터덜 카이의 뒤를 쫓아왔다. 그들은 아무 말도 하지 않고, 서로 뭔가 개운치 않은 생각에 잠긴 채 밤새 길을 달려갔다. 그바일로마저도 평소와 달리 울음소리 하나 내지 않았다. 카이는 동굴 감옥에 트리스탄을 두고 나온 것 외에 마땅한 해결책이 찾지 못한 자신이 혐오스러웠다. 이 상황을 애써 티발트 탓으로 돌리려고도 해 봤지만, 저 하인은 원래부터 교활함이나 전략적 재능이 아예 없는 놈이라는 걸 잘 알고 있었다. 하지만 적어도 저만큼은 저 막돼먹은 하인 놈과는 달리 뭔가 계책을 떠올려야만 할 터였다. 그냥 이렇게 도망만 칠 것이 아니라. "드래곤을 꼭 찾아야 해." 카이가 혼잣말처럼 중얼거렸다.

"뭐라고요, 그… 그 드래곤 말입니까?" 두 손을 가슴 앞에 둥글게 가져다 대고 왕 가슴 모양을 흉내 내 보이며 티발트가 긴 한숨을 내쉬었다. 그리고는 눈앞에 벌거벗은 여인의 환영이라도 떠오른 듯 몽롱한 표정을 지었다.

"아니, 네놈이 아는 그 드래곤 말고 또 다른 드래곤이 있어. 질퍽거리는 건 좀 덜 한데, 그 드래곤만큼이나 홀딱 벗었지."

얼마 후, 떠오르는 태양의 햇살 아래 그들은 두 드래곤을 한꺼번에 발견했다. 스호오크는 저 멀리서부터 카이를 알아보고 그들을 향해 뛰어왔다. 붉은 머리카락을 바람에 휘날리며 달려오는 여체를 보는 것만으로도 티발트는 제가 갇힌 지옥에서 벗어난 것 같았다. 그는 딱히 아무 말도 하지 않았지만 카이는 안 봐도 그가 침을 질질 흘리고 있을 거란 걸 알고 있었다. 반면 카이는 드래곤 여인이 발산하는 여성적인 자극에도 시큰둥했다. 그 뒤에 미동도 없이 호숫가에 쓰러져 있는 사피라의 모습이 눈에 들어왔기 때문이었다.

"주인님, 여기서 만나서 정말 다행이에요, 제발 좀 도와주셔요!" 스호오크는 카이를 여전히 '주인님'이라고 불렀다. 그러나 평소와 달리 힘겨운 숨을 토하며 팔 하나 거리를 유지한 채 그의 앞에 멈춰섰다.

"저 드래곤은 어떻게 된 거야? 넌 어떻게 여기까지 온 거야? 툴은 어디 있지?" 카이가 스호오크에게 물었다.

"정말 긴 이야기예요." 스호오크가 간략하게 대답했다. "우선 저 블루 드래곤부터 도와줘요."

그들은 함께 사피라에게 달려갔다. 카이는 드래곤 가슴 한가운데 뚫린 커다란 구멍을 보고 기겁했다. 사피라는 의식을 잃은 채였다. 호흡마저 미약한 사피라는 사지를 덜덜 떨었고, 상처에선 선홍빛 거품이 흘러나왔다. 서둘러 양손을 사피라에게 얹은 카이는 마법으로 찢어진 살을 재생하고, 폐에 고인 피가 흘러나오도록 손을 썼다. 카이는 제 몸에 고여 있던 마력이 산골 시냇물처럼 흘러나가는 걸 느꼈다. 마법이 가뭄에 말라가는 샘물처럼 고갈돼 갔다. 머리가 어지럽고 쓰러질 것만 같았지만 카이는 사피라의 가슴에 뚫린 구멍이 메워지고, 차츰 호흡을 되찾기까지 치유 마법을 멈추지 않았다. 마침내 부들부들 떨리는 두 손을 사피라에게서 거둔 카이가 몸을 일으키려 했지만, 다리가 영 말을 듣지 않았다. 순간 스호오크가 그의 곁에 무릎을 꿇고 앉았다. 벌거벗은 그녀의 팔이 그의 어깨를 지탱했다. "우선 좀 쉬세요, 주인님. 마력이 고갈됐어요. 이러다 주인님의 생명 실까지 건드리지 않도록 주의하셔야 해요."

아름답고 완벽한 대칭을 이루는 스호오크의 얼굴이 지나치게 가까이 있었다. 그러나 예전에 그를 유혹하려 지었던 의도적인 미소와는 전혀 차원이 다른 순수한 미소가 그녀의 얼굴에 걸려 있었다.

"카이." 카이가 쉰 목소리로 말했다. "이제 날 주인님 말고 카이라고 불러. 그리고 내가 다시 마법을 쓸 수 있게 되면 우선 옷부터 입자." 안 그래도 카이는 지저분한 제 리넨 셔츠를 벗어 스호오크에게 건넨 티발트의 행동에 살짝 놀란 참이었다. 눈썹을 높게 치켜뜬 스호오크는 손가락 끝으로 옷을 집어 들고는 토이펠 호수 속 꼬마 데몬들이 눈치채기 전에 셔츠에 묻은 오물을 대충이라도 닦아내려 호숫가로 향했다. 하인은 마치 제 운명인 것처럼 그녀의 뒤를 따라갔다. 카이는 또다시 그에게 연민을 느꼈다. 축 늘어진 어깨에 희멀겋고 야윈 배를 저리 드러내 놓고, 겨우 넝마만을 걸친 그의 모습은 예전과 완전히 다른 사람 같았다. 마을 술집 마구간에서 본 강하고 난폭한 남자는 어디론가 사라지고 볼품없는 벌레가 된 것처럼. 그게 바로 카이가 의도했던 바였지만, 정말로 그렇게 됐다. 마치 삶과 죽음을 결정하는 심판자처럼 오만하게 굴며, 금지와 품위 따위는 개나 줘 버리라고 비웃던 상남자는 도대체 어디로 가고, 저기 어깨를 축 늘어뜨린 가련한 남자는 누구란 말인가?

티발트는 카이의 그런 생각을 전혀 눈치채지 못했다. 그 대신 호숫가에서 돌아온 스호오크가 축축한 제 셔츠로 허리와 엉덩이를 감싸는 모습을 보며 몹시 기뻐했다.

"이제 무슨 일이 있었던 건지 어서 얘기해 봐." 카이가 스호오크를 재촉했다. 그러자 그의 곁에 앉은 스호오크는 쾨니히스하인에서 헤어진 후 일어났던 일들을 빠짐없이 전부 들려주었다. 툴과의 로맨스부터 상처 입은 드래곤으로 가득했던 데몬의 군영, 자신이 툴에게 정식으로 종속되지 않았다는 걸 데몬에게 들킬까 봐 마음을 졸였던 나날들에 대한 이야기를 전부 털어놓았다. "차라리 그때 카이 님이 절 마법으로 툴에게 종속시키는 게 오히려 나을 뻔했어요." 스호오크가 한숨을 쉬며 말했다.

그러자 카이가 단호하게 고개를 저었다. "아니, 그건 내가 원치 않아. 네가 툴에게 어떤 감정을 느끼든 간에 그는 데몬이야. 잔혹하고 억압하려는 충동이 그들의 피에 흐르지. 그런 데몬에게 네 운명을 책임지게 내맡기고는 내가 맘 편히 살지 못했을 거야. 그런데 툴은 도대체 왜 그런 거래?"

"우리는 당신의 프레지오라이트를 호수에서 건져 오라는 임무를 받았어요. 그렇지만 우리가 이곳에 도착해 보니, 저 블루 드래곤이 이미 호숫가에서 건져 놓은 상황이었죠. 그래서 우리가 그녀를 붙잡았고…"

"네가 사피라를 저렇게 만든 거라고?" 당혹한 카이가 스호오크의 말을 잘랐다.

스호오크는 고개를 흔들었다. "아니요. 하지만… 사실 그럴 생각이었죠. 카이 님, 난 저 드래곤이 누구인지 몰라요.

나는 그저 툴이 마음의 평화를 찾고 나와 함께 데몬 군영을 벗어날 수 있으려면 그가 맡은 임무를 완수하도록 도와야 한다는 생각뿐이었거든요."

"그러면 어떻게 해서 이 지경이 된 거지?"

스호오크가 깊은 한숨을 내쉬었다. "내가 파이어브레스를 쏘았지만, 터럭 하나 상처를 입히지 못했어요. 오히려 당신의 프레지오라이트가 사피라를 도와 하늘에서 날 떨어트렸다고요. 마지막으로 내가 기억하는 건 우리가 하늘에서 추락했다는 거예요. 그리고 정신을 차리고 보니 사람으로 변신한 그녀의 몸이 내 뿔에 꿰뚫려 있었어요."

카이는 도무지 상황이 이해되지 않았다. "그러면 툴은?"

그녀가 시선을 아래로 떨어뜨렸다. 대답하는 그녀의 목소리가 수치심에 쥐구멍이라도 찾듯 수그러들었다. "사라졌어요. 프레지오라이트도 가져가 버렸죠."

"정말 말도 안 돼!" 카이의 내면에서 분노가 활활 타올랐다. "이런 망할 데몬 새끼 같으니라고! 그냥 쉽게 해결될 일이었건만⋯." 툴이 지금 이 자리에 있었다면 데몬의 파수꾼인 그를 슈발벤하인으로 데려가고, 또 프레지오라이트를 사용해 가바인에게서 트리스탄을 구출할 수도 있었을 것이다. 그러나 툴이 기어코 마법의 돌을 훔쳐 가는 바람에 트리스탄은 그 무슨 전쟁의 군주라는 데몬에게 팔려 갈 판이었다. 그런데 자신은 그저 여기에서 이렇게 죽치고 있는 상황이라니. 그것도 마력마저 고갈된 상태로. 탈진한 두 드래곤과 뇌도 없을 것 같은 멍청한 하인 한 놈과 함께 낯선 데모니아 어딘가에 이렇게 말이다. 그때 갑자기 벌떡 일어난 스호오크는 긴장된 표정으로 남쪽을 향해 귀를 기울였다.

"왜, 무슨 소리가 들려?" 놀란 카이가 물었다.

"말발굽 소리예요." 그녀가 속삭였다.

"그러면 엘프란 말이네. 얼마나 떨어져 있지?"

"아주 가까워요. 바람이 역방향으로 불지만 않았더라면 훨씬 더 빨리 알아챘을 텐데….."

"엘프라고?" 티발트가 신음을 흘렸다. 바지에 오줌이라도 지릴 듯 심하게 무릎을 덜덜 떨었다. "어서 도망칩시다!"

"어디로?" 카이가 그를 힐난하듯 물었다. "저 토이펠 호수로 뛰어들기라도 하자는 말인가?"

"공중으로요. 저기 저 여자가… 그러니까 저 여자분이…" 티발트는 스호오크를 가리켰다. "우리를 멀리 데려가 줄 수 있잖아요!"

"그러면 사피라는? 스호오크는 우리 셋을 전부 태울 수는 없어."

"저 여자까지 전부 도울 수는 없어요. 여기서 혼자 죽든지 아니면 우리와 함께 전부 다 죽든지 둘 중 하나겠지요!"

티발트를 응시하던 카이는 그에게서 시선을 돌려 스호오크를 바라봤다. 그녀의 눈에도 지금 도망치는 것이 상책이라는 생각이 읽혔다. "오오, 그건 안 돼!" 카이가 단호하게 말했다. "난 트리스탄을 동굴에 두고 왔어. 어떤 경우에도 사피라를 포기하지 않을 거야. 원한다면 너희라도 어서 도망쳐. 하지만 난 사피라 곁에 남겠어."

스호오크는 어쩔 수 없이 티발트와 함께 떠나기로 결정했다. 카이에게 고개를 끄덕인 스호오크는 남쪽을 응시한 채 그의 곁으로 다가왔다. "당신 말이 옳아요." 그녀가 말했다. "나한테도 그렇게 해 주는 상대가 있으면 좋겠네요."

그리고는 입을 다문 스호오크는 저 멀리 말발굽 소리가 들려오는 초원을 노려봤다. 티발트는 감히 반대 의견을 꺼낼 엄두도 내지 못했고, 스호오크 곁에 선 그바일로마저 울음소리조차 내지 않았다. 엘라바르 광산 앞에서 꽁지를 내빼며 도망쳤던 것과 달리 늠름한 모습을 보여 주었다. 그리고 얼마 지나지 않아 저 멀리 지평선에 세 개의 점이 보이기 시작했다. 자세히 살펴봐야 그것이 말을 탄 기수라는 걸 알아차릴 만큼 작았다.

"세 명 아니, 두 명입니다! 세 번째 말에는 아무도 앉아 있지 않습니다요… 정말 마력이 조금도 남아 있지 않습니까, 마법사님?" 티발트가 물었다. 카이가 고개를 저었다. "하지만 어쩌면 드래곤 레이디와 제가…"

카이는 그의 말에 전혀 신경 쓰지 않았다. 그러면서 저 멀리 모래와 초원 덤불 너머로 점점 뚜렷해지는 실루엣을 유심히 바라봤다. 말안장 위에 앉아 있는 기수들의 모습은 엘프와는 사뭇 달랐다. 말 위에 비스듬하고 구부정하게 앉아 말고삐를 억지로 잡아당기며 말의 속도가 빨라질 때마다 몸조차 제대로 가누지 못하는 듯 보였다. 그들이 말을 모는 방식을 보니 카이는 왠지 저 자신의 모습이 겹쳐 보였다. 그리고 유독 눈에 띄는 세 번째 말 콧잔등에는 커다란 흰점이 있었다. 그가 이스타리엘에게서 받은 후 호숫가에서 잃어버린 바로 그 말이었다. 얼마 지나지 않아 카이는 기수의 얼굴을 알아볼 수 있었다.

"맙소사, 도대체 어떻게 이런 일이!" 그의 입에서 탄성이 흘러나왔다. 비틀거리며 일어선 카이가 팔을 세차게 흔들며 그들에게 달려갔다. 그들을 알아본 순간 얼마나 안심했는지, 기쁨의 환호성이 터져 나왔다. 말에서 훌쩍 뛰어내린 야레드가 크게 웃으며 카이를 부둥켜안았다. "그래, 네놈이 어디 가서 그리 쉽게 죽을 인물이 아니지!" 대장장이가 두툼한 손으로 카이의 등을 두들겼다.

"그런데 너희들… 지금 여기 데모니아에서 뭐 하는 거야?"

"당연히 널 찾아왔지!" 도착하자마자 카이와 인사하기 위해 말에서 성급히 내리며 아담이 대답했다. "그것도 왕에게 대들기까지 한 후에 여기에 온 거다!" 왕에게 호기롭게 대들었던 그 상황 자체가 그에게 큰 의미인 것 같았다.

"왕이라면 엘리야 말이냐?" 그 즉시 카이의 마음에 돌덩이가 내려앉는 기분이 들었다. 정말 왕일지도 모른다고 추측했던 그 불사의 마법사만 생각하면 카이는 항상 머리가 아파 왔다. 그러나 지금 당장 야레드와 아담이 몹시 어리둥절한 표정으로 카이의 일행을 응시하고 있었기에 우선 골치아픈 생각은 털어 버렸다.

"스호오크와 티발트야." 카이가 일행을 소개했다. "티발트는 프론슈타인에서 온 하인이고 스호오크는 드래곤이지."

"진짜 드래곤이란 말이야?" 아담의 눈이 휘둥그레졌다. "엘프 군영지에 있을 때 드래곤을 한 번 본 적이 있어. 트리스탄이 그 드래곤을 타고 날아가 버렸지만."

"그래." 카이가 한숨을 내쉬었다. "바로 그 드래곤도 지금 여기 있어."

스호오크와 티발트가 옆으로 한 걸음 물러서며 사피라를 가로막은 시야를 터 주자 여전히 의식을 잃은 채 바닥에 축 늘어져 있는 사피라의 모습이 보였다. 기묘한 광경에 거의 홀린 것만 같은 표정이 야레드의 얼굴에 펼쳐졌다. "그러니까 저 여자였다고?" 야레드가 발가벗은 채 쓰러져 있는 사피라에게서 시선을 떼지 못한 채 속삭였다. 그런 뒤 아담의 손에 제 말의 고삐를 넘기고는 사피라에게 다가갔다. 그리고 사피라 옆에 무릎을 꿇고 앉아 그녀의 얼굴을 강렬한 눈빛으로 한참 동안 관찰했다. "이 드래곤에게 무슨 일이 생긴 거냐?" 야레드가 사피라의 검푸른 머리카락을 살짝 옆으로 넘기며 질문했다.

"그건 우리도 정확히 몰라. 아마도 데몬의 파수꾼이 그런 거 같아."

"그러니까 아직까지도 그를 찾지 못했다는 거군?" 야레드가 쓸데없이 꼬치꼬치 캐물었다.

"그래. 못 찾았어. 너희도 그 얘기를 아는 거야?"

"엘리야… 음… 그러니까 왕께서… 우리에게 전부 얘기해 주셨어. 프레지오라이트와 염소에 대한 것도." 야레드가 자신이 입은 케이프를 벗어 사피라를 덮어 주는 동안 아담이 대답했다. "우리는 멍청한 염소 한 마리와 묘한 돌덩이 하나에 네 운명을 맡기고 싶지 않았거든. 그런데 이렇게 드래곤을 둘이나 거느리고 있다는 걸 알았더라면…"

"잠깐," 야레드가 갑자기 끼어들었다. "이 드래곤이 트리스탄과 함께 사라진 그 드래곤이라면 트리스탄은 지금 어디 있는 거냐?"

카이가 그동안 있었던 사연을 친구들에게 전했다.

"하, 이런." 자초지종을 들은 대장장이가 신음을 흘렸다. "그 말은 이제 우리가 트리스탄을 그 동굴에서 구하고, 그 데몬 놈을 데몬족 군영에서 데려와야 한다는 거로군."

"사피라가 깨어나기 전까지는 계획을 세우는 건 별 의미가 없다고 봐. 앞으로 우리가 무엇을 하든 성공 여부는 드래곤에 달렸으니까."

아그네스

아그네스가 현관문을 열고 나무 양동이를 드는 순간 공방에서 매캐한 연기가 뿜어져 나왔다. 처음에는 아무것도 보이지 않았다. 축축한 내부 공기에 지방이 타는 냄새가 잔뜩 배어 있었다. 숨 막힐 듯한 증기에 어느 정도 적응하고 난 뒤에야 방 한가운데 그레타의 모습이 보였다. 그새 친해진 그레타는 옷소매를 걷어 올리고 커다란 솥 안을 열심히 휘젓고 있었다. 솥 아래 활활 타오르는 불꽃에 하녀의 이마에는 땀방울이 구슬처럼 흘러내렸다. 그녀의 아름다운 금발은 머리 두건으로 차분하게 묶어 놓은 상태였다.

"자, 보급품." 아그네스가 가져온 양동이 뚜껑을 들어 올렸다. 그 안에는 노란 거위 기름이 한가득 들어 있었다. 눈이 휘둥그레진 그레타는 아그네스가 솥에 기름을 부어 넣도록 한 걸음 뒤로 물러섰다. 지방과 탄산칼륨 그리고 물이 섞이면서 기름이 닿는 곳마다 액체 파편이 사정없이 튀어 올랐다.

"이렇게 많은 비누가 왜 필요한 거야? 이 촌구석 사람 중에 자주 씻는 사람도 없어 보이던데, 이런 강제 노역 같은 노동이 과연 무슨 소용이람?" 그레타가 투덜거렸다.

저 하녀가 식료품 저장실을 마음대로 털던 그런 시기는 끝났다. 이제 그녀는 식탁 한구석 자리를 차지하고 아그네스 방 지푸라기 매트리스를 함께 써야 하는 군식구에 불과했다. 비누 만들기는 농장에서 가장 꺼리는 일 중 하나였다. 하녀가 없었더라면 슈테판이나 이르멜은 이런 하찮은 일을 직접 해 볼 생각조차 하지 않았을 것이다. 그러나 이제 추가로 일할 손이 넷이나 더해진 지금, 이르멜은 이번 주 일요일에 열릴 프론슈타인 시장의 비누 판매상을 찾아가기로 했다.

그레타는 기분이 언짢은지 나무 주걱을 팍팍 휘저은 후 아그네스를 향해 손바닥을 펼쳐 보였다. 양 손바닥에 물집이 가득했다.

"이거 보여?" 그녀가 잔소리를 시작했다. "세 시간 동안이나 꼬박 이 역겨운 용액을 젓고 있었어. 주점에서 일할 때조차 손이 이렇게까지 엉망이었던 적은 없었다고."

그래도 이 농장에는 적어도 네 치마 밑으로 기어들어 가려는 남자는 없지 않느냐고 쏘붙여 주고 싶었지만, 차마 입 밖으로 꺼내지는 못했다. 바로 어제만 해도 그레타의 꽁무니를 쫓는 슈테판의 음습한 시선을 목격했기 때문이었다. 호의가 담긴 잔잔한 눈빛과는 거리가 먼 무척이나 끈적거리는 시선이었다. 아그네스는 아버지가 거의 모든 다른 남자들처럼 1년에 한두 차례쯤 프론슈타인의 유곽을 찾는다는 걸 알고 있었다. 그건 아마도 신께서 이르멜을 창조하실 때 여성의 매력을 조금 아꼈기 때문이었으리라. 이르멜이 유능한 가정주부이자, 훌륭한 농부의 아내 그리고 좋은 어머니인 건 누구라도 부정할 수 없었다. 그렇지만 그녀의 몸매는 펑퍼짐하고 볼품이 없었으며 피부도 거칠고 칙칙했다. 게다가 머릿결도 기름지고 두피가 훤히 보일 정도로 듬성듬성했다. 그러니 슈테판은 얇은 원피스 천 위로 팽팽하게 솟은 그레타의 엉덩이를 보며 밤마다 그녀 곁에 눕고 싶은 욕구를 억누르기 힘들었을 것이다. 아그네스는 속으로 이런 상황이 통제하기 어려울 정도로 치닫기 전에 그레타가 힘든 일들에 지쳐 제풀에 도망이라도 치기를 간절히 바랐다. 그러나 이곳 아니면 달리 갈 데가 없다면서 그레타는 굳이 이곳에 남으려 했다. 아그네스는 아마 카이 때문일 거라고 짐작했다.

"그레타, 손이 그렇게 된 건 정말 유감이야." 아그네스가 솔직하게 말했다. "시간이 흐르면 굳은살이 생길 거고, 그러면 그렇게까지 나쁘진 않을 거야."

"굳은살이라고!" 고통에 몸부림치는 한이 있더라도 제 손에 그런 끔찍한 것이 생기는 건 도저히 참을 수 없다는 말투였다. 그레타는 주걱을 고쳐 쥐고 다시 일을 시작했다. 그때 밖에서 아그네스를 부르는 이르멜의 음성이 들렸다. "이제가 봐야 해. 이따 보자." 아그네스는 숨 막힐 정도로 연기가 자욱한 이 오두막 공방을 떠나도 될 이유를 찾아 기쁜 것 같은 목소리로 말했다. 밖에 나오니 엘리야가 마법으로 불러온 여름의 미지근한 바람이 아그네스의 얼굴을 부드럽게 쓰다듬었다. 아그네스는 신선한 공기를 깊숙이 들이마셨지만, 그럼에도 지난 몇 주간 함께 했던 일행을 떠올리자 심장이 오그라드는 느낌이 들었다. 그동안의 경험 속에서 아그네스의 내면엔 큰 변화가 찾아왔다. 이젠 양모를 빗질하거나, 콩을 잘게 써는 구질구질한 일상에 만족하는 평범한 농가의 여식이 아니었다. 그러기엔 너무 많은 것을 보고, 경험했던 것이다. 무엇보다 이스타리엘에 대한 생각을 멈출 수 없었다. 딱한 주 전쯤에 그녀가 영원히 작별을 고한 그 엘프 왕자를.

"아그네스!" 엄마가 안쪽에서 또 한 번 그녀를 찾아 외치는 소리가 들렸다. 아그네스는 왕자에 대한 생각을 잠시 옆으로 미뤄 두고, 서둘러 집 안으로 향했다. 우선 손에 들고 있던 기름 양동이를 다시 식품 저장실에 가져다 놓은 후, 부엌으로 들어갔다. 슈테판과 이르멜이 낯선 남자와 함께 식탁에 앉아 있었다. 남자의 곱슬머리와 수염은 새까만 흑발이었다. 유독 어깨가 넓고 신장은 그리 크지 않았지만 강해 보였다. 재빨리 그를 훑어본 아그네스는 그의 손이 좀 이상하다는 걸 깨달았다. 양손 모두 엄지가 없었다.

"이 아이가 아그네스요." 슈테판이 그녀를 소개하자 낯선 남자가 고개를 끄덕였다. 절대 미소를 짓거나 웃어 보이는 다정다감한 인상이 아니었다. 남자는 어떻게든 오점을 찾으려는 가축 상인의 시선으로 아그네스의 몸을 위아래로 훑었다. 아그네스는 몸을 움츠렸다. 그때 그 남자를 물끄러미 응시하던 이르멜이 부엌에 들어온 제 딸에게 시선을 돌렸다. "이쪽은 잘리스부르크에서 온 돌프 카스페르센 씨다. 카스페르센 씨는 그 마을에서 명망 있는 분이지." 이르멜이 말했다. "그리고 다음 달이면 너도 이제 열여섯 살이 되지 않니. 우리는 그의 제안이 적절하다고 생각하고 있단다."

"저분의… 제안이라고요?" 아그네스가 말을 더듬었다.

"돌프가 청혼했단다." 이르멜이 일말의 망설임도 없이 단언했다. 그의 청혼을 이미 진지하게 받아들인 것 같았다.

"하지만 전…."

207

"너도 이제 나이를 먹을 만큼 먹었고, 돌프는 지참금도 마다했어. 잘리스부르크는 여기서 하루면 갈 수 있는 거리잖니. 우리는 이런 약혼을 할 수 있게 되어 너무 기쁘구나."

그녀의 약혼이 그렇게 성사됐다. 그냥 이렇게. 너무도 간단히. 그저 자신을 부르는 엄마의 목소리에 이 방에 들어와 저 남자와 눈을 마주하는 순간, 그것으로 끝나 버렸다. 양손 모두 엄지도 없고 우중충한 모습을 한 저 남자와. 아그네스는 저를 바라보는 그의 시선에 왠지 모를 섬뜩함을 느꼈다. 약혼 성사를 확신한 듯 돌프는 느긋하게 뒤로 등을 기대더니 넓은 상체와 리넨 셔츠 사이로 삐져나온 시꺼멓고 수북한 가슴 털에 시선을 내리깔았다. 정말로 매력이라고는 눈곱만큼도 없는 데다 노골적이고 위협적이기까지 한 남자였다. 이스타리엘과 모든 게 정반대인 최악의 남자가 말했다. "내 첫 아내는 13년 전 아이를 낳다가 죽었고, 재혼한 아내는 작년에 장티푸스에 걸려 죽었소. 난 내 가정과 아이를 돌볼 사람이 필요하오." 아그네스가 추측한 대로였다. 저 남자에겐 저를 위해 닭을 잡고, 고기를 썰고, 시중을 들 용도의 부인이 필요할 뿐이었다. 게다가 엄지마저 없으니 살면서 불편한 일이 한두 가지가 아닐 것이다. 저렇게까지 흉악하게 절단된 걸 보면, 필시 엘프의 작품일 것 같기도 했다. 아그네스는 저치가 도대체 무슨 짓을 저질렀길래 저런 끔찍한 형벌을 받았을까 궁금했다.

"아이가 있으신가요?" 딱히 할 말이 떠오르지 않았던 아그네스가 소심하게 질문했다. 어차피 지금 여기서 그녀의 거부는 허용되지 않는다. 이 대면은 딸을 시집보내려는 부모가 마련한 의례적인 절차에 불과한 것이지 아그네스에게 선택의 기회를 주려는 게 아니었다. 그리고 이런 식의 삶은 이스타리엘을 떠난 순간 아그네스에게 예정된 것이기도 했다. 단지, 아무리 그렇긴 해도 이렇게나 빨리 그것도 공포심을 자극하는 저런 늙은 남자와 혼인을 하게 될 줄은 전혀 예상하지 못했다. 아마 돌프는 지참금을 마다한 조건으로 어떻게든 이 혼인을 서둘러 진행하려는 것 같았다.

"십수 명은 되지." 그가 대답했다. "전부 고아요."

그의 대답은 아그네스에게 깊은 인상을 주었다. 어쩌면 자기 남편이 될 남자의 본 모습을 잘못 판단했고, 실제로는 보이는 것만큼 그렇게 끔찍한 사람이 아닌지도 모르겠다고 생각한 아그네스가 물었다. "그 고아들을 전부 한집에서 키우시나요?" 아그네스가 관심을 보이며 질문했다.

그러자 돌프가 큰 소리로 웃었다. 뱃속 깊은 곳에서부터 터져 나온 웃음소리는 음흉하고 악의가 넘쳐흘렀다. "그래,

꼬마 아가씨. 몇 년 동안은 그렇지. 그런 다음 다른 집에 가서 머물다가 그곳에서 엘프에게로 간다오. 내게 이런 끔찍한 짓을 저지른 귀가 뾰족한 그 망할 놈들한테로 말이야!"

돌프는 한때 가장 중요한 손가락이 있던 자리에 뭉툭해진 부분만 남은 제 손을 아그네스에게 펼쳐 보였다.

"그러니까… 그들과 거래를 하시는 거군요?"

"그렇소. 그리고 이제 당신이 날 도와야 하지. 그 아이들을 키우고, 순종적으로 만드는 건 온전히 당신 몫이오. 그렇게 키워서 돈을 가장 많이 주는 이에게 넘기면 되는 거요."

깜짝 놀라 입이 쩍 벌어진 아그네스는 아무 말도 하지 못했다. 저런 파렴치한 남자와 혼인하여 같은 침대를 공유하고, 그의 아이를 낳고, 그의 양딸을 기우는 게 자신의 미래여야만 한다니. 인생이 절대 평탄치만은 않을 것이라 예견했고 언젠가 이런 날이 오리라는 걸 알고 있었지만 이건 정말 아니었다. 지금까지는 막연히 아담과 같이 평범한 농부 아들에게 시집가게 될 거라고 생각했었다. 헛간 염소를 돌보고 고된 노동으로 논밭에서 경작물을 수확하며 빵을 얻는 사람. 하지만 정말이지 노예상은 아니었다. 그 역겨운 장사를 저 역겨운 남자와 평생토록 함께해야 한다는 생각만으로도 가슴팍이 돌처럼 굳어 버렸다. 아그네스는 이르멜에게 절박한 시선을 보내 봤지만 아무 소용이 없었다.

"왜 하필 저인 거죠?" 아그네스가 속삭이듯 질문했다.

그러자 돌프가 어깨를 한 번 들썩였다. "당신 지인들이 몹시 막강한 힘을 지녔고, 오라비도 엄청 흥미로운 자라는 소문이 있던데. 난 야망이 무척 큰 남자요. 그러니 우리가 함께하면 많은 걸 누릴 수 있을 거요."

정말 아무짝에도 쓸데없는 무의미한 대답이었지만 아그네스는 돌프가 분명 뚜렷한 목적을 가지고 자신을 지목했다는 확신이 들었다. 그리고 그건 단순히 고아를 키우는 일 때문만은 아닐 것이다.

"그래서 어째… 동의하는 거요?" 돌프가 그녀의 아버지에게 물었다. 슈테판은 잠시 망설였다. 아그네스에게 스치듯 닿았던 시선이 곧바로 다른 방향으로 달아났다. 그녀의 눈에 담긴 '싫어요!'라는 절박한 감정을 읽었기 때문이었다. 그러자 돌프는 제 허리띠에 손을 가져가 주머니를 만지작거렸다. 그렇지만 그 주머니를 묶어 놓은 매듭을 제대로 풀지 못했다.

"도와줄까요?" 이르멜이 탐욕적인 눈빛으로 제안했다.

돌프가 한숨을 내쉬며 고개를 끄덕였다. 민첩한 손놀림으로 이르멜은 벨트에 묶인 주머니를 풀어냈다. 그리고는 남편과 함께 주머니 안을 들여다보며, 그 안에 들어 있던 은화들을 꺼내 세웠다. 한쪽에는 엘프 왕의 모습이 그리고 반대편에는 태양과 달이 새겨진 은화 열 개였다. 다시 말해, 돌프는 지참금만 포기한 것이 아니라 신부를 데려가는 대가를 추가로 내놓으려는 것이었다. 부르크스메아데에서 이런 경우는 지난 백 년간 단 한 번도 없었다. 아그네스는 자기가 팔려가는 것 같은 배신감을 느꼈다. 그것도 겨우 달이 두 번 차고 기우는 동안 무려 두 번씩이나. 게다가 제 남편이 될 남자가 하는 일이 기껏 사람 장사라니. 그리고 지금 그녀도 그 일의 일환이었다. 돈 주고 산 아내.

"동의하겠어요." 이르멜이 거래를 확정했다.

"좋소. 꼬마 아가씨. 어서 가서 짐을 싸지그래." 돌프가 자리에서 일어섰다. "내일 우리는 잘리스부르크로 간다. 그리고 당신 부모는 언제라도 당신을 보러 올 수 있소."

그것으로 거래가 완전히 성사됐다. 아그네스는 결심한 듯 고개를 끄덕이고는 짐을 싸기 위해 제 방으로 올라갔다.

아그네스가 얼마 되지 않는 소지품들을 감자 포대에 담고 있을 때, 그레타가 황급히 문을 열며 들어왔다. 짐이래 봤자

원피스 두 벌, 겨울 외투 한 벌, 면양말 몇 켤레, 그리고 예
전에 카이가 손수 깎아서 만들어 준 나무 머리핀 몇 개가 전
부였다. 아마 여기에 아그네스의 엄마가 식기류 일부와 결
혼식 당일에 쓸 리넨 베일 따위를 더 얹어 줄 터였다. 그것
도 방금 제 몸값으로 받은 지참금으로 마련할 거란 걸 떠올
리니 착잡해졌다.

등 뒤로 성급히 문을 닫는 그레타는 마치 쫓기는 사람 같
은 인상을 풍겼다. "지금 뭐 하는 거야?" 아그네스가 물었다.

"돌프라는 저 사람 말이야! 내가 공방에서 봤는데… 저 남
자가 왜 여길 온 거야?" 하녀가 가쁜 숨을 몰아쉬며 말했다.

아그네스가 한숨을 크게 내쉬며 말했다. "나랑 혼인하려고."

"너랑 혼인한다고? 하지만… 너 설마 정말…" 그녀가 숨
을 헐떡이며 말했다. "저놈이 제 엄지를 어떻게 잃었는지,
그리고 그게 누구 때문인지 알기나 해?"

"그는 엘프들이 그렇게 했다고 하던데. 엘프가 아니면 누
가 저런 흉악한 짓을 하겠어?"

"그래, 손가락을 자른 건 엘프였지." 그레타가 강조했다.
"하지만 그렇게 된 계기는 말이야, 카이가 그의 염소를 훔쳤
기 때문이야. 그래서 돌프는 엘프에게 카이를 밀고하려 했
지만, 그들이 돌프의 말을 믿어 주지 않았고, 그래서 저렇게

엄지가 잘린 거라고."

그 사실을 들은 아그네스는 얼굴을 한 대 세게 얻어맞은 것 같았다. "그러면 저 남자는 카이에게 해를 입히려고 나와 혼인하려는 걸까?"

"내 생각에는 말이야, 그것보다 소름 끼치는 방법으로 카이에게 복수하려는 것 같은데."

그 말에 아그네스는 제 머릿속에 둥둥 떠다니던 장면들이 좀처럼 사라지지 않았다. *소름 끼치는 방식*으로 제 삶을 유린할 끔찍한 장면들이. 우선 돌프와 혼인하면 향후 그는 아그네스에 대한 모든 권리를 갖게 된다. 혼인한 여성은 아무것도 소유할 수 없으니까. 게다가 남편에게는 부인을 체벌할 권리가 주어지므로 폭행을 당하더라도 아내는 결혼의 의무를 이행해야 했다. 결국 지금 그녀에게 닥칠 상황은 그가 먹을 고기를 다지는 일이 전부가 아니었던 것이다. 그렇다, 이건 증오에서 비롯된 복수의 일환이었다. 아그네스는 이스타리엘에게 품은 연정을 억누르고 그를 멀리 보내며 모든 것을 제자리로 돌려놓으려고 노력했다. 모두 인류를 위해, 에냐도르를 위해 선택한 자기희생이었다. 하지만 지금 이 순간만큼은 운명의 여신이 직접 나서서 여태껏 제가 저지른 잘못을 낱낱이 벌하려는 것만 같은 기분이 들었다. 아그네스는 그냥 그대로 쓰러질 것만 같았다. 침대로 쓰는 지푸라기 자루에 풀썩 쓰러진 그녀는 양손으로 얼굴을 가리고 엉엉 울었다. 그레타가 그녀 곁에 앉았다. 어색한 손동작으로 아그네스의 등을 쓰다듬었다. "난 그 엘프 왕자가 끝까지 널 알빈가르트로 데려갈 줄 알았어." 그녀가 중얼거렸다.

"왕자님은 그러려고 했어." 아그네스가 흐느끼며 말했다. "그는 내게 결혼해 줄 수 있겠냐고 청혼까지 했었거든."

그레타는 아그네스의 등에 얹었던 손을 들어 주먹을 쥐더니 아예 치워 버렸다. "그가 청혼했는데, 네가 그걸 거절했다고?" 그레타가 도무지 이해할 수 없다는 목소리로 물었다.

아그네스는 고개를 끄덕이는 것 외에 그 이상 대답을 할 여력조차 없었다. 눈앞이 안 보일 정도로 줄줄 흐르는 눈물 때문에, 바로 코앞에 있는 하녀의 모습이 아른아른했다. 그레타는 계속 고개를 절레절레 흔들었다. "잠시만, 그러니까 내가 제대로 이해한 게 맞아? 뾰족한 귀에 푸른 눈을 지닌 아름답고 멋진 몸매의 소유자인 엘프가, 그것도 알빈가르트의 왕자인 이스타리엘이 네 마음속에 있는 그 남자고, 그가 네게 청혼을 했었다는 거지. 그런데 넌 일주일 뒤 고작 어떤… 잘리스부르크의 야만적인 노예상의 아내가 되려고 그걸 거절했고? 아그네스, 너 정신 나갔니?"

그레타가 던진 마지막 질문은 아그네스의 가슴에 비수처럼 꽂혔다. 그레타의 말이 전적으로 옳았기 때문이다. 아그네스는 모든 것을 이성적으로 결정하려고 했다. 고심하고, 신중히 살펴보고, 위험성을 면밀히 고려했다. 그래서 끝내 이스타리엘과의 결합은 불가능하다는 결론을 내렸었다. 설령 둘이 좋다고 해도, 각 종족이 나서서 그들을 갈라놓을 것 같았다. 그러나 결국, 솔직히 말해 그녀가 그런 결정을 내린 주된 이유는 따로 있었다는 걸 스스로 시인해야만 했다. 바로 두려움 때문이었다. 열정과 모험에 대한 두려움. 그리고 제 세계를 지배하는 법칙에 반항해야 하는 것에 대한 두려움. 그녀와 달리 이스타리엘은 전혀 두려워하지 않았었다. 그녀와 혼인하기 위해 인간의 왕, 엘프의 왕, 더 나아가 신들과도 맞설 결심을 했었다. 그런 그를 아그네스가 내쳤다. 크나큰 희생마저 마다하지 않은 이스타리엘로부터 아그네스는 비겁하게 도망쳤다. 그리고 이제 그 나약한 행동에 대한 벌로 이 상황을 맞게 된 것이다! 비참한 마음에 목구멍에서 딸꾹질이 나왔다. 그러자 그레타가 다시 다가와 그녀를 안아 주었다. 계속해서 "바보 같은 계집애."라고 중얼거리면서. 그러다가 어느 순간 그녀가 말을 멈췄다. 그리고 방금 전에 아그네스의 머릿속에도 어렴풋이 떠올랐던 생각을 소리 내어 말했다. "그냥 오늘 밤에 도망가. 그는 내일에나 네 뒤를 쫓을 수 있을 테니까."

그레타의 말이 옳았다. 그랬다. 아그네스 역시 도망치고 싶은 마음이 굴뚝같았다. 돌프가 제게 저지르려는 이 소름 *끼치는* 계략에서 벗어나고 싶은 마음도 있었지만, 동시에 자신의 잘못된 선택을 바로잡아 보려는 시도를 적어도 한 번쯤은 해 보고 싶었다. 이제 이스타리엘이 그녀와 혼인하고 싶지 않다고 해도 상관없었다. 하지만 적어도 이스타리엘에게 제 감정을 솔직히 고백하고 싶었다. 아그네스가 거칠게 그레타의 팔뚝을 움켜쥐었다. "같이 가자!" 초롱초롱 빛나는 눈으로 아그네스가 그레타에게 제안했다.

하녀는 고개를 저었다. "난 여기 남아야 할 이유가 있어. 나도 아쉽긴 하지만… 돌프를 이곳에 하루 정도는 더 붙잡아 둘 수는 있을 것 같아. 음식에 사리풀잎을 넣으면 돌프 그놈도 온종일 토하면서, 화장실에 들락날락해야 할 테니 당장 내일 방을 벗어나지 못할 거야."

굉장히 훌륭한 계책이라고 아그네스는 생각했다. 그럼에도 그녀는 그레타를 아버지 곁에 두고 싶지 않았다. "내 아버지가 프론슈타인 남자들과 똑같은 일을 네게 저지를지도 몰라. 아버지의 눈빛에 그런 불순한 낌새가 보이거든."

그레타의 얼굴이 창백해졌다. "정말이야?"

"응."

아그네스와 그레타는 한참을 서로 응시했다. 아그네스는 그레타가 무슨 생각을 하는 건지 짐작조차 가지 않았다. 하지만 그레타가 제 운명을 스스로 결정할 정도로 영리하고, 용감한 사람이라고 생각했다. 솔직히 이기적이고, 고집도 세 보이는 그레타는 딱히 의리가 강한 사람은 아닐지도 모른다. 하지만 적어도 카이를 좋아하는 마음만큼은 진심인 것 같았다. 아그네스는 그것 하나면 그녀를 믿어 볼 만하다고 생각했다.

"그가 지금 어디 있든… 저 멀리 슈발벤하인에 있어도 언젠가 널 찾아올 거야." 아그네스가 다독이듯 말했다.

"누구? 카이? 난 네 오라비 때문에 여기에 있는 게 아니야."

"아니라면서 내가 누구를 말하는지 어떻게 그렇게 단번에 알아차린 건데?"

그러자 그레타의 어여쁜 얼굴이 홍시처럼 붉어졌다. 갑자기 돌아선 그레타가 "푸후!"하고 괴상한 소리를 냈다. 그러나 얼마 지나지 않아 작정한 듯 말했다. "짐을 많이 챙기지 마. 꼭 필요한 것만 챙겨! 나는 나가서 사리풀잎을 구해 볼게. 내일 이른 아침 화롯가 냄비 안에 넣을 거야. 수프에 넣을 허브와 섞으면 눈에 띄지 않을 테니까.”

“하지만 그러면 엄마, 아빠까지 중독되잖아!” 깜짝 놀란 아그네스가 다급히 말했다.

그레타가 눈썹 하나를 높이 치켜들었다. “그걸로 죽을 일은 없어. 그냥 잠시 토하고, 설사 좀 하다 마는 거지. 그리고 네 부모는 그 정도쯤은 당해도 싼 거 같은데, 아니야?”

무례한 말이었지만 뭐라 반박하기가 힘들었다. 솔직히 제 부모의 행동은 정말 당해도 뭐라 할 수 없을 정도이긴 했다! 예전엔 엘프들에게 카이 대신 저를 넘기더니, 이제는 고작 은화 열 닢에 의도가 불투명한 낯선 노예상에게 딸을 팔았다. 그러니 며칠 사리풀잎에 고통을 받는다고 해도 뭐 그리 대수랴.

“기다려!” 아그네스는 서둘러 문밖으로 사라지려는 그레타를 황급히 불러 세웠다. 멈춰선 하녀가 왜 그러냐는 눈빛으로 그녀를 바라봤다. “그런데 *우리*, 샤텐발트그림자 숲는 어떻게 건너갈 거야?”

그러자 그레타는 제 인생이 저당 잡힐 심각한 상황이 아니라 고작 닭 한 마리나 비누 하나쯤이 걸린 문제인 것처럼 어깨를 한 번 으쓱일 뿐이었다. “어떻게든 아녜이가 방법을 찾아 주겠지!”

트리스탄

트리스탄은 마침내 마법의 수갑에서 해방됐다. 대신 두 마리 암노새가 끄는 이동식 감옥에 갇혔다. 아무 말 없이 인상만 잔뜩 찌푸린 가바인이 갈린으로 이어지는 산속으로 바삐 말을 몰았다. 그들은 서로 한 마디도 나누지 않았다. 그러나 길이 좀 험난해지거나, 자갈이나 떨어진 나뭇가지가 길을 막는 구역을 지날 때면 노마법사는 종종 구시렁거리며 혼잣말을 했다. 신의라고는 눈곱만큼도 없이 도망쳐 버린 하인에 대한 욕설이 대부분이었다. 먹여 주고, 아픈 것도 치료해 줬는데 감사는커녕 제 포로까지 훔쳐 간 배은망덕한 놈에게 저주를 퍼부었다.

"그 지저분한 후레자식은 흑사병에 걸린 데다 이까지 들끓던 놈이었는데." 마법사의 한탄이 트리스탄 귓전에 들렸다. "그런 놈인 줄 알았더라면 치료해 주는 대신 콜레라까지 걸리게 했어야 하는 건데. 아주 음흉하고 고약한 상놈 같으니라고!" 트리스탄은 토이펠 호수 주변의 지맥을 따라 이동하는 것이 이로써 두 번째였다. 초원을 등지고 가다 보니 데모니아의 거대한 산맥이 눈앞에 나타났다. 단지 초행길에는 이 풍경을 드래곤을 타고 공중에서 봤다는 것이 차이랄까. 불과 며칠 전이었던 그 당시 사피라의 등에 올라탄 트리스탄은 산맥의 골짜기와 바위 틈새를 샅샅이 살피며 제 종족에게 살해당하는 것을 피하려 어딘가에 숨어 있을지도 모르는 아름다운 데몬을 찾고 있었다. 당시 트리스탄과 사피라는 갈린까지 곧장 날아가는 대신, 드래곤 산맥 가장자리에서 하룻밤을 야영하려고 했었다. 그리고 마침 그때 운명의 여신이 친히 날개를 접고 강림해 그들에게 카이를 구할 수 있는 행운을 선사했다. 카이와 그의 동행자인 기묘한 염소를…. 지금은 그들마저도 사피라와 마찬가지로 어디에 있는지 알 수가 없었지만. 트리스탄은 사피라에 대한 걱정이 이만저만이 아니었다. 원래 사피라라면 절 그냥 이렇게 내버려 둘 리가 없다는 것을 잘 알고 있었기 때문이었다. 사피라는 어떻게든 프레지오라이트를 손에 넣으려 했을 것이다. 그런데도 아직 돌아오지 않았다는 건… 그 의미는 둘 중 하나였다. 심하게 다쳤거나 혹은 죽었거나. 그런데 트리스탄은 당장 그녀를 찾으러 나서기는커녕, 굶주린 배를 부여잡고 무기 하나 없이 창살로 둘러싸인 이동식 감옥에 이렇게 무기력하게 앉아 있는 게 고작이었다. 그의 문스워드는 가바인이 가져가 버렸다. 가바인 뒤편 마부석에 고정해 놓은 문스워드를 트리스탄은 그림의 떡처럼 물끄러미 바라보았다.

"무슨 혼잣말을 그렇게 하는 거요?" 트리스탄은 그가 마음을 되돌리도록 설득할 가망이 거의 없다는 걸 알면서도 늙은 마법사에게 말을 걸었다. 가바인은 한동안 아무 대답도 없었다. 트리스탄은 이리저리 흔들리는 그의 등만 물끄러미 바라봤다. 그러다 문득 마법사는 포로에게 약간의 공포감을 심어 주기로 작정한 듯 입을 열었다.

"지난 십수 년 동안 받지 못했던 내 몫을 챙기러 갈 생각이다. 물론 예전과 달리 다른 쪽에서 받는 거지만. 전쟁의 군주나 데몬족 원수에게 널 넘기면, 적어도 노년을 즐길 만한 영지도 좀 받고, 부릴 수 있는 하인들과 어여쁜 데몬 여자도 한 명쯤 하사받을 수 있겠지."

"데몬들에게 내가 그만한 값어치가 있겠소?" 의도적으로 지루하다는 표정을 지으며 트리스탄이 질문했다.

가바인은 곧바로 대답하지 않았지만, 상체를 돌려 형형한 연녹색 눈동자로 그를 노려보았다.

"데몬들은 파수꾼들이 세상을 다스리는 꼴을 보고 싶어 하지 않을 테니까. 내가 네놈들이 무슨 속셈인지 다 얘기해 줄 작정이거든." 그는 손을 뻗어 잠시 문스워드를 쓰다듬었다. "그런 뒤 네놈을 형 집행인에게 넘겨줄 생각이다. 그러면 너희들의 그 계획도 수포로 돌아가겠지."

트리스탄은 솔직히 그 *계획*이 뭔지 아직까지도 제대로 이해가 되지 않았다. 가바인 역시 소위 파수꾼들이 무엇을 하려는 것인지 구체적으로는 알지 못하는 것 같았다. 그러나 한 가지만큼은 분명했다. 가바인은 그를 프론슈타인이나 갈린 군영 쪽으로 데려가는 것이 아니라 곧바로 그의 처형장이 될 곳을 향해 가고 있었다. 트리스탄의 내면에 공포가 스멀스멀 피어올랐다.

그때 돌연 가바인이 고삐를 잡아당기자 노새가 급히 제자리에 멈춰섰다. 트리스탄은 이번에도 길을 가로막는 나뭇가지나 암석 따위를 마법으로 치우려는 것인지 살피기 위해 자리에서 벌떡 일어났다. 그러나 그들 앞에는 붉은 피부에, 갈기 같은 긴 머리카락을 휘날리며 누군가가 서 있었다. 두 개의 굽은 뿔이 이마에 도드라진 데몬이었다. 그 데몬은 마주하는 것만으로도 등골이 오싹하고 암울한 분위기를 자아냈다. 무엇보다 칠흑 같은 검은 눈동자가 압권이었다. 그러나 이 모든 수식어에도 불구하고 그 데몬은 흡사 인간을 닮았고, 어찌 보면 무척 미남이었다. 트리스탄은 제 앞에 등장한 이가 누군지 단번에 알아차렸다. 가바인은 낯선 데몬을 개인적으로 잘 아는 것처럼 보였다.

"어이, 툴 아닌가." 가바인이 불신에 찬 눈초리로 그에게 인사했다. "지금 여기서 뭐 하는 거지? 자네는 드래곤을 종속시키러 떠나야 하는 거 아니었던가?"

"그건 이미 처리했다." 데몬이 대답했다. 트리스탄은 가바인과 저 데몬이 서로를 경계하고 있다는 느낌을 받았다.

마법사는 사방을 두리번거리며 살폈다. "그래서 정말로 성공한 겐가? 어떻게 한 거지? 그래서 드래곤은 어디에 있는 건가?"

"전투에서 추락했다." 원래부터 말수가 적은 그의 대답은 간단명료했다. 가바인이 툴이라 부른 저 데몬은 별로 제 이야기를 할 생각이 없어 보였다. 이윽고 그의 시커먼 동공이 트리스탄에게 향했다. "저 포로는 뭐지?"

트리스탄은 제게 남은 시간이 별로 없다는 것을 알았기에 툴의 질문에 직접 답했다. "나는 인간의 파수꾼이다. 그리고 넌…"

그때 가바인이 재빨리 팔을 들어 살짝 움직였다. 그러자 눈앞이 새까매지는 동시에 트리스탄의 정신은 깊은 암흑 속으로 빠져들었다.

　뒤통수를 제대로 얻어맞은 듯 멍하긴 했지만 차츰 정신을 차렸다. 꿈인가 생시인가, 주변에서 웅얼거리는 목소리가 들렸다. 질질 끄는 발걸음 소리도 몽롱하게 들렸다. 트리스탄은 자신이 더는 이동식 감옥에 갇혀 있지 않다는 것을 깨달았다. 대신 먼지가 가득한 바닥에 다리가 질질 끌리고 있었다. 전사 복장을 한 붉은 피부의 데몬들이 그의 팔을 어깨에 두르고 어디론가 끌고 가고 있었다. 이윽고 막사 안에 도착해서 등을 바닥에 대고 쓰러진 후에야 트리스탄은 저를 끌고 온 데몬들의 얼굴을 마주할 수 있었다. 각종 궤양으로 가득한 비대칭적인 얼굴 한가운데에는 눈꺼풀이 없는 눈과 움푹 파인 코가 자리 잡고 있었다. 데몬들은 무언가 명령을 담은 듯한 눈짓을 교환하고 있었다. 아마도 인간 포로에게서 위압적인 공포를 담은 눈빛을 쏘아 보라는 신호 같았다. 그들 중 한 명이 트리스탄 앞에 침을 뱉었다. 그리고 다른 한 명은 시커먼 동공에서 흉흉한 눈빛을 쏘아 보냈다. 트리스탄이 그의 시선에 아무 반응도 보이지 않자 투덜거리며 앞을 향해 돌아섰다. "주군, 저 인간 잡놈이 통증을 느끼지 않습니다!"

이에 트리스탄도 벌떡 일어나 앞을 바라보았다. 뼈로 만든 거대한 의자에 흉터가 유난히 많은 데몬이 짐승처럼 앉아 있었다. 누가 봐도 그들 중 가장 우두머리였다. 그의 우측에는 흉측한 외모를 지닌 그의 부인이, 좌측에는 가바인과 툴이 서 있었다. 트리스탄은 꼿꼿이 서려고 했지만, 그를 이곳으로 데려온 두 데몬 중 한 명이 그의 등을 누르며 무릎을 꿇렸다.

"보시다시피 말씀드린 것과 같습니다. 레벨 각하." 가바인이 옆에서 보고했다. "앞서 말한 것처럼 그는 데몬의 힘을 훔치기 위해 선택된 인간종족의 파수꾼입니다."

전쟁의 군주는 고작 이런 의견을 듣는 것만으로는 성이 차지 않았다. 그는 트리스탄에게 시선을 고정하며 강렬한 눈빛을 쏘았다. 트리스탄이 지금까지 마주쳤던 다른 모든 데몬의 눈동자와 달리 그의 눈은 검은색이 아닌 붉은색이었다. 피처럼 붉은 그의 눈동자는 죽음과 고통을 표상하는 듯 보였다. 비록 그의 치명적인 시선은 트리스탄에게 아무 해도 입히지 않았지만, 눈빛 자체만으로도 몸을 지탱하기 위해 안간힘을 써야 했다.

"당신 말이 옳을지도 모르겠군." 이윽고 전쟁의 군주가 결론을 내렸다.

"저자를 죽여라!" 등에는 털이 듬성듬성 난 혹을 달고 머리엔 삐뚜름한 뿔이 흉측하게 삐져나온 땅딸막한 그의 부인이 명령을 내렸다. 그녀가 자리에서 벌떡 일어나며 검지로 트리스탄을 가리키는 순간, 그는 지금까지 제가 본 것 외에도 꼬리까지 달려 있다는 것을 깨달았다. "저자의 정체가 무엇이든, 살과 피를 지닌 인간이다. 드래곤의 화염이 저자를 집어삼킬 것이다!"

"안타깝게도 그렇지는 않을 겁니다, 아에타 님." 가바인이 불쑥 끼어들었다. "저자는 데몬들처럼 화염에 면역력이 있지요. 종족 특유의 무기로는 상대 종족 파수꾼을 해칠 수 없답니다."

데몬 중 가장 고귀한 여성인 아에타는 가바인의 말이 고까웠던 모양이었다. 그녀는 거의 분노가 폭발하기 직전의 눈빛으로 트리스탄을 쏘아봤다. "그러면 환형轘刑에 처하든지. 저자의 사지를 갈가리 찢어 놓아라. 그게 무엇이든 저자를 죽일 방법이 하나쯤은 있지 않겠는가!"

"물론 그렇습니다." 가바인이 대답했다. "심장 한가운데 검을 꽂아 넣는 것만으로도 충분합니다. 하지만 그것만으로는 앞으로 닥칠 위험에서 데몬족을 지킬 수 없을 겁니다. 저 자 대신 다른 파수꾼이 지목될 수도 있습죠. 게다가 이제 곧 엘리야 폰 도른슈트랑이 저 네 파수꾼들이 엄청난 힘을 얻 는 방법을 찾아낼 테니까요."

트리스탄은 가바인의 말에 툴의 표정이 점점 경직되고 있음을 느꼈다. 저 데몬은 제가 누구인지, 그리고 자신의 사명이 무엇인지 이미 알고 있는 걸까? 데몬 군영까지 오는 길에 가바인은 저 데몬에게 무슨 얘기를 했던 걸까?

"그러면 지금 우리가 무엇을 해야 하는가?" 전쟁의 군주인 레벨이 가바인에게 물었다.

분명 지금이 바로 가바인이 노리던 그 순간이었을 것이다. 무엇보다 이제 자신이 무언가를 청할 수 있는 위치에 놓였기 때문이었다.

"저는 옥토가 비옥한 산악 지역의 작은 영지와 하인 다섯, 그리고 외모가 아름다운 두 소녀를 원합니다. 또한 앞으로 무슨 일이 벌어지든 간에 각하께서 저를 죽이시지 않겠다는 약속도 원합니다. 그걸 약조해 주시면 각하의 고귀한 종족이 파수꾼들과의 전투에서 승리하는 법을 알려드리겠습니다." 레벨이 곧장 대답하지 않자 가바인이 덧붙였다. "데몬의 제왕이신 몰구르 님께서 데몬을 위험으로부터 구해 내신

각하께 금과 작위를 하사하실 겁니다!"

마지막 말이 결국 전쟁의 군주를 설득시킨 것 같았다. "너는 네 영지를 얻게 될 것이다. 그러니 이제 우리가 무엇을 해야 하는지 어서 말하라."

가바인의 주름진 얼굴에 음험한 미소가 떠올랐다. "우선 서둘러 돌격대를 선발하신 후 슈발벤하인의 옛 성터로 보내시어 그곳을 완전히 파괴하셔야 합니다. 그래야 엘리야가 숨겨진 예언 부분에 접근하지 못할 것입니다. 각하의 병사들이 예쁘장한 엘프 파수꾼의 목까지 베어 버린다면 금상첨화겠지요."

레벨이 끄덕였다. "그다음은?"

"그런 뒤 인간의 파수꾼과 데몬의 파수꾼을 죽이시면 됩니다. 드래곤의 파수꾼은 이미 각하를 위해 제가 해치워 버렸지요."

한동안 아무도 입을 열지 않았다. 레벨이 어리둥절한 표정으로 눈을 좁혔다 뜨자 이마 위 흉터마다 주름이 깊게 패였다. "데몬의 파수꾼이라고?"

툴은 바윗덩어리처럼 뻣뻣하게 서 있었다. 주머니 위에 올린 손가락만 연신 움찔거렸다. 이제 모든 시선이 그를 향했다.

"저자 말인가?" 데몬 수장의 부인인 아에타가 당황한 표정으로 물었다.

가바인이 고개를 끄덕였다. "그의 팔뚝에 남은 흉터가 보이시나요? 어떤 드래곤이 그에게 남긴 것이지요. 다른 파수꾼들도 그랬던 것처럼…. 파수꾼들은 서로 대항하는 종족에게 표식을 남깁니다. 그건 예언에도 명시되어 있는 부분이지요."

"하지만 난… 당신은 분명 그 마법을 되돌릴 수 있다고 말했지 않았던가!" 툴이 벌컥 화를 냈다. 트리스탄은 그에게 연민을 느꼈다. 가바인의 농간이 아니더라도 혐오스럽고 음흉한 마물들 사이에서 보낸 저 데몬의 인생이 여간 녹록지 않았을 게 분명했다.

"그랬지. 내가 분명 그렇게 말했지." 노마법사가 대답했다. "자네를 여기까지 데려오려면 어쩔 수 없었다네."

가바인의 말에 툴의 눈에서 사나운 눈빛이 쏟아졌고, 노마법사는 밀려드는 고통에 머리를 움켜쥐었다. 그러나 공격은 오래 지속되지 않았다. 막사의 양측에 대기하고 있던 병사들이 툴을 덮치며 그를 제압했던 것이다. 레벨이 큰 소리로 웃었다. "그렇게 지난 수년간 우리와 함께 했으면서 여태껏 데몬의 시선에서 저를 보호하는 법 하나 습득하지 못했나 보군. 네놈이 마법사일지는 모르겠으나 그리 강력한 부류는 아닌 게로구나." 어쩔 수 없이 저 노마법사에게 제 소유의 영지를 떼어 넘겨줘야 하는 상황이었지만, 그의 음성에 깔린 조롱은 그가 근본적으로 저 인간 마법사를 얼마나 불신하는지를 여과 없이 보여 주었다. 가바인의 대답을 기다리지 않고 곧바로 병사들에게 돌아선 레벨은 젊은 데몬을 일으켜 세우라고 명령했다. 그리고 툴의 코앞까지 다가간 레벨은 구역질 난다는 표정으로 머리끝부터 발끝까지 훑어보았다. "네놈은 신의를 가장한 거짓 맹세로 우리 전부를 우롱했다. 하마터면 네놈이 우리 일원이라고 믿을 뻔했지 뭔가. 이제 네놈은 차디찬 호숫물에 익사 당할 것이다, *데몬의 파수꾼.*" 그리고는 다시 한 걸음 뒤로 물러나 경멸이 가득한 눈초리로 툴을 주시했다. "허나 아직 네 목숨을 부지할 방법이 딱 하나 있긴 하다. 네놈도 내가 무슨 말을 하는지 알고 있으리라 생각하는데. 내가 시킨 임무를 완수했느냐? 호수에서 프레지오라이트를 건져 왔느냐 말이다?"

머리를 움켜쥐었던 가바인이 레벨의 말에 양손을 내리고, 데몬들을 응시했다. 트리스탄은 저 망할 마법사가 아픔을 잊어버릴 정도로 당황한 이 순간이 몹시 고소했다. 지금 상황에서 알 수 있듯이, 카이의 것인 마법의 돌을 빼앗으려 전사를 보낸 이가 비단 가바인뿐만은 아니었던 것이다. 그렇다면 그걸 사피라가 아니고 툴이 가져갔단 말일까? 저 데몬이 끝내 사피라를 꺾고 마법의 돌을 쟁취했단 말인가?

"아니요." 툴이 대답했다. "호수에 빠진 마법의 돌을 발견했지만, 갑자기 등장한 블루 드래곤이 스호오크를 죽였습니다. 그리고 암석 주변에서 격렬한 전투를 벌였지만 제압당하고 말았습니다."

"그런데 그 드래곤이 붙잡은 너를 돌연히 놔줬다, 그 말인가?" 아에타가 비꼬며 말했다.

툴이 갑자기 시선을 아래로 낮췄다. 그리고는 굳게 입을 닫았다. 으드득 이를 가는 소리가 트리스탄의 귓전에 희미하게 들렸다.

"그러니까 네놈은 자비를 베풀어 달라 애원하며 비겁한 겁쟁이처럼 꽁지를 내렸단 말이지!" 아에타가 말하는 동안 그녀의 꼬리가 유난히 이리저리 움직였다. "저놈은 데몬도 아니에요. 데몬의 자격을 전혀 갖추지 못한 놈이에요!" 아에타가 레벨에게 돌아서며 소리쳤다.

"이 두 파수꾼을 처형장 기둥에 묶어라!" 전쟁의 군주가 명령했다. "그리고 어서 사형 집행인을 불러오라. 일반적인 방식으로 저들을 쉬이 죽일 수 없다면, 적어도 재미있는 구

232

경거리는 되지 않겠는가."

다시 밖으로 끌려 나온 트리스탄이 처형장 기둥에 묶였다. 얼마 전 이런 상황에 처했을 때 그는 가까스로 도망칠 수 있었지만, 똑같은 행운이 두 번이나 반복되는 경우는 그 누구에게도 없을 것이다. 기둥 뒷편에 묶인 툴의 모습이 짙은 안개 사이로 어렴풋이 보였다. 등 뒤로 양손을 결박당한 채 벌렁거리는 심장 고동을 느끼며 둘은 그렇게 등을 마주대고 서 있었다. 이제껏 만난 적이 없었던 그들은 상대가 마음에 드는지 확인해 볼 기회조차 없었다. 목숨이 위태로운 상황에서도 트리스탄은 등 뒤편에 묶인 채 서 있는 데몬에게 이것 하나만큼은 확인하고 싶었다. "너, 내 드래곤을 도대체 어떻게 한 거냐?"

툴은 망설임 없이 대답했다. 그도 그럴 것이 툴 역시 더 잃을 게 없었기에. "꿰뚫렸지. 그녀가 죽인 내 드래곤의 뿔에!" 그가 씩씩거리며 중얼거렸다.

트리스탄의 마음에 실낱같이 남아 있던 희망이 전부 사라졌다. 처음에는 마론, 그리고 이제는 사피라까지. 제가 소중하게 여긴 이들은 결국 모두가 죽음을 맞이했다. 그리고 트리스탄 자신마저도 곧 마지막 숨을 거둘 운명에 처했다. 지금까지 그 무엇 하나 지켜내려는 의지라고는 눈곱만큼도 없었던 또 다른 파수꾼인 툴과 함께. 따지고 보면 이건 전부 가바인의 간계 탓이었다. 그 간교한 늙은이가 그들을 차례 대로 덫에 빠트렸다. 그것도 오롯이 약속을 지키지 않은 제왕에게 품은 복수심 때문에. 시간이 흐를수록 처형장 주변으로 데몬들이 점점 더 모여들었다. 그들은 창과 깃발을 손에 들고, 장식용 술이 달린 창백한 염소 두개골을 머리에 얹고 있었다. 일부는 주먹을 치켜들고 트리스탄이 알아듣지 못하는 낯선 언어로 뭔가를 외쳐 댔다. "뭐라고 하는 거냐?" 트리스탄이 툴에게 물었다.

"배신자에게 죽음을!" 젊은 데몬이 통역했다. 그의 음성에서 짙은 절망감이 느껴졌다. 툴이 저지른 잘못에도 불구하고 트리스탄은 그를 증오하지 않았다. 어차피 이렇게 나란히 죽음을 맞이할 공동 운명인데 미워한들 무슨 소용이 있겠는가? 이윽고 트리스탄의 시선이 군영 한가운데 놓인 두 개의 거대한 맷돌에 닿았다. 그중 하나는 블랙 드래곤과 인간의 모습으로 변신한 드래곤 노예들이 줄지어 끌고 있었다. 이윽고 묶여 있던 사슬에서 풀려난 그들 역시 처형을 구경하기 위해 형장으로 이동하고 있었다. 그들이 가까이 다가오자 트리스탄은 그들의 눈빛에 서린 공포와 굴욕감을 읽을 수 있었다. 저 생명체는 이제 드래곤이라기보단 그것의 그림자에 불과했다. 심하게 야윈 몸뚱이에 어깨를 축 늘어뜨린 드래곤족은 형장 맨 뒤편에 모여들었다. 블랙 드래곤 역시 압도적인 외양과는 달리 정신이 무너진 것처럼 보였다.

그때 전쟁의 군주가 본인이 연출한 시나리오에 따라 위풍당당한 모습으로 등장했다. 광분하는 데몬 군중을 지나 다가오는 그의 모습을 보며 트리스탄은 레벨의 체구가 얼마나 큰지 실감했다. 용모는 흉측할지언정 그의 움직임에서 풍기는 자부심만큼은 그의 동족들 가운데에서도 유독 돋보였다. 넓은 보폭으로 기둥 근처 공터에 도착한 레벨이 멈춰섰다. 곧이어 커다란 수레바퀴를 지고 시커먼 천으로 온몸을 거의 덮어쓰다시피 한 데몬 하나가 나타났다. 저자가 바로 사형 집행인이리라. 복면을 뒤집어쓴 또 다른 데몬 한 명이 커다란 통나무를 바닥에 내려놓았다. 트리스탄의 이마에 땀방울이 송골송골 맺혔다. 에냐도르 종족들 사이에서 시행되는 여러 사형 방식 중에 가장 잔혹한 방식이 지금 눈 앞에 펼쳐지려는 순간이었다. 데몬들만의 처형 방식인 환형이었다. 환형이란 먼저 수레바퀴로 죄수의 몸을 짓이겨 모든 뼈를 부러트린 후 형틀에 고정한 다음 부서진 사지를 바퀴에 매달아 죽을 때까지 몇 시간이고, 며칠이고 잡아당기는 잔인한 처형 방법이었다. 트리스탄은 그런 식으로 죽고 싶지 않았다. 그때 둘을 묶어 놓은 기둥이 미세하게 떨리는 걸 느꼈다. 등 뒤에서 툴이 떨고 있는 걸까. 어쩌면 저일지도 모르지만.

"난 저들이 내 주머니 안을 확인하지 않고 그냥 날 파묻었으면 좋겠다." 데몬이 나지막이 읊조렸다.

트리스탄은 그 말의 진의를 바로 알아차렸다. "네가 프레지오라이트를 가지고 있구나."

"그렇다."

"그 힘을 우리가 쓸 수는 없을까?"

툴이 한숨을 깊게 내쉬었다. "프레지오라이트에 마법의 힘이 조금이라도 남아 있었더라면 내가 가져가게 허락하지도 않았을 거다. 이 마법의 돌을 깨우려면 그 주인인 마법사에게 가져가야 한다."

"그러면 카이만이 다시 그 마력을 깨울 수 있다는 건가?"

그 말에 툴은 트리스탄을 향해 몸을 돌리려 시도했지만 가까스로 얼굴을 확인할 정도만 가능했다. 그의 검은 동공이 처형대 반대편에 묶인 인간 소년을 날카롭게 노려봤다. "카이를 어떻게 알지?" 툴이 속삭였다.

"내 형제야. 네가 카이를 쾨니히스하인까지 데려다줬던데. 그가 날 구하러 가겠다고 해서…"

트리스탄과 마찬가지로 지금 이 순간 끔찍한 공포를 느끼면서도 툴은 분한 표정으로 눈을 좁혔다가 떴다. "그것참 굉장하군. 약속도 안 지키는 그 망할 위선자 놈의 목을 그때 당장 부러트렸더라면 지금 여기에 이런 꼴을 하고 서 있지도 않았을 텐데."

데몬들은 이제 모든 준비를 마친 것처럼 보였다. 두 사형 집행인이 전쟁의 군주 앞에 서서 허락을 구하기 위해 고개를 숙였다. 트리스탄은 데몬들에게도 인간이나 엘프처럼 신이란 개념이 존재하는지 궁금했다. 어쨌든 저들은 마치 신의 계시를 기다리듯, 그들의 사지를 부러트리고 고통스러운 죽음을 집행하라는 레벨의 지시만을 기다리고 있었다. 이윽고 레벨이 두 손을 머리 위로 들고 데몬의 낯선 언어로 뭔가를 말했다.

"마법의 돌을 내게 줘 봐!" 절망에 휩싸인 트리스탄이 황급히 속삭였다.

"너도 마법사인가?"

"아니, 하지만 난 카이의 형제니까 시도라도 한번 해 보겠다."

"하지만 넌 카이와 혈연도 아니잖나!"

"어떻게든 시도라도 해 봐야지, 안 되더라도 잃을 게 뭐야?" 트리스탄이 성급히 말했다. 두 사형 집행인 중 덩치가 큰 데몬이 사형대가 있는 제단으로 간신히 기어오른 후 그들에게 다가오고 있었다. "툴, 어서 이리 건네!"

그러자 툴이 트리스탄 쪽으로 재빨리 몸을 돌리고는 슬쩍 주머니를 건넸다. 사슬에서 풀려난 툴이 끌려가는 동안, 트리스탄은 재빨리 프레지오라이트를 꺼냈다. 트리스탄은 안간힘을 다해 손가락으로 마법의 돌을 움켜쥐었다. 트리스탄은 툴의 등을 연신 밀어 대며 처형대에 오르라고 재촉하는 사형 집행인을 뚫어져라 주시했다. 처형대 위에서 기다리던 사형 집행인의 조수는 툴의 손발을 밧줄로 묶고는 바닥에 박아 둔 말뚝에 단단히 고정했다. 그런 다음 몸에 지닌 소지품이 있는지 샅샅이 뒤졌다. 그러는 사이 덩치 큰 사형 집행인은 뼈를 모조리 부수기 위해 관절 아래 고정해 놓은 통나무를 하나하나 세심히 살폈다. 긴장한 툴의 가슴이 가쁘게 위로 솟았다 꺼지기를 반복했다. 그 주변에 서 있던 데몬들은 들고 있는 창과 발로 땅바닥을 구르며 괴성을 질렀다. 죽음을 재촉하는 격렬한 리듬에 맞춰 끔찍한 소음이 처형장을 가득 메웠다.

제발, 트리스탄이 주먹에 쥔 프레지오라이트를 향해 간절히 말했다. **제발 날 도와줘**!

그는 녹수정에 *간청했다*. 소원을 빌거나 명령하는 게 아니라 간절한 마음을 담아 요청했다. 왜 그래야 하는지는 몰랐다. 그냥 그래야만 할 것 같았다.

네가 필요한 건 뭐든 가져가, 하지만 그 대신 날 도와줘! 날 위해서, 그리고 카이와 에냐도르를 위해 네 힘을 빌려줘!

그러자 작은 심장이 깨어나 박동하듯 마법의 돌에서 갑자기 온기가 느껴졌다. 처음엔 미약하던 박동이 점점 강해지더니 트리스탄의 맥박과 같은 속도로 뛰기 시작했다. 트리스탄의 심장이 박동할 때마다 혈관을 따라 솟구치는 생명력을 마법의 돌이 고스란히 빨아들이는 것 같은 기분이 들었다. 트리스탄은 사형 집행인이 툴의 손목에 수레바퀴를 연결하는 모습을 지켜봤다. 툴은 거친 몸짓으로 제 사지를 묶은 밧줄을 잡아당겼지만 허사였다.

어서 날 풀어 줘! 제발!

그러자 트리스탄의 손목에 채워져 있던 수갑이 부서지더니 바닥으로 나뒹굴었다. 곱고 검은 안개가 트리스탄의 다리 위로 뭉게뭉게 피어올랐다. 이상한 낌새에 행동을 멈춘 두 사형 집행인이 트리스탄을 올려다보았다. 죽음을 소환하는 리듬에 맞춰 땅바닥을 쿵쿵 구르던 데몬 군중의 창과 발의 울림이 멈췄다. 레벨이 소리를 지르며 황급히 명을 내렸고, 가바인은 마법을 시전하려 두 팔을 들었다. 트리스탄은 지금 자신이 무엇을 하고 있는지 알지 못했다. 그저 그 자리에 서서 제 손에서 뿜어져 나가는 프레지오라이트의 힘을 온전히 느끼고자 집중했다. 그의 손가락 사이로 흐르는 초록 광선이 한데 뭉쳐 마력 포탄처럼 구의 형태를 이뤄가고 있었다. 트리스탄은 이 마력의 공이 얼마나 강할지, 그리고 어떤 효과를 일으킬지 전혀 감이 오지 않았다. 그러나 기회는 딱 한 번뿐이었기에, 그것을 함부로 사형 집행인들이나 가바인을 향해 겨눌 수는 없었다. 그런데 뜻밖에도 트리스탄이 손을 들어 주먹을 펼치자 프레지오라이트에서 뻗어 나온 광선이 노마법사의 가슴 한복판을 강타했다. 이에 가바인의 몸이 뒤로 젖혀지며 비틀거렸다. 순간 트리스탄은 눈앞이 새하얘졌다. 아주 짧은 찰나 그의 눈엔 미쳐 날뛰고 있는 데몬들의 모습이 사라지고 짙은 안개 속에 검은 옷을 걸친 누군가가 보였다. 케이프의 후드를 눌러쓴 환영. 얼굴은 보이지 않았지만 형형하게 빛나는 붉은 눈이 그를 쏘아보고 있었다. *"되크 발두르,"* 불타오르는 검을 쥔 그가 주먹을 살짝 들어 올리며 속삭였다. *"난 북녘의 지배자이자, 너희 모두를 집어삼킬 화염이다."*

환영은 눈앞에 나타날 때만큼이나 순식간에 사라졌다. 그러자 다시 증오로 가득 차 울부짖는 데몬들의 모습이 보이기 시작했다. 그들 모두 손에 든 창으로 트리스탄을 공격하려고 했지만, 처형장 앞의 좁은 통로 탓에 소수만이 위로 올라올 수 있었다. 트리스탄이 손에 쥔 프레지오라이트의 빛이 사라져 가던 그때, 덩치 큰 사형 집행인을 돕던 보조 집행인이 복면을 벗어 던졌다. 이윽고 그의 붉은 머리칼이 모습을 드러냈다. 그 모습을 본 트리스탄의 심장이 쿵쾅거렸다. 카이였다!

"트리스탄, 어서 프레지오라이트를 이리 던져! 마법의 돌이 필요해!" 카이가 황급히 소리쳤다. 트리스탄은 침착하게 카이를 향해 마법의 돌을 던졌다. 카이가 프레지오라이트를 손에 쥐자마자 순식간에 입고 있던 형 집행인 복장이 사라졌다. 잠시 후 레벨의 팔뚝에 화살이 꽂히더니, 얼마 지나지 않아 또 다른 화살이 그의 목을 향해 날아들었다. 전쟁의 군주가 찢어지는 괴성을 지르자 병사들이 곧바로 주변을 에워쌌다.

처형대에서 내려온 트리스탄은 저를 향해 날아오는 창 두 자루를 가뿐히 피했다. 트리스탄은 지금 카이가 어디 있는지, 그리고 저 화살이 어디서 쏘아진 것인지도 몰랐지만, 화살이 날아온 방향을 보면 분명 남쪽이었다. 그리고 그곳에는 데몬 군영이 자랑하는 망루가 있었다. 화살을 쏜 자가 누

241

구인지는 몰라도 그곳에 있을 것이 분명했다.

　물론 지금 망루까지 뚫고 가는 건 가망 없는 무모한 시도였다. 몇 걸음만 앞으로 움직여도 데몬들이 빽빽이 에워쌀 것이었다. 그들은 지금도 계속 눈을 부릅뜨며 치명적인 데몬의 눈빛을 쏘아 댔다. 물론 트리스탄에게는 통하지 않았다. 눈빛 공격에도 그가 꿈쩍도 하지 않자 데몬들은 당황하며 멈칫거렸다. 데몬들이 포위망을 좁히며 점점 그에게 접근하는 사이, 공중에서 드래곤이 포효하며 하늘을 날아올랐다. 사피라였다! 사피라는 살아 있었다! 게다가 그녀는 혼자가 아니었다. 몸집은 조금 작았지만 붉은빛을 뽐내는 레드 드래곤이 함께 공중을 날고 있었다. 갑자기 산맥 어디에선가 등장한 두 드래곤은 주둥이를 벌려 파이어볼을 뿜어 댔다. 화염이 데몬들을 차례로 집어삼키며 그들의 창을 불태웠다. 데몬의 시선에도 굴복하지 않는 사피라는 제 면역력을 방패 삼아 하강하며 무기를 잃은 병사들을 덮쳤다. 날카로운 발톱과 송곳니로 거침없이 공격했다. 그사이 작은 드래곤은 공중에서 계속 파이어볼을 쏘아 댔다.

　트리스탄은 드래곤이 데몬을 공격하면서 생긴 공간을 공략하며 계속 전진했다. 그러나 다시 화살을 쏘기 시작한 망루 쪽이 아닌 연무장 끝자락에 있는 레벨의 막사로 달려갔다. 문스워드를 찾아야 했기 때문이다. 막사 앞에는 무시무시한 전투용 도끼를 든 보초병이 드래곤이 날아다니는 하늘을 응시한 채 서 있었다. 트리스탄은 그가 정신을 팔고 있는 순간을 이용하여 온 힘을 다해 몸을 던졌다. 비록 도끼를 빼앗지는 못했지만 엉겨 붙은 둘은 그대로 막사 안으로 넘어졌다. 트리스탄은 제발 그의 문스워드가 가바인이 놓아둔 그 자리에 그대로 놓여 있기만을 간절히 바랐다. 맨손으로는 데몬에게 오래 대항할 수 없기 때문이었다. 다행히도 그의 문스워드는 앞서 전쟁의 군주가 앉아 있던 권좌 옆에 그대로 놓여 있었다. 재빨리 옆으로 몸을 굴린 트리스탄이 상대의 손아귀에서 간신히 벗어났다. 벌떡 일어난 트리스탄은 데몬이 제 머리를 향해 도끼를 휘두르기 직전에 몸을 날려 문스워드를 쥐었다. 곧이어 트리스탄의 검에 데몬의 도끼가 산산 조각났다. 검으로 도끼를 막아 내면서 그를 강타한 중압감에 트리스탄은 중심을 잃고 비틀거렸다. 그는 제대로 서기 위해 양발로 주춤주춤 균형을 잡아야 했다. 그리고 곧바로 무기를 잃은 데몬을 내리치려 했지만, 그보다 먼저 상대가 털썩 무릎을 꿇었다. 그의 입가에는 한 줄기 붉은 피가 흘러내렸다. 순간 데몬의 등 뒤에 서 있던 툴이 무표정한 얼굴로 데몬의 등에 꽂은 검을 뽑았다.

"사형 집행인에게서 어떻게 벗어 나왔냐?" 트리스탄이 숨도 쉬지 않고 물었다.

"한때 투명 인간이었던 그 작은 배신자 놈이 날 묶은 밧줄을 끊어 줬다."

그러니까 카이란 말이었다. 트리스탄은 그 이상 묻지 않았다. 지금 이 군영에서 벗어나려면 조금이라도 시간을 지체해선 안 되었다. 얼마 지나지 않아 데몬들은 두 드래곤의 기습 공격을 방어할 태세를 갖출 것이다. 그렇게 되면 전부 끝장이었다.

밖으로 뛰어나온 둘은 데몬들에게 발각되기 전에 서둘러 막사의 그림자 뒤편으로 슬그머니 이동했다. 트리스탄이 추격해 오는 데몬을 문스워드로 베어 내는 사이, 단도를 손에 쥔 툴이 적들의 목을 베어 버렸다. 고통으로 일그러진 데몬의 얼굴들이 비명을 지르며 하나둘 바닥에 떨어졌다. 트리스탄은 고개를 들어 잠시 하늘을 바라봤다. 공중에는 제 기억 속 모습만큼이나 건강하고 아름다운 모습의 사피라가 용맹을 떨치고 있었다. 데몬에게 종속된 드래곤들과는 달리 절대 길들지 않는 불굴의 비행이 바람을 가르고 있었다. 바람의 영혼이자 화염의 화신처럼 사피라는 겁에 질린 종속된 드래곤족들 위를 선회하며 흡사 명령처럼 울려 퍼지는 괴성

244

을 질러 댔다. 그녀의 강력한 날갯짓 아래 바닥에 흙먼지가 소용돌이쳤다. 마침내 사피라가 다시 하늘 높이 날아오르며 먼지가 가라앉자 인간화하여 그곳에서 맷돌을 돌리던 드래곤 노예들도 자취를 감췄다. 정신이 무너진 듯 보였던 거대한 블랙 드래곤도 보이지 않았다. 그 대신 열댓 마리쯤 되는 드래곤 무리가 공중에서 날개를 펼쳤다. 함께 공중으로 날아오른 드래곤들은 날카로운 발톱을 펼치고 데몬들을 향해 날아갔다.

그 광경을 확인한 레드 드래곤이 만족한 듯 전투지를 벗어나 트리스탄과 툴을 향해 날아왔다. 그들을 쓰러트리려 덤벼들던 데몬 넷이 그 날카로운 발톱에 희생양이 되었다. 드래곤은 주변의 공터에 가뿐히 착지했다. 트리스탄은 툴이 앞서가도록 자리를 양보했다. 트리스탄은 저 데몬이 드래곤에 오르기 전 잠시 주춤거리는 모습을 보고 그답지 않다고 생각했다. 그는 마치 저 드래곤이 저를 잡아먹으러 온 것인지, 태우러 온 것인지 확신하지 못하는 것 같았다. 이 모습을 본 트리스탄이 먼저 드래곤 등에 올라탔다.

"스호오크," 데몬의 파수꾼이 읊조렸다. "정말 미안하다."

툴의 말이 무슨 뜻이었든, 레드 드래곤은 바닥을 박차고 하늘을 향해 날아올랐다. 드래곤은 망루 너머로 날아가면서 발톱으로 지붕을 부쉈다. 트리스탄이 아래를 내려다보자 망루 위에 야레드와 아담이 보였다. 활과 화살을 든 대장장이와 검을 든 농부의 아들이. 그들의 건재를 확인한 트리스탄은 어깨를 짓누르던 천근만근짜리 짐이 떨어져 나가는 기분이었다. 그간 어찌 지냈는지는 몰라도 둘은 풀려났고, 저렇게 버젓이 살아 있었다. 이런 방식으로 저들을 다시 만나리라고는 단 한 번도 생각하지 못했었는데! 그들 곁에는 등이 구부정한 중년처럼 보이는 제삼의 인물이 있었다. 트리스탄이 모르는 사람이었다. 가장 고층에 착륙한 사피라가 세 사람을 모두 등에 태웠다. 그녀 뒤에는 사피라를 따르는 드래곤 무리의 실루엣이 장관을 이뤘다. 트리스탄은 카이의 위치를 파악하지 못했지만, 제 친구들과 함께 자신을 구출한 정교한 계획으로 미루어 봤을 때 분명 안전할 거라는 확신이 들었다.

그들은 토이펠 호수까지 날아가지 않았다. 드래곤들은 갈린 군영과 토이펠 호수 중간쯤 되는 지점에 있는 산꼭대기 널찍한 터에 착륙했다. 수풀이 우거진 고원 같은 지대였다. 시야가 탁 트인 지대였기에 혹시 모를 적의 공습에 대비가 수월했다. 임시 기지로 삼기에 알맞은 곳이었다. 트리스탄이 레드 드래곤의 등에서 내리려는 순간 수풀 사이에서 그바일로가 폴짝 뛰어나왔다. 오랫동안 이때만을 기다렸었나 보다! 그바일로는 곧장 트리스탄이 있는 곳까지 달려오더니, 코앞에서 땅에 발이 붙은 것처럼 멈춰섰다. 그리고는 마치 개처럼 트리스탄 옆을 껑충껑충 뛰어다녔다.

"그러니까 계속 내 뒤를 쫓아온 거로구나." 트리스탄이 말했다.

"맞아, 트리스탄." 카이가 말했다. "두 사람이 이동하는 내내 뒤를 쫓아갔어."

트리스탄은 다소 비꼬는 표정으로 눈썹을 높게 치켜들었다. "그런데 별것 아닌 전쟁의 군주와 오합지졸 데몬 군대를 쓰러트릴 만한 마력은 없었나 보군?"

"맞아. 정말 조금도 없었어." 카이가 시인했다.

"그런 상태는 누구보다 내가 잘 알지." 갑자기 끼어든 툴이 툭 내뱉었다. "이제 곧 투명 인간 쇼를 또다시 보겠군. 어쩌다 한번 성공하는 마법 쇼 말이야."

"이제는 투명 인간 마법을 시전할 생각이 절대 없어. 물론 데몬들의 흉흉한 시선을 피하는 데는 가장 효과적이고, 어쩌면 유일한 방법일지도 모르지만. 물론 프레지오라이트가 있어야만 할 수 있는 마법이기도 하지. 마법의 돌을 제때 발견하지 못했더라면, 이번에는 우리가 시도한 최후의 계략이 실패로 돌아갈 뻔했지 뭐야. 정말 아슬아슬한 순간이었어."

"네가 그 사형 집행인 복면을 쓰고 있다는 걸 알았더라면," 트리스탄이 말했다.

그러자 카이도 맞받아쳤다. "나도 네 몸에 마력이 있다는 걸 알았었더라면,"

트리스탄이 고개를 흔들었다. "나한테는 마력이 없어. 네가 거기 있다는 걸 감지한 마법의 돌이 반응했을 뿐이다. 그게 전부야."

"아니야." 카이가 강한 어조로 말했다. "분명 그 이상이었어."

툴은 그들의 대화에 별로 관심이 없는 것 같았다. 그는 할 말이 있는 것처럼 레드 드래곤에게 돌아섰다. 그러자 드래곤은 그의 반대편으로 홱 돌아서더니 커다란 나뭇가지 아래 모여 있는 드래곤 무리 쪽으로 자리를 피했다. 대신 사피라가 인간형으로 변신했다. 언제나 그랬듯이 당당하고 곧은 모습으로 그들을 향해 걸어왔다. 언제나처럼 벌거벗은 그녀를 트리스탄이 따뜻하게 부둥켜안았다. 그러나 그건 연인의 포옹과는 좀 달랐다. 동맹이자, 의형제나 다름없는 트리스탄이 제 누이 같은 드래곤과 재회한 것을 신들에게 감사하는 표현이었다. 그의 품에 안긴 사피라는 똑같이 강하게 마주 안으며 화답했다. 그녀가 트리스탄을 놓아주자 그가 툴

248

을 가리켰다. "툴이 말하길, 그가 널 꿰뚫었다고 하던데."

"그랬었지." 그녀의 얼굴에 그림자가 드리웠다. "카이가 제때 오지 않았으면, 아마 난 저세상에 갔을 거다." 입술을 꽉 깨문 사피라가 툴의 모습을 쫓으며 말했다. 툴은 저를 곱지 않은 시선으로 보는 사람들과 드래곤을 피해 고원의 가장자리로 물러서 있었다. "저런 분별력 없는 멍청이가 파수꾼 중 하나라니. 어떤 대가를 치러서라도 되고 싶은 게 고작 데몬이라는 게 말이 되냔 말이야!"

그러나 트리스탄은 그 데몬에 대해 생각할 겨를이 없었다. 야레드와 아담이 부리나케 달려왔기 때문이었다. 부르크스메아데에서부터 함께했던 두 친구를 살아서 다시 만난 기분은 이루 말할 수가 없었다. 다가온 아담이 트리스탄을 덥석 안았고, 야레드는 황급히 사피라에게 다가가서 자신이 입고 있던 케이프를 어깨에 걸쳐 주었다. 사피라는 그런 야레드의 행동에 살며시 미소로 화답했다. 야레드의 손이 그녀의 어깨에 닿는 순간 사피라답지 않게 속눈썹을 깜박거리는 모습을 트리스탄은 놓치지 않았다. 이어 트리스탄에게 다가온 야레드가 그를 껴안았다. "넌 정말 믿기지 않는 놈이야, 트리스탄. 데몬들이 설령 네 뼈를 전부 부쉈더라도 네 긍지만큼은 부러지지 않았을 거다." 야레드가 말했다. "물론 그럼에도 우리가 그런 참사를 두고 볼 리는 만무하지."

그들은 함께 숲을 지붕 삼아 그 아래 모여 있는 드래곤들을 향해 발걸음을 옮겼다. 단지 툴만이 절벽 근처에 서서 아래를 응시하고 있었다. 잠시 발걸음을 멈춰선 트리스탄은 걱정스러운 눈초리로 데몬을 바라봤다. "저놈 설마… 아니겠지?"

"아니야, 그는 절대 그럴 리가 없어." 지금까지 트리스탄이 단 한 번도 듣지 못한 여자의 음성이 말했다. 뒤를 돌아서자 붉은 머리카락을 늘어뜨린 한 소녀가 한때 옷이었을 걸로 보이는 누더기로 몸 일부분을 간신히 가린 채 서 있었다. 그녀의 속눈썹은 비정상적일 정도로 유독 길었고, 눈을 마주치면 그 눈빛에 삼켜질 것 같이 활활 타오르는 눈동자를 지녔다. 그녀가 바로 트리스탄이 타고 온 레드 드래곤임이 분명했다.

"저놈에게 다가가지 마, 스호오크." 바로 옆에서 카이의 음성이 들려왔다. "널 토이펠 호수에 버려두고 혼자 가 버린 놈이야. 저놈한테는 고작 진짜 데몬이 되겠다는 속셈 말고는 아무것도 중요하지 않았던 거라고. 너마저도 말이야."

"나도 알아요." 드래곤이 한숨을 내쉬었다. 그러나 스호오크는 여전히 그들을 등지고 절벽 앞에 미동도 없이 서 있는 툴에게서 시선을 떼지 못했다. 트리스탄은 형형색색으로 뒤섞인 제 일행을 가만히 응시했다. 그러니까 이제 그들의 일행은 파수꾼 셋, 마법사 한 명, 드래곤 무리, 그리고 그들과 함께 전투에 뛰어들 준비가 된 사람들로 구성되어 있었다. 그러나 이 전투는 정녕 무엇을 위한 것이란 말인가? 그리고 그들이 승리하려면 어떻게 해야 하는 걸까?

"이제 슈발벤하인으로 돌아가 예언의 마지막 부분을 찾아야 해." 트리스탄의 생각을 읽기라도 한 듯 카이가 말했다.

"내 생각에는 거기 남은 사람들이 우리를 목 빠져라 기다리고 있을 것 같은데." 야레드가 덧붙였다.

"다른 사람들이라니?" 트리스탄이 서둘러 물었다.

"왕이랑 엘프의 파수꾼. 그리고 당연히 마론도 있지."

"마론이라고?" 트리스탄은 지금 그녀의 이름을 다시 들었다는 것이 믿기지 않았다. 갑자기 무의식적으로 심장이 오그라들었다. 겨울잠을 자다가 갑자기 한여름에 깨어난 것 같은 생경한 기분이었다. 엄청난 기쁨과 동시에 둔탁하게 이마를 한 대 얻어맞은 것 같은 느낌! "마론이 살아 있어?"

야레드가 고개를 끄덕였다. 상처로 가득한 그의 얼굴에 진득한 만족감이 피어올랐다. "검을 휘두를 정도로 아주 잘 살아 있지. 그리고 여기서 널 이렇게 만날 줄 알았더라면,

개가 절대 슈발벤하인에 남지 않았겠지."

순간 트리스탄의 얼굴에 미소가 사라졌다. 그의 머릿속에 당혹함이 봇물 터지듯 밀려왔다. 그의 일부는 정말 환호라도 외치고 싶었지만, 다른 한편으로는 그냥 받아들여지지가 않았다. 마론이 엘프의 칼에 쓰러지기까지 트리스탄은 분명 그녀를 사랑했다. 마론이 죽었다고 생각한 후에도 여전히 그녀를 사랑했고, 그녀와의 추억을 마음 깊은 곳에 간직했다. 그렇지만 지금은… 브리엔네를 사랑하고 있는 지금은… 브리엔네와 헤어지면서 트리스탄은 꼭 다시 그녀를 찾겠노라고 약속했었다. 그리고 무슨 대가를 치르더라도 그러고야 말리라 결심했었다. 트리스탄의 심장은 이미 다른 누군가를 향해 있었고 더는 그들 사이에 마론이 끼어들 틈은 없었다. 트리스탄은 지금 이 상황이 그리 옳지 않다고 생각했지만, 달리 어떻게 할 도리가 없었다.

야레드는 트리스탄의 낌새가 조금 이상하다는 걸 감지했다. "왜 그러냐?" 그가 물었다. "너 마론을 잊은 건 아니겠지? 서서 볼일을 보며 네 머릿속을 헤집어 놓은 그 꼬마 비젤_{족제비} 말이야?"

트리스탄이 고개를 끄덕였다. "그럼, 나도 물론… 그녀가 살아남아서 정말 기쁘다."

"그게 다야?" 다소 놀랐는지 대장장이가 한 걸음 뒤로 물러서며 트리스탄을 위에서 아래로 훑었다. 그리고 지금 누구에 관한 얘기를 하는 건지 전혀 알지 못하는 스호오크를 비롯한 다른 이들도 트리스탄을 쳐다봤다.

"정말 기쁘지, 물론이야." 트리스탄이 말했다. 그리고 이 대화를 서둘러 마치기 위해 황급히 사피라를 향해 돌아섰다. "새로 등장한 저 드래곤들은 도대체 누구야? 언제까지 우리와 함께할 셈이지?"

마론

항상 그랬듯이 다가가기 힘든 근엄한 표정의 엘리야는 데몬들의 공습에도 부서지지 않고 유일하게 남은 첨탑 위에 홀로 서 있었다. 마론은 폐허가 된 슈발벤하인 요새의 가장 높은 곳에 의연히 서 있는 왕의 모습이 보기 좋았다. 그는 저녁마다 그곳에 서서 데모니아를 향해 시선을 고정한 채 어서 다른 파수꾼들이 합류하기만을 학수고대했다. 마론은 우물에서 양동이에 물을 가득 채워 양손에 들고 야영지로 이동하기 전 잠시 갈 길을 멈추고 엘리야를 응시했다. 이스타리엘은 사냥해 온 사냥감들을 마른 장작더미 옆에 던져두었다. 그가 포획해 온 사냥감을 확인한 순간 마론은 두 눈을 부릅떴다. "또 제비입니까? 손질을 얼마나 오랫동안 해야 하는지 알긴 아나요?"

"그래서 뭐?" 엘프 왕자가 투덜거렸다. "그거라도 하지 않으면 네가 달리 할 일이 뭐가 있다고? 지금 네 꼴로 봐서는 엘리야의 뒤라도 닦아 줄 기세구만."

"그분에 대해 그렇게 함부로 말하지 마시죠. 그분은 저희의 왕이시라고요!" 불경한 이스타리엘의 빈정거림에 마론이 벌컥 화를 냈다.

"그건 충분히 알겠다만." 고개를 절레절레 흔들며 마른 장작더미 옆에 무릎을 꿇은 이스타리엘이 부싯돌과 불쏘시개용 마른 버섯을 꺼내 들었다. 이스타리엘은 평소에 마론이 고기를 저밀 때 쓰는 무딘 단도로 부싯돌에 불꽃을 튀겼다. 하긴 지금은 저며 낼 만한 고기라곤 눈 씻고 찾아봐도 없었다. 지난 5일 동안 직접 확인한 것처럼 슈발벤하인 주변의 숲에는 동물이 거의 살지 않았다. 엘리야는 그것이 데몬들의 연이은 공습 때문이라고 추측했다. 그 어떤 동물도 시도때도 없이 드래곤의 화염이 쏟아지는 곳에 살고 싶진 않을 것이기 때문이었다. 슈발벤제비이라는 성의 이름처럼 이곳에 서식하는 유일한 생명체라고는 제비뿐이었다. 지평선에 어둠이 드리우기 시작하면 그것을 배경으로 제비들의 검은 편대 비행이 시작되곤 했다. 유일한 사냥감인 제비마저도 이스타리엘의 화살로는 격추하기가 쉽지 않았다. 마론이 땅이 꺼져라 한숨을 내쉬며 땅바닥에 풀썩 주저앉더니 잡아 놓은 제비 한 마리를 집어 들었다. 제비 틸을 뽑으면서 마론은 이스타리엘이 모닥불을 피우는 모습을 관찰했다.

"거기… 그거 뚫을 때 아팠어요?" 그녀가 물었다.

"무슨 말이냐?" 버섯을 넣고 튀어 오르는 불티에 온통 집중한 채 엘프가 건성으로 중얼거렸다.

"당신 귀에 박힌 빛나는 돌 말이에요."

"이건 다이아몬드라는 거다. 이 촌뜨기야." 그가 불티에 바람을 살살 불어넣자 버섯이 타오르기 시작했다. 이스타리엘이 조심스레 그것을 마른 장작 아래 내려놓자 곧바로 불이 붙었다.

"촌뜨기? 설마 아그네스도 그렇게 부른 건 아니겠죠?" 마론이 그를 자극했다. "인제 보니 당신 청혼을 거절한 것도 그리 놀랍지 않네요."

그 말에 격분한 엘프 왕자가 자리에서 벌떡 일어났다. 불꽃이 튈 것처럼 이글거리는 그의 푸른 두 눈이 마론을 노려봤다. 저 모습만 보면 불을 피우는 데 굳이 부싯돌이나 단도 따위는 필요 없을 것 같았다. 그냥 저렇게 계속 화나게 하면 눈에서 불꽃이 튀어나올 것처럼 보였으니까. 그러나 더 이상 이스타리엘을 자극하고 싶지 않았던 마론은 차마 그런 생각까지 입 밖으로 내뱉지는 않았지만, 버럭 화를 내는 그의 모습이 귀엽다고 생각하며 속으로 조용히 웃었다.

"네가 그걸 어떻게 안 거지?" 이스타리엘이 씩씩거리며 물었다.

"뭘요?"

"아그네스가 내 청혼을 거절한 거."

"음, 그냥 그래 보였는데요." 마론이 대답했다. "처음에는 둘이 마치 한 심장과 영혼을 공유하는 것처럼 굴더니만, 결국 그녀를 놔두고 왔잖아요. 게다가 당신이 엘프 왕자 특유의 차가운 표정을 뒤집어쓰고 한마디 말없이 그녀의 곁을 냉정히 스쳐 지나는 동안, 아그네스가 흐느껴 울며 집으로 뛰어갔으니까요."

"아그네스가 울었다고?" 이스타리엘이 나지막이 되물었다. 이스타리엘은 무심결에 아그네스가 이별하며 제게 건네준 목걸이를 매만졌다. 한때 트리스탄의 것이었던 바로 그 목걸이였다. 마론은 무자비한 채찍질을 당한 트리스탄의 등을 치료하기 위해 그 목걸이를 풀던 그 날 밤이 지금도 생생했다. 그다음 날 트리스탄은 고통에 몸부림치면서도 그 목걸이를 애타게 찾았었다. 이제 목걸이는 세 번째 주인을 만나 행운을 가져다줄 차례였다. 그나저나 저 투명한 유리 속에 든 민들레 씨앗이 그에게 가져다준 건 정말 행운이었을까?

별안간 이스타리엘은 화가 가라앉은 것 같았다. 마론은 주기적으로 그를 놀려먹으며 화를 돋우었지만 솔직히 엘프의 파수꾼이 마음에 들었다. 이스타리엘이 하고 있던 일에 시선을 돌리자 마론도 서둘러 손을 뻗어 단도를 집었다. 한낱 시골 소녀를 저렇게 진심으로 사랑할 수 있는 남자를 계속 멍청이 취급하며 놀리는 건 옳지 않았다. "그래요. 아그네스는 그랬어요. 우둔한 계집아이처럼." 그리고 숙련된 동작으로 제비 배에 있는 새털을 뽑아 불가에 던졌다.

아름다운 엘프의 얼굴에 불행으로 얼룩진 표정이 서렸다. 깊이 한숨을 쉰 이스타리엘도 새 한 마리를 집더니, 무표정한 얼굴로 털을 뽑기 시작했다.

"알빈가르트의 왕자가 이렇게 부엌 하녀의 일을 해도 되는 건가요?" 마론이 교활한 미소를 지으며 물었다.

"뭐, 인간의 왕이 이런 걸 게걸스럽게 먹어 치운다는 걸 아무도 모르는 동안만큼은." 이스타리엘의 대답에 마론이 웃음을 터트렸다.

호랑이도 제 말 하면 나타난다더니, 얼마 지나지 않아 그들 앞에 엘리야가 불쑥 나타났다. 엘리야는 잠시 아무 말도 없이 그들이 제비를 다듬는 모습을 물끄러미 바라봤다. 그리고는 너무 오래 걸린다고 생각했는지, 직접 팔을 걷어붙이고 새 한 마리를 집어 들었다. 깃털을 뽑는 숙련된 자세를 보고 마론은 엘리야가 이런 일을 자주 해 본 적이 있다는 걸 알아차렸다. 그런 소탈한 모습은 그녀가 왕을 존경하는 여러 이유 중 하나이기도 했다. 모든 걸 초월한 듯 거만한 자세로, 붙임성 없는 행동만 일삼는 평소 태도와는 극단적으로 대비되는 이런 친밀한 모습과 인간적 면모. 왕의 행동에는 메울 수 없는 틈과 더불어 흥미진진한 반전이 깃들어 있었다. 이조라도 엘리야의 이런 면에 특별한 매력을 느꼈을 것이다. 이조라와 엘리야가 서로 합의한 정략혼이 비록 정치적인 이유를 바탕으로 성립된 것이긴 했지만, 마론은 그래도 이조라가 어쩌면 행복할 수 있을 거라 믿었다. 마론은 두 종족이 하나가 되기를 진심으로 소망했다. 그러나 트리스탄에게 닥칠 정략혼 문제만큼은 가능한 한 떠올리고 싶지 않았다. 엘리야가 그를 위해 누구를 예비하든 그 여인은 절대 트리스탄에게 걸맞은 상대가 되지 못할 것이다! 그럼에도 마론은 그냥 주어진 상황에 순응하겠노라고 결심했다. 아마 트리스탄은 신의 재단 앞에 이름 모를 공주 혹은 귀족 여인의 손을 붙잡고 설 것이다. 그리고 후계가 생길 때까지 그녀와 함께 침대를 공유하겠지. 하지만 그럼에도 마론은 계속 트리스탄 곁에 있고 싶었다. 물론 자신과 트리스탄은 절대 혼인하지 못할 것이 분명했고, 그들 사이에 자식이 생긴다면 사생아 취급을 받을 게 뻔했다. 하지만 지금 그녀의 마음은 그것만으로도 충분하고 행복하다고 말하고 있었다. 원래 제 태생 자체가 왕좌에 앉기 위해서가 아니라 전쟁터에서 싸우다 죽기 위한 것이었으니까. 그러니까 앞으로 어떤 운명이 그녀를 기다리고 있든 여전히 그녀는 밑질 게 없을 것이다.

"예언이 기록된 기관이 다시 닫히기까지 시간이 얼마나 남은 거지?" 이스타리엘이 엘리야에게 물었다. 사실 그는 이 질문의 답을 알고 있었다. 워낙 매일 저녁마다 묻는 말이었기에. 그리고 엘리야는 여느 때처럼 같은 말투로 대답했다. "앞으로 6일 남았다." 이 문답은 그들이 날마다 반복하는 일종의 의식이 돼 버렸다. 이제 앞으로도 이 대화를 여섯 번 반복할 것이 분명했다. 그렇게 신의 계시를 해독할 기회가 날마다 조금씩 사라지고 있었다.

"그들이 제때 도착하지 못하면 당신은 어쩔 거요?"

"그들은 제때 도착할 것이다." 엘리야가 중얼거렸다.

"그래, 지금 돌아가는 상황을 제대로 알고 있는 카이가 운 좋게 그 데몬을 데려온다 칩시다. 그렇지만 트리스탄과 드래곤은 우리가 지금 여기서 그들을 기다리고 있는지도 모르지 않나."

"그들은 꼭 온다!" 엘리야가 힘주어 말했다. 이번에 그의 음성은 다소 격앙됐다. 마론은 지난 몇 주간 엘리야와 이스타리엘이 서로를 대하는 방식을 곁에서 지켜보았다. 항상 같은 상황이 반복됐다. 엘리야는 거듭 자신의 우위를 내세웠고, 이스타리엘은 그의 단점이나 미흡한 점을 찾아 꼬투리를 잡으면서 즐거워했다. 이쯤이면 슬슬 뭔가 사단이 일어날 법한 시간이었다. 조만간 인간의 왕과 엘프 왕자 사이에 전쟁이라도 터질 것만 같았다.

"그런데 지금 이 자리에 이렇게 주저앉아 남은 6일을 죽치고 나면, 그 후에 무슨 일이 벌어질지 고민은 하는 거요?" 이스타리엘이 집요하게 파고들었다. 무덤덤한 표정으로 계속 새털을 뽑는 데만 집중하던 엘리야는 손에 든 새를 아직 손질하지 않은 제비가 쌓여 있는 곳에 휙 던지고는 다음 목표물을 집어 들었다. 엘프 왕자는 대답을 얻지 못한 질문을 다시 말하려는 듯 보였지만, 갑자기 손에 든 제비를 황급히 내려놓고는 자리에서 벌떡 일어났다. 순간 그의 손이 검에 닿았다.

그제야 엘리야가 그에게 관심을 보였다. 엘프의 청각이 인간보다 훨씬 예민했기 때문이었다. "뭐지?" 왕이 속삭였다.

이스타리엘이 신체의 모든 근육과 신경을 집중하여, 어둠을 가르며 저 멀리 들리는 소리에 귀를 기울였다. "데몬들." 그가 대답했다. "드래곤을 타고 오는 것 같은데!"

"파수꾼이 아니라고 확신하는가?"

"확실하오. 그렇기엔 수가 너무 많아. 거의 부대 하나에 가까울 정도니까."

마론이 서둘러 불을 껐다. 그러지 않으면 적들이 그들의 흔적을 찾을 것이 분명했다.

"내가 지하실을 지킬 테니, 우선 그대들은 숲에 숨도록." 엘리야가 지시했다. 그러나 그건 마론이 따르기에 몹시 힘든 명령이었다. 단 한 번도 도망치는 법을 배우지 못한 마론은 지금까지 무슨 일이 있어도 맞설 뿐이었다. "하지만 전하, 그러면…"

엘리야는 그녀의 말을 잘랐다. "난 불사의 몸이지만, 너희들은 그렇지 않으니까." 그가 단호하게 말했다. "더욱이 드래곤을 타고 하늘을 나는 데몬들에게 아무 저항도 못 하는 그대들은 아무짝에도 쓸모가 없다. 그러니 지체하지 말고 어서 달아나라!"

그 말을 끝으로 마법 지팡이를 손에 든 엘리야가 성채를 향해 달려갔다. 마론은 요란하게 쿵쾅거리는 가슴을 부여안고 전사이자 마법사인 제 왕의 뒷모습을 바라보았다. 마론은 그분과 함께라면 가망 없는 전투에라도 뛰어들 준비가 되어 있을 정도로 엘리야를 존경했다.

"어서 가자!" 이스타리엘이 그녀를 일깨웠다. "곧 저들이 엘리야를 향해 화염을 쏟아 낼 거다. 하지만 저 인간이 이런 일을 겪는 건 한두 번이 아니니까, 걱정하지 마라. 내일 아침, 그가 다시 부활하면 그를 맞이하는 인사로 제비 수프를 끓여 줄 수 있을 거다."

"저분은 왜 저런 결정을 내리시는 거죠?" 마론이 걱정스러운 음성으로 물었다. "그런 일을 당할 때 통증도 느끼지 않는 건가요?"

엘프가 씁쓸한 숨을 내뱉으며 말했다. "아니, 고통이야 똑같이 느끼지. 그렇지만 그는 그런 고통을 감수해야 할 사람이다." 그리고 마론의 팔뚝을 붙잡더니 그녀를 잡아당겼다. "저 사람이 왜 저러는지는 너도 알지 않나. 어쨌든 그는 한 종족의 왕이니까."

지하 창고를 사이에 두고 여러 시간 동안 격렬한 전투가 이어졌다. 마론과 이스타리엘은 성채와 폐허가 된 도시에서 멀리 떨어진 나무 아래에서 그 광경을 지켜봤다. 수많은 다홍빛 화염 기둥이 엘리야에게 쏟아졌고, 동시에 엘리야는 공중을 향해 청록색 마력을 퍼부었다. 화산이 폭발한 가운데 동시에 번개가 번쩍이며 내리치는 것 같은 참으로 엄청난 광경이었다. 여러 드래곤이 동시다발적으로 엘리야를 공격하는 동안, 걱정에 휩싸인 마론과 이스타리엘은 서로를 붙들며 지탱했다. 때때로 드래곤들 중 지친 무리가 옆으로 비틀거리며 선회할 때마다 마력의 파장이 곧바로 드래곤을 가격했다. 엘리야가 쏘아 올린 마력장에 얻어맞은 드래곤은 등에 데몬을 태운 채로 추락했다. 그 거대한 몸뚱이가 폐허가 된 도시와 충돌했다. 그럴 때마다 마론과 이스타리엘이 딛고 선 발아래 땅이 흔들렸다. 드래곤들은 끝없이 떼로 몰려왔다. 다시 말해, 이 전투는 엘리야가 더는 버티지 못하고 쓰러져야만 끝날 것이었다. 그들의 날개가 달빛을 가리고, 그들이 내뿜는 화염이 어두운 밤을 낮처럼 환하게 비출 정도로 그 수가 많았다. 엘리야가 기껏 적의 공격을 막아 내도, 다른 방향에서 또 다른 드래곤들이 성채를 공격했다. 커다랗고 날카로운 발톱으로 다 쓰러져 가는 성탑과 난간을 부서트리고, 무시무시한 이빨로 채광창과 창문을 깨트렸다. 그 모습에 깜짝 놀란 마론은 지난 몇 시간 동안 엘리야 뒤에 버티고 있던 첨탑이 무너지는 광경을 가슴 졸이며 응시했다. 왕은 하늘에서 쏟아지는 돌 세례를 요리조리 피했다.

그리고 차례대로 드래곤을 격추하며, 데몬들을 한 명씩 해치웠다. 엘리야는 이미 오랫동안 싸웠지만, 그의 마력은 샤텐발트에서보다 훨씬 오랫동안 유지됐다. 그렇지만 안타깝게도 적군의 우세한 군사력을 전부 이겨 낼 정도로 충분하지는 않았다. 어느 순간 서늘한 빛을 뿜어내던 프레지오라이트 불빛이 약해지더니 마지막 빛을 하늘로 쏘아 보내고는 잠잠해졌다. 소름 끼치는 순간이었다. 마론은 그제야 제가 이스타리엘의 손을 꼭 붙잡고 있었다는 걸 깨달았지만 계속 오그라드는 심장 탓에 당장 놓고 싶은 마음이 생기지 않았다. 마비라도 된 것처럼 그 자리에 꼼짝도 하지 못하고 서서, 거대한 드래곤의 목구멍에서 형성되어 곧바로 지상으로 쏟아지는 파이어볼들을 응시했다. 화염에 불타는 엘리야의 모습을 제대로 확인하기 힘들 만큼 멀리 떨어진 곳에 있었지만 마론은 왕이 겪어야 할 고통에 연민과 공포를 느꼈다. 어릴 적 그녀는 뜨겁게 달아오른 무쇠 팬에 손을 덴 적이 있었다. 순식간에 벌어진 일이었지만 그 고통은 정말 끔찍했었고, 그 후로도 오랜 시간 동안 화상으로 인한 아픔을 참아 내야 했다. 그럴진대 산 채로 불에 타는 고통이라니! 상상만으로도 얼굴에서 핏기가 빠지고 사지에 힘이 풀렸다.

"끝났군." 마침내 이스타리엘이 붙잡고 있던 마론의 손을 놓았다. "우린 데몬들이 임무를 마칠 때까지 조금 더 기다려야 한다." 그제야 마론은 이 공격의 목적이 무엇이었는지, 그리고 엘리야가 저런 끔찍한 죽음을 자청한 이유가 뭔지를 깨달았다. 데몬들은 슈발벤하인 지하실에 숨겨진 예언에 대해 알고 찾아온 것이었다. 그리고 저들은 그 예언이 세상에 드러나는 것을 필사적으로 막으려 했다. 데몬이 데려온 드래곤들은 돌을 샅샅이 들어 올리며 한때 찬란하게 빛났던 엘프의 성을 먼지와 잿더미밖에 남지 않을 때까지 들쑤셨다. 그들이 파괴 행위를 멈추고 이윽고 다시 북쪽으로 날아가기 시작할 무렵 동녘에는 벌써 동이 트고 있었다.

"이제 파수꾼들이 힘을 얻을 방법을 스스로 깨우쳐야 할지도 모르겠군." 이스타리엘이 말했다. "가자, 엘리야를 찾으러."

마론은 제 몸의 굳어 버린 근육을 풀고 제대로 움직여 보려고 애썼다. 뻣뻣한 동작으로 한 손을 엘프 병영에서 챙겨온 문스워드 칼자루에 댄 채, 재빨리 성채로 달려가는 이스타리엘의 뒤를 쫓았다. 그들은 방금 생긴 새로운 폐허더미와 연기가 모락모락 피어오르는 드래곤 사체 곁을 지나갔다. 불에 탄 살에서 나는 악취가 앙상하게 뼈대만 남은 지붕에서 피어오르는 시커멓고 매캐한 연기와 함께 섞여 코를 찔렀다. 이스타리엘은 드래곤 시체 아래 깔려 있던 반쯤 죽은 데몬의 머리를 문스워드로 단번에 베어 버렸다. "저놈의 눈을 쳐다보지 마라!" 이스타리엘이 마론에게 다급하게 외쳤지만, 마론은 데몬의 몸에서 분리된 추악한 머리에서 흉흉하게 노려보는 붉은 눈동자와 눈을 마주치고 말았다. 그러나 다행히 아무 일도 일어나지 않았다.

"저들이 죽으면 효과가 없나 봐요." 놀란 마론이 힘겹게 말했다.

"그렇군. 하지만 넌 그걸 확인하려고 방금 네 목숨을 걸었던 건가?" 이스타리엘이 버럭 호통을 쳤다. 그는 몹시 화가 난 것 같았다. 마론은 적의 목을 베어 버린 후 피가 철철 흐르는 문스워드를 들고 있는 이스타리엘의 모습을 유심히 관찰했다.

"지금까지 단 한 번도 누군가를 죽여 본 적이 없는 거죠? 내 말이 맞죠? 저 데몬이 생전 처음 본 데몬이자 직접 죽인 데몬이 되겠군요."

"그 입 닥쳐." 이스타리엘이 그녀에게 벌컥 화를 냈다.

마론은 그런 이스타리엘의 심정을 이해할 것 같았기에 재빨리 입을 다물었다. 대신 손가락으로 목이 없는 데몬의 몸뚱이를 가리켰다. "저기에 칼을 닦아요."

엘프 왕자는 아무 말 없이 구역질 나는 표정으로 피 묻은 검을 죽은 데몬이 입은 지저분한 바지에 닦았다. 그런 다음 마론과 이스타리엘은 파괴된 돌무더기를 헤치며 앞으로 나아갔다. 왕과 함께 예언이 매몰되어 버린 거대한 폐허더미에 도착하자 마론이 깊은 한숨을 내쉬며 손등으로 이마에 묻은 먼지를 훔쳐 냈다.

"엘리야 님을 파내려면 어디서부터 시작해야 할까요?" 기진맥진한 음성으로 마론이 물었다.

"나도 모르겠군." 왕자가 그녀와 같은 분위기의 목소리로 대답했다.

결국 돌무더기 한가운데 털썩 주저앉은 그들은 기적이 일어나기만을 기다렸다.

그때 데몬이 공습해오던 어젯밤과 같은 장면이 다시 연출됐다. 벌떡 일어난 이스타리엘이 예민한 청각을 자랑하는 뾰족한 귀를 북쪽으로 향했다.

"또 드래곤 떼인가요?" 절망에 빠진 마론이 물었다.

엘프는 고개를 끄덕였다.

"이번엔 또 얼마나 많죠?"

"열다섯 아니면 스물. 그래도 어제보다는 숫자가 적군."

마론은 데몬들이 이곳을 또다시 공격하려는 이유가 이해 되지 않았다. 분명 그들의 눈앞에서 엘리야가 쓰러지고, 예 언이 설치된 기관이 어마어마한 돌무더기 아래 파묻힌 것을 똑똑히 지켜보았을 텐데.

"저들이 또 뭘 원하는 걸까요? 우리일까요?" 그녀가 이스 타리엘에게 물었지만 답은 되돌아오지 않았다. 이스타리엘 은 두 눈을 감고 공중에서 들리는 날갯짓 소리에 집중했다. 마론도 저 멀리 다가올 적들의 모습을 찾으려 지평선 너머 를 뚫어지게 바라보았다. 이윽고 그들이 보였다. 시커먼 점 들이 무리 지어 그들이 있는 곳을 향해 곧바로 날아오고 있 었다. 마론은 재빨리 이스타리엘의 셔츠 소매를 붙잡았다. "어서 여기서 도망쳐야 해요."

마론이 팔뚝을 잡아당기며 보챘지만 이스타리엘은 망설 였다. 성채의 파편 더미에는 몸을 숨길 만한 곳이 없었다. 날아오는 시커먼 점들이 점점 더 커지고 있었다. 더 나은 방 법이 떠오르지 않은 그들은 결국 옆에 있던 드래곤 사체 뒤 로 몸을 숨겼다. 죽은 지 한참이 지난 드래곤의 부릅뜬 눈동 자엔 뿌연 막이 생기기 시작했다. 잔뜩 긴장한 마론과 이스타리엘은 새로운 드래곤 무리가 하나둘 하강하는 모습을 지켜봤다. 푸른 비늘이 번쩍이는 유난히 큰 드래곤이 가장 선두에 있었다. 순간 마론은 언젠가 저 드래곤을 본 것 같은 기분이 들었다.

"혹시 저건…" 그녀가 이스타리엘에게 낮은 목소리로 중얼거렸다.

착륙하기 위해 방향을 선회한 드래곤이 목을 아래로 낮췄다. 마론은 그 드래곤 위에 타고 있는 기수를 대번에 알아봤다.

"트리스탄!" 그녀가 소리 지르며 자리에서 벌떡 일어났다. 어젯밤의 참혹한 전투와 끔찍한 왕의 죽음도 그녀의 기억 속에서 사라졌다. 쿵쾅거리는 심장에서 솟구친 피가 평소보다 두 배는 빠른 속도로 혈관을 타고 도는 것만 같았다. "트리스탄!"

이스타리엘도 뭐라 말했지만, 마론은 그 말을 들을 정신이 없었다. 트리스탄을 태운 드래곤이 목 주변의 피막을 곧추세우고 마론에게 으르렁댔지만 마론은 스스럼없이 달려갔다. 고개를 돌려 제 등에 탄 기수와 시선을 주고받은 드래곤은 이내 공격적인 태도를 누그러뜨렸다. 그 사이 그들 뒤편으로 다른 드래곤들이 연이어 착륙했다. 붉은 머리카락을 한

소년이 염소와 함께 붉은 빛을 띤 레드 드래곤을 타고 내려
오는 모습도 보였다. 블랙 드래곤이 태운 데몬을 발견한 마
론은 아차 싶은 마음에 재빨리 시선을 돌렸다. 그러자 아담
과 야레드가 보였다. 그들 외에도 지금까지 한 번도 본 적이
없는 낯선 사람도 있었다. 적어도 오늘은 그녀가 죽을 날은
아니었던 것이다. 오늘은 파수꾼들이 슈발벤하인에 모이는
바로 그 날이었다. 그렇게 보고 싶었던 트리스탄이 드래곤을
타고 날아왔다! 블루 드래곤은 천천히 어깨를 옆으로 비스
듬히 기울여 트리스탄이 내릴 수 있도록 배려했다. 돌진하듯
뛰어가던 마론의 발걸음이 차츰 느려지더니 마침내 그와 마
주 섰다. 그들은 서로를 물끄러미 바라보았다. 정말 트리스
탄이었다! 당돌한 눈빛과 헝클어진 머리카락 그리고 가슴팍
에 화상 흉터가 있는 그녀의 트리스탄이었다! 그러나 그의
얼굴에 서린 어둡고 서먹서먹한 그늘은 무슨 의미였을까?

　그리웠던 트리스탄을 앞에 두고도 마론은 왠지 모르게 거
절하는 듯한 그의 태도에 차마 그의 품에 안기지 못했다. 가
슴이 미어져 왔다. 뭐라고 말해야 할지 말문도 막혔다. "트
리스탄, 난… 난 널 기다렸어."

　트리스탄의 입가에 미소가 걸렸지만 그냥 의례적인 미소
였다. 야레드와 아담에게서나 기대할 만한 그런 웃음, 하지

만 트리스탄에게서 바랐던 미소는 절대 이게 아니었다! "네가 살아 있어서 정말 기쁘다, 마론." 그가 말했다. 그리고 그게 전부였다. 트리스탄은 그녀의 어깨를 한 번 토닥이고는 그들의 뒤편으로 천천히 다가온 이스타리엘을 향해 시선을 돌렸다. 마론은 머릿속이 진동했다. 지금 이 상황이 도무지 이해되지 않았다. 트리스탄은 정말 저를 제대로 기억하고 있는 걸까? 깊은 상처로 고열에 시달리며 힘들어하던 그를 보살펴 준 수많은 시간은? 호리엘의 텐트에서 서로를 부둥켜안고, 진하게 교감했던 그 날 밤은? 저를 바라보던 트리스탄의 눈빛에 타올랐던 온기와 열정은 도대체 전부 어디로 갔단 말인가? 마론은 혼미해진 마음을 가까스로 가다듬고 트리스탄과 이스타리엘이 악수하는 모습을 지켜보았다. "난 이스타리엘 폰 아엘프스탄이다. 알빈가르트의 왕자이자 엘프의 파수꾼이지." 이스타리엘이 자신을 소개했다.

"만나서 반갑다." 트리스탄이 대답했다. "난 부르크스메아데의 트리스탄이다."

이스타리엘의 얼굴에 의례적인 미소가 피어올랐다. 그녀 어깨에 한 손을 올리고 살짝 두드리는 엘프 왕자의 손짓이 저를 동정하는 건지, 아니면 무슨 또 다른 의미가 있는 건지 그녀는 알 수 없었다. "트리스탄 대신 그의 직책을 좀 알려 주지 않겠나?"

마론은 심호흡을 하며 제 감정을 들키지 않으려고 주의했다. 그들 사이에 무슨 일이 있었던 간에 지금 당장 그 문제로 노심초사할 상황이 아니었다. "그는 의지가 꺾이지 않는 자이자 드래곤 라이더 그리고 앞으로 하피의 지배자인 동시에 도른슈트랑과 트레간디르의 후계자이며 인간의 파수꾼인 트리스탄 폰 도른슈트랑입니다."

트리스탄이 고개를 젖히더니 큰 소리로 웃었다. "살면서 아직 단 한 번도 하피를 본 적이 없는데."

"넌 아직 너 자신에 대해 잘 모르는 모양이군." 이스타리엘이 말했다. "오늘 저녁 해가 지기 전까지 모든 걸 알게 될 거다. 물론 먼저 이 폐허에서 시신 하나를 발굴한 뒤, 부활할 때까지 기다려야 하겠지만."

이마에 주름을 지은 트리스탄은 의아한 표정을 지었다. 그러나 트리스탄이 되묻기도 전에 이스타리엘이 먼저 그를 옆으로 슬쩍 밀치며 엘리야가 있을 것으로 추정되는 방향으로 앞서갔다. "드래곤 라이더 친구, 어서 따라와라. 네 아버지를 소개해 줄 테니."

드디어 파수꾼 모두가 한자리에 모였다. 이제 곧 예언의 전모가 완전한 모습을 드러낼 것이었다. 마지막 탐험의 선

봉은 하얀 악마였다. 그바일로라는 이상한 이름의 염소는 어디를 파야 할지 정확히 알아낼 수 있었다. 마론은 레드 드 래곤을 타고 내려온 붉은 머리 소년을 바라보았다. 염소의 주인이자 트리스탄의 의형제 카이였다. 마론은 예전에 엘프 의 군영에서 그의 음성을 들은 적이 있었다. 그때 야레드가 소개해 주지 않았더라면 그가 누군지 알지 못했을 것이다. 투명 마법에 걸려 볼 수 없는 상태였으니까. 카이가 부탁하 자 염소는 무너진 기둥의 일부분으로 보이는 커다란 돌무더 기 앞으로 달려가서 갈라진 발굽으로 그 아래를 열심히 파 헤쳤다.

드래곤들이 나설 차례였다. 마론은 살짝 뒤로 물러나 야 레드와 아담 사이에 자리 잡고 앉아서 드래곤들이 긴 발톱 으로 돌무더기를 기민하게 파헤치며 그곳에 진입로를 확보 하는 과정을 지켜봤다. 그들 곁에 트리스탄과 이스타리엘이 나란히 서 있었다. 둘은 만나자마자 친구가 된 것처럼 보였 다. 그들이 함께 짊어져야 할 운명에 순응하며 당장 세상을 구하는 것 말고는 그 무엇에도 관심이 없어 보였다. 그들을 바라보는 마론의 내면에선 분노와 좌절감이 서로 치열하게 싸우고 있었다.

"야, 비젤. 이제 인상 좀 펴라." 곁에 앉은 야레드가 친한 친구처럼 무릎으로 그녀의 무릎을 툭툭 치며 귓가에 속삭였다. 마론은 지금까지 단 한 번도 자신에게 허락하지 않았던 소녀의 눈물이 터져 나올 것 같아 격렬하게 저항하고 있었다. 결국 씩씩하게 눈물을 삼켰지만 무의식중에 드러나는 눈빛만큼은 지우지 못했다. "도대체 무슨 일이 있었던 거야? 트리스탄은 왜 저렇게 변한 거지?" 마론은 저도 모르게 입 밖으로 내뱉었다.

그 말에 야레드가 어깨를 으쓱였다. "글쎄다. 네가 말하는 그런 변화는 말이야⋯ 그냥 너한테만 그런 것 같은데. 우리한테 녀석은 예나 지금이나 똑같다."

그건 그녀가 들을 수 있는 최악의 답변이었다. 적어도 트리스탄이 머리에 충격을 받아 지난 몇 주 동안 있었던 일을 통째로 기억하지 못하는 것도 아니라는 의미였기 때문이다. 그랬다. 그는 예전과 다르지 않았다. 단지 제게 아무 감정도 없는 것일 뿐, 어쩌면 처음부터 그런 감정 자체가 아예 없었을지도. 어쩌면 그들 사이에 있었던 일은 생사가 불확실한 위험이 거듭되는 상황에서 일어난 일종의 우발적인 행동에 불과했을지도 모른다. 그녀가 사랑이라고 생각했던 감정은 오갈 데 없는 불안정한 두 영혼의 마지막 반항이었는지도 모른다. 야영지에서 죽음의 전투를 앞둔 소년들이라면 누구나 느낄 육체적인 욕구와 결합하여 표출된 최후의 저항이었을지도 모른다.

"그래, 뭐. 트리스탄은 이제 우리 왕의 아들이자 무슨 엘프 성의 후계자라고 하더라." 아담이 불쑥 끼어들었다.

"트레간디르." 마론이 중얼거렸다.

"저놈이 아직도 네게 관심이 있다고 생각하냐?"

순간 야레드가 한숨을 내쉬며 아담의 뒤통수를 투박한 손바닥으로 내려쳤다. "네 그 예리한 촉이 정말 존경스럽구나. 아담. 하지만 그렇다고 굳이 그걸 쟤한테 말할 필요는 없을 텐데."

마론이 침을 꿀꺽 삼켰다. 그리고 야레드를 응시했다. "너도 그게 이유라고 생각해?"

대장장이는 눈썹을 높게 치켜들었다. 그리고는 동감하는 표정으로 천천히 고개를 끄덕였다. "그것 말고는 달리 설명할 방도가 없잖냐."

드래곤들이 엘리야를 찾아 땅을 파헤치고 있는 곳의 분위기가 소란스러워지자 마론은 그쪽을 바라봤다. 아마도 그들 중 누군가가 왕을 찾은 것 같았다. 셋은 자리에서 일어나 다른 일행이 있는 곳으로 향했다. 마론은 보는 것만으로도 눈이 부실 정도로 묘한 아름다움을 뿜어내고 있는 데몬 옆에

섰다. 레드 드래곤이 엘리야의 시체 위에 쌓인 마지막 돌을 조심스레 치웠다.

"후, 이렇게 심각한 상태로 죽은 건 정말 오랜만인 것 같은데." 처참한 시신을 내려다보며 이스타리엘이 한마디 했다. 엘리야의 피부는 완전히 녹아내렸고, 근육은 찢겨 나갔으며, 뼈들은 산산조각이 난 채로 시커멓게 변한 체액과 뒤범벅이 되어 있었다. 그의 얼굴은 도무지 형체조차 알아보기 어려웠다. 마론은 그가 곧 부활할 것임을 알고 있었지만, 그럼에도 수많은 강적에 대항하여 홀로 맞서 싸우다 장렬히 전사한 왕의 비참한 모습에 충격을 받아 숨이 멎을 것 같았다. 마론은 또 다른 누군가의 입에서 왕의 시신에 대해 이러쿵저러쿵 품평이 나오기 전에 서둘러 구덩이 아래로 내려가 엘리야의 사체를 수습했다. 이스타리엘도 얼른 다가와 구질구질한 임무에 동참했다. 이윽고 엘리야가 자갈밭에 누웠다.

"이제 어떻게 해요?" 마론이 이스타리엘에게 물었다.

"다시 깨어날 때까지 기다려야지."

"내가 도울 수 있을 것 같아." 염소와 함께 다가온 카이가 제안했다. 그의 등 뒤에는 인간형으로 변신한 몇몇 드래곤을 비롯하여 호기심 강한 구경꾼들이 모여들었다. 마론의 시선이 조금 전까지만 해도 블루 드래곤이었던 한 여인에게 향했다. 비록 얼굴에 화상 흉터가 있었지만 매우 아름다운 여인이었다. 무척이나 아름답고, 그리고 벌거벗은…. 그 상태로 그녀는, 야레드가 그녀의 알몸을 가려 주려고 다가가기도 전에 먼저 트리스탄을 향해 발걸음을 옮겼다. 그리고 몹시 친밀하고 익숙한 동작으로 한쪽 팔을 트리스탄의 어깨에 걸쳤다. 마론은 둘에게서 얼른 고개를 돌렸다. 그러니까 트리스탄이 저를 잊은 이유가 바로 이것이었구나! 어찌 보면 당연한 일이었다. 적들에 맞서 화염을 퍼붓는 건 물론 엉덩이까지 저렇게 요염하고도 능수능란하게 흔들어 댈 줄 아는 저 매력적인 드래곤 여인을 곁에 두고 자기 같은 시골뜨기 소녀가 눈에 들어올 남자가 어디 있겠는가?

"그럼 네 운을 한번 시험해 보든지!" 이스타리엘이 응답하자 카이는 엘리야 옆에 무릎을 꿇었다. 한 손으로 주머니를 열고 프레지오라이트를 꺼냈다. 그의 녹수정은 생김새는 조금 달랐지만, 엘리야의 것과 빛깔이 같았다. 그리고 다른 한 손으로는 그에게 매달리는 염소를 토닥였다. "그바일로, 엘리야의 프레지오라이트를 찾아봐!" 카이가 염소의 등을 살며시 밀며 말했다. "너라면 찾을 수 있을 거야!" 그러자 하얀 염소가 벌떡 일어나 그들이 엘리야를 발견한 구덩이로 뛰어들었다.

"마론 잘 지냈어?" 카이가 그녀에게 속삭였다. "이리 다시 보니 정말 좋네."

마론은 고개를 끄덕이며 애써 제 안의 슬픔을 삼켰다. "나도 다시 만나서 정말 기쁘다." 그녀가 대답했다.

카이는 선량한 마법사다운 미소를 지어 보였다. "지난번에는 원래 의도했던 것보다 훨씬 오랫동안 투명 마법 상태로 있어서 하마터면 큰일 날 뻔했지 뭐야."

마론은 카이의 말에 살짝 미소만 던질 뿐 아무 대꾸도 하지 않았다. 카이는 섬세한 두 손을 엘리야의 가슴이었을 부위에, 그러니까 이제는 숯덩이가 되어 버린 뼈 무더기에 살며시 올렸다. 그리고는 두 눈을 감았다. 주문을 외는 것 같았지만 소리는 들리지 않았다. 그 이후 그의 손에 놓인 마법의 돌이 깜박거리며 빛을 뿜어냈다. 그때마다 왕이 조금씩 되살아났다. 그의 뼈가 차츰 치유되고, 근육이 차올랐다. 그리고 화상으로 뭉그러져 내린 거무죽죽한 살덩어리가 온전한 피부로 탈바꿈했다. 마침내 카이가 양손을 치우자 왕의 속눈썹과 어깨 아래까지 닿는 적갈색 머리카락까지 회복되었다. 카이가 왕의 품위를 되살려 주고자 의복을 정돈하는 동안, 마론이 재빨리 다가가 그의 머리칼을 예전에 하고 다니던 스타일로 다듬었다.

"잘했어." 젊은 마법사가 마론에게 말하며 그녀에게 미소를 지었다.

"난 아무것도 한 것이 없는데." 그녀가 대답했다.

"아니긴, 넌 그가 무력한 상황에서도 그의 곁을 지켰잖아. 내가 왕에게 꼭 그 사실을 기억하라고 말하겠어. 너한테 꼭 잘해 주라고."

그런 뒤 두 사람은 엘리야가 다시 호흡을 되찾을 때까지 숨죽여 기다렸다. 마론은 그가 이런 상황에 처한 것이 도대체 몇 번째일지 짐작조차 할 수 없었다. 하지만 죽음에서 깨어나는 그의 모습을 보며, 이런 상황이 한두 번이 아니었다는 걸 깨달았다. 뜻밖에도 엘리야는 죽음의 왕국에서 벗어난 이 상황에 왠지 실망하는 기색이었다. 천천히 몸을 일으킨 왕이 제 몸을 내려다봤다. 이윽고 엘리야는 제 주변에 있는 종족들을 하나하나 둘러보기 시작했다. 진실의 혈맹을 맺은 드래곤, 인간, 데몬, 엘프의 모습을. 엘리야가 각진 턱을 다시 위로 치켜들자 그의 눈에 번쩍이는 광채가 되돌아왔다. 주변을 훑던 그의 시선이 마지막으로 트리스탄에게 닿았다. 그는 입술을 꽉 깨물고 있었다. 트리스탄을 누구보다 잘 아는 마론은 그가 지금 생부와의 첫 만남에 얼마나 떨고 있을지 짐작이 갔다. 움찔거리는 눈썹과 미동도 없는 팔

만 봐도 알 수 있었다. 엘리야도 마치 트리스탄을 거울에 비
춘 것 같은 자세로 서 있었다. 엘리야 역시 적절한 말을 찾
지 못한 듯 말문을 열지 못했다. 그때 민들레 씨앗이 든 구
슬 목걸이를 손에 든 이스타리엘이 두 사람을 도우러 다가
왔다. 그는 엘리야의 손에 목걸이를 올려놓았다. 그 모습을
보며 마론은 이것이야말로 영원한 침묵의 바다에서 왕을 건
져내는 감동적인 신의 한 수라고 생각했다. 아마도 왕은 자
신과 껄끄러운 사이인 엘프의 파수꾼에게 감사의 말 한마
디 전하지 않을 것이 확실했지만 말이다. 그리고 이스타리
엘 역시 그녀만큼이나 그 사실을 잘 알고 있었겠지만… 예
상대로 엘리야는 냉정한 표정으로 목걸이를 받아들었다. 그
리고 품위 있는 걸음걸이로 트리스탄에게 다가가 그의 목
에 목걸이를 걸어 주었다. 그리고는 손가락으로 유리구슬을
소중한 듯 만지면서 말했다. "너는 트레간디르와 도른슈트
랑의 씨앗이다. 내 아들아. 새로운 시대를 열 씨앗이지. 너
희가 함께 하나가 되어 이 에냐도르를 통치하게 될 것이다."
그는 확신에 찬 눈빛과 음성으로 아들에게 말했다. 그의 눈
에 타오르는 불꽃이 트리스탄에게, 그리고는 그 주변에 있
던 사람에게, 드래곤에게, 엘프에게 이어졌다. 이 상황에 어
쩌다 보니 참석하게 된 것 같던 무뚝뚝한 데몬인 툴마저도

잠시나마 감동한 것처럼 보였다.

"예언은 어떻게 된 거지?" 화상 흉터가 있는 드래곤 여인이 마침내 입을 열었다. "이제 예언이 있는 곳까지 가려면 어떻게 해야 하는 건가?"

엘리야가 비탄에 잠긴 표정으로 고개를 흔들었다. "방법이 없다. 이제 가바인을 찾아 그가 계시받은 예언을 우리에게 털어놓도록 만드는 수밖에."

"가바인이라고요? 가바인이 아직 살아 있을지 모르겠군요." 트리스탄이 말했다. "갈린에서 있었던 전투에서 내가 그를…" 트리스탄은 말을 꺼내기를 주저했다.

"트리스탄이 마력을 쏘아 그를 기절시켜 버렸거든요." 카이가 트리스탄 대신 대답했다. 일부는 감탄한 표정으로, 그리고 일부는 어리둥절한 표정으로 트리스탄을 응시했다. 엘리야만이 정답을 알고 있다는 표정으로 미소를 지었다. "네 영혼은 네가 생각하는 것보다 훨씬 더 짙은 인연을 저 어린 마법사와 맺은 거로구나, 아들아." 그가 비밀스럽게 말했다. 그러나 자세한 설명을 하려던 찰나 주변에서 꿈틀거리던 허연 물체가 왕의 눈에 스쳤다. 엘리야는 그것을 재차 확인한 후에야 염소라는 것을 알아차렸다. 그바일로가 제가 파헤치고 들어간 구멍에서 튀어나온 것이다. 머리통이 온통 잿빛

먼지로 뒤덮여 있었지만 주둥이에 왕의 프레지오라이트를 물고 있었다. 엘리야는 서둘러 염소에게서 제 녹수정을 빼앗는 대신, 양손을 허리에 대고 한시름 놓은 표정으로 크게 소리 내어 껄껄 웃었다.

주변에 서 있던 무리 중 마론이 유일하게 어디 소속인지 파악하지 못한 한 남자가 어깨를 구부정하게 숙인 자세로 주저하며 앞으로 나왔다. 예를 갖출 줄도 모르고 개인 위생 상태도 엉망인 걸 보아 하층 계급 출신인 것 같았다. "어르신, 가바인 그가… 꿈결에 한 말이 있습니다요. 제가 그의 곁에 머물던 때에 말입니다." 시선을 한껏 바닥에 내리깐 채 우물쭈물 그가 말했다. "중요한 내용인지는 모르겠지만, 노마법사가 매일 밤 중얼거렸지요."

"넌 누구냐?" 엘리야가 누군지 잘 모르는 그 남자에게 물었다.

"티발트입니다. 어르신… 아니, 전하… 프론슈타인에 있는 여관에서 하인으로 일했습죠."

"그러면 가바인과는 어떻게 알게 된 거지?"

하인은 난감한 표정으로 몸 둘 바를 몰라 어기적거리면서 대답했다. "전 카이 님의 뒤를 쫓았습니다, 어르신… 아니 전하. 카이 님이 제게 마법을 걸어서 전 다시…"

"지금 주제에서 벗어나지 말지, 티발트!" 카이가 끼어들었다. "그래서 가바인이 꿈결에 했다는 얘기가 뭐야?"

티발트는 들었던 말을 그대로 떠올리기 위해 뇌를 쥐어짜듯 안쓰러울 정도로 심각한 표정을 지었다. 그러더니 갑자기 떠오른 듯 화색이 돌았다. "너희들의 편에 같은 울림을 지닌 두 마법사가 있으리라. 샤텐발트의 마물이 그들의 아래에 있을 것이요. 위로는 화염의 주인이 그들의 곁에 서리니, 그렇게 파수꾼의 시대가 밝아 오리라."

마론은 이 상황이 전혀 믿기지가 않았다. 데몬들은 슈발벤하인을 초토화시키려고 데몬족 부대를 총동원했다. 그리고 엘리야는 이 예언을 사수하기 위해 목숨을 걸었다. 그런데 고작 제 주인의 잠꼬대를 몰래 엿들은 프론슈타인 어디에선가 굴러온 하인 하나가 그 내용을 지금 말하고 있지 않은가.

엘리야는 티발트가 전하는 말을 전부 이해한 것처럼 보였다. 그는 카이를 향해 고개를 끄덕이더니, 부르크스메아데에서 그의 부모를 통해 알아낸 자초지종을 들려주었다. 마력이 없이 태어난 평범한 아이였지만, 마법사 아녜이에 의해 트리스탄의 마력이 그에게 흡수되었다는 사연이었다. "앞서 네 마력이 지닌 음조를 잘 알고 있다고 하지 않았던

가. 그건 내 것과 같았기 때문이지. 그러니 너와 난 같은 마력을 지닌 셈이다. 장점도 같고, 약점도 같은 힘. 그 힘으로 우리는 파수꾼의 편에 설 것이다."

카이도 결코 달리 생각한 적이 없다는 표정이었다. 하지만 고개를 끄덕이면서도 묻고 싶은 질문이 족히 수천 개가 넘는 것처럼 보였다. 그러나 엘리야는 트리스탄을 향해 돌아섰다. "샤텐발트의 마물들이 우리의 군대가 될 거다. 우선 너는 하피를 복종시켜야겠다, 아들아. 그리고 나머지 파수꾼들도 엘프에게서 탈취하게 될 문스워드로 샤텐발트의 거대한 마물들을 하나씩 정복해야 한다. 그렇게 하피, 와이번, 유령늑대 그리고 도깨비불을 제압하면 우리는 천하무적이 될 것이다." 엘리야는 이제 눈길을 트리스탄에게서 돌려 드래곤 여인을 응시했다. "그러나 우선 드래곤족의 여왕이 데몬족의 권속이 된 제 종족을 해방시키는 것부터 시작해야겠지."

얼굴 한가운데 화상 흉터가 있는 여인은 이해가 되지 않는다는 표정으로 고개를 저었다. "드래곤에게는 여왕이 없다. 한때 왕이 있었지만, 오래전에 살해당했다."

"그렇다면 반고의 왕좌에 새로운 주군이 오를 시기로군. 드래곤의 왕은 무엇보다 누구에게도 꺾이지 않는 정신을 지녀야 한다. 네 이름은 무어냐?"

"사피라다." 드래곤 여인이 확신에 찬 음성으로 대답했다.

"그러면 오늘부터 네가 바로 드래곤족의 여왕, 사피라 1세가 될 것이다. 너는 파수꾼의 표식을 얻은 자이자, 드래곤족의 해방자, 슈투름 산맥의 지배자다. 그러니 너는 네 종족을 향해 돌아서라. 그들이 예를 갖추고 널 섬길 것이다."

순간 사피라가 말도 안 된다는 듯이 고개를 흔들며 엘리야의 말을 비웃으려는 것 같았다. 사피라는 그의 말에 대한 제 생각을 말하기 위해 입을 열려고 했다. 그러나 바로 그때 트리스탄이 제 문스워드를 높이 치켜들더니 그녀 앞에 칼날을 세우고 무릎을 꿇었다. 그러자 이스타리엘도 망설이지 않았다. 우아하고 세련된 몸짓으로 트리스탄이 취한 예를 따라 했다. 순간 방금 전보다 본능적이고 동물적인 감각이 강렬해진 사피라의 눈동자가 금빛으로 번쩍였다. 그러자 그녀 등 뒤에 서 있던 드래곤들이 모두 무릎을 꿇었다. 이곳에서 유일한 데몬인 툴만이 가슴 앞에 팔짱을 낀 채 서 있었다. 하지만 그 역시 지금 이 상황에 몹시 당황한 듯 보였다.

"드래곤족의 여왕이자 대변인인 사피라여, 이렇듯 인간의 파수꾼과 엘프의 파수꾼이 당신의 통치권을 인정하고 있다. 어서 저들의 경의를 치하하고 일어나라 명하라!"

사피라는 아직 혼란스러운 듯 트리스탄과 이스타리엘, 그리고 다시 엘리야를 번갈아 쳐다보았다. 그녀는 지금 눈 앞에 펼쳐지고 있는 이 상황에 자부심을 느껴야 할지 아니면 부끄러워해야 할지 확신이 서지 않았다. "그만 일어서라!" 그녀가 두 파수꾼에게 재촉했다. 그리고는 엘리야의 눈을 바라보았다. 그녀의 눈빛에 이제야 진지함이 담겼다. 그만큼 주변 분위기가 엄숙한 걸 알아차렸기 때문이었다. 이어 사피라는 큰 숨을 들이쉬었다. 인생이 송두리째 거꾸로 뒤집히는 순간엔 누구라도 그랬으리라.

"오늘 이곳 슈발벤하인에서 새로운 역사가 쓰였다." 이윽고 사피라가 말문을 열었다. "앞으로 반고의 연대기에 오늘은 여왕의 귀환뿐만 아니라 엘프와 인간이 드래곤에게 예를 표한 날로 기록될 것이다."

엘리야가 무척 만족스러운 표정으로 고개를 끄덕였다. 그러나 마론은 황급히 돌아섰다. 트리스탄과 사피라가 서로 눈빛을 교환하는 모습을 더는 지켜보고 싶지 않았기 때문이었다. 마론은 지금 모두가 느끼는 기쁨과 확신을 함께 나눌 기분이 아니었다. 태어나서 처음으로 아무 쓸모도 없는 사람이 된 기분이었다.

아그네스

"3년." 아녜이가 말했다. "그것도 한 사람당."

"1년이요!" 그레타가 대가를 깎으려 흥정했다. "그것도 저 아이한테서만요. 난 그냥 저 아이를 도와주려고 곁에 있는 것뿐이에요."

"거짓말하지 마!" 마법사가 비아냥거렸다. "난 너희 두 사람의 꽃 피는 청춘에서 3년씩을 원해. 위험하기 짝이 없는 샤텐발트를 손가락 하나 다치지 않고 횡단하는 대가가 그 정도면 절대 과하지 않지. 싫다면 그냥 하피나 유령늑대와 맞닥뜨려 너희들의 운을 시험해 보지그래. 수명 3년쯤은 아무것도 아니었다는 걸 사무치게 깨닫게 될 테니."

지난번 이곳을 찾아왔을 때처럼 이번에도 아녜이는 곰 가죽을 덮어 왕좌처럼 꾸며 놓은 의자에 발을 넓게 벌리고 앉아 있었다. 거만한 태도로 검정 드레스 끝자락을 만지작거리며 시큰둥한 표정을 짓는 그녀의 모습을 보며, 아그네스는 이 협상에서 누가 우월적 지위에 있는지를 똑똑히 알 수 있었다. 그러니 아무리 흥정해 본들 소용없을 것이다. 3년의 수명을 넘겨주지 않으면 여기서 아무것도 얻지 못할 것이 분명했다.

"그러면 2년씩이요!" 그럼에도 그레타는 여전히 꿋꿋하게 시도했다. "거기에 우리를 슈발벤하인으로 데려다준다는 조건을 얹어서요."

이런 그레타의 당돌한 제안에 아녜이는 어이없다는 표정을 지었다. 여자 마법사의 목구멍에서 헛웃음이 터져 나왔다. "도대체 뭘 알기나 하고 말하는 거냐? 십중팔구 도중에 격추당할 게 뻔한데, 넌 뭐라는 거냐! 어쨌든 거래는 샤텐발트를 횡단하는 것까지야. 날 다시 집으로 데려다줄 바람을 일으키려면 남은 마력을 전부 끌어모아야 하거든. 게다가 다시 돌아온다 해도 어디에 착륙해야 할지 막막할 뿐이다. 아마도 어디엔가 새로 집을 지어야 할지도 모르겠군. 그러고 보니까 말이야, 아무래도 3년씩만 가지고는 어림없고 5년씩은 필요할 것 같구나!"

협상은 한동안 계속됐지만 결국 아그네스와 그레타는 아녜이가 처음 제안한 조건을 수락할 수밖에 없었다. 아녜이가 수명을 앗아가는 방법은 무척이나 간단했다. 단지 상대의 양손을 마주 잡고 생의 3년을 제게 넘기라고 명령하듯 주문을 외는 게 다였다. 그렇지만 그레타의 경우 그 과정은 아그네스보다 훨씬 오래 걸렸다.

"어서 그냥 넘기라니까!" 두 손을 맞잡은 마법사가 짜증난 목소리로 다그쳤다. "네가 계속 이러면 나도 어쩔 수가 없어. 내가 손써 볼 겨를도 없이 너희 뒤를 쫓는 자들에게 잡히고 말 거다."

그 말에 결국 하녀는 체념한 것 같았다. 이윽고 아녜이의 소녀 같은 얼굴에 만족스러운 미소가 번졌다. 그러더니 숨을 깊게 들이마신 후 관능적인 손짓으로 이마에 붙은 새하얀 머리칼을 요염하게 뒤로 넘겼다.

"그렇게까지 해서 영원히 살고 싶어요?" 그레타가 비꼬았다. "당신이 내게서 훔쳐간 수명만 해도 벌써 6년이네요. 자그마치 6년이라고요!"

"그건 너 스스로 결정한 거잖니." 아녜이가 대답했다. 그리고 아그네스에게 돌아섰다. "지금 네 약혼자가 쫓아오고 있는 것 같은데, 맞지?"

"그건 저도 모르겠어요. 그 사람에 대해 잘 몰라요." 아그네스가 대답했다. "하지만 아무래도 엄청 화가 났을 거예요.

모르긴 몰라도 아주 멍청해 보이진 않았으니까 어쩌면 우리
가 누구에게 도움을 청하러 갔을지 알고 있을 것도 같네요."

"그러면 어서 서둘러야 하겠구나." 자리에서 일어나며 아
녜이가 말했다. "화롯가 섶나무로 어서 불을 지피렴. 내가
장작을 구해올 테니까." 말을 마친 아녜이가 오두막 벽에 고
정된 나무 사다리를 타고 반쯤 열린 지붕 위로 올라갔다. 그
위에서 그녀는 비를 막고 햇살을 가려 주는 가림막의 끈을
잡아당겼다. 그러자 머리 위로 구름 한 점 없는 푸른 하늘이
펼쳐졌다. 그들이 날아가야 할 비행 궤도는 훤히 뚫려 있었
다. 홀구르나무의 큰 가지는 물론 잔가지 하나 없었다. 아녜
이가 비상시를 대비해 깔끔하게 베어 냈던 것이다. 얼마 후
지붕 구멍에 얼굴을 드러낸 아녜이가 조심하라는 경고와 함
께 나무 장작을 한 아름 오두막 안으로 떨어뜨렸다. 어리둥
절 어쩔 줄을 모르고 서성거리던 아그네스는 그제야 정신을
다잡고, 숙련된 동작으로 거실 한가운데 있는 커다란 화로
에 불을 지폈다.

"도대체 뭘 어쩌려는 건지 넌 이해가 가?" 그레타가 아그
네스에게 속삭였다. 아그네스는 고개를 저었다.

"근데 저 여자가 정말 이런 일을 해 본 적이 있긴 한 건가?"

아그네스는 벽을 따라 여기저기 걸려 있는 촘촘하게 바느

질된 동물 가죽을 흘깃 쳐다봤다. 그 뒤에는 베로 짠 그물도 있었다. "설령 이번이 처음이더라도 저 마법사가 어떻게든 해내겠지, 뭐."

화롯가에 불이 활활 타오르기까지 그리 오래 걸리지 않았다. 아그네스와 그레타의 이마에 땀이 송골송골 맺혔다. 지붕에 올라간 아녜이는 여러 폭을 이어서 깁고 그물망으로 덧댄 거대한 동물 가죽을 가지고 내려왔다. 그리고는 각 모서리를 잡아당겨 굵은 바늘과 실로 재빠르게 꿰매기 시작했다. 천막 같기도 하고 거대한 풍선 같기도 한 가죽이 뜨거운 화롯불 열기에 서서히 부풀어 오르자 마법사의 모습이 펼쳐진 가죽에 가려 보이지 않게 되었다.

아그네스는 신경이 곤두섰고 그레타는 슬슬 화가 치밀어 오르기 시작했다. "아니 마법사라면서, 도대체 왜 저따위 걸 꿰매고 있는 거람? 카이처럼 주문을 외면 그만일 것을?" 그레타가 아그네스에게 물었다. 아그네스는 그저 어깨를 한 번 으쓱일 뿐이었다. 그녀도 그레타만큼이나 낙담했지만, 어떻게 해서든 어서 이 부르크스메아데를 떠나 이스타리엘을 찾고 싶은 욕구가 그 어떤 두려움보다 더 강렬했다. 설령 아녜이의 나무집을 타고 하늘을 날다 추락한다 해도, 돌프를 남편으로 맞이하는 것보다야 훨씬 나았다.

"어쩌면 저걸로 마력을 아껴 보려는 속셈일지도." 아그네
스가 막연히 추측했다. "프레지오라이트를 지금은 쓰지 못
한다니까. 아마 저 마법사의 마력도 무한하지는 않겠지."

"그럴지도." 그레타는 신선한 공기를 쐬러 오두막 현관 근
처로 가기 전에 나무 장작을 하나 더 던져 넣었다. 곧이어
아녜이가 사다리를 타고 올랐던 길을 따라 내려왔다. 그녀
는 뜨거운 열기가 가득 차 둥근 형태를 띤 천장을 바라봤다.
대형 가죽을 뚫고 스며들어 온 은근한 햇살에 이 구조물의
안쪽은 완전히 딴 세상 같은 분위기가 흘렀다. 이제야 아그
네스는 아까 본 그물망의 용도를 깨달았다. 그것은 열기구
의 가죽 천이 이탈해 날아가 버리는 것을 방지하기 위한 용
도였다.

"그런데 겨우 저걸로 이 나무집 전체를 끌어올릴 수 있을
까요?" 아그네스가 근심 어린 표정을 지으며 물었다. 그러자
큰 소리로 웃던 마법사가 어리석은 제자를 바라보는 학교
선생님의 눈빛으로 아그네스를 쳐다봤다. "대체 무슨 생각
을 하는 거야? 이 열기구는 저기 저 바구니만 끌어 올릴 건
데. 우리 셋은 거기에 탈 거고." 마법사는 오두막의 다른 한
쪽에 놓여 있는 구조물을 가리켰다. 원래 아그네스는 그것이
그녀의 침상일 거라고 추측했었다. 순간 아그네스의 심장이

격렬하게 두근거렸다. 저렇게 얇은 바구니를 타고 하늘을 날아오르다간 천길만길 나락으로 추락하기에 십상일 것이다. 아그네스는 부디 아녜이가 남의 수명을 빼앗아가는 능력만큼이나 바느질 솜씨도 훌륭하기를 간절히 빌었다.

그렇게 한 시간쯤 지나자 열기구 윗부분에 뜨거운 공기가 가득 찼고, 보호용으로 둘러쳐 놓은 그물망이 공중으로 들어 올려졌다. 그러자 아녜이는 화로에 지핀 불을 끄고 가죽 끄트머리의 각 모서리를 한데 모아 밧줄로 휘감더니, 뜨거운 열기가 새어나가지 않도록 꽉 묶었다. 그런 후 셋은 힘을 합쳐 그 아래 바구니를 단단히 고정했다. 자그마한 바구니에 아그네스와 그레타가 먼저 올라탔다. 그들은 온몸을 덜덜 떨며 서로 부둥켜안았다. 아녜이는 그물망의 각 모서리를 풀었다. 그러자 열기구가 떠오르기 시작했다. 나무집이 삐걱거리며 심하게 흔들리고 천장이 들썩거렸다. 마침내 아녜이도 바구니에 올라탔다. 순간 아그네스와 그레타는 그녀의 흔들리는 눈동자에서 긴장감을 보았다. 긴장감이라기보다는 공포에 가까웠다. 그러니까 저 마법사도 이런 시도는 처음이었던 것이다!

"걱정하지 마!" 아녜이가 말했다. "어차피 이젠 되돌릴 수 없어. 아까 내가 지붕에서 봤는데 말이야, 저기 들판 끝자락에 달구지가 보였거든. 이제 곧 여기에 당도할 거야."

"달구지를 봤다고요? 누가 앉아 있던가요?" 깜짝 놀란 아그네스가 황급히 되물었다.

"수염을 기른 흑발의 남자." 아녜이가 대답했다. 그리고 처음으로 마법을 사용해 그물망 모서리의 마지막 네 매듭을 풀었다. 매듭이 스르륵 풀리며 뜨거운 열기가 담긴 공기 주머니가 밑에 달린 바구니를 끌어 올렸다. 아그네스는 열기구가 나무집 천장을 밀어젖히며 빠져나와 미리 베어 놓은 흘구르나무 꼭대기까지 둥둥 떠오르자 감탄이 절로 나왔다. 마지막 나뭇가지를 스쳐 올라갈 때쯤 아그네스도 아녜이가 말했던 달구지를 발견했다. 달구지는 숲속 공터로 다가오고 있었다. 숫염소에 올라탄 돌프는 손가락이 절단된 양손에 고삐를 둘둘 감아쥐고 있었다. 그는 오늘 아침 사리풀잎이 들었을 아침 식사를 마다하고 서둘러 쫓아 온 모양이었다. 돌프는 염소고삐를 내려놓고 허공에 주먹을 휘둘러 댔다. "네년들은 이 일에 꼭 대가를 치러야 할 거다, 이 창녀 년들아! 두고 봐라. 절대 내게서 도망치지 못할 테니까!" 그가 으르렁거렸다.

아그네스는 하늘을 향해 고래고래 소리를 질러 대는 제 남편이 될 뻔한 남자를 내려다보았다. 저 살기등등한 남자의 분노는 필시 카이에 대한 복수심에서 비롯된 것이리라. 달구지를 조금 뒤로 물린 남자가 활과 화살 몇 대를 꺼내 들었다. 엄지도 없는 손으로 화살을 겨누더니 이내 시위를 당겼다. 그 모습에 놀라 그레타의 눈이 둥그레졌다. "뭐야, 저 남자가 공기주머니를 맞추면 우린 어떻게 되는 거야?" 그레타가 호들갑을 떨었다.

"그렇게 되지는 않을 거란다." 아녜이가 무심하게 말했다. "여기까지 화살이 날아오기엔 나뭇가지들이 많기도 하지만, 우린 이미 높은 곳까지 올라왔으니까. 석궁이면 몰라도, 저런 어설픈 활로는 어림도 없지."

그녀의 말은 옳았다. 하지만 정말 근소한 차이였다. 돌프가 쏘아 올린 화살들은 홀구르나무 우듬지에 달린 나뭇잎들을 스치며 열기구 턱밑까지 솟구쳐 올랐다. 바구니에 탄 두 소녀는 그 광경을 지켜보며 불안한 표정으로 속눈썹을 깜박였다. 아녜이도 불안하기는 마찬가지였다. 그러나 돌프에게 마력을 쏘아 보내지는 않았다. 대신에 마법사는 눈을 돌려 먼 곳을 응시하며 바람을 일으켰다. 곧이어 그들을 샤텐발트 너머로 인도할 상쾌한 바람이 불어왔다. 그들은 한동안 달구지를 타고 허겁지겁 뒤쫓아 오는 돌프의 모습을 지켜봤다. 이내 욕설을 퍼붓는 돌프의 고함이 들리지 않을 정도로 고도가 높아지더니, 결국 그의 모습이 시야에서 사라졌다.

"내 이럴 줄 알았어. 이제 다시는 옛집으로 못 돌아가겠네. 저놈이 엘프 군영에 고자질할 게 뻔하니까." 잠시 후 아녜이가 푸념을 늘어놓았지만, 두 사람은 그녀의 말에 아무 대꾸도 하지 않았다. 공중에서 내려다보는 광활한 대지에 압도당한 아그네스는 발아래 풍경을 살피느라 정신이 없었다. 그녀는 발아래 펼쳐진 숲과 들판, 아담한 장원과 마을을 관찰했다. 저 멀리 지평선 너머로는 여태까지 그녀가 단 한 번도 보지 못한 바다가 펼쳐져 있을 것이다. 하늘과 바다, 대륙 그리고 적막감. 지금 이 에냐도르 대륙엔 온전한 평화와 무한한 자유만이 존재하는 것 같았다. 지금 저 아래에는 각 종족이 아웅다웅 어지러운 일상을 이어가고 있겠지만, 이렇게 높은 곳에서 살펴보니 모든 게 얼마나 하찮아 보이는지! 생각이 여기까지 미치자 처음에 느꼈던 공포는 사라지고 점점 대담해졌다. 그레타도 이젠 열기구의 공기주머니와 바구니를 고정하고 있는 삼실로 꼬아 만든 밧줄을 한 손으로 움켜쥔 채 몸을 숙이고 지상을 내려다봤다.

"안녕하세요!" 그녀가 들판에 보이는 농부들에게 외쳤다. "조심해요, 내가 뱉은 침이 머리 위에 떨어질 수도 있어요!"

"그 해괴망측한 짓 좀 그만둘 수 없니?" 아녜이가 꾸짖었다. "샤텐발트 저편에 몰래 내리려면 우리를 목격한 사람이 적을수록 좋지 않겠냐."

"내린다고요?" 그 말 한마디에 겁먹은 그레타가 침 뱉기를 즉시 멈추고, 밖으로 내밀었던 고개를 재빨리 움츠렸다. 눈망울을 커다랗게 치켜뜬 그레타가 마법사를 뚫어져라 쳐다보며 물었다. "*내린다*고 했나요? 그게 무슨 말이죠?"

아녜이는 바구니 뒤편에 감아 놓은 밧줄을 가리켰다. "저걸 사용해서 아래로 내려갈 거야. 뜨거운 열기를 조금씩 내보내면 하강이 가능해. 그렇다고 아예 착륙해 버리면 다시 하늘로 올라갈 방법이 없거든."

그레타는 어처구니가 없었다. 화가 치밀어 오른 그레타가 욕설을 뱉으며 바닥을 발로 쿵쿵 굴러 댔다. 당장 그런 터무니없는 소리를 그만두지 않으면 제 손으로 직접 아녜이를 바구니 밖으로 던져 버리겠다고 협박했다. 아그네스는 그 광경을 보며 이스타리엘이 그레타에게 학을 뗐던 이유가 저런 거였다고 회상했다. 반면에 카이는 좀 달랐던 것 같았다. 그가 그레타를 대하는 방식은 왠지 남다른 데가 있었다. 그리고 정말 그 이유 하나 때문에 아그네스는 자기는 절대 엄두도 내지 못할 저런 개차반 같은 행동을 서슴없이 해 대는 저 하녀를 좋아해 보려고 애써 왔던 터였다. 어느 순간 모두가 진정했다. 아녜이는 바람을 향해 주문을 외기 시작했고, 감정이 상할 대로 상한 그레타는 바구니 한구석에 쭈그리고 앉아 애꿎은 밧줄만 노려봤다. 그때 저 멀리서 점점 가까워지는 소금광산과 갈탄 가마가 아그네스의 시야에 들어왔다. 그리고 얼마 지나지 않아 샤텐발트가 보였다. 지평선을 따라 펼쳐진 샤텐발트는 감탄사가 절로 튀어나올 정도로 광활히 펼쳐져 있었다. 위에서 얼핏 보면 우듬지가 물결치는 암흑의 바다 같았다. 그들을 붙잡아 끌어내려 집어삼키고 싶어 거대한 혀를 날름거리는 암흑의 바다. 숲으로부터 악의 기운이 연기처럼 피어올라 구름 위 이곳까지 파고드는 것 같았다. 아녜이도 음습한 기운을 피부로 느낀 것 같았다. 그녀는 최대한 집중하기 위해 양손으로 관자놀이를 세게 눌렀다. 그러자 바람 방향이 바뀌며, 항로가 동쪽으로 선회했다.

"지금 뭐 하는 거예요?" 그레타가 날카롭게 외쳤다. "난 절대 프론슈타인으로 돌아가지 않을 거예요! 그리고 드래곤 산맥으로도 가지 않을 거고요!"

"좀 조용히 해 봐!" 양손으로 관자놀이를 더 세게 누르며 아녜이가 다급하게 외쳤다. "뭔가가 내 마력을 흡수하고 있어! 내가 대항하기에는 너무 강력한 힘이구나!"

순간 바람의 방향이 다시 바뀌더니 그들을 샤텐발트 너머

북쪽으로 이끌었다. 동시에 공기주머니에서 바람이 빠져나가며 몇 길 아래로 하강했다. 공포에 질린 세 여자는 양손으로 바구니를 움켜쥐었다. 그대로 곧장 숲의 아가리에 삼켜질 것처럼 우듬지 파도가 점점 가까워졌다.

"어서 다시 위로 올라가요!" 아그네스가 절망에 허우적거리는 목소리로 다급하게 외쳤다. 하지만 아무리 소리쳐 봤자 소용없다는 걸 금세 깨달았다. 마법사는 이미 할 수 있는 건 다 시도해 본 터였다. 두 눈을 꼭 감고 손끝을 높이 치켜든 아녜이의 입술에서 계속 마법 주문이 흘러나왔다. 마법사의 안색이 점점 파리해졌다. 발그레한 복숭앗빛 혈색이 순식간에 사라졌고 코피까지 흘러내렸다. 아그네스는 쿵쾅거리는 심장을 부둥켜안고 숲을 향해 미끄러지듯 내려가는 열기구 바구니 속에 웅크리고 앉았다. 다행히 하강하는 속도가 점점 줄어들었지만 숲의 우듬지까지는 얼마 남지도 않았다. 아녜이는 끈질기게 그들을 잡아당기는 숲의 흡입력에 사력을 다해 맞섰다. 급기야 그녀의 눈가에 잔주름이 생기기 시작했다. 탱탱했던 턱 주변 피부는 점점 쭈그러들었다. 피부 위로 혈관이 툭 불거져 나오고 갈색 검버섯이 피어올랐다.

"마법사가 늙고 있어!" 바구니 모퉁이에 앉은 그레타가 깜짝 놀라 외쳤다.

"쉿!" 아그네스가 속삭였다. 지금 아녜이에게 무슨 일이 벌어지고 있든, 그녀는 아직 이 열기구를 공중에 붙들고 있었다. 이제 샤텐발트 끝자락이 멀지 않았다. 저렇게라도 조금만 더 버텨 준다면 그들은 이곳을 벗어날 수 있을 것이다.

바구니 바닥에 우듬지에서 삐쳐 나온 나뭇가지가 스쳤다. 이어 아녜이의 목가에 쭈글쭈글 주름이 생겼다. 그레타는 딱정벌레처럼 몸을 둥글게 말았다. "조금만 더, 어서 계속해요!" 아그네스가 외쳤다. "조금만 더 가면 곧⋯"

바로 그때, 말라비틀어진 소나무의 날카로운 가지가 바구니를 뚫고 들어왔다. 공기주머니는 계속 바람을 타고 숲의 끄트머리를 향해 전진하려 했다. 기우뚱 흔들리는 바구니 속에서 아그네스가 양손을 허우적거리며 무엇이든 잡히는 대로 꼭 움켜쥐었다. 밧줄, 바구니 가장자리 그리고 그레타까지. 결국 바구니가 찢어지면서 그들은 바로 옆에 있던 나무와 세게 충돌했다. 서로 우당탕탕 머리를 부딪치고, 이리저리 데굴데굴 구르는 동안 작은 나뭇가지와 바늘 같은 침엽수 나뭇잎들이 후드득 떨어졌다. 그때 바구니에서 튕겨 나간 아녜이가 고막을 찢을 것 같은 비명을 지르며 나락으로 추락했다. 아그네스와 그레타는 겨우 추락을 면했지만 바구니는 거의 뒤집히기 직전이었다. 그 순간 기지를 발휘해 벌떡 일어난 그레타가 허리춤에서 작은 단도를 꺼내 공기주머니에 꽂아 넣었다. 찢어진 틈으로 열기가 분출했다. 흥분과 긴장으로 달아오른 그들 얼굴 위로 뜨거운 공기가 쏟아졌다. 그때부터 그들은 지상으로 수직 낙하하며 숲 끝자락 나무 기둥들과 연이어 충돌했다. 마침내 바람 빠지는 소리와 함께 열기구가 알빈가르트 풀밭 위에 덜커덩 착륙했다. 아그네스와 그레타는 뒤집힌 바구니에서 네발로 기어 나왔다.

"그래도 제대로 착륙한 것 같네." 그레타가 한숨을 내쉬며 말했다.

"이게 제대로라고? 아녜이가 떨어진 거 몰라?" 아그네스는 그레타에게 날카롭게 쏘아붙였다.

"그건 정말 안됐다고 생각해. 하지만 넌 그 마법사가 우리 수명 6년을 훔쳐갔다는 건 잊었냐?"

"그렇다고 죽어서 고소하다고 할 수는 없잖아!"

그레타는 이제 새하얗지만은 않은 원피스 끝자락을 툭툭 털고는 평소처럼 코를 치켜들었다. "용병은 타인을 위해 전쟁에 대신 참전하고 돈을 받는다지. 그리고 거기서 쓰러져도 닭 한 마리조차 울어 주지 않아. 아까 그 마법사도 용병과 다를 게 뭐야. 난 단지 수명 6년을 날린 게 아까울 뿐이야." 말을 마친 그레타는 방향을 가늠해 보려는 듯 하늘을 올려다보며 태양의 위치를 살폈다. 어쨌든 그 주제는 그냥 그렇게 마무리하려는 것 같았다.

"지금 우리는 마법사의 생사조차 모르잖아!" 아그네스가 그레타의 뒤통수에 대고 소리쳤지만, 그레타는 그저 어깨를 한 번 으쓱일 뿐이었다. 그런 뒤 한 걸음 우측으로 돌아서서 지평선 한 지점을 손가락으로 가리켰다. "저기가 북쪽이야. 그리고 이제 우리는 저 무시무시한 숲을 돌아서 저리로 가면 돼! 그렇게 죽고 싶으면, 너 혼자 가서 죽어!" 그레타는 확신에 찬 음성으로 말했다. 어떤 식의 반대 의견도 허용하지 않겠다는 단호한 목소리였다. 솔직히 아그네스도 속으로는 그레타의 말이 옳다는 걸 인정하고 있었다.

툴

그녀가 제 뺨을 세게 내리쳤지만 툴은 그나마 기분이 좀 후련했다. 약간 통증이 따르긴 했지만 스호오크가 이렇게라도 반응을 보인 게 처음이었기 때문이었다. "저리 꺼져!" 그녀가 욕설을 내뱉었다. 스호오크의 눈동자가 순식간에 드래곤 본색으로 변했다. 툴은 찬찬히 그녀를 살펴봤다. 얼굴에는 전사의 표식으로 칠을 하고, 가슴 앞에 빛바랜 해골 갑주를 걸친 예전 모습으로 돌아갔다. 데몬 군영에서 포댓자루 같은 데몬의 의복을 걸치고, 남들 앞에서는 시선을 내리깔아야 했던 굴종의 시간은 이제 끝났다. 그녀는 자유를 되찾았고 다시 건강하고 밝아졌다. 툴은 미쳐 버릴 것만 같은 기분이었다. 그러나 무엇 때문인지는 도통 알 수 없었다. 단순히 자신을 거부하는 그녀 때문일까, 아니면 저렇게 퉁명스레 반항하는 스호오크의 태도마저 유혹적으로 느껴지는 상황 때문일까. 여전히 그의 내면에 꿈틀대는 데몬의 본성은 이런 어처구니없는 느낌에 절규했다.

"넌 심하게 다친 나를 낯선 드래곤과 함께 호숫가에 버리고 갔어." 스호오크는 여전히 분이 풀리지 않는 듯 씩씩거렸지만 적어도 이번만큼은 그에게서 벗어나려 애쓰지는 않았다. 남몰래 그녀 행동을 주시하며 때를 기다렸던 툴은 땔감을 찾으러 나선 그녀 앞을 가로막았었다. 폐허 뒤편, 남이 볼 수 없는 곳에서였다. 그리고 스호오크는 눈앞이 핑 돌 만큼 찰진 따귀로 그에게 화답했던 것이었다.

"그 낯선 드래곤은 이제 네 종족의 여왕이 됐잖아. 그러니까 그렇게까지 성내지 마라." 그가 대답했다.

"하지만 그때는 우리의 적이었지. 당시 난 그분을 죽이려고 했어. 그리고 넌 날 그곳에 버려두고 갔고."

"하지만 그 전에 네가 회복할 만한 환경을 만들어 놨잖아. 적어도 난 적을 물리쳤다고 생각했다."

툴은 그녀에게 조금 더 가까이 접근하려 했지만, 스호오크는 팔을 휘두르며 그를 치려는 자세를 취했다. "너는 내가 깨어날 때까지 기다릴 수도 있었어." 그녀가 그를 힐책했다.

"그래, 그럴 수도 있었지. 그러면 그런 뒤에는 어떻게 해야 했을까, 스호오크? 넌 레벨에게 마법의 돌을 바치러 나와 함께 갈린으로 되돌아갔을까? 그리고 그곳에서 데몬족의 권속으로서 네 여생을 보내려 했을까?"

이 말에 마음이 불편해진 스호오크는 한 발 한 발마다 제 체중을 실으며 다가왔다. "너는 내가 블루 드래곤을 공격하면 나와 함께 드라고니아로 가겠다고 약속했었어." 그녀가 쏴붙였다.

툴이 깊은 한숨을 내쉬었다. 약속을 했던 건 사실이었다. 그러나 그때 진심으로 그 약속을 지킬 생각이었는지 아니면 스호오크가 사피라를 공격을 하도록 설득하기 위해 빈말로 내뱉은 것인지는 저 자신도 확실하지가 않았다. 생사의 갈림길에서, 그리고 자신의 미래를 결정짓는 그 순간 툴은 올바른 판단을 내릴 겨를이 없었다. 하지만 이제 제 눈앞에서 팔짱을 끼고 활활 타오르는 눈초리로 쏘아보는 스호오크를 보니 그때 아무렇게나 거짓 약속을 한 게 너무나 후회됐다.

"하지만 드라고니아로 가면 내가 행복하지 않을 거다." 그가 조용히 말했다. "정말로 모르겠어? 우리가 어떤 선택을 하든, 어디로 가든 둘 중 하나는 불행해질 수밖에 없다는 걸."

고원에서 다시 재회한 이후 처음으로 스호오크는 그의 눈을 똑바로 응시했다. 그리고는 한숨을 내쉬었다. 그녀가 다시 입을 열기까지는 한참이 걸렸다. "우리가 여기 남는다면… 여기, 파수꾼들과 함께 말이야. 그러면 달라질 수도 있겠지."

"난 여기서도 외톨이다. 보면 모르겠냐?" 그가 물었다.

"맞아, 하지만 그건 네가 그렇게끔 행동하니까 그런 거야. 너는 여전히 진짜 데몬이 되고 싶은 거잖아! 그 망할 놈의…." 격분한 스호오크는 자신이 바닥에 내팽개친 장작을 마구 밟았다.

"그게 나다." 그가 중얼거렸다. "단지 그들이 날 파수꾼이라 부른다고 해서 내가 인간이나 엘프가 되는 건 아니잖니…. 그리고 드래곤이 될 수도 없지."

"누구도 너에게 그런 걸 기대하지 않아."

스호오크는 그 이상 아무 말도 하지 않고 그를 물끄러미 바라봤다. 순간 툴은 그녀가 이미 자기를 용서했다는 걸 깨달았다. 원래 드래곤도, 데몬도 상대의 사과를 오랫동안 거부하면서 상대의 애를 태우는 일은 하지 않는다. 어쩌면 그런 행동 양식이야말로 두 종족 사이 몇 안 되는 공통점 중하나였다. 그들은 그만큼 충동적이고 즉흥적이었다. 툴은 평생 스호오크를 절대적으로 신뢰할 수는 없으리라는 걸 이미 예전부터 예감했다. 스호오크는 오늘 잠자리를 함께하더라도 내일이 되면 운명의 수레바퀴가 어디로 구르느냐에 따라 날카로운 송곳니를 제게 박을 수 있는 여자였다. 그래도 툴은 그녀를 위해 파수꾼들과 어울려 보려고 노력할 생각이었다. 그리고 이제까지 그러지 않았던 건 어떻게 해야 할지를 몰랐기 때문은 절대 아니었다.

스호오크도 더는 그를 때리지 않았다. 툴은 그녀의 양 손목을 붙잡고, 장난치듯 그녀의 등 뒤로 가져갔다. 스호오크가 고개를 뒤로 젖히자, 툴은 그녀의 목덜미에 키스하며, 이빨로 하얀 피부를 살짝 잘근잘근 씹으며 핥았다. 툴은 둘의 관계에서 적어도 이렇게라도 주도적인 기분을 느끼고 싶어 했고, 그건 그녀도 잘 알고 있었다. 스호오크는 어느 선까지는 툴이 원하는 대로 하게 내버려 뒀지만, 어느 순간 태세를 전환했다. 항상 그랬던 것처럼. 이번만큼은 평소보다 그 시점이 훨씬 빨랐다. 툴이 막 제 혀를 그녀의 입안으로 밀어 넣으려던 순간 스호오크가 몸을 뿌리치며 그와 자리를 맞바꿨다. 이번에는 그녀가 그를 돌무더기로 밀어붙였다. 그녀의 손이 툴이 허리에 두른 샅바 치마 아래로 미끄러져 내려가더니 그의 신체 일부를 움켜잡았다. "너는 내꺼야." 스호오크가 그의 귀에 속삭였다. "말해 봐, 데몬. 너는 내꺼라고 어서 말해!"

순간 툴은 드래곤과 인간들이 제짝에게 하듯 스호오크가 원하는 말을 귓속에 속삭여 주고 싶었다. 그렇지만 그의 내면에 숨어 있는 데몬의 본능이 그러면 안 된다고 끝까지 그를 타일렀다. 결국 툴은 제 입을 소리 내어 고백하는 기능 대신 그녀를 흥분시키는 용도로 사용했다. 망설임이나 두려움 없이 그녀가 쾌락의 신음을 한껏 내지를 때까지 스호오크를 자극했다. 이제 그런 그녀의 행동을 탓하며 고문하거나 죽일 전쟁의 군주는 이 세상에 존재하지 않았다. 그리고 이러다 언젠가 때가 되면 스호오크가 자발적으로 제게 복종하는 날이 올 수도 있지 않을까. 그러다 보면 언젠가는 결국 그녀를 정복할 수 있지 않을까. 그러기 위해 전략을 조금 수정해 보면 어떨까.

야영지로 돌아오는 길에 툴과 스호오크는 트리스탄과 마주쳤다. 툴은 불신 가득한 눈초리로 인간의 파수꾼을 관찰했다. 아마 엘프였다는 모친 때문이겠지만 트리스탄은 인간이라기에 용모가 지나치게 아름다웠다. 가슴팍에 보이는 붉은 화상 흉터와 겉모습은 전혀 신경 쓰지 않는 털털한 성품을 지녔지만 종족의 대변인이 되기에 부족함이 없었다. 솔직히 그런 점은 엘프와 정반대였다. 오늘 아침만 봐도 툴은 이스타리엘이 양동이 두 개를 들고 폐허 뒤편에 있는 깨끗한 샘으로 가는 걸 목격했다. 그리고 이스타리엘은 아엘프스탄 궁정의 시동에게 시중을 받은 것처럼 깨끗하고 정갈한 외모로 돌아왔다. 세심하게 땋아 반듯이 다듬은 머리 모양만 봐도 어디 한 군데 흠잡을 데가 없었다. 반면 트리스탄은 머리 위로 셔츠를 훌렁 벗어 던지고는 한 양동이 길어 온 물을 제 몸에 퍼부은 후 몇 차례 고개를 흔드는 것으로 치장을 끝냈다. 이스타리엘이 외모를 가꾸는 데 쓰는 시간에 비하면 그야말로 전광석화였다. 얼굴에 까칠까칠한 수염이 나도 트리스탄은 신경 쓰지 않았다. 하긴 마법사 왕과 그 망할 카이 놈도 마찬가지긴 했다. 그런 그들과 비교하면 드래곤도, 데몬도 야생에서 생활하는 데 최적화되어 있었다. 땀을 흘리지 않는 타고난 체질 탓에 피부에 묻은 먼지는 시간이 지나면 제풀에 떨어졌고, 지저분한 오물이 묻어 부득이한 경우에는 모래찜질이면 충분했다.

"널 찾아다녔다." 트리스탄이 다가서며 말했다. 스호오크에 닿은 그의 시선이 춤을 추듯 너울거렸다. 무슨 볼일이라도 있냐는 듯 눈썹 하나를 치켜뜬 스호오크의 눈빛에 트리스탄은 멋쩍은 듯 미소를 지었다.

"왜 그러지?" 툴이 물었다. 파수꾼들 중 트리스탄은 그나마 툴이 가장 편견 없이 대하는 상대였다. 그렇다고 툴이 그를 전적으로 신뢰하는 건 아니었다.

"왕께서 널 찾으신다."

"그가 내 왕은 아니지." 툴이 단호하게 말했다.

트리스탄이 못마땅한 듯 눈을 굴렸다. "엘리야 폰 도른슈트랑이 너와 얘기하고 싶다 하신다. 이러면 만족하냐?"

그러자 데몬이 어깨를 한 번 으쓱해 보이고는 트리스탄을 따라 바위산 앞에 마법으로 쳐 놓은 임시 천막으로 향했다. 그새 스호오크는 제 동료들에게 돌아갔다. 툴이 막사 안으로 들어서자 그곳에는 다른 두 파수꾼과 카이 그리고 그와 항상 함께인 염소가 기다리고 있었다. 엘리야와 마찬가지로 그들은 급조한 나무 의자에 앉아 있었다. 한가운데에 놓여 있는 탁상에는 에냐도르 대륙이 세세하게 그려진 지도가 펼쳐져 있었다. 엘리야가 툴과 트리스탄에게 앉으라고 손짓했다.

"내가 너희들을 소집한 건 앞으로의 계획을 설명해 주기 위해서다." 그들이 자리에 앉기도 전에 인간의 왕이 말했다. 툴은 여기서 지휘하는 사람이 왜 꼭 엘리야여야 하는 건지

내심 의아했다. 예언에는 분명히 파수꾼들을 가장 높이 치켜세우지 않았던가? 그렇지만 여기 있는 그 누구도 그런 얘기를 꺼내거나 불만스러운 기색을 보이지 않았기에 엘리야가 그 역할을 계속 이어갔다.

"우리의 첫 임무는 남은 정복자의 검 세 자루를 우리의 세력권 아래 가져오는 것이다. 마물들을 정복하려면 너희들이 그 검을 칼집에서 뽑아야 할 것이다. 단지 명심할 것은, 그 검의 원소유자인 엘프를 죽이지 않고 검을 탈취하는 데만 집중해야 한다. 모든 검이 우리 소유가 되는 즉시 샤텐발트로 이동하여 마물들을 굴복시켜 우리 군대로 편입할 것이다. 그런 후 아엘프스탄으로 진군하여 엘프의 왕 님룬트에게 내가 제안할 평화 조약에 조인할 기회를 선사할 예정이다."

툴은 주변을 둘러봤다. 그러자 불안감이 깃든 이스타리엘의 눈빛과 이마를 찌푸리며 근심 어린 표정을 짓는 카이의 모습이 툴의 눈에 들어왔다.

"그럼 정복자의 검을 소유한 엘프들은 누구입니까?" 트리스탄이 물었다.

"한 명은 아라넬 폰 나르누크다. 그는 도깨비불을 다스리지. 그리고 두 번째는 베리안 폰 아엘프스탄, 유령늑대를 복종시켰지. 그리고 세 번째는…" 그때 왕의 시선이 제 아들에게 닿았다. "…세 번째는 호리엘 폰 트레간디르다. 샤텐발트의 마물 중 가장 고약한 놈들인 와이번이 그를 따른다."

트리스탄이 벌떡 일어났다. "제가 호리엘을 죽이겠습니다."

엘리야는 트리스탄에게 곧장 대답하는 대신 다시 앉으라는 손짓을 했다. 트리스탄은 내키지 않아 하면서도 그 말을 따랐다. 그곳에 있는 전원이 턱뼈가 으스러지도록 이를 가는 트리스탄의 모습을 지켜봤다.

"안 된다." 엘리야가 단호하게 말했다. "이미 로리안 폰 안고르 파비아를 제거한 넌 하피의 정복자가 될 것이다. 검도 네 자루, 그리고 파수꾼도 넷이지. 따라서 파수꾼 전원이 각각의 샤텐발트 군대를 지휘하는 것이 정당하다. 고로 네 몫은 하피다."

"하지만 전 호리엘을 죽이겠다고 맹세했습니다." 트리스탄이 무한한 증오를 담은 눈빛을 이글거리며 또다시 자리에서 벌떡 일어서려 했다. 그는 힘줄이 도드라질 정도로 두 손을 세게 움켜쥐었다. 엘리야는 그런 트리스탄의 행동을 너그러운 눈빛으로 응시했다. 잃어버린 아들을 되찾은 아버지만이 보낼 수 있을 법한 측은한 시선이었다. "네가 얼마나 절실히 갈망하고 있는지 그 열의는 알겠구나." 그가 말했다.

"그렇지만 우리는 엘프의 목숨을 앗아가지 않을 것이다. 장차 내가 님룬트 폰 아엘프스탄 앞에서 그의 딸인 공주의 손을 요구하려면 엘프와의 관계에서 그런 불상사가 있어서는 안 될 테니까."

트리스탄은 아무 말도 하지 않았지만, 저 마법사 왕이 세운 계획이 썩 내키지 않는 표정이 역력했다. 엘리야는 이제 사피라에게 돌아섰다. "드래곤 여왕, 당신이 호리엘과 싸우도록 하지. 와이번은 드래곤과 비슷한 면이 조금 있으니. 물론 드래곤보다는 보잘것없고 훨씬 아둔하지만 말이야. 그렇지만 그들에게는 순식간에 목숨을 앗아갈 수 있는 독이 있으니 결코 얕봐선 안 되네. 그들을 제압한 후 그대는 공중을 지배하는 군대를 지휘할 것이네."

사피라가 고개를 끄덕였다. "하지만 난 엘프가 아니다. 그런 만큼 툴과 난 그 문스워드를 들지도 못할 텐데."

"검이 당신들의 편에 서지 않을 거란 의견은 옳다." 엘리야가 다시 한번 정리했다. "하지만 문스워드도 무기에 불과할 뿐이니 결국엔 그 검을 다루는 법을 익힐 수 있을 것이라네."

사피라는 지금 이 상황이 도무지 현실 같지 않았다. 며칠 전만 해도 계급도, 명성도 없이 그저 남이 시키는 대로 싸우

고, 승리하고, 꿰뚫리고, 심지어 죽음의 문턱까지 다녀온 그
녀였다. 그런데 지금은 이렇게 드라고니아의 여왕이라 불리
며, 공중을 지배할 막강한 군대를 꿈꾸고 있다니. 사피라의
시선이 아주 잠시 툴을 스쳤지만 이내 도도한 표정으로 고
개를 돌렸다. 싱긋 미소를 지은 데몬은 그녀의 목덜미를 붙
잡아 옥죄던 그때를 떠올렸다. 그때만 해도 지금과 달리 저
드래곤은 그리 위엄 있는 모습이 아니었는데….

"그리고 이제 엘프의 파수꾼." 엘리야가 계속 말을 이었
다. "생각 같아서는 널 네 형제에게 보내고 싶다만. 트리스
탄에게 말한 것처럼 임무에 개인적인 사감을 개입시켜서는
안 되겠지. 그러니 넌 광산 도시에 있는 아라넬 폰 나르누크
를 찾아라. 그를 제압하면 도깨비불이 너를 따를 것이다."

그때 깜짝 놀란 카이의 입에서 터져 나온 외침에 모두의
시선이 그에게 쏠렸다. "지금 저 엘프에게 도깨비불을 허락
한다고요?" 물음표로 가득한 모두의 얼굴을 둘러보며 툴은
카이가 그 결정에 왜 저렇게까지 반발하는 것인지 다른 사
람들은 전혀 이해하지 못한다는 걸 알아차렸다. 사실 이스
타리엘은 도깨비불에 대해 전혀 아는 바가 없어 보였다. 그
것이 이유였다.

"그래." 엘리야가 대답했다. "우리가 각 종족을 믿지 못한

다면, 이 대륙을 하나로 통합하는 건 절대로 불가능하다. 에
냐도르 대륙의 모든 종족을 위한 평화와 정의. 우리 모두가
염원하는 것이 바로 그런 것이 아니던가?"

그의 마지막 말은 반드시 이뤄 내야 하는 절대적 사명처
럼 들렸다. 그곳에 있던 모두가 얼굴을 돌려 툴을 쳐다봤다.
툴은 침묵했다. 저를 쳐다보는 이들의 돌처럼 굳은 표정과
눈빛에서 저에 대한 엄청난 불신을 확인할 뿐이었다. 그들
을 하나로 엮는 사슬 중 가장 부서지기 쉬운 부분이 누군지
이미 결정해 놓은 것 같았다. 그러나 툴은 이곳에 속할 자격
이 있다는 걸 증명하기 위해 예전처럼 그 어떤 시험도 치를
생각이 없었다. 더는 그러지 않겠노라 스스로 맹세한 터였
다. 만약 엘리야가 저에게 그런 걸 요구한다면, 툴은 제 운
명을 여기 모인 마법사들과 파수꾼들에게서가 아니라 차라
리 '돌아올 수 없는 늪'으로 가서 찾겠노라고 결심했다. 그러
나 불사의 마법사는 그런 요구를 하지 않았다. 그 대신 아까
의논하던 본래 계획을 다시 언급했다.

"툴, 넌 베리안 폰 아엘프스탄과 겨룬다. 가서 그의 검을
가져오라. 하지만 그의 목숨만큼은 꼭 붙여 놓아야 한다. 알
아들었는가?"

툴은 더할 나위 없이 제대로 이해했다. "그러면 내가 유령

늑대의 지배자가 되는 것인가?"

"그렇다."

툴은 딱히 뭔가를 증명하지 않았는데도 상대가 먼저 신뢰를 허락한 이 상황을 받아들이는 데 잠시 시간이 필요했다. 장차 도깨비불을 지배하게 된 이 상황을 아직 실감하지 못하고 있는 이스타리엘의 심정도 이와 비슷할 것이다. 툴은 이런 신뢰를 얻을 만한 행동을 보여 준 적이 없었다. 그런데도 마치 선물처럼 그냥 그에게 안겨진 것이다.

"내가 어떻게 하면 되는 건가?" 잠시 뜸을 들인 후 툴이 물었다. 툴의 음성은 여전히 담담하기만 했다.

"세부 사항은 곧 의논하도록 하지." 엘리야가 말했다. "우선 앞으로 우리가 어떻게 할 계획인지 그것부터 알아야 할 테니까." 자리에서 일어나 작은 단도를 꺼내 든 엘리야가 지도 위 엘프의 성이 그려진 표식에 단도를 꽂았다. "우선 아엘프스탄부터 시작한다. 먼저 샤텐발트 군대를 규합한 뒤 진군한다면 전쟁을 치르지 않고도 성을 취할 수 있을 것이다. 님룬트가 그의 딸을 내게 왕비로 허락한다면 이 동맹을 굳건히 하는 증표가 될 것이다. 먼저 엘프와 동맹을 맺은 뒤 드래곤족을 해방하고 데몬을 정복한다. 너희 파수꾼들은 대륙의 화친을 위해 각 종족을 대표하는 여인들과 혼인하게 될 것이다. 지혜롭게 잘만 대처한다면 큰 전쟁 없이 이 위업을 완수할 수 있을 것이다.”

순간 막사에 완전한 적막이 내려앉았다. 마침내 그 고요함을 부순 건 아까처럼 트리스탄이었다. “전 전하께서 엘프 공주와 혼인을 하는 건 반대하지 않습니다. 그러나 저는 혼인 서약을 맹세할 신의 제단에서 그 누구의 손도 잡지 않을 것입니다.” 트리스탄이 단호하게 거절했다. “제가 사랑하는 여인의 손이 아니라면요.”

“만약 그 엘프가 브리엔네라면 어쩔 건가?” 사피라가 조롱조로 말했다. “트리스탄, 정신 좀 차려. 그 여자의 정체를 제대로 알지도 못하면서!”

“그래서가 아니야.” 트리스탄이 사피라의 귓가에 소곤거렸다.

“맞아. 그럴 일이 아니지. 지금 우리는 전쟁이냐, 평화냐를 논하는 거니까. 네가 거부한 정략혼 때문에 얼마나 많은 젊은이가 전쟁에서 죽어야 하는 거지?”

서로를 알게 된 이래 둘의 생각이 저렇게까지 정반대인 경우는 처음이었다. 툴은 그들이 서로를 무시무시한 눈빛으로 쏘아보며 으르렁거리는 광경을 남몰래 즐겼다. 이윽고 둘 중 하나가 공격적인 태도를 보이기 직전인 상황까지 이르렀다. 그러나 엘리야는 이렇게 불꽃 튀는 분위기에도 전혀 아랑곳하지 않았다. "트리스탄, 그녀의 말이 옳다." 그가 단호하게 말했다. "그녀의 충고를 받아들이는 데 익숙해지거라, 아들아. 저 드래곤 여왕이 장차 네 부인이 될 테니까."

"뭐?" 탁자에 둘러앉은 참석자 서넛의 다급한 음성이 쏟아졌다. 툴은 망연자실한 얼굴을 한 그들의 모습을 지켜보며, 입꼬리가 씰룩이는 입가를 더는 감추지 못했다.

"그건… 그렇게 좋은 생각은 아닌 것 같은데." 사피라가 겨우 입을 떼며 말했다. "난 트리스탄의 화염이자 누이 같은 존재다. 어디든 내 등에 그를 태우고 전투에 참전하며 생사를 함께 하겠지만, 침대까지 그와 나누고 싶은 생각은 없다."

엘리야가 살포시 미소를 지었다. 그리고 조금 전 그녀가 내뱉은 말을 그대로 돌려주었다. "전쟁터에서 추락하며 쓰러질 네 종족의 장정들을 떠올려 보게나. 그게 오롯이 네가 이 정략혼을 마다해서 일어난 결과라면 어떻겠는가?" 그러자 드래곤 여왕의 얼굴에 핏기가 가시며 창백해졌다. 무력해진 표정으로 사피라가 도움을 청하듯 트리스탄을 물끄러미 바라봤다. 그렇지만 트리스탄의 반응은 예상과 달랐다. "무슨 말씀인지 알겠습니다." 트리스탄이 말했다. 그리고 의자에 등을 기대더니 가슴 앞에 팔짱을 꼈다. 사피라가 눈을 커다랗게 뜨고 트리스탄을 응시했다. 한참을 그렇게 서로 시선을 주고받은 그들은 차마 입 밖으로는 내뱉지 않았지만 무슨 결심을 굳히는 것처럼 보였다. 마침내 사피라가 고개를 끄덕이며 동의했기 때문이었다.

이스타리엘이 벌떡 일어섰다. 배신감에 턱 근육이 경직될 정도로 이를 꽉 다물고는 엘리야를 쏘아봤다. "그래 이제 인간과 엘프 그리고 드래곤을 하나로 묶어 놓았군. 그럼 내 몫은 데몬의 공주인 건가." 상황을 판단한 이스타리엘이 어림짐작으로 따져 물었다.

"그렇네." 엘리야가 대답했다.

"데몬의 공주라면… 어떻게 생겼지?" 엘프 왕자가 쉰 목소리로 말했다.

"너처럼 아름답지는 않겠지."

그것만으로도 이스타리엘은 참을 수가 없었다. 의자를 박차고 일어난 그는 말 한마디 없이 막사 밖으로 뛰쳐나갔다. 툴은 짙은 좌절감이 가득했던 그의 눈가에 반짝이며 흐르는 눈물 한 방울을 언뜻 본 것도 같았다. 툴이 보기에 저 허여멀건 엘프도 그렇고, 고집 센 인간도 그렇고 정말로 못난 겁쟁이들이었다.

"벌써 당신은 인간 둘, 엘프 둘, 그리고 데몬 하나와 드래

곤 하나를 최고로 비싸게 판 것 같은데." 모두가 좀 차분해
지자 툴이 지금까지의 결론을 요약했다. "그러면 내게는 아
마도 드래곤이 낙점되겠군."

"똑똑한 데몬이군." 엘리야가 말했다. "드라고니아의 여왕
이 친히 네 배필을 찾아 줄 것이다. 그렇지만 절대 그 드래
곤을 굴복시키지 않겠노라고 맹세해야 한다."

툴은 엘리야가 내건 조건이 영 내키지 않았다. 복종을 시
키고 말고는 오롯이 저에게 맡겨야 할 문제가 아니던가. 그
의 내면에 살아 있는 데몬 근성이 엘리야의 명령을 강하게
거부했다. 그에겐 드래곤을 굴복시킬 자신감이 있었다. 이
미 토이펠 호수에서 한 번 꺾었던 사피라와 다시 맞붙는다
고 해도 이길 자신이 있었다. 사피라는 분명 툴이 원하는 바
를 알면 난리법석을 부릴 것이다. 지금 이런 상황에서는 서
로 척을 지기보다는 진심을 담아 최대한 간절히 부탁하는
것이 상책일 것이다. 하지만 툴은 흡사 명령하듯 사피라에
게 당당하게 요구했다. "난 스호오크를 원한다!"

"그건 생각을 좀 해 봐야 할 것 같군." 그러자 사피라도 교
만한 태도로 응수했다. "결정을 내리면 최대한 빨리 알려 주
도록 하지."

엘리야는 오늘은 이 정도면 충분하다고 판단했다. 지금

이스타리엘이 부재중인 가운데 향후 계획을 논의하는 건 의미가 없기에 이번 회합을 끝내겠다고 공표했다. 지도에 꽂아 놓은 단도를 뽑아 든 엘리야는 테이블 뒤편에 놓인 버드나무 광주리에서 사과 하나를 집어 들었다. 만족스러운 미소를 지으며 사과를 두 쪽으로 가른 후 하나를 카이의 염소에게 건넸다. 그바일로는 사과를 받아먹으며 연신 행복한 울음소리를 냈다.

"가여운 이스타리엘." 카이가 말했다. "가서 좀 살펴봐요. 받아들이기가 쉽지 않을 텐데."

엘리야는 그저 어깨만 한 번 으쓱였다. "네게도 곧 힘든 시련이 있을 텐데. 너도 저렇게 도망칠 건가?"

"나한테요?" 카이의 놀란 눈빛이 그런 소리는 하지도 말라고 엘리야에게 항의하는 듯했다. 툴이 보기에 아마 저 배신자 놈은 앞으로 함께 침대를 써야 할 상대가 그 콧대 높은 하녀가 아닌 다른 누군가가 된다면 세상 끝까지 도망칠 것 같았다. "누군데요? 제기랄, 나한테도 점지해 둔 사람이 있는 건가요?"

불사의 마법사는 경멸이 담긴 시선으로 카이를 쳐다보며 조용히 손에 쥔 사과를 크게 한 입 베어 물었다. 그런 뒤 그바일로에게 남은 사과마저 넘기고, 숨이 곧 넘어갈 것 같은 카이를 구원할 한 마디를 뱉었다. "누구든 상관없다."

그제야 어린 마법사에게서 안도의 한숨이 터져 나왔다. 성급히 제 염소에게 손짓하며 곁에 불러들인 카이는 서둘러 그 자리를 벗어나려 했다. 하지만 막사 밖으로 나가려는데 뒤에서 엘리야가 외쳤다. "허나 잊지 마라, 중요한 것은 무조건 잉태가 가능한 여성이어야 한다는 조건이 있으니!"

카이가 어리둥절한 표정으로 그를 돌아봤다. "그게 무슨 뜻이죠?"

"내 말은 네 마력을 불임인 그 하녀에게 허비하지 말라는 뜻이야. 트리스탄이 마력을 후세에게 전하지 못한다면 그 업보를 책임져야 할 사람이 바로 너니까 말이지. 그 업보를 위해 필요하다면 내 혈관에 흐르는 모든 힘과 권력을 모조리 동원해 그리되게 할 것이니, 그리 알아라."

이조라

마지막 햇살이 페엔요정 산맥 봉우리 뒤로 넘어갈 때마다 이조라는 전율을 느꼈다. 어렸을 때부터 그녀는 밤이 찾아 오는 것을 아엘프스탄에 있는 그 누구보다 가장 먼저 온몸 으로 감지했다. 밤은 이조라에게 위대한 암흑이었고 진심 어린 갈망이었다. 한낮에 지저귀는 새의 노랫소리나 찌륵찌 륵 풀벌레 소리보다 훨씬 더 심원한 무언가가 있었다. 이조 라는 태양신이 그려 낸 주홍빛 회화가 서쪽 하늘에서 흐릿 해질 무렵이 되면 왠지 구원받는 기분이 들었다. 곧 달의 여 신이 새로운 그림을 그리러 올 것이다! 달빛 아래 이조라의 머리카락이 밝은 빛을 뿜어낼 때 비로소 그녀는 본연의 모 습을 갖추며 완벽한 여인이 되었다. 이조라는 깊은 밤중이 돼야만 내면에 이는 고요한 만족감을 누릴 수 있었다. 베리 안 침실에 감금당한 그녀는 살며시 침대에서 일어나 창가로 걸어갔다. 이조라는 밤마다 그곳에 앉아 하염없이 달을 바라봤다. 그때마다 손끝으로 왼팔을 쓰다듬으며 베리안이 남긴 깊은 상처를 치유했다. 지난번 베리안은 저 아래 웅장한 테라스에서 단도로 그녀를 찔렀고 다음 날 여기 이 창가에서 또다시 몹쓸 짓을 자행했다. 이조라는 달빛을 받아 스스로 치유할 수 있었지만 이러다가는 베리안이 정말 자신을 죽일 것만 같았다. 베리안은 이조라가 품은 사랑이라는 감정을 경멸했다. 오라비는 이조라를 무참히 단죄했고 그 죄의 대가로 상처를 입혔다. 사랑에 빠진 엘프의 피, 마법의 힘이 가득 담겨 있는 극도로 희귀한 액체. 그 피로 베리안이 무엇을 하려는 속셈인지 이조라는 알 수가 없었다. 다만 베리안이 어떻게든 엘리야를 마법 결계 안에 다시 가두려 한다는 것만은 어렴풋이 짐작할 수 있었다. 베리안은 엘리야를 고통과 좌절로 가득한 지옥으로 다시 초대하고자 혈안이 되어 있었다. 인간의 왕이 제게 선사한 지옥을 되돌려 주기 위해! 이조라는 더는 무엇이 옳고 무엇이 그른지, 그리고 무엇 때문에 이런 고통을 당해야 하는 건지 도무지 판단할 수 없었다. 도대체 어디에서부터 잘못된 거란 말인가? 그때 달빛에 환히 빛나는 백금발 한 가닥이 눈앞에 흘러내려 무심코 머리카락을 뒤로 넘겼다. 그제야 이조라는 자신이 빗질도 제대로 하지 않고 얼마나 칠칠치 못한 행색을 하고 있었는지 깨달았다. 지난 며칠 동안 그녀는 이 방에 계속 갇혀 있었다. 이곳에는 씻을 물도, 심란한 마음을 진정시킬 만한 책도 없었다. 이조라는 하늘에 태양이 머무는 동안에는 침대 위에서 무릎을 양팔로 감싸고 몸을 앞뒤로 흔들 뿐이었다. 그러다 다시 달이 떠올라 내면에 숨어 있던 존엄성이 깨어난 후에야 제가 누군지 온전히 떠올릴 수 있었다. 이조라는 깊은 한숨을 내쉬며 목덜미의 부근의 리본을 풀어내고 손가락으로 머리카락을 빗어 내렸다.

그때 문밖에서 잠근 자물쇠에 열쇠가 꽂히고 돌아가는 소리가 들렸다. 이조라가 흠칫 놀라 몸을 움츠렸다. 문이 열리고 베리안이 방안으로 들어왔다. 그는 평소보다 훨씬 커 보였다. 예전보다 훨씬 건강한 낯빛에 어깨를 곧게 펴고 있었다. 형언키 어려운 잔혹한 눈빛만 아니었다면 여느 평범한 엘프처럼 보였을 것이다. 하지만 그는 예사로운 엘프가 아니었다. 불사의 마법사가 건 저주에 날마다 극심한 고통을 겪어야 했다. 하늘을 응시한 이조라는 저 높이 켄타우루스 별이 떠오른 것을 알아차렸다. 그 별의 존재가 지금 경련을 일으키지 않는 제 오라비의 상태를 설명했다. 바로 오늘이 베리안이 고통에 몸부림치지 않아도 되는 그 날이었다.

"지금쯤이면 충분히 회복했겠지?" 베리안이 성난 목소리로 말했다. 그는 성큼성큼 이조라에게 다가왔다. 이조라는 겁먹은 동물처럼 웅크리며 창문턱에 걸터앉았다. 공포에 질린 그녀는 황급히 제 팔을 드레스의 봉긋한 소매에 감추려 했지만, 베리안은 그런 이조라의 행동을 비웃었다. "별 쓸데 없는 짓거리를 하는구나!" 형벌에서 벗어나려는 누이의 절박한 시도에 대한 야박한 평가였다. 베리안이 이조라의 팔뚝을 거칠게 잡아당기자 그녀의 새하얀 피부가 자태를 드러냈다. 그가 오른손으로 단도를 치켜들었다.

"제발, 오라버니. 이제 이런 짓은 그만해!" 이조라가 신음하며 애원했다.

"그런데 어쩌지, 널 실망시킬 수밖에 없구나, 사랑하는 동생아." 베리안은 창문턱 앞에 웅크리고 앉은 이조라를 인형처럼 번쩍 들어 침대에 내려놓았다. 그리고는 지금까지 아무도 그녀에게 물을 가져다주지 않았기 때문에 이조라가 사용하지 못했던 세숫대야를 침대 옆 협탁에서 가져왔다. 한손에 단도를 들고 다른 한 손으로는 이조라의 손목을 붙잡은 베리안은 숙련된 동작으로 작업을 이어갔다. 단도로 그녀의 혈관을 가르기 전 세숫대야의 위치를 신중하게 정한 뒤 동생의 팔 아래 놓았다. 이조라는 흐느껴 울었다. 그리고 상처에서 세숫대야로 흐르는 제 피를 물끄러미 바라보며 따지듯 물었다. "도대체 나한테 왜 이러는 거야?"

"네가 내 철천지원수의 창녀가 되었으니까. 네가 감히 엘프를 배신했으니까. 네가 인간, 드래곤도 모자라 데몬과도 결탁했으니까. 그리고 무엇보다도… 그녀가 사랑했던 그놈을 똑같이 사랑하면서 내 운명을 또다시 처절하게 짓밟았잖니."

찰나였지만 이조라는 이 오해를 해명해야겠다는 생각이 들었다. 제 심장이 엘리야가 아니라 트리스탄을 향하고 있다고 설명한다면, 오라비의 증오가 조금이라도 줄어들지 몰랐다. 그러면 적어도 하루건너 한 번꼴로 제 혈관을 파헤치는 이런 끔찍한 짓을 그만두진 않을까. 그러나 이조라는 그런 생각을 곧바로 접었다. 베리안에게 트리스탄 얘기를 해 봤자 상황을 더 복잡하게 만들 뿐이다. 귀니퍼와 엘리야의 아들이자, 사랑의 묘약으로 저와 얽혀 버린 트리스탄! 베리안이 그 관계를 알게 된다면! 결국 베리안에게 그녀라는 존재는 지금보다 훨씬 더 끔찍해질 것이 분명했다. 이조라는 할 수 없이 진실을 숨기고, 예전처럼 조용히 눈물을 흘렸다. 그녀의 손목을 움켜쥔 베리안의 주먹은 강철 같았다. 몸에서 기력이 빠져나가고 서서히 의식이 사라질 무렵, 베리안은 붙들고 있던 동생의 손을 놓고 스스로 치유할 수 있도록 달빛이 들어오는 창가로 그녀를 데려갔다. 지난 두 차례에도 그랬던 것처럼 상처는 곧 아물기 시작했지만 이조라는 여전히 힘이 없었다. 세숫대야를 치켜든 베리안이 밖으로 나가려고 돌아섰다. 그러다가 갑자기 다시 뒤로 돌아 창가로 다가왔다. 그는 두 눈을 가늘게 좁혔다 뜨며 긴장한 표정으로 밤하늘을 노려봤다. 이조라는 베리안의 시선을 쫓을 기력조차 없었다. 그새 피를 너무 많이 흘린 탓에 이조라의 의식은 짙은 안개가 낀 것처럼 뿌옇기만 했다. "밖에… 뭐가 있어?" 그녀가 힘들게 말을 꺼냈다.

베리안은 아무 대답도 하지 않았다. 단지 이조라가 겁먹을 정도로 험상궂은 표정을 지은 후 화들짝 뒤로 물러섰다. 동시에 성채 밖을 지키던 병사들도 드래곤을 발견했다. 순간 위험을 알리는 뿔 나팔 소리가 사방에 울려 퍼졌고, 사령관은 병사들에게 서둘러 무기를 잡으라고 소리쳤다. 한순간에 깜깜했던 성채가 대낮처럼 환해졌다. 정면에서 성채를 향해 날아온 드래곤이 가장 높은 탑에서 망을 보던 병사들에게 파이어브레스를 쏘고는 공중회전을 하며 방향을 틀었다. 성 입구에 솟은 두 망루에 포진된 막강한 군사들의 방어망을 피해 공격하는 드래곤의 전술로 보건대 누군가 이 성을 공략하는 요령을 알려 준 것 같았다. 게다가 그들은 베리안의 방이 어디인지까지 알았다! 드래곤은 칠흑 같은 암흑이 드리워진 밤하늘을 비행하며 위협적으로 주둥이를 벌리고 파이어브레스를 쏟아 내고 있었다. 새까만 허공에서 번쩍이는 화염이 마치 빛의 향연처럼 장관을 이루었다. 이윽고 방향을 튼 드래곤이 그녀를 향해 날아왔다.

안 그래도 무기력하고 잔뜩 겁을 먹은 이조라는 창가에서 천천히 몸을 숨겼다. 때마침 베리안이 그녀를 도우려고 다가왔다. 거대한 괴수의 발톱이 창가의 둥근 내벽을 움켜쥐기 바로 직전 베리안이 잽싸게 이조라를 잡아당기며 그녀를 보호하기 위해 몸을 날렸다. 굉장히 낯선 느낌이었다. 이조라는 이미 알고 있었다. 베리안에게 그녀의 목숨이 전혀 무의미한 건 아니라는 것을…. 하지만 그건 근본적으로 저 외에 그녀를 죽일 권리가 그 누구에게도 없다고 생각하는 오만함 때문일 것이다.

드래곤은 계속 콧잔등 위로 펼쳐진 피막을 펄럭이며 강력한 발톱으로 벽에 구멍을 뚫었다. 이윽고 양피지 삽화에서 본 것과 똑같은 뿔이 달린 드래곤의 머리가 두꺼운 석벽을 뚫고 들어왔다. 이조라는 비명을 질렀다. 제 아버지를, 병사를, 신의 이름을 연달아 불렀지만 누구도 그녀에게 응답하지 않았다. 대리석과 상아로 만든 장식물이 우수수 떨어지는 가운데 드래곤은 미끄러지듯 이조라가 있는 방안으로 들어왔다. 드래곤의 비늘은 그 등에 탄 데몬의 피부와 같이 검붉은 색이었다. 이조라는 그 데몬을 본 적이 단 한 번도 없었지만, 이런 처참한 광경 가운데 기묘할 정도로 미모를 발산하는 그의 모습에서 그가 데몬의 파수꾼임을 직감했다.

드래곤이 제 송곳니를 베리안의 다리에 박으며 이조라에게서 그를 끌어내리던 순간, 데몬이 마치 산양처럼 민첩하게 드래곤의 등에서 뛰어내렸다. 그는 베리안의 목덜미에 창을 겨눴다.

"네 검을 원한다!" 그가 외쳤다. "어서 그 검을 내게 넘겨라. 그러면 목숨만큼은 살려 줄 것이다."

이조라는 그녀의 오라비를 잘 알았다. 그를 포기하게 하려면 겨우 드래곤 한 마리와 아름다운 데몬 한 명 가지고는 턱도 없었다. 그런 만큼 이조라는 상대의 요구를 비웃으며 대응하는 베리안의 태도가 전혀 놀랍지 않았다. "내 검 말이냐? 네놈은 이 문스워드를 칼집에서 뽑지도 못할 것이다. 이 악마 새끼!"

이 데몬에게 주어진 시간이 그리 많지 않다는 걸 베리안은 정확히 아는 듯했다. 데몬은 재빨리 드래곤에게 입구를 방어하라고 신호를 보냈다. 몇 초도 지나지 않아 드래곤은 육중한 몸으로 입구 쪽에서 검과 창을 앞세워 두꺼운 떡갈나무 판자를 기어 올라오는 아엘프스탄 병사들을 떠밀었다.

검을 빼앗으려 데몬이 베리안을 향해 몸을 숙이려던 순간 베리안의 손이 칼자루에 닿았다. 그러나 데몬은 번개처럼 민첩하게 그의 손가락을 짓밟았다. 데몬이 신은 장화 뒤축이 깊게 파고든 탓에 베리안의 손가락뼈가 그대로 으스러졌다. 베리안이 큰 소리로 웃어 재꼈다. "겨우 이게 전부냐?"

표정을 보니 데몬은 다소 놀란 것 같았다. 그러나 이내 역겨운 장면을 본 것처럼 얼굴을 심하게 찌푸렸다. 이조라는 지금 이 상황이 틀림없이 엘리야와 관련 되어 있을 거라고 확신했다. 그러나 무슨 이유였든 엘리야가 이곳에 파수꾼을 침입시키면서 하늘을 살피는 걸 잊은 게 분명했다. 켄타우루스 별자리가 하늘에 떠 있는 이상 아엘프스탄의 스타프린스는 그 어떤 통증도 느끼지 않았다. 엘리야가 건 마법의 저주 역시 그것만은 막지 못했다. 설령 여기서 온몸이 전부 박살 난다 해도 베리안은 그녀에게 저를 치유하라고 강요할 것이다. 그러니 오롯이 고통을 주는 것만으로 베리안을 무너뜨리는 건 불가능했다. 그는 이미 17년이란 세월을 그렇게 살아왔으니까.

베리안은 오만한 비웃음을 굳이 숨기지 않았다. 곧이어 붙잡히지 않은 한 손으로 저를 겨눈 창끝을 잡아당겼다. 결국 중심을 잃은 데몬이 비틀거리며 붙잡고 있던 다른 한 손마저 놓치고 말았다. 베리안은 그 순간을 틈타 번개처럼 빠르게 옆으로 구른 후 벌떡 자리에서 일어났다. 그리고는 민첩하게 제 문스워드를 발검하려는 자세를 취했다. 그러나 이미 부러진 손가락 탓에 유령늑대의 머리가 양각된 칼의 손잡이 부분이 미끄러졌다. 이어 철철 피가 흐르는 왼손으로 칼을 고쳐 잡기 직전, 그보다 먼저 손을 뻗은 데몬이 베리안의 단도를 움켜쥐며 잽싸게 제 등 뒤로 치워 버렸다. 베리안의 얼굴은 증오로 일그러졌다. 베리안도 자신이 제압당했다는 걸 마음속으로는 인정한 표정이었다. 그는 정체 모를 드래곤과 제 종족조차도 달가워하지 않는 존재인 데몬에게 기습당했고, 결국 패했다. 난생처음 겪는 굴욕적인 경험이었다. 갑자기 돌아선 베리안이 데몬의 얼굴에 침을 뱉었다. 그러자 데몬은 팔꿈치로 베리안의 관자놀이를 가격했고, 결국 베리안은 정신을 잃고 바닥에 뻗어 버렸다. 데몬은 혐오스러운 표정으로 뺨에 묻은 침을 닦아 냈다. 몹시 기분이 언짢아 보이는 그의 시선이 이조라에게 향했다. 그때 병사들이 문을 강하게 두드리자 다급해진 드래곤이 씩씩거리며 콧김을 뿜었다.

"너는 누구지? 인간의 왕이 혼인하려는 바로 그 문프린세스인가?"

이조라가 고개를 끄덕였다.

"여기에 계속 갇혀 있을 생각인가?"

"그렇소."

"원한다면 함께 가도 좋다." 이조라에게 제안을 건넨 데몬이 문스워드를 들고 드래곤을 향해 걸어간 후 그 등에 올라탔다. 드래곤에 올라탄 그는 피부가 붉은 가죽처럼 질겨 보이는 제 손을 이조라에게 뻗었다. 이조라는 그 손을 뚫어져라 응시했다. "파수꾼들이 전부 모인 거요?"

데몬이 고개를 끄덕였다.

솔직히 이조라는 당장 이 끔찍한 아엘프스탄에서 탈출하기 위해서라면 무엇이든 할 수 있었다. 트리스탄과 엘리야를 동시에 한곳에서 마주해야 하는 상황만 아니면 말이다. 그런 일을 이겨 내기에 지금 그녀는 너무 무기력했다. 마침내 이조라는 고개를 저었다.

"그럼 원하는 대로." 데몬이 무뚝뚝하게 말했다. "엘리야에게 전할 말이라도 있는가?"

데몬의 이 질문은 제 피에 관련한 사항을 알릴 기회이기도 했다. 엘리야가 아엘프스탄에 발 딛는 순간 일어날 일을 전할 기회. 지금 그 결정권은 이조라의 손과 입에 있었다. 그녀는 그렇게 엘리야를 다시 마법 감옥에 처박을 수도, 아니면 자신과의 정략혼은 물론 그가 세운 그 명예로운 계획을 계속 추진하도록 도울 수도 있었다. 그러나 파수꾼 측의 계획이든, 혹은 엘프가 꾸민 계략이든 자신이 트리스탄의 부인이 될 가능성을 담고 있는 선택지는 없었다. 결국 진심으로 소망하는 건 어쨌거나 이뤄질 수 없는 상황이었다. 이조라는 자신이 트리스탄을 갖지 못한다면 그 누구도 그를 얻지 못하게 하리라고 결심했다. 그 어떤 경우에도 트리스탄이 데몬 혹은 드래곤과 혼인하는 모습을 지켜볼 자신이 없었다. 그럴 바에야 차라리 그녀가 그를…. 그때 부서진 문틈을 비집고 들어오는 검 끝이 보였다. 드래곤이 그르렁거리며 한 걸음 뒤로 물러섰다. 드래곤의 등에 탄 데몬은 이제 서두르는 기색이 역력했다.

"있소." 이조라가 결단을 내렸다. "그에게 내가 재회할 날을 손꼽아 기다린다고 전해 주시오."

카이

    불과 몇 시간 만에 툴의 태도가 완전히 달라졌다. 그의 허리춤에 달린 엘프의 검 때문이었다. 문스워드를 탈취해 온 것에 으쓱해 하던 툴에게 대련을 부추긴 이스타리엘이 단 두 합 만에 그의 새 무기를 빼앗아 버리자 새 장난감에 대한 툴의 즐거움이 싹 사라져 버렸다. 그들은 금세 또 한 번 겨뤘지만 결과는 달라지지 않았다. 결국 격분한 데몬은 바닥에 검을 내팽개쳐 버리고는 쿵쿵거리며 어디론가 사라졌다. 카이는 땅바닥에 떨어진 검을 집어 들고 툴의 뒤를 쫓아갔다. 카이는 조금 떨어진 곳에서 새까맣게 타 버린 홀구르나무 그루터기에 기대앉아 드래곤의 야영지를 물끄러미 응시하고 있는 툴을 발견했다. 한눈에 봐도 그는 대화할 기분이 영 아닌 것 같았다. "날 내버려 둬. 그 망할 검은 당장 내 눈앞에서 치워 버리고!" 툴이 카이에게 욕설을 내뱉었다.

"이건 문스워드야." 카이가 말했다. "원래 이 검의 용도는 딱 하나야. 데몬의 힘을 약화시키거나 죽이기 위해 엘프가 만들어 낸 검이지. 그런데도 넌 정말 이 검으로 엘프를 이길 수 있다고 생각한 건가?"

툴은 엉뚱한 대답으로 공연히 머저리처럼 보이는 것만큼 은 정말이지 원하지 않았기 때문에 카이의 질문에 아무 대 답도 하지 않았다.

"트리스탄은 이 검을 쥐면 내면에 뭔가가 연결되는 기분 이 든다더라. 내가 프레지오라이트와 교감할 때처럼 말이 야. 제 팔과 동화되어 깃털처럼 가볍게 느껴진다더군. 가만 히 있어도 그냥 제 손을 이끈다고. 넌 어떻게 해도 그런 교 감을 하는 건 불가능할 거야. 하지만 그 검으로 싸우는 기술 을 익힐 수는 있어."

"저 검은 진짜 더럽게 무겁다. 제대로 드는 것만 해도 몇 년은 족히 걸릴 거다." 툴이 투덜거렸다.

카이가 고개를 저었다. "내가 엘리야의 계획을 제대로 이 해한 게 맞다면, 그 검으로 유령늑대를 죽이기까지 일주일 가량 시간이 있을 거야. 그러니까 지금 그러고 있느니 차라 리 훈련하는 게 낫지 않겠어?"

카이가 툴에게 검을 내밀자 그는 아무 말도 하지 않고 받아들었다. 카이는 검을 건네고 나니 큰 짐을 던 듯 홀가분해졌다. 저 데몬의 말이 옳았다. 검은 커다란 바윗덩어리만큼이나 무거웠다! 카이는 툴을 다독이며 최대한 웃어 주려고 나름 애썼다. 마음 한구석으로는 악에 받친 데몬이 불시에 끔찍한 안광을 제게 쏘아붙일지 모르므로 갑자기 덮칠 고통에 대비하며 바짝 긴장했지만 아무 일도 일어나지 않았다.

"스호오크는 널 용서했어." 카이는 드래곤 야영지를 힐끗 쳐다보며 말했다. 갈린 군영에서 노예로 복역하다 사피라를 따라온 열세 마리 드래곤은 그대로 그녀의 휘하에 남았다. 전부 남성인 그들은 지난 수년간의 고된 노동과 억압의 흔적이 얼굴에 고스란히 남아 있었다. 그래서인지 새로 등극한 여왕 외에는 아무도 신뢰하지 않는 것 같았다. 사피라는 그들과 교류하기 위해 많은 시간을 할애했고, 스호오크는 항상 사피라의 곁을 지켰다. 이런 상황을 옆에서 전부 지켜본 카이는 드래곤들이 과거 데몬에게 그랬듯 이제 새 주군에게 완전히 복종한 것 같은 인상을 받았다. 그러나 사피라가 원하는 건 그런 태도가 아니었을 것이다. 물론 적어도 엘리야만큼은 저 드래곤들을 보며 완벽한 군대라고 말할 것이다. 무엇보다 그들 중 누구도 반항하거나 항명하지 않을 것이 분명했기 때문이었다. 아무튼 저들은 몹시 독특한 종족임이 틀림없었다. 아마 카이는 죽었다 깨어나도 절대 이해하지 못할 그런 부류. 그들 중에서도 굳이 한 명을 콕 집어 말하자면, 그믐밤처럼 새카만 블랙 드래곤이 그랬다. 그는 여태껏 한 번도 인간의 형상으로 변신하지 않았다. 아마도 비늘이 가득한 흉측한 피부를 지녔기 때문은 아닐까. 스호오크는 드래곤 종족 가운데 드물긴 해도 그런 비범한 자가 종종 나온다고 설명했다. 그런 드래곤은 유달리 수줍음을 타지만 굳센 의지의 소유자인 경우가 많다고 했다. 드래곤 어미는 새끼를 직접 낳지 않고 알에서 부화시킨다. 알을 깨고 부화한 드래곤은 인간화하며 변신하기도 하지만, 일부는 아예 시도할 생각조차 하지 않는다고 한다. 저 블랙 드래곤의 이름은 하름이었다. 적어도 드래곤들은 그를 그렇게 불렀다. 하름은 남들이 저에게 하는 말을 전부 이해하는 것 같았지만, 그러면서도 본인은 매우 단순하고 거친 몸짓으로만 의사 표현을 했다.

"흠." 툴이 한숨을 내쉬자 카이는 원래 하려던 말을 떠올렸다. 그리고 마음을 굳혔는지 입을 열었다. "미안하다. 내가 널 진심으로 대하지 못했어. 넌 스호오크를 네게 종속시켜 달라고 부탁했지만 난 스호오크가 자유롭기를 바랐거든. 솔직히 그런 상태여도 둘이 잘 지낼 줄 알았어."

"하지만 그러지 못했지!" 툴이 다소 분한 표정으로 퉁명스레 말했다. "너 때문에 우린 데몬들에게 거의 죽을 뻔했어."

"그건 그곳이 너희들이 머물 합당한 장소가 아니었던 거야. 너희들의 운명이 아니었던 거지."

"그런데 지금은 합당한 장소에 있다, 그리 말하고 싶은 건가? 모두가 날 불신하는 데다, 저 괴상망측한 검을 쥐고 마물과 싸우라 요구하는 여기 이 폐허더미가 나한테 딱 맞다 그 말인가?"

카이가 한 손을 들어 툴의 어깨에 살포시 올려놓았다. "나도 네 심정을 이해해. 하지만 누군가 이 말도 안 되는 임무를 해낼 수 있다면 그건 바로 너일 거야."

할 말을 마친 카이는 자리에서 일어나 툴을 혼자 두고 가버렸다. 데몬은 그를 붙잡지 않았다. 카이는 돌아보지 않았지만 제 등을 뚫을 것 같은 툴의 찌릿한 시선을 느꼈다. 모닥불로 돌아간 카이는 야레드와 마론 곁에 앉았다. 불가에 이불을 둘둘 말고 시끄럽게 코를 골아 대는 아담은 벌써 깊은 잠에 곯아떨어진 채였고, 트리스탄은 툭하면 엘리야의 막사로 사라졌다. 카이는 트리스탄의 심정을 이해했다. 아버지 없이 자라면서, 지금까지 한 번도 내색은 하지 않았지만, 부자지간의 애틋한 관계를 동경했을 트리스탄이었기에 제 친부와 가까워지고 싶은 마음이 드는 건 당연한 순리였다. 데몬 군영에서 트리스탄이 마력을 사용하는 모습을 목격한 이후로 카이는 쓸모없는 사람이 되어 버린 기분에 몹시 착잡했다. 카이에게 마력이란 남들과 달리 저를 특별하게 해 준 힘이었다. 비록 지난 16년 동안 꼭꼭 숨기고 살아야 했지만…. 지금까지 카이는 운명의 여신이 마법을 허락한 극소수 중 하나라는 긍지가 있었다. 그러나 이제 상황은 몹시 달라졌다. 자신은 타고난 마법사가 아닌 데다 그 마력마저 도둑질하듯 훔쳐온 것이었으니까. 혈관을 타고 흐르는 이 생동감과 활력은 원래 제 것이 아니라 트리스탄의 것이었다! 그렇기에 트리스탄은 프레지오라이트를 사용하는 법을 본능적으로 알았던 것이다. 반면 프레지오라이트에 씨알도 안 먹힐 명령이나 내렸던 저는 하마터면 평생을 투명 인간으로 살 뻔했다. 물론 그럼에도 위안거리는 있었다. 마법의 돌이 저를 선택했다는 사실이었다. 트리스탄이 아닌 저와 함께하기로! 적어도 그 사실만으로도 자기가 그럴 만한 가치가 있다는 걸 증명한 건 아닐까?

깊은 생각에 잠긴 카이를 깨운 것은 야레드였다. "그래서 우리의 새 친구, 저 까칠한 데몬님을 어떻게 좀 가라앉혔어?" 그가 놀리듯 물었다.

"뭐, 약간은. 어느 정도는 그랬으면 좋겠네." 카이가 한숨을 쉬며 말했다.

"난 저 남자를 보면 소름이 끼쳐." 마론이 고백했다. "눈이 마주치면 고통에 몸부림치는 건 아닌지 두려워서."

"막연한 공포심만으로는 새 친구를 사귈 수 없지." 카이가 말했다.

그러자 야레드가 코웃음 쳤다. "마론이 사는 세계에는, 그리고 내가 사는 세계에는 말이지, 우리의 생존을 허락하는 것이 바로 그 미지에 대한 두려움이다, 친구."

"그럴 수도 있겠지." 카이가 대답했다. 카이는 조심스레 마론을 응시했다. 카이는 이 소녀를 계속 밀어내는 트리스탄의 태도가 안타까웠다. 엘프 군영에서 있었던 그들의 사연을 자세히 듣지는 못했지만, 야레드 말에 따르면 한때 트리스탄이 엄청 진지했었다고 한다. 그랬던 트리스탄이 왜 저렇게 베일에 휩싸인 브리엔네만을 고집하는 건지는 카이도 정말 이해하기 힘들었다. 더욱이 사피라도 그 여자를 '장점이라고는 하나도 없는 멍청한 엘프 계집애'라고 평하지 않았던가. 카이는 그 위풍당당한 드래곤이 여성적 매력이나 출중한 미모, 그리고 우아한 매너 등을 딱히 장점으로 생각하지 않는다는 걸 떠올렸다. 사피라와 마찬가지로 트리스탄 역시 그런 걸 별로 따지지 않는 성격이었다. 그런데도 트리스탄은 지금 오롯이 그 비밀스러운 엘프 여자에게 순정을 불태우고 있었다. 카이가 그 얘기를 꺼내려고 할 때마다 트리스탄은 고개를 절레절레 흔들기만 했다. 아마도 트리스탄은 그 얘기를 듣고 싶지도, 입 밖에 꺼내고 싶지도 않은 것 같았다.

"너무 속상해하지 마." 카이가 느닷없이 마론에게 말했다.

"무슨 얘기야?" 그녀가 물었다.

"트리스탄 말이야."

마론은 숨을 크게 들이마셨다. 그러더니 불가로 다가가 아무 말 없이 장작 하나를 집더니 그걸로 모닥불 속을 쑤셨다.

"언젠가 트리스탄도 그 엘프 여인이 제가 찾던 상대가 아니라는 걸 깨달을 수도 있지 않을까." 카이가 조심스레 말을 건넸다. "그러니까 내가 하려는 말은… 원래 트리스탄은 그런 놈이 아니거든." 카이는 말하면서도 제 말이 얼마나 부질없이 들릴지 자신도 몹시 민망했다.

그때 마론이 작은 장작 하나를 불 속으로 거칠게 집어던졌다. 어떻게든 진심을 숨기려고 애쓸 때마다 소년 같은 그녀의 얼굴에 강철 가면이 씌워졌다. 실제로 그녀의 내면도 여성적인 부분은 얼마 안 될 거라 카이는 생각했다. 남자처럼 짧은 머리 모양과 군인 제복이 그런 인상을 더욱더 강조했다. 마론은 그레타와는 확실히 정반대였고, 아마 브리엔네와도 그럴 것이다. 이상한 점은 원래 트리스탄은 그런 부분을 별로 개의치 않았었다는 것이다. 미모야 본인이 워낙 출중하다 보니 둔감한 것 같았고, 그보다는 용기와 진심 어린 우정 따위에 깊은 감명을 받는 타입이었다. 따라서 카이는 트리스탄의 그답지 않은 작금의 행동이 정말 이해가 되지 않았다.

"어쩌면 트리스탄은 우선…" 카이가 다시 말을 꺼내려던 찰나 마론이 재빨리 그의 말을 가로챘다.

"됐어! 아무것도 기대하지 않아." 마론이 말했다. "트리스탄은 아버지 도른슈트랑과 트레간디르 백성들에게 자랑삼아 소개할 만한 아름다운 여자를 원하나 보지. 이제 더는 부르크스메아데 출신 고아가 아니니까. 알겠어? 새로 바뀐 그의 삶에 내가 끼어들 자리는 아예 없어."

카이는 뭔가 위로가 될 만한 말을 하려고 했지만, 마론은 아무 말도 듣고 싶지 않다는 신호를 강하게 보냈다. 결국 입을 다문 카이는 야레드와 겸연쩍은 눈빛을 교환했다. 야레드도 어쩔 수 없다는 듯 그저 어깨를 한 번 으쓱일 뿐이었다.

그렇게 그들 사이에 고요한 침묵이 내려앉으며 어색해진 순간 꿈속을 헤매던 아담이 연신 중얼거리며 잠꼬대를 했다. "내가 해낼 거야!" 타닥타닥 모닥불 타는 소리와 함께 아담이 신음했다. "이겨 낼 거야. 버틸 수 있어!"

그때까지도 팽팽한 긴장감이 흐르던 공기가 갑자기 누그러지며 야레드와 카이는 동시에 킥킥거렸다. 마론 역시 저절로 올라가는 입꼬리를 억누르지 못했다. "쟨 도대체 무슨 꿈을 꾸는 거야?" 마론이 물었다.

"아마 몸매가 끝내주는 드래곤 꿈을 꾸는 거 같은데." 야레드가 짓궂은 표정을 지으며 말했다. 카이는 저 대장장이가 하필이면 지금 여자 얘기를 꺼내는 건지 살짝 당황했다. 하지만 그들 사이에서 오랫동안 사내처럼 지낸 마론이었기에, 그런 그녀 앞에서 눈치껏 행동하는 척해 봤자 별 득이 없다는 걸 떠올렸다.

그들은 그날 남은 저녁 시간을 트리스탄을 뺀 모든 화제에 관해 대화하며 보냈다. 종종 제대로 버티고 설 수 있다고 맹세하는 아담의 잠꼬대가 그들의 대화에 끼어들기도 했지만…. 이윽고 코골이 농부와 얼굴에 상처가 가득한 대장장이 사이에 담요를 두르고 사이좋게 드러누운 카이는 고향 부르크스메아데에 온 것 같은 기분이 들었다. 내일 날이 밝으면 사피라와 함께 쾨니히스하인으로 임무를 수행하러 떠나야 했다. 그러나 적어도 오늘 밤만큼은 모든 걸 잊고 아무 문제도 없는 것처럼 그렇게 지내고 싶었다. 그들 앞에 나타날 위험도, 달라진 트리스탄의 태도도 잠시 잊어버린 채. 더욱이 그레타에 대해 엘리야가 한 말까지도 전부….

❦

"미안해, 그바일로. 하지만 그곳은 염소가 동행할 만한 장소가 아니란다. 까딱하면 통구이가 되기에 십상이야. 그러니까 넌 여기에 있어!"

하얀 악마는 분한 듯이 연신 음매 소리를 내며 울었다. 커다란 앞니로 카이의 바짓가랑이를 잡아당기기까지 하며 카이가 사피라의 등에 올라타지 못하게 훼방을 놓았다. 정반대 방향으로 격렬하게 잡아당긴 탓에 천이 찢어지며 그바일로는 공중제비를 돌며 뒤로 발라당 나자빠졌다.

그 모습을 목격한 이스타리엘이 큰 소리로 웃어 댔다. 카이가 저 엘프 왕자의 웃는 모습을 본 건, 엘리야가 그의 정혼 계획을 공표한 이후 처음이었다. 블랙 드래곤 하름 곁에 선 이스타리엘은 또 다른 정복자의 검을 탈취하기 위한 원정 채비를 마친 상태였다. 굳이 하름을 동행할 파트너로 지정한 이스타리엘의 선택만 봐도 그의 의도는 분명했다. 지금 엘프의 파수꾼은 여전히 누구와 대화할 기분이 아닌 것이다.

엘리야는 나르누크를 공격하는 데 화염을 내뿜는 괴수까지는 필요 없다고 판단했지만, 어쨌든 드래곤은 엘프가 제대로 대항하지 못하는 어려운 상대이기도 했고, 홀로 하늘을 날아 침투하는 것이 군대를 꾸려 진군하는 것보다 은밀하고도 신속할 것이기에 이스타리엘의 요구를 받아들였다. 또한 호리엘의 경우에도, 당장 그가 이끄는 군부대를 직접 공격하지 않기로 결정했다. 대신 몰래 잠입한 후, 비록 명예롭지 못한 방식이기는 하지만 그냥 호리엘의 검을 슬그머니 훔쳐오기로 했다.

그때 자리에서 벌떡 일어난 그바일로가 다시 카이에게 다가갔다. 그러나 또 제 바짓가랑이를 물고 늘어지기 전에 재빨리 피한 카이가 사피라의 등에 기어 올라갔다. "하얀 악마, 여기서 날 기다리고 있어. 금방 돌아올게." 큰소리로 외친 카이는 이스타리엘에게 고개를 끄덕여 인사하고는 드래곤 여왕을 타고 격정적인 기류가 팽팽히 감도는 에냐도르의 창공으로 높이 날아올랐다.

공중을 나는 기분이 상쾌했다. 이제 곧 엘프 군영을 기습해야 하는 카이는 걱정이 태산일 처지였지만, 계속 위로 올라가는 입꼬리를 달리 막을 수가 없을 정도로 기분이 들떠만 갔다. 활짝 펼친 양 날개를 퍼덕일 때마다 느껴지는 드래곤의 강한 힘, 서늘한 파충류의 가벼운 움직임, 귓가를 울리는 바람의 비명과 제 아래로 점점 작아지는 언덕과 숲의 모습을 바라보며 카이는 흡사 창공을 다스리는 하늘의 제왕이 된 것 같은 기분이 들었다. 사피라가 날개를 몸에 바짝 붙이고 아래로 하강할 때면 카이는 뱃속이 오그라드는 느낌이었다. 비록 힘든 임무를 앞두었을지언정 삶 자체가 주는 순수한 즐거움과 넘쳐흐르는 활력을 만끽할 수 있었다.

끝이 없을 것만 같던 빽빽한 숲이 지나고 마침내 확 트인 벌판 지형이 펼쳐졌다. 저 멀리 지평선 상에 쾨니히스하인이 모습을 드러내자, 힘차게 펄럭이던 드래곤의 날갯짓이 잦아들었고 카이는 이내 마음가짐을 고쳐 잡았다. 카이는 프레지오라이트를 고정할 수 있도록 엘리야가 저를 위해 손수 깎아 만들어 준 마법 지팡이를 손가락으로 세게 움켜쥐었다. 엘리야는 카이의 프레지오라이트를 지팡이 상단에 고정시켰다. 녹수정이 박힌 지팡이 모습을 보는 것만으로도 카이는 자부심이 가득 차올랐다. 엘리야는 이 지팡이를 제대로 사용하는 법도 알려 줬다. 마법사인 왕은 확실히 카이에게 많은 것을 가르쳐 주었다. 지금까지 엄두도 내지 못했던 고급 마법들을 구현하며 카이는 감격했고, 심장이 빠르게 뛰었다. 새로 배운 마법들은 위력이 엄청난 것들이었다. 물론 악의를 품은 마법사가 남용할 위험도 있겠지만, 천성이 선한 마법사가 사용한다면 엄청난 위력과 치유력으로 세상을 이롭게 할 마법이었다. 이를테면 카이는 이제 생명체가 지닌 마력을 추출해서 그것을 물이나 와인 같은 액체 속에 담는 마법도 할 수 있게 되었다. 이런 마법을 활용하면 일반적인 치유 포션을 제조하는 것은 물론, 진실만을 말하게 하는 물약이나 지난 며칠 동안 있었던 일을 전부 잊게 하는 망각 포션을 제조하는 것도 가능했다. 그리고 지금 카이의 주머니에 있는 마법 포션도 만들어 낼 수 있었다. 엘리야는 그것을 노예 포션이라고 불렀다. 그 물약을 마신 자는 미리 정해 놓은 주인에게 노예처럼 복속되어 주인이 시키는 대로 무조건 따르게 되는 효능이 있기 때문이었다. 지금 카이가 소지한 포션의 경우 지정된 주인은 드래곤족의 초대 여왕인 사피라였다. 엘리야의 지도 아래 카이는 사피라 본연의 *정수*라 할 수 있는 화염의 일부를 건네받아 여러 가지 허브 성분과 배합하여 마법 포션에 넣었다. 그 과정 내내 엘리야가 옆에서 지켜보며 카이를 지도했다. 그들은 호리엘과의 조우에서 가급적 피를 흘리지 않고 그의 검을 훔치는 것이 최선책이라고 판단했다. 특히 트리스탄은 이 계략에 무척 흡족해했다. 제가 주군으로 모셔야 했던 원한 맺힌 그 엘프를 잠시나마 노예로 전락시킬 수 있을 테니까.

사피라는 엘프 군영의 시야에서 멀리 떨어진 숲 끄트머리에 살포시 착륙했다. 카이를 내려 준 사피라는 곧바로 인간화했다. 한 주 내내 드래곤들 사이에서 보냈지만 카이는 여전히 벌거벗은 그들의 모습에 영 적응하지 못했다. 다급히 말을 더듬으며 카이가 물었다. "음, 그게… 그러니까… 어떤 스타일을 원하는 거지?"

"그럼, 뭔가 왕족다운 걸로 부탁하지." 사피라가 말했다. "그래도 좀 강렬한 인상을 남겨야 하지 않겠나."

카이는 솔직히 지금 이 모습 그대로 군영에 가는 것이 가장 강렬한 인상을 남길 거라고 속으로 생각했지만, 즉시 그런 생각을 머릿속에서 지웠다. 카이는 제 두뇌더러 어서 생각해 내라고 재촉했지만, 아무리 쥐어짜도 강렬한 인상을 남길 드래곤 여왕의 모습이 그려지지 않았다. 적어도 부르크스메아데 마을 기록에는 그런 정보는 존재하지 않았다.

"평소에 드래곤족은 어떤 복장을 해?" 카이가 물었다.

사피라가 눈을 굴렸다. "되는대로 입는다. 우리에게는 딱히 아름다운 의복이란 존재하지 않으니까. 애써 한 땀 한 땀 정성을 쏟아 바느질하고, 자수를 놓아 공들여 만든 작품이라도 갑자기 본체로 변신하는 순간 찢겨 나가니 말이다."

"하지만 이제는 전속 마법사가 이렇게 곁에 있으니까. 원하는 걸 말하면 마법을 걸어 줄게. 필요하다면 하루에 몇 차례라도 말이지."

"정말인가?" 숱이 진한 그녀의 눈썹 하나가 위로 들렸다.

카이가 고개를 끄덕였다.

"음, 그렇다면…." 잠시 곰곰이 고민하던 사피라가 자신이 떠올린 왕위에 적합한 예복을 자세하게 설명하기 시작했다. 카이의 예상보다 훨씬 많은 시간이 소요됐다. 그런 생각을 처음 해 보는 것이라고 믿기 어려울 만큼 상세했다. 제아무리 첫인상이 강렬한 전사 같았어도 사피라도 여자였다. 그녀의 내면에 꼬마 공주가 숨어 있는 것 같았다. 마침내 사피라의 길고 긴 설명이 끝나자 카이는 예의 바르게 프레지오라이트에 도움을 청했다. 그리고는 지금까지 모든 드래곤족 여인을 통틀어 가장 독특할 것이 분명한 특별한 예복으로 벌거벗은 그녀의 몸을 치장했다. 통이 넓고 짧은 가죽 치마 아래 덧댄 섬세한 실크 끝자락이 바닥에 닿을 정도의 길이로 그녀의 다리를 휘감았다. 특히 이 실크는 근육의 움직임이 고스란히 보일 정도로 투명한 소재였다. 이어 사피라의 여성스러운 곡선을 강조하며 꽉 죄는 코르셋 스타일의 상의 위에 부착한 가죽 재질 망토가 드래곤 날개처럼 사피라의 왼쪽 어깨에서 휘날렸다. 소매 역시 속이 훤히 보이는 실크였지만 그 위에 전사처럼 팔 보호대를 장착했다.

의뢰받은 작품을 완성한 카이는 감탄하며 한 걸음 뒤로 물러서 그녀의 모습을 감상했다.

"정말 이보다 더 나은 예복은 도저히 떠올릴 수 없겠는데." 카이가 전체적인 모습을 평가했다. "전사 같으면서도 여성적이네. 강한 힘과 더불어 부드러운 여성미가 고스란히 드러나기도 하고 말이지. 드래곤 여왕에게 정말 안성맞춤인 예복이야."

그러나 사피라는 태연한 음성으로 강조했다. "무엇보다 중요한 건, 얼마나 강한 인상을 심어 주느냐이다!"

"물론이지."

"작전 수행에 필요한 마력은 아직 남아 있는 거겠지?"

카이가 고개를 끄덕였다. 하지만 곧 두려움이 밀려왔다. 손바닥엔 식은땀이 흘렀다. 그는 투명 마법을 제일 꺼렸다. 여태껏 아무 문제 없이 단번에 이 마법을 해제한 적이 없었

다. 또한 매번 시도할 때마다 고도의 집중력을 발휘해야만
했다. 도대체 왜 그런 건지 정말 알고 싶었다. 자신의 불안
정한 정신력 때문일까, 아니면 예전처럼 저를 골탕 먹이려
는 프레지오라이트의 의지 때문일까. 그 답만 얻을 수 있다
면 악마에게라도 묻고 싶었다. 어쩌면 타고난 천성이 진정
한 마법사가 아니어서 그런 걸지도 몰라 불안했다. 그런 카
이의 마음을 눈치챘는지 마법의 돌이 불편한 기색을 표출하
듯 초록 불빛을 깜박이며 그의 나약한 정신에 경고를 보내
왔다. 곧이어 카이는 눈을 감고 집중했다.

**엘프의 시야에서 내 모습을 지워다오. 나의 전투를 위해
부디 투명의 방패를 허락하라. 그러나 그 임무가 완수되는
순간, 망설이지 말고 네 힘을 내게서 회수하기를 간절한 마
음으로 부탁하노라!**

다시 눈을 뜬 카이는 사피라의 시선이 제가 있는 곳을 조
금 비껴 나가 허공을 응시하고 있음을 알아차렸다. 성공이
었다! 이상하게도 이번만큼은 투명 마법이 그리 어렵지 않
았다.

"아직 여기 있는 건가?" 드래곤 여왕이 물었다.

"그래. 이제 출발하려고. 아마 한 시간쯤이면 돌아올 거야.
그러니까 그동안 정찰대에 들키지 않도록 유의해."

사피라는 대답 대신 거만하게 들리는 괴상한 소리를 냈다. 그렇게 인사를 주고받은 카이는 그대로 뒤돌아서 엘프 군영으로 향했다.

이번에 카이는 지난번과는 다른 쪽에서 엘프 군영으로 접근했다. 저번엔 드래곤 산맥에서 평야를 지나 측면으로 접근했었지만 이번에는 엘프의 도시, 쾨니히스하인과 숲 앞에 펼쳐진 군영 한가운데를 정면 돌파하기로 했다. 아무튼 지난번과 마찬가지로 보초병들에게 걸리지 않고 군영으로 잠입한 카이는 야레드가 자세히 설명해 준 호리엘의 막사를 찾아 유유히 걸어갔다. 가는 길목에 길게 늘어선 수많은 노예 막사에 카이의 시선이 스쳤다. 곳곳에서 흘러나오는 신음과 오열이 귓가를 파고들어 카이의 숨통을 조이는 것 같았다. 핼쑥하게 야윈 제 나이 또래의 소년들이 고작 빵 한 조각 때문에 심한 매질을 당했고, 호된 채찍질에 생긴 끔찍한 흉터가 얼굴과 양팔을 뒤덮은 좀 더 나이 든 노예들의 모습도 눈에 들어왔다. 한때 천사 같은 용모를 지녔을 것으로 보이는 한 금발 소년이 한 막사 앞에 앉아 무심한 표정으로 몸을 앞뒤로 흔들고 있었다. 호기심에 더 가까이 다가간 카이는 누군가 그의 왼쪽 귀를 잘라 버린 후 그 상처를 불로 지져 놓은 흉터를 보고 경악을 금치 못했다. 그러나 그에게 직접 손을 대지 않고서는 그를 치유해 줄 방도가 없었다. 지금 당장 군영에서 소란을 피울 마음이 조금도 없었던 카이는 몹시 안타까워하면서 힘겹게 발길을 돌렸다. 나중에 이곳을 벗어나기 전 이 불쌍한 소년을 꼭 다시 찾아보겠노라 결심하면서.

카이는 호리엘의 막사를 대번에 알아볼 수 있었다. 주변에 있는 막사에 비해 유난히 크고 화려했기 때문이었다. 병사 둘이 막사 앞에 보초를 서고 있었지만 막사 입구 가림막이 걷어진 상태였기에 카이는 음흉한 미소를 지으며 두 병사 사이를 슬그머니 지나쳤다.

서둘러 호리엘의 부재까지 확인하자 카이의 마음이 한결 가벼워졌다. 지금까지는 전부 그의 계획대로 흘러갔다. 이제 자신이 제조한 마법 포션을 주머니에서 꺼내 들고 물병을 찾아 주변을 두리번거렸다. 엘프 사령관이 전투나 고문을 계획할 때 사용하는 것으로 짐작되는 엄청 큰 탁자 위에 와인이 든 청동 항아리와 그 옆에 잔 두 개가 세트로 놓여 있었다. 지체 없이 그곳으로 다가간 카이는 가져온 물약을 서둘러 와인에 흘려 넣었다. 밖에서 떠들썩한 음성이 들렸기 때문이었다.

"이제 쾨니히스하인을 책임질 대표자가 필요해." 누군가의 음성이 들렸다. "보다시피 로리안 경은 죽었고, 이제 문 프린세스마저 배신자라는 낙인이 찍힌 상황에서 이 도시를 다스릴 누군가가 절실해진 상황이라네."

"자네 의견에 동의하는 바네, 네불라스." 또 다른 이의 음 성이 들렸다. "그런데 자넨 지금 나를 회유하려고 여기까지 온 건가?"

막사 앞을 지키던 병사들이 옆으로 한 걸음 물러서자 두 엘프가 막사 안으로 들어왔다. 카이는 금발과 교활한 눈빛 을 보고 곧바로 호리엘을 알아봤다. 은빛 사슬로 된 흉갑을 걸친 그는 경무장 상태였다. 흉갑의 일부분은 누가 봐도 새 로 수선한 흔적이 역력했다. 카이는 문득 이 엘프가 제 마을 에 쳐들어와 그의 인생을 송두리째 바꿔 놓은 그 날을 떠올 리며 분노에 치를 떨었다.

"난 노련한 전사이자 존경받는 영주의 아들이지." 네불라 스라고 불린 엘프가 계속 말했다. "곧 왕을 접견하게 되면, 나에게 그 도시를 맡겨 달라고 청을 드릴 생각이네. 우리 둘 이 힘을 모은다면, 데몬들도 감히 이곳까지 내려올 엄두도 내지 못할 거라네, 호리엘. 그래서 자네에게 이렇듯 협조를 부탁하는 거라네."

호리엘은 딱히 대답은 하지 않았지만 만족스러운 미소를

지으며 탁자 위에 놓인 와인 병을 들어 두 잔에 가득 채웠다. 하나는 제 손에, 그리고 다른 하나는 네불라스에게 건넸다.

"쾨니히스하인을 위하여!" 호리엘이 기대에 부푼 음성으로 말했다.

네불라스도 눈빛을 반짝이며 고개를 끄덕였다. "쾨니히스하인을 위하여!"

카이는 그들이 잔을 비우는 이 적막한 분위기에서 아주 조금의 소음도 내지 않으려 꼼짝도 하지 않고 제 자리에 서 있었다. 그리고 호리엘이 잔에 따른 내용물을 전부 마신 것을 확인하고는 만족스러운 표정을 지었다. 솔직히 곁에 있는 다른 엘프는 아무래도 상관없었다. 이제 투명 마법으로 몰래 지켜봐야 할 건 전부 봤다고 생각했다. 이제는 사피라에게 돌아가서 그녀와 함께 공식적으로 호리엘을 방문할 차례였다. 그러려면 우선 엘프 군영에 있는 다른 엘프들의 눈을 속이기 위해 약간의 교란 작전이 필요하겠지만, 그건 이미 사피라가 착수했을 것이다.

갑자기 네불라스가 사레라도 들린 것처럼 심하게 기침하며 거의 다 마신 잔을 입가에서 거칠게 떼어 내던 순간에도 카이는 아무 생각도 없었다. 하지만 눈을 크게 치켜뜬 네불라스가 저를 노려보며 손가락으로 가리키자 뭔가 잘못됐다는 걸 알아챘다.

"저놈은 누구지?" 네불라스가 중얼거렸다.

순간 호리엘이 돌아섰다. 저를 바라보는 시선에 카이의 등골에 소름이 오소소 돋았다. 의심의 여지가 없었다. 지금 프레지오라이트가 제게서 투명 마법을 거둔 것이 분명했다. 그것도 하필 지금 이 순간에! 잠시 사고가 정지했다. 그러나 곧바로 제가 녹수정에게 부탁한 마법 주문이 떠올랐다. *나의 전투를 위해 부디 투명의 방패를 허락하라. 그러나 그 임무가 완수되는 순간, 망설이지 말고 네 힘을 내게서 회수하기를 이리 간절한 마음으로 부탁하노라!* 돌이켜보니 저 스스로 그렇게 원했던 것이다. 그리고 프레지오라이트는 그의 간절한 부탁을 들어주었을 뿐이었다.

순간 탈출을 위한 계책을 떠올릴 겨를이 없었다. 어차피 남은 방법은 딱 하나뿐이었다. 최대한 빨리 이 두 엘프의 시야에서 줄행랑치는 것.

어서 다시 내게 투명 마법을 걸어다오!

그러나 아무 변화도 없었다. 눈 깜박할 찰나였지만 당황한 세 사람 모두 아무 반응 없이 그대로 서 있었다. 이윽고 호리엘이 갑자기 제 검을 꺼내 들었다. 카이는 공황에 빠졌다. 그는 기다란 탁자를 따라 내달려 막사 밖으로 뛰쳐나갔다. 입구를 지키던 보초병들은 막사 안에서 갑자기 뛰쳐나온 카이의 등장에 너무 놀라 미처 대응하지 못했다. 그러나 호리엘은 달랐다. 곧장 카이를 향해 날아오는 문스워드의 파공음이 귓가를 스쳤다. 날아온 칼날이 카이의 왼쪽 종아리를 그대로 꿰뚫었다. 카이는 비명을 지르며 바닥에 쓰러졌다. 여유로운 발걸음으로 막사에서 걸어 나온 엘프 사령관이 카이에게 다가왔다. 그의 눈빛에는 카이의 뱃속이 공포로 오그라들 정도로 매서운 잔혹함이 배어 있었다. 호리엘이 눈을 깔며 그를 내려다봤다. 카이의 다리를 완전히 관통한 검날은 아예 정강이뼈를 뚫고 나왔다. 이루 말할 수 없는 끔찍한 고통이 카이의 몸 전체로 퍼져 나갔다. 어떻게든 도움을 얻으려면 우선 상처를 치유하고, 방어해야 했다! 조금 떨어진 곳에 제가 놓친 프레지오라이트 지팡이가 보였다. 제게 남은 힘을 모조리 쥐어 짜낸 카이가 가까스로 기어가 간신히 지팡이를 손에 쥐었다. 그러자 눈이 부실 정도로 환한 녹색 빛기둥이 하늘로 솟구쳤다.

제게 다가오는 호리엘을 향해 돌아서기도 전에 카이는 자신을 덮는 그의 서늘한 그림자를 감지했다. "우리가 알아서 네 빛기둥을 꺼 주마, 꼬마야!" 호리엘의 말이 카이의 귓가에 꿈결처럼 들렸다.

그의 다음 동작은 단순했다. 문스워드의 손잡이를 세게 걷어찼다. 카이는 무슨 일이 벌어진 건지 감지할 겨를조차 없었다. 다만 소리가 들렸다. 제 뼈를 가르는 칼날의 소리가…. 눈앞이 새하얘지는 고통에 카이의 의식이 멈춰 버렸다. 점점 흐릿해져 가는 카이의 시야에 마지막으로 들어온 장면은 호리엘 등 뒤 저 멀리 지평선에서 등장한 블루 드래곤이 프레지오라이트의 빛기둥을 향해 날아오는 모습이었다.

정신을 차리자마자 극심한 갈증부터 느끼는 걸 보면, 오랫동안 잠들어 있던 것이 분명했다. 그러나 그다음으로 느낀 건 배고픔이 아니라 뭔지 모를 상실감이었다. 뭔가 중요한 것이 사라져 버린 그런 느낌. 단지 카이는 그런 상실감의 이유를 알 수 없었다. 그때 제 옆에서 음매 우는 염소의 울음소리가 들렸다.

"작전에 나설 때 염소가 우리에게 거듭 경고한 거였어. 나라도 그걸 알아차렸어야 했는데…." 귀에 익은 이스타리엘의 음성도 들렸다. 여전히 제대로 눈을 뜨지 못해 거의 감긴 상태나 다름없는 눈꺼풀 사이로 주홍빛으로 물든 노을이 스며들었다. 카이는 눈꺼풀을 들어 올릴 기력조차 없었다. 그런 제 몸 상태에 당황한 카이는 그대로 가만히 누워 주변에서 들리는 소리에 귀를 기울였다.

"틀렸다. 그것을 알아차리는 건 그의 몫이다. 마법사는 네가 아니라 카이니까." 엘리야의 목소리가 들렸다. "마법사인 그가 염소의 기이한 행동을 이해하지도 못했고 또한 프레지오라이트와도 제대로 소통하지 못했기에 이런 참사가 벌어진 거다."

이스타리엘은 잠시 아무 말도 하지 못했다. 그러나 곧이어 그런 엘리야의 말에 몹시 환멸을 느끼는 투로 말했다. "그럼 이게 전부 카이 탓이라고 말하려는 건가? 당신이 원하는 대로 목숨을 걸고 싸우다가 뭐라도 놓치거나, 사소한 실수로 생긴 결과는 전부 다 우리 각자의 잘못이다, 그건가? 하!"

"물론이다. 카이의 다리가 저렇게 된 건 나도 가슴이 몹시 아프다. 그러나 마법사인 카이가 지금 이대로 제 위치에 걸맞은 사고방식을 깨우치지 못한다면, 아마 다음에는 목을 내놓아야 할 것이다."

순간 카이는 제발 다시 기절했으면 좋겠다고 간절히 소망했다. 어서 이 막사에서 벗어나 그게 어디든 다른 세계로 사라지고 싶었다. 카이는 제게 주먹세례를 퍼붓는 것 같은 엘리야의 말을 조금도 더 듣고 싶지 않았다. 카이는 겁에 질린 채 다리에 느껴지는 감각에 온통 집중해 보았다. 순간 그는 깨달았다. 의식이 돌아온 이후로 그를 짓누르던 그 기묘한 상실감이 바로 이것이었음을. 다리 하나가 없어졌다. 꾹 감은 눈꺼풀 아래 두 눈이 뜨거워졌다. 그바일로만이 카이가 의식을 되찾은 걸 알아차렸다. 카이는 흙냄새가 물씬 풍기는 숨결이 제 뺨에 닿는 것을 느꼈다. 염소가 혓바닥을 내밀어 카이의 눈가에 맺힌 소금기 어린 눈물을 핥았다. 심장이 쿵쾅거리는 상태로 힘겹게 몸을 일으킨 카이가 그바일로의 머리를 쓰다듬었다.

"카이!" 이스타리엘이 곧장 그의 곁으로 다가와 침대 옆에 무릎을 꿇었다. 그의 표정에는 진심 어린 연민이 가득했다. "좀 어때?"

카이는 차마 대답할 수가 없었다. 목구멍에 커다란 덩어리 하나가 꽉 막힌 것만 같았다. 뭐라 말하는 대신 카이는 담요를 뒤로 젖혔다. 순간 현기증이 느껴졌다.

왼쪽 종아리가 무릎으로부터 한 뼘 아래쯤에서 잘려 나갔다. 정확히 호리엘의 문스워드가 관통했던 그 자리였다. 절단된 부위가 깨끗하게 치유된 걸 보면, 엘리야가 손을 쓴 것 같았다. 그럼에도 결국 사라졌다! 제 몸의 일부분이 이대로 영원히. 또다시 눈물이 차올랐지만 이번만큼은 마음을 굳게 먹고 눈물을 흘리지 않으려고 자신과 싸웠다. "다른 방법은…" 카이의 음성에서 녹슨 검을 숫돌에 가는 것 같은 쇠긁는 소리가 났다. 카이는 의자에서 벌떡 일어나 절 응시하는 엘리야를 바라보며 말했다. 엘리야가 고개를 저었다. "난 널 치유할 수는 있지만, 뼈를 자라게 할 수는 없구나. 마력은 성장을 촉진하고, 힘을 빼앗거나 의복 혹은 다른 형상으로 외형을 바꿔 주는 환상 마법을 시전할 수 있다. 하지만 무에서 유를 창조하는 것은 가능하지 않구나."

왕은 그가 앉아 있던 작은 탁자에서 나무로 깎아 만든 컵을 들어 카이에게 건넸다. 카이는 허겁지겁 마지막 한 모금까지 전부 다 비웠다. 그러자 육체적으로는 조금 생기가 도는 것 같았지만, 마음의 갈증은 전혀 가시지 않았다. 좌절감과 공허함이 조금도 변함없이 카이를 짓눌렀다.

"그의 다리를 재생하는 일이 왜 불가능하다는 거지?" 이스타리엘이 질문했다. "당신은 그랬었지 않았던가. 베리안이 당신을 조각조각 내던… 그 날들을 똑똑히 기억하는데."

"…나도 알고 있다!" 엘리야가 이스타리엘의 말을 가로막았다. "네 형제는 어떻게든 날 죽이려고 많은 걸 시도했다. 도저히 참아 내기 힘든 그 잔혹함은 이루 말할 수 없었지. 데몬의 고문은 저리 가라 할 정도로 끔찍했다. 그러나 내게 는 평범한 마법이 아닌 저주가 걸려 있지. 베리안이 그런 것처럼 말이다. 저주에는 법칙이 있다. 저주의 마력은 암흑의 밤보다 시커멓다. 저주를 걸려면 그에 합당한 제물을 내어 놓아야 해. 그리고 한 번 발동하면 저주를 풀기가 몹시 어려워진다. 그러니 다리를 재생하는 저주는 사용하지 않을 것이다. 대신 카이는 이것을 얻게 될 것이다."

이어 바닥으로 몸을 숙인 왕은 의자 옆에 놓아둔 궤에서 나무로 만든 의족을 꺼내 들었다. 진홍색 홀구르나무를 깎아 만든 것이었다. 윗부분에는 거머리말을 채워 만든 리넨 쿠션과 함께, 고정을 위한 여러 가닥의 가죽끈도 부착되어 있었다. 카이는 또다시 좌절했다. 지금 눈앞의 광경은 도깨비불 떼에 꾀였던 그때처럼 혼미하기 짝이 없었다.

엘리야가 의족을 건넸지만 카이는 차마 그것을 장착할 마음의 준비가 되지 않았다. 카이는 의족을 제 무릎에 내려놓고 그것을 물끄러미 바라만 보았다. 그때 막사의 가림막이 휘날리며 사피라가 안으로 뛰어 들어왔다. 사피라는 그가 마법을 걸어 줬던 여왕의 예복 대신 단출한 바지와 그럴듯

한 튜닉을 걸쳤다. 예복은 아마 저를 도우려 본체로 변신하는 순간 찢겨 나간 것 같았다. 정신 차린 카이를 본 사피라가 황급히 다가와 이스타리엘 옆에 무릎을 꿇었다. 그리고는 그녀의 벨트에 고정된 칼집에서 검을 꺼내 돌로 된 바닥에 세웠다. 카이는 힘없이 손을 들어 그 검을 가리켰다.

"호리엘이 그 검을 순순히 내어주던가?"

사피라가 고개를 끄덕였다. 그녀의 눈빛은 이스타리엘에게서 보았던 연민에 진한 슬픔이 더해져 있었다. "내가 요구하자마자 내 발아래 내려놓았다. 네가 제조한 마법 물약이 제대로 먹힌 거지." 그리고 그녀가 읊조렸다. "네 다리를 구하지 못해 정말 미안하다."

"그건 당신 잘못이 아니야… 그냥 내 탓이지. 난 아직도 프레지오라이트의 언어를 제대로 파악하지 못했어. 이번에도 또 섣불리 명령했거나 잘못된 방식으로 부탁한 거겠지. 아마 내가 진짜 마법사가 아니라서 그런 건가 봐."

"그런 말 하지 마!" 사피라가 성을 냈다.

"난 방금 엘리야가 했던 말을 반복한 것뿐이야."

두 파수꾼의 눈초리가 비난하듯 엘리야를 흘낏 노려봤다. 그러나 엘리야는 고작 어깨를 한 번 으쓱일 뿐이었다. "나도 뭐라 달리 말할 수 있었으면 좋았겠구나, 꼬마야." 이

으고 엘리야가 말문을 열었다. "네 안에는 네가 제대로 쓸 줄 모르는 엄청난 힘이 있다. 부디 네가 우리 모두를 위해 그리고 적들이 네 목을 취하기 전에 어서 그것을 깨우쳤으면 좋겠구나."

카이가 침을 꿀꺽 삼켰다. 카이는 본디 저런 엘리야의 인정사정없는 솔직함을 높이 평가했었다. 하지만 저렇게 오래 살았으면서도 저 불사의 양반은 상대에게 의견을 전할 때 약간의 자비를 베푸는 법조차도 전혀 깨닫지 못한 것이 틀림없었다. 어쩌면 17년 동안 감옥에서 날마다 잔혹한 방법으로 살해당하던 남자에게 그런 식의 공감 능력을 기대하는 것 자체가 무리였을지도 모른다. 아무튼 이미 잘려 나간 다리를 인제 와서 어떻게 한단 말인가? 엘리야가 바라보는 시각도 아마 그런 것일지도. 카이는 두 눈을 감고 크게 심호흡을 몇 차례 반복했다. 그리고 다시 눈을 뜬 후 제 앞에 놓인 의족을 잡았다. 잘려 나간 다리에 의족을 장착하는 동안 카이의 손가락이 부들부들 떨렸다. 그래도 딱 맞는 걸 보면 엘리야가 심혈을 기울여 만든 것 같았다. 하긴 저 대마법사는 하는 일마다 세기를 뛰어넘을 완벽만을 추구했으니까.

"너도 검을 얻은 거야?" 카이는 가죽끈을 잡아당기며 의족을 고정하려 애쓰는 제 모습을 차마 지켜보지 못하고 고개를 돌린 이스타리엘에게 대뜸 물었다.

"그래." 의족을 고정하려 전전긍긍하는 카이를 힘없이 힐 끗 쳐다본 엘프가 대답했다. "아라넬 폰 나르누크는 내가 아주 어렸을 때부터 알던 작자다. 저녁이면 술에 취해 고주망 태가 되지. 어쨌든 그리 기품 있는 상대는 아니었다. 그의 손에서 검을 가로챈 순간 그의 표정은 정말 가관이었지."

"그러면 이제 모든 정복자의 검을 우리가 손에 넣었다는 거네."

"그렇다."

카이는 가죽끈을 쥐고 이리저리 묶어 보려 애를 썼다. 그 러나 어떻게 매듭을 묶는 건지 도무지 알 수가 없었다. 이 망할 의족! 그리고 호리엘 이놈, 피에 굶주린 괴수 같은 놈! 왜 하필 제가 이런 일을 당해야 한단 말인가? 마침내 보다 못한 엘리야가 카이를 도우려 다가왔다. 아무 말 없이 침대 가장자리에 앉은 그는 카이의 손에서 끈을 잡아챈 후 의족 을 고정하는 방법을 직접 보여 주었다. 아까부터 목구멍에 꽉 막혀 있던 응어리 탓에 카이는 고맙다는 말도 하지 못했 다. 대신 이스타리엘의 도움을 받아 막사 안을 몇 걸음 움직 여 보았다. 카이가 의족에 체중을 실을 때마다 잘려 나간 다 리에 통증이 느껴졌다. 이를 굳게 악문 카이는 부족하고 실수투성인 자신을 여전히 이 세상에서 가장 유능한 마법사처럼 바라보는 그바일로의 주위를 한 바퀴 돌았다. 아아, 그바일로의 경고에 제대로 귀를 기울였더라면! 카이는 신음하며 마침내 제 침상에 쓰려졌다.

"의족을 차고 걷는 것도 곧 익숙해질 거다." 그런 카이의 모습을 지켜본 엘리야가 말했다. "하지만 내일이면 샤텐발트로 진군할 계획이니 가능한 한 빨리 익혀야 하겠지. 말에서 내릴 생각은 절대 하지 말고."

카이는 볼썽사나운 제 승마 실력을 떠올렸지만 엘리야의 충고를 가슴 깊이 새기기로 결심했다. 어떻게든 새로운 삶을 받아들여야만 했다. 이미 저지른 실수를 되돌릴 방법은 없으니까.

아그네스

처음에는 뱃속을 바늘로 찌르는 통증이 느껴졌다. 그런 뒤 두통도 생겼다. 그러다 사흘쯤 지나니 그나마 살 것 같았다. 여전히 온 사지에 힘이 없었지만 최소한 배고픔은 사라졌다. 이런 느낌은 부르크스메아데에 혹독한 겨울이 찾아왔던 3년 전쯤에 이미 한 번 겪은 적이 있었다. 물론 그때는 이런 상황에 대비해 이르멜이 비축해 둔 저장 식품을 나눠 줬기 때문에, 날마다 적어도 빵 한 조각 혹은 자그마한 자반 청어 조각이라도 먹을 수 있었다. 그러나 샤텐발트에서 슈 발벤하인을 향해 끝없이 걸어가는 이 길목에서 먹을 만한 건 눈 씻고도 찾아볼 수 없었다. 발아래 밟히는 풀조차도 태양에 말라 죽어 버린 상태였다. 그나마 작은 연못에서 두어 번 목을 축였기에 갈증은 어느 정도 해소할 수 있었다. 그러나 지금까지 이 길목에서 겨우 찾아낸 허브 한 움큼으로 주린 배를 채우는 건 불가능했다.

"굶어 죽으려면 얼마쯤 배를 곯아야 할까?" 아그네스만큼이나 힘없이 앞서 걸어가던 그레타가 별안간 질문했다.

"생각보다 꽤 오래." 아그네스가 답했다. "엘프 감옥 고문 기술자인 베리안은 그런 수법도 쓴다더라. 두 달 동안이나 죄수에게 먹을 걸 일절 주지 않았대. 아마 그 사람은 죽을 때 그림자밖에 남지 않았을 거야."

"너도 당해 봤어?" 소름 끼친 표정으로 그레타가 물었다.

"아니. 하지만 그가 내게 말해 줬어. 배고픔은 마법사의 가면을 벗겨 낼 최적의 고문 수단이라고. 마법사는 몸에서 생기가 빠져나갈수록 마력이 더 강력해진다나. 베리안은 마법사가 아사 직전이 되면 소금 결계를 파훼할 만한 힘이 생기는지 궁금해했어. 하지만 결국 그건 알아내지 못했대. 그런 실험을 해 보기도 전에 죄수가 죄다 죽어 버렸거든."

"그런데 너한테는 왜 시도해 보지 않은 거야?"

아그네스가 한숨을 쉬며 저 멀리 눈앞에 보이지만 온종일 걸어도 전혀 가까워질 기색이 없는 지평선을 따라 펼쳐진 숲의 끝자락을 응시했다. 그들의 길을 가로막는 정찰대나 도적 떼와 마주치지 않고 저기까지만 가면 나무 열매, 버섯 혹은 먹을 만한 새순들을 발견할 수 있을 텐데….

"이스타리엘이 막아 줬어."

순간 그레타가 푸 하고 내뿜었다. "그래, 그렇지 뭐. 또 누가 있겠어? 끔찍한 곤경에 빠진 널 구해 준 기사님이시지! 이번에도 이렇게 굶어 죽기 전에 부디 다시 구해 주면 좋으련만."

아그네스는 샤텐발트에 버려두고 온 아녜이를 떠올렸다. 그녀라면 지금 그들을 도울 만한 방법이 있었을 것이다. 어쩌면 새로 비행기구를 제작하거나 눈앞에서 사과나무 한 그루쯤은 순식간에 자라게 해 줄 수도 있었을 것이다. 하지만 추락 후에 살아남았었다고 해도 지금쯤이면 분명 죽었을 것이 틀림없었다. 유령늑대와 하피가 찢어발겼거나, 도깨비불이 죽음의 늪으로 유혹했거나, 아니면 무시무시한 와이번 독에 당했을 테니까. 그런 생각을 떠올리자 양심이 아그네스를 콕콕 찌르며 텅 빈 뱃속을 한층 더 고통스럽게 했다. 오롯이 샤텐발트 숲 안에 들어가야 한다는 두려움 때문에 그 마법사를 구할 엄두도 내지 못했다. 물론 그녀를 찾아볼 용기를 냈어도 엘프나 마법사의 보호 없이는 얼마 가지도 못했을 것이다. 그럼에도 아그네스는 아녜이를 버려두고 길을 떠나기로 한 제 결정에 죄책감을 느꼈다.

아그네스는 아무 말 없이 묵묵히 한 걸음씩 앞으로 나아갔다. 원래 순백이었던 그레타의 드레스는 그새 먼지와 오물로 더럽혀져 아예 누렇게 변한 데다 열기구 바구니에서 떨어지면서 옷단마저 뜯어졌다. 찰랑대던 하녀의 긴 금발도 정신 사납게 헝클어졌다. 그렇지만 앞서 걸어가는 뒷모습만큼은 흐트러짐이 없었다. 그런 그레타를 보며 저도 분명 저만큼이나 초라하고 엉망일 거라 짐작했다. 그나마 그레타 외에 아무도 볼 사람이 없어 다행이라는 생각이 들었다. 그때 앞서가던 그레타가 갑자기 뒷걸음질 치며 고개를 들어 위를 쳐다봤다. "저 소리 들려?"

　아그네스가 그녀의 곁으로 다가가 하늘을 바라보며 눈에 띄는 것이 있는지 두리번거렸지만, 저 멀리 펼쳐진 지평선과 그 위에 드리운 짙은 구름 외에는 아무것도 보이지 않았다. 한참 동안 하늘을 탐색한 후에야 아그네스는 구름 사이로 시커먼 점 하나가 점점 다가오는 것을 알아차렸다. 얼마 지나지 않아 두 번째, 그리고 이어 세 번째 점이 그 뒤를 따랐다. 저 멀리서 포효하는 소리가 공중에 희미하게 울려 퍼졌다.

　"저거 혹시…?" 아그네스가 쉰 목소리로 운을 뗐다.

　"드래곤이야." 그레타가 단언했다. 그레타는 그나마 아그네스보다는 덜 긴장하는 것 같았다. 어쨌거나 예전에 드래곤과 지내본 경험이 있었기 때문일 것이다.

"여긴 드라고니아에서 엄청 떨어진 곳인데?"

그레타는 생각에 잠긴 듯 입술을 꾹 다물었다. 그리고 곧 고개를 끄덕이며 진지한 표정으로 아그네스를 바라봤다. "가능성은 두 가지야. 데몬족을 등에 태우고 알빈가르트 공습에 나선 무리거나, 아니면…"

"아니면 파수꾼들이겠군."

그레타가 고개를 끄덕였다.

"하지만 엘리야는 공주와 혼인하기 위해서 슈발벤하인에서 아엘프스탄으로 이동하려는 계획이었어. 만약 그들이라면 무엇 때문에 남쪽으로 가는 거지?"

"넌 왕이라는 분이 그가 쥔 패를 너한테 전부 공개했을 거라고 생각하는 거야, 지금?" 그레타는 조롱하는 뉘앙스가 짙게 풍기는 목소리로 아그네스에게 물었다. 그러자 아그네스는 고개를 저었다. 그레타가 제안했다. "지금 마땅히 어디 숨을 곳도 없는 이 너른 평야에서 다른 선택은 없어. 그러니까 차라리 저들 눈에라도 띄도록 노력해 보자. 혹시라도 파수꾼들이면 우리를 구해 주겠지."

"만약 아니라면…?" 아그네스가 두려움이 가득한 음성으로 물었다.

"그러면 배고파서 굶어 죽는 것보다는 좀 더 빨리 죽겠지."

결국 마음을 굳게 먹은 두 소녀는 양팔을 벌려 흔들며 신호를 보냈다. 드래곤의 예리한 시각에 그 모습이 포착되기까지는 얼마 걸리지도 않았다. 세 드래곤은 공중에서 간격을 좁혀 서로 가까이 붙었다. 아마 그들 위에 탄 드래곤 라이더들이 서로 의견을 주고받는 것 같았다. 잠시 후 아그네스가 드래곤의 비늘 빛깔을 확연히 볼 수 있을 만큼 가까이 하강한 드래곤들은 공중에서 물결치듯 움직이며 회전했다. 드래곤이 날갯짓을 할 때마다 파공음이 들렸다. 아그네스는 지금까지 살면서 이렇게 인상 깊은 광경은 처음 보았다. 드래곤들이 눈앞 초원에 착륙하려 하자 흡사 세찬 돌풍이 부는 것처럼 두 여인의 머리카락이 격렬하게 휘날렸다. 아그네스는 미동도 없이 그 자리에 서 있었다. 놀라서 얼어붙은 몸은 근육 하나 제대로 움직이지 않았다. 하지만 그들 앞에 착지한 무시무시한 세 괴수 때문은 아니었다. 그건 그중 한 드래곤 위에 앉아 저만큼이나 망연자실한 표정으로 저를 바라보는 이스타리엘 때문이었다. 심하게 요동치던 아그네스의 심장은 이스타리엘과 시선이 마주치자마자 오그라들었다. 아그네스와 이스타리엘 둘 중 누구 하나 지금 이 상황에서 무엇을 어떻게 해야 할지 모르고 굳어 있을 때 트리스탄이 선수를 쳤다. 환호성을 지른 트리스탄이 드래곤에서 훌쩍 뛰어내려 아그네스를 향해 달려왔던 것이다. 트리스탄을 발견한 후 한결 마음이 가벼워진 아그네스는 그의 품에 덥석 안겼다. 물론 그럴 리는 없겠지만 트리스탄은 지난번에 헤어졌을 때보다 키가 훨씬 더 자란 것 같았다. 어깨도 훨씬 넓어지고, 뭔가 시련을 겪은 것 같은 얼굴은 더 어른스러워졌다. 지금 트리스탄은 재회의 기쁨에 환호성을 지르고 있었지만, 뭔가 예전과 달라 보였다. 샤텐발트에서 헤어진 후 도대체 무슨 일을 겪었길래 저렇게까지 변한 걸까? 그때와는 달라도 너무 달라 보였다. "여기서 오빠를 만나게 되다니… 참 다행이야!" 아그네스가 트리스탄의 귀에 속삭였다. 지금은 그것만이 가장 중요했다.

트리스탄은 팔 거리만큼 아그네스에게서 물러서서 그녀의 얼굴을 자세히 살펴봤다. "어이, 꼬맹이. 정말 많이 걱정했다." 순간 아그네스는 트리스탄이 이제 더는 제 오라비가 아니라는 사실을, 아니, 정확히 말해 단 한 번도 그런 적이 없었다는 사실을 떠올렸다. 트리스탄은 이제 도른슈트랑의 왕자였다. 이스타리엘만큼이나 트리스탄의 품에도 제가 안길 자리는 없었다. 생각이 여기까지 미치자 갑자기 마음이 불편해진 아그네스가 트리스탄에게서 한 발자국 떨어졌다.

트리스탄 이마에 깊은 주름이 패었다. "그런데 너 여기엔 왜 온 거냐? 엘리야… 그러니까 아버지가… 말씀하시길 널 네 부모에게 데려다줬다고 하시던데."

"맞아." 그녀가 한숨을 쉬었다. "하지만 그 부모님이 날 듣도 보도 못한 노예장수와 혼인시키려고 하셨어. 그래서 도망친 거야."

트리스탄의 얼굴에 지금껏 아그네스가 보지 못한 어두운 그림자가 드리워졌다. 지난 몇 주 동안 무슨 일을 겪었는지는 몰라도 트리스탄의 영혼이 새까맣게 타들어 갔다는 걸 확실히 느낄 수 있었다.

"노예장수라니?" 트리스탄은 깜짝 놀라 그녀의 말을 되풀이하며 순간적으로 그녀의 어깨를 덥석 쥐었다. 그러면서 슈테판과 이르멜을 붙잡아 제 손으로 조각을 내 버리고 싶은 표정을 지었다. 아그네스가 통증을 느낄 정도로 그의 손아귀에 힘이 들어갔다.

"혼인한다고?" 그때 갑자기 끼어든 이스타리엘의 목소리에 흠칫 놀란 아그네스가 뒷걸음질 쳤다. 아그네스 곁으로 성큼 다가온 이스타리엘은 기억만큼이나 여전히 훤칠하고 아름다웠지만, 격노한 그의 푸른 두 눈은 한층 짙은 색을 띠었다. 이스타리엘 등 뒤로 보이는 세 드래곤의 머리가 마치 그들도 엿듣고 싶은 것처럼 아그네스가 있는 방향을 향했다. 비밀스러운 눈동자를 지닌 드래곤의 머리는 거대했고, 그들이 뿜어내는 숨결에서는 연기와 재 냄새가 풍겼다. 그러나 아그네스는 지금 그런 걸 제대로 인지할 여유가 없었다. 그녀의 눈에는 제게서 마음이 완전히 떠났을 거라고 생각했던 엘프 왕자만이 보일 뿐이었다. 어느 때보다 다정한 그의 얼굴만이 시야에 가득했다. 아그네스를 놓아준 트리스탄이 그들 곁으로 다가온 이스타리엘을 물끄러미 쳐다봤다. "아아, 너희들⋯ 서로 아는 사이지. 내가 깜박했다."

"네 누이는 그냥 아는 사이가 아니라, 내가 사랑하는 여인이다." 숨김없는 이스타리엘의 고백에 아그네스의 맥박이 미친 듯 요동치기 시작했다. 드래곤들은 코로 숨을 씩씩 내뿜었고, 트리스탄은 반쯤은 놀라고 반쯤은 즐겁다는 듯이 한쪽 눈썹을 높게 치켜떴다. "아그네스가 허락만 한다면, 거지든 왕이든 그녀를 위해 난 뭐든 될 수 있다. 또 그녀의 명령이라면, 난 그녀를 위해 죽을 수도, 누구든 죽일 수도 있지."

이런 이스타리엘의 절절하면서도 허심탄회한 고백에 트리스탄은 할 말을 잃었다. 그러나 금세 상황을 파악한 트리스탄은 정신 차리라는 의미에서 이스타리엘의 등을 한 번 세게 쳤다. "넌 엘프의 파수꾼이야." 트리스탄이 단호하게 말했다. "그리고 우리가 네게 뭘 기대하는지도 확실히 알잖나."

이스타리엘이 입을 꾹 다물었다. 그리고는 아그네스에게서 시선을 뗀 이스타리엘이 비난하는 눈초리로 트리스탄을 노려봤다. "네가 무슨 꿍꿍이인지 난 알고 있다, 이 인간아. 너도 드래곤 여왕과 혼인하는 척만 하려던 것이 아닌가. 분명 둘이 따로 협의도 했겠지. 너희 둘의 행태를 보면 알 수 있다. 그런 뒤 네 이성을 훔친 그 시녀를 찾으려던 거 아닌가? 그런 네가 감히 나한테 파수꾼의 책임감을 들먹이려 해?" 이스타리엘의 음성에는 분노와 비난이 가득 담겨 있었다. 그러자 트리스탄의 표정도 급격히 변했다. 금세 차오른 적개심에 마음을 닫아 버린 것 같았다. 아그네스는 그새 무슨 일이 있었는지는 정확히 알 수 없었지만, 엘리야가 세운 정략혼 계획 때문에 이러는 거라면 이스타리엘도 예외는 아니었으리라 짐작했다. 아그네스는 저도 모르게 엘프 왕자의 손을 덥석 붙잡았다.

"누가 당신의 아내가 되는 거죠?"

이스타리엘은 그녀의 시선을 피하지 않았다. "너지, 아그네스. 여전히 너뿐이야."

아그네스의 가슴에 따뜻한 온기가 퍼졌다. 자기가 이미

한 번 거절했었지만 자신을 향한 그의 감정은 여태 변하지 않은 것이다. 이스타리엘은 불사의 마법사가 세운 계획에 반항할 마음의 준비가 된 상태였다.

그렇게 옥신각신하는 그들 주변에서 갑자기 경멸에 찬 음성이 들렸다. 돌아선 아그네스는 트리스탄 옆에 나타난 데몬의 파수꾼과 눈이 마주쳤다. 아그네스는 무심결에 몸을 움츠렸다. 새까만 동공, 무시무시한 뿔, 가죽처럼 단단해 보이는 적갈색 피부. 모습만 봐서는 음흉한 간계와 위험만 가득한 존재일 것 같았다.

"우리 종족의 일원이 엘프의 아내가 될 것이다." 그가 아그네스에게 알려 줬다. "저 엘프 앞에서 먼지처럼 사라질 일이 절대 없는 강한 여성이 간택돼야 하겠지."

"아니야." 이스타리엘이 단호하게 부정했다. "아그네스가 나를 찾아 여기까지 온 이상 그럴 일은 절대 없다." 동시에 아그네스의 손을 붙잡은 이스타리엘이 그녀의 눈을 똑바로 응시했다. "그런 거지?"

아그네스는 고개를 끄덕였다. 하지만 고개만 끄덕일 뿐 차마 목소리는 나오지 않았다. 그때 그레타가 불쑥 나서더니 아그네스의 입을 대신해 속 시원히 말했다. "쟤가 그렇다잖아요, 왕자님. 그리고 아그네스는 이제 이 에냐도르가 둘의 사랑 때문에 망한다 해도 전혀 개의치 않을 거예요. 가장 중요한 건 그녀가 당신을 원한다는 사실이니까요."

예전부터 그레타의 음성을 듣기만 해도 언짢아했던 이스타리엘의 아래턱에 힘이 들어갔다. 그렇지만 금세 그레타가 그녀만의 투박한 방식으로나마 그들을 도우려고 했다는 걸 자각하고는 꽉 다물었던 턱에 들어간 힘을 서서히 풀었다.

"아그네스는 당신을 위해 수명을 3년이나 팔았어요. 당신 하나 보겠다고 나와 함께 열기구를 타고 쫄쫄 굶어가며 샤텐발트를 건너왔죠. 그러니까 꼭 끝까지 책임져요. 아그네스는 그런 대우를 받을 만한 여자니까요."

아그네스는 트리스탄은 물론 데몬까지 황당한 표정으로 고개를 절레절레 흔드는 모습을 바라보았다. 지켜보던 드래곤들마저도 충격을 받아 굳어 버린 것 같았다. 그러나 이스타리엘만큼은 달랐다. 얼굴에 화색이 돌아 얼마나 밝게 빛나는지 보는 눈이 다 멀어 버릴 지경이었다. 갑작스러운 충동에 휩싸인 이스타리엘은 아그네스를 끌어당기며 정열적인 키스를 퍼부었다. 두 눈을 살포시 감은 아그네스는 간질간질 아랫배에 느껴지는 기분 좋은 두근거림을 그냥 즐겼다. 지금 여기서 그들이 하고 있는 이 행동은 그 누구의 손가락질을 받을 만한 짓이 전혀 아닐 것이었다. 오히려 그렇게 하지 않으면 욕을 먹어 마땅한, 유일하게 올바른 선택이리라.

"어떻게든 저 엘프 좀 말려 보지." 아그네스에게도 데몬이 하는 말이 들렸지만 트리스탄은 아무 말도 없었다. 이윽고 이스타리엘이 그녀에게서 떨어지자 트리스탄은 다시 설득을 시도하려는 것 같았다. 그러나 엘프 왕자는 트리스탄이 입을 뻥긋하자마자 그의 말을 싹둑 잘라 버렸다. "난 단한마디도 더 듣고 싶지 않아. 트리스탄. 네가 우리 사이를 갈라놓으려면 지금 이 자리에서 나와 아그네스를 죽여야 할 거다." 단호하게 선을 긋는 이스타리엘의 노골적인 말에 아그네스는 좋은 의미에서 놀라 실신할 지경이었다.

"그래서 어쩌려는 거야?" 트리스탄이 물었다.

"우리는 떠날 거다." 이스타리엘이 통보했다.

"그럴 순 없어! 너에겐 완수해야 할 임무가 있잖나."

"그렇지. 너처럼 말이야. 그리고 너와 나는 에냐도르의 새 시대를 이끌 거고 말이야. 하지만 그러려면 적어도 마음에 맞는 아내를 곁에 둬야 하지 않겠나. 아무리 네 아버지가 명령을 내린다고 해도, 따를 수 없는 일도 있기 마련이다. 그렇게나 긴 세월을 고난 속에서 보냈음에도 네 아버지는 여전히 그걸 깨닫지 못한 것 같더라만."

트리스탄은 아무 말도 하지 못했다. 이러지도 저러지도 못해 갈팡질팡하는 마음이 그의 표정에 고스란히 드러났다. 트리스탄은 타고 왔던 드래곤의 등에 올라타는 이스타리엘을 굳이 막아서진 않았다. 드래곤에 오른 이스타리엘은 팔을 뻗어 아그네스에게 손을 건넸다. "어서, 이리로!"

아그네스는 심장이 튀어나올 것 같았다. 비록 위태로운 자세였지만 아그네스는 용기를 내어 시커먼 괴수 위로 올라갔다. 그 모습에 미소를 지은 이스타리엘이 그녀를 제 뒤로 바짝 끌어당겼다. 아그네스는 양팔로 그의 복부를 감싸 안고, 그의 등에 제 얼굴을 비볐다. 당장 내일 무슨 일이 생기든 아그네스는 그렇게 그와 함께 희생하고, 헤쳐 나갈 마음의 준비를 단단히 했다. 맞닿은 두 가슴이 한 심장을 공유하는 것처럼, 두 폐를 통해 같은 숨을 호흡하는 것처럼 느껴졌다.

"그러면 우리의 임무는 어떻게 되는 거지? 도깨비불은 누가…?" 데몬이 도무지 수긍할 수 없다는 투로 다급히 소리쳤다.

"도깨비불은 먼저 혼례를 치르고 난 후에 제압할 것이다."

그것이 아그네스와 함께 드래곤을 타고 떠난 이스타리엘이 지상에 남은 동료들에게 남긴 마지막 한마디였다. 아그

네스는 당장 이 상황만으로도 너무나 벅찼기 때문에 저 네
몬이 말한 임무라는 게 도대체 무엇인지 따로 생각할 겨를
이 없었다. 게다가 알빈가르트 초원 어딘가 두 파수꾼 곁에
그레타를 두고 왔다는 사실도, 앞으로 저에게 닥칠 일도 개
의치 않았다. 이제 앞으로 어떻게 되든 아그네스는 아무래
도 상관없었다.

"꼭 붙잡아." 이스타리엘이 속삭였다. "하늘을 나는 건 말
을 타는 것보다 나쁘진 않을 테니까."

그리고 그의 말은 옳았다. 아그네스는 드래곤이 공중으로
높이 날아오르자 환호성을 터트렸다. 드래곤이 그녀를 태운
채 엘프 왕국의 들판과 산맥 너머로 비행하는 동안 아그네
스의 심장은 즐거운 비명을 한껏 질러 댔다.

아그네스는 엘프의 혼례가 어떻게 진행되는지 전혀 몰랐
다. 그녀가 아는 건 부르크스메아데에서 혼례를 치르는 방
식이 전부였다. 일반적으로 혼인을 약속한 남자와 여자가
함께 성전을 방문하면 사제는 그들을 위해 신들의 축복을
빌어 주었다. 유복한 가정의 신혼부부는 그 의식을 마친 후

신들의 허락 아래 부부가 되었다는 징표로 선물을 교환했다. 하지만 엘프의 혼례는 사뭇 달랐다. 이스타리엘이 설명한 바에 따르면 엘프가 섬기는 신은 딱 둘뿐이었다. 태양의 신 아노르와 달의 신 이틸. 그렇기 때문에 두 신을 함께 영접할 수 있도록 노을이 물드는 이른 아침이나 저녁 시간대에 혼례를 치른다고 설명했다. 해 질 녘 아엘프스탄 근처 산등성이 아래, 사제 앞에 선 아그네스는 행여 두 신 중 누구라도 그들의 결합에 이의를 제기할까 봐 내내 가슴이 조마조마했다. 페엔 산맥에 있는 동굴에 홀로 둥지를 튼 나이 지긋한 엘프 사제는 제 여생을 오롯이 신에게 바치겠다는 신념으로 속세를 등진 은둔자였다. 이스타리엘은 이 혼례를 위해 은밀히 품에 지녀왔던 보석이 박힌 단도와 방금 사냥한 토끼 몇 마리를 내어놓았다. 블랙 드래곤은 망을 보기 위해 산꼭대기에 자리를 틀었다. 아그네스는 근심 가득한 눈빛으로 저물어 가는 해와 떠오르는 달을 번갈아 응시했다.

"아노르와 이틸이 우리 사이를 탐탁지 않게 생각하면 무슨 일이 일어나는 거죠?" 아그네스가 이스타리엘에게 속삭였다.

"그러면 신이 우리에게 번개를 던질 거야. 아니면 늑대 무리를 보내 우리를 물어뜯게 하거나."

아그네스는 순간 소름이 오소소 돋았다. "그런 일이 정말로 있었어요?"

이스타리엘은 의미심장한 미소를 지었다. "내가 아는 한은 없었어. 하지만 딱 하나만큼은 믿어 줘. 그게 뭐든 신이 개입할 여지가 있다면 정말 단 하루, 오늘뿐이야."

숨을 헐떡이며 놀란 아그네스는 지금 무시무시한 말을 내뱉는 이스타리엘이 전혀 진지하지 않다는 걸 이내 알아차렸다. 술렁이는 마음을 진정시키려는 듯 이스타리엘은 아그네스의 손을 꼭 잡았다. "아노르와 이틸은 낮과 밤, 빛과 어둠, 삶과 죽음을 관장하지. 그런 신들이 인간과 엘프, 더 나아가 왕자와 농부의 딸이 혼인하는 걸 반대할 리 있겠어?"

확신에 찬 이스타리엘의 말이 잔뜩 긴장한 아그네스의 마음을 누그러트렸다. 아그네스는 차려입은 단출한 드레스를 다시 한번 바르게 정돈하고 해가 저무는 방향을 응시하며 사제가 낯선 언어로 노래하듯 그들에게 전하는 말에 귀를 기울였다. 나이가 지긋해 보이는 엘프 사제는 백발이었지만 원래 엘프 태생이 그렇듯 수염조차 없었다. 화려한 사제복 대신 은자隱者들이 주로 입는 단조로운 회색 가운만 걸쳤다. 그렇지만 그가 황혼의 아들임을 증명하듯 머리털과 이마의 경계선 부분에 태양과 달의 표식을 새긴 아주 작은 문신이 있었다.

"저분이 지금 뭐라고 하는 거예요?" 아그네스가 속삭였다.

"태양신을 부르며, 앞으로 우리가 가야 할 길을 알아볼 수 있도록 밝은 빛을 비춰 달라고 간청하고 있어."

"정말 멋져요." 아그네스가 대답했다. "엘프족은 상상했던 것보다 훨씬 심오하네요."

이제 저물어 가는 태양을 등지고 돌아선 사제는 떠오르는 달을 바라보며 노래하듯 기도를 이어갔다. "지금은 달의 여신에게, 잠든 순간에도 우리를 지켜 달라고 부탁하는 거야. 우리의 생각을 정화하여 올바른 길로 인도하는 꿈을 꾸게 해 달라고 말이다."

기도를 모두 마친 노사제가 다가와 그들의 손을 포갰다. 물기 어린 이스타리엘의 눈이 아그네스를 응시했다. "이 남자를 당신의 남편으로 선택하여 죽음이 둘을 갈라놓을 때까지 신의를 지키기로 맹세한다면 지금 이 자리에서 '네'라고 대답하시오." 사제가 아그네스에게 말했다.

달빛이 이스타리엘의 균형 잡힌 얼굴에 은밀한 그림자를 드리웠다. 그의 표정에 왠지 모를 긴장감과 두려움이 엿보였다. 행여 아그네스가 또다시 뒤로 한 걸음 물러설까 걱정하는 불안감이자 그녀가 느낄 막연한 두려움에 대한 우려

탓이었다. 아그네스가 갑자기 몸을 부르르 떨었다. 지금 해야 하는 대답의 의미와 책임을 전부 알고 있는 아그네스는 심호흡을 해야만 했다. 간절히 원하고 바라는 만큼 앞으로 무슨 일이 벌어질지도 예감하고 있었다.

"네." 마침내 확신에 찬 음성으로 대답했다.

그제서야 안심한 이스타리엘이 함박웃음을 지었다. 한여름 밤을 현란하게 장식하는 도깨비불이 춤추듯 그의 얼굴이 기쁨으로 씰룩였다.

엘프 사제는 이제 그를 향해 돌아섰다. "이 여인을 당신의 아내로 선택하여 죽음이 둘을 갈라놓기까지 신의를 지키기로 맹세한다면 이 자리에서 '네'라고 대답하시오."

이스타리엘은 조금도 망설이지 않았다. 대답하는 그의 음성도 그랬다. 확신에 찬 헌신적인 음성.

"네."

그 순간 석양의 마지막 빛줄기가 지평선 아래로 사라지며 둥근 보름 달빛이 산맥을 환히 비췄다. 엘프 성 감옥에서 탈출한 후 맞는 첫 보름달이었다. 그러니까 그들의 혼례와 함께 파수꾼 시대에 떠오른 달의 두 번째 주기가 바로 지금 시작된 것이다. 다행히 달의 여신 이틸은 그들을 훼방하려 세상에 강림하지 않았다. 비록 그들에게 펼쳐질 미래는 여전히 불투명했지만 그래도 달빛이 그들이 가야 할 길을 비추는 것 같았다. 이스타리엘은 아그네스에게 몸을 숙여 키스했다. 아그네스는 애정과 확신 그리고 온기를 가득 담아 그의 키스에 화답했다. 이제는 그 무엇도 그들을 갈라놓을 수 없으리라.

아그네스는 그들의 혼례가 여기서 끝났다고 생각했다. 그러나 놀랍게도 사제는 의복 주머니에서 가느다란 끈을 꺼내 건네며 검지로 근처에 있는 홀구르나무를 가리켰다.

"무슨…?" 아그네스는 저도 모르게 질문이 입에서 흘러나왔다.

이스타리엘이 싱긋 미소를 지었다. "보면 알 거야. 하지만 겁먹지는 마. 내가 사제에게 한 번 휘감는 것만으로 충분하다고 미리 말해 뒀거든. 난 내일 새벽녘까지 저 나무에 묶여 있을 생각이 전혀 없어서 말이야. 내 신혼 첫날밤을 그리 보낼 생각은 없으니까."

기묘한 대답에 조금 긴장한 아그네스는 그가 이끄는 대로 따라갔다. 그리고 사제가 아까 보여 준 끈으로 나무 기둥에 둘을 묶는데도 잠자코 있었다. 이스타리엘이 요구했던 것처럼 사제는 끈으로 그의 양손을 살짝 묶은 뒤 그 끈의 양 끝을 아그네스의 손목과 나무에 고정했다.

"왜 이러는 거예요?" 그녀가 속삭였다.

"내가 너와 혼인을 할 가치가 있는 남자란 걸 입증해야 한다." 엘프 왕자가 설명했다. "이 결박을 풀기 전에는 신부와 첫날밤을 보낼 수가 없어. 물론 지금 우리가 처한 상황에서는 제대로 된 환경에서 첫날밤을 보낼 수는 없겠지만… 무슨 뜻인지 알지?"

아그네스는 얼굴을 붉혔다. 그녀의 시선이 그들을 묶어놓은 끈에 고정됐다. 끈은 세게 잡아당겨 끊으려 하면 오히려 상대를 묶은 끈이 당겨지도록 기묘하게 묶여 있었다. 따라서 끈을 잡아당기면 당긴 만큼 이 매듭을 풀려면 시간이 더 오래 걸릴 것이 자명했다.

"도와줄까요?" 그녀가 물었다.

"네가 아프지만 않다면, 좋지."

사제는 맡은 일을 전부 끝낸 것처럼 보였다. 그는 이스타리엘에게 깍듯이 고개를 한 번 끄덕인 후 지체하지 않고 돌아서서 그가 기거하는 동굴로 사라져 버렸다. 산꼭대기에 앉아 그들을 유심히 지켜보던 드래곤도 이제 주변에서 지켜보는 눈은 방해만 될 뿐이란 걸 알아차렸다. 천천히 방향을 튼 드래곤은 산꼭대기 뒤로 몸을 감췄다. 다시 말해 그 끈을 풀지 못하면 아그네스와 이스타리엘은 깊은 숲속에 묶인 채 밤새 그대로 있어야 했다. 이제 늑대 먹이가 될지는 이틸이 결정하기 나름이었다. 그런 생각을 떠올리자 아그네스의 몸에 소름이 끼쳤다. 그러는 동안에도 이스타리엘은 저를 묶은 끈을 풀기 위해 애를 썼다.

"기다려 봐요." 아그네스가 그의 곁으로 가까이 다가갔다. 그것으로 그녀를 묶은 매듭이 더욱 팽팽하게 당겨졌지만, 흥분과 긴장감 탓인지 손목의 통증은 거의 느껴지지 않았다. 그 상태에서 이스타리엘을 묶은 끈을 쥔 아그네스는 끈이 서로 잡아당겨지지 않도록 조심했다. 하지만 그런 상태로는 아그네스가 오래 버티지 못한다는 걸 곧바로 알아차린 이스타리엘은 깜짝 놀랄 정도로 숙달된 솜씨로 오른손을 재빨리 매듭에서 비틀어 뺐다. 아그네스가 감탄했다. "이런 걸 연습했어요?"

"그래, 아주 어린 꼬마 시절부터." 이스타리엘은 순순히 시인했다. 동시에 다른 손목까지 재빨리 풀어낸 이스타리엘은 아그네스의 손목에 묶인 매듭까지 순식간에 풀어 버렸다. "예전에 신혼부부를 묶은 매듭이 유독 단단했던 혼례에 참석한 적이 있었지. 그 신혼부부는 다음 날 아침까지 매듭을 풀지 못해 그대로 밤을 지새웠어. 그 모습을 지켜본 난 무슨 일이 있어도 나중에 절대로 저렇게 하지 않을 거라고 맹세했었다. 하긴 그때는 이렇게 날 풀어 주기 위해 도우려는 인간 여성과 혼인하게 될 줄은 몰랐었지."

이스타리엘은 말을 하는 도중에도 아그네스의 손목을 자상하게 쓰다듬었다. 피부에 스며드는 그의 온기가 따끔따끔한 통증을 가라앉혔다. 이스타리엘은 이어 끈에 쓸린 부위를 다정한 숨결로 불어 주고는 그 자리에 살포시 입을 맞췄다. 이스타리엘의 시선이 그녀의 것과 함께 녹아내렸다. "두려워?" 그가 속삭였다.

하마터면 아그네스는 지금 제 무릎이 얼마나 떨리고, 숨이 벅찬지 전부 털어놓을 뻔했다. 그러나 그 순간 아그네스는 지금 이곳에 이스타리엘과 함께 나란히 서기까지 그들이 무엇을 포기했는지 떠올렸다. 용감하게 이스타리엘의 양손을 붙잡은 아그네스가 그 손을 제 옷을 여민 끈에 가져다 댔다. "아니요. 당신도, 내일 아침부터 마주하게 될 모든 일도 전혀 두렵지 않아요."

마론

한 번 꾼 꿈은 쉽사리 기억에서 사라지지 않았다. 이미 여러 시간이 흘렀음에도 마찬가지였다. 꿈속에서 본 그를 잊어 보려 갖은 애를 써 봤지만 소용이 없었다. 마론은 과묵한 표정으로, 아직 군대라고 부르기는 좀 민망한 군사들의 대열 맨 앞, 왕의 곁에서 말을 달렸다. 아무튼 야레드와 아담은 물론 인간화한 드래곤들이 그 뒤를 따르고 있었다. 이제 트리스탄이 타던 말에는 카이가 구부정하고 비스듬한 자세로 앉아 있었다. 의족을 착용한 채로는 등자에 발을 얹기가 어려웠기 때문이었다. 그의 곁에는 언제나처럼 우직한 울음소리를 내는 염소 그바일로가 폴짝폴짝 뛰고 있었다. 처음에는 이스타리엘이 타던 말을 드래곤족 한 명에게 맡기려고 했지만, 이내 그 예민한 순혈종을 제어하는 건 불가능하다는 걸 깨달았다. 인간화한 드래곤의 내면에서 풍기는 화염

냄새 때문인지 예민한 말의 콧구멍이 거부 반응을 보였기 때문이었다. 결국 못생긴 티발트가 어울리지 않게 멋들어진 준마 위에 올라탔지만, 결국 쿵 소리와 함께 땅바닥에 엉덩방아를 찧고는 큰 소리로 제 엉덩이가 얼마나 아픈지 구구절절 하소연을 늘어놓았다. 하인의 찌질찌질한 넋두리는 정말이지 참아 주기가 힘들었다. 티발트가 저럴 때마다 마론은 어디선가 무시무시한 짐승이 나타나 저 허섭스레기 같은 하인 놈을 냅다 깔아뭉개는 장면을 상상해 보곤 했다. 티발트는 그만큼, 그레타보다도 더 밥맛없는 존재였다.

전원이 드래곤을 타고 샤텐발트로 날아갈 수도 있었지만 그러면 말을 전부 놓아주어야 했다. 더군다나 마론이 보기에 엘리야는 숙고할 시간이 좀 더 필요한 것 같았다. 그래서인지 정찰을 위해 먼저 파수꾼들만 보냈다.

마론의 머릿속도 복잡하긴 마찬가지였다. 그들의 귀환을 기다리는 동안 머릿속을 끊임없이 맴도는 꿈속 장면이 마론을 괴롭혔다. 꿈속에 나타난 주인공은 화염으로 타오르는 검을 든 흑색 데몬, 되크 발두르였다. 온몸이 온통 새까만 되크의 두 팔은 강철 같았고, 두 눈은 불처럼 타올랐다. 꿈속에서 마론은 그와 함께 뒹굴며 아무 의지도 없고, 부끄러움도 모르는 창녀처럼 그에게 몸을 바쳤다. 마론은 그 데몬이 누구인지도, 심지어는 얼굴도 알지 못했다. 떠오르는 건 그의 끔찍한 두 눈뿐이었다. 하지만 꿈 치고는 너무도 현실처럼 생생해 비몽사몽 구분이 가지 않았다. 잠에서 깨어난 마론은 온몸이 마비될 정도로 수치심을 느꼈다. 하지만 수치심과 더불어 다시금 빠져들고 싶은 무한한 갈망도 동시에 느꼈다. 지금 마론의 마음 상태는 엉망진창이었다. 이런 당혹스러운 감정에 더하여 트리스탄 때문에 억누르던 슬픔이 얹어졌고, 그것도 모자라 제게 이런 고난을 안겨 준 운명의 여신에 대한 분노까지 치밀어 올랐다.

이런 암울한 생각의 늪에 빠져 허우적대던 마론을 깨운 것은 엘리야였다. 말에 고삐를 채우고 있던 엘리야가 하늘을 향해 눈짓했다. 태양이 중천에 떠 있었다. 마론이 엘리야의 시선을 쫓는 동안 강한 햇살이 쏟아져 내려 눈이 부셨다. "파수꾼들이 돌아오고 있네요." 마론의 심장이 두근거렸다.

"그렇군. 하지만 한 명이 없다." 엘리야가 단언했다.

그 말을 듣는 순간 그녀의 내면에 불길한 예감이 차올랐다. 함께 정찰을 나간 파수꾼들이 굳이 한 명만 놔두고 돌아올 이유가 없지 않은가? 사라진 사람이 트리스탄이라면 분명 사피라까지 없어야 마땅할 것이다. 그러나 얼마 지나지 않아 거대한 몸뚱이가 온통 푸른빛으로 빛나는 드래곤 여왕이 공중에 모습을 드러냈다. 그녀의 등장에 마론은 안도의 숨을 토해 내야 할지, 실망해야 할지 제 감정의 갈피를 잡을 수가 없었다. 블루 드래곤의 귀환은 트리스탄의 귀환을 뜻하기도 했다. 하지만 그건 다른 한편으로는, 제 인생을 망가 트린 여인이 다시 돌아오고 있다는 의미이기도 했다. 실제로 사라진 것은 블랙 드래곤과 이스타리엘이었다. 그리고 트리스탄 뒤에는 정말 믿을 수 없게도 그 볼썽사나운 하녀, 그레타가 타고 있었다. 저 여자와 헤어져서 기뻤던 게 불과 얼마 전이었는데!

이윽고 스호오크와 사피라가 초원에 착륙했다. 마론은 드래곤들이 착륙하는 동안 요란법석을 떠는 말들의 소동은 안 중에도 없었다. 마론은 제 아래서 겁에 질려 이리저리 발을 구르며 날뛰는 수말의 옆구리를 살살 발로 차며 진정시켰다. 그리고는 말에서 내려 고삐를 야레드에게 넘겨주고는 엘리야를 따라 드래곤에게 향했다. 드래곤들은 그들이 나눌 대화에 한몫 끼려는 생각이었는지 드래곤 라이더들이 내리 자마자 재빨리 인간화했다.

"엘프의 파수꾼은 어디 갔지?" 엘리야가 그들을 보자마자 질문했다. 마론은 원래 그런 대화에 참여할 아무 권한도 없었기 때문에 바람이 잔잔한, 조금 떨어진 곳에 가만히 서 있었다. 그녀는 왕에게 시중을 들기 위해 서 있는 시녀에 불과했다.

"떠났습니다." 트리스탄이 보고했다. "솔직히 말하면 내 누이와 관련이 있습니다."

"네 누이라고?" 엘리야가 놀란 기색으로 되물었다. "피가 단 한 방울도 섞이지 않은 그 무례한 농가의 여식 말이더냐?"

"아그네스입니다." 트리스탄이 말했다. 순간 마론은 트리스탄의 음성에 살포시 배어 있는 반항심이 느껴졌다. 마론은 가슴이 두근거렸다. 그녀가 트리스탄을 흠모하는 이유가 바로 저런 면 때문이었다. 그 누구에게도 굴복하지 않는 불굴의 의지. 그의 의지는 상황과 조건을 가리지 않았다. 하물며 인간의 왕인 제 아버지에게도 굴복하지 않았다.

"그 아이가 뭘 어떻게 했는데?"

"제가 제대로 이해했다면, 그 아이는 오롯이 엘프의 파수꾼을 사랑하는 마음을 고백하기 위해 숲의 마법사에게 간청하여 샤텐발트 숲을 횡단해 날아왔습니다. 반쯤 굶어 죽기 직전인 그 아이를 이곳으로 오는 길에 발견했습니다."

"그래서 뾰족 귀를 한 그 망할 녀석이 뭘 어쨌다는 건가?" 엘리야의 얼굴이 점점 분노로 심하게 일그러졌다. 반면 마론은 트리스탄의 얼굴에 옅은 미소가 피어오르는 것을 알아차렸지만 그건 그를 잘 아는 사람이나 알아볼 정도로 정말 미세한 변화였다. "뭐, 한마디로… 이스타리엘이 그녀와 달아났다고 할 수 있습니다."

"이 망할 배신자 놈! 어서 하피를 시켜 그놈을 끌고 와야 할 것이다!" 엘리야가 고함을 질렀다.

순간 트리스탄과 눈이 마주친 마론은 비록 찰나지만 예전에 그들 사이에 존재했던 공감대를 다시 느낄 수 있었다. 마론은 트리스탄의 생각을 읽었고, 트리스탄도 그녀가 저와 같은 생각이라는 것을 단번에 알아차렸다. '이스타리엘과 아그네스의 행동은 결단코 옳은 선택이었다!' 트리스탄과 마론이 둘 간의 공감대를 확인할 시간은 길게 주어지지 않았다. 마론에게 향했던 그의 시선이 순식간에 또다시, 지난 며칠간 그들 사이에 드리워 있었던 보이지 않는 베일 뒤로 사라졌다. 그때 사피라가 그의 곁에 다가왔다.

"운명의 실을 잣는 눈먼 여신의 이름이 뭐라 했지? 티케라 했던가?" 그녀가 물었다. 엘리야가 질문에 응할 생각이 없어 보였기에, 사피라는 계속 하던 말을 이어나갔다. "내 생각에 여신 티케는 말이지, 프레지오라이트를 장착한 마법 지팡이를 이리저리 흔들고 다니진 않았던 것 같은데. 인간의 왕인 당신은 제 입맛대로 타인의 운명을 휘저으려 그리

애썼지만, 고작 농가의 여식이 당신이 정한 선을 넘어서 버렸군."

평소에 종종 그랬던 것처럼 엘리야는 치미는 분노에 발작을 일으켰다. 그것을 처음 목격하는 사람은 누구라도 무릎이 덜덜 떨리며 오줌을 지릴 만큼 두려움을 느꼈다. 티발트 역시 백지장처럼 얼굴이 창백해지더니 이내 온몸이 석고처럼 굳어 버렸다. 그러나 마론은 이미 왕과 이스타리엘 사이에서 이런 장면을 수차례 겪었던지라 어느 정도는 익숙했다. 프레지오라이트가 광포한 빛을 쏟아 내자마자 갑자기 머리 위에서 천둥과 번개가 치고, 태양을 위협하며 몰려온 시커먼 먹구름이 하늘을 뒤덮었다. 이런 대혼란 속에서 갑자기 누군가 마론의 어깨에 손을 짚었다. 카이였다. 불편한 자세로 말에서 내린 카이는 곧 그레타를 발견하고는 놀란 눈으로 그녀를 뚫어져라 응시했다. 그레타도 그런 카이를 하염없이 바라봤다. 그러나 그레타의 시선은 그의 얼굴이 아니라 의족에 닿아 있었다. 두 사람은 아무 말도 없었다. 하녀는 천천히 다가와 팔 하나만큼 거리를 두고 카이 앞에 섰다.

"도대체 무슨 일이 생긴 거예요?" 천둥 번개가 으르렁대는 악천후를 배경으로 그녀가 물었다.

"엘프의 사령관이… 그 때문에 이렇게 다쳤어." 카이가 중얼거렸다.

"다쳤다고요? 당신은 이걸 다쳤다고 부르나요?" 그레타가 한 걸음 뒤로 물러섰다. "그러니까 그놈이 당신 신체의 일부분을 절단해 버렸다는 말인가요?"

마론의 어깨를 붙들고 있던 카이의 손이 부들부들 떨렸다. "그래, 그렇게 말할 수도 있겠지."

"그러면 당신이… 다시 예전으로 되돌릴 수 있는 거예요? 아니면 저분이라도요?" 그레타는 엘리야를 가리켰다.

카이가 고개를 저었다. "아니. 난 무덤에 묻힐 때까지 다리가 하나뿐일 거야."

그레타의 얼굴에 떠오른 표정을 마주하는 건 몹시 힘들었다. 뭔가 입맛이 확 사라진 것 같으면서도 뒤로 움츠러드는 그런 표정. 그 모습을 제대로 목격한 마론은 저 하녀가 몹시 가증스러웠다. 저 어리석은 여자는 저를 자상하게 대해 주고 허우대도 멀쩡한 마법사의 코를 꿰려고 불원천리 날아왔을 것이다. 하지만 아무리 그런 상대였을지라도 장애를 입은 걸 확인한 순간 모든 열정이 사라졌을 것이다. 마음속에 타오르던 정염도 재회의 감격도 모조리…. 지금 모두를 적시며 퍼붓는 이 소나기는 이 상황에 더없이 안성맞춤이었다.

카이가 헛기침을 하며 그레타에게서 시선을 뗐다. 그리고
는 제 프레지오라이트에 뭐라고 중얼거리자 순식간에 사피
라와 스호오크의 나신에 의복이 입혀졌다. 드래곤 여왕에게
는 자극적인 고급 드레스가, 그리고 그녀의 시녀를 자청하
는 스호오크에게는 항상 그랬던 것처럼 뼈로 만든 흉갑과
엉덩이를 가리는 스카프가 둘렸다. 그건 제 고통을 잠시나
마 잊으려는 카이만의 새로운 행동 방식이었다. 그는 그렇
게 항상 다른 이들을 챙겼다. 카이가 그렇게 드래곤들에게
호의를 베풀고 난 뒤, 모두를 쫄딱 젖게 한 비도 어느새 멈
췄고, 먹구름도 서서히 걷혔다.

"엘리야, 이제 그쯤 하면 되지 않았나요." 카이가 말했다.
마론은 카이가 대마법사인 왕과 대화하는 소리를 처음 들었
다. "이스타리엘은 이미 떠났고, 그건 어디까지나 당신 책임
이죠. 그를 줄곧 나병 환자 취급했던 사람이 누구였던가요?
세상에서 가장 끔찍할 약혼자를 강요했던 사람은요? 당신
이 그런 식으로 대하지 않았더라면, 이스타리엘은 지금 여
기에 남아 있었을 겁니다."

"그게 무슨 말이지? 세상에서 가장 끔찍할 약혼자라니."
가만히 듣고 있던 툴이 갑자기 끼어들었다. 그때부터 두 마
법사와 데몬 한 명 사이에 격렬한 논쟁이 불붙었다. 그러는

동안 모두를 적시던 비는 멈췄다. 마론은 어떻게든 트리스탄의 시선을 끌어 보려 했지만 허사였다. 그는 그녀에게 더는 눈길을 주지 않았다.

일행은 광야 한복판에서 한동안 더 머물며 현 상황을 놓고 옥신각신 논쟁을 벌였다. 논쟁은 한 시간쯤 지나서야 끝이 났고, 결국 그들은 엘프의 파수꾼을 제외하고 계속 진군하는 쪽으로 결론을 내렸다. 좋든 싫든 그레타 역시 그들과 동행하는 것밖에 달리 선택의 여지가 없었다. 그리고 카이도 그레타가 계속 근처에 머무는 것을 감내해야만 했다. 트리스탄 역시 현 상황에서 마론의 시선이 다소 불편해도 모른 척해야 했고, 마론 또한 마찬가지였다. 차라리 언제 또 화산처럼 터질지 모르는 왕의 곁에 붙어 있는 것이 더 편할 정도로 이들 사이에는 어색하고 냉랭한 기류가 흘렀다. 아무튼 지금 이 집단에서 제 감정을 솔직히 있는 그대로 표출하는 유일한 사람은 엘리야뿐이었다.

다음 날 저녁, 일행은 샤텐발트에 당도했다. 여차하면 한바탕 싸움으로 번질지도 모를 미묘한 기류는 그새 어느 정도 진정된 것 같았다. 그러나 세 파수꾼이 동행하는 한 조만간 한 번은 터질 것 같은 예감이 들었다. 하지만 지금은 아니었다. 이제 곧 하피든, 유령늑대든 혹은 와이번이든 무시무시한 마물이 일행 앞에 등장할 것이다. 이미 숲 기슭부터 이들은 엘프가 이곳을 다스리던 절대 통치 시대는 이제 막을 내렸다는 것을 실감할 수 있었다. 숲 입구에서 일행은 뾰족한 투구를 쓴 병사 둘과 마주쳤다. 그곳을 통과하려는 일반 여행객을 통제하는 엘프 병사들이었다. 엘리야를 선두로 한 일행과 눈이 마주친 병사들이 재빨리 검을 뽑아 들었다. 인간의 왕은 이들을 상대하는 데 마력을 허비할 생각이 없었기에, 대신 트리스탄을 출격시켰다. 사피라와 툴을 보낼 수도 있었지만, 아마 그 둘 중 어느 누구도 엘프족의 문스워드를 쉽사리 제압하지 못할 것으로 판단한 모양이었다. 트리스탄을 제외하고 엘프의 검을 다룰 줄 아는 또 한 명의 유일한 전사는 지금쯤 제 신부와 알빈가르트 숲 어디선가에서 즐거움을 나누고 있을 것이다.

트리스탄이 훈련하는 모습을 종종 지켜봤던 마론은 이어질 그의 동작을 전부 예측할 수 있었다. 트리스탄의 검법은 엘프들을 압도하는 한 가지 장점이 있었다. 검을 휘두르는 속도 면에서도 엘프 병사들 못지않았지만 검법 자체가 완전히 달랐다. 엘프의 검술은 화려한 기교를 앞세운 반면 트리스탄의 검법은 거칠고 투박했다. 트리스탄은 칼날을 이용해 상대의 공격을 되받아 쳐낼 뿐만 아니라 칼자루까지 활용해 반대 방향에서 접근하는 또 다른 상대의 복부를 솜씨 좋게 가격했다. 상대가 비틀거리는 동안 트리스탄은 칼등으로 상대의 팔을 한 번 더 가격하여 검을 떨어트리게 한 후 팔꿈치로 얼굴을 가격했다. 이 모든 동작은 거의 한순간에 전광석화처럼 이어졌다. 트리스탄은 때려눕힌 엘프의 목을 발로 밟아 제압하는 동시에 칼끝으로는 다른 엘프의 목을 겨눴다. "네놈은 시골뜨기 농부 주제에 문스워드를 아무렇게나 휘둘러 대는구나." 엘프가 욕설을 뱉었다. "넌 누구냐?"

마론이 있는 곳에서는 트리스탄의 얼굴이 보이지 않았다. 하지만 그의 등 근육이 수축하는 모양새를 보아하니 상대의 모욕에 무척 상처를 받은 것 같았다. "나는 네가 이 세상에서 볼 마지막 장면이다." 비아냥거린 트리스탄은 칼날로 엘프의 목을 그었다. 순간 마론은 너무 놀라 숨이 멎을 것 같았다. 뒤에서 야레드와 아담의 탄식이 들렸다. 드래곤 여왕역시 깜짝 놀란 표정으로 눈을 부릅떴다. 용맹한 전사로서 트리스탄의 모습은 익히 알고 있었지만, 그가 저렇게 저항할 수 없는 상대를 죽이는 건 상상할 수 없는 일이었다.

트리스탄은 바닥에 쓰러진 엘프 병사의 목에 올려 두었던 발을 치우고 일으켜 세운 뒤 그의 목에 칼을 겨눴다. "이놈을 엘프족 태양의 신에게 보내기 전에 확인하고 싶으신 게 있으십니까?" 트리스탄이 엘리야에게 물었다. 일행은 전부 왕에게 몸을 돌려 긴장한 채 그의 반응을 살폈다. 오직 마론만이 여전히 트리스탄에게 시선을 고정했다. 그때 마론은 트리스탄의 눈동자에서 반짝이는 광기 어린 청록색 불빛을 보았다. 불빛은 아주 잠시 번쩍이고는 언제 그랬냐는 듯이 순식간에 사라졌다. 엘리야도 그것을 알아차렸다. 엘리야의 짙은 눈썹이 깊은 생각에 잠긴 듯 좁혀졌다. "이 숲이 네게 묘한 영향력을 행사하는 것 같구나, 아들아." 마침내 엘리야가 말했다. "내가 그 엘프와 할 말이 있으니, 그를 놓아주거라."

트리스탄은 망설임 없이 곧장 명을 따랐지만 얼굴에 불만이 가득했다. 검을 내린 트리스탄은 제가 붙잡은 포로를 앞으로 떠밀었다. "저분은 불사의 왕이신 엘리야 폰 도른슈트랑 님이시다. 츠빌링스쌍둥이 섬의 수호자이시며 1세대 대마법사이자 인간의 왕이시지. 어서 무릎을 꿇고 그에게 네 목숨을 살려 달라 선처를 구하라."

그러나 엘프는 그의 말을 따르는 시늉조차 하지 않았다. 얼굴은 하얗게 질린 상태로 덜덜 떨고 있었지만, 끝까지 자부심만큼은 지키려는 듯 꼿꼿한 자세로 버텼다. 엘리야는 나무라는 눈초리로 그를 훑었다. "내게 합당한 예의를 보이지 않는 이유는 무엇이냐?" 엘리야가 그에게 물었다.

"당신이 인간의 왕일지는 몰라도," 엘프 병사가 말을 꺼냈다. 그는 아직 스물도 되지 않았을 아름다운 소년이었다. "츠빌링스 섬의 수호자는 당신이 아니다! 그건 바로 내 형 로리안이니까! 저 괴물 같은 놈이…" 그는 트리스탄을 가리켰다. "…감히 내 형제의 검으로 그를…!"

엘리야의 얼굴에 살짝 놀란 기색과 함께 옅은 미소가 피어올랐다. "그러니까 네가 바로 그 코리안 폰 안고르 파비아로군." 엘리야가 말했다. "내 널 기억하지. 어린 시절 네 유모가 참 힘들어했었는데 말이다. 기저귀를 차던 그 시절 도른슈트랑까지 울려 퍼지는 네 울음소리를 참으로 많이 들었다만."

마론의 등 뒤에서 예법에 어긋날 정도로 무례한 웃음을 내뿜은 야레드는 같은 실수를 또 저지르지 않으려고 필사적으로 자신을 추스르는 중이었다. 격분한 엘프가 입술을 세게 깨물었다.

"아무튼," 엘리야가 결론을 내렸다. "서로 이웃한 섬에서 너희 가문과 우리 가문이 각각 츠빌링스쌍둥이 섬을 수백 년 동안 함께 지배해 온 내력을 감안하여 널 네 형과 같은 곳으로 보내는 처분만큼은 내리지 않으마. 네게 자비를 베풀어 포로로 데려가도록 하겠다."

엘리야가 마론에게 눈짓하자 말에서 내린 그녀가 재빨리 안장에 달린 주머니에서 밧줄을 꺼내 코리안의 양손을 그의 몸 앞쪽으로 단단히 묶었다. 그는 여느 엘프와 마찬가지로 시종일관 무표정한 얼굴을 유지했다. 밧줄 끝부분을 제 안장에 연결한 마론은 훌쩍 뛰어올라 제 말에 다시 올라탔다. 그러자 엘리야가 마론에게 고개를 끄덕였다. "그러면 이제 샤텐발트 안으로 진군한다." 그가 명령을 내렸다.

"전하…." 그때 마론이 과감히 제 의견을 전했다. "드래곤들이 본체 상태로 동행하는 것이 낫지 않겠습니까?"

왕이 고개를 저었다. "이 숲은 이곳을 통과하는 이의 마력을 앗아간다. 드래곤은 이곳에 발을 들이는 순간 어쩔 수 없이 인간화 상태로 머물 수밖에 없을 것이다. 그러니 운명에 맡겨 보자꾸나."

숲을 향해 발걸음을 뗀 이후로 일행 중 어느 누구도 아무 말도 하지 않았다. 드디어 울창한 숲의 입구가 그들 앞에 모습을 드러냈다. 채워지지 않는 허기와 탐욕을 발산하며 그들을 집어삼킬 듯 입을 벌리고 있었다. 그곳을 통과하는 마지막 순간까지 마론은 마음을 옥죄는 불안감이 가득 차올라 끝내 한 발도 떼지 못할 것 같은 공포에 휩싸였다. 사방으로 우거진 시커먼 숲이 그들을 붙잡으려 마수를 뻗는 것만 같았다. 일행은 어디에서 들리는 건지 가늠도 할 수 없는 괴성에 촉각을 곤두세우며 샤텐발트 안으로 전진했다. 깊숙이 들어갈수록 시체 썩는 냄새가 코를 찔렀다. 순간 엘리야가 제 말에 박차를 가해 앞장선 트리스탄에게 다가갔다. 마론은 밧줄에 묶여 뒤를 쫓아오는 포로를 쓰러트릴 마음까지는 없었기에 곧장 엘리야의 뒤를 따르지 못했다. 먼발치에서 그녀는 아들의 어깨에 손을 얹은 왕이 마치 불타는 돌에 손을 덴 것처럼 서둘러 거둬들이는 모습을 지켜봤다. "모든 신의 이름으로," 마론은 엘리야가 아들에게 하는 말을 경청했다. "우리의 마력이 너에게로 한데 뭉칠 것이다!"

엘리야는 그 이상 말을 잇지 못했다. 그때 어디에선가 나타난 하피 떼가 공격해 왔기 때문이었다. 분명 이 순간이 올 것을 모두가 예상하고 있었지만, 막상 상황이 벌어지자 다들 겁에 질렸다. 하지만 미리 짜 놓은 전술에 따라 일행은 바람처럼 신속하게 뒤로 물러나 원의 형태로 둘러섰다. 드래곤과 인간은 각자의 검을, 야레드는 활을 그리고 툴은 창을 잡고 맞설 태세를 갖췄다. 마론은 말들의 엉덩이를 앞 방향으로 돌려 원 형태로 울타리처럼 두른 후, 그 안에 포로로 붙잡은 엘프와 카이, 그레타, 티발트 그리고 그바일로를 밀어 넣고는 검을 꺼내 들었다. 엘리야와 트리스탄은 그들의 전면에 나서서, 괴성을 지르며 공격하려는 하피 떼를 노려봤다.

"저렇게나 고기가 많다니이이이!" 괴수들은 즐거움에 새된 비명을 질렀다. "달콤하고 젊은 데다 향기롭기까지 해. 오늘 밤은 연회로구나아아. 우리를 위한 근사한 만찬!"

마론의 시선이 드래곤들이 모여 있는 곳을 지나 사피라에게 닿았다. 드래곤들은 투지가 불타오르는 호전적인 눈빛이 아닌 근심 어린 시선으로 그 광경을 지켜보고 있었다. 날개 달린 마물의 끔찍한 괴성이 저들의 의지에 영향을 미치고 있었다. 원래 드래곤은 그런 공포를 감내할 만큼 의지가 강하지 못했다. 마론이 드래곤들의 겁먹은 모습을 알아차린 그 순간, 하피 떼가 부르는 죽음의 노래가 울려 퍼졌다. "어서 저 드래곤들을 공격하자, 자매들아. 겁에 질린 저 꼴 좀 봐. 저들을 갈기갈기 찢어발기고 물어뜯는 거야!"

그렇지만 하피 떼는 그 뜻을 이루지 못했다. 그들의 새카만 날개는 드래곤 일행이 모여 있는 원까지 접근조차 하지 못했다. 최소 스무 마리는 족히 넘을 이 무시무시한 마물들은 트리스탄과 엘리야 앞에 생성된 투명 방어막에 부딪혀 비명을 지르며 추락했다. 코피를 철철 흘리며 날개가 부러진 상태로 땅바닥에 고꾸라졌다. 그 광경에 놀란 말들이 연신 눈을 굴리며 발굽으로 제 근처에서 뒹구는 하피의 발톱과 날개를 짓밟았다. 그러는 사이 엘리야가 든 마법 지팡이 속 프레지오라이트가 환한 빛을 내뿜었다. 왕은 오른손으로는 지팡이를, 왼손으로는 트리스탄을 붙잡고 있었다.

"말도 안 돼에에에! 이게 뭐야아아아!" 하피들이 고래고래 비명을 질렀다. "감히 우리를 공격하다니. 저놈이 우리를 죽이려 하잖아아아아!"

"너희들 중 딱 한 놈만 죽여 주마." 트리스탄이 외쳤다.

엘리야가 마법 지팡이를 내리자마자 프레지오라이트의 빛이 소멸했다. 잡고 있던 엘리야의 손을 놓고 엘프처럼 우아한 동작으로 말에서 훌쩍 뛰어내린 트리스탄은 가장 가까운 곳에 있는 하피의 머리를 사정없이 베어 버렸다. 순간 주변을 가득 메웠던 괴성이 멈췄다. 하피는 하나같이 트리스탄을 응시하며 그를 향해 천천히 기어갔다. 그 광경을 지켜보는 마론의 피부에 소름이 돋았다. 저 끔찍한 마물들이 트리스탄을 향해 아양을 부리며 칼처럼 날카로운 발톱으로 그의 다리를 붙잡고 제 날개로 그를 감싸 안으려고 퍼덕이며 엉겨 붙는 모습에 구역질이 날 것만 같았다. 마론은 하피들이 눈깔을 희번덕거리며 날카로운 송곳니를 드러낸 채 비굴하게 웃는 모습에 어이가 없었다. 트리스탄에게 목이 베인 자매의 머리가 몇 미터도 안 떨어진 땅바닥에 굴러다녔지만 그들은 전혀 개의치 않았다.

"저리 떨어져!" 트리스탄이 명령하자 그들은 그 즉시 그 명령에 따랐다. 넙죽 엎드려 엉금엉금 황급히 그에게서 물러났다. "지배자시여." 그들 중 하나가 목소리를 낮춰 말했다. "당신께서 우리를 정복하셨으니, 이제 우리는 당신의 검을 따를 거랍니다. 주군께서 명령하시는 모든 것을 이뤄 드리겠어요."

"좋다." 트리스탄이 큰 소리로 말했다. "그렇다면 우리가 가는 길을 엄호하라. 샤텐발트의 다른 마물들을 몸으로 부딪쳐 막아라. 그리고 우리 앞에 유령늑대와 와이번을 한 마리씩 대령하라."

"당신의 소망은 곧 우리에겐 명령입니다." 하피가 꺽꺽대며 말하고는 몇몇 자매들과 함께 샤텐발트 마물들을 찾아 날개를 퍼덕이며 날아갔다.

트리스탄은 남아 있는 하피 하나에게 성큼 다가갔다. 밝은 금발에 겨울 하늘처럼 차가운 푸른 눈동자를 지닌 하피였다. "어서 날아가서 네 자매들을 전부 데려오라. 해가 지

기 전에 이 샤텐발트에 있는 하피들을 전부 내 앞에 집결시
켜야 할 것이다.”

충성을 맹세한 하피 무리의 결정에 따라 이 아름다운 마
물도 트리스탄의 명령에 복종해 서둘러 꽁무니를 빼고 날아
갔다. 첫 전투가 끝난 것이 확실해진 후에야 비로소 마론은
맘 편히 숨을 쉴 수가 있었다. 카이는 엘리야가 방금 시전했
던 마법을 확인하기 위해 엘리야를 향해 절뚝이며 걸어갔
다. 그러는 동안 야레드가 조용히 말을 몰아 마론 곁으로 다
가왔다.

“비젤, 괜찮냐?” 야레드가 나지막이 물었다.

“모르겠어.” 마론이 솔직히 대답했다. “이제 트리스탄을
아예 모르겠다. 너무 낯설어.”

“그건 나도 그래.” 대장장이가 시인했다.

“무기력한 상대를 죽이지 않나, 모두가 마력을 잃는 상황
에서 혼자 마력을 흡수하지를 않나. 저놈은 도대체 뭐지?”

“그게 뭐든 간에, 우리 목숨을 구한 건 맞지.”

그녀가 한숨을 내쉬었다. “그건 맞아. 그래도 난 좀 두려워.”

근본적으로 야레드도 마론과 그리 다르지 않았지만 시인
하는 대신 깊은 생각에 잠긴 채 고개만 절레절레 흔들었다.
“정말 갈수록 엄청나지는데. 그야말로 점입가경이야.” 이윽

고 야레드가 속삭였다.

"무슨 말이야?" 마론은 그가 말한 의도가 무엇인지 궁금했다.

"자, 한번 생각해 봐. 부르크스메아데에서 출발했을 때만 해도 트리스탄은 명예라고는 눈곱만큼도 없는 노예이자 천애 고아였지. 그런데 이제 저 녀석은 우리 인간의 왕자이고, 앞으로는 드래곤 여왕과 혼인할 예정인 데다가 하피 떼를 수족처럼 부릴 수 있는 지위에 올라섰지. 게다가 잃어버린 마력을 되돌려 주는 정체 모를 기이한 힘과 연결된 거잖아. 그런데 그게 뭐가 문제냐고 물을지도 모르지만, 너무 과할 정도로 좋은 일만 있는 것 같아서. 어쩌면 트리스탄 저놈도 우리 모두가 생각하는 것과는 달리, 저러다 언젠가 무너져 버릴지도 모르겠다는 불길한 느낌마저 든단 말이지. 좋은 것도 너무 과하면 화를 부르는 법이니까."

마론은 대장장이를 물끄러미 쳐다봤다. 가뜩이나 흉터 가득한 주름진 얼굴에 숲 그림자가 더 깊은 음영을 드리웠다. 야레드가 이런 적은 처음이었다. "너 지금 질투하는 거냐?" 냉담한 음성으로 마론이 물었다.

야레드와 마론은 한동안 서로를 찬찬히 뜯어봤다. "아니다, 마론. 절대 트리스탄을 시기해서 그런 게 아니야. 난 그냥 이 상황을 진지하고 냉철하게 지켜볼 뿐이다."

"그러면 앞으로 주의하도록 해. 사사로운 감정이 네 시야를 흐리지 않도록 말이야." 마론은 쌀쌀맞은 답을 남기고 돌아섰다.

사피라는 운이 좋았다. 샤텐발트의 다른 마물을 찾아오라고 트리스탄이 보낸 하피들이 가장 먼저 와이번 한 마리를 대령했던 것이다. 와이번은 힘없이 반쯤 찢긴 상태로 하피들의 발톱에 매달린 채 끌려왔다. 그 와이번을 끌고 오기 위해 하피 두 마리가 힘을 합쳐야 했다. 와이번은 거의 사람만큼이나 덩치가 컸고 단단한 질감으로 볼 때 사람보다 훨씬 무거워 보였다. 외관상 와이번은 드래곤과 닮았다. 그러나 와이번은 다리가 두 개뿐이었고 박쥐 날개와 유사한 날개가 있었다. 날개 중앙은 단단한 뼈가 가로지르고 있었고 중간에 발톱이 달려 있어서 걷거나 기어갈 때 몸을 지탱하는 보조 역할을 했다. 하피 무리가 저를 숲 바닥에 내려놓고 다시 짓누르자 와이번은 뱀의 것과 흡사한 독니를 드러내며 씩씩거렸다.

"이 몹쓸 괴물이!" 마물을 끌고 온 하피 중 하나가 욕설을 뱉었다. "저놈이 내 자매를 물었어요. 저 독니로 물었어요! 살에 박힌 이빨을 타고 흐른 와어번의 독 때문에 내 자매가 죽었어요. 그러니 저놈도 죽어 마땅해요!"

"그렇게 될 거다." 드래곤 여왕이 말했다. 당당한 발걸음으로 와이번에게 다가선 사피라는 제 벨트에 걸려 있는 문스워드를 거침없이 뽑아 들었다. 마론은 무슨 응어리 같은 게 목구멍까지 치밀어 올랐지만 겨우 억눌렀다. 마론은 사피라를 볼 때마다 속에서 왠지 모를 거부감이 밀려왔다. 카이가 때마다 마법을 걸어 옷을 만들어 주기 시작한 이후엔 한층 심해졌다. 어울리지도 않는 요상한 예복을 입고 거들먹거리는 사피라의 모습이 정말이지 역겨웠다. 지금은 드래곤의 여왕이 된 저 몹쓸 여자가 앞으로 트리스탄과 침대를 공유할 거란 생각만 떠올려도 뭐라 표현하기 힘든 분노가 마론의 심장을 뒤덮었다.

문스워드를 들어 올리는 사피라를 보며 마론은 지금까지의 훈련이 모두 헛수고였다는 느낌을 받았다. 트리스탄이 하피에게 명령을 내려 먼저 손보지 않았더라면 저런 실력으로는 절대 와이번을 제압하지 못했으리라. 어쨌든 사피라는 검 끝을 마물의 정수리에 꽂아 넣으며 와이번의 목숨을 단칼에 끊어 냈다. 그러자 곁에서 그 모습을 지켜본 하피가 귀가 먹먹해질 정도로 환호성을 질렀다. 아마도 고자질과 선동이 제대로 먹혔다고 생각한 것 같았다. 소란을 뚫고 트리스탄이 다가와 사피라의 어깨에 살며시 팔을 올렸다. "이걸로 널 이제 와이번의 정복자라 부를 수 있게 되었군." 트리스탄이 싱긋 웃으며 말하자 드래곤도 미소로 화답했다.

이어 그들은 이 숲의 와이번 무리를 전부 이곳으로 소환하기 위해 하피들을 보냈다. 조금 후 그들 곁에 두 마법사가 합류했다. 현안에 대해 논의하는 자리가 자연스레 만들어졌지만 그들은 굳은 표정으로 침묵했다. 뭔가를 숨기려는 듯한 표정들이었다. 트리스탄이 보여 준 석연치 않은 행동에 대해 그 누구도 언급하길 꺼렸거나, 혹은 코리안 폰 안고르 파비아가 듣는 것을 원치 않았기 때문이었는지도 몰랐다. 마론도 이 엘프를 계속 데리고 다니는 것은 그리 현명한 계획이 아니라고 생각하던 차였다. 남은 유일한 대안은 그냥 죽여 버리는 방법밖에 없었다. 하지만 그러면 엘프의 왕 님룬트에게 좋은 인상을 줄 수는 없을 것이 분명했다. 마론 역시 정서상, 포로를 죽이는 것에 강한 거부감을 느꼈다.

마론 근처로 다가와 말에서 내린 아담과 야레드가 고삐를 나무에 묶었다. 마론도 뒤따라 말에서 내리려던 바로 그때, 마론 곁에 있던 그바일로가 날카로운 울음소리를 내기 시작했다. 염소의 경고를 알아차린 마론이 서둘러 주변을 둘러보았다. 기묘한 적막이 숲 전체에 흘렀다. 염소는 점점 더 겁에 질려 연신 비명을 질러 댔다. 샤텐발트의 싸늘한 적막 속에 염소 울음소리만 공허하게 메아리쳤다. 마론의 뒷목에 잔털이 쭈뼛 솟았다. 동시에 수풀 사이에서 으르렁거리는 소리가 들렸다. 피에 굶주려 죽음을 부르는 그 소리. 마치 이 숲 여기저기에서 그들을 향해 불쑥불쑥 튀어나온 관목의 검은 가지처럼 요괴의 촉수를 닮은 음산한 소리였다. 그런 데 갑자기 소리가 멈추더니 다시 고요해졌다. 마론은 포로 가 유사시 위험 지역에서 피할 수 있도록 말에 매어 놓은 밧줄을 풀었다. 마론의 말이 뒷걸음질 쳤다. 공포에 질린 말은 이리저리 뒷걸음질 치다가, 뒤이어 날뛰기 시작한 다른 말들과 좌충우돌 부딪치기까지 했다.

"왜 그래?" 야레드가 다급하게 외치며 마론 곁으로 달려 왔다. 아담도 그의 뒤를 따랐다.

그들이 도착했을 때 마론은 잔뜩 겁먹은 말을 진정시키느라 여념이 없었다. "저기, 수풀 속에! 유령늑대가 있는 것 같아!" 마론이 외쳤다.

그제야 말에서 내린 마론이 말고삐를 나무에 단단히 감았다. 저 멀리서 문스워드를 뽑아 든 툴이 달려왔다. 이어 트리스탄과 엘리야, 그리고 그레타까지도 그의 뒤를 쫓아왔다. 그러나 세 사람이 미처 도착하기도 전에 덤불 속에서 늑대의 새하얀 얼굴이 튀어나왔다. 무시무시한 이빨을 드러낸 유령늑대는 으르렁거리며 그들에게 한 걸음씩 다가왔다. 반투명한 오팔을 박아 넣은 듯 영롱한 눈은 잔뜩 충혈되어 있었고 몸집은 거의 말과 맞먹었다. 지금까지 마론이 본 늑대 중에 덩치가 가장 큰 놈이었다. 덜덜 떨리는 손으로 마론이 무기를 잡자 늑대가 제 자리에 멈춰섰다. 그때 우거진 숲속에서 또 다른 인물이 등장했다. 여자였다. 늑대를 향해 걸어 나온 그녀는 섬세한 손길로 늑대의 털을 쓰다듬었다. "자, 진정하렴, 울푸르." 종소리같이 해맑은 젊은 여인의 목소리가 늑대를 달랬다. 피처럼 붉은 케이프를 걸친 여인이 쓰고 있던 두건을 뒤로 넘겼다. 그러자 눈처럼 하얀 백발이 드러났다.

"아녜이!" 그레타가 새된 소리를 지르며 카이 뒤로 몸을 숨겼다.

"이럴 줄은 전혀 몰랐지, 그치?" 마녀가 놀리듯 말했다. 동시에 이마에 주름이 잡힐 정도로 얼굴을 찌푸렸지만 그럼에도 아녜이는 그 어느 때보다 젊어 보였다.

"우리는… 우리는 당신이 죽었을 거라고 생각했어요!" 그레타가 변명했다.

"그래, 누구라도 그렇게 말하겠지!" 아녜이가 비아냥거렸다. "너희들 탓에 꼴사납게 추락하긴 했지만 그래도 좋은 점도 하나 있었어. 드디어 내게 딱 알맞은 고향을 찾았거든. 이 음지의 마물들은 인간들처럼 뒤통수치는 법이 없더군. 이들은 자발적으로 내게 수명을 건네더라고. 울푸르 좀 봐. 저 유령늑대는 이제 한 살이지만 내가 그의 수명을 30년이나 넘겨받았지. 그래서 이제 몇 개월만 있으면 저 늑대는 자연사할 운명이란다."

아녜이는 이렇게 말하면서 거대한 유령늑대를 제 품으로 끌어안았다. 늑대는 마치 강아지처럼 그녀에게 애교를 부렸다.

"저 늑대에게 무슨 짓을 한 거지?" 마론이 격분한 음성으로 물었다. "도대체 무슨 마법 포션을 먹였기에 늑대가 저렇게 행동하는 거지?"

아녜이가 마론을 샅샅이 훑어보더니 가시 돋친 음성으로 말했다. "아아, 차라리 남자였으면 좋겠다고 울부짖는 소녀로구나. 어쩌면 그건 진심이 아닐지도 모르겠군. 언제일진 몰라도 연인을 되찾을 절호의 기회가 올지도 모르니까 말이야. 그런데 그 대단한 트리스탄 폰 도른슈트랑은 어디 있지? 어떻게 컸는지 한번 보고 싶은데." 아녜이가 사방을 두리번거리며 트리스탄을 찾았다.

"난 여기 있다." 트리스탄이 스스로 대답했다. 수치심에 두 뺨이 붉어진 마론의 시선이 그와 마주쳤다. 저 마녀가 그녀의 은밀한 갈망을 이렇게 공개적으로 까발리자 몹시 불편해졌다. 저 여자가 제 속마음을 어떻게 아는 건지 마론은 도무지 이해할 수 없었다. 아녜이는 양손을 허리춤에 짚고 서서 트리스탄을 위아래로 뜯어보았다. "정말, 아름다운 소년이로구나. 제 부모를 쏙 뺐어." 알랑거리는 소리로 말하며 속눈썹을 깜박였다.

"원하는 게 뭐냐?" 마침내 보다 못한 엘리야가 끼어들었다. "그냥 인사치레나 하려고 이곳에 나타난 건 아닐 테고."

"당연히 아니죠. 제안을 하나 하러 왔어요." 아녜이가 말했다. "서로 선물을 하나씩 교환하자는 거예요. 내가 당신들이 계획하는 군대를 완성시킬 수 있도록 유령늑대를 넘겨줄게요. 그 대가로 내가 원하는 건 저 소년이 목에 차고 있는 아무 값어치도 없는 저 장신구 하나랍니다."

"내 목걸이 말이요?" 트리스탄이 눈에 띄게 당황한 표정으로 목걸이의 팬던트를 붙잡으며 말했다. "이걸로 뭘 하려는 속셈이지? 이건 값이 나가는 물건도 아니고 마력도 없는데."

"그때 너의 정체를 제대로 파악하지 못해서 그만…!" 아녜이가 빠르게 재잘거렸다. 그리고는 곧바로 어두워진 음성으로 말했다. "지난 수년 동안 난 그날 밤 내 오두막에서 벌어진 일을 되돌릴 방법을 찾아 헤맸지. 그러다 남의 수명을 훔치기 시작한 거야. 그러나 타인에게서 수명을 계속 훔쳐올 수는 있었지만, 노화가 더 빠르게 진행되더군. 훔쳐오면 훔쳐올수록 점점 더 빠르게…! 그래서 난 깨달았어. 그 목걸이만이 그날의 일을 되돌리는 데 사용할 수 있는 유일한 매개체라는 걸. 물론 너와 네 의형제를 제외하면 말이지. 내 마법을 너희들에게 시전할 마음은 없으니 결론은 딱 한 가지뿐이겠지. 그러니까 네 목걸이를 어서 이리 건네렴. 그러면 너희 둘에게는 아무 일도 없을 테니까."

"그걸로 네 프레지오라이트를 다시 깨우려는 속셈이군." 엘리야가 아녜이의 속셈을 알아차렸다. "그러나 마법의 돌은 자발적으로 네게 마음을 닫았다. 네 무도한 마법을 벌하려고 네게 그런 저주를 건 것이야. 그런데 네가 저 목걸이 하나를 부순다고 한들 녹수정이 다시 깨어날 이유가 뭐가 있겠는가?"

아녜이가 큰 소리로 비웃었다. "엘리야 님, 엘리야 님… 당신은 200년 동안 이 땅을 헤매고 다녔죠. 하지만 여전히 당신이 전혀 모르는 것도 있답니다."

"지금 흑마법을 말하는 건가?"

아녜이는 대답 대신 소녀처럼 깔깔대며 웃기만 했다. 그런 그녀의 모습은 소름이 끼쳤고 외모와 불협화음을 이루었다. 그런 뒤 엘리야에게서 돌아선 아녜이가 트리스탄에게 다가갔다. 그녀가 걸음을 뗄 때마다 섬세한 곡선이 돋보이는 둔부 언저리에서 핏빛 외투 자락이 가볍게 펄럭였다. 반면 그녀의 눈빛만큼은 하피들마저 슬그머니 물러설 정도로 어둡고 흉흉했다. "넌 이미 그를 네 눈으로 봤잖아, 그렇지 않니?" 그녀가 속삭였다. "되크 발두르, 모든 것을 집어삼키는 화염. 넌 분명 그를 알고 있어." 트리스탄은 어깨를 으쓱였다.

엘리야가 당황한 표정으로 그를 바라봤다. "저 마녀가 무슨 소리를 하는 게냐?"

"나도… 잘 모르겠는데요." 트리스탄이 발뺌하며 대답했다. "다만, 데몬 군영에서 카이의 프레지오라이트가 나를 통해 힘을 발휘했을 때 불타오르는 검을 휘두르는 시커먼 형체의 환영을 본 적이 있습니다."

"그 얘기를 왜 내게 하지 않았지?" 왕의 얼굴에 근심이 서렸다.

"그저 아무 의미도 없는 환영일 뿐이라고 생각했어요." 트리스탄이 변명했다. "망상에 불과한 환영인 줄 알았던 거죠."

순간 마론은 시끄럽게 날뛰는 제 심장 소리가 다른 누군 가에게 들릴까 봐 전전긍긍했다. 지금 자신도 되크 발두르를 본 적이 있다고 털어놔야 하는 걸까? 같은 이름, 같은 검을 든 그를…. 이건 분명 우연이 아니다. 하지만 도대체 뭐라고 말을 꺼내야 한단 말인가? 그냥… 저도 그를 알고 있다고? 아니면… 화염으로 이글거리는 그의 눈을 바라보며 자신이 그와 뒤엉켰다고? 마론의 시선이 아주 잠깐 아녜이의 시선과 마주쳤다. 그 순간 마론은 이 얘기를 어느 누구에도 털어놓아선 안 된다는 걸 깨달았다. 비열하고 악의에 찬 눈빛을 한 저 마녀가 그런 마론의 마음을 다 알고 있다는 듯 미소를 짓고 있었기 때문이었다. 뒤이어 마녀는 툴과도 기묘한 시선을 주고받은 후 다시 트리스탄을 쳐다봤다. "그래서 네 목걸이를 이 유령늑대와 교환할 건가, 말 건가? 너도 알고 있듯이 곧 되크 발두르가 너희를 쫓아올 거란다. 그러면 그 어떤 군대로도 그를 막아 내지 못할 것이야. 그러니까 네겐 유령늑대가 필요해. 그리고 이건 피를 흘리지 않고 유령늑대를 정복할 유일한 기회기도 하고. 흐음, 그러니까… 피를 거의 흘리지 않는다고 정정해야 하나." 지금 이 상황에서 킥킥거리며 웃는 건 역시 아녜이 혼자뿐이었다. 아녜이는 계속해서 거대한 늑대의 새하얀 털을 쓰다듬었다.

트리스탄이 목걸이를 풀었다.

"기다려라!" 엘리야가 트리스탄을 제지했다. "저 여자의 속셈이 무엇이든 분명 좋은 일은 아닐 거다."

"툴과 다른 일행이 유령늑대와 혈투를 벌여야 하는 상황 도 마냥 좋을 수는 없을 겁니다." 엘리야의 말에 반박했지만 트리스탄의 음성에는 여전히 망설임이 가득했다. 아녜이는 오랫동안 시선을 주고받는 트리스탄과 엘리야가 마음에 들 지 않았다. 마녀는 그곳에 있던 이들이 무슨 일이 벌어진 건 지 미처 깨닫기도 전에 유령늑대에게 신호를 보냈다. 순식 간에 거대한 괴수가 마론을 덮쳐왔다. 마론은 바닥에 뒤통 수를 대고 자빠졌고 괴수의 날카로운 발톱이 그녀의 가슴 을 꿰뚫었다. 하얀 털로 뒤덮인 짐승은 혈관이 터질 듯 충혈 된 눈으로 그녀를 코앞에서 노려봤다. 짐승의 숨결에서 시 체 썩는 냄새가 났다. 절망에 빠진 마론은 어떻게든 맨손으 로 늑대를 막아 보려 버둥거렸다. 그러나 마론은 이미 이 싸 움에서 자신이 패했다는 것을 확실히 알고 있었다.

"마론!" 트리스탄이 다급히 외치는 소리가 들렸다.

그녀는 잠시 멈칫했다. 비록 찰나였지만 트리스탄의 목소 리에서 예전 그 느낌이 풍겼다. 마론을 볼 때마다 얼굴을 붉히턴 그때로 되돌아온 것일까? 누군가 그의 눈에 썬 콩깍지를 벗겨 낸 것일까? 공포와 분노로 떨리는 그의 외마디 음성에는 분명 마론에 대한 걱정 어린 연민이 배어 있었다. 어쩌면 아직 마르지 않은 사랑이라는 감정도 조금은…. 치아를 드러낸 울푸르가 으르렁거리자 잠시 혼자만의 상상에 빠져 있던 마론이 재빨리 현실로 돌아왔다. 유령늑대는 무시무시한 주둥이를 크게 벌리고 그녀의 목덜미에 송곳니를 대고 있었지만, 살갗 속으로 그것을 박아 넣지는 않았다. 그러나 아녜이의 명령 한마디면 그 강한 아가리를 주저 없이 다물며 그녀의 목숨을 순식간에 앗아갈 수도 있을 것이다.

"거기서 멈춰!" 갑자기 소리치는 엘리야의 목소리가 들렸다. 그러자 늑대도 주춤했다. 유령늑대는 날카로운 송곳니를 그녀의 목에서 떼고 잠시 고개를 돌려 사람들을 노려봤다. 마론도 그제야 주변 상황을 재빨리 파악할 수 있었다. 아담과 야레드가 트리스탄과 뒤엉켜 싸우고 있었다. 어떻게든 둘은 트리스탄에게서 목걸이를 빼앗으려는 것 같았다. 하지만 엘리야가 고함을 지르며 마법 지팡이를 들어 올리자 그들의 시도는 수포로 돌아갔다. 그런데 이상하게도 마법 지팡이는 빛나지 않았다. 그 대신 트리스탄의 눈 속에서 초록빛이 번쩍였다. 아녜이는 지금 이 상황이 몹시 즐거운 듯 큰 소리로 웃어 재꼈다. "이 숲이 널 어떻게 만드는지 너도 느끼지?" 그녀가 트리스탄을 보며 외쳤다. "숲이 널 정화하고 있는 거란다. 그런 다음 너와 일체가 되려는 거지."

마력의 파동이 트리스탄의 손에서 뻗어 나와 저를 붙잡고 있던 두 소년은 물론 주변에 서 있던 전사들과 하피들을 연이어 강타했다. 그런 후 그와 마력을 나눈 아버지이자 위대한 불사의 마법사인 엘리야 폰 도른슈트랑마저 가격했다. 그러니까 엘리야마저도 통제할 수 없는 상황이었던 것이다. 지금 이 순간 그는 마물의 숲 샤텐발트에 고립된 나약한 인간 왕에 불과했다.

모두를 바닥에 쓰러트린 트리스탄은 아녜이를 향해 돌아섰다. 그의 눈은 전처럼 다시 짙은 갈색으로 돌아왔지만, 가슴은 여전히 빠르게 뛰었다. "그런데 당신은 어떻게 그렇게 멀쩡하게 서 있는 거지?" 트리스탄이 그녀에게 물었다.

마녀가 미소를 지었다. "왜냐하면 이 숲이 날 보호해 주니까. 이 어둠의 왕국에 있는 한 너와 나, 우리 둘 중 누구도 상대를 쓰러트릴 수는 없을 거란다. 하지만 난 네 일행을 하나하나 모조리 죽일 수 있지. 어디 여기 이 아이부터 시작해 볼까!" 그녀의 깡마른 손가락이 마론을 가리켰다. "울푸르!"

제 이름이 불리자 트리스탄의 마력 공격에 잠시 쓰러졌

던 유령늑대가 벌떡 일어났다. 대답하듯 한 번 으르렁거린 유령늑대는 곧바로 날카로운 이빨을 마론의 목에 가져다 댔다. 반사적으로 마론의 두 손이 늑대의 털을 붙잡았지만 막아 내기에는 역부족이었다. 그녀는 가쁜 숨을 헐떡였다.

"안 돼!" 트리스탄의 시선이 마론과 마주쳤다. 이제 마론의 귀엔 아녜이의 광적인 웃음소리가 전혀 들리지 않았다. 피부를 타고 흐르는 따뜻한 핏방울에도 무감각했다. 시간이 멈춘 듯… 마론은 트리스탄의 시선에만 집중할 뿐이었다. 책으로 가득한 도서관보다 많은 말들이 숨어 있는 것 같은 그의 눈빛. 그 순간 미친 듯이 날뛰던 마론의 맥박이 차분해졌다. 한 번도 가 보지 못한 새로운 세계의 문 앞에 선 느낌이었다. 그 세계에서는 유령늑대도, 마녀도 그녀를 해칠 수 없을 것이다. 설령 저 여자가 자신을 죽인다고 해도 이제 아무래도 상관없었다. 마론에게 마음의 평화가 찾아왔다.

"고작 목걸이 하나야!" 아녜이가 말했다.

트리스탄이 고개를 끄덕였다. 그리고는 마론에게서 돌아선 후 일말의 망설임도 없이 민들레 씨앗이 들어 있는 펜던트를 마녀에게 건넸다. 활짝 미소를 지은 아녜이가 그것을 받아들었다. "정말 고맙구나." 그녀가 속삭였다. "넌 제법 똑똑한 소년이야."

아녜이는 외투 주머니에서 아무 말 없이 프레지오라이트를 꺼냈다. 제게 저주를 건 이후 마력을 소진한, 그저 매끈한 보석에 불과했던 그녀의 녹수정. 아녜이는 탐욕스러운 표정으로 프레지오라이트에 펜던트를 가져다 댔다. 순간 펜던트 유리에 금이 갔다. 공포에 질린 마론의 눈에 흠칫 놀라는 트리스탄의 모습이 보였다. 마녀는 두 눈을 감고 마법의 주문을 외며 프레지오라이트에 펜던트를 더 세게 눌렀다. 불끈 주먹 쥔 야윈 손이 부르르 떨렸다. 그와 동시에 트리스탄이 가슴을 부여잡고 고통에 몸부림쳤다. 미친 듯 질러 대는 마론의 비명이 숲 전체에 울려 퍼졌다. 그녀는 제 곁에 붙어 꼼짝달싹하지 않는 유령늑대를 두 손으로 마구잡이로 내리쳤다.

그 순간 엘리야를 비롯해 나머지 일행이 하나둘 정신을 차렸다. 그러나 엘리야도 딱히 손쓸 도리가 없었다. 그의 프레지오라이트 역시 엘리야 자신만큼이나 마력이 전부 고갈된 상태였다. 그때 어두운 밤에 번쩍 내리치는 번개처럼 아녜이의 녹수정이 돌연 밝은 빛을 뿜어냈다. 눈이 멀 정도로 강렬한 빛에 모두가 두 손을 들어 눈을 가렸다. 하피들은 두려움에 떨며 비명을 질러 댔고, 뒤에 있던 말들도 이리저리 날뛰었다. 둔탁한 굉음과 함께 저 멀리에서 출발한 듯한 강한 파동이 다시 그들을 덮쳤다.

한순간 마론은 눈이 멀었다고 생각했다. 그러나 다시 앞이 보이기 시작할 무렵, 바닥에 미동도 없이 쓰러진 트리스탄이 가장 먼저 눈에 들어왔다. 그의 곁에는 지팡이에 몸을 의지한 엘리야가 무릎을 꿇고 있었다. 아녜이도 여전히 그곳에 있었다. 밝은 빛을 뿜어내는 마법의 돌을 손에 쥐고 의기양양한 표정으로. 아녜이는 음흉한 시선으로 트리스탄을 내려 봤다. "넌 네 아버지와 달리 저돌적이고 충동적이구나. 주군께서 아주 흡족해하시겠어. 남부의 왕자!" 이 말을 남기고 눈 깜짝할 사이에 돌아선 아녜이는 관목 사이로 유유히 사라졌다.

이 상황에서 유일하게 응징에 나선 건 야레드였다. 한 손으로 아담을 짚고 비틀비틀 일어나더니 서둘러 활을 꺼내 사라져가는 아녜이를 향해 살을 날렸다. 하지만 터무니없는 시도였다.

마론은 쿵쾅거리는 가슴에 손을 얹어 보았다. 동시에 저를 짓누르는 유령늑대가 마치 마비라도 된 것처럼 전혀 움직이지 않는다는 걸 깨달았다. 육중한 몸이 여전히 그녀를 누르고 있었지만 아녜이의 마력 대방출 이후 늑대의 근육은 돌처럼 굳어 버린 것 같았다. 아마 지금이 이 늑대에게서 벗어날 유일한 기회일 것이다. 있는 힘을 전부 끌어모아 무시무시한 늑대의 아가리에서 목을 빼며 늑대의 몸 아래로 꿈틀꿈틀 몸을 움직였다. 예전에 엘프 군영에 있을 때 친구들이 괜히 비젤족제비이란 별명을 지어 준 게 아니었다. 마론은 열악한 상황에서도 제 몸 하나 움직일 틈만 있으면 어떻게든 비집고 헤쳐 나가는 성격이었다.

마침내 네발로 기어 나온 마론이 트리스탄에게 향했다. 사피라도 동시에 그에게 도착했다. 둘은 트리스탄 옆에 무릎을 꿇고 앉아 그를 흔들어 깨웠다. "트리스탄에게 무슨 일이 일어난 건가?" 엘리야에게 고개를 돌린 사피라가 외쳤다. 엘리야는 이제 겨우 두 발로 일어서긴 했지만 여전히 기진맥진한 상태였다. 그새 의족을 질질 끌며 엉금엉금 기어서 다가온 카이가 서둘러 트리스탄의 맥을 짚었다.

"트리스탄은 아직 살아 있다." 왕은 그 이상 말하지 않았다. 그리고는 하피들을 향해 돌아섰다. "저 마녀를 내게 데려다 다오. 하지만 목숨은 붙은 상태로. 내 말을 들었느냐?"

"싫다아아아!" 어둠의 마물들이 새된 비명을 지르기 시작했다. "그녀가 우리를 죽일 거야!", "우리는 네 말을 듣지 않는다!", "넌 우리의 주인이 아니야!"

마론의 내면에 울분이 치밀었다. 모든 것이 뒤죽박죽이었다. 젠장, 그들은 패했고, 마녀의 저주에 당했다! 깊이를 모를 절망감이 그녀를 뒤덮었다. 순간 드래곤 여왕이 마론의 손을 잡았다. 고개를 들자 사파이어처럼 푸른 두 눈과 마주쳤다. "전부 다 잘될 거다. 트리스탄은 그냥 잠든 것뿐이야!" 그녀가 속삭였다. 하지만 마론은 그녀의 입에서 그 어떤 위로도 듣고 싶지 않았다. 괜히 심술이 난 마론은 사피라의 손을 옆으로 치우고 벌떡 자리에서 일어섰다. 그때 그녀의 등 뒤에서 으르렁거리는 소리가 들렸다.

뒤로 돌아선 마론은 울푸르의 우윳빛처럼 뿌연 눈동자와 직통으로 마주쳤다. 입가를 매섭게 끌어 올리며 위협하는 유령늑대의 주둥이에서 침이 뚝뚝 떨어졌다. 동시에 거대한 대가리를 그녀의 코앞에 들이밀었다. 겁에 질린 마론은 돌처럼 얼어붙었다. 거기서 끝이 아니었다. 수풀 사이에서 뭔가가 바스락거리더니 곧이어 으르렁거리는 소리가 들려왔다. 그리고 늑대의 하울링이 샤텐발트 전역으로 울려 퍼졌다. 이윽고 한 마리씩 모습을 나타낸 유령늑대들이 일행을 에워쌌다.

"유령늑대들이 이젠 떼로 몰려왔군." 그레타가 마론의 왼쪽에서 한탄하며 말했다. "우리를 아예 포위했어!"

티발트는 신음조차 내지 못하고 혼비백산 뒷걸음질만 쳤

다. 그의 바지에 어두운 얼룩이 생겨났다.

마론은 지금 이 순간 죽음이 바로 앞에 다가왔다는 걸 깨달았다. 예상했던 것보다 훨씬 편안하게 그녀에게 찾아온 깨달음이었다. 이제 곧 죽음이 부드러운 구름처럼 그녀를 감싸 안을 것이다! 마론은 겸허한 마음가짐으로 마지막 심장 박동이 멈추는 순간을 기다리기로 마음먹었다.

그러나 송곳니로 제 목을 물어뜯는 대신 두어 걸음 뒷걸음친 울푸르가 갑자기 가랑이 사이로 꼬리를 내렸다. 겁먹은 늑대의 시선이 시커먼 전나무 꼭대기 쪽으로 향했다. 일행을 포위한 유령늑대 떼의 하울링이 점점 잦아들었다. 울푸르 위로 시커먼 그림자가 드리워졌다. 동시에 후방에서 기묘한 소음이 들리기 시작했다. 도깨비불이었다! 그것도 수천 마리에 달하는.

그 순간 마론을 향해 뛰어든 툴이 그녀를 덮치기 일보 직전이었던 유령늑대의 머리 위로 문스워드를 높이 치켜들었다. 울푸르의 심장을 제물 삼아 샤텐발트 유령늑대의 지배자가 될 마음의 준비를 마친 채로.

이스타리엘

아주 오랫동안 이스타리엘은 이런 확신에 찬 기분을 느껴 본 적이 없었다. 당장 무엇을 하든 전부 다 해낼 것만 같은 자신감이 차올랐다. 이게 다 아그네스 덕분이라고 생각했다. 아그네스는 제게 진정한 행복을 가져다준 여인이었다. 도깨비불을 제압하는 것도 생각보다 훨씬 수월했다. 페엔 산맥에서 이스타리엘은 레오드릴 샘의 물을 담아왔다. 이 샘물은 적어도 몇 시간 동안 치명적인 불꽃으로 유혹하는 도깨비불로부터 그들을 보호해 줄 대비책이었다. 샤텐발트 기슭에서 도깨비불 떼의 공격을 받은 이스타리엘은 정복자의 검, 문스워드를 높이 치켜들고 단칼에 한 손 가득 찰만큼의 도깨비불을 제압했다. 구름처럼 몰려다니며 계속 모습을 바꾸던 도깨비불이 낙엽처럼 우수수 바닥에 떨어졌다. 살아남아 현란한 빛을 뿜어내는 귀화 떼는 이제 그의 명령만을 쫓았다. 아그네스는 그 광경이 그저 놀랍기만 했다. 아그네스는 블랙 드래곤 하름의 등에 올라탄 이스타리엘 뒤에 앉아 그의 허리를 꼭 껴안고, 그의 등에 머리를 기댔다. 사실 그는 모든 걸 제쳐두고 폐엔 산맥 깊은 곳에 틀어박혀 신혼을 만끽하고 싶었다. 그러나 어렴풋이 불길한 예감이 밀려왔다. 내면 깊숙한 곳에서 이럴 때가 아니니 어서 떠나라고 다그치는 목소리가 들려왔다. 그리고 지금 그는 가슴을 쓸어내렸다. 정말이지 시의적절한 선택이었다. 처음에는 엘리야 일행을 찾을 방법이 떠오르지 않았다. 그러나 주변의 소음을 따라가다 보면 비명이 난무하는 곳에 그들이 있을 것이라 짐작하고 무작정 찾아 헤매던 터였다.

그들을 발견하자마자 이스타리엘은 자신이 정말 긴박한 절체절명의 순간에 도착했다는 것을 감지했다. 이스타리엘은 엘리야가 막강한 동맹인 드래곤족을 왜 저렇게 속수무책 인간화 상태로 이 위험천만한 샤텐발트에 발을 들여놓게 했는지 이해가 되지 않았다. 그 때문에 저렇게 무력하게 유령늑대에게 포위당한 것일 거고, 하마터면 에냐도르 대륙을 위한 그들의 전쟁 계획이 여기 샤텐발트에서 이렇게 허무하게 무산될 뻔했다고 생각하니 아찔했다. 어쨌든 공중에서 궁지에 몰린 일행을 발견하자마자 이스타리엘은 도깨비불 떼에게 하강하라고 명령했다.

"너희들은 저 늑대들을 맡아라!" 그가 명령을 내리자 도깨비불은 무리 지어 반짝이는 벌 떼처럼 유령늑대를 향해 몰려갔다. 이스타리엘은 동료들 주변으로 불을 지를까 잠시 고민했지만 자칫 잘못하면 모두가 불에 탈 위험이 있으므로 이내 그 생각을 접었다. 대신 일행과 가장 가까이에서 으르렁대고 있는 유령늑대부터 공격하라고 도깨비불 떼에게 명령했다. 마론과 몇몇이 침착하게 옆으로 몸을 날렸다. 새하얀 머리를 들어 공중을 쳐다본 유령늑대 울푸르는 저를 덮치는 거대한 드래곤의 그림자로 시선을 돌리는 순간 목숨을 내놓아야 했다. 그 순간 기회를 포착한 툴이 유령늑대의 등에 올라탄 후 문스워드로 심장을 꿰뚫었기 때문이었다. 유령늑대가 풀썩 무너지자 일행의 주변에 적막이 내려앉았다. 이스타리엘의 시선이 데몬과 마주쳤다. 그 어느 때보다 위협적이면서도 당당한 그의 모습이 인상 깊었다. 피가 뚝뚝 흐르는 검을 손에 쥔 툴은 죽은 유령늑대 위에 보폭을 넓게 벌리고 당당하게 서서 시커먼 동공으로 이스타리엘을 뚫어져라 응시했다. 아주 잠깐이었지만 이스타리엘은 저 데몬이 제가 정복한 음지의 마물을 끌고 데모니아로 진군한다면 무슨 일이 벌어질지 상상해 봤다. 추측건대 저 데몬의 무시무시한 친족들은 쌍수를 들고 환영하며 그를 받아들일 것이다. 만약 그렇게 된다면…? 마치 그런 이스타리엘의 생각을 읽기라도 한 것처럼 격분한 표정을 지은 툴이 이스타리엘을 향해 외쳤다. "어서 네 도깨비불들을 회수하라고, 이 뾰족 귀야!"

순간 엘프 왕자는 크기는 자그마하지만 무시무시한 영향력을 지닌 제 병사들이 유령늑대의 절반 이상을 늪으로 끌어들였다는 것을 깨달았다. 재빨리 도깨비불 떼와 함께 하강한 이스타리엘이 아그네스가 하름에게서 내리는 것을 도왔다. 동시에 이스타리엘은 엘리야와 카이 그리고 카이의 염소인 그바일로의 모습이 보이지 않는다는 것을 깨달았다. 공포에 질린 아그네스가 이스타리엘의 팔을 잡아당겼다. "도깨비불이요! 어서 저들을 불러들여요!"

이스타리엘이 반짝이는 불꽃들 중 하나를 붙잡아 원래 내렸던 명령을 철회했지만 전체 도깨비불 떼에게 전달되기까지는 그 뒤로도 한참이 걸렸다.

아그네스와 이스타리엘은 마침내 여기저기 바위가 가득한 협곡 바닥에 미동도 없이 쓰러져 있는 카이와 엘리야를 발견했다. 그들 곁을 지키고 선 그바일로가 이스타리엘을 나무라기라도 하는 듯 연신 날카로운 소리를 내며 울었다.

잔뜩 겁에 질린 아그네스가 황급히 제 오라비에게 달려갔다. 다행히도 카이는 머리에 충격을 받아 잠시 정신을 잃고 있었을 뿐이었다. 엘리야도 마찬가지였다. 왕은 한 손으로 제 이마를 짚으며 가장 먼저 깨어났다. "이 염소가 아니었다면… 넌 우리를 거의 다 죽일 뻔했다, 엘프의 파수꾼." 그가 말했다. "언제든 난 이 바위 협곡에서 다시 일어나겠지만, 장담컨대 카이는 절대 그러지 못했겠지."

평소 그의 고약한 성미를 고려하건대 저 정도면 최대한 담담하게 말한 거라고 이스타리엘은 생각했다. 적어도 천둥번개와 하늘을 뒤덮은 시커먼 구름 떼도 불러오진 않았으니 말이다. 하지만 엘프 왕자는 그런 가공할 능력을 지닌 엘리야가 왜 이런 상황에 처한 건지 여전히 이해가 되지 않았다. 그런 의문을 품었지만 대놓고 묻지 못하고 있는 이스타리엘에게 엘리야가 직접 정답을 알려 줬다. "옛날부터 도깨비불은 내게 숙명처럼 비운을 몰고 왔다."

"당신에게 비운을 몰고 온 것은 유혹이었겠죠." 아그네스가 뾰로통하게 받아쳤다. 버릇없는 말대꾸에 되돌아온 엘리야의 따가운 눈총에 아그네스는 움찔했다. 평소였다면 당장이라도 머리 위에 시커먼 구름 떼를 몰고 올 만한 언사였다는 걸 아그네스도 알았기 때문이다. 하지만 엘리야는 한 마디 질책도 하지 않았다. 대신 카이의 어깨에 손을 올리고 그를 살며시 흔들었다. 이런 상황에서도 엘리야가 마법을 쓰지 않는 걸 보면, 마력이 조금도 남아 있지 않다는 의미일 것이다.

"난 도깨비불 떼에게 유령늑대만을 쫓으라고 명령했다." 이스타리엘이 뒤늦게 변명했다.

"앞으로는 그들을 좀 더 능수능란하게 제압할 수 있기를 기대하겠네."

엘리야는 카이가 눈을 뜨고, 몸을 일으켜 앉을 때까지 계속 흔들어 깨웠다. "이런 빌어먹을…." 카이가 깨어나 구시렁거리며 머리를 만졌다. 그 모습에 한결 마음이 가벼워진 아그네스가 카이의 목을 감싸 안았다.

"네가 저 바위로 돌진하려는 걸 그바일로가 막았다." 왕이 설명했다. 깨어난 카이의 얼굴을 마주한 순간 이스타리엘은 지난번 막사에서 왜 하필 이스타리엘이 도깨비불을 맡아야 하는지 의아해하던 카이의 표정이 떠올랐다. 카이도 엘리야처럼 저를 믿지 않는 걸까? 어떤 면에서 보면 카이의 우려는 정당했다. 근본적으로 이스타리엘의 처지도 툴과 다르지 않기 때문이었다. 아무리 이스타리엘이 그새 인간의 왕과 결탁하고 인간 농부의 여식을 아내로 맞이했다지만 이대로 도깨비불 군대를 끌고 제 종족에게 돌아간다면 어떻게 될까. 자그마한 미물이지만 도깨비불은 엘리야에게 대항할 완벽한 무기가 될 것이다! 숙명처럼 유혹에 약한 엘리야니까!

"베리안은 왜 이런 식으로 당신을 고문하지 않은 거지?" 의아한 표정으로 이스타리엘이 질문했다.

"베리안은 이 방식도 썼다. 바로 그 방법으로 '돌아올 수 없는 늪'에서 나를 패배시켰지."

믿기지 않는다는 표정으로 이스타리엘이 고개를 저었다. "그때… 그러니까 트리스탄이 태어난 직후에 말인가?"

엘리야가 고개를 끄덕였다. 간신히 몸을 일으킨 엘리야는 휘청거리는 걸음걸이로 그들 앞에 섰다. 이스타리엘은 저 정도로 무력해진 엘리야의 모습을 한 번도 본 적이 없었다. 그런 와중에도 엘리야는 카이에게 손을 뻗어 그를 일으키고는 여동생에게 넘겨주었다. 이어 다른 일행에게 돌아가는 길 내내 아그네스가 제 오라비를 부축했다. 마침내 처음 장소에 도착하자 모두가 동시에 숨을 죽였다. 샤텐발트에 서식하는 하피 떼가 전부 그곳에 모여 있었고, 거기에 와이번, 유령늑대 그리고 도깨비불까지 집결해 있었다. 피에 굶주리고 악의로 가득한 샤텐발트 숲 자체만큼이나 강력한 이 모든 마물들이 오롯이 네 정복자의 검과 그 주인에게만 복종하는 막강한 샤텐발트 군대를 이루었다.

"정말 장관이군." 이스타리엘이 감탄했다.

이어 엘리야가 고개를 끄덕였다. "파수꾼의 샤텐발트 군대지. 저들과 함께 데모니아의 문을 두드리면 그 잔혹한 몰구르 역시 두려움에 벌벌 떨 것이다."

이스타리엘은 엘리야 말에 동의할 수밖에 없었다. 그러나 파수꾼 일행 중 어느 누구도 전투에서 이 군대를 지휘할 구체적인 방법을 알지 못했다. 방법은 고사하고 저들을 제대로 조종하고 제압하는 것이 정말 가능할지조차 확신하지 못했다. 하지만 하나는 분명했다. 엘리야 폰 도른슈트랑의 결단은 옳았다. 그는 파수꾼들을 한데 모았고, 각 파수꾼 손에 엄청난 무기를 쥐여 줬다. 그러나 정략혼이라는 카드를 꺼내 에냐도르의 평화 조약을 맺으려는 계획은 들어맞지 않았다. 벌써 그 계획 중 하나를 이스타리엘이 제대로 망쳐 놓았으니까.

"당신은 이제 나를 그 누구와도 혼인시킬 수 없어." 이스타리엘은 엘리야에게 나지막하지만 단호하게 말했다.

"나도 이렇게 될 거라 예상은 했다." 엘리야가 대답했다. "이렇게 된 이상 이제 네가 싸 놓은 똥을 네 형이 치워야 할 차례로군. 이제까지와는 정반대로 말일세."

"베리안 말인가? 그럼 이제 그가 데몬의 공주와 혼인해야 하는 건가?"

엘리야가 고개를 끄덕였다.

"하지만 베리안은 죽어도 하지 않을 거다!"

"아니, 그는 해야만 할 거야. 그래야만 내가 그에게 건 저주를 풀어 줄 거니까."

"그게 가능하단 말인가?" 이스타리엘은 도무지 믿기지 않았다.

"애초에 안 된다고 말한 적은 없는 것 같은데." 엘리야가 담백하게 말했다.

"하지만 베리안은 당신을 무려 17년 동안이나 고문했었는데! 그런데도… 타협할 생각은 전혀 하지 않았단 말인가? 협상을 통해 자유를 되찾을 수도 있었을 텐데."

그 말을 들은 불사 왕의 시선이 샤텐발트 군대에서 이스타리엘에게로 향했다. 몸에서 마력이 고갈된 그의 눈은 청명한 하늘색이었다. 그것만으로 엘리야는 좀 더 친근하고 차분해 보였다.

"물론 수천 번은 족히 했었지." 그가 시인했다. "하지만 베리안은 무조건적 항복만을 강요했고 나는 매번 포기하기 직전마다 도른슈트랑 가문의 표어를 떠올렸지. 그렇게 하루하루를 계속 버틴 거다."

이스타리엘은 그 이상 캐물을 필요가 없었다. 엄연한 왕
족인 그는 에냐도르 대륙의 모든 왕가의 문장과 표어를 전
부 외우고 있었기 때문이었다. 아엘프스탄의 엄격한 스승은
수많은 수업 시간 내내 그 내용을 이스타리엘에게 주입했었
다. "영원히 굴복하지 않으리!" 엘프 왕자와 인간의 왕은 동
시에 그 표어를 읊조렸다.

이 전투에서 크게 쇠약해진 건 비단 엘리야와 카이뿐만
이 아니었다. 트리스탄은 더했다. 그들 일행이 숲을 떠나 알
빈가르트 평야에서 야영하기로 결정한 이후에도 계속 차도
가 없었다. 마론이 임시로 마련한 침상 곁에 붙어 트리스탄
을 돌봤고, 아그네스는 트리스탄이 조금이나마 머리를 편히
뉠 수 있도록 자루에 거머리말을 가득 채워 베개를 만들어
주었다. 그런 정성에도 트리스탄은 고열과 환각에 시달렸고
간이 침상에서 연신 뒤척이며 괴로워했다. 얼마 후, 잠에서
깨어나 눈을 뜬 트리스탄은 마치 딴 세상을 헤매듯 허공을
쳐다보며 정신 나간 사람처럼 행동했다.

트리스탄이 머무는 막사에 발을 들여놓으려던 이스타리엘은 격분한 상태로 밖으로 뛰쳐나오던 사피라와 세게 부딪쳤다.

"저 드래곤 왜 저러냐?" 이스타리엘은 샤텐발트에서 유령 늑대의 습격에 상처를 입고 후유증에 시달리면서도 내내 트리스탄 곁을 지키고 있는 마론에게 물었다. 그녀는 트리스탄 옆에 무릎을 꿇고 앉아 땀으로 흥건한 이마를 천으로 연신 닦아 내고 있었다. 늑대에 물린 그녀의 목 언저리에 피딱지가 엉겨 붙어 있었다. "나도 모릅니다." 마론이 무뚝뚝하게 대답했다. "아마 나 때문인가 봐요. 내가 저 여자보다 트리스탄에게 당장 필요한 게 뭔지 더 잘 알고 있다는 사실을 받아들이지 못해 저러는 게 아닌가 싶네요."

그러니까 여기가 바로 그 유명한 질투의 현장이란 말이었다. 트리스탄이 그녀에 대한 관심을 끊은 뒤로 마론은 그의 주변에 어슬렁거리는 모든 여자를 증오하는 것처럼 보였다.

"네가 너의 감정을 추스르지 못하는데 저 드래곤 여왕인들 뭘 어쩌겠느냐?" 이스타리엘은 왕자다운 방식으로 그녀를 힐책했다.

"아아, 그런가요?" 앙칼진 목소리로 마론이 되받아쳤다. 동시에 자리에서 벌떡 일어선 그녀가 이스타리엘의 얼굴 앞에 트리스탄의 이마를 훔치던 천을 흔들어 댔다. "하지만 제 생각은 좀 달라서요. 저 창녀가 트리스탄에게 꼬리를 쳐 대기 전까지만 해도 모든 게 달랐었죠. 그렇지만 앞으로도 상황은 또 달라질 수 있는 거예요. 저 여자가 바짝 긴장하지 않으면 말이에요. 저 여자는 벌써 트리스탄이 자기 거라고 생각하나 본데 절대 그렇지가 않아요!"

여기가 아엘프스탄이었다면 저런 불손한 말 하나만으로도 베리안의 지하 감옥으로 직행했을 것이다. 천한 계급 주제에 감히 여왕에 대해 불경하게 떠드는 꼴이라니. 사피라가 아무리 엉겁결에 왕위에 오른 여왕이라 할지라도 이건 근본적으로 대역죄에 해당했다. 하지만 이스타리엘은 굳이 마론에게 그런 점을 지적할 기분은 아니었다. "내 말을 잘 들어라." 대신 그가 말했다. "우리는 지금 유령늑대 150마리, 거의 200마리에 달하는 하피, 와이번 50마리, 그리고 셀 수 없이 많은 도깨비불과 함께하고 있다. 그런데 지금 인간의 파수꾼은 마법에 걸려 고열에 시달리고 있고, 우리에게 둘밖에 없는 마법사 중 하나는 마력 고갈 상태라 사과나무 하나 자라나게 할 힘도 없지. 나라면 이런 긴박한 상황에서 우리의 안전 외에 다른 것에는 관심을 두지 않을 것 같구나. 내 가여운 신부만 봐도 이런 상황을 고려해서 무척이나 아쉬운 첫날밤을 보냈지. 그런 내가 지금 너의 터무니없는 한탄을 듣고 있어야 하겠나! 사피라는 트리스탄에게 있어 그저…"

순간 트리스탄이 침상에서 다시 몸을 구르기 시작했다. 큰 소리로 신음하며 뭔가를 중얼거렸다. 마론은 이스타리엘이 뭐라 하건, 서둘러 트리스탄 곁에 쭈그리고 앉았다. "전부 괜찮아질 거야." 그녀가 그에게 속삭였다. "넌 금방 다시 건강해질 거다."

순간 트리스탄이 눈을 번쩍 뜨고 그녀를 똑바로 쳐다봤다. 그의 시선은 여전히 몽롱했지만 이스타리엘이 한눈에 해석하기 힘든 묘한 긴장감이 서려 있었다. 그러나 눈 깜짝할 사이에 이스타리엘은 그 감정이 욕망임을 알아차렸다. 트리스탄의 민첩한 손이 마론의 팔을 덥석 붙잡았다. "너는 내 종이 될 것이다." 트리스탄의 음성은 평소와 달리 몹시 낯설고 거칠었다. "앞으로 너는 내 것이니라. 내 말 알아들었느냐?"

마론이 몸을 틀었다. "트리스탄, 아파!" 그녀가 불평했지만 트리스탄은 그녀를 붙잡은 손을 손가락 하나 풀지 않았다. 오히려 몸을 일으켜 다른 한 손으로 마론의 뒷목을 붙잡았다. 격정적으로 마론을 끌어당긴 트리스탄이 그녀에게 키스했다. 그러나 그의 키스는 부드럽지도, 열정적이지도 않았다. 난폭하고, 격렬하게 힘으로만 밀어붙이는 강제 키스나 다름없었다. 그럼에도 마론은 달리 저항하지 않았다. 오히려 정반대였다. 그녀는 트리스탄에게 팔을 두르고 제 몸을 그에게 더 가까이 밀착했다.

순간 이스타리엘은 망설였다. 하지만 금세 결론을 내렸다. 내가 상관할 일이 아니겠구나! 그 모습을 보며 저것이 남녀가 교감하는 인간 특유의 방식일지도 모르겠다고 생각했다. 이어 자신이 엘프로 태어나서 정말 다행이라고 또 한 번 가슴을 쓸었다. 아무튼 노예상에게 갈 뻔한 아그네스를 지켜낸 일은 정말 천만다행이었다. 장담하건대 아그네스는 저런 난폭한 행위를 반기지 않을 것이 분명했다.

"난… 그럼 이만 가 보겠다." 이스타리엘이 쭈뼛대며 말했다. 그러나 아무도 답하지 않았다. 이스타리엘은 처음 막사에 들어올 때보다도 훨씬 당황한 상태로 그곳을 빠져나왔다. 아그네스를 찾으러 다니던 그는 얼마 지나지 않아 다시 사피라와 마주쳤다. 사피라는 스호오크와 함께 저 구역질 나는 하인 티발트가 쌓아 놓은 장작더미 앞에 서서 하름에게 목표물에 정확히 불을 뿜으라고 채근하고 있었다. 하름은 이스타리엘이 남몰래 제 운명을 나누기로 한 드래곤이었다. 이스타리엘이 아는 한 하름은 드래곤들 가운데 유일하게 샤텐발트에서 본체를 유지할 수 있는 드래곤이기도 했다. 만약 과거에 이스타리엘이 제 파트너로 다른 드래곤을 선택했더라면 아마 그는 현장에 제때 도착하지 못했을 것이다. 그러니 어쨌거나 운명의 여신은 여전히 그들의 편인 것 같았다.

이스타리엘은 사피라의 곁을 그냥 지나치려다가 결국 뒤돌아서서 말했다. "난 지금 여기 함께하는 일행 사이에 앙심이 생기는 건 좋지 않은 것 같다." 이스타리엘은 뭔가 어색하게 서두를 꺼냈다.

그러자 드래곤 여왕의 표정이 대번에 어두워졌다. "지금 내 얘길 하는 건가?" 언짢은 기색을 숨기지 않고 사피라가 대답했다. "나는 저 보잘것없는 인간에게 항상 상냥하게 대했다. 그런데 왜 저렇게까지 날 못마땅해하는지 전혀 모르겠더군."

"그 아이는 지금 질투하는 거다." 이스타리엘이 명확하게 설명했다.

"누구를 말이냐? 날?"

그가 고개를 끄덕였다.

사피라는 짜증 난 듯 신음을 흘렸다. "참나, 대관절 왜 모두가 나를 질투하는 거지? 저 여자도 브리엔네라는 그 쓸모 없는 계집애와 똑같구나. 트리스탄의 머리를 돌게 한 그 멍청한 여자애 말이다."

이스타리엘은 그 이름을 이미 한 번 들은 적이 있었다. 하지만 그 여자가 누구인지 그녀와 트리스탄 사이에 무슨 일이 있었는지 전혀 듣지 못했다. 어쨌거나 지금 상황으로 미루어 보건대 트리스탄은 비단 마론에게만 관심을 보였던 게 아닌 것만은 확실했다. "그래, 뭐. 너희들 일이니까… 어떻게든 잘 살아남기 바란다. 마론 역시도…."

서둘러 말을 마친 이스타리엘은 자리를 뜨려고 했지만 사피라가 황급히 그의 팔을 붙잡았다. "그게 무슨 말이야?"

이스타리엘이 한숨을 내쉬었다. "내가 상황을 악화시키는 게 아니었으면 좋겠는데 말이다. 난 방금 트리스탄이 누워 있는 막사에서 나왔어. 그 둘이 지켜보는 내가 민망한 행동을 서슴지 않고 시작하기에. 그리고 트리스탄은 뭔가… 꽤나 격정적인 것처럼 보였는데."

"격정적이라고?" 이마에 주름을 지은 사피라가 이스타리엘의 말을 반복했다. "그건 상상하기 힘든데."

"툴도 격정적이긴 해요." 스호오크가 갑자기 끼어들었다. "하지만 그는 데몬이죠. 데몬이 그러는 건 정상이에요. 하지

만 트리스탄은…" 그녀가 말을 미처 끝내기도 전에 사피라
는 황급히 몸을 돌려 트리스탄이 있는 막사로 달려갔다. 달
려가면서 사피라는 제 검을 뽑아 들었다. 이스타리엘은 이
야기를 꺼낸 자신을 저주했다. 드래곤족 여인들은 인간 여
인들보다도 더 쉽게 흥분하는 것 같다고 생각하며 스호오크
와 함께 사피라의 뒤를 바짝 따라갔다. 막사의 가림막을 들
추고 들어가자마자 드래곤 여왕은 트리스탄을 검 자루로 때
려 기절시켰다. 트리스탄은 아무 소리 없이 그대로 털썩 쓰
러졌다. 그제야 마론을 혼자 두고 나오는 게 아니었다는 죄
책감이 이스타리엘의 양심을 번개처럼 내리쳤다. 눈을 크
게 치켜뜨고 양손으로 제 목을 감싼 마론이 숨을 거칠게 몰
아쉬며 막사의 한쪽에 우두커니 서 있었다. 그녀가 손을 치
우자 늑대에게 물린 자국 옆으로 목이 졸리면서 생긴 시퍼
런 멍이 뚜렷이 보였다. 사피라는 제가 입은 옷자락을 뜯어
의식을 잃은 트리스탄의 두 손을 등 뒤로 단단히 속박했다.
"어서 엘리야를 데려와라." 사피라가 스호오크에게 지시했
다. "최대한 빨리!"

"절대 트리스탄이 아니었어요!" 마론이 쉰 목소리로 말했다. "트리스탄이라면 절대 그런 짓을 하지 않을 테니까요. 그 빌어먹을 마녀가 목걸이를 부수고 난 후 아예 딴사람이 된 것 같았어요. 내 두 눈으로 똑똑히 봤어요!"

엘리야는 마론이 그 자리에 아예 없는 것처럼 행동했다. 트리스탄이 누워 있는 간이 침상 가장자리에 걸터앉아 두 눈을 감고 아들의 양쪽 관자놀이에 손을 올렸다. 트리스탄을 살피는 동안 그의 눈꺼풀이 끊임없이 떨렸다. 진찰을 끝낸 엘리야는 전보다 훨씬 지친 기색이 역력했다. 그의 눈 아래로 뺨까지 다크서클이 늘어졌다.

"아녜이가 어떤 암흑의 힘을 일으킨 건지 모르겠군." 그가 시인했다. "하지만 샤텐발트 숲이 아녜이의 흑마법을 도운 건 확실해. 그런 만큼 트리스탄을 최대한 빨리 여기서 멀리 떨어진 곳으로 데려가는 것이 중요하다."

"하피를 정복한 지배자가 명령을 내리지 못하는 상황에서 하피들이 우리를 따를 것 같은가? 아니면 공격할 것 같은가?" 툴이 물었다. 종종 그랬던 것처럼 파수꾼 무리에서 그는 감정에 휘둘리지 않고 오직 머리로만 생각하는 유일한 존재였다. 그것만큼은 이스타리엘도 인정할 수밖에 없었다.

엘리야 또한 그런 의문을 떠올려 본 적이 있었던 것 같았다. "그들은 우리를 따를 것이다. 트리스탄이 내린 마지막 명령이 우리와 동행하며 보호하라는 것이었기 때문이지. 트리스탄의 목숨이 붙어 있는 한 그들은 그 명령을 지킬 것이다."

대마법사인 왕의 추측이 옳았음이 곧 입증됐다. 그로부터 한 시간도 지나지 않았을 무렵 원정대가 아엘프스탄으로 출발을 외치자 하피 떼가 주변으로 모여들었다. 하피 떼가 괴성을 지르며 신선한 고기를 달라고 요구하자, 카이는 토끼 수백 마리가 뛰어나올 흙구덩이를 땅에서 열기 위해 제게 남은 마력을 전부 쏟아부었다. 비단 하피 떼뿐만 아니라 와이번과 유령늑대도 그 땅 구멍을 향해 동시에 뛰어들어 뭐라 말로 설명하기 힘든 아수라장이 연출되었고, 결국 그 과정에서 하피 두 마리와 늑대 한 마리가 목숨을 잃었다. 이어 늑대들이 하피의 사체를, 그리고 하피들이 늑대의 사체를 물어뜯는 모습을 보며 이스타리엘은 온몸에 소름이 끼쳤다. 확실히 이들은 이 에냐도르 전역에서 가장 위험하고도 괴팍한 군대일 것이다.

파수꾼 원정대는 포로로 붙잡아 둔 코리안 폰 안고르 파비아를 전령으로 보내기로 했다. "너의 왕 님룬트에게 여기서 네가 본 것을 전하라." 엘리야가 그에게 말했다. "그리고 님룬트에게 두 종족의 평화를 위해 내 친히 그의 딸과 혼인하 겠노라고 전하라. 그러니 성문을 열어 우리를 맞이하고, 우 리와 친목을 다지는 인사를 나눠야 할 것이다. 그러면 한때 그랬던 것처럼 엘프와 인간의 관계가 다시 회복될 것이다."

아직 어린 티를 벗지 못한 엘프는 공포로 가득한 이 장소 에서 벗어난다는 안도감에 마음이 한결 가벼워진 것처럼 보 였다. 이스타리엘은 그가 포로로 잡힌 경위를 나중에서야 어렴풋이 알게 되었다. 어쨌든 지금 여기까지 오는 과정에 서 코리안이 죽음의 공포를 맛본 건 절대 한두 번이 아닐 것 이라고 확신했다. 엘프가 탄 말이 지평선 넘어 작은 점이 되 었을 때 원정대는 트리스탄을 막사에서 데려와 사피라 등에 태웠다. 트리스탄은 의식을 차렸지만 여전히 고열에 시달리 고 있었다. 아직도 검은 마력이 그를 지배하고 있었던 것이 다. 트리스탄은 툭하면 정신 나간 사람처럼 괴상한 소리를 지껄이며 기묘하게 비틀거렸다. 흘러내린 머리카락이 그의 눈을 찔러 댔지만 양손은 여전히 등 뒤에 결박당한 채였다. 트리스탄의 저런 모습을 보는 건 모두에게 너무 끔찍한 일 이었다. 하늘을 나는 동안 트리스탄을 챙기기 위해 카이가 그의 뒤에 앉았다. 항상 카이의 곁에 있었던 그바일로는 이 번만큼은 툴과 스호오크와 함께 비행해야 했다. 이스타리엘은 아그네스와 함께 그의 파트너인 하름 위에 올라탔다. 파수꾼 일행은 먼저 페엔 산맥의 기슭까지 날아간 후 엘리야가 이끄는 샤텐발트 군대 전체가 도착할 때까지 기다리기로 했다. 원정길 분위기는 한껏 무르익었다. 지금만큼 그들의 목표에 성큼 다가선 것 같은 기분이 든 적도 없었다. 이제는 트리스탄이 다시 회복할지 혹은 앞으로 그의 여생을 인간의 거죽을 뒤집어쓴 정체불명의 괴물로 남을지가 관건이었다.

트리스탄

아주 천천히, 오락가락 의식이 돌아왔다. 정확히 언제 의식을 차렸다고 말하기조차 어려웠다. 마치 꿈속 한 장면처럼 알빈가르트의 들녘과 숲이 가물가물 제 아래로 빠르게 지나갔다. 머리카락 사이로 부는 미지근한 여름 바람, 그리고 얼굴에 닿는 카이의 숨결을 느낀 트리스탄은 곧이어 저를 태우고 있는 거대한 사피라의 몸이 발산하는 온기를 감지했다. 그런 뒤 다시 암흑이 그를 덮쳤다. 꿈같은 현실과 암흑이 밀물과 썰물처럼 계속 교차하며 눈앞을 어지럽게 했다. 그러다가 어느 순간, 자신을 흔들어 깨우는 친근한 손길에 완전히 의식이 돌아왔다. 어서 정신을 차리라는 재촉에 깜박거리며 눈을 뜨자 그의 발아래 펼쳐진 가파른 절벽과 협곡이 시야에 들어왔다. 그들은 페엔 산맥 상공을 날고 있었다. 저 산맥의 중심부엔 목숨을 위협하는 여러 위험이 도사리고 있었지만, 공중에 떠 있는 상아의 성을 비롯해, 마법의 힘이 얽힌 수많은 전설이 현재 진행형으로 전개되는 곳이기도 했다. 양손이 뒤로 묶인 트리스탄은 나무로 만든 의족 때문에 절뚝이는 카이만큼이나 서투른 자세로 드래곤 등에서 내려왔다. 순간 현기증이 났다. 불안정하게 흔들리는 두 다리로 겨우 선 트리스탄은 떡갈나무 기둥에 잠시 몸을 기댔다.

"괜찮아?" 걱정스러운 표정으로 카이가 물었다.

"좋은 날은 다 갔지, 뭐." 트리스탄이 대답했다. "우리 둘 다."

카이의 얼굴에 그림자가 드리웠다. 카이 역시도 불길한 암흑의 실을 잣는다는 운명의 여신이 자신에게 무슨 짓을 할 수 있는지 이미 몸소 겪었다.

"그런데 너 정말 정신 차린 거 맞아? 지난 몇 시간 동안 있었던 일은 기억나?" 카이가 물었다.

트리스탄이 고개를 저었다. 동시에 칼로 찌르는 것만 같은 고통에 심장이 요동쳤다. 조심스레 제 뒤통수를 더듬어 본 트리스탄은 어린아이 주먹만한 혹이 난 것을 발견했다.

"내가 널 기절시켰다." 이제 인간 모습으로 변신한 사피라가 곁으로 다가와 말했다. 불길한 예감이 트리스탄을 덮쳤다. 악몽의 한 장면처럼 희미한 뭔가가 떠오르는 것 같기도 했다.

"도대체 내가 무슨 짓을 한 거냐?"

"네가 마론을 거의 죽일 뻔했다."

트리스탄의 심장이 오그라들었다. 순간 잊고 있던 여러 기억이 그의 머릿속으로 홍수처럼 밀려 들어왔다. 그러나 그들이 말하려는 일련의 처참한 사건들이 아니라 예전에 그와 마론 사이에 있었던 추억들이었다. 숙련된 솜씨로 상처에 약초를 붙여 주고 얼굴을 쓰다듬던 마론의 모습. 목검으로 호리엘에게 반항하는 그녀를 지켜보며 숨죽여 걱정했던 기억. 그러나 동시에 트리스탄의 마음에 또 다른 여인의 모습이 등장했다. 브리엔네! 트리스탄은 그녀가 누구였는지조차 기억이 나지 않았다. 그리고 왜 자신이 그렇게까지 그녀를 원했는지도 종잡을 수 없었다. 그러나 그때 그 감정은 너무나 절실했고, 앞으로도 절대 변하지 않을 것만 같았다.

"내가 도대체 왜 그런 거지?" 트리스탄이 중얼중얼 스스로 질문을 던졌다.

"아무도 모르지." 트리스탄의 양손을 묶은 밧줄을 단도로 잘라 내며 사피라가 대답했다. "우리가 알고 있는 건 네가 최대한 샤텐발트에서 멀리 떨어져야 한다는 것뿐이다. 숲이 너한테 요상한 짓을 하는 것 같거든. 아녜이가 네 목걸이를 부숴 버린 순간 그것을 통해 악령의 문이 열린 것 같다. 넌 의식을 잃었고, 뭔지 모를 다른 힘이 너를 장악했지. 아무튼 네가 다시 정신을 차려서 너무 기쁘다, 트리스탄. 하지만 난…" 사피라는 적당한 말을 찾으려 잠시 말을 멈췄다.

"하지만 뭐?" 트리스탄이 되물었다.

"하지만 난 네 불꽃 누이로 이곳에 있는 것만 아니라 너를 주의 깊게 살펴야 하는 처지다."

"네 말은 날 감시해야 한다는 거겠지." 트리스탄이 말했다. 사피라가 고개를 끄덕였다.

주변을 둘러본 트리스탄은 다른 파수꾼들이 전부 그럴 목적으로 제 곁에 머물고 있음을 깨달았다. 엘리야는 예기치 못한 또 다른 불상사를 막기 위해 파수꾼들을 트리스탄 곁에 붙여 놓았다. 트리스탄이 거대한 힘에 또다시 휘둘릴 것에 대비하기 위해. 그리고 트리스탄은 이미 그 힘이 무엇인지 어렴풋이 알고 있었다.

"그래서 어떻게… 잘 됐어?" 트리스탄이 사피라에게 물었다. "이제 우리 군대가 완성된 건가?"

사피라가 고개를 끄덕였다. "모든 음지의 마물들이 우리의 명령 아래 하나로 연합했어. 내일이면 너도 그 모습을 직접 눈으로 보게 될 거다."

"그 수가 얼마나 되지?"

"마수만 400마리가 넘고 도깨비불은 셀 수도 없다. 거기에 우리 드래곤 전사가 열다섯. 엘프의 왕 님룬트가 태세를 전환하지 않는다면 곧장 아엘프스탄을 초토화할 수 있는 병력이지."

물론 암흑의 힘에 정신을 장악당한 인간의 파수꾼이 그대로 하피를 전투에 내보낸다면 심각한 피해를 일으킬 수도 있었다. 엘리야가 사피라와 다른 파수꾼들을 트리스탄의 곁에 배치한 이유도 그래서일 것이다. 혹시 아버지인 왕의 신뢰를 얻지 못한 파수꾼이 혹시 저 말고도 또 있는 건 아닐까? 사피라, 툴, 아니면 이스타리엘? 평소 습관대로 팔짱을 낀 채 묵묵히 나무에 기댄 툴에게 트리스탄의 시선이 향했다. 누구도 저 데몬이 무슨 생각을 하는 건지 알지 못했다. 그리고… 이미 한 번 뒤통수를 크게 친 엘프 왕자. 어쩌면 저 엘프 녀석도 세자로서 본연의 자리를 되찾아 엘프 왕좌에 오를 궁리만 하고 있을지도 모른다. 사피라 역시 드래곤의 여왕으로서 단독 행동을 시도했었다. 분명 엘리야는 그런 사피라의 태도를 달갑게 여기지 않을 것이 틀림없었다. 더욱이 사피라는 이제 음지의 마물 중 가장 위험하다 할 수 있는 와이번을 지배했다.

그들은 모두 서로를 물끄러미 응시했다. 그들 사이에 불신 가득한 공기가 맴돌았다. 카이는 그런 기운을 감지한 것 같았다. "내일 아엘프스탄으로 진군하려면 먼저 우리가 마음을 하나로 모아야 해. 그리고 최대한 배도 가득 채우고 말이야. 그러니까 인제 그만 먹을 걸 찾아본 뒤 휴식을 취하자. 그리고 트리스탄…" 그들의 시선이 마주쳤다. "…네가 다시 우리 곁으로 돌아와서 정말 기쁘다!"

그 후 몇 시간 동안 그들은 분위기 전환을 위해 무던히 노력했다. 물론 그럼에도 서로에게 품었던 불신은 전부 해소되지 않았다. 밤에 불침번을 설 당번을 정했지만 매번 그 사람만 깨어 있는 경우는 없었다. 트리스탄은 불안한 마음에 잠을 설치며 깨어날 때마다 모닥불 불꽃을 응시했다. 툴이 불침번을 서는 동안은 이스타리엘도 도저히 잠이 오지 않는다며 그의 곁에 앉았다. 그리고 조금 뒤 엘프의 순번이 되자 갑자기 사피라가 일어나 이스타리엘과 함께했다. 트리스탄은 이런 전통을 깨지 않기로 결심이라도 했는지, 사피라의 순번이 돌아와 이스타리엘이 잠자리에 들자마자 덮은 이불을 걷어차고 일어났다. 드래곤 여왕은 기분 상한 표정으로 트리스탄을 쏘아봤지만, 불필요한 논쟁이 싫어서인지 그의 행동을 아무 말 없이 받아들였다. 둘은 함께 툴이 코 고는 소리를 들으며 잠에 빠진 스호오크가 그에게 비비적거리는 모습, 이스타리엘이 제 팔을 아그네스에게 두르며 잠을 청하는 모습, 그바일로가 남몰래 은근슬쩍 카이의 이불 속으로 기어들어 가는 모습을 지켜봤다. 하름은 비늘이 가득한 꼬리 아래 제 코를 파묻고 재 냄새가 가득한 숨결을 토하며 깊은 잠에 빠져 있었다. 일행이 모두 잠든 것을 확인한 후 사피라가 트리스탄에게 다가가 진지한 표정으로 그를 바라봤다. "너마저도 날 불신하는 건 아니겠지?"

트리스탄은 아무 말 없이 나뭇가지로 모닥불을 쑤셨다. 사피라는 제 우정을 몸짓으로 증명하려는 것처럼 먼저 그녀의 흉터를 쓰다듬고 그 손을 셔츠 위로 드러난 트리스탄 가슴에 얹었다. 그때까지도 트리스탄은 별 반응이 없었다.

"앞뒤가 같은 동전이라도 던져 볼래?" 그녀가 최대한 부드러운 어조로 말하려고 노력하며 물었다. "내가 하려는 말은 말이야. 내가 아는 넌 아무 죄도 없는 소녀를 목 졸라 죽이려는 짓을 할 사람이 절대 아니라는…"

"나도 그런 짓을 한 기억이 전혀 없어." 트리스탄이 힘없이 말했다.

"네 말을 믿어. 그럼 엘프 병사를 칼로 찌른 건 기억해? 그때 그 병사는 손에 무기가 없는 상태였다."

"그건 그가 날 미칠 만큼 화나게 했기 때문이야!" 트리스탄이 씩씩거리며 성을 냈다.

"그래애애애." 사피라가 말꼬리를 늘이며 말했다. "나도 종종 분노가 치밀곤 한다. 툴의 존재만 봐도 그냥 속에서 열불이 나. 거기에 마론은 또 어떻고. 그 짜증 나는 브리엔네랑 함께 묶어서 와이번의 먹이로 던져 주고 싶은 심정이야. 그렇지만 정말 행동으로 옮길 생각까진 하지 않지."

"브리엔네 얘기는 꺼내지도 마!"

"브리엔네 얘기는 꺼내지도 말라고?" 사피라가 트리스탄의 말을 되뇌며 물었다. "그 버릇없는 엘프 계집이 네 인생에 등장한 이후로 계속 골치 아픈 문제만 터지는데도 말이냐? 트리스탄 넌 걔한테 조종당하고 있는 거라고. 아직도 모르겠어?"

"누가 날 조종할 수 있다는 거지?" 벌떡 일어선 트리스탄이 불 속에 나무 장작을 휙 던져 넣었다. "난 저 망할 하피들도 굴복시켰어. 그리고 너희들의 힘을 하나로 결합했지. 내가 아니었으면 너희는 지금까지도 샤텐발트 군대를 결성하지 못했을 거다."

"그래 알아. 하지만 뭔가 다른 힘이 널 도운 건 맞잖아, 트리스탄. 그런데 난 네가 그 힘과 무슨 관련이 있는 건지 도무지 이해가 되지 않아. 그 되크 발두르라는 작자는 도대체 누구야?"

다시 자리에 앉은 트리스탄이 절망적으로 고개를 흔들었다.

"젠장, 나도 몰라. 어제까지만 해도 딱 한 번 환영으로 본 게 전부였으니까."

"어제까지는?"

트리스탄이 고개를 끄덕였다. "아녜이가 내 목걸이를 부순 순간… 그의 모습이 다시 나타났어." 트리스탄은 그 기억을 떠올리기만 해도 뭐라 묘사하기 힘든 공포가 차올랐다. 가능하다면 어떻게든 그 장면을 잊고 싶을 정도로.

"그가 뭘 어떻게 했는데?" 사피라가 속삭였다.

"그가 네 종족을 굴복시켰어." 트리스탄이 속삭였다. "엘프들을 불태우고, 그 끔찍한 눈빛 하나로 인간들을 모조리 죽였지. 그리고 마지막엔 제 검으로 손수 데몬들마저 가차 없이 베어 버렸다. 그가 우리 전부를 이겼어, 사피라. 우린 전멸했어. 우리가 흘린 피로 에냐도르가 붉게 물들어 버렸지."

드래곤 여왕이 양손으로 제 얼굴을 가렸다. 그녀가 다시 정신을 차리기까지 한참이 걸렸다. "내 종족은 지난 수백 년 동안 데몬의 지배를 받았어. 그래서 우리는 데몬의 언어를 쓰고 말할 줄 알지." 마침내 사피라가 말을 꺼냈다. "되크 발두르는 데몬의 언어다. '암흑의 군주'라는 의미지. 그러니까 아마 그게 본명은 아닐 거다."

"처음 그를 봤을 때 그는 자신을 '북부의 지배자이자 모든 것을 집어삼키는 화염'이라고 칭했어." 트리스탄이 골똘한 표정으로 말했다. "내 아버지와 관련된 전설을 알고 있어?"

사피라가 고개를 끄덕였다.

"슈투름폭풍 산맥에 기거하는 대마법사, 벨타인이 배후가 아닐까? 되크 발두르를 뒤에서 조종하는…"

"왜 그가 우리를 없애려 한단 말이지?"

트리스탄은 양손을 들며 모르겠다는 제스처를 취했다. "그건 나도 모르지. 하지만 아버지의 말에 따르면 벨타인은 우리 파수꾼을 계산에 넣지 못했던 것 같던데. 그게 뭔지는 몰라도 벨타인이 세웠던 원래 계획이 우리 파수꾼들 때문에 어긋나고 있다는 거지."

"벨타인이 아직도 거기 있을까?"

트리스탄이 한숨을 쉬었다. "어쩌면 그걸 확인하기 위해서라도 우리가 직접 슈투름 산맥으로 가야 할 것 같다."

사피라도 깊은 한숨을 내쉬었다. 그녀는 오랫동안 트리스탄의 눈을 응시했다. "그렇게 하자. 하지만 우리 둘만이다. 난 이 임무를 어느 누구와도 함께 하고 싶지 않다."

트리스탄은 한결 마음이 가벼워졌다. "그러니까 넌 날 다시 믿는다는 거지?"

사피라가 고개를 끄덕였다. "난 절대 꺾이지 않는 자, 트리스탄 폰 도른슈트랑을 항상 신뢰했어. 그리고 만약 그 되크 발두르가 또 네 안에 나타나면 내가 두들겨 패서라도 그자를 밖으로 쫓아 주겠다."

그 말을 듣자 트리스탄은 뒤통수에 난 혹이 더 아파 오는 것 같았다. 그렇지만 트리스탄은 어제 같은 상태가 되면 언제라도 다시 그래도 좋다고 사피라에게 허락했다. 트리스탄은 그녀에게 털어놓진 않았지만, 이렇게 드래곤 여왕의 신뢰를 다시 회복한 게 무척 기뻤다. 이 세상의 그 어떤 직책을 얻은 것보다 더 의미가 있었다. 사피라가 제 곁에 서지 않는 삶은 이제 떠올릴 수 없을 것이다.

"하지만 먼저 엘리야가 아엘프스탄에서 하려는 일을 도와야 한다. 그가 공주와 혼인을 한 후 즉시 출발하자." 결정을 내린 사피라가 트리스탄을 삐딱하게 쳐다봤다. "너도 확실히 뿌리칠 수 있는 거지?"

"무슨 말이야?" 트리스탄은 사피라가 무엇을 말하려는 건지 짐작하면서도 모르는 척 물었다.

"아마 이제 몇 시간만 있으면 넌 그 브리엔네와 재회하게 되겠지. 그녀와 울고불고하다 보면 또 헤어질 결심을 할 수 있겠냐 말이야?"

트리스탄이 눈을 부릅떴다. "내일 우리는 엘프 성을 정복할 거다. 그리고 일주일 안에 슈투름 산맥으로 향한다. 내 명예를 걸고 약속하지."

"네가 한 말을 잊지 않게 해 주지." 사피라가 말하며 트리스탄에게 손을 뻗었다. 트리스탄은 망설임 없이 그녀와 손을 마주쳤다.

처음 본 순간부터 트리스탄은 제 아버지를 존경했다. 엘프에게는 물론이고 대마법사 벨타인에게도 꺾이지 않고 긴 세월을 저항한 불굴의 의지에 진심으로 감탄했다. 운명의 여신에게 반항하며 저만의 계획을 세운 용기도 본받고 싶었다. 그러나 아버지에 대한 트리스탄의 경외심이 그날 아침만큼 대단했던 적은 없었다. 붉게 떠오르는 태양을 등지고 선 엘리야의 위풍당당한 모습! 이제 그는 아엘프스탄을 향해 진군하는 샤텐발트 군대의 선봉에 서 있었다. 주변에는 수천 마리의 도깨비불이 불빛을 번쩍이며 그를 따르고 있었다. 이어 야레드, 아담, 마론, 그레타 그리고 티발트가 말을 타고 그의 뒤를 따라오고 있었고, 그 뒤편으로 유령 보병 사단이라 불릴 만한 유령늑대들이 포진해 있었다. 한편 드래곤, 와이번 그리고 하피들은 공중에서 하늘을 날며 그들의 주변을 맴돌았다. 때때로 귀에 거슬리는 괴성을 지르거나 혹은 독니를 드러내며 으르렁거리는 모습이 포착되기도 했다. 이따금 파이어브레스가 아침 해를 가로지르며 유성처럼 날아가기도 했다. 이 모든 광경에 트리스탄은 숨이 가빠올 정도로 매료됐다.

산기슭을 따라 접근한 엘리야를 파수꾼들이 맞이했다. 왕은 말의 고삐를 잡아당기고는 뒤따르는 무리 중 날개가 없는 전원에게 멈출 것을 지시했다. 엘리야의 시선이 가장 먼저 트리스탄을 찾았다. 옛 모습으로 돌아온 아들의 상태를 확인한 왕의 마음이 한결 가벼워졌다는 것을 얼굴에 드러난 표정으로 확인할 수 있었다. 그러나 여전히 그의 표정에는 미약하나마 의구심이 남아 있었다. "그래 몸은 좀 어떠냐?" 엘리야가 처음으로 건넨 말이었다.

"좋습니다." 트리스탄이 대답했다. "샤텐발트 숲은 정말 여러모로 저에게 맞지 않는 장소 같군요." 트리스탄은 왕의 곁에 선 마론과 눈을 마주하기가 너무도 머쓱했다. 다행히 저를 물끄러미 관찰하는 그녀의 눈빛에서는 분노도 원망도 느껴지지 않았다. 그저 그가 온전히 정신을 차리고 회복했다는 게 다소 믿기지 않는다는 표정이었다. "내가 저지른 일은… 정말 미안하다. 그리고 언젠가 네가 날 용서할 수 있기를 바란다." 트리스탄이 말했다.

마론이 고개를 끄덕였지만 목에 남은 붉은 피멍 자국은 그냥 그렇게 잊어버리기엔 너무나 생생했다.

전원 합류한 샤텐발트 군대는 엘프의 성까지 남은 길을 계속 진군했다. 성질이 고약한 마물들이 연이어 질러 대는 괴성에 한껏 긴장이 고조되었지만 최대한 마음을 추스르며 앞으로 나아갔다. 협로가 넓어지자 이스타리엘이 말을 몰아 트리스탄에게 다가갔다. 평소와 달리 그는 아그네스를 앞에 앉히지 않은 상태였다. 그건 아그네스가 나머지 사람들과 함께 좁은 산길을 걷겠다고 고집을 부렸기 때문이었다. 나머지 사람들은 파수꾼들과 합류한 이후 타고 온 말을 반납해야 했다. 그러니까 파수꾼들이 드래곤을 타고 비행할 때에만 말을 타고 이동할 기회가 주어졌던 것이다. 트리스탄은 이 규칙에 반대하는 사람은 없는지 이따금씩 의문이었지만, 그들은 말 위에 한 번 앉아 보는 것조차 신의 은총이라고 생각했다. 지난 수십 년 동안 엘프가 인간들에게 허용한 이동 수단은 당나귀 혹은 황소뿐이었으니까.

뭔가에 괴로워하는 트리스탄의 모습이 이스타리엘의 눈에 밟혔다. 그러나 얼마 지나지 않아 트리스탄은 그 속내를 털어놓았다. 이스타리엘이 먼저 조심스레 말을 꺼냈다. "그 브리엔네 말이야… 사피라가 말하길 엘프 여인이라고 하던데."

"맞아." 트리스탄이 말했다. "그게 무슨 문제라도 되는가?"

이스타리엘이 황급히 손을 저었다. "아니, 전혀. 단지 내가 궁금한 건… 그녀를 어디서 만난 거야?"

"그게 왜 중요하지?"

"원래는 별 의미가 없는 일이지." 왕자가 말했다. "그런데 엘프족 여인이 혼자 숲속을 헤매고 다니는 경우는 워낙 드물어서 말이야. 그래서 혹시 그게…"

"슈발벤하인에서 만났다." 트리스탄은 별생각 없이 있는 그대로 말했다. 그러나 그 단순한 대답에 엘프 왕자는 트리스탄이 예상치 못한 반응을 했다. 대답을 듣는 순간 깜짝 놀라 입을 다문 이스타리엘의 침묵이 길어지자 트리스탄은 갑자기 불안해졌다. "왜 그러지?"

"슈발벤하인이라니…." 이스타리엘이 중얼거렸다. "그 여자가 거기서 뭘 하고 있었던 거지? 그녀는 누구야?"

"아엘프스탄 공주의 시녀라더군. 오라비가 뭔가 심각한

사고를 쳐서 찾아다닌다고 했지. 브리엔네가 오빠를 찾았는지는 나도 모르겠다. 어쨌든 난 오늘 꼭 그녀를 다시 만날 수 있기만을 바란다."

이스타리엘은 아무 대답도 하지 않았다. 어리둥절해진 트리스탄이 엘프 왕자를 바라보았다. 그의 낯빛은 새하얗게 질려 있었다. 흡사 그 데몬 악령이 그에게 강림해서 눈앞에 보이는 모든 것을 돌로 만들어 버린 것 같은 분위기였다.

"도대체 왜 그러는지 이유를 좀⋯."

"그녀의 모습이 어땠지?" 이스타리엘이 황급히 트리스탄의 말을 가로막았다. 그의 음성은 떨리고 있었고 미약하나마 분노까지 느껴졌지만, 그것이 누구를 향한 감정인지는 알 수 없었다. "그녀에게 뭔가⋯ 특별한 점이 있었나?"

"있었지." 트리스탄이 대답했다. "그녀의 머리카락. 달빛을 받으면 반짝이며 빛나더군."

이 말에 이스타리엘은 평소와 달리 거칠게 말의 고삐를 당기며 트리스탄의 반대 방향으로 말을 몰았다. 트리스탄은 말안장에서 이스타리엘이 사라진 방향으로 몸을 돌려 그를 쳐다봤다. "이봐, 왜 그래? 네가 아는 여인인가?"

"아니. 모른다." 엘프 왕자는 혼자 중얼거렸지만 분명 뭔가 심히 혼란스러운 것 같았다. "어쩌면⋯ 우리 성 주방에서 일하는 하녀일지도." 이 말을 남기고는 서둘러 툴과 스호오크를 추월해 앞으로 달려나가는 이스타리엘을 보며, 트리스탄은 굳이 그의 뒤를 쫓아 봐야 소용이 없겠다고 판단했다. 단지 저 엘프 왕자의 수상쩍은 행동에 숨겨진 의미가 무엇인지 궁금할 따름이었다. 이스타리엘도 언젠가 브리엔네를 본 적이 있는 걸까? 혹시 둘이 좋아하는 사이였지는 않을까? 아그네스와 브리엔네는 공통점이 별로 없었지만… 어쨌든 트리스탄은 엘리야가 이스타리엘의 팔뚝에 마법 표식을 새기기 전 그가 어디에서 뭘 하면서 지냈는지 전혀 알지 못했다. 하지만 트리스탄은 아무래도 상관없었다. 브리엔네의 과거가 어떻든 묻고 싶지 않았다. 중요한 건 미래였다. 앞으로 그녀가 제 곁에서 함께한다면 그걸로 족했다. 이스타리엘의 말처럼 그녀가 왕궁의 시녀가 아니라 성의 하녀라면 트리스탄이 어쩔 수 없이 사피라와 혼인해야 하는 상황도 전혀 문제 삼지 않을 것이다. 그리고 사피라도 결국에는 이해해 줄 것이다. 저를 명목상 남편으로 기꺼이 받아 줄 것이다. 그러면 사피라와 트리스탄 둘 다 각자 원하는 대로 살 수 있을 테니까. 침실 밖의 세상이야 그들이 같은 침대를 함께 쓴다고 믿게 하면 그만이었다.

구불구불한 고개를 넘어서자 가파른 절벽이 보였다. 그

절벽을 왼쪽에 두고 걷다 보니 어느 순간 아엘프스탄의 전경이 트리스탄의 눈앞에 펼쳐졌다. 말을 멈춘 트리스탄은 엘프의 성을 물끄러미 바라봤다. 별다른 생각을 한 것도 아니었지만 갑자기 눈앞의 풍경이 흐릿해졌다. 근처에 있던 툴과 스호오크가 말을 몰아 그에게 다가왔다. 툴 역시 그 자리에 멈춰서서 엘프의 성을 관찰하고는 눈에서 눈물을 훔치는 트리스탄을 쳐다봤다.

"인간이란!" 툴은 깔보듯 투덜거렸고, 스호오크는 깔깔대며 웃었다. "저 광경을 보면서 인간은 왜 모두가 눈물을 흘리는 거지?" 드래곤이 계속 킥킥거리며 말했다.

"마음에 고인 감정을 발산하기 위해 뭔가 계기가 필요한 게지." 툴이 나름대로 해석했다.

"그럼 우리의 감정은 인간들처럼 고이거나 쌓이지 않는단 말인가?" 전혀 이해가 되지 않는다는 표정으로 스호오크가 물었다. 그 대답으로 데몬은 그녀의 둔부를 움켜쥐며 말했다. "아니, 그렇지만 우리는 다른 방식으로 풀잖아."

트리스탄은 제 옆에서 떠드는 둘에게 신경 쓸 겨를이 없었다. 저 아래 엘프 성에서 셀 수 없이 많은 병사가 뛰어나와 대열을 갖추는 모습에 집중하고 있었기 때문이었다. 분명 앞서 풀어 준 꼬마 엘프 녀석이 왕에게 적군의 군대가 그들을 향해 진군하고 있는 상황을 제대로 설명한 것 같았다. 그러나 저 뾰족한 투구를 쓴 병사들이 그들에겐 무용지물이라는 것도 전했는지는 두고 보면 알 것이다. 최소한 엘프의 왕 님룬트는 파수꾼 원정대에 인상 깊은 볼거리를 선사했다. 활기차고 민첩한 동작으로 대열을 갖춘 엘프 병사들이 문스워드를 꺼내 들었다. 그때 뿔 나팔 소리가 성 곳곳에서 울려 퍼졌다.

"님룬트는 원래 허세가 좀 심했지." 돌연히 트리스탄의 곁에 등장한 엘리야가 말했다. "언제나 자신만만한 님룬트! 저렇게까지 제 전사들을 우리에게 과시하면서 옛 명성을 지키려 애쓰는 모양새라니. 꽤 인상 깊은 광경이야. 저 문스워드만으로도 저들은 충분히 위협적이니까. 하지만 우리는 드래곤 한 마리면 족하다. 그 위로 날아가 파이어브레스를 한 번 쏘면 끝이니까."

"그런데도 저 요새가 이렇게까지 오래 버틴 이유는 뭐죠?" 트리스탄이 질문했다. 화려한 금실 세공이 돋보이는 성과 상아탑은 석교 하나에 지탱하고 있어 방어에 그리 최적화된 것 같지는 않아 보였다. 그렇지만 저 유서 깊은 엘프의 성은 참혹했던 드래곤과의 전쟁도 버텨 냈다.

"예전에 유독 엘프에게 호의를 보인 대마법사가 있었다."

472

엘리야가 한숨을 쉬며 말했다. "수백 년이 흐르도록 그는 엘프와 엘프의 성을 보호했지. 그러다 이어질 수 없는 여인과 사랑에 빠졌다."

"괴로웠겠네요." 트리스탄이 말했다. 하지만 트리스탄은 여전히 제 아버지가 그가 사랑한 여인이자 트리스탄의 어머니인 귀니퍼 폰 트레간디르를 위해 인간 왕국의 명운을 전부 걸었다는 게 믿기지 않았다. 과연 사랑이란 모든 것을 걸 만한 가치가 있는 걸까?

트리스탄과 엘리야는 뒤따르는 여러 일행과 무질서하고 성깔 사나운 군대의 선봉에 서서 나란히 엘프 군대를 향해 말을 몰았다. 엘프 성으로 내려가는 그 짧은 길목에서 트리스탄은 치미는 살생 욕구로 광분하며 와이번을 공격하려는 하피들에게 자중하라고 세 차례나 경고해야 했다.

"배가 고픕니다아아!" 하피들이 비명을 질렀다. "고기를 원해요. 신선한 육즙이 가득한 고기를요오!"

그들이 엘프들과 마주하기도 전에 병사들과 트리스탄의 일행 사이에 누더기를 걸친 형체들이 떼를 지어 나타났다. 인간의 아이들이었다. 님룬트가 이럴 목적으로 아엘프스탄에 끌고 온 아이들! 엘프 병사들을 보호할 살아 있는 방패! 손에 채찍을 든 엘프 하나가 아이들에게 계속 전진하라고 재촉하면서 채찍질을 퍼부었다. 덜덜 떨며 겁에 질린 채 커다랗게 부릅뜬 눈으로 아이들은 하피 두 마리가 서로 욕설을 퍼부으며 사납게 하늘을 날아다니는 모습을 뚫어져라 쳐다봤다. 그때 화려한 프록코트를 걸친 엘프의 왕 님룬트가 머리를 짧게 자른 젊은 엘프를 대동한 채 직접 모습을 드러냈다. 트리스탄은 왕 옆에 서 있는 저 엘프가 지하 감옥 고문 기술자이자 이스타리엘의 형인 베리안일 거라고 추측했다. 그는 쇠사슬이 달린 갑옷을 입고, 번쩍이는 문스워드를 벨트에 차고 있었다. 원래 그가 소유했던 문스워드는 툴이 빼앗아 왔기 때문에 저 검은 필시 새로 만든 검일 것이다. 무시무시한 눈빛으로 엘리야를 노려보던 베리안의 시선이 트리스탄에게 닿았다. 심연처럼 깊은 증오가 베리안의 두 눈에 그대로 드러났다. 트리스탄은 저도 모르게 치를 떨었다. 사나운 적개심과 함께 해묵은 번민과 고통이 밀려왔다. 제 어머니를 살해하고 아버지를 고문한 자가 바로 저 남자다! 아마 트리스탄의 존재 자체가 베리안에게는 그를 배신한 둘의 사랑이 여전히 이 세상에 이어지고 있음을 보여 주는 살아 있는 증거였을 것이다.

트리스탄과 일행은 엘프 병사들이 대열을 갖춘 엘프 성 입구, 커다란 연단 앞에서 멈춰섰다. 그들의 뒤를 따르던 유령늑대들도 큰 반원을 그리며 늘어섰다.

"이번에도 당신은 우리 인간들 뒤에 숨었군." 엘리야가 엘프의 왕에게 성난 음성으로 외쳤다. "적어도 난 당신이 그정도로 비겁하다고는 생각하지 않았는데 말이오."

님룬트는 속눈썹 하나 깜박이지 않았다. 완벽한 대칭을 이루는 그의 아름다운 얼굴에는 일말의 동요도 일지 않았다. 외모로만 판단하자면 님룬트는 딱 나이 든 이스타리엘이었다. 똑 닮은 두 엘프는 누가 보더라도 아버지와 아들이었다.

"무엇을 원하는 건가, 엘리야? 왜 음지의 마물들을 끌고와 우리를 위협하는 거지?"

"난 당신들을 위협한 적이 없소." 엘리야가 강조했다. "이 군대는 우리를 보호하기 위해 존재하는 거니까. 앞서 보낸 전령이 내가 당신의 딸을 얻기 위해 이리로 올 것임을 전했을 거라 생각하오만."

"내가 거절한다면?" 님룬트는 동요한 기색이 역력한 목소리로 외쳤다.

"당신은 거절하지 않을 것이오. 그러기엔 치러야 할 대가가 너무 크지 않겠소? 당신의 성이 달린 문제니까."

"또 협박질인가, 이 악당 새끼가!" 베리안이 끼어들었지만 엘리야는 그에게 시선조차 허락하지 않았다. 그러나 트리스탄은 두 눈에 흉흉한 분노를 담아 베리안을 노려봤다. 그리고 살아 있는 동안은 절대 저 엘프에게 등을 보이지 않겠노라고 맹세했다.

엘프의 왕 님룬트는 제 아들을 제지했다. "당신의 목적을 위해 이 무고한 아이들을 희생양으로 삼을 것인가?" 님룬트가 엘리야에게 물었다.

"그러면 당신은 엘프 군대의 목숨을 걸겠다는 건가?"

찰나였지만 두 왕은 상대를 향해 으르렁거리는 두 마리의 유령늑대처럼 상대를 물어뜯을 기회를 엿봤다. 하지만 님룬트가 갑자기 태세를 전환했다. "내 딸을 당신에게 주겠다…. 엘프 공주의 명예에 걸맞게 쟁취한다면 말이다."

트리스탄은 그게 무슨 의미인지 알아듣지 못했다. 그 말을 듣자마자 트리스탄은 그 제안에 함정이 도사리고 있다고 직감했다. 그러나 엘리야는 이미 그런 관습을 잘 알고 있는 것 같았다. 이윽고 엘리야는 고개를 끄덕이며 제안을 받아들였다. "그렇게 될 것이다." 그는 거래를 승낙했다. "하지만 난 이제껏 단 한 번도 검을 휘둘러 본 적이 없다. 그렇기에 내 아들, 트리스탄 폰 도른슈트랑을 나의 대리인으로 지정하는 바이다."

트리스탄은 터져 나오려는 웃음을 억눌렀다. 우선 엘리야는 다른 인간들과 마찬가지로 문스워드를 사용하지 못했다. 그리고 저 엘프들은 자신이 문스워드를 능숙하게 사용한다는 것조차 모를 것이다. 그 사실을 알고 있는 유일한 엘프는 호리엘이었다. 하지만 여기서 수백 킬로미터 떨어진 먼 곳에 있는 호리엘이 설사 이곳과 교신을 했다고 쳐도 제 손으로 직접 부르크스메아데 출신 고아를 인간의 파수꾼으로 만든 그 날의 실수를 절대 발설하지는 않았을 것이다.

트리스탄을 위아래로 훑어본 님룬트의 입가에 승리를 확신하는 미소가 걸렸다. "그러니까 저 아이가 바로 트레간디르의 씨앗이로군." 님룬트가 중얼거렸다. "그렇다면 그 후세의 싹을 잘라 줄 상대로 스타프린스가 적격이겠군. 난 베리안 폰 아엘프스탄을 내 전사로 지정하겠소."

그러니까 아마 그것이 저 고문 기술자가 사슬 갑옷을 입고 나온 이유였을 것이다. 님룬트는 처음부터 이럴 계획이었다. 그러나 트리스탄은 상대가 전혀 두렵지 않았다. 베리안이 지난 17년 동안 포로를 고문하는 데만 집중했다면, 무서운 속도로 성장한 현역 전사와는 실력의 차이가 있을 것이 분명했다. 트리스탄은 제 검이 우위라고 확신하며 싸울 자세를 취했다.

"기다려요!" 갑자기 그들 뒤에서 귀에 익은 목소리가 울려 퍼졌다. 뒤로 돌아선 트리스탄은 이스타리엘이 다급히 말에서 내리는 모습을 보았다. 이스타리엘은 잰걸음으로 그들에게 다가왔다.

"뭘 원하는 거냐?" 베리안이 그에게 역정을 냈다. "엘프의 배신자인 네놈은 이 성에서 절대 환영받지 못할 것이다!"

이스타리엘은 거침없이 제 아버지를 향해 다가갔다. "베리안은 이 결투에서 절대 승리하지 못할 것입니다. 트리스탄이 우리 엘프처럼 문스워드를 자유자재로 다룰 수 있기 때문이죠. 보다시피 몸 상태도 최상이고 베리안보다 훨씬 날쎕니다." 이스타리엘이 단정하듯 말했다. "그러니 제가 그와 싸우게 해 주십시오."

"이스타리엘!" 예기치 못한 지금 이 상황이 당황스럽기만 한 아그네스의 다급한 음성이 울려 퍼졌다. 엘리야 역시 어리둥절한 표정으로 이스타리엘을 응시했다.

"너 지금 뭐 하자는 거냐?" 당황한 트리스탄이 속삭였다.

"난 네가 이 결투에서 안 다치고 패하도록 하려는 거다. 그것만이 살길이고 우리 모두를 위한 길이야. 제발 내 말을 믿어 줘." 엘프 왕자가 속삭였다. 당황한 트리스탄은 이스타리엘이 저러는 진짜 이유를 찾으려 애썼다. 분명 말 못 할 사정이 있을 것이었다. 이스타리엘이 제 종족에게 돌아가고 싶어 저러는 것은 아닐 텐데, 아니면 정말 그런 의도일까?

"엘프의 파수꾼," 엘리야가 우레와 같은 고함을 질렀다. "지금 당장 단둘이서 얘기 좀 해야겠네."

그러나 이스타리엘은 불사인 마법사 왕의 무시무시한 시선에도 전혀 굴복하지 않고, 고개만 흔들었다. 그 모습을 지켜본 님룬트의 입가에 미소가 걸렸다. "그럼 난 이스타리엘 폰 아엘프스탄을 내 전사로 내세우겠소." 그가 결정을 번복했다. "종족의 명예를 내게 가져오라, 아들아. 그러면 네 동상을 다시 세워 줄 것이다. 만일 실패한다면 지난번 산산 조각난 네 석상처럼 만들어 버릴 것이다."

엘프 왕자는 일말의 동요도 없이 검집에서 검을 뽑은 후 주변에 있는 병사에게게서 아엘프스탄의 황금 장미가 새겨진 방패를 넘겨받았다. 그리고 결투 자세를 취했다. 트리스탄도 준비 자세를 취했지만, 방패를 사용하지는 않았다. 천천히 서로를 맴돌며 그들은 상대의 움직임을 유심히 살폈다. 트리스탄과 이스타리엘은 둘의 실력이 서로 비등하다는 것을 잘 알고 있었다. 두 사람 모두 어린 시절 내내 검술 훈련을 받으며 자랐다. 물론 이스타리엘의 스승은 숙련된 전사였고, 트리스탄은 겨울마다 부르크스메아데에 찾아와 돈을

받고 트리스탄과 몇몇 아이들을 목검으로 두들겨 패던 술에
쩐 용병에게 검술을 배웠기에 그만큼 기술적인 면에서는 이
스타리엘이 앞섰다. 그러나 실전 경험이 풍부한 용병에게서
검술을 배운 트리스탄은 주로 명예를 중시하는 고귀한 검사
들의 약점을 정확히 꿰고 있었다. 평범한 수단이 통하지 않
는다면, 상대를 쓰러트리기 위해선 특단의 방법을 써야 한
다! 그러나 지금만큼은 상대로 나선 엘프 왕자를 쓰러트리
려는 의지보다는 저 왕자가 모두의 눈을 속이려고 결투에
뛰어든 것이기를 간절히 바라는 마음이 더 컸다. 어떻게 이
기느냐보다는 어떻게 하면 상대를 해치지 않고 이길 수 있
느냐가 중요했다. 그러나 처음 검을 맞부딪치는 순간 트리
스탄은 상황이 예상과는 사뭇 다르다는 것을 단번에 깨달았
다. 민첩한 동작으로 트리스탄에게 접근한 이스타리엘은 마
지막 순간 방패를 들어 올리며 검을 날렸다. 한 걸음 뒤로
물러선 트리스탄의 가슴 앞에 이스타리엘의 검이 스치듯 지
나갔다. 파수꾼들 사이에서 탄식이 터져 나왔다.

"흠… 이게 무슨 뜻이지?" 트리스탄이 헐떡이며 말했다.
"지금 날 죽이려는 건가?"

이스타리엘은 대답 대신 다시 한번 공격을 날렸다. 어디
에선가 아그네스의 흐느낌이 들렸다. 공중에서는 하피 떼가

480

괴성을 지르고 있었다. 이스타리엘은 방패로 자신을 가려 다음 공격이 어디로 이어질지 상대의 시선을 차단하며 짧지만 강한 공격을 연이어 퍼부었다. 트리스탄은 매번 그의 공격을 받아쳤지만 점점 곤궁에 빠지고 있었다. 마지막 공격에서 엘프 왕자는 예상과는 달리 칼날을 사용하지 않고 방패의 모서리로 트리스탄의 턱을 힘껏 들이박았다. 균형을 잃은 트리스탄은 하마터면 쓰러질 뻔했다. 우측으로 두 걸음 물러선 트리스탄은 아주 잠시 이스타리엘의 공격 반경에서 벗어났다. 제자리에 멈춰선 트리스탄은 손등으로 입가에 흐르는 피를 훔쳐 냈다. 분노가 치밀었다. 트리스탄은 다음 공격을 기다리지 않고 먼저 연달아 공격하며 돌진했다. 상대의 방패에 새겨진 아엘프스탄의 황금 장미가 너덜너덜해지고 검을 쥔 손의 뼈가 울릴 정도로 있는 힘을 다 끌어모아 방패를 내려쳤다. 방패를 쥔 이스타리엘의 손도 상태가 비슷한 것 같았다. 부서진 방패를 옆으로 던진 이스타리엘이 얼얼해진 제 손을 흔들었다. 동시에 그들의 시선이 마주쳤다.

 "제발 부탁이다, 그냥 포기해." 엘프 왕자가 속삭였다.

 "절대 그럴 일은 없다!" 트리스탄이 이를 악물며 내뱉었다.

 트리스탄은 다음 일격에 모든 것을 걸었다. 얼얼해진 오른손으로 검을 쥐고 아스타리엘의 일격을 막아 냈다. 그러면서 동시에 자유로운 왼손으로는 십자로 마주친 검날을 피해 이스타리엘의 손목을 거머쥐었다. 그리고는 제 몸의 회전력을 이용해 이스타리엘과 함께 그대로 엎어졌다. 순간의 시간차를 틈타 트리스탄은 이스타리엘의 명치를 팔꿈치로 가격하며 땅바닥에 쓰러졌다. 엘프 왕자가 신음을 흘리며 뒹굴었다. 트리스탄은 재빨리 그의 손에서 검을 빼앗고 다시 일어나 두 칼끝으로 이스타리엘의 목을 겨눴다. "그래서 이제 어쩔 건가?" 트리스탄의 앙다문 이빨 사이로 억눌린 음성이 새어 나왔다. "고작 이런 걸 원했던 건가?"

"트리스탄," 이스타리엘이 헐떡이며 말했다. "엘리야가 엘프 공주와 혼인하게 놔둬서는 안 된다."

"하지만 네가 패배한 순간 그는 이미 그럴 권리를 얻었다."

"넌 내 말을 이해 못 하고 있어…. 지금이 아니면… 나중에는 너도 막지 못할 거야. 그리고 엘리야 자신도 멈추지 못할 거고. 그러니 지금 당장 말을 타고 여기서 멀리 떠나라! 제발!" 엘프 왕자의 눈에 두려움이 역력했다. 아마도 그것은 죽음에 대한 두려움일 것이다. 양편 모두가 저에게 분노할 만한 짓을 저지른 그로서는 엘프의 손에 죽든, 인간의 손에 죽든, 그 두려운 감정은 다르지 않으리라. 하지만 트리스탄

482

의 내면에서는 이스타리엘이 느끼는 공포가 다가올 죽음 때문만은 아니라고 말하고 있었다. 분명 죽음의 공포보다 훨씬 복잡한 뭔가가 있었다.

"이스타리엘 네 말이 옳아." 트리스탄이 말했다. "난 정말 네가 무슨 말을 하는 건지 전혀 이해가 안 가."

트리스탄은 이스타리엘의 검을 그가 드러누운 땅바닥에 던지고는 제 말을 향해 걸어갔다. 이제 브리엔네를 찾으러 엘프의 성으로 들어갈 생각이었다.

이조라

발코니에서 결투를 지켜봤다. 미쳐 날뛰는 음지의 마물들, 검이 부딪치는 소리, 화염 냄새를 풍기는 드래곤의 숨결…. 하지만 그 무엇에도 이조라는 감흥이 없었다. 그녀의 내면은 공허하기만 했다. 시커멓고 깊은 구멍이 패여 있었다. 스스로 뛰어들어 그 안에서 질식하고 싶은 거대한 구멍…. 저기 성 아래 그녀가 사랑하는 남자는 자신이 다른 남자와 혼인하게 하려고 혈투를 벌이고 있었다. 그것도 그의 주군이자 아버지란 사람을 위해서. 언젠가 트리스탄을 다시 볼 날이 온다는 건 믿어 의심치 않았다. 하지만 그녀가 그려본 최악의 시나리오에도 이런 끔찍한 비극은 없었다. 결투에서 패한 이스타리엘에게 수갑이 채워지기도 전에, 그리고 그를 사슬로 결박하기도 전에 파수꾼들은 성안으로 행진하고 있었다. 착잡한 마음으로 그들을 지켜보고 있던 순간 누군가 그녀의 방문 자물쇠를 풀었다. 그 소리에 이조라는 재빨리 실크 스카프로 제 얼굴을 감쌌다. 문을 박차고 들어온 베리안이 그녀의 모습을 보고 큰 소리로 비웃었다. "그런다고 해서 네가 엘리야의 아내가 되는 걸 막지는 못할 텐데. 우리 아우님이 보기 좋게 패하셨거든." 말을 끝내기도 전에 그녀의 팔을 세게 움켜쥔 베리안은 이조라를 방 밖으로 끌고 나갔다. 베리안은 대리석을 깔아 놓은 복도를 따라 그녀를 잡아끌며 어디론가 급히 데려갔다. 그러면서 연신 그녀에게 둘이 다짐했던 약조를 상기시켰다. 이조라는 가는 길목에 마주친 하인들을 알아차릴 겨를도 없었다. 심지어 억세게 자신을 붙잡은 베리안의 손도 느껴지지 않았다. 지금이 상황에서는 그저 숨 쉬는 것만도 너무 버거웠다.

모두가 알현실에 모여 있었다. 그녀의 아버지는 언제나 그랬듯이 상아로 만든 왕좌에 오만한 자세로 앉아 있었고, 그 양옆으로 완전 무장한 두 보초병이, 그리고 왕좌 앞에는 파수꾼들을 거느린 엘리야가 기다리고 있었다. 철도금이 된 문을 통과할 무렵 저를 붙잡은 베리안의 손이 느슨해졌다. 이제 베리안은 마치 약혼식에서 신부가 될 여동생을 에스코트하는 오라비처럼 부드럽게 그녀를 이끌었다. 다정하지도, 경사에 기뻐하는 표정도 아니었지만, 마치 단 한 번도 여동생에게 상처를 입히고 굴복시킨 적이 없는 친절한 오빠처럼.

트리스탄과 엘리야는 맞은편에서 걸어오는 이조라를 바라봤다. 두 사람 모두 입가에 부드러운 미소가 걸렸다. 그러나 이조라는 달랐다. 머리에 쓴 베일을 벗는 순간 다시는 영영 트리스탄을 보지 못하게 될 거라는 걸 불 보듯 잘 알았기에 이조라는 트리스탄의 모습을 눈에 새겨 넣었다. 베리안은 어떻게 하면 이조라가 가장 괴로울지 정확히 아는 것처럼 인간의 왕과 그의 아들 사이에서 멈춰선 후 엘리야에게 이조라의 손을 건넸다. 엘리야는 이조라의 손에 가볍게 키스한 후 그녀가 쓴 베일의 끝자락을 쥐고 살며시 뒤로 넘겼다.

주변에 있던 모든 사람이 얼어붙었다. 트리스탄도⋯. 이조라는 순간 멎어 버린 것 같은 트리스탄의 심장을 생생히 느낄 수 있었다. 트리스탄은 아무 소리도 내지 않았고, 그녀가 썼던 가명을 부르며 이의를 제기하지도 않았다. 단지 표정만큼은 점점 더 어두워져 갔다. 그때 아엘프스탄 성의 거대한 창을 통해 차츰 어둠이 내려앉았다. 돌연 태양 앞을 가로지르며 떠오른 달이 태양을 가리며 빛을 삼켜 버리는 신비한 광경이 창밖에 펼쳐졌다. 좌절감에 휩싸여 돌처럼 굳어 있던 이조라는 신들이 보낸 이 신호를 알아차렸다. 일식은 아노르와 이틸이 절대 용납할 수 없는 일에 대해 극렬한 반대를 표시할 때 내리는 의사 표현이자 징후였다. 허공에서 갑자기 등장한 것만큼이나 순식간에 일식은 사라졌다. 그곳에 있던 모든 이들이 겁에 질려 창밖을 응시하는 사이 이조라는 제 오른편 자리가 비었다는 것을 깨달았다. 트리스탄이 어디론가 사라졌다. 이조라는 그 덕분에 한결 마음이 편해진 건지 혹은 큰 상실감을 느낀 건지 자신도 알 수가 없었다. 엘리야 역시 제 아들을 찾아 주변을 두리번거렸다. 그러나 트리스탄이 보이지 않자 다시 이조라를 향해 돌아섰다. "이조라, 내 아름다운 그대. 우리 인간들에게는 다른 신들이 있소. 설령 당신의 신들이 우리를 축복하지 않는다고 해도 그들이 우리를 굽어살필 것이오."

이조라는 그런 엘리야의 말이 저를 위로하려는 것임을 알았지만, 그럼에도 아무 소용이 없었다. 지금 그녀를 위로할 수 있는 건 아무것도 없었다. 그렇게 트리스탄을 영원히 잃어버렸으니까.

아엘프스탄의 홀구르나무는 일종의 기적과도 같았다. 산 꼭대기 정중앙에서 뿌리를 내린 나무는 석교의 북쪽 끝자락까지 뿌리를 뻗으며 우뚝 솟아 있었다. 식물이라고는 전혀 자라지 않는 그곳에서 터를 잡은 유일한 나무였다. 어려서부터 이조라는 이 나무 아래서 많은 시간을 보냈다. '도대체 저 거대한 나무뿌리의 끝은 어디일까? 혹시 땅속뿌리가 자라면서 성의 아치를 붕괴시키는 건 아닐까? 저러다 나무에 자양분을 제공하던 땅마저도 억울한 대가를 치르며 무너져 버리는 건 아닐까?' 항상 염려하고, 궁금해하며 나무를 관찰했었다. 그러나 단 한 번도 그런 징후를 발견하지 못했다. 이 나무는 그냥 돌 위에 뿌리를 내리고 자라는 것 같았다. 예나 지금이나 그 자리에 우뚝 서 있는 이 홀구르나무는 여전히 넘치는 힘과 긍지를 발산하며 그 모습을 지켜보는 인간과 엘프에게 깊은 감명을 선사했다. 청록색 홀구르나무 잎사귀는 성인 남자의 손바닥만 했다. 예전부터 이조라는 종종 홀구르나무 그늘에 앉아 쉬기도 하고 책도 읽으며 시간을 보냈다. 엘프의 대귀족 가문에 관한 책을 읽기도 하고, 때로는 지하 묘지에서 몰래 훔쳐온 인간의 연애 소설도 읽었다. 나무가 자리한 곳이 시야가 탁 트인 언덕 꼭대기다 보니 저 멀리 누가 다가와도 곧바로 알아차릴 수 있었다. 금지된 책을 읽

다가도 인기척이 들리면 이조라는 읽던 책을 재빨리 드레스 자락 아래 숨기고 다른 책을 꺼내 들곤 했었다.

그러나 오늘은 나무 아래서 시간을 보내던 예전과는 달랐다. 엘리야와 이조라가 함께 나무에 묶인 모습을 지켜보러 수백 명에 달하는 엘프와 인간이 이 신성한 나무 앞에 집결했다. 엘프의 풍습에 따라 엘프 사제가 경건한 마음으로 기도문을 읊으며 신랑 신부의 몸에 끈을 둘렀다. 사제는 먼저 그 끈을 이조라의 손목에 감았다. 이어 금박으로 장식한 이조라의 소매를 지나 미친 듯이 요동치는 이조라의 심장 박동이 고스란히 노출되는 경동맥이 있는 목 주변까지 휘감았다. 엘프 왕가를 상징하는 녹색과 금색으로 장식된 이조라의 혼인 예복은 몹시 전투적인 요소가 강조된 디자인이었다. 어깨와 둔부에 부착된 방어구에도 화려한 금세공 장식이 붙어 있었다. 이조라는 전쟁을 눈앞에 두고 있는 그들의 상황에 꽤나 어울리는 예복이라고 생각했다. 더욱이 지금 제 심장을 지배하는 기분과도 잘 들어맞았다.

이조라를 끈으로 묶은 사제는 엘리야에게도 그 과정을 반복했다. 이조라는 이 인간의 왕을 알게 된 이래 이렇게 격식을 갖춘 차림을 한 그의 모습은 처음이었다. 그의 아내가 될 이조라만큼이나 엘리야도 혼례복을 통해 저의 고고한 아우

라를 주변 모두에게 확고히 심어 주려는 것 같았다. 엘리야
는 사슬이 달린 갑옷에 도른슈트랑을 상징하는 두 개의 원
이 가슴에 새겨진 길고 검은 제복을 걸쳤다. 그리고 머리에
는 그의 옛 왕관을 썼다. 엘프의 왕 님룬트가 그들이 맺은
새로운 동맹의 가시적인 징표로 지하 묘지에서 찾아와 돌려
준 것이었다. 투박한 데다 세련된 맛은 떨어지지만 오직 인
간들만 사용하던 상감 세공과 보석으로 장식한 품격 있는
왕관이었다. 엘프 장인의 손에서 완성된 우아한 기품이나
화려한 금실 세공은 없었다. 그러나 이조라는 그 모습이 엘
리야에게 무척 잘 어울린다고 인정해야만 했다. 용맹스러운
불사의 마법사이자 인간의 왕 그리고 제 남편이 될 그의 투
박한 왕관!

　사제가 끈으로 그의 가슴을 나무 기둥에 칭칭 감는 동안
엘리야가 그녀를 향해 돌아섰다. 그의 밝은 초록 눈동자에
욕망 섞인 감정이 이글거렸다. 그 감정이 긴장감이나 만족
감일 수도 있겠지만 정확히 무엇인지는 알 수 없었다. 이조
라는 이제 몇 시간 후면 저를 침실로 이끌 이 남자에 대해
여전히 아는 게 별로 없었다. 그의 마음에 딱히 헤아리기 어
려운 불꽃이 이글거리며 타고 있다는 것만 막연히 추측할
뿐이었다. 막상 그런 생각이 떠오르자 누군가 제 목을 조르

는 것만 같았다. 이에 서둘러 반대편으로 고개를 돌린 이조라는 미동도 없이 침묵하며 이 의식을 참관하는 귀족들을 바라봤다. 트리스탄은 어디로 갔을까? 혹시 그가 사람들이 모여 있는 여기 어디에선가 시커먼 두건을 뒤집어쓴 채 몸을 숨기고 지금 이 광경을 지켜보는 건 아닐까? 지금만큼은 트리스탄의 짙은 눈동자와 마주하는 것이 허락된다면 종족이든, 가문이든 전부 버리고 그와 함께 이곳에서 도망치기 위해 영혼이라도 팔고 싶은 심정이었다. 이스타리엘 또한 너무 보고 싶었다. 쌍둥이 남매로서 같은 유모의 손길 아래 자란 이스타리엘은 언제나 그녀와 함께했다. 함께 달리고, 함께 배우고, 함께 성장했다. 그런 만큼 인생의 가장 중요한 순간에는 꼭 이스타리엘이 있었으면 했다. 그런데 그런 오라비가 여기 혼례식이 아닌 아엘프스탄 감옥에 앉아 있다는 사실만으로도 이조라는 기가 턱 막혔다.

"이제 '네'라고 대답하는 순간 두 분은 태양의 신인 아노르와 달의 여신인 이틸의 이름으로 하나가 될 것입니다. 대지와 하늘의 힘을 지닌 이 신성한 나무 아래서 두 분은 진정한 남편과 아내가 될 것입니다. 어서 해가 지기 전에 이 속박에서 벗어나 달빛 아래 두 분의 보금자리를 함께 누리십시오. 엘프의 전통이 항상 그러했던 것처럼." 사제가 무미건

조한 음성으로 노래하듯 말했다. 그런 뒤 이조라와 엘프들 앞에 몸을 숙여 인사한 사제는 그들을 두고 유유히 물러났다. 님룬트는 엘리야에게 고개를 끄덕이며 끈 풀기를 시작하라고 신호를 보냈다. 이조라는 엘리야의 근육이 팽창하며 세심하게 묶어 놓은 매듭과 싸우는 모습을 곁에서 지켜보았다. 엘리야는 묶여 있는 손목이 시뻘게질 정도로 세게 비틀었다. 한동안 그 모습을 지켜보던 이조라의 입에서 내내 말하지 않고 속으로만 삼켰던 질문이 불쑥 튀어나왔다. "왜 그렇게까지 하는 거죠?" 그녀가 낮은 목소리로 속삭였다. "마력을 쓰지 않고 왜 근육의 힘을 쓰는 거예요?"

그러자 용쓰던 몸짓을 잠시 멈춘 엘리야가 열정이 느껴지는 짙은 눈빛으로 그녀를 똑바로 응시하며 대답했다. 그런 그의 눈빛에 이조라는 두려움과 흥분을 동시에 느꼈다. "마법사가 아닌 한 왕국의 왕으로서 당신을 아내로 맞이하려 하기 때문이오."

달리 더 설명이 필요 없었기에 이조라는 그 이상 묻지 않았다. 그녀는 예전에 갓 혼인한 신랑 신부가 이 나무에 묶인 채 그들을 묶어 놓은 매듭과 사투를 벌이는 광경을 여러 차례 지켜본 적이 있었다. 그때마다 매듭을 푸는 데 신부가 결정적인 역할을 하는 경우는 극히 드물었다. 그리고 본디 신부가 감당해야 할 몫이 아니기도 했다. 그런 만큼 지금 이조라가 이렇게 창백하지만 고고한 표정을 지으며 손 하나 까닥하지 않는다고 해도, 아무도 그녀를 이상하게 생각하지 않을 것이다. 이조라는 지금 저를 묶고 있는 끈이 끊어질까 봐 두려운 것이 아니었다. 제 마음이 가는 누군가에게 저를 맡길 자유를 포함해 한때 그녀가 가장 중요시했던 가치들을 이제 영영 잃어버릴 거라는 생각 때문이었다. 앞서 슈발벤하인 인근 숲에서 트리스탄에게 사랑의 묘약을 건넨 순간 이미 그런 자유를 잃어버렸다. 그리고 이제는 앞으로도 그런 자유를 누릴 기회가 없으리란 걸 직감했다. 이렇게… 언젠가 진정으로 행복해질 기회는 영영 사라졌다.

엘리야는 다른 이들이 익히 알고 있는 그의 모습대로 끈을 풀기 위해 열성을 다해 몸을 놀렸다. 얼마 지나지 않아 엘리야가 용을 쓰며 있는 힘껏 팔을 벌리자 그의 팔을 묶은 끈이 뜯겨 나갔다. 엘리야는 끈을 풀기 위해 있는 힘껏 용쓴 적이 없다는 듯이 도도한 표정으로 제 팔과 다리에 얽혀 있는 남은 끈을 풀어 버리고, 이어 이조라도 풀어 줬다. 그의 이마에 송골송골 맺힌 땀방울이 흘러내렸고 손목은 부들부들 떨리고 있었다. 그러나 이글거리며 타오르는 그의 눈빛은 전보다 훨씬 강렬해졌다. 이조라에게 제 팔을 건넨 엘리야가 그녀의 아버지와 귀족들에게서 조금 떨어진 곳으로 그녀를 인도했다. 그곳에 멈춰선 엘리야가 그녀의 손을 공중에 번쩍 들어 올렸다. "아엘프스탄의 엘프들이여, 그대들의 공주를 보라." 엘리야가 외쳤다. "이제 도른슈트랑 왕국의 왕비가 되어 우리 두 종족이 이렇게 새로이 결합하였음을 입증하노라."

순간 그 자리에 있던 모든 관중이 공손하게 박수를 쳤다. 엘프의 왕 님룬트 또한 비록 한 번 혹은 두 번쯤이었지만 마지못해 박수를 쳤다. 그들은 인간의 왕에게 경의를 표해야만 했다. 샤텐발트의 마물들을 대동한 파수꾼들이 주변에서 눈을 부릅뜨며 그리하라 압박하고 있었기 때문이었다. 그렇지만 상황이 지금과 조금이라도 달랐더라면, 그녀의 아버지는 엘리야를 곧장 지하 감옥에 처박고, 베리안에게 앞으로는 하루에 한 번이 아니라 두 번씩 목숨을 끊어 놓으라고 지시했으리라는 걸 이조라는 알고 있었다.

박수 소리가 멈추자 엘리야는 관중들 주변에서 대기하던 한 수수한 인간 소녀에게 고개를 끄덕이며 신호했다. 이어 그녀도 뒤편을 바라보며 다시 신호를 보냈다. 그 순간 인간 여인들이 주변에 모여 있던 무리들 사이를 지나 앞으로 나왔다. 그리고 신랑 신부 앞에 무릎을 꿇은 여인들은 작고 하

494

얀 양탄자를 바닥에 깔았다. 이조라는 저들의 행동이 무슨 의미인지는 몰랐지만 분명 인간의 풍습일 거라고 생각했다.

"이게 무슨 의미인가요?" 이조라가 조용히 물었다.

"축하하는 거라오." 엘리야가 설명했다. "우리 인간은 운명의 여신 티케가 그 사람의 운명을 결정하는 삶의 양탄자를 잣는다고 믿소. 하지만 티케는 장님이지. 그래서 자신이 하얀 실 혹은 검정 실로 천을 짜는지 보지 못한다오. 그렇듯 인간은 운명이 정한 삶을 살게 되어 있소. 우리 앞에 깔린 이 작고 하얀 양탄자에는 앞으로 우리가 함께할 인생이 이렇게 깨끗하고 쉽게 흘러가기를 바라는 염원이 담겨 있소. 말하자면 좀 전에 있었던 불길한 일식과 정반대라 할 수 있소."

이조라가 고개를 끄덕였다. 엘리야가 또 같은 신호를 보내자 여인들이 물러나고, 젊은 남성들 여럿이 다가왔다. 단조롭지만 깨끗한 복장을 한 그들은 앞서 등장했던 여자들처럼 제 앞에 있는 왕과 왕비의 눈을 감히 마주치지도 못했다. 그들은 전부 손에 뿔 모양으로 된 잔을 들고 있었다. 그들 중 한 명이 앞으로 나와 들고 있던 뿔을 이조라에게 공손하게 건넸다. "이번에는 무슨 신인가요?" 이조라가 엘리야를 바라보며 물었다.

"전쟁의 신이자 사냥의 신인 오타르요. 오타르는 우리에게 꿀술을 선사했다오."

"설마 저들이 가져온 술을 전부 마셔야 하는 건 아니죠?" 진심으로 당혹한 기색이 역력한 이조라의 음성에 엘리야는 미처 대답하기도 전에 큰 소리로 웃고 말았다. "뿔잔마다 한 모금씩이면 충분하오."

그들이 가져온 뿔잔은 총 열 잔이었다. 이조라는 지금 이런 상황에서 인간의 풍습이 꽤나 유익하다고 생각했다. 그래서 또 다른 여인 무리가 제 앞에 다시 달려 나온 순간부터는 더는 놀라지 않았다. 이번에는 사슬을 칭칭 감고 무장한 상태로 나온 여인들이 이조라의 목에 그 사슬을 걸었다.

"저들은 미와 다산의 여신인 메일린을 상징하오." 이번엔 묻기도 전에 엘리야가 설명했다. 동시에 그의 초록 눈동자가 또다시 정염에 이글거렸다.

인간이 신들에게 바치는 여러 차례의 축원이 모두 끝난 후, 의식에 참석했던 전원이 성의 연회장으로 이동했다. 원칙적으로 보면 이 혼인 자체는 강압적인 정략혼인 데다 이조라의 아버지인 엘프의 왕이 엘리야와의 동맹을 자발적으로 원해서 이루어진 혼사가 아니었음에도 엘프의 왕 님룬트는 엘프 공주의 품격에 걸맞은 성대한 연회를 준비했다. 성의 하인들이 밤을 새워 마련한 연회를 확인한 이조라는 감탄을 금치 못했다. 섬세하고 세련된 레이스를 짜 넣은 고급 식탁보가 깔린 식탁은 금박을 입힌 화려한 장미 문양으로 장식되어 있었다. 바닥에는 목련 잎을 수놓은 카펫이 깔려 있었고, 작은 분홍 꽃송이들을 군데군데 장식해 놓은 담쟁이덩굴을 높은 천장 곳곳에 늘어뜨렸다.

이조라가 식탁 정면에 자리 잡은 엘리야와 아버지인 엘프의 왕 사이에 착석하자 미리 엄선한 요리들이 세팅되기 시작했다. 순무를 곁들인 수플레와 훈제 베이컨, 오븐에 구운 공작, 새하얀 빵과 새끼돼지 꼬치, 거기에 산딸기와 원래 가을에만 맛볼 수 있는 달콤한 포도가 나왔다. 엘리야는 포도송이에서 한 알을 따내 이조라의 입에 넣어 줬다. 그리고 의도치 않은 것처럼 엄지로 그녀의 입술을 쓰다듬었다. 순간 첫 입맞춤에서 엘리야가 발산하던 과감한 정염을 또 한 번 느낀 이조라는 거기에 무력하게 반응하는 제 몸이 몹시 부끄러웠다.

이조라는 차려진 만찬을 몇 술도 뜨지 못했다. 연회장 구석에 자리를 잡은 베리안은 와인만 홀짝이는 엘리야와 끝까지 연회장에 남아 있는 파수꾼, 툴과 사피라를 유심히 관찰하고 있었다. 그들은 어두운 표정으로 연회 식탁 끝자리에서 아무것도 들지 않은 채 묵묵히 자리를 지키고 있었다. 분위기를 띄우기 위한 공연도 이어졌다. 초청된 엘프 곡예단원이 재주를 뽐내며 연회장에 모인 이들을 즐겁게 했다. 거기에 인간 가수가 아름다운 노래를 부르자 연회의 분위기가 한층 무르익었다. 노래가 끝나고 무도장에 음악이 흐르자 엘리야가 이조라의 손을 붙잡았다. 손을 맞잡고 홀 중앙의 무도장으로 향하기를 바라는 그의 의도를 깨달은 이조라가 자리에서 일어나 예를 갖춰 인사하며 그의 청에 화답했다.

이조라가 아는 한 저 인간의 왕은 공식적으로 혼인한 적이 없었다. 게다가 한때 엘프 궁정의 모든 춤을 익힐 정도로 아엘프스탄의 궁전에 오래 머물렀었다. 연회장 중앙에서 춤을 추는 엘리야와 이조라의 모습은 어려서부터 함께 춤을 춘 한 쌍처럼 보였다. 엘리야는 한 곡이 끝나고 새로운 곡이 연주될 때마다 가볍고 우아한 동작으로 이조라를 이끌었다. 이조라는 그렇게 세 번째 곡이 끝나고 시작된 전통춤에 여러 쌍이 합류한 뒤로 긴장이 다소 풀어졌다. 그제야 주변에서 저를 쳐다보는 눈이 줄어든 것 같았다. 그러나 그런 느슨해진 감정도 트리스탄을 발견한 순간 산산조각이 나 버렸다. 트리스탄은 다른 관중들 틈바구니에 서서 어두운 표정으로 그녀를 물끄러미 바라보고 있었다. 그의 눈 아래로 시커먼 그림자가 길게 늘어져 있었다. 성을 무너트릴 만큼 크나큰 슬픔! 트리스탄이 전능한 신이 아니라 평범한 인간이라는 걸 알지 못했더라면 거대한 망토처럼 성 전체를 뒤덮어 버린 그의 슬픔에 성의 둥근 천장이 머리 위로 무너지지 않을까 두려워 떨어야 했을 정도였다. 그렇게 마주친 그들의 시선은 서로를 놓지 못할 정도로 진득하게 얽혀들어 갔다. 어느 순간 엘리야도 아들이 연회장으로 돌아왔다는 것을 알아차렸다. 춤을 멈춘 엘리야가 이조라의 손을 잡고 트리스탄에게 다가갔다. 트리스탄에게 가까이 다가갈수록 이조라는 숨이 멎을 것만 같았다.

"어디 갔었던 것이냐?" 엘리야의 음성에 약간의 불신과 더불어 그의 행동을 이해할 수 없다는 질책이 묻어났다.

"잠시 엘프의 성을 벗어나 이스타리엘에 대한 생각을 할 시간이 필요했습니다." 트리스탄이 대답했다. 그런 뒤 이조라와 또 시선이 마주친 트리스탄의 표정이 돌처럼 굳었다. 트리스탄의 눈빛이 변하는 모습을 지켜본 엘리야도 당황한 기색이 역력했다. 트리스탄의 생각이 무엇이든 올바른 방향은 아니라고 말하는 듯 질책의 눈총을 던졌다. 마침내 두 사람을 정식으로 소개하기로 한 엘리야는 이 불편한 상황을 왕가의 예법에 맞는 방식으로 해결하려 했다. "트리스탄, 문 프린세스이자 이제 인간 왕국의 왕비가 될 이조라 폰 아엘프스탄을 네게 소개해도 좋겠느냐?"

트리스탄의 짙은 눈동자에 이조라의 모습이 그대로 투영될 만큼 지금 두 사람은 가까이 있었다. 이조라의 상상 속에 늘 함께 있던 트리스탄! 그들이 온기를 나누던 슈발벤하인 탑 꼭대기! 갈라진 틈새로 비집고 들어오는 찬 바람을 막아주고 온기를 전하던 트리스탄의 벌거벗은 몸과 뒤엉켜 사랑을 나누던 모습이 눈앞에 아른거렸다. 이조라는 그대로 트리스탄의 품에 뛰어들어 그동안 힘들었던 모든 일들을 울며불며 다 털어놓고 싶었다. 그러나 마치 그런 그녀의 생각을 읽기라도 한 듯 트리스탄이 뒤로 한 걸음 물러섰다. "축하드립니다." 트리스탄이 쥐어짜는 음성으로 간신히 대답했다.

엘리야가 고개를 끄덕였다. 그는 트리스탄에게 부부가 앉은 앞쪽에 자리를 마련해 주려 했다. 그러나 트리스탄은 지금 걸친 의복이 마땅치 않아 궁정의 식솔들이 자리한 반대편에서 먹고 마시며 연회를 즐기겠노라고 정중히 사양했다. 그것 또한 궁정은 물론 마법사의 격식과 예의범절에도 적절하지 못한 처사였지만 엘리야는 트리스탄이 그리하도록 허락했다.

"아그네스는 어디에 있지?" 엘리야는 트리스탄을 보내기 전 질문했다.

"이스타리엘과 옥사에 있습니다."

"그곳에 다녀왔느냐?"

고개를 끄덕인 트리스탄이 또다시 우울한 시선으로 이조라를 힐끗 바라봤다. 찰나였지만 이조라는 트리스탄이 사랑의 묘약에 대해 알았다는 것을 직감했다.

"그러면 왜 그런 행동을 했는지 그 이유도 들었느냐?"

트리스탄은 매우 느리게 고개를 흔들었다. "아직 알아내지 못했습니다."

"새로운 소식이 있으면 내게 즉시 알리도록." 그것으로 왕은 막 혼례를 치른 신부의 손을 붙잡고 그들의 자리로 인도했다. 그날 저녁 내내 엘리야와 이조라는 격식에 맞는 위엄 있는 자태로 그 자리를 지키며 고주망태가 되도록 술을 마시는 트리스탄의 모습을 멀찌감치 지켜봤다. 전통적으로 신혼부부가 연회장을 떠나는 시간인 자정이 되기 직전, 트리스탄은 깔깔거리며 웃음을 흘리는 금발의 하녀를 제 뒤로 끌어당기며 그곳을 떠났다. 그 모습을 지켜본 이조라는 수천 개의 바늘이 가슴을 찔러 대는 통증을 느꼈다. 거기에 그 장면을 역겨운 눈빛으로 노려보던 마론이 제가 마시던 와인잔을 바닥에 던지고 연회장을 뛰쳐나가는 모습을 본 후로 그런 감정은 몇 배로 불어났다.

엘리야가 일어나 이조라의 손을 잡았다. "갑시다!" 그가 말했다. 그게 전부였다. 그런 왕의 행동에 연회장을 가득 채우던 음악이 멈췄고, 신혼부부가 지나갈 수 있도록 무도장에서 춤을 추던 모든 남녀가 한 걸음 옆으로 물러서며 예를 표했다. 엘리야가 그 사이로 자신을 이끄는 동안 이조라는 고개를 푹 숙였다. 지금은 그 누구와도 눈을 마주하고 싶지 않았다. 특히 거부는 절대 허용하지 않는다는 집요한 경고의 눈초리로 이조라의 목덜미를 찌르는 베리안의 시선은 진심으로 피하고 싶었다.

이조라는 어떻게 연회장을 지나 침실까지 왔는지 말하기 힘들 정도로 정신이 없었다. 그러나 어느 순간 그들은 침실 안에 있었다. 이어 엘리야가 방문을 닫았다. 흥분과 죄책감이 뒤범벅된 상태로 얼어 있던 이조라는 뒤에서 다가온 엘리야가 그녀의 허리에 손을 올리기까지 꼼짝도 하지 못했다.

"두려워 마시오." 엘리야가 이조라의 귓가에 속삭였다. 따뜻한 숨결이 그녀를 간지럽히자 등에 전율이 흘렀다. 한 세기가 지나도록 불사의 몸으로 살아온 저 남자는 분명 여자를 안아 본 경험이 많겠지만, 적어도 지난 17년만큼은 그럴 기회가 전혀 없었다. 그런 사실 하나만으로도 이조라는 이미 겁에 질려 있었다. 이조라는 두 눈을 질끈 감고 그가 제 옷을 벗기도록 두었다. 물론 그 과정 역시 지금까지 그랬던 것처럼 그가 먼저 행동으로 옮겼다. 엘리야는 이조라가 입은 드레스의 단추와 훅을 일일이 찾아냈고, 코르셋의 끈을 풀었다. 마침내 실오라기 하나 걸치지 않은 나신으로 제 앞에 서기까지 엘리야는 이조라가 입은 드레스를 차례대로 벗겨 냈다. 결국 이조라는 제게 있는 용기를 다 끌어모아 감았던 두 눈을 떴다. 그녀의 시선이 그와 맞닿았고, 청록색으로 이글거리는 그의 눈빛에서 지금까지 간신히 억누르고 있던 무한한 욕망을 또다시 마주했다. 이어 엘리야는 침착하게 제 옷도 벗었다. 걸쳤던 제복을 옆에 내려놓고, 쇠사슬을 넣어 만든 무거운 갑옷도 훌훌 벗어 던졌다. 그가 내려놓은 옷가지가 늘어나고, 맨살이 점점 드러날수록 이조라의 상심은 커져만 갔다. 기본적으로 엘리야는 영원한 젊음과 200년 넘게 산 성숙미를 소유한 미남이었다. 우연히 살짝 털이 난 그의 가슴을 스친 이조라의 손에 역시 격렬하게 뛰는 마법사의 심장을 느낀 순간 그때까지 덜덜 떨던 손의 떨림이 거짓말처럼 멈췄다. 이조라를 살며시 제게 끌어당긴 엘리야는 그녀의 머리카락을 쓰다듬으며 혀로 귓가를 간지럽혔다. 또다시 전기가 흐른 것 같은 찌릿한 충격이 그녀의 몸을 사로잡았다. 그대로 두 눈을 감으면 자꾸 트리스탄의 모습이 보였다. 그래서 이조라는 끝까지 눈을 뜨고 있을 수밖에 없었다.

이조라를 번쩍 안아 든 엘리야가 침대로 다가갔다. 그리고 조심스레 그녀를 침대에 뉜 후 곱게 장식한 머리카락이 달빛에 반짝이며 베게 너머까지 흐트러지는 자태를 눈에 담았다. 엘리야는 그 모습이 꽤나 마음에 들었다. 그녀의 허벅지 사이를 배회하던 그의 손가락이 순식간에 제가 닿아야 할 정확한 지점을 찾아냈다. 깜짝 놀란 이조라는 가쁜 숨을 토했다. 엘리야는 그런 그녀의 반응이 좋아서라고 생각하는 것 같았다. "공주, 그대와 난 함께 잘 해낼 수 있을 것이오." 그는 확신에 찬 음성으로 말했다. 그리고 이틸의 광채를 발산하는 이조라에게 모든 열정과 온 힘을 다해 몰입했다. 일식으로 이 혼인에 어깃장을 놓은 달의 여신에게 제 답이 무엇인지 확인이라도 시켜 주려는 듯이.

엘프의 신들이 지평선에서 마주치는 새벽녘, 이조라는 창가에 서서 그 광경을 지켜봤다. 그녀의 사색은 점점 희미해져 가는 별까지 닿았다가 아엘프스탄 어딘가에 있는 마구간

혹은 하인의 숙소에서 하녀와 함께 누워 어쩌면 제 생각을 하고 있을지도 모를 트리스탄에게까지 이어졌다. 서둘러 그런 몽상을 떨쳐 버린 이조라는 다소 거칠고 격정적이었지만 한편으로는 다정하기도 했던 지난밤을 떠올렸다. 만약 트리스탄에게 그 묘약을 건네지 않았더라면 어땠을까? 그러면 엘리야를 사랑할 수 있었을까?

그러나 이런 고민은 어차피 쓸데없는 것이었다. 저에게는 완수해야 할 임무가 있고, 지금은 오롯이 그것에 집중해야 했다. 엘프의 통치권은 복원이 되어야 하고, 엘리야는 다시 감옥으로 돌아가야 할 것이다. 베리안과 그녀의 아버지는 처음부터 그럴 목적으로 이 혼인을 허락한 것이었다. 이미 인간과 사랑에 빠진 이조라의 피를 갖고 있는 그들이 직접 나설 수도 있었다. 그러나 자신이 손수 전면에 나선다면 일이 여러모로 수월해질 것이었다. 그러면 종족의 명운을 건 전쟁도, 파수꾼에 대한 무자비한 공격도 감행할 필요가 없을 테니까. 나머지 뒷일은 자기가 알아서 하겠노라고 베리안이 말했었다. 솔직히 이조라는 그게 무슨 뜻인지 몰랐고, 알고 싶지도 않았다. 이 임무를 통해 알빈가르트를 수호하는 것만이 그녀를 움직이는 유일한 사명이었다.

이조라는 반쯤 돌아누운 채 잠든 엘리야의 모습을 유심

히 관찰했다. 장시간 격렬하게 사랑을 나눈 후라 그런지 몹
시 피곤해 보였다. 침구 밖으로 노출된 그의 상체는 근육으
로 탄탄했다. 자면서도 만족스러운지 기분 좋은 한숨을 쉬
었다. 보석함에서 작은 단도를 꺼내 든 이조라가 피부를 살
짝 긋자 팔뚝에서 핏방울이 흘러내렸다. 그녀는 살며시 침
대로 다가가 팔에서 흐르는 피로 엘리야 주변에 원을 그리
기 시작했다. 상처가 그리 깊지 않았기에 침대 맞은편까지
이르는 데는 한참이 걸렸다. 이조라는 조금이라도 빈틈이
생기지 않도록 꼼꼼하게 원을 그려나갔다. 결계가 완성되
기 직전이었다. 이상한 낌새에 엘리야가 눈을 번쩍 뜨더니
그녀의 손을 낚아챘다. 눈 깜짝할 사이였다. 엘리야는 그녀
가 무얼 하고 있는지 대번에 파악했다. 이조라는 겁에 질렸
다. 적어도 저를 때리거나 아니면 마력으로 날려 버릴 것이
라 예상하고 몸을 움츠리며 뒤로 물러섰다. 그러나 그런 일
은 일어나지 않았다. 그 대신 이조라 팔뚝에 난 상처를 지혈
해 주었다. 그리고는 여전히 그녀의 손목을 잡고 나직이 말
했다. "난 그대에게 확신을 주었다고 생각했소만. 하지만 그
대의 연인이 되기에는 부족했나 보군." 그때 그의 눈에 비친
건 분노가 아니라 실망이었다.

"전… 알빈가르트의 공주입니다." 이조라가 자신을 변호

하듯 말했다. "내게는 당신에게서 우리 종족을 보호해야 할 의무가 있어요!"

이조라를 피로 얼룩진 침대 옆으로 잡아당긴 엘리야는 여전히 붙잡은 손을 놓아주지 않았다. "어제부로 그대는 인간 왕국의 왕비가 되었소. 당신의 사명은 두 종족을 보호하는 것이오. 조금만 더 내 말을 귀담아 들어준다면, 어제 당신의 몸을 얻을 때처럼 마음도 설득할 수 있을 거라 믿소."

이조라는 엘리야가 어젯밤 일을 저렇게 대놓고 거리낌 없이 얘기하자 왠지 모르게 낯이 뜨거워졌다. 동시에 파렴치한 수법으로 그를 배신했음에도 저렇게 끝까지 호의로 대하는 엘리야의 태도에 더더욱 얼굴을 들 수가 없었다.

"당신의 종족에 대해 난 잘 모릅니다! 내가 아는 건 인간이 나약하다는 것뿐이죠." 이조라가 흐느끼며 말했다.

엘리야는 이조라에 눈에서 흐르는 눈물을 닦아 주었다. "우선 당신에게 우리 이야기를 들려주겠소. 그러면 당신도 우리가 엘프와 그리 다르지 않다는 걸 느끼게 될 것이오." 침대에 몸을 기댄 엘리야는 드래곤을 살려 주고 그 때문에 연인의 사랑을 잃어버린 고귀한 기사가 등장하는 설화를 이조라에게 들려주었다. 금서에서 읽은 내용이라 이미 알고 있으면서도 이조라는 그의 입을 통해 그 얘기를 다시 듣는 내내 매료되었다. 아침 해가 뜬 지 두 시간이나 지난 후, 그 때까지도 엘리야가 들려주는 두 번째 이야기에 푹 빠져 있 던 이조라는 문득 엘리야가 지금까지 왜 저렇게 아무 일 없 었다는 듯 태평하게 시간을 보냈는지 깨달았다. 그녀의 남 편은 처음부터 그녀가 어떤 매개체를 사용해 저를 결계에 가두려 했는지 정확히 알고 있었던 것이다. 그러나 그런 엘 리야도 그녀의 마음이 실은 다른 남자를 향하고 있다는 사 실만큼은 알지 못했다. 그러니까 지금 이조라는 황금 새장 안에 갇힌 신세였다. 그녀의 심장이 조만간 제 것이 될 거라 고 확신하는 동안은 얌전히 있을 괴팍한 마법사와 함께. 그 러나 실상은 그렇지 않았다는 걸 그가 깨닫는 순간이 오면, 그 누구도 엘리야의 노여움으로부터 그녀를 구하지 못할 것 이 분명했다. 세상의 그 어떤 신도, 그 어떤 전사도….

카이

카이는 정말 몇 주 만에 처음으로 숙면을 취했다. 몸을 뉜 곳이 침대여서 더 그랬는지도 몰랐다. 카이는 지금까지 이렇게 육중하고 견고하게 짠 목재 프레임에 지푸라기가 짱짱히 채워진 매트리스를 얹어 놓은 고급 침대에서 잠을 청해본 적이 없었다. 침대에 누우니 하늘을 나는 것만큼이나 기분이 좋았다.

카이를 깨운 것은 염소였다. 아직 동이 트려면 한참 남은 이 야심한 시각에 여전히 꿈나라에서 허우적거리는 카이를 그바일로가 끌어냈다. 두 다리로 침대 모서리를 디디고 선 그바일로는 연신 날카로운 울음소리를 냈다. 그리 크지는 않았지만 몹시 절박한 음성이었다. 처음에 카이는 염소의 울음소리를 무시하고 계속 잠이나 자려 했지만, 근래에 염소의 경고를 귀담아듣지 않아 혼쭐이 났던 일들이 번뜩 뇌리를 스쳤다. 순간 잠이 싹 달아났다. "무슨 일이야?" 카이는 졸린 음성으로 그새 침대 곁에서 문가로 황급히 뛰어가는 그바일로에게 물었다. 결국 카이는 한숨을 크게 내쉬며 침대에서 일어나 옷을 걸쳤다. "설마 어디에선가 널 부르는 암염소 때문이 아니길 바란다." 카이가 나무 의족을 다리에 채우며 중얼거렸다. 날이 갈수록 점점 손에 익다 보니 이 과정이 훨씬 수월해졌다. 절단된 부분에 느껴지던 저릿한 통증도 거의 사라졌다. 다만 때때로 너무 가려운 나머지 무슨 짓을 해도 참기 힘든 순간이 종종 있었다. 이제 더는 그의 신체 일부라 할 수 없는 종아리를 떠올릴 때면 여전히 속이 쓰리고 마음이 아렸지만, 시간이 약이라는 말마따나 서서히 적응해 가고 있었다.

마법 지팡이를 손에 쥐고 문을 향해 절뚝이며 걸어간 카이는 그바일로가 방 밖으로 나갈 수 있도록 문을 열어 줬다. 염소는 종종걸음으로 복도를 따라 이동하더니 성의 하인들이 기거하는 숙소 방향으로 내달렸다. 카이도 그 뒤를 쫓았다. 대리석 바닥에 나무 의족이 맞닿을 때마다 탁탁탁 소음이 났다. 카이는 어떻게든 지팡이에 몸을 의지해 보려 노력했지만, 박자만 다를 뿐 괴상한 소리가 나기는 마찬가지였다. 만약 그바일로가 몰래 누군가에게 접근하려는 속셈이었다면, 차라리 포기하는 게 나을 것 같았다. 염소는 복도 모퉁이에서 왼쪽으로 방향을 꺾어 달려가려 하다가 갑자기 멈춰서고는 입을 헤 벌리고 누군가를 응시했다. 동시에 염소는 긴장한 듯 머리를 쳐들고 두 귀를 뾰족하게 쫑긋 세웠다. 카이가 염소에게 가까이 다가서기도 전에 건너편에 그레타의 모습이 보였다. 평소 보기 좋았던 머리카락은 엉망으로 흐트러져 있었고, 두 뺨은 붉게 상기된 채였다. "카이 님!" 그레타가 반가운 듯 다정하게 그의 이름을 불렀다. 지난 며칠간 그레타는 카이와 정말 꼭 필요한 말만 했다. 그녀는 카이가 말을 걸려는 조짐만 보여도 단칼에 싹을 잘라 버렸었다. 다른 이들 역시 카이를 대하는 그레타의 태도에 질렸는지 모두가 차츰 그녀를 멀리하게 되었다. 결국 그레타에게는 말주변이라고는 염소만도 못하고 그마저도 사라진 제 정력에 대해서만 구시렁거리는 티발트만이 남아 있었다.

"여기서 뭐 하는 거야?" 카이가 의심쩍은 눈으로 그레타를 바라보며 물었다.

"잠이 오지 않아서요." 이 말과 동시에 제 어깨를 한껏 끌어 올려 한 번 으쓱한 그레타는 마치 벌꿀 사탕을 슬쩍하려다가 주방장에게 들킨 꼬마 아이처럼 제 몸을 이리저리 비비 꼬았다. "그동안 당신과 나에 대해 생각을 좀 해 봤는데요. 내 태도가 그리 적절하지 못했다는 결론을 내렸어요." 말을 건네며 성큼 다가오는 그레타에게서 카이는 짙은 유혹의 향기를 맡았다. 아무것도 걸치지 않았을 때 여자에게서 풍기는 산뜻한 내음… 땀 냄새, 먼지 냄새가 섞이지 않은 순백의 향기가 느껴졌다. "그러니까… 그 의족 때문에… 내 말은 그러니까 그것도 그리 나쁜 건 아닌 것 같아요. 시간이 흐르면 차차 익숙해지기 마련이니까."

"고작 그 말을 하려고 이 오밤중에 이곳을 배회하고 있었단 말이야?"

그녀가 고개를 끄덕였다.

카이는 몹시 미심쩍은 눈으로 그녀를 바라봤다. 마음 한쪽에서는 그레타를 믿고 싶었지만, 다른 한쪽에서는 전부 거짓말이라고 속삭이고 있었다. 지금까지 항상 거짓말을 밥 먹듯 한 데다, 언제라도 더 좋은 것이 나타나면 지금 제 손에 있는 걸 가차 없이 내던져 버리고도 남을 여자였으니까. 저에 대한 관심이 다시 생겼고, 설령 그것이 진심이라고 해도 솔직히 애써 가까이할 가치가 없는 여자였다. 얼마 지나지 않아 두 다리가 멀쩡한 남자가 나타나 그녀에게 매달리면 곧장 제게서 멀어질 그럴 여자니까. "뭐 어쨌든, 그레타. 어서 네 방으로 돌아가. 그바일로와 난 급히 처리해야 할 일이 있어서." 카이가 말했다. 안 그래도 염소가 의족을 찬 바 짓가랑이를 잡아당기며 그를 재촉하던 터였다. 이제는 한술 더 떠 멀쩡한 다리까지 잡아당기며 그를 옆으로 끌었다. 염 소가 정신 사납게 다그치는 통에 카이는 순간 제 체중을 나 무 의족에 실으며 발을 헛디뎠다. "젠장, 그바일로!" 얼굴을 붉히며 카이가 욕설을 뱉었다.

그레타가 듣기 거북한 말투로 쏘아붙였다. "저 염소만 데 리고는 멀리 못가요. 내가 같이 가 줄게요." 그레타가 제멋 대로 결정을 내리고는 카이에게 찰싹 달라붙었다.

"굳이 날 부축해 줄 필요 없어." 카이가 불만 가득한 음성 으로 투덜거렸다.

"당신을 부축하려는 거 아니에요. 이스타리엘이 항상 말 했던 거 있잖아요… 맞다! 그 배외라는 거, 우리도 그걸 하 려는 거죠."

"배외가 아니라 배회하는 거다." 카이가 그녀의 말을 고 쳐 주었다. 카이는 그레타가 제발 제 방으로 돌아갔으면 했 지만, 이렇듯 끈덕지게 훼방을 놓을 거면 차라리 이대로 함 께 가서 우선 그바일로가 제게 보여 주려던 걸 먼저 살피는 게 낫겠다는 판단이 섰다. 그래서 결국 그들은 함께 염소의 뒤를 쫓아갔다. 염소는 저장실 뒤편에서 방향을 틀더니 이

내 어떤 문 앞에 멈춰섰다. 그리고는 그 문을 앞발굽으로 긁어내렸다. 성의 하인들을 전부 깨우는 불상사만큼은 피하고 싶었던 카이가 조용히 문을 두드렸다. 한참이 지나 나무마루를 스치며 문가로 걸어오는 맨발의 발걸음 소리가 들렸다. 문을 연 건 가운으로 몸의 일부분만을 가린 금발의 젊은 여인이었다. 카이가 본 적이 없는 여자였다. "실례합니다." 카이가 쭈뼛거리며 말했다. "내 염소가 방문을 잘못 안 걸 수도 있겠지만, 혹시…"

"트리스탄이 여기 있죠?" 그레타가 뒤에서 노골적으로 질문했다.

이에 카이는 눈썹 하나를 높게 치켜 올렸다. 전혀 예상치 못한 질문이었기 때문이었다. 금발의 소녀는 한밤중에 찾아온 낯선 이들에게 제 사생활을 알려 줘도 되는지 고민하는 듯했다. 그 사이 그레타가 서슴없이 문을 열고 방안으로 들어섰다. "내 이럴 줄 알았지." 의기양양하게 말하며 그레타가 침실을 가리켰다. 카이는 그녀의 어깨너머로 아예 벌거벗은 채 침대에 엎드려 곯아떨어진 트리스탄을 발견했다. 그레타는 트리스탄을 머리끝에서 발끝까지 찬찬히 살폈다. "엘프들이 들이닥쳐 둘을 엉망으로 만들기 전에 옷이나 좀 걸치지 그래요? 트리스탄의 등은 농부가 씨앗을 심으려고 밭을 갈아 놓은 것 같네요. 하지만 다행히도 아직 누구도 그의 신체 일부를 절단하진 않았네요. 안 그래요?" 질책 반 질문 반, 젊은 금발의 하녀를 향해 그레타가 쏴붙였다. 금발은 불안한 표정으로 고개를 끄덕였다.

"어서 트리스탄을 깨우자." 카이가 황급히 결정을 내렸다. 카이는 침대로 절뚝이며 걸어가 제 형을 흔들어 깨웠지만 아무 소용이 없었다. 깨우기 위해 그의 몸에 손을 댄 카이는 트리스탄의 몸이 얼음장처럼 차갑다는 걸 깨달았다. 그러고 보니 호흡도 미약했고, 얼굴은 백지장처럼 질려 있었다. 덜컥 겁이 난 카이가 서둘러 방안을 둘러보았다. 거의 다 비워진 와인 잔이 보였다. 카이는 재빨리 냄새를 맡아 보았지만 별 특이한 냄새는 나지 않았다. 그럼에도 카이는 불길한 직감을 떨쳐 버릴 수 없었다. 뭔가 잘못된 것이 분명했다. "당신도 이 와인을 마셨나요?" 황급히 하녀에게 물었다.

"아니요." 걱정스러운 표정으로 하녀가 대답했다. "그 잔은 저분이 연회장에서 가져오신 거예요."

"당신이 그 안에 뭔가 넣은 건 아니고요?"

"아니에요!" 하녀는 무시무시한 의혹에 흐느끼며 강하게 부인했다. "절대로 아니에요, 믿어 주세요!"

카이는 지금 그녀에게 신경 쓸 겨를이 없었다. 당장 신속한 조치가 필요한 상태였다. 카이는 마법 지팡이를 잠시 옆에 세워 두고 손끝에 마력을 모아 트리스탄의 관자놀이에 가져다 댔다.

목숨을 앗아가는 치명적인 독이여, 그의 혈관에서 사라져라. 마법의 화염으로 내 너를 몰아내리니. 내 마력에 굴복하고 함께 타올라 내 손 아래서 녹아 사라질지어다. 내가 바로 죽음의 죽음 그 자체로다.

주문을 끝까지 완성하기도 전에 트리스탄이 눈을 뜨고 몸을 일으켜 세웠다. "카이, 너 여기서 뭐 하는 거냐?" 놀란 얼굴로 트리스탄이 물었다. 트리스탄은 방금 자신이 죽음의 문턱까지 갔다가 되돌아 왔다는 걸 전혀 깨닫지 못한 것 같았다. 그러다 그레타와 시선을 마주친 트리스탄은 여전히 어리둥절한 상태였지만 최소한 이불을 끌어당겨 몸을 가릴 만큼은 정신이 돌아왔다.

"널 구하려고 왔지, 안 그럼 왜 여기 있겠어?" 카이가 대답했다. "누군가 널 독살하려 했어. 하지만 그바일로가 눈치채고 날 여기까지 데려온 거야."

트리스탄은 고개를 절레절레 흔들며 염소를 뚫어져라 응시했다. "도대체 저 염소는 그런 걸 어떻게 다 아는 거냐?"

"그야 알 수 없지. 하지만 모든 신탁이 그렇듯이 이 녀석의 예측이 항상 맞아떨어지는 건 아니더군. 어제저녁엔 녀석이 어떻게나 졸라 대던지 하는 수 없이 궁전을 가로질러 따라가 봤더니만, 단지 그건 녀석이 마구간에서 풍기는 암염소 냄새를 맡았던 거더라고."

그때 그바일로가 보채듯 다시 크게 울부짖기 시작하며 이럴 때가 아니라는 듯 그들의 말잔치를 나무랐다.

"쉿! 너무 시끄럽다!" 카이가 으름장을 놓자 염소의 울음소리가 잦아들었다. "이제 난 또 염소를 따라가 봐야겠어. 아무래도 다른 파수꾼들도 중독됐을 것 같다."

"나도 같이 간다." 트리스탄이 다급히 마음을 다잡고는 서둘러 옷을 주워 입고 허리에 검을 찼다.

그들은 전력으로 달렸다. 트리스탄과 그바일로가 앞서갔고 카이와 그레타가 그 뒤를 쫓았다. 염소는 성의 가장 꼭대기 층에 드래곤들을 위해 배정된 숙소로 그들을 인도했다. 나선형 계단이 나오자 성큼성큼 몇 칸씩 뛰어 올라갔다. 그리고는 대리석 석상과 담쟁이 넝쿨 벽화를 지나 사피라가 머무는 방 앞까지 바람처럼 달려갔다. 그바일로 뒤를 바짝 쫓아온 트리스탄이 지체 없이 손잡이를 돌렸다. 문은 잠겨 있지 않았다. 갑자기 문이 열리자 놀란 사피라가 자리에서 벌떡 일어섰다. 먼발치에서 뒤따르던 카이는 힘차게 달려가는 트리스탄의 모습을 보며 한결 마음이 놓였다. 이제 트리스탄은 완전히 해독된 것 같았다. 숨을 헐떡이며 가까스로 문턱에 도착한 카이를 기다리는 건 비단 사피라뿐만이 아니었다. 트리스탄의 어깨너머 방 한가운데에 스호오크와 툴의 모습도 보였다. 열띤 논쟁을 벌이고 있던 셋은 갑자기 들이닥친 불청객에 놀라 지금 뭐 때문에 싸우고 있었는지조차 잊어버린 것 같은 모습이었다.

"너희들은 전부 괜찮은가?" 트리스탄이 숨을 헐떡이며 물었다.

"뭐냐에 따라 다르겠지." 툴이 투덜거렸다. "드래곤 여왕이라는 지위를 이용해 내 침대에 어느 낯선 여자를 밀어 넣고, 나 몰래 스호오크와 하름을 엮어 주려고 하는 비열한 누군가를 말하는 거라면…"

"지금은 그런 얘기를 할 상황이 아니다." 트리스탄이 툴의 말을 자르며 다급히 말했다. "너희들 와인 마셨어?"

"와인? 우리가 언제부터 그런 걸 마셨지?" 데몬이 눈을 굴리며 대답했다. "데몬도, 드래곤도 너희 인간들이나 즐기는 반쯤 썩은 포도즙에는 관심이 없다."

"휴, 그렇다니 천만다행이야! 신이 우릴 도우셨어!" 사피라가 머무는 방 한쪽 탁자에 놓인 와인 병을 확인한 카이가 안도의 한숨을 내쉬었다. 추측건대 툴의 방에도 저렇게 세팅되어 있을 것이 뻔했다. 카이는 한창 서로 갑론을박하고 있던 셋에게 방금 무슨 일이 있었는지 설명해 주었다. "누군가 우리를 독살하려 했어. 불사의 몸이신 우리 대장이야 뭐크게 걱정할 필요가 없겠지. 그렇지 않았더라면 그바일로가 날 제일 먼저 그리로 데려갔을 테니까. 하지만…"

"그러면, 이스타리엘은?" 불현듯 사피라가 불길한 표정을 지으며 말했다.

"그리고 아그네스도." 트리스탄이 덧붙였다. "아그네스는 이스타리엘과 함께 있을 거다. 당장 그들에게 가야 해."

모두가 쏜살같이 달렸다. 단지 카이만은 그들과 보조를 맞추기가 힘들었다. 한쪽은 마법 지팡이에 지탱하고 다른 한쪽은, 이제는 하는 수 없이 그레타에게 의지한 채 최대한 서둘러 뒤따라갔다. 카이가 도착할 무렵 지하 감옥 입구에서 칼날 부딪히는 소리가 들려왔다. 그러다 어느 순간 고요해졌다. 그곳에 도착해 보니 무장 해제된 두 보초병을 옴짝달싹 못 하게 붙들고 서 있는 툴의 모습이 눈에 들어왔다.

"당신이 저들을 제압한 건가요?" 그레타가 호들갑을 떨며 물었다.

툴이 우물쭈물 대답을 미루자, 그것이 앞서간 트리스탄의 작품이었음을 모두가 눈치챘다. 분명 데몬은 제 눈빛도, 권법도 이 성에 있는 엘프에게는 전혀 통하지 않는다는 사실이 몹시 언짢은 것 같았다. "빨리 이놈들을 어떻게든 좀 처리해 봐라. 난 여기에 계속 이렇게 엉거주춤 서 있고 싶은 마음이 조금도 없으니까." 툴이 투덜거렸다.

그 순간 감방이 있는 안쪽에서도 격렬하게 싸우는 소리가 들려왔다. 카이는 재빨리 두 엘프 병사의 이마에 제 손을 가져다 댔다. 카이는 마법으로 그들에게 깊은 피로감을 불어넣었다. 두 병사는 곧 깊은 잠에 빠졌다. 둘은 그 자리에 풀썩 쓰러지며 서로 머리를 맞대고 곯아떨어져 버렸다. 그제야 툴은 민첩하게 옥사 안으로 뛰어들어 갔다. 카이와 그레타도 툴의 뒤를 쫓았다. 그들이 결투의 현장에 도착한 바로 그때, 마침내 트리스탄이 베리안의 검을 강하게 내리쳐 손에서 떨어트렸다. 베리안의 손을 이탈해 공중으로 날아오른 검은 아그네스가 갇힌 감방 창살을 쨍그랑 강타했다. 그 안에는 눈물로 뒤범벅이 된 채 아그네스가 쇳소리를 내며 흐느껴 울고 있었다. 카이는 제 도움이 가장 절실한 곳이 어딘지 단번에 파악했다. 이스타리엘이었다. 카이의 심장이 격하게 두근거렸다. 그는 등 뒤로 양팔이 결박된 채 의식을 잃고 감옥 벽에 매달려 있었다. 어깨뼈는 이미 으스러진 상태였고, 상체는 온통 횃불로 지진 화상 흉터투성이였다. 발밑엔 지지다 만 횃불이 아무렇게나 내동댕이쳐 있었다. 드래곤들이 카이보다 한발 앞서 이스타리엘을 풀어 주는 동안 카이는 횃불 하나를 집어 들었다. 기절했던 엘프 왕자가 반쯤 깨어나 고통에 찬 신음을 흘렸다. 아그네스는 그녀가 갇힌 감방 안에서 흐느껴 울고 있었다. 분노와 슬픔이 카이를 덮쳤다. 베리안을 붙잡아 그가 이스타리엘에게 한 것으로 추정되는 짓거리들을 똑같이 되갚아 주고픈 마음이 굴뚝같았다. 고개를 든 카이는 트리스탄도 저와 생각이 같은지 확인하려고 그를 흘낏 쳐다봤다. 트리스탄의 눈동자가 이글이글 타고 있었다. 그는 카이의 손에서 횃불을 빼앗아 감옥 고문 기술자의 매끈한 턱 한 뼘 아래에 들이댔다. 베리안은 이글거리는 열기를 피하려 몸을 비틀었다. "너도 아프냐?" 트리스탄이 씩씩거리며 물었다. "그래서 지금은 어디가 더 아프지? 심장이야? 아니면 피부야?"

격분한 트리스탄의 손에서 억지로 횃불을 빼앗은 건 툴이었다. 행여 트리스탄이 다시 가져갈까 싶어 아예 맨손으로 비벼 꺼 버렸다. 불에 내성이 있는 툴의 손에는 화염의 흔적이 조금도 남아 있지 않았다. "저자는 그냥 내버려 둬라." 툴이 으르렁거렸다. "데몬의 공주와 혼인할 귀한 몸이시니, 그

때까지 난 저자가 적어도 매끈한 얼굴만큼은 유지했으면 하거든. 저 작자가 데몬 공주처럼 흉한 몰골로 변하면 행여나 그녀가 퇴짜를 놓을까 봐 걱정이 된다."

트리스탄은 입을 굳게 닫은 채 아무런 대꾸도 하지 않았다. 그러나 그의 눈에 번뜩이던 증오는 여전히 전혀 수그러들지 않았다. 트리스탄은 예상치 못한 툴의 개입에도 아랑곳하지 않고 횃불 대신 문스워드를 꺼내 들고는 그것을 베리안의 관자놀이에 가져다 댔다. 카이는 옥신각신하는 그들에게서 돌아섰다. 그리고는 이스타리엘을 치료하기 위해 그의 옆에 천천히 무릎을 꿇고 앉았다. 화상 흉터를 아물게 하는 건 별로 어렵지 않았지만 엉망진창으로 깨지고 틀어진 어깨 부상은 속수무책이었다. 혹사당한 관절의 붓기와 출혈을 가라앉히고 재생하는 건 가능했지만 접골은 마법으로 불가능했다.

"치료사가 필요해." 카이가 말했다.

"치료사?" 스호오크가 눈을 굴렸다. "지금 치료사가 어디 있겠어요. 내가 한 번 볼게요." 스호오크는 이스타리엘을 바닥에 똑바로 눕혔다. 그런 후 그의 곁에 앉아 다리로 이스타리엘의 몸통을 강하게 압박하며 팔을 잡아당겼다. 엘프 왕자는 떠나가라 비명을 질렀지만 스호오크는 눈 하나 깜박하지 않고 삐거덕거리는 관절이 우두둑 소리를 내며 제 자리에 맞춰지기까지 묵묵히 뼈 맞추기를 이어나갔다. 한쪽을 끝낸 스호오크는 반대편에도 이 과정을 다시 시작했다. 카이는 이 고통을 끈기 있게 참아 내는 이스타리엘의 모습에 실로 감탄했다. 얼굴이 새하얀 눈처럼 창백해졌는데도 이스타리엘은 잠깐 멈추라거나 좀 살살하라고 칭얼거리지 않았다. 반면 겁에 질린 채 동정심과 연민으로 괴로워하던 아그네스는 거의 실신할 지경이었다. 그러나 어느 누구도 그녀를 챙겨 줄 겨를이 없었다. 마침내 카이가 마법으로 그녀가 감금되어 있는 옥사 문을 따고 그녀를 밖으로 데리고 나왔다. 아그네스가 이스타리엘에게 달라붙으려 하자 카이가 얼른 그녀를 제지했다. "기다려. 이스타리엘이 너를 안아 주려 움직이는 순간, 저 고통스러운 과정을 처음부터 다시 시작해야 할 테니까."

스호오크는 묵묵히 자신이 맡은 임무에만 전념했다. 드디어 삐거덕거리던 이스타리엘의 어깨뼈가 모두 제자리를 찾았다. 그러나 아그네스는 좀 더 인내심을 갖고 기다려야 했다. 뼈 맞추기가 끝나자 이번엔 카이가 나서서 이스타리엘의 근육과 힘줄에 원기를 쏟아부었다. 얼마 후 치유 마법을 마친 카이가 안도의 한숨을 내쉬자 신혼부부는 서로를 향해 달렸다. 신랑 신부가 상대의 품에 뛰어들어 부둥켜안는 모습은 참으로 가슴이 뭉클했다. 용감하게 고통을 참아 낸 왕자, 그리고 겁에 질린 채 그 과정을 끝까지 옆에서 지켜본 시골 소녀. 둘의 모습을 보니 무거웠던 마음이 한결 편해졌지만 동시에 베리안에 대한 분노가 다시금 스멀스멀 피어올랐다. 카이는 검 끝으로 지하 감옥의 수괴를 제압하고 있는 트리스탄을 힐끗 바라봤다. 인간의 파수꾼은 차분하고 고고한 자세로 그 자리에 서 있었다. 트리스탄은 피를 부르지도 않았고, 증오로 가득한 욕설을 퍼붓지도 않았다. 하지만 그의 얼굴에 나타난 표정은 왠지 무척이나 낯설었다. 깊이를 가늠하기 힘든 절망이 가득했다. 카이는 저 감정이 오롯이 여기 이 지하 감옥에서 벌어진 일 때문인지 아리송했다.

"왜 그래?" 카이가 트리스탄에게 말을 걸었다.

카이를 향해 돌아선 트리스탄의 시선이 그와 마주쳤다. 그 순간 카이의 눈에 환영이 보였다. 어딘지 알 수 없는, 무의 세계였다. 트리스탄은 얼음장같이 차디찬 여명 속에 피어오른 짙은 안개에 둘러싸여 있었다. 카이는 트리스탄의 눈을 똑바로 들여다보고 있었다. 그때 트리스탄이 무언가 그에게 할 말이 있는 것처럼 입을 벌렸다. 그러나 동시에 그의 뒤에서 흉흉하게 타오르는 두 눈동자가 등장했다. 마치 데몬의 눈처럼 모든 것을 집어삼킬 것 같은 붉은 빛이었다. 그리고 뒤이어 이글거리는 화염에 휩싸여 불타는 검이 트리스탄의 가슴을 꿰뚫었다. 카이는 목청껏 비명을 지르며 마법을 일으켜 그를 도우려 애를 썼지만 허사였다. 몸이 돌처럼 굳어 말을 듣지 않았다. 결국 트리스탄이 쓰러지는 모습을 지켜보는 것밖에는 아무것도 할 수 없었고… 그렇게 트리스탄의 눈에 생기가 사라졌다. 이윽고 눈앞에 펼쳐졌던 환영이 사라지자 카이는 무릎이 덜덜 떨렸다. 정신을 차리고 보니 트리스탄이 몹시 걱정스러운 눈길로 그를 관찰하고 있었다.

"난 괜찮아." 카이가 말했다. "하지만 조금 전에 엄청나게 무서운 뭔가를 보았어."

카이는 방금 본 환영을 차마 그대로 전할 수 없었다. 적어도 지금만큼은 아니었다. 최소한 자신이 본 게 무엇인지 고심을 한 후에 알려야 했다. 환영 속의 흉흉한 눈은 도대체 무엇이었을까? 어쩌면 카이가 도저히 어떻게 손써 볼 도리가 없는 고대의 힘일지도 모른다. 카이가 감히 범접할 수 없는 힘. 언제고 모든 걸 파괴할 수 있는 막강한 힘. 끔찍한 깨달음이 카이를 엄습해 왔다. 엘리야가 말한 파수꾼의 시대는 그에 맞서는 엄청난 적과 함께 시작됐다. 에냐도르 북녘에 똬리를 틀고 네 종족의 불화를 이용하여 제 권력을 키우려는 공공의 적! 지금 이 순간 그들은 잘못된 선택 하나만으로도 모든 것을 망쳐 버릴 수 있는 심각한 상황에 놓여 있었다. 카이의 암울한 상황 인식을 방증하듯 성 밖 하늘을 배회하며 울부짖는 하피의 울음소리가 들려왔다.

무거운 침묵이 내려앉은 옥사에서 트리스탄은 무표정한 얼굴로 제 이야기를 들려줬다. 카이는 베리안과 다른 포로들은 물론 입구의 두 엘프 병사까지, 그들을 제외한 전원에게 마법을 걸어 잠재웠다. 그리고 그레타마저도. 지금만큼은 그레타도 그들의 이야기를 엿듣지 않는 편이 나았다. 나중에 그레타를 깨우고 나면 이 일에 대해 엄청난 불만을 쏟아 내며 저를 탓할 것임을 카이도 알고 있었지만 어쩔 수 없는 선택이었다. 알빈가르트 고원에서 재회한 이후로 카이는 그레타를 더는 신뢰하지 않았다. 혹시라도 이런 상태를 개선해 보려는 의지가 그레타에게 있다면 더 큰 노력을 해야할 것이 분명했다. 어쨌든 지금 그녀는 평화로운 얼굴로 카이의 곁에 누워 한참 꿈속을 헤매고 있었다.

"엘프 군영에서 탈출한 후 사피라의 등에서 추락했을 때였어. 슈발벤하인 성 앞에 있는 숲에서 이조라 폰 아엘프스탄을 만났지." 트리스탄이 말문을 떼었다. "그녀는 제 이름이 브리엔네이고, 도망간 오라비를 찾으러 나온 시녀라고 말했었지. 당시 나는 사피라의 등에서 추락해 등이 부러진 상태여서 일어나 걸을 수조차 없었어. 그런데 그때 그녀가 건넨 물약을 마시고 전부 치유됐다."

"걔가 너한테 그렇게 둘러댔었군." 이 사연을 이미 잘 알고 있는 것처럼 보이는 이스타리엘이 갑자기 끼어들었다. "솔직히 말하면 그 물약은 내가 지하 묘지에서 찾아 동생에게 선물한 사랑의 묘약이다. 내가 충동적으로 그런 경솔한 짓을 한 건 정말이지 저주하고 싶을 정도지만 인제 와서 돌이킬 방법이 없으니 어쩌지?"

그 말을 들은 사피라가 양손으로 제 얼굴을 감쌌다. "아아, 내가 왜 그걸 못 알아봤을까?" 사피라는 트리스탄이 있는 방향을 바라보며 한숨을 쉬었다. "그 지루한 여자한테 그토록 맹목적으로 사랑놀이에 빠져 허우적대는 건… 그런 건 아무래도 네게 어울리지 않는데… 왜 난 아무런 의문도 갖지 않았을까?"

"넌 그랬어." 트리스탄이 그녀의 후회 섞인 푸념에 응답하며 제 손을 그녀의 손에 포갰다. 트리스탄의 표정은 과거에 알던 원래 모습처럼 깊은 공감대가 엿보였다. "넌 계속 뭔가 이상하다며 경고했지만 내가 듣지 않은 거다."

"그리고 앞으로도 계속 듣고 싶지 않겠지." 이스타리엘이 말했다. "그 감정이 아무리 마법으로 생긴 것임을 알게 됐어도 이미 사랑에 빠진 마음은 변하지 않을 테니까."

안타깝지만 부정할 수 없는 사실이란 걸 이곳에 모인 모두의 표정이 말해 주고 있었다. 모두가 망설이는 가운데 카이가 가장 먼저 자기 생각을 털어놓기로 마음먹었다. "엘리야에게 이 이야기를 하면 안 될 것 같아. 그리고 왕에 대한 충성심이 대단한 마론에게도."

"왜 안 되는 거지?" 툴이 궁금해했다.

"왜냐하면 그가 너무나 큰 상처를 입을 테니까. 그의 위상도 크나큰 타격을 입을 거야." 이스타리엘이 카이 대신 나서서 설명했다. "도른슈트랑 왕자들은 본디 몹시 부적절한 여인과 사랑에 빠진다고 사람들이 믿게 될 테니까."

그제야 그들 대다수가 이 사랑의 묘약이 지닌 의미가 얼마나 심오한지 깨달았다. 엘리야의 과거가 정말 최악의 방식으로 다시 재현된 것이다. 그러나 이번만큼은 유혹하는 이의 처지가 아닌 결혼한 남편의 역할이었다. 그리고 하필

이면 그와 사랑을 다투는 경쟁자가 그의 유일한 아들이자 후계자라니! 그랬기에 이스타리엘은 성문 앞 결투에서 트리스탄을 이겨 어떻게든 파국을 막아 보려 했었던 것이다.

"그러면 어쨌든 우리가 여기 남아서는 안 된다는 말이네요." 아그네스가 영민하게 알아차렸다.

"안 되지." 카이가 그녀의 말에 동의했다. "엘리야가 도와주지 않으면 이스타리엘은 다시 베리안에게 넘겨질 거야. 그러니까 너희 둘은 어떻게든 도망쳐야 해. 그리고… 도깨비불 떼를 함께 데려가도록 해."

아그네스가 제 남편이 된 엘프 왕자를 바라보자, 그도 그녀에게 고개를 끄덕였다. 지금이라면 성에서 몰래 도망치는 것도 그리 어렵지 않을 것이다. 아엘프르스탄의 엘프들 대부분이 고주망태가 되어 깊은 잠에 빠져 있었고, 더욱이 성문 앞을 지키는 보초병들을 거뜬히 제압할 만한 마력이 카이에게 충분히 남아 있었다. 게다가 항시 드래곤 본체를 유지하는 하름은 그 위협적인 모습 때문에 성 밖에 집결한 샤텐발트 군대와 함께 대기 중이었다. 그러니 성에서 빠져나간 이후는 고민할 필요도 없었다.

"그러면 우린 여기 남을 것인가?" 툴이 물었다.

"우선은 그래야지. 동맹이 아직 완전하게 맺어지지 않았으니까. 오늘 같은 일은 계속 반복될 거다. 적어도 각 왕국의 정략혼이 완성되고, 모든 충성 서약이 이뤄지는 시점까지는…. 그러니까 우리는 그 과정이 최대한 빠르게 진행되도록 도와야 해. 엘리야가 새로 맞은 왕비를 데리고 도른슈트랑 성으로 귀환할 때까지 협조해야 한다. 그때가 되면 철천지원수인 엘리야와 베리안도 어느 정도 거리를 두고 떨어져 있게 될 테니….”

모두가 고개를 끄덕였다. 깊은 생각에 잠긴 카이가 트리스탄을 응시했다. “이 모든 일이 완수될 때까지 참아 낼 수 있겠어? 엘리야 곁엔 항상 이조라가 있을 텐데.”

트리스탄의 얼굴에 또다시 우울한 기색이 퍼졌다. 샤텐발트 숲에서 참담한 일을 겪은 후 그가 자주 지어 보이던 바로 그 표정이었다. 카이는 트리스탄이 어떻게 에둘러 말하든 제 질문에 대한 그의 대답은 ‘아니다’라는 걸 직감했다.

다른 일행도 그 모습을 지켜보았다. “묘약의 힘을 무효화하는 건 어떻게든 불가능한 건가?” 이스타리엘이 물었다.

호리엘을 상대하기 위해 마법의 물약을 제조할 때 엘리야는 카이에게 마법 포션의 해독에 관한 모든 비법을 전수해 주었었다. 그러나 문제는 이 질문에 대한 솔직한 답변이 이곳에 있는 모두를 실망시킬 거라는 데 있었다. 적어도 트리스탄은 그럴 것이 분명했다. "없어. 그건 묘약을 제조한 마법사만이 할 수 있는 일이야. 그리고 우린 그 묘약을 누가 만들었는지조차 알 수 없으니까."

한동안 아무도 말이 없었다. "아니야." 우울한 적막을 깬 건 이스타리엘이었다. "예전에 그 묘약이 든 병을 궤에서 꺼낼 때, 그 안에 새겨진 이름을 봤어. *벨타인*이었지."

"벨타인이라고? 슈투름 산맥에 기거한다는 그 대마법사 말이야?" 카이는 도무지 믿기지 않았다. "어쩌다가 그 무시무시한 마법사가 제조한 물약에 손을 댄 거야?"

"그때만 해도 난 그가 누구인지 몰랐다고." 이스타리엘이 자신을 변호하듯 중얼거렸다. "엘리야가 샤텐발트에 얽힌 비화를 들려줬을 때 처음으로 그 이름을 다시 들었다. 그래서 황급히 이조라에게 그 묘약을 어떻게 했냐고 물었더니 도중에 잃어버렸다고만 하더군."

"정말 하찮고 가증스러운 거짓말이었군." 톨이 울화통이 터져 못 참겠다는 듯 끼어들었다.

"어쨌든 그 말은 지금 트리스탄이 역사상 가장 강력한 마법사의 마법에 걸렸다는 거네." 사피라가 단언했다. "게다가 샤텐발트에서 트리스탄을 장악한 북부의 악령, *되크 발두르*까지…"

"되크 발두르라고?" 툴이 그 이름을 반복했다. "*암흑의 군주? 누굴 말하는 거지?*"

"우리도 아직 모른다." 사피라가 솔직히 털어놓았다. "하지만 트리스탄이 그를 두 번이나 봤다고 한다. 두 차례 모두 우리의 동맹을 깨트리기 위해 화염에 불타오르는 검을 겨누며 등장했다더군. 그러니까 지금은 그 어느 때보다 에냐도르의 단결이 절실하다."

일행은 각자 깊은 생각에 잠긴 채 서로를 응시했다. 그때 카이가 적막을 깼다. 마침내 제가 알고 있는 진실을 털어놓기로 했던 것이다. "솔직히 말하면 나도 그를 봤어."

모두의 시선이 카이에게 쏠렸다. "너도 되크 발두르의 환영을 봤다는 거야? 언제?" 트리스탄이 망연자실한 표정으로 물었다.

"얼마 안 됐어. 조금 전에." 카이가 솔직히 털어놓았다.

"조금 전이라고? 도대체 뭘 봤다는 거지?"

카이가 쭈뼛거리며 망설였다. 그리고는 고뇌에 찬 눈빛으로 제 형을 응시했다. 제아무리 그 무엇에도 굴하지 않는 트리스탄이라 하지만 이 사실에 어떻게 반응할지 전혀 감이 오지 않았다. "너의 죽음."

모두가 깜짝 놀라 입을 다물었다. 일언반구 입 밖으로 꺼내지 못하고 서로 눈치만 볼 뿐이었다. 아그네스의 눈에 눈물이 차올랐다. 순간 사피라가 자리에서 벌떡 일어났다. "말도 안 돼!" 그녀가 외쳤다. "안 돼! 내가 절대 그렇게 두지 않아! 우리가 먼저 그를 찾는다. 그 작자랑 벨타인이라는 마법사까지. 트리스탄과 내가 내일 북쪽으로 올라가겠다. 와이번과 하피가 우리의 명령 하에 너희를 보호해 줄 것이다."

몹시 무모하고도 위험한 계획이었다. 그렇다는 건 모두가 알고 있었다. 그러나 트리스탄도, 사피라도 여기 아엘프스탄에 가만히 눌러앉아 되크 발두르를 기다리고만 있을 수는 없는 노릇이었다. 그런 식으로는 에냐도르에 새 시대는 열리지 않을 것이다. 더욱이 평생 해 보지도 않은 엘프 궁정의 온갖 예법을 다소곳이 감내하면서 갖은 음모와 술수에 맞서고만 있기엔 상황이 너무 급박했다. 무엇보다 파수꾼들이 짊어진 사명은 네 왕국의 종족을 하나로 규합하고 보호하는 데 있었다. 그리고 지금은 그 사명을 위해 행동해야 할 때였다. 설령 그것이 그들의 목숨을 내놓으라 요구할지라도.

"그래, 죽음을 향해 검을 들고 맞서는 게, 잠자는 동안 데려가기만을 기다리고 있는 것보다야 훨씬 낫겠지." 트리스탄이 결정했다. 사피라에 이어 자리에서 벌떡 일어난 트리스탄이 그녀의 손을 덥석 붙잡았다. "드래곤 여왕이여, 함께 슈투름 산맥으로 출발하기 전에 우리 두 종족을 하나로 묶는 결맹을 맺도록 합시다. 인간에게 그대의 화염을 허락하다면, 나도 드래곤들에게 내 검을 선사하겠소. 그리하여 당신에게 이렇게 묻노니 부디 내 아내가 되어 주겠소? 물론 내일부터?"

평소 이런 상황에 코웃음 치던 모습과 달리 사피라는 전혀 웃지 않았다. 그들의 표정을 바라본 카이는 사피라 역시 트리스탄만큼이나 진지하다는 것을 깨달았다. 물론 그녀의 진지함이 트리스탄의 청혼 때문이 아니라 이 결합이 가져다줄 두 종족 간의 동맹 때문이라는 건 그곳에 있는 모두가 알고 있었다. 이 동맹을 통해 노예로 전락한 두 종족의 의지를 한데 모아 잃어버렸던 힘을 되찾겠다는 신념의 표출이었다. 북쪽으로 떠난 후 자칫 변고가 생긴다고 해도 상관없었다. 그리고 설령 이 여정에서 영영 다시 돌아오지 못한다고 해도! "그럽시다, 내 형제여! 내일부터 그리합시다." 사피라도 단호한 음성으로 화답했다. 동시에 그녀는 제 화상 흉터와 트리스탄의 것을 차례로 쓰다듬었다. 그리고 트리스탄도 사피라의 의식을 따라 했다.

그때 카이가 헛기침을 하며 말했다.

"스호오크와 툴도 이참에 그냥 혼인하는 게 어떨까? 사피라, 그냥 당신이 허락해 주면 안 될까?"

드래곤이 이마를 찌푸렸다. "난⋯."

"나도 알아. 하지만 하름은 이스타리엘과 아그네스를 보호하는 임무를 맡아야 하잖아." 카이가 조르듯 설득하고 나섰다.

사피라는 아주 잠시 망설였다. 드래곤 왕좌의 주인으로서 자신의 원래 계획을 그대로 밀고 나가며 권위를 챙겨야 할지 고민하던 사피라는 결국 큰 숨을 내쉬며 승낙했다.

툴

툴은 사피라의 속셈이 뻔히 보였다. 하름처럼 아예 인간
화하지 않는 드래곤은 흔하지 않을뿐더러 복종시키는 것 자
체가 몹시 힘들었다. 이런 부류의 드래곤은 데몬의 치명적
인 눈빛에도 그만큼 영향을 덜 받았고, 사람보다는 짐승에
더 가까웠다. 툴은 레벨이 저 블랙 드래곤을 제압하던 날을
떠올렸다. 전쟁의 군주인 레벨마저도 하마터면 그 전투에서
목숨을 잃을 뻔했지만, 수많은 상처를 입으면서도 가까스로
창을 날려 하름을 굴복시켰다. 그 이후 레벨은 하름의 힘을
최대한 약화시키기 위해 노상 그를 굶기고 대형 맷돌을 돌
리는 노역으로 내몰았다. 하름은 레벨이 거둔 가장 큰 승리
이자 명망 높은 전쟁의 군주 품격에 걸맞은 전리품이었다.
그런 하름의 환심을 사기 위해 사피라는 지금 제 곁에 있는
유일한 드래곤 암컷인 스호오크를 그와 엮어 주려고 계획했

었던 것이다. 스호오크 입장에서 보면 그런 사피라의 결정은 여생의 대부분을 드래곤 본체로 보내야 한다는 의미였다. 하름과 자식을 둔다면… 알을 낳아야 할 것이다. 또 다른 측면에서 짐작하건대, 저 드래곤 여왕은 그들 사이에서 스호오크의 변신 능력과 하름의 강한 의지를 동시에 타고날 후세를 기대한 건지도 몰랐다. 사피라는 불굴의 의지를 지닌 강하고 아름다운 드래곤을 길러 내고 싶었을 테지만 툴과의 혼인을 허락한 이상 이제는 어쩔 도리가 없었다. 결국 사피라는 이스타리엘과 아그네스를 등에 태운 하름이 산 너머로 사라지는 모습을 그저 바라볼 수밖에 없었다. 불꽃을 반짝이며 둘러싼 도깨비불 떼의 찬란한 호위를 받으며 저 멀리 북쪽으로 북쪽으로… 블랙 드래곤은 그렇게 사피라를 떠났다.

그리고 또다시 예식이 이어졌다. 신성한 나무에 신랑 신부를 결박하는 엘프의 생뚱맞은 관습도, 인간의 하얀 카펫과 신의 선물도 없었다. 드래곤 싸움을 곁들인 데몬의 떠들썩한 연회도 없었다. 툴은 애초부터 신을 믿지 않았지만 트리스탄은 이제껏 제가 믿던 신을 부정해야 할 판이었다. 그렇게 두 쌍의 신랑 신부는 드래곤의 관습에 따라 엘프 성 근처 넓은 고원 한가운데에서 합동으로 혼례를 올렸다.

　그들 주변으로 드래곤들이 성스럽게 여기는 하늘의 네 방향을 상징하는 네 개의 불꽃이 피어올랐다. 녹록지 않을 거란 예감이 밀려왔다. 그들은 미리 정한 순서대로 드래곤의 혼례를 따를 참이었다. 처음에는 트리스탄과 사피라가, 그리고 그다음엔 툴과 스호오크 차례였다. 드래곤족의 전통 예식에 따르면 신랑 신부들은 네 방향에서 타오르는 불 항아리마다 차례로 양손을 집어넣어야 했다. 스호오크와 같이 평범한 드래곤들은 이 과정에서 당연히 화상을 입을 것이다. 그럼에도 드래곤들은 신랑과 신부가 서로를 위해 희생할 준비가 되어 있다는 각오를 입증하기 위해 이 과정을 버텨 내야 했다. 복종과 더불어 자신을 희생하는 것이 피에 새겨진 이 드래곤 종족의 자학적인 특성을 엿볼 수 있는 잔혹한 풍습이 아닐 수 없었다.

　파수꾼들은 원래 화염에 상처 입지 않기에 트리스탄과 드래곤 여왕은 불필요할 정도로 오래 불 속에 손을 넣은 채 가만히 있었다. 그러는 가운데 둘은 자신들만의, 남들은 전혀 꿰뚫어 볼 수 없는 결속을 맺었다. 그러나 툴만큼은 그들의 눈빛에서 그러한 결속이 맺어지는 걸 똑똑히 목격했다. 설령 저들이 절대로 침실을 함께 나누지 않는다고 할지라도, 이 혼인으로 인간과 드래곤은 굳게 결속할 것이다. 지금까

지 맺었던, 그리고 앞으로 맺게 될 그 어떤 동맹보다도 굳
게…. 이런 깨달음에 툴의 마음이 불쾌해졌다. 그들의 관계
를 처음부터 꼬여 버리게 만든 토이펠 호숫가의 굴욕에 대
해 그녀는 여태껏 그를 용서하지 않았다. 또 트리스탄 저놈
은 어떨 때 보면 데몬인 저보다도 훨씬 더 데몬처럼 행동했
다. 툴은 솔직히 저 둘이 북부를 향해 떠난 후 다시 돌아오
지 못한다고 해도 애도할 마음이 조금도 없었다. 그런 마음
은 이스타리엘에게도 마찬가지였지만 적어도 그 엘프의 파
수꾼은 하마터면 연적이 될 뻔한 하름을 제 눈앞에서 치워
준 공로라도 있었다.

내일부터 툴은 이 아엘프스탄에 남을 마지막 파수꾼이 될
처지였다. 무미건조하고 쌀쌀맞은 엘프 공주와 사랑에 빠진
마법사 왕과 함께. 데몬의 고위 귀족인 제 아버지가 이 사실
을 알았더라면 아마 직접 발 벗고 나서서 그를 환형에 처하
거나 사지를 네 동강이 냈을 것이다.

"이제 어서 이리 와." 스호오크가 툴을 불 항아리 쪽으로
끌어당겼다. 저만의 생각에 잠겨 있던 툴이 정신을 차렸다.
그제야 툴은 혼례를 마친 트리스탄과 사피라가 무표정한 얼
굴로 엘리야와 그의 엘프 왕비 곁에 서 있는 게 보였다. 주
변에 그들을 에워싼 수많은 엘프의 냉랭한 시선을 받으며

툴은 스호오크와 함께 첫 번째 항아리에 다가갔다. "행여 저 불꽃 안에서 오래 버틸 생각은 하지도 마라." 툴이 스호오크에게 귓속말로 속삭였다.

"내 걱정은 하지 마." 스호오크가 말했다. 그러면서 제 손을 그에게 건넸다. 그녀의 하얀 피부에 상처가 남지 않도록 최대한 빨리 이 의식을 끝내야겠다고 생각하며 툴은 서둘러 그 손을 붙잡아 항아리 밖으로 빼려 했다. 그런데 갑자기 스호오크가 팔에 힘을 꽉 주며 버텼다. "난 네게, 그리고 넌 내게 속하게 되는 거야. 그러니까 어서 약속해!"

"그러다가 화상을 입는다!" 깜짝 놀란 툴이 다급히 내뱉었다.

그러나 스호오크는 그를 놓아주지 않았다. "어서 약속해! 데몬의 명예를 걸고 어서 맹세하라고!"

그런 약속을 하는 순간 그에게는 데몬으로서 아무 명예도 남지 않을 것이다. 드래곤에게 귀속된 데몬이라니! 제아무리 혼인이 상호보완적인 관계라고 해도 데몬의 시각에서 볼 때 정말 보잘것없는 놈이 될 것 같았다. 안 그래도 허섭스레기에, 병균 같은 놈, 씻기지 않는 저주받은 놈 대우를 받았던 그였다. 그때 탐욕적으로 활활 타오른 화염이 스호오크의 팔에 옮겨붙더니 스호오크의 얼굴까지 뒤덮었다. 신랑이 손을 뒤로 빼는 것은 허용되지 않았다. 그러면 이들의 결속이 확정되지 않기 때문이었다.

"내가 이렇게 부탁하겠다…." 틀이 애원했다.

"어서 약속해!"

스호오크의 팔에 옮겨붙은 화염은 뼈가 드러날 때까지 계속 타오를 기세였다. 그럼에도 스호오크는 결사적으로 버렸다. 이번만큼은 절대 틀의 얕은수에 넘어가지 않을 게 확실했다.

"너는 내게 귀속되고, 나 역시도 네게 속한 남편이 될 것이다. 내 삶과 데몬의 긍지를 걸고 맹세하는 바이다."

그제야 그녀는 틀을 풀어 준 후 그와 동시에 화염 기둥에서 두 손을 거둬들였다. 다른 불기둥으로 이동하면서 틀은 스호오크의 양팔만을 주시했다. 예상과는 달리 화상으로 생긴 수포 하나 없이 멀쩡했다. 피부도 덴 곳 없이 매끄럽고 아름다웠다. 언제나 그랬던 것처럼. 순간 틀은 이건 정말로 기적이라고 생각했다. 그러나 불현듯 카이의 얼굴을 떠올렸다.

"저 망할 꼬마 마법사 놈 같으니라고." 그가 욕을 내뱉었다.

스호오크가 키득거렸다. "카이 님은 그저 옳다고 생각한 일을 했을 뿐이야. 그러니까 화내지 말라고. 그리고 어서 빨리 끝내 버리자. 저 불기둥들이 오래 버틸 것 같지 않아.”

　카이를 향해 으르렁거리던 툴은 스호오크가 이끄는 대로 마지못해 움직이며 화염 기둥에 세 번 더 손을 가져다 댔다. 그러나 마지막 불기둥에 이르렀을 때도 그의 분노는 여전히 식지 않았다. “적어도 혼례가 끝날 때까지는 저놈을 그냥 둬야 하겠지만….” 화가 난 툴이 씩씩거리며 말했다.

　“그런 심보는 우리 신혼 밤에 그리 득 될 게 없을 텐데. 아니면 우리 허니문을 망칠 셈이야? 그러니까 잘 생각해 봐.” 그들 사이 불기둥 너머로 스호오크가 툴에게 속삭였다. 갑자기 불기둥이 기묘한 형태로 타닥거리며 활활 타올랐다. 장난꾸러기 카이 녀석… 어디 한 번 두고 보자….

　“불사이자 츠빌링스 섬의 수호자, 1세대 대마법사이자 인간 왕국의 국왕인 나 엘리야 폰 도른슈트랑이 데모니아의 원수이자 한때 드래곤의 지배자였던 몰구르 폰 스키르에게 고한다. 북부에서 뻗어 나온 암흑의 힘과 맞서 싸우기 위해 네 종족의 파수꾼들이 일어났도다. 우리 곁에 엘프와 드래곤이 선 것은 물론 샤텐발트의 마물도 함께 하노

라. 이에 전쟁의 군주를 비롯한 모든 데몬이 어서 우리의 동맹 협약에 동참하여, 최대한 빨리 노예로 징집한 모든 드래곤에게 자유를 허락하기를 강력히 요구한다. 또한 상호 신뢰의 증표로 그대의 딸, 칼리스토의 손을 알빈가르트의 차기 국왕이 될 스타프린스, 베리안 폰 아엘프스탄에게 넘겨주기를 요청하는 바이다."

엘리야는 그가 작성한 성명문을 잠자리에서 들려주는 동화처럼 담담하게 읽어 내렸다. 그럼에도 행간에서 풍기는 그의 오만한 말본새에 불편함을 느낀 건 단지 툴뿐만은 아니었다. 엘프들 역시 그랬다. 서로 적대시하며 대립 중인 네 왕국의 왕가를 저 혼자 좌지우지하겠다며 군림하려는 태도에 몹시 언짢아했다. 게다가 제 요구를 거스르는 이들에게 무슨 일이 일어날지 은근히 암시해 놓기까지 한 파렴치한 꼬락서니에 화가 치밀었다.

"당신의 저주가 유효한 동안은 그 흉측한 여자를 아내로 맞는 일은 절대 없다!" 베리안이 이를 악물며 대답했다.

"그 점에 대해서도 곧 의논하게 될 거다." 엘리야가 침착하게 응대했다. 엘리야는 님룬트의 왕좌 바로 옆에 놓인 화려한 의자에 앉아 홀에 모인 이들을 고고한 자세로 내려다봤다. 엘리야 곁에는 지금까지 그들에게 골머리 썩을 문제만 줄곧 안겨 주었던 천진난만한 엘프 여인 이조라가 제 남편의 어깨에 한 손을 올린 채 위엄이 넘치는 고상한 자태로 서 있었다. 내적 갈등 때문인지, 혹은 십수 년을 금욕했던 인간의 왕에게 밤새 시달려서인지는 몰라도 눈에 띄게 수척하고, 어쩐지 우울해 보인다고 툴은 생각했다. 그러나 그 이유가 뭐든 간에 툴은 이조라에게 조금의 연민도 느끼지 않았다.

"무엇보다 이렇게 동맹을 맺은 그대들에게 내 파수꾼들 중 둘이 드래곤 군대를 개편하기 위해 먼저 출발했음을 알리는 바이다. 더 나아가 이제 나는 도른슈트랑을 다시 손에 넣고, 그곳에서 과거 쾨니히스하인으로 차출당한 인간 노예들을 불러들여 정예병으로 훈련시킬 것이다. 그리고 이곳 아엘프스탄에 머무는 동안은 코리안 폰 안고르 파비아를 내 대리인으로 임명하겠다. 그 아이는 지금 어디에 있는 건가?"

예전에 샤텐발트 숲에서 포로로 붙잡혔던 젊은 병사가 앞에 모인 군중의 틈을 비집고 앞으로 나왔다. "여기 있습니다. 군주님."

"전하시다!" 마론이 격분하며 무례한 엘프에게 호통을 쳤다. 존재감 없는 저 인간 소녀는 어떤 상황에서든 제 왕의 명예를 수호하느라 여념이 없는 것 같았다. 그 모습이 얼마나 눈꼴사나운지 툴은 하마터면 눈을 부릅뜨고 그녀에게 안광을 쏠 뻔했다.

"전하." 코리안이 건성으로 제 말을 정정했다.

"오늘 당장 도른슈트랑으로 떠나라. 내 병사 중 일부를 그대의 호위로 함께 보낼 것이다."

장담하건대 호위보다는 감시가 목적일 그들은 코리안의 일거수일투족을 지켜볼 것이 분명했다. 젊은 엘프도 그것을 알았지만, 엘프의 왕 님룬트가 아무 이의도 제기하지 않자 이를 바득 갈면서도 제게 주어진 새 임무를 받아들였다. 툴은 인간 통치자를 쓰러트리려 신혼 첫날밤부터 뒤통수를 친 저 엘프들의 농간이 절대 거기서 끝나지 않을 것임을 확신했다. 그러나 당분간은 엘프들도 손발이 묶인 상태였다. 엘리야가 공표한 성명문에 발끈하여 아엘프스탄으로 진군해 올 데몬 군대와 한바탕 혈전을 앞둔 지금 시점에서 저 엘프들은 속수무책 엘리야의 명을 따를 수밖에 없을 것이다. 고고한 엘프 놈들도 지금만큼은 저 불사의 인간을 분노하게 만들어서 좋을 게 없을 것이다.

"그리고 스타프린스, 다시 그대에게로 돌아가서," 베리안을 향한 엘리야의 눈빛은 여전히 매서웠다. 증오가 눈곱만큼도 사라지지 않은 시선이었다. 하긴 이 둘이 지난 십수 년 간 서로에게 저지른 엄청난 만행이 피차간에 쉬이 잊힐 리 는 만무했다. 제아무리 저 마법사 왕이 여러 정략혼을 엮어 각 종족 간의 화친을 도모한다 한들 영원한 앙금으로 남을 것이 분명했다. 엘리야도 근본적으로 엘프의 왕 님룬트만큼 이나 엘프와 인간 사이에 진정한 동맹은 불가능에 가깝다는 걸 속으로는 인정하고 있겠지만, 적어도 지금은 안 그런 척 하는 태도를 고수했다. "그대가 데몬의 공주와 혼인한다면 내 저주를 거둬들이겠다. 원칙적으론 내 파수꾼들을 공격한 그대의 목숨을 취하는 것이 백번 마땅하지만, 왕족이면서 아직 미혼인 그대의 가치가 그대를 살린 것이다. 그러니 데 몬 군대가 도착할 때까지 스스로 그대의 감옥에 얌전히 갇 혀 있으라."

"당신은 지금 차기 엘프 국왕에게 말하고 있음을 명심하 시오!" 엘리야의 거만한 태도에 분개한 님룬트가 벌컥 화를 냈다. 자리에서 벌떡 일어난 님룬트가 왕좌에서 내려와, 보 병들과 함께 서 있는 제 아들 곁에 섰다. 앞서 엘리야는 왕 좌에 앉으라는 엘프 왕의 제안을 예의상 거절했지만, 한 수 앞을 내다보는 이런 식의 도발로 님룬트 또한 그 자리에 앉 지 못하도록 만든 것이었다. 그것은 지난밤 있었던 엘프의 배신에 대한 엘리야 특유의 교묘한 복수이기도 했다.

"나도 알고 있소." 엘리야가 냉랭하게 말했다. "그러니 어서 연행하라 명하시오. 당장 그를 유령늑대들에게 먹이로 던져 줘야 하나 심히 고민하기 전에."

툴은 계속 실룩이려는 입꼬리를 최대한 억눌렀다. 가끔씩 저 인간 왕은 뭔가 데몬처럼 행동했고, 툴은 그의 그런 면이 꽤나 흡족했다. 마침내 님룬트는 자기 입으로 직접 아들을 연행하라고 명령할 수밖에 없었다. 수년간 제 아들이 지배하던 바로 그곳으로.

엘프들이 알현실의 문밖을 벗어나자마자 드래곤족의 일원이 안으로 다급하게 뛰어 들어왔다. 실오라기 하나 걸치지 않은 모습인 걸 보면 의복을 갖추는 것보다 훨씬 긴급한 소식을 전하기 위해 본체에서 막 변신한 상태로 곧장 달려온 것 같았다. 드래곤이 거친 숨을 토하며 엘리야 앞까지 달려왔다. 이런 식으로 등장하는 드래곤의 모습을 자주 경험하지 못한 엘프들이 화들짝 놀라 옆으로 한 걸음 물러서며 그가 지나가도록 길을 터 주었다. 드래곤은 엘리야가 앉은 화려한 의자 앞에 무릎을 꿇었다. "전하, 쾨니히스하인 소식을 가져왔습니다. 호리엘 폰 트레간디르가 지금 아엘프스탄을 향해 진군하고 있습니다."

"그렇다면 당장 우리 군의 일부를 데려가 반항하는 자의 말로가 무엇인지 똑똑히 보여 주거라!" 불사의 마법사가 우레와 같은 고함을 쳤다. 명령이 떨어지기가 무섭게 드래곤은 제 본능에 아로새겨진 그대로 엘리야의 말에 복종하며, 당장이라도 맹목적으로 전투에 몸을 내던질 태세를 취했다. 그러나 고개를 흔들며 이내 정신을 차린 드래곤이 다시 엘리야에게 고했다. "그의 군대에는 인간 석궁부대와 창을 든 드래곤족이 섞여 있었습니다. 그중에서도 인간들이 거의 대부분입니다. 그런데도 그들을 전부 죽이시겠습니까?"

인간 왕의 눈이 몹시 위협적인 빛을 쏟아 내며 번뜩이기 시작했다. 마법 지팡이 끝에 달린 프레지오라이트도 그의 눈빛에 동조했다. 그 광경에 공포를 느낀 엘프들이 뒷걸음질 쳤다. 그의 어깨에 손을 올리고 있던 이조라도 화들짝 놀라며 제 남편이 불타는 강철이라도 되는 것처럼 어깨에서 손을 떼었다. 순간 엘리야가 자리에서 벌떡 일어섰다. "그렇다면 그 트레간디르의 도둑놈이 이곳까지 진군하게 하라. 이곳에 도착하면 그놈이 지배하던 와이번들이 어떻게 됐는지 똑똑히 목격하게 해 주리라."

툴은 사피라가 부재중인 상황에서도 와이번을 전투에 내보내는 것이 가능한지 확신이 서지 않았다. 하지만 한 가지는 분명했다. 호리엘 폰 트레간디르라는 작자는 단순히 인간 군대만 가지고 무적이자 불사인 저 마법사에게 대항할 만큼 경솔한 자가 아니었다. 그랬기에 그 엘프는 데몬과 드래곤이 뒤섞여 싸우는 최전선에서도 지금까지 목숨을 부지했던 것이다. 그랬던 영악한 엘프가 이런 과감한 행동을 할 때는, 분명 배후에 뭔가 믿는 구석이 있다는 낌새가 느껴졌다. 툴은 우선 그 계획이 무엇인지 파악해야겠다고 결심했다. 이제 드래곤과 혼인한 만큼 잠시 하늘을 날아가 정찰하고 돌아오는 건 그에게 일도 아니었다. 슬쩍 스호오크에게 신호를 보낸 툴은 그녀와 함께 다른 이들의 눈에 띄지 않게 슬그머니 알현실을 벗어났다.

엘프 성 가장 높은 곳에서 출발한 그들은 수백 마리의 유령늑대와 하피, 와이번이 참전을 위해 대기 중인 아엘프스탄 협곡과 페엔 산맥 숲을 뒤로하고 서쪽으로 정찰 비행에 나섰다. 툴은 발아래 펼쳐진 광경에 가슴이 벅차오르며 하나라도 놓칠세라 차곡차곡 눈에 담았다. 데몬의 파수꾼은 가슴이 부풀어 오르는 듯한 묘한 기분에 빠졌다. 마치 제 심장 속에 박힌 자그마한 태양에서 퍼져 나온 온기가 혈관을 타고 온몸에 흐르는 것 같은 느낌이었다. 한참을 그런 기분에 젖어 있던 툴은 지금 저를 엄습해온 이 감정이 바로 긍지

라는 걸 깨달았다. 생소한 감정이었다. 무언가를 위해 헌신
하며 투쟁한다는 것이 어떤 느낌인지 난생처음 경험할 수
있었다.

―《에냐도르의 파수꾼》끝―

에냐도르 시리즈 세 번째 이야기
《에냐도르의 화염》으로 이어집니다.

저자: 미라 발렌틴(Mira Valentin)

미라 발렌틴은 청소년과 여성 분야 그리고 승마 관련 매거진 분야의 전문 저널리스트로 활동 중이다. 저자는 말을 타거나 인라인 혹은 자전거를 타며 헤센 지역을 따라 길게 뻗은 숲을 감상하는 걸 즐긴다고 한다. 깊은 숲속 어딘가에 있을 신비한 샘과 장엄한 채석장을 떠올리며 주로 청소년 및 판타지 소설의 영감을 얻었다. 도서 관련 행사에 자신이 집필한 책의 등장인물 혹은 친한 저자들의 주인공처럼 꾸미고 나오는 코스프레를 즐긴다.

2016년 〈러블리북스〉 독일 신인작가상 2위
2017년 〈킨들 스토리텔러〉 대상

역자: 한윤진

연세대학교 독문학과를 졸업했으며 독일 뷔르츠부르크 대학에서 수학했다. 현재 번역 에이전시 엔터스코리아에서 출판기획자 및 전문번역가로 활동하고 있다. 옮긴 책으로는 《에냐도르의 전설》, 《사랑한다고 상처를 허락하지 마라》, 《결혼의 문화사》, 《유언》, 《내 행복에 꼭 타인의 희생이 필요할까》 등 다수가 있다.

"에냐도르 시리즈"를 만나 보세요. (총4권)

Ⅰ. 에냐도르의 전설
Ⅱ. 에냐도르의 파수꾼
Ⅲ. 에냐도르의 화염 (8월 출간 예정)
Ⅳ. 에냐도르의 유산 (9월 출간 예정)